Les Sauvages

Tomes 3 & 4

Sabri LOUATAH

Les Sauvages

Tomes 3 & 4

ROMAN

*Je remercie la Fondation Jean-Luc Lagardère
pour la bourse dont j'ai été le lauréat en 2012.*

Les Sauvages

TOME 3

LES FAMILLES

Le clan Nerrouche

Dounia — Rabia

Nazir Fouad Slim Krim Luna

Mᵉ Szafran
(avocat de la famille)

Le clan Chaouch

Idder - Esther

Jasmine

Habib
(dircom)

Vogel
(dir. campagne)

Simonetti
(ex-garde du
corps)

Le clan Montesquiou

baron Amaury

Pierre-Jean **Victoria** Fleur Marie-Angélique
(dir. cab. de (stratège de
Vermorel) Marine Le Pen)

AUTOUR DE L'ENQUÊTE

Police

Ministère de l'Intérieur
Vermorel

DCRI
Boulimier

SDAT
Mansourd

Tellier

Préfet de police
Dieuleveult

DOPC
Maheut

Justice

Parquet de Paris
Lamiel

Juges antiterroristes

Rotrou Wagner Poussin

ÉLECTRONS LIBRES

Marieke Vandervroom (la journaliste)
Susanna (la cavalière)
Romain Gaillac (ennemi public n° 2)

Vous trouverez p. 601 le résumé des tomes 1 et 2.

Précédemment, dans *Les Sauvages*...

Il neigeait depuis l'avant-veille. Sur les carreaux des fenêtres embuées, le givre dessinait des fleurs. C'était Noël, le soir du réveillon. Krim fumait dans la cour intérieure, entre son immeuble et celui d'en face qui venait d'être rénové. La neige avait tout recouvert à ses pieds, elle continuait de tomber à gros flocons. Il y avait un canapé éventré au milieu des containers. Ses accoudoirs étaient blancs. Les flocons s'évanouissaient dans la plaie du futon déchiré, comme des pétales réparateurs.

Adossé à la porte vitrée du rez-de-chaussée, protégé par la visière de sa casquette, Krim leva les yeux au ciel. La neige était une récompense, la pluie une punition. La pluie s'accompagnait d'un martèlement préparatoire, comme un grondement. La neige, au contraire, se détachait des nuages avec un frémissement feutré et bienveillant.

Krim aspirait machinalement les dernières bouffées du gros joint qu'il avait roulé avec trois feuilles longues en prévision de la soirée qui l'attendait. Noël chez les Nerrouche. Le réveillon des bougnoules. Il allait forcément se passer quelque chose qui allait transformer la soirée en catastrophe. Même Noël, ils allaient réussir à le gâcher.

Un hélicoptère déchira le ciel ; il passa si près des toits que les fenêtres tremblèrent. Son moteur poussait des hurlements de bête humaine ; dans leur écho un zigzag apparut sur le tapis de neige qui séparait Krim du porche de l'autre immeuble de la cour. C'était une ombre noire qui n'avançait pas droit. C'était un être humain. Il baissa son parapluie.

— Nooooon ? Nazir ?

Dix secondes après l'apparition de cette chose mons-
trueuse au ras des toits, il restait un bourdonnement dans
l'air nacré, un bruit comme une odeur de poudre.

— À Los Angeles on les appelle les *Ghetto Birds*. Ils
survolent les quartiers dangereux de la ville. Nuit et jour.
On monte ?

Krim avait fait tomber son joint. En se baissant pour
l'écraser et le cacher sous le paillasson du seuil, il s'aperçut que le passage de Nazir n'avait laissé aucune trace
sur le beau manteau blanc de la cour intérieure. Les gros
flocons qui continuaient de tomber les avaient probablement recouvertes.

Il avait un sourire de pilote automatique, menton et bouche
plissés de la même façon. Son regard noir étudiait le salon,
déposait sur chaque recoin le poison muet d'un sarcasme :
les étagères garnies de bibelots stupides, les photos de famille
en noir et blanc, les dessins de Krim quand il était petit
garçon, la peluche préférée de Luna qui trônait au milieu
de la seule et unique rangée de livres de la bibliothèque.

C'était une encyclopédie en plusieurs volumes aux couvertures bordeaux, qui s'arrêtait au huitième tome – et
permettait ainsi de connaître tous les mots de A à Aphylle
(Tome 1), de Aphyllophorales à Barotaxie (Tome 2),
de Baroter à Bulbeux (Tome 3), de Bulbul à Chélateur
(Tome 4), de Chelcicky à Contre-pilastre (Tome 5), de
Contre-pivot à Dénickeler (Tome 6), de Dénicotinisation
à Électromyogramme (Tome 7), et d'Électron à Fair-play
(Tome 8) – et pas un mot de plus.

Au bout d'un moment, Rabia s'inquiéta du silence de
Nazir. Après tout c'était lui qui avait voulu passer le réveillon de Noël ici ; il imaginait une grande réunion de famille,
spontanée et bordélique, comme avant. Il lui avait discrètement remis cinq billets de cent euros pour qu'elle dépense
sans compter et fasse un vrai repas de fête comme les
Français : saumon, foie gras, dinde, marrons, escargots
– et même du caviar.

Pendant que les enfants et Rabia beurraient les toasts en s'extasiant sur le prix de ces petits œufs noirs, Dounia fumait à la fenêtre de l'appartement de sa sœur, celui-là même qui serait envahi de scellés jaunes cinq mois plus tard, quand la famille Nerrouche serait devenue pour les médias du monde entier l'incarnation du terrorisme islamique « fait maison ». Mais ce soir-là, Dounia n'avait pas à se préoccuper de journalistes aux aguets ou de flics surarmés au pied de l'immeuble. Depuis le troisième étage de ce petit trois-pièces chaleureux et trop chauffé, elle humait le soir qui montait sur la rue de l'Éternité. L'air sentait la neige mais il ne faisait pas assez froid pour que celle-ci ait tenu : une mousse blanche recouvrait timidement les capots des voitures et les rambardes au-devant des fenêtres ; le moindre coup de vent l'amputait de pans entiers qui n'étaient jamais remplacés.

Dounia chercha un prétexte pour détourner le regard de ce décor qui mourait sous ses yeux. Elle avait reçu un nouveau SMS de son autre fils, Fouad. Il tournait au Maroc pendant toute la durée des fêtes. Mais en la distrayant du paysage morose, la vérité l'y replongea, aussi brutalement que si elle était entrée d'un coup dans un étang glacé : Nazir n'était descendu à Saint-Étienne que parce que sa star de petit frère n'y était pas.

Quand elle retourna dans la salle à manger, Dounia le vit debout devant le sapin clignotant, une main derrière le dos. Il portait un costume en velours noir et une chemise blanche boutonnée jusqu'en haut. Avec son teint livide et ses joues creuses, il ressemblait à un prince russe revenu d'exil – depuis l'enterrement de son père trois ans plus tôt, il avait disparu ; il écrivait une carte postale par mois à Dounia, l'appelait pour les grandes occasions. Et maintenant il était de retour, et Dounia se demandait pourquoi elle ne s'en réjouissait pas davantage.

En face de la télé qui diffusait un téléfilm de Noël, le vieux Ferhat, en chaussettes, discutait avec Slim, lui déconseillait de commencer par la guitare s'il voulait se mettre à la mandole. « Commence tit' suite, mon fils », répétait-il à chaque fois qu'il avait la parole, comme si c'était la seule phrase de français qu'il connaissait vraiment.

À ce moment-là, Slim venait de se fiancer, et le tonton Ferhat n'avait pas besoin d'une chapka pour couvrir son crâne alors parfaitement chevelu ; leurs deux têtes bouclées remuaient plaisamment dans le halo du vieux lampadaire de Rabia. Celui-ci datait des années soixante-dix ; c'était le seul et unique cadeau de fiançailles de la mémé. Son abat-jour en toile jaunie était effrangé de nœuds de velours qui ressemblaient à des couettes de petite fille. Comme sa propriétaire, le lampadaire de Rabia dégageait une lumière chaude et franche, une chaleur jaune, humaine, digne d'une cheminée. Pour preuve, tous les convives finissaient par s'en rapprocher, désertant la table du salon qu'il allait pourtant bientôt falloir dresser.

En cuisine, en effet, c'était le coup de feu. La vaillante aînée des sœurs Nerrouche était aux commandes. Quand la mémé était en Algérie – comme ces jours-ci où elle s'y occupait de ses mystérieuses affaires immobilières –, la tante Zoulikha s'en trouvait instantanément rassérénée. La pauvre vieille fille vivait dans l'ombre de sa mère increvable. La mémé la tyrannisait sans relâche, déversait sur elle toute une marmite de rancœurs et de griefs irrationnels ; pire : elle la culpabilisait et lui prêtait des désirs matricides dès qu'elle rencontrait un embryon de résistance. Son exil au bled, même provisoire, mettait le rose aux sympathiques bajoues de Zoulikha. Elle lança simultanément la cuisson de la dinde et des marrons, et appela Rabia qui papotait au salon :

— *Wollah* celle-ci tu loui dis d'vinir dix fois elle ripond pas ! Et elle s'pipelette, et elle s'pipelette !

Rabia éclata de rire en entendant sa sœur illettrée prendre le mot pipelette pour un verbe pronominal. Elle courut dans les bras de Dounia, le visage torsadé dans tous les sens par son fou rire.

— Non mais t'arrêtes de te moquer de ta grande sœur ? la réprimanda Dounia. Sérieux, c'est ça l'exemple que tu veux donner aux petits ?

Rabia tira la langue, sautilla jusqu'à la cuisine et embrassa goulûment la nuque rosâtre de la tante Zoulikha – même ses sœurs avaient fini par l'appeler leur tante depuis qu'elle habitait avec Ferhat.

Bouzid fut le dernier à arriver. Il avait en poche les cadeaux de la mémé pour les enfants : une enveloppe avec deux billets encore chauds du distributeur et un sachet de dragées en simili-soie gris perle. Bouzid faisait l'intermédiaire, parce que la mémé ne fêtait pas les fêtes des Français.

Le tonton Noël n'avait pas l'air content en entrant dans l'appartement, il dardait sur Krim de longs regards réprobateurs. Krim avait des yeux rétrécis et très rouges. La grosse tête de son oncle, furieusement chauve, lui donnait envie de rire à gorge déployée. Il se rendit dans sa chambre sans saluer personne et s'allongea sur le dos. Il mesura à quel point il était défoncé lorsqu'il vit ses bras se lever et ses hanches se dandiner sur le drap parfumé – l'adoucissant de sa mère, une odeur de vanille et de fleur d'oranger dont il se souviendrait quelques mois plus tard, pour couvrir les effluves de sueur, de merde et de pisse qui ne quittaient jamais tout à fait l'enceinte de sa cellule du quartier de haute sécurité de Fresnes.

Ce soir-là, il avait les yeux mi-clos, les babines entrouvertes et ravies ; il imaginait qu'il enfourchait un dragon apprivoisé dans un ciel souple et soyeux. La selle était confortable, les rênes faciles à manipuler pour diriger ce véhicule vivant. Au loin, dans la réalité, les voix se lançaient à l'assaut les unes des autres, Krim savait qu'il allait devoir les rejoindre au bout d'un moment, mais il attendait qu'on vienne le chercher, il attendait les cris de sa mère, il viendrait au bout du dixième, et ça lui plaisait énormément, de songer que le premier « Kriiiiiim » de sa mère n'avait pas encore traversé l'appartement transformé en hall de gare.

Il se leva en dansant, regarda les toits faiblement enneigés et la face de la lune qui semblait ne s'intéresser qu'à lui et à ses rêves enfumés. Au moment où il s'apprêtait à tirer les rideaux et à allumer son clavier pour retrouver une mélodie romantique qu'il avait entendue plus tôt dans la journée, quelqu'un actionna le loquet de sa porte et n'entra pas tout de suite. Il avait dit mille fois à sa mère de frapper avant de débouler dans sa chambre, mais une force le retint de se précipiter à sa rencontre pour l'incendier : il n'était pas sûr que c'était elle. Il connaissait sa mère par cœur : le rythme toujours précipité de ses pas, le froufrou de la robe algérienne qu'elle enfilait quand elle rentrait du travail et s'affalait sur le canapé ; il la reconnaissait même quand elle n'émettait aucun son. Et il savait, donc, qu'elle n'ouvrait jamais la porte en baissant le loquet au maximum.

— Maman ? demanda-t-il, pas rassuré.

Mais il entendait maman polémiquer dans la cuisine, au sujet du voile dont se paraient volontairement les jeunes filles d'aujourd'hui, alors que les générations précédentes avaient tout fait pour s'en affranchir.

La porte restait entrebâillée, encore quelques secondes et Krim pourrait considérer que son visiteur refusait délibérément de se faire connaître.

— Nazir ! s'écria-t-il, soulagé, lorsqu'il reconnut la haute silhouette de son grand cousin. *Wesh* cousin, ça va ou quoi ?

Nazir tendit son poing dans sa direction, Krim l'imita ; leurs poings se touchèrent.

Pendant qu'ils discutaient dans la pénombre de la chambre de Krim, il se passait des choses au salon : Slim avait eu la bêtise de défier sa petite cousine Luna au bras de fer. Ils avaient poussé la pile d'assiettes qu'ils devaient distribuer autour de la table, et ils dressaient leurs avant-bras l'un contre l'autre. Dounia massait les épaules musclées de la petite gymnaste, Bouzid coachait Slim en l'engueulant avant même que le duel n'ait commencé :

— T'as pas intérêt à perdre, Slim ! T'es un homme maintenant ! T'es un homme ou pas ?

Il avait quatre ans de plus que Luna, mais dès qu'il sentit la forte main de sa petite cousine dans la sienne il sut qu'il allait perdre. Luna le dominait si facilement qu'elle fit semblant de perdre jusqu'au dernier moment ; elle se laissa battre jusqu'à ce que le dos de sa main soit à quelques centimètres de la nappe, et puis elle bâilla. L'effort avait rendu Slim écarlate, Luna abrégea ses souffrances et renversa la situation avec une aisance incroyable. Il y eut une revanche, qui ne dura que trois secondes. Slim était beau joueur – ça ne se serait pas passé comme ça si Luna avait affronté son frère. Mais Krim n'aurait jamais accepté.

— Kriiiiiim !

C'était le premier appel. Et Krim ne l'entendit même pas. Nazir et lui étaient assis sur le rebord de son lit, en face de la fenêtre. Ils regardaient le ciel où s'effilochaient des ombres grises. Nazir parlait du ciel, il disait que le ciel c'était comme l'argent : un faiseur de promesses.

— Quand tu regardes le ciel, tu as l'impression que tous les événements de ta vie vont se silhouetter sur sa majesté inquiétante. Le ciel a l'air de te dire : tu vas avoir une grande vie, tu n'as qu'à te lever et aller la chercher. Et l'argent c'est pareil, ça te promet des choses, ça te promet que tu vas pouvoir l'acheter, cette grande vie. Et toute l'histoire de l'humanité, mon cher petit cousin, c'est celle de ces promesses non tenues, pire que non tenues : des promesses foireuses, comme quand ton tonton préféré te dit qu'il va t'emmener au bord de la mer, mais que les mois passent et qu'il ne vient jamais te chercher...

Krim ne voyait pas vraiment le rapport mais il faisait des efforts, des efforts pour ne pas rigoler bêtement et des efforts pour lier les idées entre elles.

— Pense à ça quand tu regardes le ciel, pense que le ciel est un menteur. Et que la seule vraie sagesse, c'est de ne pas écouter les menteurs quand on sait qu'ils mentent. La sagesse, c'est d'arrêter de lever les yeux et de les baisser sur la réalité. Méfie-toi du ciel et des grandes promesses, d'accord, Krim ?

— D'accord, répondit l'adolescent en passant la langue sur son palais sec et pâteux.

Nazir ne disait plus rien maintenant, mais il regardait le ciel avec une intensité teintée d'amusement.

Ses cheveux étaient moins noirs que sombres ; la lune leur donnait des reflets d'acier. Krim ne savait pas s'il devait parler ou se taire, regarder le ciel avec ce type bizarre ou proposer d'aller rejoindre les autres pour manger. Les autres déboulèrent dans la chambre avant qu'il n'ait eu à se décider :

— Vous avez pas vu ? Eh ben non, vous aviez pas allumé de lumières, si ?

— Non, répondit Nazir, pourquoi ?

— Y a eu une coupure, dit Rabia en essayant d'allumer la veilleuse de Krim. Partout, tout est éteint, je te jure !

Derrière elle, ils devinaient des ombres aveugles au milieu du salon plongé dans le noir ; les portables y dansaient une farandole de lueurs bleues. Krim se frottait les yeux pour s'assurer que cette coupure de courant n'était pas le fruit de son imagination dopée. Au salon, Bouzid avait pris les choses en main. Il avait trouvé le boîtier des fusibles et demandait à Dounia d'y promener la flamme de son briquet. Il identifia le fusible coupable, ordonna qu'on débranche le dernier appareil qu'on avait branché. Mais le fusible ne tenait pas, et ce fut la mort dans l'âme, honteux de ne pas pouvoir être le héros de la soirée, que Bouzid annonça qu'il fallait faire appel à un technicien.

— *Zarma* un électricien, traduisit Rabia pour sa vieille tante.

— Un électricien le soir de Noël ? Eh ben ça va coûter bonbon, je vous le dis tout de suite !

Tout le monde se troublait et s'agitait, sauf le vieux Ferhat, fidèle à son poste à côté du lampadaire, qui ne disait rien et souriait doucement dans l'obscurité.

— Sinon on a qu'à aller chez moi, proposa Dounia.

Au début, toute la salle protesta – les estomacs criaient famine, si on partait maintenant on ne mangerait pas avant une heure, sans compter que la dinde était à moitié cuite, et les plateaux remplis de toasts. Et puis on se raisonna. Les toasts pouvaient être emballés, la dinde réchauffée le lendemain. Avec deux voitures, la migration ne prit en effet qu'un gros quart d'heure. Krim voyageait dans la Twingo de Dounia qui sentait le tabac froid et le désodorisant impuissant à le masquer. Il était un peu sonné par toute cette réalité d'un coup : remettre ses chaussures, quitter la maison, rouler au milieu de plein de nouveaux décors... Il se tourna vers Nazir qui se tenait droit au milieu de la banquette arrière :

— C'est toi, Nazir ?

Nazir sourit maladroitement.

— C'est toi, la coupure de courant ?

Étrange question, pensa Krim. Mais il oublia qu'il l'avait posée dès que la voiture s'arrêta à un feu rouge, et qu'il se mit à se demander pourquoi la couleur rouge lui faisait irrésistiblement penser au *la* majeur. Il oublia également que Nazir n'avait pas répondu à sa question. Sur le bout de son pouce et de son index, il sentait la résine de cannabis qui faisait des croûtes pile au niveau de ses empreintes digitales.

Une voiture était à l'arrêt à côté de la leur. Krim remarqua que son conducteur avait les yeux rivés sur le tonton Ferhat qui marmonnait des fragments de chansons orientales sur le siège passager. C'était sans doute le shit, mais il lui semblait que ce conducteur en doudoune blanche – un colosse blême aux cheveux ras – allait profiter du feu rouge pour sortir de sa voiture et venir s'en prendre à eux. Le feu passa au vert, la voiture les suivit jusque dans la rue du cimetière, mais un moment plus tard, Krim avait oublié de s'en inquiéter.

Le lotissement où se trouvait la maisonnette de Dounia était richement décoré aux couleurs de Noël. Il y avait des lumignons aux fenêtres, des lutins à l'entrée des places de parkings, quelques pères Noël accrochés aux volets des étages, et des guirlandes, des lumières qui brillaient dans la nuit froide – partout sauf chez Dounia. La dernière maisonnette du lotissement ne fêtait pas Noël. Les murs de crépi rose étaient pâles et nus. À l'intérieur, on aligna les Tupperware sur la table basse du salon, et en moins de cinq minutes tous les toasts étaient disponibles, si beaux dans leur bigarrure multicolore que personne n'osait y toucher. Caviar noir, foie gras beige, tarama rose, garniture de concombre blanche, petits œufs de lompe rouges et même le vert-de-gris d'une crème d'anchois qui, pour le coup, n'inspirait vraiment pas confiance.

Le tonton Bouzid avait apporté deux bouteilles de Champomy qu'il échoua à déboucher en fanfare. Dounia alla chercher la serpillière pour nettoyer le jus mousseux qui faisait déjà des flaques sur le carrelage.

Le rez-de-chaussée de Dounia était plus large et plus profond que tout l'appartement de sa sœur. On se sentait à l'étroit et au chaud chez Rabia, chez Dounia au contraire l'espace trop grand donnait une désagréable impression de fête ratée, où les invités parsemés aux quatre coins de la pièce évoluaient comme des poissons rouges désœuvrés dans un aquarium trop grand pour eux. Rabia eut la bonne idée d'allumer la télé et de réunir tous ceux qu'elle continuait d'appeler gaiement ses convives autour de la table basse. Il ne restait que du couscous dans le frigo de Dounia qui n'aimait guère les périodes de fêtes depuis que son mari avait rendu son dernier souffle le soir de la Saint-Sylvestre.

— Et voilà ! s'exclama Rabia, on veut faire un réveillon comme les Français et on se retrouve à bouffer du couscous ! *Wollah* la prochaine fois on dit à Zouzou de préparer direct la semoule ! Je te jure, j'ai l'impression que c'est un signe, *zarma* Dieu qui veut se moquer de nous et qui nous dit, faites ce que vous voulez, vous resterez toujours des bougnoules...

— *Wol-lah !* approuva la tante Zoulikha en reposant le toast aux anchois qu'elle venait de humer suspicieusement, du bout des narines.

La discussion se poursuivit sur ce terrain houleux : la France, les immigrés. Rabia était la plus virulente. Elle prenait la salle à partie et disait :

— Pour eux, on est des invités, et les invités faut que ça ferme sa gueule et que ça se tienne bien, mais ça fait cinquante ans qu'on est des invités, et on voit tous les autres nous marcher sur la tête, tu vois ce que je veux dire ?

Quand Rabia disait « Tu vois ce que je veux dire ? », on pouvait être sûr qu'elle, de son côté, n'en savait rien.

Chacun y alla de son petit commentaire crié par-dessus le brouhaha, même les plus jeunes qui levaient les yeux de leurs téléphones pour faire connaître leur opinion. Nazir demanda à Rabia de développer son laïus sur les invités. Rabia ne se fit pas prier, heureuse que son neveu participe enfin. Mais Nazir la coupa brusquement, avec une phrase qu'il prononça sur un ton neutre et mou, comme s'il l'avait déjà trop répétée :

— Mais le problème c'est pas d'être des invités ou des résidents à part entière. Le problème, c'est qu'il n'y a pas de fête, pas de banquet.

— *Wol-lah !* répéta la tante Zoulikha en croyant que l'intervention de Nazir était finie.

— La France, c'est comme une réception où t'arrive tout endimanché, et tu te rends compte qu'il n'y a personne, pas de fête. La maison n'est pas inhospitalière, elle est simplement vide. Les locataires sont des fantômes qui essaient de se persuader qu'ils sont les propriétaires, et les vrais propriétaires sont introuvables, on entend simplement l'écho de leurs voix qui nous disent de débarrasser le plancher.

L'intervention de l'intellectuel de la famille ne suscita qu'une approbation timide ; personne ne voulait avouer qu'il n'avait pas vraiment compris l'analogie. Le tonton Ferhat commençait à bâiller ; il leva la main pour parler de sa nouvelle obsession – la lune, ou plutôt la « line » :

— Ma paroule li Américains ils ont pas iti sur la line. Ils disent qu'ils ont iti, mais la virité non.

Bouzid crut qu'il parlait des fameuses images du drapeau et du vent... Mais le tonton Ferhat avait d'autres raisons de contester la version officielle :

— La line, expliquait-il avec des gestes extrêmement lents de la paume, la line c'est une lompe. Une lompe. Ti peux pas alli sur une lompe, *t'famet ?*

Il s'interrompit, avec un geste de la main comme en ont les poètes incompris.

Krim sentit qu'il allait attirer l'attention sur lui s'il continuait de sourire bêtement, les yeux mi-clos. Il tenta six grimaces différentes pour ouvrir grands les yeux ; quand il arriva enfin à les garder ainsi plus de dix secondes, ça n'avait pas manqué : tout le monde le regardait bizarrement.

Le tonton Bouzid l'interrogea devant toute la tablée :

— Alors, Krim, qu'est-ce que tu vas faire de ta vie maintenant ? Hein ? T'as des projets ? Rab' elle me dit que des fois tu bricoles à la maison. Ça t'intéresse le bricolage ?

— Mais qu'est-ce tu lui racontes, toi ? crachota Krim en se tournant vers sa mère. D'où je bricole à la maison ? D'où ?

Rabia avait pourtant dit la vérité à son grand frère. Dans ses bons jours, Krim multipliait les bonnes actions. Il inventait un nouveau système pour étendre le linge, il réparait un pied de commode bancal, il fixait une étagère supplémentaire dans la bibliothèque Ikea de la chambre de sa mère. Quand Rabia venait le récompenser d'un gros bisou surprise, il s'essuyait la joue en protestant autant par la vivacité de son geste de la main qu'en poussant des couinements de dégoût. Rabia s'accrochait à ces « bons jours » de son bébé devenu ado à problèmes. Chacune de ses petites inventions ne signifiait qu'une chose aux yeux de sa mère : qu'il l'aimait, qu'il aimait Luna, qu'il ne savait pas comment le leur dire autrement mais qu'un jour ça irait mieux, qu'un jour il n'aurait plus besoin pour les aimer du truchement d'un nouveau rideau de douche ou d'un étendoir anglé de façon plus obtuse.

Après cet apéritif, on passa au salon pour dîner à proprement parler. Nazir s'était assis à côté de Krim. Il n'avait d'yeux pour personne d'autre. Après avoir servi le bouillon ingénieusement dilué par la tante Zoulikha, Dounia fut soulagée de voir qu'il y avait assez de couscous pour tous les invités. Pendant que la conversation ouvrait le chapitre politique, avec Chaouch qui caracolait en tête des sondages, Dounia s'absenta dans ses propres pensées. Mais pas longtemps. Quand Dounia sentait que venaient de se poser sur elle les grands yeux noirs de son fils aîné, elle tendait son visage autour des muscles de ses joues, prête à sourire pour éclairer sa peau d'une roseur honorable. Mais ses sourcils étaient toujours crispés par le travail de ses pensées ; et ses yeux étaient incurvés vers le bas aux extrémités, ce qui leur donnait l'air triste même quand ils souriaient.

Après s'être enflammée en retrouvant le terrain familier du destin des immigrés, la discussion retomba au point mort. On avait topé – ce geste éternel entre les sœurs Nerrouche, qui connaissait des variations, comme lorsque Rabia prenait la main de Dounia et l'embrassait pour sceller leur communauté de vues. Oui, on était d'accord sur l'essentiel : la situation était scandaleuse, et le scandale désormais énoncé, validé, reconnu, ne menaçait plus personne. Il n'y avait plus de victimes depuis qu'on avait décrété leur existence irréfutable.

Et c'est alors que la peur s'installa dans le cœur de Dounia. La peur que Nazir qui scannait les visages en se frottant les doigts n'ouvre la bouche et ne brise le consensus. Nazir parut sentir que sa mère ruminait des idées noires : il posa sa main sur la sienne, mais n'osa pas la regarder longtemps droit dans les yeux, comme pour ne pas lui révéler l'avenir qui brûlait sous ses propres prunelles – cinq mois plus tard, l'interpellation avant l'aube, la perquisition sous les hurlements des enfants, au lendemain d'une nuit d'émeutes dont il serait reconnu, lui l'ennemi public numéro 1, comme le principal instigateur.

Dounia se leva, alluma sa cigarette de mi-repas à la fenêtre de la cuisine, la fuma jusqu'au filtre. Nazir la rejoignit. Il n'était pas tactile, affectueux comme Fouad dont les photos de presse avaient envahi toute la surface extérieure du frigidaire. Nazir était aussi froid que ce frigidaire, il était cérébral, tragique et fataliste – comme leur mère, à l'oreille de qui il murmura, sur un ton inédit :

— Je suis désolé, maman.

Dans cette phrase, Dounia en entendit une autre :

« Je n'ai pas le choix. » Elle perçut alors confusément qu'il ne voulait pas se faire pardonner d'un crime déjà commis, mais d'une catastrophe à venir, immense, brutale, inéluctable.

Il retourna au salon, écouta distraitement les nouvelles élucubrations de Rabia. Au milieu des siens, il était grave et silencieux. Il avait des manières de pape. Il ne riait pas, il n'intervenait pas pour ne pas risquer de dire à voix haute ces choses folles qu'il n'arrêtait jamais de penser.

Une voix d'enfant le tira de ses méditations :

— Vas-y, sérieux t'es allé à Los Angeles ? C'était comment ?

Nazir riva sur son petit cousin son regard le plus dur, le plus pénétrant.

— C'est comme le jeu vidéo GTA, celui qui se passe à Los Angeles. Tu roules pendant des heures. Il y a des palmiers le long des routes, des cocotiers. Et ça ne s'arrête jamais, tu roules, tu roules, c'est l'enfer.

Il lui demanda son numéro de téléphone, histoire de lui envoyer des SMS de temps en temps, et de papoter, tranquille, comme on fait entre cousins.

Le tonton Bouzid saisit cette bribe de conversation au vol et renchérit :

— Non mais écoute ton grand cousin, Krim, écoute-le, il a raison : tu peux faire confiance à personne dans ce bas monde, à personne sauf à la famille. Pas vrai, Nazir ? Hein ? Pas vrai ? Nazir ? Oh ! Nazir ? Oh, oh, la Terre appelle la Lune...

Mais Nazir avait toujours son sourire de pilote automatique, menton et bouche plissés de la même façon – le genre de sourire qu'on offre aux inconnus, aux étrangers, quand on les croise plusieurs fois dans la journée et qu'on doit malgré tout les saluer pour garder la face.

Il se tourna vers son oncle, riva sur lui un regard indéchiffrable et déclara en bifurquant soudain vers Krim :

— Bizarre quand même, cette idée de fêter Noël, non ?

Première partie

Autour de Nazir

1.

Il savait tout faire. Il savait jongler, marcher sur les mains, pleurer sur commande, rire au milieu de ses phrases. Il savait faire ricocher un caillou quatre fois à la surface d'un lac, il pouvait imiter une vingtaine de voix connues, il connaissait par cœur les paroles d'une centaine de chansons dont quelques airs d'opéra – Jasmine prétendait qu'il aurait fait un ténor honorable. Honorable ne suffisait pas. En tant qu'acteur Fouad pouvait prétendre à l'excellence. Les vidéos qu'il se passait depuis deux heures ce matin-là lui rappelaient que sa jeune notoriété n'était pas usurpée. Il revoyait les courts-métrages dans lesquels il avait joué, les seconds rôles de films où on ne remarquait que lui, et enfin la série phare de la sixième chaîne où il incarnait l'entraîneur d'une équipe de CFA projetée dans le bassin de piranhas de la première ligue.

Dans tous ses rôles il était naturel, il trouvait d'instinct les gestes et les regards appropriés. Il n'aimait pas les voyous dans la vraie vie, mais devant les caméras il comprenait tout d'eux : sa voix se faisait rauque, ses lèvres s'entrouvraient pour laisser passer un menaçant bout de langue ; quand il brandissait son pistolet automatique il n'avait pas besoin qu'on le dirige pour incliner la crosse à l'horizontale. Un réalisateur à la mode prétendait qu'il était l'acteur le plus prometteur de sa génération. Il pouvait tout jouer, il était à la fois plastique et solide. Et bien entendu il était beau. D'une beauté latine plutôt qu'arabe, bouclée plutôt que frisée ; une beauté cosmopolite, passe-partout, plaît-à-tout-le-monde, qui réduisait sa problématique arabité à un type esthétique acceptable, à un amusant tropisme de magazine féminin ; les brumes du passé étaient dissipées, les vieux conflits réglés en deux shootings et quelques interviews consensuelles. La France et l'Algérie réconciliées par la grâce d'un acteur télégénique.

Fouad se figea. La situation lui paraissait soudain limpide. Il était la bonne conscience du milieu dans lequel il évoluait : les courts-métragistes de l'Est parisien. Il était la bonne conscience d'un aréopage d'avant-garde.

Nazir était la mauvaise conscience de la nation française tout entière.

Fouad s'aperçut qu'il venait de passer toute la matinée à se regarder lui-même. Il s'était trouvé beau. Il s'était trouvé monstrueux. Les épisodes de *L'Homme du match* qu'il avait visionnés n'étaient pas mixés. C'étaient des versions de travail, l'image et le son étaient horribles. Fouad retira le DVD de son ordinateur portable et le rangea précautionneusement. Il se leva et fit quelques foulées dans son appartement. Il avait gardé son hoodie de la veille, avec lequel il avait passé la nuit au Val-de-Grâce. Il se gratta les poils du torse, estima les volumes de son appartement. La lumière naturelle n'entrait dans la haute et vaste pièce que par les interstices des stores électriques.

Il répéta à voix basse les premiers mots de la lettre qu'il projetait d'écrire deux heures plus tôt :

« Chère Jasmine, te rencontrer a été l'une des plus fortes expériences de ma vie... récente... »

— Non, se corrigea-t-il en pivotant sur lui-même, pas « l'une des plus », « la plus »... Et pas « de ma vie récente », « de ma vie tout court ». Merde...

Il fit de la place sur son bureau, repoussa l'ordinateur dont la batterie était presque complètement déchargée après ces deux heures de vidéos. Il prit un bloc-notes inentamé et écrivit avec la bille rouge de son vieux bic multicolore : *Chère Jasmine...*

Il n'alla pas plus loin. Il n'irait pas plus loin avant de s'être reposé, de s'être souvenu et rassuré, d'être redevenu opérationnel et optimiste.

Que s'était-il passé depuis samedi ? N'ayant pas vu l'heure tourner, il avait dû partir en catastrophe pour Saint-Étienne, avait loupé son TGV, flirté avec une réalisatrice de courts-métrages qui lui proposait le premier rôle dans son prochain film et plus si affinités. Krim avait pris sa place de témoin, Slim avait embrassé Kenza sur la joue, le vieux tonton Ferhat était tombé au milieu de la piste de danse ; dès l'arrivée de son TGV à la gare de Châteaucreux il avait pressenti le désastre, et il n'avait rien fait pour l'empêcher.

Il retourna sur son ordinateur, brancha le fil d'alimentation, alla sur Internet. L'onglet de ses messages reçus affichait, en caractères gras, le chiffre inédit de 97 non lus. Il n'osa pas s'aventurer plus loin dans sa boîte de réception et revint sur Google où il eut l'idée de taper son nom de famille. Jasmine lui avait avoué deux semaines plus tôt avoir créé une alerte e-mail avec le simple mot Nerrouche : dès que Fouad apparaissait sur Internet elle en était prévenue. Désormais le même nom donnait 54 millions de résultats et figurait tout un tas d'actualités.

Dans les paramètres alignés sur la bande gauche du moteur de recherche, il sélectionna l'option « moins de 24 heures », obtint un peu plus de 10 millions de résultats, et puis il cliqua sur « moins d'une heure » : 19 000 pages venaient d'être trouvées en 0,11 seconde. Quand il tapait sur la touche F5 de son clavier, le nombre augmentait en temps réel. Des inconnus, dans cet effroyable infini de la Toile, étaient en train de poster des informations, des commentaires sur sa famille. Sa tante Rabia, sa mère, lui, Nazir et Krim surtout. En cliquant au hasard sur un lien surgi du néant la veille au soir, il vit qu'un site proposait un sondage pour savoir si les Nerrouche étaient ou non un vivier de terroristes islamiques. Le oui l'emportait à 91 %. Des milliers d'internautes avaient participé. Des milliers d'esprits humains, des milliers de gens réels pensaient que sa famille était un réseau terroriste.

Il rabattit brutalement l'écran de son ordinateur et vérifia que Szafran, l'avocat de sa famille, ne l'avait pas appelé. Dans la liste de ses appels manqués il y avait son agent, quelques amis, une palanquée de connaissances, Szafran – et, surprise, sa cousine Kamelia. Il s'allongea sur son lit avant de la rappeler. Au plafond, son lustre-ventilateur attendait d'être réparé. Il s'assoupit en rêvant que les cinq hélices immobiles étaient les cinq doigts immobiles d'une main crispée au-dessus de son destin, pas encore décidée à le broyer.

Dix minutes passèrent, le souvenir de Krim enragé sur le parking de la salle des fêtes le tira de sa sieste. Il n'était pas reposé et son appartement lui faisait l'effet d'une cabine de paquebot hantée : les murs pouvaient se rapprocher, le plancher s'effondrer ; des albums de photos cachés dans ses placards risquaient de surgir les fantômes de son père, de son cousin, de Nazir. Les morts, les vivants, les morts vivants.

Il décida d'appeler Kamelia. Elle haletait au bout du fil, grognait, semblait très affairée. Il lui demanda ce qui se passait, elle lui expliqua qu'elle bouclait sa valise.

— Tu vas où ? demanda-t-il.

— Ben chez toi, Fouad ! Je veux dire à Sainté. On va pas laisser Slim et Luna tout seuls, voyons.

Fouad n'y avait plus pensé. Son petit frère. Sa petite cousine. Sa petite famille.

Quelques heures plus tôt, à l'aube, tandis que sa mère et sa tante se faisaient enlever par la police antiterroriste, il faisait le singe auprès d'une famille qui n'était pas la sienne, à deux pas du patient le plus prestigieux de tous les hôpitaux du pays.

— Je vais venir aussi, Kamelia, pas aujourd'hui, mais dès que j'aurai vu notre avocat, dès que j'en saurai un peu plus…

— Fais ce que tu as à faire à Paris, je m'occupe de tout.

— Merci, Kam, voulut-il conclure en rallumant son ordinateur.

— Mais arrête de me remercier ! s'indigna sa cousine en laissant tomber bruyamment la valise qu'elle n'arrivait pas à boucler.

Fouad n'entendit pas cette fausse remontrance ; il venait de voir le nombre de ses messages non lus passer à 98. 98 non lus.

— ... C'est pas pour toi que je vais à Saint-Étienne, c'est pour nous, et puis pour la petite Luna bichette.

Cet accès de sollicitude émut d'autant plus Fouad qu'il n'avait rien fait pour le suggérer.

2.

En raccrochant, il se sentit rempli d'une vigueur nouvelle. Il remonta les stores. La porte-fenêtre s'ouvrait sur le balcon. Les bruits de la place lui firent fermer les yeux. Il huma un instant l'air de Paris et retourna dans son studio.

Son téléphone était déchargé ; il le brancha, monta le volume de sa sonnerie au cas où on essaierait de le joindre ; et puis il prit une douche. L'eau tiède le lavait mais ne le purifiait pas. Il avait des pensées confuses, indémêlables. Il n'arrivait plus à les hiérarchiser, jusqu'à ce que lui revienne en mémoire le regard condescendant de la mère de Jasmine, quelques heures plus tôt dans la salle d'attente du Val-de-Grâce. Le mépris de classe s'y mêlait à celui de son métier (« ton ami l'acteur »), mais il y avait pire : Esther Chaouch avait l'air de le soupçonner d'avoir manipulé sa fille pour atteindre son père.

Mais peut-être se faisait-il des idées – au moins sur ce dernier aspect. Ou alors sur les autres. Les gens n'étaient pas aussi fous.

Pendant la campagne, Fouad avait joué le rôle de rabatteur pour les soutiens *people* de Chaouch. Il lui arrivait parfois de surprendre des sourires forcés, ou d'essuyer des regards vicieux et ricanants de la part des vrais membres du staff, ceux qui s'occupaient de choses sérieuses, qui avaient fait des études longues et d'innombrables compromis pour gagner leur place dans ces hautes sphères de la politique nationale. Fouad se protégeait de leurs mauvais signaux en redoublant de disponibilité. Mais il n'était pas dupe : pour la grande majorité de ces requins, le *boyfriend* de Jasmine Chaouch n'était qu'un parvenu décérébré et naïf, dont les yeux brillaient sincèrement quand il entendait le futur président parler de l'égalité comme l'âme de la France, ou des territoires perdus de la République comme une exaltante « nouvelle frontière » à conquérir.

Le grand rire franc de Chaouch était devenu son meilleur bouclier. Et pour protéger son autre côté, l'amour de Jasmine. Sauf que les pensées pernicieuses sont plus violentes que les simples coups. Ce que tous ces gens pensaient vraiment de Fouad le tétanisait. Et tandis qu'il essayait de se raisonner, les hurlements de Jasmine, cette nuit, tapant du pied dans la cour pour qu'il monte avec elle à l'étage de son père, s'ajoutèrent au regard terriblement équivoque d'Esther Chaouch – comme une bande-son, comme si ça ne suffisait pas.

Parti comme il l'était, Fouad sentit qu'il allait passer des heures à ressasser cette situation inextricable où il s'était vécu comme un moins que rien, un bouffon, qui plus est le proche parent d'un assassin notoire, admis dans l'intimité royale par le seul caprice d'une infante à moitié folle.

Il prit une mesure draconienne : il commença à se masturber.

Ne pas dévier de la pensée de Jasmine exigea de lui une énergie mentale considérable. Des images d'autres corps se pressaient contre lui, des décolletés de filles entr'aperçues dans la rue, des seins de profil, des seins de face, des tétons roses, noirs, gros et petits, des fesses aussi, qui n'ondulaient que pour lui, la voix d'une avocate, sa bouche qui prononçait le mot « loi » de façon si sensuelle... Et puis soudain, au milieu de ce zapping érotique, surgit la voix éraillée de la journaliste qui lui avait rendu visite la veille, Marieke, sa main posée sur la sienne, son ossature singulièrement forte, clavicules saillantes, poignets solides, et puis son beau visage large et clair, le visage d'une fille de ferme flamande, mais avec une paire d'yeux bleu vif et perçants.

D'ordinaire il préférait les corps accueillants, tendres et concaves – les rondeurs parfumées des Jasmine de ce monde ; alors pourquoi s'enflammait-il si bien au souvenir de cette Marieke Vanderquelque chose, qui n'était que robustesse, regards hostiles, convexité ?

— Non, souffla-t-il en tournant au maximum le robinet d'eau froide.

Il quitta la douche sans s'être soulagé.

Il se rasa, changea de vêtements et bondit sur le balcon pour observer l'activité de la place d'Aligre. Il n'y avait presque personne sur les bancs ou aux terrasses des cafés. Quelques commerçants en tabliers déambulaient autour du marché couvert, déchargeaient les camionnettes, faisaient des allers-retours en franchissant les rideaux bâchés avec cette énergique et presque joyeuse mauvaise humeur typique du petit peuple des marchés parisiens.

Fouad reconnut le placier, hérisson tiré à quatre épingles, mains derrière le dos, museau inquisiteur, torse bombé ; sûr de son importance, il parlementait sans jamais croiser leur regard avec une meute de vendeurs arabes qui tentaient de négocier une meilleure place pour leur étal du lendemain. En arrivant à Paris quelques années plus tôt, Fouad avait travaillé sur le marché de la mairie de Clichy. Il avait connu les levers aux aurores, les expressos-croissants à prix d'ami au café du coin, l'odeur de poulet rôti qui le prenait à la gorge tandis qu'il essayait de vendre des soutiens-gorges de piètre qualité à des matrones immigrées qui plaisantaient sur la taille de leurs bonnets en s'agglomérant autour de son étal. Fouad n'avait pas le sens du commerce : il était trop généreux, trop bavard et surtout il ne supportait pas qu'une cliente n'en ait pas rigoureusement pour son argent en repartant. Mais son patron ne pouvait ni ne voulait le virer, il avait acquis une trop grande popularité. Sa belle gueule, sa jeunesse et sa joie de vivre attiraient bien mieux le chaland que les folkloriques criées d'Enrico (prononcer Henri-co), le « roi du soutif » que Fouad avait permis à son boss de détrôner.

Après les marchés, Fouad avait été serveur dans un bar de nuit, ouvreur dans un théâtre, animateur bénévole d'un atelier théâtre dans une MJC, jusqu'à ce casting, où il était allé presque par hasard, en suivant une jolie brune qui lui en voulait encore de lui avoir si brillamment volé la vedette. Tout était allé très vite. Il avait pris goût aux caméras, à l'atmosphère des tournages. Quand il n'avait pas de rôle parlant, il cachetonnait dans la figuration. Mais il multipliait les fêtes de fin de tournage, les soirées avec des gens du milieu du cinéma. Son naturel y faisait mouche, il séduisait sans rien dire, par la simple grâce de son charisme étrange, fait de douceur et de bienveillance.

L'argent et le succès avaient été au rendez-vous. Au-delà des espérances de ses bienfaiteurs. On le voulait dans tous les bons projets, il pouvait même les choisir, au grand dam de son agent qui lui reprochait de vouloir ruiner sa carrière en acceptant des premiers films d'auteur sans envergure ni visibilité. Fouad ne voulait pas de carrière. Il avait commencé à jouer par hasard, il y avait trouvé de l'intérêt et du plaisir, mais il voulait ne dépendre de rien. Quant à son ascension sociale fulgurante, elle faisait certes la fierté de sa famille (une fierté ambiguë, il le savait, mêlée d'un sentiment de revanche auquel il était pour sa part absolument étranger), mais elle signifiait seulement pour lui qu'au lieu d'être en bas sur la place d'Aligre à empiler les cagettes de fripes au milieu d'odeurs de fromage il pouvait assister au spectacle de toute cette activité depuis le dernier étage de son immeuble, en sirotant tranquillement son café.

— Pff.

Il eut un mouvement de dédain en songeant au rôle qui l'avait propulsé vers la gloire. Le personnage s'appelait Fouad lui aussi. Un scénariste acculé avait dû se procurer

une liste de prénoms arabes accompagnés de leurs signi-
fications. « Cœur » lui avait bien plu. Comme par enchan-
tement, la révélation du casting répondait lui aussi au
nom de Fouad.

Ça faisait des anecdotes pour la promo. Les producteurs se frottaient les mains, ils invitaient Fouad dans
de grands restaurants, ils lui faisaient bénéficier de leurs
carnets d'adresses. Tout paraissait gratuit et naturel. Il
avait du talent, des gens étaient prêts à dépenser beaucoup
d'argent et d'énergie pour le révéler aux yeux du public.
Quand il sortit officiellement avec Jasmine Chaouch, les
producteurs étaient aux anges. La success story dont ils
étaient les coauteurs et les heureux financiers venait de
prendre une dimension nationale. On ne faisait pas plus
glamour que Chaouch, en France, cette année-là.

— Ça suffit, décréta-t-il soudain.

Il n'allait pas rester sur la touche, à la merci des vents
contraires. Il fallait prendre les devants. Contacter tous les
numéros de son carnet d'adresses. Profiter de tout le gotha
qu'il avait eu pour mission, pendant la campagne, de rassembler autour de la candidature de Chaouch. Sa mission
avait été un succès – un peu trop d'ailleurs, l'adversaire
sautait bientôt sur chaque message de soutien d'un humo-
riste en vogue ou d'une superstar de la chanson pour tirer
à boulets rouges sur le candidat de la jet-set.

N'empêche que Fouad avait su leur parler, à ces stars
vaniteuses qui rêvaient de « réenchanter » la politique.
Pour les flatter, le jeune acteur avait su changer de voix,
sourire au bon moment – contraindre sa nature, franche
et univoque, se trahir, mais pour la bonne cause. Son
sourire faisait des miracles. Les yeux mi-clos marchaient
à tous les coups. Sa beauté était horrible, autant qu'elle
serve à quelque chose.

C'est dans cet état d'esprit qu'il se leva, quitta le balcon
et retourna sur sa messagerie électronique, porté par un
souffle de vent dont il sentait la fraîcheur dans sa nuque.
C'était le vent des grandes promesses. Mais les promesses
sont plus heureuses que le bonheur qu'elles annoncent :

Fouad redescendit brutalement sur terre lorsqu'il s'aperçut que le plus récent de ses 98 e-mails non lus avait pour auteur « Nazir Nerrouche ».

3.

C'était la Jasmine Chaouch d'avant : elle apprenait une grande nouvelle, son sang ne faisait qu'un tour et elle se mettait à danser de bonheur, avant de se souvenir qu'elle ne savait pas danser, qu'elle bougeait comme un automate contrairement à toutes ces actrices sensuelles et libérées qui gravitaient autour de Fouad ; et alors elle s'arrêtait et retrouvait son masque triste et fier de l'être.

Depuis que sa prière avait été entendue, depuis que son père avait ressuscité, Jasmine avait réduit de moitié sa prise d'antidépresseurs. Quelques heures seulement s'étaient écoulées, il lui semblait pourtant déjà sentir les premiers effets de son changement de posologie.

C'était la nouvelle Jasmine.

Elle papillonnait dans les couloirs blancs où le soleil s'engouffrait par vagues entières, grâce aux larges baies vitrées. Elle rêvait qu'elle dansait dans le couloir, comme une ballerine, entourée de volants et de poussière d'étoile – et maintenant il lui suffisait d'en rêver. Elle était sereine, heureuse. Elle offrait à tous ceux qu'elle croisait des sourires aveugles et passionnés. Tout n'était que lumière autour d'elle, aucune ombre ne s'imposait plus, pas même celle, pourtant impressionnante, de la garde du corps qui n'avait pas su protéger son père :

— Valérie ! Quel bonheur de vous voir ! Vous avez parlé avec papa ? Vous avez vu comme il va bien ?

La commandante Simonetti n'avait rien vu, ni parlé à personne. Son regard était mousseux, comme au réveil d'une sieste ; on aurait dit que ses paupières avaient doublé de volume.

Jasmine passa à côté de tout cela : elle regardait son interlocutrice droit dans les yeux, avec intensité, pour avoir accès directement à l'âme. À force de la chercher, elle finissait par ne rien voir de ses manifestations extra-oculaires : les gestes, les postures, les mouvements du menton et des lèvres. Celles de la garde du corps tremblaient en racontant son actualité :

— Je dois être à nouveau interrogée par l'IGS, mademoiselle Chaouch. Le scénario le plus probable est la mise à pied, pour quelle durée, c'est trop tôt pour le dire... mais je ne veux pas vous embêter avec mes petits soucis... administratifs.

L'adjectif était trop dérisoire au regard de sa situation réelle ; il fit brusquement voir à Jasmine, la nouvelle Jasmine, que sa nouvelle personnalité tenait dans une bulle, une bulle de bonheur égoïste, tapissée de posters de soleils. Le pire était à venir lorsque la commandante essaya de changer de sujet et de se composer une façade désinvolte et rigolote :

— Alors sinon, qu'est-ce que ça fait d'être la première fille ? Je suppose qu'on ressent beaucoup de fierté...

Jasmine détourna le regard du visage de Valérie. Le cristal de sa félicité venait de voler en éclats.

— Dites-moi ce que je peux faire, dit-elle en effaçant la dernière trace de son sourire béat.

— Ce que vous pouvez faire, répondit doucement la commandante, c'est profiter de votre bonheur.

Jasmine prit ses mains dans les siennes. Des larmes bordèrent bientôt ses paupières :

— Vous savez, Valérie, il vous a toujours considéré comme une de ses bonnes fées. Il le disait, avant : les trois femmes de ma vie, mon épouse, ma fille, ma garde du corps...

— Merci, mademoiselle. Je suis... vos mots me touchent énormément. Je suis... tellement heureuse pour vous...

La policière se mit à pleurer. Elle pleura comme les gens à qui ça n'arrive jamais : par saccades, presque des crachats de larmes.

Jasmine se hissa sur la pointe des pieds pour l'embrasser convenablement.

— Je suis sûre que tout va bien se passer, la rassura-
t-elle en pensant soudain qu'elle n'avait pas encore appelé
Fouad depuis son départ. Je suis sûre que papa va parler
à des gens, pour qu'on vous foute la paix.

La voix de Habib interrompit leur embrassade ; le directeur de la communication de la campagne de Chaouch
beuglait dans tout l'hôpital. Jasmine secoua la tête. Ses
rapports avec Serge Habib étaient tendus depuis la campagne ; mais même avant, avant cette folie présidentielle,
elle n'aimait pas découvrir que l'invité du soir était ce petit
homme nerveux qui jurait comme un charretier embourbé.
Ses costumes étaient toujours gris ; quand son moignon
dépassait de la manche de son blazer, Jasmine sentait qu'il
allait se passer quelque chose d'important et de terrible.
Il ne plaisait pas non plus à la mère de Jasmine. Parce
que Mme Chaouch était une intellectuelle aux manières
raffinées et aux propos longuement pesés. Mais aussi parce
que les visites de ce communicant braillard et nouveau
riche annonçaient généralement que leur vie intime allait
connaître des bouleversements considérables. Ce qui n'avait
jamais manqué de se produire. Jusqu'au bouleversement
ultime. Chaouch dans le coma. Et la voix belliqueuse de
Serge Habib qui continuait de sourdre, d'envahir l'espace et
de faire trembler les parois du cocon de la famille Chaouch.

Jasmine ferma les yeux, retrouva son sourire, son nouveau
sourire ; et se souvint que Coûteaux la surveillait de loin,
sans se montrer. Elle se souvint aussi que Coûteaux n'était
pas dans les petits papiers de Valérie ; et vice versa : le jeune
garde du corps aurait tout fait pour éviter de croiser le regard
de son ancienne patronne devenue une sorte de pestiférée.

Les deux femmes se prirent la main comme deux vieilles
amies. La princesse et la chef de la garde. La princesse
s'exclama soudain :

— Valérie, vous avez vraiment des mains de tueuse !

Elle se mordit les lèvres et laissa tomber sa tête à l'avant.

— Je suis désolée, je ne sais pas ce qui m'arrive en ce
moment, je dis tout ce qui me passe par la tête, même
quand c'est complètement stupide.

— Non, non, vous avez raison, la rassura Valérie en faisant lentement pirouetter ses poignets, j'ai des mains de tueuse, mais bon, avec ce que je fais... il le faut bien.

Habib continuait de hurler au bout du couloir. Valérie salua la princesse et disparut en enfonçant ses mains de tueuse dans les poches de son K-way.

— Un traducteur, un traducteur ! Mon royaume pour un traducteur !

Serge Habib courait partout dans l'étage du Val-de-Grâce où s'était réveillé le président. Plus que d'un traducteur, c'était d'un cordon sanitaire qu'il avait besoin. Il fallait impérativement isoler la chambre de Chaouch de la salle d'attente reconvertie en camp militaire : tous les responsables du pôle communication que Habib supervisait étaient pendus au téléphone, ils échangeaient des notes et des infos à toute vitesse, tandis que dans une pièce attenante prêtée par le médecin-chef, le comité de pilotage de la campagne organisait des visioconférences avec Solférino et les grandes fédérations socialistes dans les régions, autour cette fois-ci de Vogel, le directeur de la campagne et principal premier ministrable.

Six personnes savaient que Chaouch avait parlé chinois en se réveillant : Esther Chaouch, Jasmine Chaouch, Habib, Vogel, le médecin-chef et une infirmière. Habib parvint à réunir ces six personnes dans la chambre du président. L'infirmière n'était pas contente de cette soudaine surpopulation. Ces « gens de la politique » ne l'impressionnaient pas, mais le médecin-chef lui fit comprendre d'un regard appuyé qu'elle devait les écouter, que ça ne durerait pas longtemps.

Souhaitant rester à portée de main de la perfusion de Chaouch assoupi, l'infirmière obligea Habib à s'éloigner de la fenêtre où il avait d'abord voulu délivrer ses instructions. Les six se répartirent donc autour du lit. Esther et Jasmine caressaient la main et les cheveux de Chaouch. Son visage était débarrassé de ses plus gros bandages. On l'avait désintubé. Il n'avait plus qu'un léger masque à oxygène pour faciliter sa sieste.

Le médecin-chef était très étonné qu'il ait pu parler dès son réveil. Sa voix avait été pâteuse, son souffle douloureux, mais il avait réussi à fixer l'infirmière et à lui parler. Plus tard, ses yeux s'étaient mouillés devant Jasmine et Esther ; il n'avait apparemment pas perdu la mémoire. Mais avait-il oublié sa langue maternelle ? Le Pr Saint-Samat était incapable de le dire pour le moment. Ce qu'il remarquait, c'était que ses réflexes étaient bons et qu'il réussissait à bouger la main droite (tout le monde observa les deux doigts qui pinçaient un objet imaginaire). Qu'il puisse parler était en soi une bonne nouvelle, répétat-il à l'intention de Mme Chaouch.

— Bonne nouvelle, ça reste à voir, déclara Serge Habib, s'attirant les foudres silencieuses de Jasmine. Disons qu'on a de la chance qu'il se soit pas mis à parler en arabe.

— Il aurait parlé kabyle alors, l'interrompit Jasmine.

— Arabe, kabyle, chinois, peu importe. Je veux seulement vous faire mesurer la gravité de la chose. Dans ses rêves il est peut-être au pays du Matin calme, mais dans la réalité on est en France, le pays des gens tout le temps en colère. Si ça s'ébruite, c'est bien simple : on est morts. Tout le monde va penser qu'il a pété les plombs, qu'il est incapable de gouverner... Les Français ont adoré Chaouch, ils ont adoré l'élire, ils adoreront le lyncher si l'occasion se présente et que les connards d'en face se mettent à crier plus fort que nous.

Un silence gêné suivit cette tirade que Serge Habib avait déclamée de sa voix dure où subsistaient des traces d'accent pied-noir.

Jasmine eut un nouvel accès d'insolence :

— Oui, sauf que le pays du Matin calme, c'est la Corée.

— Merci pour ces précisions géographiques, Jasmine, repartit Habib. Je disais donc que si ça s'ébruite, tout le monde va penser qu'il est incapable de...

— Mais il est incapable de gouverner ! s'écria la jeune fille en désignant son père alité.

Habib ferma les yeux pour ne pas s'emporter.

— Jasmine, je comprends que tu sois un peu à vif, mais écoute... Le principal, pour l'instant, c'est le rétablissement d'Idder. Après...

— Vraiment ? C'est vraiment le principal ?

— Jasmine, je ne te permets pas.

Esther entoura les épaules de sa fille, comme pour la protéger de sa propre rage. Jasmine se déplaça au plus près de l'oreiller de son père et fit mine de ne pas prêter attention aux propos de Habib. Celui-ci se tut, roula les yeux au ciel et enfonça sa main mutilée dans la poche de son pantalon. Il reprit à voix basse :

— Bon, pour en revenir à notre problème, je pense qu'il faut décaler la conférence de presse prévue pour le JT de 13 heures.

Vogel observa discrètement la réaction du médecin.

— Histoire de nous laisser un peu de temps. Déjà, trouver un putain de traducteur... pardon. Et ensuite faire quelques essais, discuter avec Idder, voir s'il se sent de passer à la télé pour le 20 heures. Je sais que ça fait long jusqu'à ce soir, mais on peut toujours laisser fuiter des infos à la presse, histoire d'occuper le terrain. En tout cas je préfère attendre ce soir et risquer un après-midi d'hystérie et de conjectures, plutôt que quelques images sans le son à 13 heures, qui auront l'air louches quoi qu'on fasse.

En réfléchissant ainsi à voix haute, il faisait le tour de la pièce, en long, en large et en travers. Au dernier moment il se tourna vers le professeur qui étudiait des courbes sur le dossier du président élu.

— Professeur ?

— Écoutez, le scanner de ce matin est bon, je vais faire de nouveaux examens après le déjeuner...

— Oui, mais est-ce que vous répondez de la discrétion de votre personnel ?

— Le personnel soignant du Val-de-Grâce est habitué à ce genre de situation, rétorqua le médecin-chef sans cacher son indignation. Pour le reste, je ne vais pas mentir sur son état de santé...

— Mais personne ne vous le demande, le rassura Vogel en touchant le coude de Serge Habib qu'il sentait bouillonner. Écoutez, je m'occupe de trouver quelqu'un de confiance pour la traduction. Je pourrais demander à quelqu'un du Quai d'Orsay...

— Il en est hors de question, le coupa Habib.

— Mais enfin, Serge, intervint Mme Chaouch, il faut bien qu'on sache ce qu'Idder...

— Oui, mais pas le Quai d'Orsay. On ne peut pas faire confiance à ces gens. Si ça s'ébruite... Jean-Sébastien, je t'en prie, dit-il en se tournant vers Vogel. Bah, abandonna-t-il en faisant volte-face.

Il alla se planter devant la fenêtre. Vogel reprit la main en s'adressant à la petite assemblée plutôt qu'à quelqu'un en particulier :

— Laissez-moi une ou deux heures.

— Une ou deux heures ? sursauta Habib. Et pourquoi pas une ou deux semaines ?

— Pourquoi pas, plaisanta Vogel en pinçant ses fines lèvres de technocrate. On dirait que tout le monde a besoin d'un peu de repos ici.

Le directeur de la campagne de Chaouch en imposait par sa parfaite maîtrise de soi, qu'il testait régulièrement en s'autorisant de furtifs traits d'esprit. Il se tenait droit comme un phare au-devant des éléments déchaînés. Contrairement à Habib, il avait par le passé occupé un poste de ministre. Les deux hommes du président se laissaient volontiers associer au feu et à la glace. Jean-Sébastien Vogel avait le front calme et pur, aucune revanche à prendre, rien à prouver. Derrière ses tempes étonnamment lisses pour un quinquagénaire, un monstre sommeillait : un monstre de patience. Tandis que son tonitruant camarade s'époumonait, il remarqua ainsi qu'Esther Chaouch lorgnait dans sa direction, dès que la vision de son mari alité lui devenait trop douloureuse.

Le médecin-chef toussa pour rappeler, à toutes fins utiles, que ces histoires ne le concernaient pas.

— Pardon, merci, professeur, dit Vogel.

La querelle entre les deux hommes du président se poursuivit dans le couloir, à voix très basse.

Esther Chaouch lâcha la main de son mari pour les rejoindre. Elle appuya l'idée de Vogel avec un petit discours qui déclencha une série de tics nerveux sur le visage du dircom, parce qu'il était prononcé avec une bienveillance thérapeutique :

— Il faut que tu apprennes à faire confiance, Serge. Personne ne te menace. Tu as gagné, tu as fait élire Idder. C'était la campagne. L'autre était l'ennemi. Il faut changer de perspective maintenant. Il faut...

Habib lui décocha un regard terrible, qui lui coupa la parole bien plus efficacement que ne l'aurait fait la plus fielleuse des perfidies. Couvé par ses épais sourcils froncés, ce regard signifiait qu'elle ne savait pas de quoi elle parlait – qu'elle essayait de se faire du bien à elle en le guérissant lui. Habib sentit soudain que sa colère avait parfaitement étouffé son sens des proportions. Cette histoire de traducteur ne méritait pas de casser le binôme victorieux qu'il avait formé avec Vogel. Il dilata les traits de son front pour les adoucir ; il concéda qu'il était un peu à vif.

Il n'en avait pas moins l'impression d'avoir littéralement troqué son royaume pour un traducteur.

4.

Cinq minutes suffirent à Vogel pour entrer en contact avec le conseiller diplomatique du président du Sénat. Chaouch avait rencontré ce haut fonctionnaire sinologue lors d'un déjeuner qui n'avait laissé que d'excellents souvenirs, de part et d'autre. Tandis qu'une voiture allait clandestinement chercher ce traducteur, Vogel s'accorda quelques instants de répit en compagnie d'Esther. Elle devait laisser les infirmières procéder à ce qu'elles appelaient pudiquement des « soins intimes » ; Vogel la mena dans cette vaste pièce réservée aux familles, que l'attentat et le coma consécutif avaient transformée en dépendance du domicile privé des Chaouch. La lumière du jour s'y engouffrait par une croisée donnant sur une cour richement arborée. Des grappes de fleurs résistaient à l'éblouissement vert acidulé du printemps. Elles étaient violettes, roses, blanches, bleues ; les chaleurs précoces en avaient affadi quelques-unes ; la plupart étaient encore vivaces.

— C'est donc ça, un destin national…, divaguait la première dame en soufflant sur une tasse de thé fumant qu'un conseiller lui avait apportée et qu'elle avait remercié d'un sourire contristé. Quand je pense à sa douceur, à sa simplicité, je me demande si je n'aurais pas mieux fait de le dissuader de se présenter… Qu'est-ce qu'ils sont beaux, ces arbres…

Elle-même portait un chemisier à fleurs blanches, qu'elle avait enfilé une heure plus tôt, sans s'apercevoir qu'elle se parait ainsi au diapason de son climat intérieur. Les saisons se bousculaient dans son cœur ; en moins de trois jours l'hiver le plus brutal de sa vie venait d'être chassé par le plus chaleureux des redoux. Mais les traits de son visage ne l'accusaient pas encore ; ils vacillaient au moindre souvenir de ces nuits d'attente et de désespoir.

— C'est sa douceur, surtout, répétait-elle en s'interdisant de cligner des yeux, sa douceur… mais c'est aussi sa simplicité. Sa simplicité dans le ton, dans la voix, dans le sourire. C'était la première fois que les Français entendaient un politicien qui ne parlait pas une langue opaque et froide, cette langue solennelle, parlée comme une langue étrangère… et qui finit par vous glacer le sang tant les intonations sont fausses et insincères… Idder était le premier à parler comme un être humain…

Jusqu'ici Vogel l'entendait sans tout à fait l'écouter, avec une sorte de bienveillance sincère mais automatique, qui permettait à son esprit de réfléchir aux problèmes concrets qui l'attendaient. En entendant le prénom du président élu, il ôta ses lunettes et décida de consacrer toute son attention à Esther :

— Esther…

— Oh, Jean-Sébastien…

Elle retint un sanglot et se tourna vers Vogel, songeant qu'elle n'avait pas vu ses yeux gris depuis des mois. Esther avait toujours apprécié Vogel. C'était elle qui avait conseillé à son mari de lui confier la direction de sa campagne. Cette chaleureuse recommandation dissimulait un calcul froid : il fallait à tout prix juguler l'influence de Serge Habib sur la carrière de Chaouch – sa carrière devenue destin. Habib n'était pas pour lui un simple conseiller ; pas même un ami de jeunesse : c'était une sorte de frère d'armes. Il avait rencontré Chaouch à l'université, ils ne s'étaient jamais perdus de vue depuis, y compris lorsque Habib s'était exilé aux États-Unis pour faire fortune dans la publicité.

Dès la primaire, Esther avait vu en Vogel un antidote au poison Habib. Ce communicant sans foi ni loi savait aussi bien, sinon mieux qu'elle, les secrets du cœur de son époux. Mais Chaouch aimait son Serge. Il aimait sa rage, son incomplétude, son bagout, jusqu'à sa grossièreté. Esther ne lui reconnaissait de qualités que professionnelles. Et encore, elle préférait l'intelligence à l'instinct, Vogel le civilisé au sauvage Habib. Vogel et Esther appartenaient par ailleurs au même monde : les grands-parents d'Esther étaient polonais, ceux de Vogel allemands. Ils avaient tous les deux grandi dans la mémoire de la fin du monde, au sein de familles ravagées par l'Holocauste. Esther avait choisi l'université, Vogel la politique. Mais ils se comprenaient, ils parlaient la même langue.

— C'est tout de même extravagant, cette ascension, disserta Esther en se souvenant de la tranquillité de sa vie conjugale avant la primaire socialiste. Je n'arrive pas à prendre du recul. Je me souviens de lui, prenant son cartable et son vélo – il portait son cartable comme un étudiant, sur l'omoplate, le poignet cassé… Et c'était ça, notre vie. Il était toujours enthousiaste. Et à la mairie de Grogny… Il connaissait le nom de tous les gamins du quartier. Je crois qu'en deux mandats à Grogny il a rencontré les trois quarts des habitants. Les gens l'adoraient...

— L'adorent, rectifia Vogel. (Il vit qu'il l'avait troublée :) Mais je crois que tu as tout dit il y a un instant. Au fond, un mot résume son ascension, une seule qualité l'explique : la capacité qu'il a d'inspirer confiance. C'est un don... inestimable.

Esther approuva avec vigueur.

Elle se remit à parler de son mari que des mains inconnues étaient en train de « nettoyer ». Elle parla de son apparition dans le paysage médiatique, de son arrivée sur la sombre planète de la politique française ; Vogel se souvenait de sa rencontre avec Chaouch, de ceux qui prétendaient l'avoir provoquée. La curiosité du landerneau pour ce presque inconnu n'était pas dénuée de pulsions idolâtres. Il est des comètes pour lesquelles on serait prêt à astiquer le ciel à quatre pattes, sans rien attendre en retour que le bonheur de la voir passer sous nos yeux.

Entre les deux hommes, c'est peu dire que le courant était passé. À ce moment-là, Chaouch faisait figure de gros outsider. Vogel se vit proposer un ministère régalien s'il ralliait la candidature de la favorite des sondages. Chaouch, au contraire, ne lui promit rien. Vogel n'hésita pas un instant : il rejoignit la campagne de Chaouch.

Mais il tomba sur un os, un os nommé Habib. Chaouch nomma Vogel directeur de la campagne, sans lui cacher qu'il lui faudrait faire jeu égal avec son vieil ami. Il y eut des cafouillages. Habib voulait répondre à toutes les attaques de la droite coup sur coup, boules puantes contre boules puantes. Vogel murmurait à l'oreille de Chaouch ce que Chaouch inclinait également à penser : qu'il fallait poursuivre sa campagne positive, qu'il fallait continuer d'agir au lieu de réagir, de sprinter sans regarder la ligne d'à côté, de mener une belle campagne de front-runner, seul et solaire.

La stratégie de Vogel fit dégringoler Chaouch dans les sondages. Pour empêcher ce scénario, il fallait moins de stratégie, plus de tactique. Habib sortit les griffes de son moignon. Il en profita pour s'imposer comme le vrai

directeur de la campagne, sa tête, son cœur, ses jambes :
il pilota lui-même la « cellule riposte », lutta contre les
vents et les avis contraires, incita Chaouch à se montrer
plus mordant, plus engagé contre la droite.

Le croisement des courbes de sondages n'eut jamais lieu.

Habib avait gagné. Le tacticien s'était imposé contre le
stratège.

Il fit irruption dans la salle lumineuse où Esther et Vogel
se regardaient sans se parler.

— Il est là, déclara-t-il d'une voix bourrue, réprobatrice.
On y va ?

Vogel offrit à Mme Chaouch un sourire incandescent.
Ils rejoignirent le conseiller diplomatique du président du
Sénat à qui Habib faisait la gueule dans le couloir.

Quand Chaouch se réveilla de sa sieste, ce dernier n'avait
qu'un espoir : qu'il se remette à parler français et qu'on
puisse renvoyer l'intrus chez lui. Mais l'infirmière ôta le
masque à oxygène, des sons s'échappèrent des lèvres pré-
sidentielles, et personne ne les comprenait autour du lit,
personne sauf le conseiller sinologue. Chaouch ne le regardait pas, ses yeux humides fixaient le vague.

— Alors ? s'enquit Esther.

— Attends, l'arrêta Habib avant de demander à l'infirmière de sortir un instant.

Le conseiller se tourna vers Habib :

— Il parle un mandarin parfait, c'est impressionnant.
Il dit qu'il a fait un rêve. Un long rêve. Il veut qu'on lui
donne un stylo pour le noter.

Les doigts de sa main droite continuaient de pincer un
objet imaginaire. Cet objet était donc un stylo.

Habib se massa les tempes, sans rien dire, en promenant
sur la chambre aux stores baissés un regard catastrophé.
Le conseiller poursuivit :

— Vous voulez que je lui demande de quoi il a rêvé ?
Sait-on jamais...

— Sait-on jamais quoi ? rétorqua Habib. Pardon, hein,
monsieur le conseiller, mais qu'est-ce qu'on en a à foutre
de son rêve ! Nom de Dieu, ça va être la croix et la bannière

43

pour empêcher que ce rêve sorte de cette pièce. Vous voulez qu'en plus on lui file un stylo pour qu'il l'écrive ? Et pourquoi pas faire venir une caméra de Sept à huit pendant qu'on y est ? Chaouch raconte le rêve qu'il a fait pendant son coma. Avec de jolis travellings sur sa gueule cassée et une bande-son jouée au xylophone…

— Serge, ça suffit !

Esther Chaouch laissa échapper un sanglot. Tout le monde savait ce qui l'avait provoqué : c'était « sa gueule cassée », qu'on avait pris soin jusqu'ici de faire semblant d'ignorer. Et qui maintenant – depuis qu'on l'avait baptisée – absorbait toute la lumière crue qui coulait des néons fixés au sommet de la tête de lit. Un pansement couvrait la joue où était passée la balle, mais rien ne cachait sa bouche tordue où manquaient un tiers des dents. Selon le médecin-chef du Val-de-Grâce, la chirurgie esthétique permettrait, « à terme », de rééquilibrer le côté explosé de moitié, mais jamais complètement.

Le « beau candidat » – élu l'homme le plus sexy de l'année par *GQ* – ressemblait désormais à un monstre.

5.

Un peu plus tard dans la matinée, le patron de la DCRI, Charles Boulimier, se présenta au Val-de-Grâce. C'était la deuxième fois en deux jours qu'il demandait à voir les proches de Chaouch ; mais depuis leur dernière entrevue, Esther Chaouch était devenue la première dame de France. Elle ne voulait surtout pas donner l'impression que cette nouvelle position de pouvoir l'avait changée : le premier espion de France se vit offrir une corbeille en osier remplie de viennoiseries.

Vogel était occupé ailleurs ; ce fut Habib qui accompagna Boulimier auprès d'Esther.

— Encore une fois, insista le préfet Boulimier, merci de me recevoir si naturellement, madame Chaouch, et croyez bien que je ne me serais pas permis de vous déranger s'il n'y avait pas urgence.

Il était assis sur le rebord de la banquette, les mains sur ses genoux, les épaules raides qu'il tournait en même temps que la tête pour appuyer son propos.

— Alors, c'est un peu délicat mais ce matin à huit heures et des poussières, nous avons intercepté un e-mail, d'une des boîtes de messagerie électroniques que nous surveillons depuis les émeutes. L'e-mail était signé « Nazir Nerrouche » et il était adressé...

— À Fouad.

— Vous le saviez ? s'étonna le premier espion de France.

— Non, mais je dois dire que ça ne m'étonne pas.

— Attendez, intervint Habib, de quoi on parle exactement ? D'un e-mail qu'il a reçu ? De deux choses l'une : d'abord, et alors ? Il a reçu un e-mail, et alors, il y peut rien ! Et deuxièmement, comment vous pouvez le savoir ?

Boulimier avait compris dès le début de cette conversation triangulaire qu'il avait intérêt à s'adresser surtout à Mme Chaouch et à multiplier les gestes de déférence à son égard.

— Je parie que vous ne saviez pas qu'on pouvait surveiller en direct un ordinateur à distance. Et vous auriez raison de vous en étonner, madame, ce n'est pas possible depuis très longtemps. Mais...

— Mais vous êtes en train de noyer le poisson pour nous faire comprendre que vous avez mis le petit ami de Jasmine sur écoute, c'est ça ?

Le préfet étira vers le haut le trait que formait sa bouche. Ses yeux fixes fusillaient ce vulgaire communicant qui n'avait pas hésité, un jour, sur un plateau, à comparer la DCRI à une « sorte de Stasi au service de la droite ».

— Le juge Rotrou, répondit-il avec sécheresse, a délivré l'autorisation dès qu'il a été désigné sur le dossier, la nuit passée. (Il changea de ton et se tourna vers Esther, les mains ouvertes en guise de sincérité et de bonne foi.) Si vous me permettez une remarque personnelle, madame, je dois vous dire que nous étions tous stupéfaits, nous autres professionnels du renseignement, que le précédent juge, M. le juge Wagner, n'ait pas jugé bon d'autoriser la surveillance du frère de l'homme qui a essayé d'assassiner votre mari. Il va sans dire que la situation est délicate. Et il est hors de question, comme nous en avons déjà convenu ensemble, de mêler votre fille, d'une façon ou d'une autre, à la lourde machinerie de l'investigation en cours. Mais il faut nous comprendre, nous travaillons dans le brouillard.

— Qu'est-ce que vous voulez dire, monsieur ?

— Charles, la corrigea doucereusement Boulimier. Écoutez, je n'ai qu'une obsession : capturer Nazir Nerrouche et empêcher ceux qui lui ont porté assistance de semer la sédition, la panique et la mort dans notre République. Les méthodes de Nazir Nerrouche commencent à être connues. Il brouille les pistes, de façon à disparaître derrière le brouillard. Mais je crois, et je m'appuie sur une réunion que nous venons d'avoir avec tous les services concernés par la traque du commanditaire de l'attentat contre le président, nous pensons tous que le meilleur moyen de neutraliser le chef de ce réseau terroriste hybride – réseau dont nous commençons tout juste à percevoir l'extrême dangerosité non pas en dépit mais du fait même de sa désorganisation et de son apparence hétéroclite –, oui, nous sommes convaincus que le chemin le plus court pour atteindre Nazir, c'est encore de suivre son frère.

Ce labyrinthe de parenthèses avait donné le tournis à Esther. Les mots longs et durs du préfet flottaient encore dans les volutes de sa conscience hypnotisée, comme des barres de métal, de celui dont on fait les épées.

Habib, en revanche, avait suivi toute la manœuvre ; il voyait clair dans le jeu de Boulimier. Il avait parfaitement deviné la nature du service qu'il s'apprêtait à exiger d'Esther.

— Je remarque que vous n'avez toujours pas dit ce qu'il y avait dans le mail.

Boulimier marqua un temps avant de tourner les yeux vers le dircom de Chaouch. Il répondit d'une voix froide, aux accents implacables :

— Malheureusement, et malgré la qualité de famille de victime de Mme Chaouch, je ne suis pas en droit de vous révéler un détail aussi fondamental de l'enquête.

— Mais alors, qu'est-ce que vous voulez de moi, au fond ? demanda Esther en laissant retomber d'un cran la ligne de ses épaules et par conséquent s'affaisser toute sa posture.

Boulimier allait répondre lorsqu'il vit apparaître Jasmine Chaouch – le nom qu'il allait prononcer – au détour du couloir qui menait à leur petit salon d'appoint.

— Oh pardon, je dérange ? demanda la jeune femme qui souhaitait s'entretenir avec sa mère.

— Non, non, Jasmine, s'exclama Mme Chaouch en se levant avec énergie. On va pas tarder à y aller, hein ? Serge, je te laisse voir les détails avec le préfet, hein ? Merci.

Mère et fille s'éloignèrent, escortées par une douzaine de silhouettes en costume sombre qui venaient de surgir des couloirs attenants à ce bureau inondé de soleil. Habib se déplaça pour échapper aux rayons qui l'obligeaient à plisser le front. Il était à présent à la place d'Esther.

— Allez, qu'est-ce qu'il disait, l'e-mail de Nazir Nerrouche ? Vous voulez qu'on vous aide, qu'on vous refile les portables et ordinateurs et comptes Facebook de Jasmine, vous savez très bien que ça va pas être facile de faire avaler la pilule à Mme Chaouch, alors vous tâtez le terrain. Boulimier, si vous voulez que je vous facilite la vie, répondez à cette question toute bête : qu'est-ce qu'il y avait dans cet e-mail ?

Boulimier se leva, épousseta les pans de sa veste de costume, rajusta le nœud de sa cravate club.

— Tout ce que je peux vous dire, c'est qu'il demande à Fouad d'effacer cet e-mail dès qu'il l'aura lu.

Il se tut.

— Et ?

— Je vous laisse deviner ce que Fouad a fait.

— C'est à la fin de l'e-mail qu'il lui demande ça ?
Comment est-ce que vous êtes sûr que c'est Nazir Nerrouche
qui l'a envoyé ?

— Au revoir, monsieur Habib.

— Attendez, mais alors si c'est lui, ça veut dire que vous
pouvez géolocaliser son adresse IP, non ?

— Au revoir, monsieur Habib.

6.

Déchaussé, les bras en croix, Pierre-Jean de Montesquiou
gisait sur le dos, pile au milieu du grand tapis vert-de-gris
de son bureau, au premier étage de l'hôtel de Beauvau.
De nouveaux cartons de déménagement venaient d'arriver. Ils étaient encore pliés derrière la banquette du sofa.
Peut-être à cause d'eux, Montesquiou ne parvenait pas à
fermer tout à fait les yeux. Il les promenait mollement sur
le lustre en cristal de Bohême, les appliques en bronze
doré, les lambris, les moulures.

Sa fenêtre entrebâillée donnait sur le jardin du ministère ; aux arbustes perlaient les dernières gouttes de la
tempête qui s'était abattue sur Paris pendant la nuit. L'air
était tiède, mais la chaleur montait déjà. Sous les vitres, les
oiseaux du matin s'égosillaient ; en cherchant à distinguer
parmi leurs hurlements, le jeune directeur de cabinet de la
ministre de l'Intérieur imaginait leurs petits becs stupides
et querelleurs, leurs vies insensées passées à s'écharper
autour du moindre débris de matière comestible.

L'alarme de son téléphone sonna : la dizaine de minutes
qu'il s'était octroyée était déjà écoulée.

— Saloperies d'oiseaux, cracha-t-il.

Il se leva, prenant appui sur le tabouret qu'il avait placé
à côté de lui avant de s'allonger. Sa canne lui échappa à
cause de la fatigue, il plia son genou valide et l'attrapa du
bout des doigts. De retour à son bureau, après s'être assuré

que ses dossiers étaient disposés symétriquement autour de son ordinateur portable, il rédigea en moins d'un quart d'heure le discours qu'allait prononcer la ministre un peu plus tard dans la matinée. Il le relut, constata qu'il n'avait rien à y corriger, n'en tira pas la moindre satisfaction. Les mains jointes, il redressa ses épaules et leva les yeux sur la pendule à candélabres qui garnissait sa cheminée aux jambages de marbre : il se força à fixer son reflet dans le haut miroir biseauté, jusqu'à ce que l'aiguille des minutes ait réalisé un tour complet.

Ses mocassins l'attendaient au pied de son siège, rigoureusement parallèles. Il les enfila, récupéra sa chevalière dans un de ses tiroirs à clé et se rendit dans la salle d'eau de l'étage. Il posa son précieux bijou sur la tablette du lavabo. Le large chaton de la bague était gravé des armoiries de sa famille. Montesquiou enfila la chevalière à l'annulaire de sa main gauche. Il s'empara ensuite de son portefeuille et en retira un sachet de cocaïne dont il répandit une courte ligne sur le marbre du lavabo. Au lieu de la sniffer il l'observa, l'étudia sans sourciller pendant une minute entière. Avec son auriculaire il réunit enfin le petit tas de poudre, le fit descendre dans le creux de sa paume et se lava longuement les mains.

En se surprenant soudain dans le miroir qui surmontait la tablette, il vit qu'un des deux néons qui l'encadraient était en train de rendre l'âme ; il clignotait, battait comme l'aile d'un insecte moribond, et de façon discontinue, plus souvent éteint qu'allumé. Son visage lisse et blond lui apparaissait dans un clair-obscur désagréable, durcissant davantage ses traits tirés par le manque de sommeil ; sous ses paupières inférieures, des poches assombrissaient le bleu glacial de ses iris. Quand il fut à nouveau assis à son bureau, il appela une de ses collaboratrices en nouant sa cravate :

— Madame Picard, je vous attends dans mon bureau dans vingt minutes.

— Mais, monsieur le directeur...

Anaïs Picard était arrivée en fin d'année dernière au cabinet de Vermorel, comme conseillère technique chargée de la sécurité routière et du développement durable. Montesquiou lui avait dit une demi-heure plus tôt de rentrer chez elle pour dormir un peu ; âgée de quinze ans de plus que son directeur, elle supportait mal ses méthodes de tyranneau et cet interminable bizutage qu'il semblait vouloir lui imposer.

— Vous venez de me dire de rentrer...

— Oui, eh bien, il y a une urgence, la coupa sèchement Montesquiou. Si vous vouliez des horaires pépères, vous n'aviez qu'à utiliser vos relations pour entrer au secrétariat d'État aux Anciens Combattants.

Tandis qu'elle sautait dans le premier taxi, M. le directeur parcourut les documents que lui avaient fait parvenir ses collaborateurs depuis la veille. Les émeutes urbaines qui avaient embrasé le pays depuis trois nuits y tenaient une part importante ; il y avait également une revue de presse sur Nazir Nerrouche, présenté par les médias comme un « enfant de la République » qui s'était « radicalisé » pour se retourner contre Elle.

Montesquiou consacra plus de temps à une note blanche au sujet d'une journaliste. Il s'agissait d'un rapport confidentiel de l'enquête qu'avait menée Marieke Vandervroom sur le fonctionnement de la DCRI : y figurait le nom d'une de ses sources probables ainsi qu'une notice biographique, accompagnée de quelques photos volées. Montesquiou se rendit sur son ordinateur et tapa le nom de Marieke sur Google. Une poignée de résultats, aucune photo, une homonyme quinquagénaire présente sur tous les réseaux sociaux : étrange pour une journaliste d'être si peu visible... Pas si étrange si on considérait ses sujets d'enquête récents listés en dernière page de l'épaisse note. Affaires politico-financières, scandales étouffés, et maintenant la DCRI. Montesquiou avait horreur de ces journalistes au cerveau bouilli d'idées complotistes. Il se mit à éparpiller les pages du feuillet, à les corner, à froisser les passages qui l'énervaient. Comme un prêtre vaudou dont les poupées de chiffon auraient été des dossiers constitués par des officiers du renseignement.

Il fit le tri des notes qu'il allait transmettre à la ministre et alluma la radio. Une foule d'anonymes s'était amassée autour de l'hôpital militaire du Val-de-Grâce ; ils clamaient : « Cha-ouch pré-sident, Cha-ouch pré-sident ! » Des envoyés spéciaux étaient appelés toutes les cinq minutes pour « faire le point » sur la situation et l'info de la matinée, à savoir que le président élu serait sorti de son coma...

Montesquiou soupira. Quand Anaïs Picard apparut dans l'encadrement de sa porte quelques minutes plus tard, il ne leva pas les yeux sur elle et lui fit signe d'attendre qu'il ait fini d'écrire avant de lui adresser la parole. Il posa enfin son stylo-plume et tourna vers l'écran de son ordinateur un masque grotesque, la bouche entrouverte et les yeux exagérément plissés :

— Il y a un problème de néon aux toilettes, vous voudrez bien vous en charger, madame Picard.

Anaïs Picard laissa tomber son sac à main. Elle aurait voulu enlever ses talons aiguilles et les planter dans les yeux de ce connard – un talon pour chaque œil.

— Je présume que ce n'est pas pour ça que vous m'avez fait revenir. Alors, de quoi s'agit-il ?

Montesquiou continuait de l'ignorer.

— Monsieur le directeur ?

— Allez vous occuper de ce putain de néon et arrêtez de vous comporter comme si vous étiez sur le point de faire vos bagages. La passation des pouvoirs n'aura pas lieu avant dix jours, si je ne m'abuse. Vous voulez partir ? Rien ne vous empêche de déposer votre lettre de démission sur mon bureau. Et d'en assumer les conséquences pour la suite de votre carrière...

À bout de nerfs, sa collaboratrice reprit la lanière de son sac à main et traversa le bureau jusqu'au couloir des toilettes. Montesquiou passa la langue sur sa lèvre inférieure en entendant le martèlement de ses talons sur le parquet.

7.

À l'arrière de son 4 × 4 filant à tombeau ouvert sur l'autoroute, entourée d'hommes armés de la tête aux Rangers, Dounia essayait de recréer la sensation du vent sur sa peau. Derrière la vitre, il secouait les arbres et rasait les champs qui défilaient au ralenti. Dounia se souvenait d'une remarque rigolote de Rabia, lorsqu'elles avaient traversé la France quelques années plus tôt : pour savoir d'où venait le vent, il fallait regarder les poneys. Les poneys tournaient le dos au vent, elle avait vu ça dans un documentaire et jurait que c'était véridique. Dounia avait fait remarquer qu'il suffisait de regarder le sens dans lequel allaient les nuages, Rabia lui avait dit que c'était au cas où. « Un au cas où très exceptionnel alors », avait conclu Dounia. Sauf que ce cas où Dounia ne pouvait pas lever les yeux au ciel s'était produit : son garde-chiourme de la DCRI lui barrait toute vue au-delà de la cime des arbres à l'horizon, et bien entendu il n'y avait pas de poneys sur les champs au milieu desquels fonçait le cortège aux gyrophares éteints – quelques vaches, parfois, qui paissaient dans toutes les directions, indifférentes au sens du vent.

La voiture de Rabia lui passait régulièrement devant ; après avoir plusieurs fois espéré apercevoir le visage de sa sœur, Dounia y avait renoncé : ils faisaient exprès de rouler à toute vitesse et jamais plus de quelques secondes côte à côte, pour que les interpellées n'essaient pas de se communiquer des informations secrètes en langage des signes. La tête abandonnée contre la vitre, elle se concentrait désormais sur le vent, sur sa peau, pour oublier la toux qui la secouait et le mal qu'elle sentait croître au fond de sa poitrine. Avec cette seconde vue que développent les gens atteints d'une maladie grave, Dounia percevait avec netteté une myriade de paillettes hostiles, étoilées dans les ramifications les plus infimes de ses bronchioles.

Les policiers allumèrent la radio :

— ... mais si j'étais député de gauche je ne me réjoui-rais pas trop vite. *Un sondage à paraître demain, réalisé par Opinion-Way pour* Le Figaro *montre que si les législa-tives avaient lieu dimanche prochain, la gauche et la droite seraient au coude à coude.*

— *Et l'extrême droite ?*

— *Oui, j'allais le dire : sans parler de l'extrême droite. Bien sûr, c'est une élection particulière, la carte électorale redécoupée par la législature précédente n'est pas à l'avantage de l'extrême droite, mais elle enregistre quand même des intentions de vote absolument inédites, qui indiquent qu'elle profite, dans ce contexte exceptionnel de violence et d'insé-curité maximale, de son excellent score au premier tour...*

— Po po po po... tu veux pas changer ? demanda l'un des policiers qui encadraient Dounia.

— Non, non, répondit celui qui avait la main sur l'auto-radio. Je veux que madame sache le bordel que son fiston a foutu.

Dounia ferma les yeux.

— *... parce qu'on a peut-être tendance à oublier que la séquence présidentielle, c'est une élection à trois tours, n'est-ce pas ? Il faut confirmer une victoire au second tour de la présidentielle en gagnant la majorité à l'Assemblée ?*

— Eh oui, il le faut, répondit sarcastiquement le poli-cier.

— *Bien entendu,* confirma l'expert radiophonique. *Ça ne s'est jamais vu sous la Ve République, un président élu qui se retrouverait en situation de cohabitation un mois plus tard. Surtout avec le score de Chaouch, près de 53 % avec un taux de participation record. Ce sondage qui donne la gauche en minorité au Parlement est donc terrible. Il montre une volatilité de l'opinion qui confine à l'hystérie. C'est du jamais vu... Mais enfin, tellement de choses qui ne se sont jamais vues se sont produites ces derniers jours qu'on ne sait plus trop quoi penser... Chaouch peut-il prendre ses fonctions alors qu'il sort d'un coma de trois jours ? Combien de temps durera sa rééducation ? Pourra-t-il participer au G8 de New York dans dix jours ? Est-ce que...*

— Vas-y c'est bon, éteins maintenant, ça me saoule.

Dounia aurait préféré continuer de se laisser bercer par ces bavardages de journalistes. Mais quand le silence fut revenu dans la voiture, elle considéra que ce n'était pas plus mal.

Le cortège glissa dans une forêt que l'autoroute avait éventrée. Sur la vitre, Dounia vit se dessiner son visage. Comme pour le chasser, les policiers allumèrent une ampoule ; le chef de l'opération avait besoin de lire un dossier. Il se mit à parler au téléphone. Ils étaient en retard : le chauffeur accéléra. En se succédant de plus en plus vite dans son champ de vision, les troncs dénudés des pins rappelèrent à Dounia les jambes de footballeurs du générique de *L'Homme du match*, le feuilleton de son fils. Pour la première fois depuis qu'elle avait été tirée du lit, Dounia éprouva un vif sentiment de colère. Ce n'était pas la vitesse effrayante à laquelle roulait le 4 × 4 qui la faisait enrager, mais cette maudite série télé. Le nom des Nerrouche y était apparu à la France entière. La fierté qu'elle en avait tirée était un mauvais sentiment, un de ces sentiments qui n'existent que pour être retournés et transformés en leur contraire exact. Maintenant, Dounia avait honte. Oui, tout avait commencé par ce feuilleton ; cette gloire magnifique, elle avait senti par fulgurances qu'un jour elle en paierait le prix. Le jour était venu. On la conduisait à 180 km/h dans un endroit où elle serait à nouveau interrogée par des superflics, où elle devrait à nouveau s'expliquer sur le diable qu'elle avait enfanté – et sur lequel elle ne saurait toujours pas quoi dire.

En attendant, une image ne lui laissait aucun répit : celle de sa maison ouverte aux quatre vents et de son petit Slim terrorisé et seul – haï par la famille de sa femme, méprisé par la sienne. Elle se souvenait d'une phrase qu'il lui avait dite, une de ces sorties qu'il faisait quand il était trop en confiance : il y avait deux familles dans chaque famille, la petite et la grande, celle des frères et des parents, celle des cousins et des tantes ; et on pouvait dire qu'une famille était heureuse quand les deux familles étaient réunies. Dounia lui avait souri, l'avait sûrement embrassé sur le front, et avait gardé pour elle ce qu'elle savait : que beaucoup de gens avaient une mauvaise opinion de Slim, à cause de son tempérament exalté et de ce qu'ils appelaient ses « manières ». L'annonce de son mariage avait suscité beaucoup de perplexité. La mémé avait reçu Slim, elle lui avait tiré les cartes et donné sa bénédiction, une bénédiction glaciale qu'on s'était tacitement mis d'accord pour l'attribuer à la provenance oranaise de la famille de la mariée. Mais l'omerta était fragile et, comme disait Rabia, ça jasait dans les chaumières. « Nerrouche, ton univers impitoya-a-ble ! » chantait-elle souvent en parodiant le générique de *Dallas*. Il ne se passait pas une semaine sans disputes entre les filles de la mémé. Dounia avait toujours protégé ses fils contre le reste du monde ; pourtant elle aussi avait douté au sujet de Slim. Si jeune, si peu sûr de lui, son cadet serait le premier de ses enfants à se marier. Aussi loin que sa mémoire lasse l'autorisait à remonter, elle ne pouvait se rappeler aucun instant où la perspective de ce mariage lui avait procuré une émotion proche de la joie. C'était au contraire une angoisse croissante, amplifiée par les rumeurs, les soupçons et les commentaires de ceux que Rabia appelait les gens qui parlent et qui ne le faisaient jamais en sa présence. Par trois fois cette angoisse avait éclaté en crise de larmes, d'abord dans le silence de sa chambre de veuve, ensuite au beau milieu d'Auchan, devant le rayon d'alimentation pour bébé, et enfin avec Rabia qui avait tout deviné et qui l'avait couverte de gentillesses à défaut de pouvoir lui apporter une solution.

Et puis il y avait eu l'épisode Nazir. Nazir était venu à Noël, avant de repartir pour Paris il avait eu une longue conversation avec son petit frère, lui reprochant tout ce que personne n'osait lui reprocher, nommant la chose et concluant que ce mariage était une farce et qu'il ne voulait pas la cautionner.

Dounia n'avait entendu parler de cette dispute qu'au printemps : lorsque Nazir était revenu à Saint-Étienne, triomphal, chaleureux avec tout le monde. Dounia avait eu peur en le voyant : il passait son temps à la regarder en secret. Quand elle lui avait demandé pourquoi il l'espionnait sans cesse, il lui avait demandé pourquoi sa voix à elle avait changé depuis Noël. Dounia avait rougi, son fils aîné n'avait pas insisté. Il s'était répandu en générosités auprès de toute la famille, et il avait fait la paix avec Slim en lui offrant un blouson en cuir hors de prix, la réplique de celui que portait leur père quand il avait vingt ans et qu'il prenait encore un peu soin de son apparence. Slim en avait pleuré, croyant avoir obtenu l'accord de son grand frère.

En revoyant son visage extatique tandis qu'il dansait le moonwalk dans la cuisine, en entendant à nouveau sa voix aiguë qui tirait des plans sur la comète pour son avenir avec sa future femme, Dounia fut prise d'une longue quinte de toux. Quand elle put à nouveau respirer normalement, elle joignit son pouce, son index et son majeur, et y déposa un gros baiser superstitieux, se souvenant de l'époque à jamais révolue où elle se jurait que, contrairement à la mémé avec ses fils, elle, Dounia, ne ferait jamais de différence entre ses trois garçons.

8.

Le seul et unique client de ce bar de Pigalle n'était pas encore assez saoul pour se rapprocher à nouveau du comptoir où s'affairait en soupirant une jolie serveuse filiforme. Elle portait un long maillot de basket qui laissait entrevoir son soutien-gorge. Il l'avait draguée en arrivant, elle lui avait offert son troisième whisky consécutif.

Situé en sous-sol, le bar était très fréquenté le soir mais souvent vide en journée, à l'exception d'habitués du quartier qui parcouraient *Le Parisien* en sirotant leur premier blanc sec de l'après-midi. Même eux n'étaient pas encore arrivés lorsque Marieke entra. Elle fit un signe de tête à la serveuse.

— Je cherche un type, jeune, brun...

La serveuse s'arrêta sur la dégaine de Marieke et lui fit signe d'aller voir au fond du bar. Marieke portait une combinaison de moto entièrement rouge ; elle laissa son casque sur le comptoir et s'enfonça dans la pénombre du lounge. La lumière tamisée provenait de lustres en forme de soucoupes. Tout au fond de la longue salle bien rangée, il y avait un renfoncement sculpté à même le mur, pourvu d'une banquette et d'une table basse en demi-lune. Une paire de baskets bleues ajourées de bandes jaune fluo dépassait de cette alcôve.

— Bon, c'est pas un peu cliché de venir se saouler la gueule tout seul à l'heure du petit-dej' ?

Fouad avait oublié son accent belge. Il était fortement imbibé : il la trouva excitante, même s'il ne distinguait pas les traits de son visage mangés par le contre-jour.

Sa voix éraillée, sa posture agressive, ses yeux perçants.

— Je viens de recevoir un texto de mon petit frère. Encore un verre et je te le lis, et comme ça tu comprendras pourquoi je me vautre dans le cliché et dans l'alcool. Qu'est-ce que tu bois ?

— Ah tiens, on se tutoie maintenant ? fit remarquer Marieke en inclinant la tête et en la fendant d'un sourire perfide et lumineux.

— Qu'est-ce que vous buvez, mademoiselle ?

— Rien du tout. Allez, je vais oublier que je t'ai vu dans cet état, à condition que tu me suives tout de suite et que tu écoutes attentivement tout ce que j'ai à te dire. Mademoiselle ? cria-t-elle en direction de la serveuse. Mademoiselle ? Mais elle est sourde ou quoi, cette serveuse ?

— C'est pas une serveuse, répondit Fouad en hoquetant. C'est une actrice-serveuse. Ou alors une serveuse-actrice. On a beaucoup parlé tout à l'heure, on a fini par arriver à la conclusion qu'elle était actrice et serveuse, dans cet ordre. Mais c'était pas facile de la convaincre...

— Vous pouvez lui faire un double expresso bien fort et apporter aussi un grand verre d'eau ?

— Le problème, c'est la haine de soi. Quand on se déteste soi-même, tous les gens qui nous aiment nous deviennent détestables, pas vrai ? Et pourquoi ? Parce qu'ils aiment quelqu'un de détestable ! Ils doivent donc l'être aussi. C'est un cercle vicieux, la haine de soi.

— Écoute-moi bien, Fouad. Tu m'as dit de venir, je suis venue. Et je suis venue parce que j'ai des choses à te raconter, reprit-elle à voix basse. Des choses qui, à terme, pourraient permettre d'innocenter une bonne fois pour toutes ta petite famille. Parce que je ne sais pas si tu te rends compte, mais si ça continue à ce rythme, Nerrouche va devenir un nom commun dans le *Petit Robert*. Je vois déjà la définition : « Nerrouche, nom féminin, se dit d'une famille en apparence on ne peut plus normale qui cache en fait un nid de terroristes qui veulent détruire la République. Une nerrouche, poursuivit-elle, pince-sans-rire : se dit aussi d'une association de malfaiteurs qui a toutes les apparences de l'honnêteté »...

— Tu veux que je te lise le texto de mon petit frère ?

Fouad fit tomber son téléphone portable avant d'avoir pu le lire. Il se baissa péniblement et fouilla le sol poussiéreux sans réussir à le trouver.

— Peu importe, en gros ça dit que je n'ai pas besoin de rentrer à Saint-Étienne, qu'il s'occupe de tout, qu'il a réglé un vieux problème et que c'est lui l'homme de la maison maintenant... Putain de merde.

— Tiens, bois ton café, Depardieu. Et suis-moi.

Quelques instants plus tard, Fouad se nettoyait le visage aux toilettes des messieurs. Marieke entra sans crier gare.

— Bon, y a des flics partout dehors, en soum.

— En quoi ?

— En sous-marin, grand benêt. Qui te surveillent. Viens avec moi.

Elle le prit par la main et le poussa contre la porte des toilettes.

— Déshabille-toi.

— Quoi ?

— Ils ont peut-être mis un micro dans tes vêtements. Allez, enlève tes fringues.

— Mais quoi, ça va pas la tête ?

— Tu gardes ton caleçon, allez magne, j'ai déjà vu des mecs torse poil, qu'est-ce que tu crois.

Fouad n'enleva que son sweat à capuche et ses chaussures. Il se laissa fouiller, en espérant ne pas trop révéler son émotion.

Marieke éteignit son téléphone portable, enleva la batterie, posa le tout sur le comptoir.

— Bon, pas de micro. Écoute-moi bien. C'est la guerre. C'est eux contre nous. À partir de maintenant, tu ne fais plus confiance à personne. Ils te surveillent, ils vont essayer de trouver un lien direct entre toi et ton frère, et s'ils ne le trouvent pas après t'avoir espionné pendant des jours, ils vont s'énerver, et il va forcément y en avoir un dans une réunion au troisième sous-sol de la DCRI qui va dire à voix haute ce que tout le monde pense tout bas, à savoir que si la preuve de ton implication aux côtés de ton frère n'existe pas, il ne devrait pas être bien difficile de la fabriquer, non ? Tu comprends ce que je suis en train de te dire ?

— On parle quand même de la police, là.

Marieke éclata de rire.

— Ça fait six mois que j'enquête sur la DCRI. Crois-moi, fabriquer des fausses preuves, c'est du menu fretin pour ces gens-là. Ils suivent ton frère depuis trois mois, ils écoutaient tous ses portables, la surveillance et les filatures et toute l'enquête ont été confiées à un groupe secret, le clan le plus proche de Boulimier, le big boss de la DCRI. Nazir, ils l'ont laissé faire. Je sais qu'ils l'ont laissé faire, je sais qu'ils l'ont protégé, je sais qu'ils protègent sa cavale et je sais même pourquoi ils ont fait tout ça.

— Pourquoi ?

— Un grand coup se prépare à droite, un coup de tonnerre qui va tout changer dans le paysage politique français. Je parle d'une vraie révolution, quelque chose de profond qui est remonté à la surface, grâce au chaos créé par l'attentat contre Chaouch. Il faut trouver un moyen de sortir d'ici sans qu'ils nous repèrent.

Son regard se fit oblique.

— Tu te sentirais de demander à ta petite copine la serveuse-actrice de nous filer un coup de main ?

— Mais tu es venue comment, toi ? En moto ?

— Ils m'ont pas vue entrer, je suis passée par la cour intérieure. Quand je suis arrivée, j'ai tout de suite vu les camionnettes blanches aux vitres teintées.

— Et comment tu peux être sûre que c'est des flics ?

La journaliste soupira.

— Tu es le frère de l'homme qui a commandité l'attentat contre Chaouch, tu sors avec la fille de Chaouch depuis le début de la campagne, tu crois quoi, qu'ils vont te laisser te promener sans épier tes moindres faits et gestes ?

Fouad avait brusquement dessaoulé. Son aspect se rembrunit.

— J'ai reçu un e-mail de Nazir ce matin.

— Arrête. Ça disait quoi ?

Fouad se demanda s'il pouvait lui faire confiance.

— Bon, je comprends que tu te méfies. Allez, remets tes chaussures, il faut qu'on trouve une solution pour te sortir d'ici.

Fouad l'observa ; son regard inquisiteur dégénéra en pure contemplation. Il le sentit à contretemps ; Marieke souriait en tournant la tête vers une meilleure copine imaginaire, comme pour lui dire : « Non mais tu le crois, la façon dont ce type me rentre dedans ? »

— Bon, se reprit Fouad, l'e-mail de Nazir. Celui-ci je m'en souviens mot pour mot. Ça disait exactement : « Efface vite ce message avant qu'on le repère, et retrouve-moi tu sais où. »

— Et quoi d'autre ? demanda Marieke.

— Rien. Simplement ça. Avec un grand rectangle noir dans le reste de l'e-mail.

— Un rectangle noir ? Genre une erreur ou quoi ?

— Je sais pas, un grand rectangle noir, comme un effet de signature. Putain, je suis dingue de raconter ça à… à toi, une journaliste.

Marieke se pinça les lèvres.

— Et tu as une idée de ce qu'il voulait dire par « tu sais où » ?

— Bien sûr que non ! On ne s'est ni parlé ni écrit depuis trois ans.

— C'était un piège, quoi. T'as fait quoi avec le message ?

— Ben je l'ai effacé, et j'ai effacé ma corbeille, qu'est-ce que je pouvais faire d'autre ?

— Rien, en effet. N'empêche, tu t'es foutu dans la merde.

Marieke s'étira, attrapa le sommet de la porte des toilettes avec ses doigts puissants et fit quelques tractions.

— C'est un truc qu'on fait pour s'entraîner à l'escalade. Ça muscle les avant-bras. Moi ça m'aide à réfléchir.

Avant la dernière traction, elle se força à rester en suspens, jusqu'à ce qu'elle grimace de douleur. Fouad était fasciné ; il était effrayé.

— Chacun son truc, commenta-t-il d'une voix qu'il espérait neutre et qui au contraire exprimait tout son trouble.

— Tu sais que j'ai été championne d'Europe de bloc trois années consécutives il y a dix ans ? Deux années en junior et la dernière en senior.

— Pardon, championne de quoi ?

— De bloc. En escalade il y a la vitesse, la difficulté et le bloc... J'ai trouvé, dit-elle tout à coup, passant du coq à l'âne. Un livreur ! Il faut faire venir un livreur, et repartir en douce dans sa camionnette. T'as combien sur toi ? On lui file tout le liquide qu'on a, ça lui fera sa journée. Je reprendrai ma moto plus tard, enchaîna-t-elle. Rendez-vous à dix-neuf heures, aux Tuileries. Quand tu rentres par la rue de Rivoli, tu regardes en hauteur, je t'attendrai, OK ?

— Mais...

— Tu es vraiment sûr que tu n'as aucune idée de ce que Nazir voulait dire ? Un canal particulier, un endroit où il aurait pu déposer un message... ? Non ? Rien ? Ce rectangle noir, par exemple, c'est bizarre, ça te paraît pas bizarre ?

Fouad fit non de la tête et bouscula légèrement la journaliste pour ne pas affronter son regard – pour qu'elle ne puisse pas y deviner qu'il mentait.

9.

Il est notoirement plus facile, plus naturel, plus humain de regarder vers le bas que vers le haut, pourtant ce jour-là – ce jour d'octobre 2001 qui resterait à jamais gravé dans la mémoire des Nerrouche comme l'un des seuls événements uniformément heureux de leur histoire – Krim ne parvenait pas à s'intéresser aux chevaux qui s'affrontaient à ses pieds, sur la bande de gazon des cinq cents derniers mètres, objet de toutes les attentions de ses voisins dont la clameur s'amplifiait en prévision de l'explosion du finish. Du haut de ses sept ans et des épaules de son père, Krim n'avait d'yeux que pour ces mystérieux micros tubulaires qui pendouillaient au-dessus de la tribune. Au bout de la quatrième course de l'après-midi – descendu de son trône mais debout sur son siège en plastique –, son père lui fit pivoter la tête et le réprimanda sur un ton de comédie :

— Eh, le petit monstre, c'est là que ça se passe !

Krim ouvrit les yeux dans sa cellule, saisi d'effroi : il ne se souvenait pas du timbre de la voix de son père. Même son visage avait perdu ses traits. Il se souvenait de ses mains, fortes et carénées, la peau cuivrée, endurcie des gens qui ont travaillé sous le soleil et dans le froid. De son visage il ne savait qu'une chose : qu'il était simple et buriné, un de ces visages où les émotions n'avaient pas le loisir de se cacher. La colère y était intense quoique fugace. Ce ne fut donc pas à son père que, cet après-midi d'octobre, Krim posa la question qui le tourmentait depuis leur arrivée dans les gradins : son père était trop occupé à comparer les casaques des jockeys avec toute une série de chiffres abscons listés sur le mauvais papier de son *Paris-Turf*. Krim tira le doigt de Nazir et désigna les micros suspendus par des cordes au-dessus de leurs têtes, à intervalles réguliers, pour couvrir tous les gradins inférieurs de l'hippodrome. Son grand cousin (il avait alors dix-huit ans) prétendit qu'il s'agissait de micros spéciaux, pour enregistrer les pensées des perdants.

— Mais c'est qui les perdants ? demanda le petit garçon, affolé.

— C'est tout le monde ici, répliqua Nazir en désignant du menton leur entourage, tous ceux qui ont parié de l'argent sur des chevaux. Les micros enregistrent ce qu'ils pensent et le lendemain c'est dans le journal de l'hippodrome. Je te montrerai tout à l'heure.

Krim entortilla ses lèvres, pour signifier qu'il était contrarié.

— Et ça enregistre aussi les pensées des gens qui ont pas parié ?

— Normalement non, répondit malicieusement Nazir, enfin ça dépend, si tu as des mauvaises pensées par exemple, eh ben hop ! ça les prend. Mais si tu élimines tes mauvaises pensées en les remplaçant par des pensées bonnes, le micro ne pourra pas les capter. Ben tiens ! Regarde ! Justement, le nôtre est en train de vibrer...

— Mais non, c'est le vent !

— Le vent ? (Nazir mouilla son index et le pointa en direction du ciel.) Non, non, à mon avis c'est les gens qui ont parié autour de nous, ils sont très très malheureux en ce moment...

S'il se souvenait bien, son père pestait contre le résultat de la course qui venait de se terminer. Il attendait le signal sonore indiquant une « contestation » ; si le cheval arrivé troisième était disqualifié, ils avaient le quarté gagnant, les quatre premiers chevaux dans l'ordre. Son père ne tenait pas en place. Il se passait anxieusement les mains sur le visage, comme pour en changer.

— Papa, papa ! C'est quoi les micros en haut ?

— Krim, deux minutes, merde ! Tu vois pas que je suis occupé, là !

Il ne fallait pas lui parler tant que le résultat définitif n'était pas proclamé. Krim bouda, voulut donner un coup de pied dans quelque chose ; il s'aperçut qu'il commençait à avoir faim, vit le sac en plastique Lidl qui contenait les sandwiches et oublia qu'il était en colère.

Nazir s'était éloigné pour parler au téléphone, il était alors l'heureux propriétaire d'un des premiers portables, le Siemens SL45, « la Rolls du portable » comme il disait. La sixième course, celle du Grand Prix de l'Arc de triomphe, n'aurait pas lieu avant une heure et quart ; Nazir suggéra d'aller manger les sandwiches que Rabia avait préparés. Le père de Krim refusa, s'ils partaient maintenant ils ne pourraient jamais retrouver une bonne place et devraient assister à la course événement depuis le bord bondé de la pelouse.

Nazir était tout endimanché : un costume Cerutti bleu uni, une chemise bleu ciel et une cravate bleue à motif de chouette, que son camarade d'internat lui avait prêtée ; le bleu sur bleu était du meilleur effet, seuls ses mocassins marron faisaient tache, ils étaient sales sur le dessus et troués en dessous, si bien qu'il avait dû ajouter des semelles d'autres chaussures, et qu'il se sentait littéralement dans ses petits souliers. Il évitait de trop lever les talons pour ne pas révéler l'état de ses semelles. Sa démarche y prenait quelque chose d'affecté et de ridicule.

Krim échappa à la surveillance de son père et partit en vadrouille dans les allées de l'hippodrome, où il rejoignit Fouad. Fouad était à des années-lumière des angoisses vestimentaires de son frère aîné. Il promenait sa belle gueule parmi les attroupements de jeunes filles ornées de chapeaux fantaisistes ; la plupart circulaient dans les étages, en tribune réservée, mais parfois, notamment au moment du déjeuner, elles se mêlaient à la plèbe de Longchamp, prenaient la pose pour les photographes officiels. Ainsi Fouad tomba-t-il nez à nez, au sommet de l'escalier où l'avait retrouvé Krim, avec une femme qui venait d'enlever ses talons aiguilles et qui effectuait de menus pas de danse en tenant à bout de bras une flûte de champagne. C'était une belle blonde avec une mâchoire un peu lourde mais un regard rêveur, qu'elle fit tomber sur l'adolescent avec un air de surprise exagéré :

— Oh, comme il est mignon !

Fouad sentit que ses oreilles rougissaient ; il rassembla ses forces et fit une révérence comme on en voyait dans les films de cour. La femme tendit gracieusement sa flûte de champagne au jeune garçon. Krim en retrait voyait tout mais ne comprenait rien. Fouad hésitait à boire dans la flûte de l'inconnue lorsqu'un son puissant retentit dans les allées de l'hippodrome.

— Ça veut dire qu'il y a contestation, expliqua la femme devant la moue interrogative de Fouad. Allez, vous prendrez bien un peu de champagne, mon bel écuyer ? Moi je devrais pas le dire, chuchota-t-elle en titubant, mais je crois que je suis déjà un peu pompette...

Fouad trempa ses lèvres et but cul sec.

Bientôt il vit apparaître la combinaison de jogging du père de Krim à l'entrée des gradins. Il s'excusa d'un mot et le rejoignit. Son oncle lui demanda ce qu'il fichait, Fouad haussa les épaules. Il ne voulait pas parler, de peur que son oncle ne sente son haleine alcoolisée. Mais celui-ci avait la tête ailleurs : cette contestation signifiait qu'ils allaient peut-être gagner le quarté dans l'ordre. Une course de groupe 1, le jour du prix de l'Arc de triomphe ! Des bouffées d'espoir l'empêchaient de respirer, il avait les yeux humides et les mains qui tremblaient ; il allumait cigarillo sur cigarillo en aspirant la fumée à pleins poumons pour se calmer. Peu importait maintenant d'être bien placé pour la prochaine course : on descendit aux guichets, Krim, son père et ses deux grands cousins.

Il se passait alors des choses dont Krim était incapable de se souvenir, parce qu'à l'époque déjà il n'y avait rien compris. Ils avaient gagné mais personne n'avait l'air heureux. On parlait de gros sous, en euros, en francs – c'était au tout début du changement de monnaie. Apparemment, son père avait joué avec un autre type, un bourgeois en costume-cravate. Il essayait de le retrouver pour qu'ils se félicitent et partagent leurs gains et une coupe de champagne. Nazir le repéra. Il était dans le carré VIP, ou plutôt dans le rond de présentation, là où défilaient les chevaux avant la course, là où les jockeys et les propriétaires recevaient leurs trophées et les acclamations d'un public d'initiés.

Pour accéder à cette zone, il fallait montrer patte blanche : un billet spécial et un costume décent. Les jeunes assistants bien peignés qui surveillaient l'entrée au niveau du porche laissèrent passer un Français sans costume qui tenait une flûte de champagne ; mais ils refusèrent l'accès au père de Krim. À cause de son jogging vert et blanc aux couleurs de l'AS Saint-Étienne ?

Il eut beau expliquer qu'il avait gagné, qu'il voulait féliciter le « monsieur » avec lequel il avait parié, on ne le laissa pas passer. Nazir s'interposa. Il bomba le torse, comme pour mettre en avant sa cravate et la bonne qualité de son costume.

— Laissez-moi passer, deux secondes, je vais le prévenir et je reviens.

Le jeune vigile ne répondit pas. Il continuait de laisser défiler des privilégiés pourvus de cartes avec accès au rond de présentation ; une femme à chapeau ne parvenait pas à remettre la main sur la sienne. Le vigile la laissa malgré tout passer.

— Mais elle ! s'indigna Nazir. Pourquoi vous la laissez passer alors qu'elle a pas de carte ?

— Je connais son visage, répondit le vigile en souriant hypocritement à un nouveau VIP qu'il venait de laisser passer sans carte. Je l'ai déjà vue plus tôt. Oh et puis ça suffit, j'ai pas à me justifier. Allez, n'insistez pas, ou j'appelle la sécurité.

La sécurité était déjà en route. Krim ne se souvenait pas de la suite des événements. Il se souvenait des poings serrés de Nazir, et de la tristesse de son père, de sa rage impuissante qui dégénérait, se transformait en un affreux sourire de résignation. *Rhlass*. C'est pas grave. On lui gâchait sa victoire. Le plus beau jour de sa vie de turfiste. Mais c'était pas grave. Mieux valait faire bonne figure.

Krim se souvenait. L'écusson des Verts sur sa poitrine. Allez les Verts. L'amertume dans son regard. Un homme, un adulte – soudain malheureux comme un enfant, comme une victime. C'était insoutenable.

Krim sentit son cœur se rétrécir, brûler dans sa poitrine ; il se leva et fit le tour de sa cellule, sans rien dire, pour oublier cette injustice – le visage de cette injustice. Il savait maintenant pourquoi il ne se souvenait pas de la voix et du visage de son père défunt. C'était pour se protéger de son regard de victime au seuil du rond de présentation de Longchamp. Des mille visages de son père celui-ci était le plus vivant, le seul capable de s'imposer à sa mémoire. Et il le haïssait, ce visage. Il refusait de s'en souvenir. Il le couvrait de boue, de la boue de l'oubli. Tout en sachant que si on le téléportait à l'automne 2001, dans cet hippodrome de malheur, il ferait mieux que maculer le visage de son père : il lui sauterait à la gorge et le frapperait, le frapperait sans relâche, jusqu'à ce qu'il s'énerve au lieu de sourire piteusement pour ne pas faire de scandale.

10.

Fouad avait finalement réussi à s'exfiltrer du bar de Pigalle en traversant tout le pâté d'immeubles par le sous-sol. Marieke lui avait conseillé d'éteindre son téléphone et d'enlever la batterie – les flics pouvaient transformer une batterie en micro, à distance, et profiter d'une conversation comme s'ils se trouvaient à la table à côté. Fouad oublia ; il était obsédé par l'idée d'en savoir bientôt plus sur Nazir.

— Je peux en parler à Szafran ? avait-il commis l'imprudence de demander à Marieke avant de la quitter.

En posant la question de la sorte, il admettait en creux que ce n'était pas une bonne idée. Marieke s'était en effet contentée d'incliner la tête vers le bas, comme font les gens presbytes pour vous regarder par-dessus leurs lunettes.

— Mais pourquoi lui faire confiance à elle plutôt qu'à Szafran ? murmura-t-il en croisant et décroisant ses jambes à toute vitesse.

En face de lui une jeune femme lisait la version numérique d'un hebdomadaire sur son iPad. Quand, se sentant observée, elle leva les yeux sur Fouad et les détourna immédiatement, il comprit qu'il devait avoir l'air d'un zombie.

Il entendit soudain le nom de son frère, dans la discussion de deux types assis derrière son strapontin. Il tendit l'oreille mais le vacarme était trop épais : un choc infernal et permanent de rails, d'essieux, d'acier. Le nom fut répété, plusieurs fois, à chaque fois avalé par un crissement strident du train, qui faisait fermer les yeux à Fouad. Il crut successivement avoir entendu hasard, asile, et même nazi. Peut-être les trois mots furent-ils prononcés à tour de rôle ; les passagers descendirent à la station suivante : il ne saurait jamais.

Jasmine l'appela au moment où il sortait du métro. Fouad décrocha à la troisième sonnerie.

— Je suis encore au Val-de-Grâce, mon amour, chuchota-t-elle en se faufilant hors de la chambre de son père.

— Tu es avec lui ?

— Oui, répondit sa jeune amoureuse. Il va bien. Mieux. Fouad ?

— Je t'écoute. Je suis dans la rue.

Jasmine faillit lui demander ce qu'il faisait dehors. À la place elle raconta sa journée depuis qu'il l'avait quittée. Sa voix était fragile, chancelante, et pourtant elle tenait bon, comme un pont de cordes au-dessus d'un ravin brumeux :

— Fouad, j'y ai beaucoup réfléchi tout au long de la journée. On ne peut pas continuer comme ça. Je vais parler à Habib et à maman, je vais leur demander ce que papa peut faire pour qu'on arrête de vous persécuter.

— Mais ce n'est pas de la persécution, Jasmine. C'est la justice. C'est une machine. Même s'il n'y avait que des gens de bonne volonté ce serait une machine, un système. Et aucun individu n'est plus fort que le système.

— Si, Fouad. Quelqu'un l'est, justement. Si je demandais à mon père de...

Il n'osait pas la démentir.

— Tu sais qu'il a parlé chinois en se réveillant ? C'est une bonne chose qu'il puisse déjà parler, mais on a tous eu un peu peur, au début, qu'il se soit passé un truc dans son cerveau. Qu'est-ce qu'on y connaît, au cerveau ? Franchement, on fait croire mais on n'y comprend rien.

Fouad se souvint de la façon dont ils s'étaient quittés à l'aube. Il l'avait embrassée sur le front, comme on embrasse les enfants.

— Jasmine ?

— Fouad ?

— Viens on va danser.

— Danser ? Ah ah, Fouad...

— Allez, insista Fouad.

— Coûteaux ne voudra jamais.

Jasmine chercha à distinguer son ange gardien parmi les costumes sombres au bout du couloir. En vain.

— Alors dansons comme ça, par téléphone. J'ai envie de danser, Jasmine. J'ai envie de tout oublier, de me vider la tête avant les jours qui viennent.

Mais en imaginant ces jours à venir, l'envie de danser s'émoussa brutalement. Le vent s'était levé.

— Pourquoi tu parles plus ? demanda Jasmine avant d'ajouter en riant : Tu danses ?

— Jasmine, je vais appeler des gens. Je vais essayer de... je vais créer un comité de soutien. Tous les gens qui m'ont suivi pour la campagne de ton père. Je peux pas croire qu'il va pas y en avoir au moins quelques-uns qui voudront bien m'aider. Qu'est-ce que tu en penses ?

Au bout du fil, Jasmine ne disait rien, elle ne respirait plus. Elle murmura enfin :

— J'en pense qu'en fait c'est toi, Fouad, l'individu plus fort que le système. Et que si tu as besoin d'une assistante pour passer des coups de fil ou écrire des mails, tu peux compter sur moi.

11.

À Levallois-Perret, Me Szafran venait d'avoir accès aux P-V de garde à vue de Krim. Il composa le numéro de Fouad et lui annonça que sa mère et sa tante subissaient une nouvelle garde à vue en ce moment même. Fouad ne réagit pas, si bien que l'avocat lui demanda s'il était toujours au bout du fil. Fouad répondit oui, d'un ton las.

— On va se battre, proclama Szafran avec énergie, de sa grosse voix grave qui faisait grésiller les téléphones. Je suis à Levallois, je vais rencontrer Abdelkrim et le préparer pour son interrogatoire de première comparution avec le juge. Je viens de parler avec des policiers de la SDAT, le déferrement aura lieu cet après-midi. Je ne pense pas qu'ils vont encore prolonger les gardes à vue, ils savent très bien qu'après mon entretien avec lui il ne dira plus rien. Les choses vont se dérouler de la façon suivante : tous les trois vont être envoyés au dépôt pour y passer la nuit, et le lendemain...

— Le dépôt ?

— Ce sont des cellules du palais de justice, où les prévenus patientent avant de rencontrer les juges. Demain matin, midi au plus tard, auront lieu les IPC... pardon, les interrogatoires de première comparution, auxquels je serai présent, naturellement. J'aurai eu accès au dossier avant les IPC, j'en saurai un peu plus sur ce qu'ils ont vraiment contre nous. Attendez, Fouad. Il faut impérativement que vous ne répétiez pas un mot de ce que je viens de vous dire. Je vais veiller à ce que l'équipe de policiers qui transférera votre cousin, votre mère et votre tante au palais de justice évite les journalistes, je connais bien le brigadier-chef qui s'en occupe.

— Et vous y croyez ? demanda Fouad.

— Moyennement, pour être tout à fait honnête. On parle quand même du déferrement le plus médiatique de ces dix dernières années. Mais j'ai bon espoir que nous puissions au moins faire en sorte que leurs visages soient efficacement protégés...

Sauf qu'en voyant quelques minutes plus tard celui de Krim, Szafran se demanda presque s'il ne valait pas mieux le révéler à la face du monde, ce visage, l'exhiber comme une preuve évidente, comme la meilleure preuve de son niveau d'implication dérisoire dans le complot. Recroquevillé sur la banquette qui faisait office de couchette, Krim somnolait comme le grand bébé qu'il était. Chaque respiration faisait frémir ses paupières lisses. Sous l'une de ses narines, un filet de morve avait séché : Krim reniflait, puérilement, toutes les dix secondes. Szafran observa la forme de ses lèvres, incurvées dans une sorte de demi-sourire paisible.

Mais soudain son air s'assombrit. Un mauvais rêve, une prémonition, le souvenir de ce qui l'attendait quand il se réveillerait...

Le grand avocat prit place devant la table adossée au mur de la cellule. Il portait un costume en lin de couleur sable. Un mouchoir en soie noir à pois dépassait élégamment de sa poche de poitrine. En voyant s'altérer le visage de ce petit garçon dépenaillé et endormi, Szafran sentit qu'il venait d'écrire, mentalement, l'une des phrases les plus fortes de sa plaidoirie future. Quand le procès aurait lieu, dans un an, un an et demi, deux ans peut-être, il la dirait telle quelle, la vérité qui venait de lui apparaître ; il trouverait des accents passionnés pour ébranler les magistrats de cette cour d'assises spéciale, juridiction sans jurés, seule habilitée à juger des affaires de terrorisme : le président et six assesseurs, sept professionnels censément imperméables aux menaces de représailles, aux contagions idéologiques, à l'air du temps, aux mouvements de l'opinion – et devant lesquels Krim n'aurait *a priori* aucune chance.

En attendant, il fallait lui faire comprendre qui il était – le seul homme au monde sur qui il pouvait compter désormais.

Il commença par lui expliquer que la soixante-douzième heure avait sonné, qu'il n'était plus seul. La solennité était de rigueur, mais elle parut épaissir davantage le voile de défiance qui couvrait les yeux du jeune homme encore mal réveillé. Szafran changea de ton. Il proposa une cigarette à son client.

Se souvenant des manœuvres de Montesquiou, Krim refusa. Il ne se détendit que lorsque Szafran lui parla de sa mère et de Dounia, qui l'avaient désigné pour assurer leur défense en même temps que la sienne :

— Elles vont bien, elles sont en train d'être interrogées, juste à côté.

— Quand est-ce que je vais revoir ma mère ?

— Pas tout de suite, j'en ai peur. Mais je vais tout faire pour que ce soit possible, crois-moi, mon garçon. Une autre chose, poursuivit Szafran pour ne pas laisser la déception s'installer dans l'esprit du gamin : Idder Chaouch s'est réveillé de son coma, cette nuit. On n'a pas beaucoup d'informations pour le moment, si ce n'est qu'il est vivant...

Krim parut s'animer. Il se redressa sur sa couche et se mit à réfléchir.

— Je le savais, murmura-t-il. Cette nuit j'ai... j'ai pensé à... Vous savez ce que ça veut dire son prénom en kabyle ?

— Son prénom ? Tu veux dire « Idder » ?

— Ça veut dire : « il est vivant ».

Krim l'avait appris dans le salon de la mémé, samedi dernier, dans une autre vie, la vie d'avant.

Szafran observa le garçon. Sous ses sourcils butés passaient parfois d'étonnantes lueurs. Les banlieues s'étaient embrasées trois nuits durant, mais dans les yeux de Krim c'était autre chose, ce n'était pas de la colère. Pas non plus des lueurs d'intelligence, plutôt les feux d'une inexplicable inspiration.

— Mais est-ce que ça veut dire qu'ils vont... enfin, ça veut dire que c'est moins grave, non ?

— Non, malheureusement, répondit l'avocat. Du point de vue de la justice, une tentative d'assassinat, c'est la même chose qu'un assassinat. Mais ça peut avoir une influence sur l'opinion publique. Ce que les gens vont penser de toi.

— Ce que les gens vont penser de moi ?

Krim avait même oublié que des gens existaient en dehors de sa famille et des superflics qui le tourmentaient depuis soixante-douze heures. La discussion se poursuivit d'ailleurs sur ce sujet : comment les policiers l'avaient traité, c'est-à-dire à quel point ils l'avaient maltraité. Szafran expliqua à Krim qu'ils n'avaient qu'une demi-heure et qu'il fallait presser le pas. Krim parla des deux équipes de condés, et particulièrement du fils de pute qu'il avait surnommé le Rugbyman. Szafran sortit un calepin de son attaché-case et nota pompeusement. Ensuite, il lui parla de sa sœur Luna, de son cousin Slim, de ses tantes, de son oncle Ferhat qui allait mieux – sans jamais préciser qu'il n'avait pas obtenu ces informations en rencontrant les personnes concernées mais en interrogeant brièvement Fouad.

Krim reçut ces nouvelles en baissant les yeux, pour se retenir de pleurer, mais aussi parce qu'il avait honte d'être à l'origine de leur malheur. Le ténor du barreau vit bientôt qu'il avait gagné sa confiance. Il lui demanda alors de répéter le plus fidèlement possible ce qu'il avait raconté aux policiers. De voir cet homme si bien habillé prendre des notes pour le sauver rasséréna Krim. Il se concentra et répéta tout : les messages de Nazir, le voyage à Paris, le MMS décisif avec sa mère menacée par Mouloud Benbaraka, et même l'après-midi chez Aurélie. Szafran l'encourageait en marmonnant régulièrement : « Très bien », de sa voix grave et profonde, et sans jamais avoir l'air de le juger.

Au bout d'une vingtaine de minutes, Szafran déposa son stylo sur le dos de sa mallette et se mit à essuyer ses lunettes. Quand il les enfila à nouveau, il avait l'air soucieux. Il parcourut les murs blancs de la cellule, comme s'il ne les découvrait qu'à présent que ses lunettes étaient propres. Son regard se posa sur la banquette où était assis Krim, parut en évaluer la dureté, remonta enfin jusqu'au buste de son jeune client qui flottait dans un T-shirt trop grand.

— Krim, demanda-t-il en baissant notablement le volume de sa voix, pourquoi est-ce que tu es là ?

— Ben... je vous ai dit, m'sieu. Le... le TGV, les textos qu'il m'envoyait...

— Non, non, ce n'est pas ça qui m'intéresse. Ça, c'est bon pour les policiers. Moi je veux comprendre, en profondeur. Pourquoi tu es là ? Tu as dû y réfléchir ces trois derniers jours, tu n'as pensé qu'à ça, n'est-ce pas ? (Krim était fermé comme une huître, les épaules basses, les pieds ballants, comme un ado sur la couche du haut d'un lit superposé.) Je voudrais que tu me racontes Nazir. Comment il a pu te convaincre de faire une chose pareille ? Il t'écrivait des textos depuis des mois, mais tu ne sentais pas qu'il te manipulait, qu'il essayait de t'amener à faire des choses... mauvaises ?

— Non, répliqua Krim, vivement, comme s'il s'était déjà mille fois posé la question et qu'il ait fini par trouver la réponse. Non, il me manipulait pas, je vous jure. Je sais que personne va me croire, avec ce qui s'est passé dimanche, mais...

— Mais pourquoi toi ? le coupa Szafran. Pourquoi Nazir n'a pas demandé à un professionnel ? Ou alors à quelqu'un d'autre ? Il te détestait à ce point pour te choisir toi et détruire ta vie à jamais ?

— Il me détestait pas ! se récria Krim. Vous dites n'importe quoi, en fait la vérité vous pigez que dalle. Il m'a choisi parce que... *Wollah* j'arrête tout de suite, ça sert à rien d'façon.

— Krim, parlons-nous franchement. Je crois qu'il a utilisé tes doutes, tes fêlures, je crois qu'il t'a vu comme une bouteille ébréchée, et qu'il t'a allumé comme un cocktail Molotov.

L'image fit buguer Krim. Il secoua la tête.

— Non ! C'est le seul, m'sieu, c'est le seul qui m'écoutait ! Les autres ils font semblant, ils écoutent leur voix à eux. Les gens ils donnent des conseils, ils donnent des leçons, tu vois, mais en fait ils les donnent à eux-mêmes. Lui non, non, vous vous trompez.

Szafran n'avait pas du tout prévu que Krim prendrait la défense de son bourreau :

— Il va falloir me le prouver alors...

— Je sais pas ce qui s'est passé, je sais pas tout, mais... Quand on s'est vus, j'sais plus, en mars je crois, c'était...

Il m'a choisi parce que... parce qu'il avait pas le choix. Sinon il aurait choisi quelqu'un d'autre. Oh, je sais pas, je sais pas comment dire...

Non, il ne savait pas comment dire. Les journées humiliantes dont il se déchargeait en lui écrivant. Les nuits opaques où son portable vibrait et où le N derrière lequel se cachait son seul confident apparaissait en en-tête du message qu'il venait de recevoir.

Il ne savait pas comment dire. Cette lumière rouge au bout du couloir, cette énergie qui le remplissait après avoir parlé à Nazir. Il y avait eu cette cour enneigée, le hurlement d'un hélicoptère qui déchirait le ciel. Et puis l'ombre de Nazir était apparue dans sa vie. Et sa vie ne pouvait plus être la même depuis ce zigzag inquiétant sur la neige. Szafran enleva sa veste et proposa d'aller lui chercher un autre café. Krim n'entendit pas, il répéta après avoir gardé la bouche ouverte pendant quelques secondes :

— Non, Nazir c'est... *Wollah*, La Mecque... je... je sais pas comment dire...

12.

C'est un jeune homme aux cheveux roux, au regard affolé, à la démarche balourde. Son pantalon à pinces est mal coupé, sa chemise satinée est boutonnée à l'iranienne, ses épaisses chaussures de randonnée (la seule paire qu'il possède) achèvent de ridiculiser son effort d'élégance citadine. Il marche en trébuchant sans cesse, les mains dans les poches, un brin d'herbe au coin des lèvres. Pourtant, ce n'est pas sur le flanc d'une colline que ses gros pas le portent : au contraire, il grimpe une de ces rues populeuses du VIIe arrondissement lyonnais, dans l'air saturé de senteurs violentes et étrangères, du maïs grillé, des marrons chauds et des épices qu'il ne saurait pas nommer – lui qui connaît le nom de tous les arbres et de la plupart des fleurs.

Un kiosque l'arrête, trois unes différentes y affichent la photo de l'ennemi public numéro 1 : de pleines pages où d'immenses yeux noirs fixent l'objectif, des yeux sans sclérotique, les yeux de l'obscurité, d'une obscurité qui renvoie à notre homme le reflet disgracieux de ses poignées d'amour, de ses aisselles cerclées de sueur, de la ligne molle et floue de ses épaules tombantes.

Deux agents de la circulation apparaissent sur le trottoir de droite. Une rue entière est bloquée par leurs sifflets, les véhicules sont priés de faire le tour du pâté de maisons. Des hommes à pied se faufilent entre les barrières, certains portent des djellabas. Des camionnettes et d'autres véhicules utilitaires sont garés devant une enfilade de devantures de boucheries halal, de taxiphones et de salons de coiffure sans images de mannequins en vitrine. Sur la voie publique, une marée humaine remue et se prépare. Il reste encore quelques places sur le trottoir, à la périphérie de la foule qui se déchausse.

Il repousse ses souliers derrière lui, enveloppe les rangées d'autres paires d'un regard qu'il voudrait pénétrant.

Il n'a pas de tapis, on lui fait passer une bouteille pour ses ablutions. Personne ne lui sourit pour le réconforter, aucun de ses frères. Il mouille ses mains, l'eau semble glisser sur sa peau, refuser de la pénétrer.

Dieu le tout-puissant, le miséricordieux.

Les mots comme l'eau coulent d'une source tiède, impersonnelle, presque asséchée. Au moment où il faut s'agenouiller, la frayeur qui le paralyse est comparable à celle des cours de gym au collège, quand il patientait dans la queue pour grimper à la corde et qu'après les noms en E le seul nom en F de la classe allait s'exécuter, et que ça signifiait qu'après, juste après, maintenant en fait, ce serait son tour de défier les lois de la physique.

Mais tout le monde s'agenouille bientôt, et il suit le mouvement. Et tandis qu'il fait semblant de prier au milieu de ses frères, une odeur le saisit à la gorge. Ses mouvements de langue ne parviennent pas à la chasser. L'odeur n'est pas à l'extérieur, elle est en lui. On dirait que du sang mousse au niveau de ses gencives ; il n'ose pas cracher, pour ne pas voir rouge.

Allaaaaaaah akhbar... Les silhouettes de ses frères se baissent à nouveau mais lui reste debout, à contretemps. Il inspire à pleins poumons, mais plus il se remplit du dehors, plus le dehors paraît filtré, contaminé par cet effluve entêtant qui vient d'infester tout son appareil respiratoire. Comme si c'était le goût de la chair, il en ressent une honte étrange, ancestrale. Mais ce n'est pas le goût de la chair, c'est le goût du poisson qu'il a dans la bouche. La nausée lui alourdit la tête, les gens vont commencer à le regarder, ce blanc-bec debout alors qu'il faudrait être à genoux, et qui marmonne des choses insensées, les yeux fermés. Il n'y a pas de poissonnerie dans les alentours. Il est vraisemblablement victime d'une hallucination olfactive. Mais cette hallucination le transporte, lui rappelle la dernière fois qu'il a senti l'odeur du poisson cru entre ses gencives.

Et alors c'est comme s'il pouvait soudain voyager dans le temps, comme s'il pouvait l'entendre à nouveau, cette folle rumeur, la chaotique pulsation de cette autre foule où il s'est faufilé, quatre jours plus tôt, avant le coup de feu fatal qu'il n'a pas tiré mais qui allait faire de lui, par un ricochet aussi prévisible qu'inévitable, le deuxième homme le plus recherché de France.

Allaaaaaaah akhbar...

La gymnastique insensée se poursuit. Maintenant ils se sont relevés, et lui est de nouveau dans le temps normal, connu, familièrement inhospitalier – le présent. Il faut tourner les mains, d'une certaine façon, paumes vers le ciel, il faut fermer les yeux. Quand il les rouvre, la nausée a disparu. L'odeur du poisson n'est plus à l'intérieur de lui. Il lève les yeux. Au-delà des têtes parfois couvertes de boubous, le ciel est bas et terriblement vide : sans gloire, sans profondeur, sans horizon.

La prière terminée, il retrouve le boulevard bondé, fixe ses chaussures pour ne pas attirer l'attention. Mais une foule anonyme est ainsi faite qu'elle repère d'instinct celui qui espère ne pas y être reconnu. Des yeux s'attardent sur sa démarche, ses tics de bouche – il essaie inconsciemment de rapprocher celle-ci de son nez, jamais il n'oublie que cet écartement trop prononcé fait à lui seul la moitié de sa laideur.

Les gens commencent à murmurer sur son passage, il voudrait pouvoir ne rien entendre. Il presse le pas, bientôt il se voit en train de courir dans la vitrine garnie de miroirs d'un commerce en faillite.

Une ruelle apparaît, il s'y engouffre. Comment a-t-il pu prendre autant de risques dans sa situation ? Pourquoi n'a-t-il pas patiemment attendu son prochain train dans le hall de la gare de la Part-Dieu ? Son visage est désormais connu des services de police et familier à tous ceux qui possèdent une télévision. La ruelle était une impasse. Au fond y reposent la carcasse d'une bicyclette, un amoncellement d'appareils électroménagers ainsi qu'un clochard qui végète, incompréhensiblement recouvert d'une triple couche de cartons, de couvertures et de haillons sentant l'urine. Mais ce n'est pas l'urine qui paralyse le fuyard contre le mur et qui le plie en deux : c'est l'odeur du poisson qui est de retour dans sa bouche, la diabolique odeur du poisson cru. Après avoir vomi, il lève sur l'embouchure de la ruelle des yeux sanglants et songe à repartir, mais deux silhouettes sont apparues. Leurs jambes sont immobiles, leurs bustes raides paraissent regarder dans sa direction.

Il croit qu'il est fichu, mais un cri déchire le ronron du centre-ville.

Une femme appelle au secours.

— Police ! Police !

Les policiers quittent la ruelle au pas de course. Une femme blonde, la quarantaine, avec des bottes de cavalière et un sac à dos à une seule bride.

— Qu'est-ce qui se passe, madame ?

— Je crois que je l'ai vu, le type que vous cherchez. Nazir Nerrouche !

Tandis qu'elle donne la description de l'ennemi public numéro 1, elle s'assure, par-dessus l'épaule du policier qui demande des renforts, que l'ennemi public numéro 2 a quitté la ruelle tête baissée.

— En costume, bien rasé. Il est entré dans le marché couvert, il avait l'air louche, comme s'il voulait pas être reconnu. Je suis sûre que c'est lui !

Les policiers s'engouffrent dans le marché couvert, arme au poing. La femme aux bottes de cavalière est priée de rester sur place. Mais dès que les sirènes des renforts se font entendre, elle se fond à nouveau dans la foule, attentive aux moindres mouvements de cette tête rousse qui passe son temps à se retourner d'un air suspect.

13.

Romain Gaillac, vingt-cinq ans, un mètre soixante-quinze, cheveux roux, yeux vert bouteille – même si, sur les cinq photos que le commandant Mansourd avait disposées en éventail sur le tableau de bord de sa voiture, ils avaient la couleur du vomi, ou du guacamole, ou des deux.

En ce mercredi 9 mai 2012, tandis que les matinales des grandes radios enchaînaient les duplex avec le Val-de-Grâce, que des constitutionnalistes tirés du lit évoquaient les scénarios les plus probables après le réveil du président élu, Mansourd, parfaitement immobile sur son siège incliné au maximum, ne pensait qu'à ce mystérieux rouquin contre lequel venait d'être lancé un mandat d'arrêt européen, et dont Nazir Nerrouche avait, de toute évidence, fait son premier lieutenant dans la mise en œuvre de ses sombres desseins.

L'homme fort de la Sous-direction antiterroriste revenait tout juste de sa mission ratée en Suisse. Il devait assister à la cérémonie d'hommage au CRS qui avait été tué dans la nuit à Bastille, sur la Coulée verte. Sa voiture était garée à quelques rues de l'hôtel de police où patientaient déjà les berlines noires du service de sécurité de la ministre de l'Intérieur. Le commandant rangea son arme de service dans la boîte à gants, éteignit son téléphone, fit un bandeau avec la cravate de sa tenue de cérémonie et le noua autour de son crâne chevelu, bien résolu à s'accorder une vingtaine de minutes de vrai repos.

Mais les photos de Romain Gaillac ne se laissaient pas facilement chasser de sa conscience. Qui était-il, ce garçon au visage bizarroïde et malheureux – un gros nez planté trop haut par rapport aux lèvres elles-mêmes inégales, à la fois l'air d'un étudiant exalté et d'un fils de paysan mal dégrossi ?

La biographie du jeune homme l'intriguait. Il n'en savait finalement pas grand-chose – sinon qu'elle était cassée en deux, comme celle de tous les criminels. L'avant, l'après. Mais quelque chose ne collait pas dans le peu qu'il connaissait de « l'avant ». Il devait ce peu au lieutenant qu'il avait chargé d'enquêter sur « le rouquin ». C'était ainsi que Gaillac était épinglé au mur de la salle de réunion de la SDAT. Nazir était « le cerveau », Krim « le gamin », Fouad « l'acteur », Benbaraka était « le caïd » et Rabia, Dounia et les autres formaient une jungle de post-it sur un autre tableau, englobés sous le sobriquet de « la smala ». Mansourd avait en effet insisté, après avoir mené les interrogatoires à Saint-Étienne, pour qu'ils ne soient pas mélangés aux suspects principaux du complot contre Chaouch.

Les premières investigations du lieutenant en charge du rouquin avaient démontré une forte présence sur des forums à caractère sexuel et des sites de rencontres en ligne, sous le pseudonyme de « Julaybib », un compagnon du Prophète. Et là Mansourd ne comprenait pas. Un « petit Blanc » converti à l'islam, fiché par la DCRI, photographié à la sortie de mosquées salafistes en banlieue parisienne : il n'était pas déraisonnable de l'imaginer encore plus fanatisé et pudibond qu'une petite frappe de la fameuse « troisième génération » d'immigrés maghrébins. Or son adresse IP apparaissait derrière une dizaine de pseudonymes sur des sites pornographiques.

En suivant les connexions avec d'autres adresses IP, le lieutenant de Mansourd avait d'ailleurs pu retracer tout un itinéraire de taxiphones dans Paris, et aussi identifier le propriétaire d'un ordinateur sur lequel il s'était connecté, propriétaire qui avait été mis sous étroite surveillance avec l'accord du juge. Les historiques de connexions montraient qu'il y passait un minimum de trois heures par jour. Il était allé jusqu'à commettre l'incroyable imprudence de s'inscrire, en cachant inefficacement son IP, sur un forum payant enfoui dans les entrailles du Web, où s'échangeaient photos et vidéos de jeunes filles *underage*.

Mansourd avait pu visionner quelques-unes de ces vidéos, souvent dérobées sur Facebook à des collégiennes déjà complètement exhibitionnistes. À moitié assoupi, le commandant vit surgir le contour d'une piscine privée en forme de champignon : des enfants torse nu y chahutaient, certains plongeaient en serrant leurs genoux contre leurs petites poitrines imberbes. Diminuées, les forces conscientes du commandant ne firent pas tout de suite le lien avec une de ces vidéos qu'il s'était fait un devoir de regarder jusqu'au bout. Quand l'adolescente qui en était l'héroïne apparut, elle était allongée sur un transat, raclant d'un pied l'intérieur du mollet de son autre jambe. Elle portait une chemise de bûcheron appartenant probablement à un des garçons du groupe. Tout à fait ouverte, la chemise dévoilait une poitrine lisse et nue. Les seins étaient à peine formés, mais les tétons pointaient – du moins le gauche, l'autre étant caché par le vêtement.

Elle devait avoir treize ans, un visage brun percé d'yeux clairs, où la mauvaise fée de l'Adolescence commençait à rogner les rondeurs poupines, à durcir les traits, à faire émerger le nez et à transformer l'ovale enfantin en triangle. Déjà visible, c'était ce triangle qui rendait si saisissants ses grands yeux effrayés.

Car la gamine était effrayée. Elle se forçait à rester allongée et à ne pas lorgner au-delà de son champ de vision immédiat où batifolaient ses camarades. Mais le moment survenait fatalement où elle ne résistait plus et tournait les yeux vers la gauche, découvrant le canon d'une arme pointée dans sa direction.

Il n'y avait soudain plus de piscine, plus de camarades, la chemise elle aussi finissait par tomber, et la fillette à genoux levait sur le pistolet un regard implorant mais sans larmes. Celles-ci survenaient lorsqu'elle était sommée d'ouvrir sa bouche brillante de petite fille. Le canon de l'arme y pénétrait lentement, sans hésitation. Les joues de la petite se dilataient douloureusement, ses yeux s'injectaient de sang et se gorgeaient de nouveaux pleurs.

Le rouquin n'était pas le protagoniste de ce cauchemar, comme s'en aperçut Mansourd qui remuait depuis dix minutes sur le siège de sa voiture. Tout cela ne figurait nulle part dans aucune des vidéos favorites de Romain. Il était d'ailleurs convaincu que c'était Nazir qui tenait l'arme – non ça ne faisait aucun doute, c'était Nazir, sauf qu'en y regardant de plus près ce n'était pas un de ses 9 mm gravé du sigle SRAF qui tourmentait la jeune fille, mais le canon, bien connu du commandant, d'un Sig Sauer semi-automatique, l'arme de service de la police française ; et ce n'était même pas un 9 mm ordinaire mais un 9 mm avec des entailles familières sur la crosse, et une crosse familière, qui se carrait dans la paume en y imprimant une chaleur familière, et qui pesait d'un poids familier, pas un gramme de plus – non, ce n'était pas le 9 mm d'un collègue ou de Nazir, c'était une arme familière, pire que familière :

C'était son arme à lui.

Il se réveilla en sursaut, arracha péniblement le bandeau de fortune qui lui couvrait les yeux et ouvrit sa boîte à gants pour vérifier que son arme s'y trouvait encore. Tandis qu'il redressait son siège et recouvrait ses esprits, un agent frappa quelques coups à sa vitre.

— Monsieur ? Monsieur, vous m'entendez ?

Mansourd aspira de grandes bouffées d'air et leva la main pour faire signe au policier d'attendre un instant. Il ouvrit bientôt la portière en expliquant qu'il était de la maison. Avant de se rendre à la cérémonie, il poussa la porte du bistrot le plus proche et demanda deux petits noirs bien serrés qu'il avala coup sur coup. Autour de lui des habitués lampaient tristement leur première mousse de la matinée, à même le comptoir crasseux. Des visages ronds à gros pifs, des visages carrés à gros pifs : tous ayant l'air de ceux qui sont revenus de tout et que plus rien ne peut surprendre.

Le commandant prit soin de ne pas croiser leurs regards.

14.

Mansourd n'aimait pas porter un blazer et ça se voyait. Sa chemise était bien repassée mais paraissait trop tendue au niveau du torse ; elle y faisait des plis inélégants. Sa cravate l'étouffait, il avait le cou trop fort et on sentait qu'il ne savait pas où mettre ses poignets où le blanc de ses bras de chemise dépassait des manches de la veste, donnant l'impression que celle-ci était trop courte. Dans une assemblée de policiers en tenue de cérémonie, on reconnaît tout de suite les hommes d'action et ceux qui rédigent des notes dans des bureaux climatisés. Indépendamment de la qualité du costume, c'est une certaine façon de l'endosser, de se mouvoir à l'intérieur, qui permet par exemple à l'observateur superficiel de distinguer au premier coup d'œil un homme politique de ses gardes du corps.

Les gradés massés dans la cour d'honneur portaient l'uniforme des grands jours : un pantalon de coupe militaire avec une ganse marron sur la couture, une vareuse à écusson de poitrine, une chemise blanche à manchettes ; les galons s'affichaient sur les pattes d'épaules, la casquette à macaron et les insignes de grade aux poignets. Une fourragère et des gants blancs complétaient le déguisement.

Mansourd eut un léger soupir moqueur en imaginant qu'il s'agissait d'une assemblée de pingouins.

À l'opposé de la cour, derrière le pupitre où la ministre de l'Intérieur allait prononcer le discours qu'il avait rédigé à l'aube, Pierre-Jean de Montesquiou se tenait droit dans un complet sombre à boutons dorés, impeccablement coupé, assez cintré pour être à la mode, assez discret dans la facture pour ne pas attirer l'attention en cette sombre matinée de deuil républicain. Contrairement à nombre des policiers et des préfets qui l'entouraient, il ne suait pas. Outre qu'il jouissait d'un excellent système transpiratoire, le directeur de cabinet possédait un arsenal de potions magiques pour rester frais et lisse par temps de canicule. Appuyé sur sa canne mais sans paraître y faire peser le moindre poids, il promenait sur la famille éplorée du jeune CRS un regard semblablement léger, empreint d'une espèce de curiosité dépassionnée et presque gaie malgré la gravité de façade.

Le jeune énarque s'ennuyait ferme. Il tapotait de l'index sur le pommeau de sa canne, roulait parfois les lèvres. La fatigue l'empêchait de penser à autre chose qu'à son ennui, or quinze tâches au moins – plus ou moins avouables (et plutôt moins que plus) – frétillaient dans l'embouteillage de ses priorités immédiates. L'orchestre militaire parut le soulager, le divertir un peu.

Mansourd, qui l'observait depuis l'autre côté de la cour, le vit baisser les yeux sur le cadran de sa montre et se tourner vers une jeune femme à l'autre bout de la rangée d'officiels.

— C'est pas possible, murmura le commandant indigné en découvrant qu'il s'agissait de Victoria de Montesquiou, la sœur du serpent de la place Beauvau.

C'était une jeune femme blonde au visage inégal et penché, large de bassin, avec des mollets lourds et une narine toujours relevée en signe de dégoût, un dégoût préventif, préparatoire ; le monde dans lequel elle évoluait ne méritait pas qu'on lui laisse une première chance.

Mansourd était scandalisé parce qu'elle dirigeait la stratégie de l'extrême droite depuis le début de la campagne. On l'avait vue sur les plateaux télé attaquer ses rivaux de l'establishment avec un aplomb extraordinaire. Elle ressemblait à des millions de Françaises, on n'avait aucun mal à l'imaginer faire appel à une émission de M6 pour redécorer son pavillon de banlieue. C'était le nouveau visage du parti d'extrême droite : une femme, moderne, jeune maman périurbaine, qui ne se laissait pas marcher sur les pieds et connaissait trop bien les lois de la communication politique pour tomber dans les gaffes et les excès des générations précédentes.

Mansourd voulut s'adresser à son voisin, pour lui demander ce qu'une représentante de l'extrême droite faisait à cette cérémonie, mais son voisin était un jeune pingouin au garde-à-vous, les veines du cou saillantes et les paumes écarlates.

Le cercueil du CRS était porté à hauteur d'épaule par une demi-douzaine d'officiers en grande tenue : casquettes rigides à visière mate et bandeau gitane, blousons à fourragères et gants blancs de cérémonie. Ils piétinaient bizarrement, à contretemps de la musique interprétée par l'orchestre avec une sorte de ferveur rentrée, comme un enthousiasme en sourdine.

Mansourd se figea. Il venait d'apercevoir au milieu de la cour le couple des parents du CRS assassiné – lunettes et foulards noirs de circonstance. L'apparition du cercueil avait fait sangloter la mère, mais elle faillit s'effondrer en découvrant, derrière le cercueil recouvert d'un drapeau tricolore, un officier portant un coussinet grenat sur lequel trônait la casquette du sous-brigadier – casquette qu'il n'avait jamais portée, qui correspondait au grade de lieutenant auquel il était promu post mortem par la cérémonie en cours, et qui pourtant était censé le figurer, et qui y parvenait curieusement davantage que le cercueil où reposait réellement sa dépouille.

La ministre de l'Intérieur avait repéré l'endroit où se trouvaient les caméras des chaînes d'info continue. Elle les ignora ostensiblement et se lança dans un discours qui rappelait d'abord les conditions scandaleuses de la mort du courageux Frédéric Mulot, dévoré par un pitbull dans l'exercice de ses fonctions rendu tout spécialement héroïque par le climat de sauvagerie pure et simple que connaissait notre pays depuis trois jours :

— Je voudrais m'adresser maintenant aux parents de Frédéric, à sa mère et à son père ici présents...

La mère redoubla de sanglots. Mansourd remarqua que Montesquiou venait de se réveiller. Son visage avait blanchi d'un coup.

— Madame, monsieur, vous pouvez être fiers d'avoir inculqué à votre fils le sens du devoir, la ténacité et le courage dont Frédéric Mulot a su faire preuve tout au long de sa trop jeune carrière.

Montesquiou savait qu'il n'en était rien. À la lecture de ses états de service, le sous-brigadier Mulot avait tout l'air d'un pleutre. Il se serait vraisemblablement reconverti dans une administration quelconque, il n'était pas taillé pour la brutalité du corps de police dans lequel il s'était aventuré pour marcher dans les pas de son père – son vrai père, mort quelques années plus tôt. L'homme qui accompagnait Mme Mulot n'était en effet que le beau-père du sous-brigadier. Ce dont s'aperçut la ministre lorsqu'elle tourna la page de son feuillet et survola mentalement le paragraphe consacré aux raisons pour lesquelles « Frédéric » avait choisi les compagnies de sécurité républicaines...

Elle se hâta de conclure son discours, remua les mâchoires de droite à gauche, ouvrit méchamment la main sous le pupitre pour qu'on lui vienne en aide. Terrorisé, le commissaire qui dirigeait l'hôtel de police lui fit signe de s'approcher du cercueil pour remettre au défunt sa Légion d'honneur posthume. Vermorel emprunta sa voix la plus solennelle, mais les pleurs de la mère augmentaient de volume, devenaient de plus en plus embarrassants. En descendant du pupitre, la ministre adressa un regard noir à Montesquiou. Elle gonfla la poitrine, voulut calmer la pauvre dame en insistant sur sa *dignité*. Mais Mme Mulot ne l'écoutait pas. Elle échappa aux bras de son mari et courut vers le cercueil que les officiers avaient déposé devant le pupitre. On essaya de la retenir sans la bousculer. Elle arracha le drapeau français du cercueil, et se prit les pieds dedans en essayant de rejoindre les bras de son mari ; elle tomba enfin aux pieds de la ministre qui ne put s'empêcher de l'examiner de haut avec sa morgue naturelle, oubliant, le temps d'une seconde, que les caméras scrutaient sa réaction et qu'elle devait faire preuve d'humanité.

Les officiers, les gradés des premiers rangs, le préfet de police de Paris qui avait surtout fait le déplacement pour embêter la ministre, la ministre, et même Montesquiou : tout le monde était mortifié. Mais la vision de cette mère démolie fit particulièrement impression sur le commandant Mansourd. Il se précipita pour la relever et la conduisit à l'abri des regards, en lui soufflant à l'oreille des paroles chaleureuses auxquelles il ne faisait aucun doute qu'il croyait absolument.

La cérémonie se poursuivit tant bien que mal. La ministre décora le fantôme de Frédéric Mulot de la Légion d'honneur, prononça les formules rituelles et rejoignit la jungle de micros qui l'attendaient sous les arcades.

Avant de répondre aux questions (trois pas plus indiqua au garde du corps Montesquiou resté en retrait et jonglant déjà avec ses deux téléphones), Marie-France Vermorel fit une déclaration en s'assurant que toutes les caméras étaient prêtes :

— Le président, le Premier ministre et moi-même, nous nous associons à la douleur de... la famille de Frédéric Mulot, âgé de seulement vingt-qua...

— Madame la ministre ! l'interrompit une journaliste, que pensez-vous du réveil d'Idder Chaouch ?

Une partie de ses collègues s'étaient tournés vers la jeune inconsciente qui venait d'interrompre la ministre. La stupidité de la formulation commença par susciter une rumeur de réprobation dans les rangs de la meute mais, après le point d'interrogation, le silence se fit, les micros se hérissèrent, tout le monde attendait la réponse.

— Ce que j'en pense, c'est que je m'en réjouis, dit la ministre ; ses yeux fermés par la colère le restèrent plus longtemps que prévu. Je souhaite un bon rétablissement à M. Chaouch, et je crois...

— Est-ce que vous pensez, la coupa un autre journaliste en tendant dans sa direction un micro France Inter, que la décision d'hier du Conseil constitutionnel de prononcer son empêchement tient toujours ?

— Écoutez, ce n'est pas le moment. Là c'est le temps du recueillement. Je vous rappelle que nous sortons tout juste de trois nuits d'émeutes, trois nuits inadmissibles, intolérables pour nos concitoyens, trois nuits qui ont laissé notre...

— Qu'est-ce que vous répondez aux spécialistes qui disent que le Conseil constitutionnel ne peut pas déjuger la volonté populaire ?

— Madame la ministre, est-ce que vous considérez ce matin Idder Chaouch comme le nouveau président de la République ?

Montesquiou s'entaillait virtuellement la carotide du plat de la main, multipliait les gestes en direction du garde du corps, pour qu'il la sorte de ce guêpier.

— Je ne suis pas là pour commenter les discussions entre experts... Ce n'est pas mon rôle de... Il y a le temps du commentaire et le temps de l'action, du moins il y a... il y a ceux qui commentent et ceux qui agissent. Enfin, écoutez, M. Chaouch vient de se réveiller, c'est une excellente nouvelle, restons-en là...

Et elle faillit en rester là. Montesquiou y crut et souffla. Mais trois nuits blanches auxquelles s'ajoutait la vision encore brûlante de cette cérémonie désastreuse eurent raison de la prudence de la ministre :

— Tout ce que je peux vous dire, c'est qu'on ne se rétablit pas d'une hémorragie cérébrale et de presque quatre jours de coma en deux coups de cuiller à pot. Chacun prendra ses responsabilités le moment venu. Voilà. Merci.

Un brouhaha considérable accueillit cette réponse inattendue. Certains demandaient à la ministre de préciser, d'autres précisaient pour elle et lui demandaient de confirmer. Mais le garde du corps avait exfiltré la dame de fer qui retrouva son jeune directeur de cabinet sur la banquette arrière de sa voiture blindée. La ministre enleva ses lunettes et fixa violemment le repose-tête du siège de son chauffeur.

— Madame la ministre, risqua la voix soudain adoucie de Montesquiou. Une bonne nouvelle...

Comme elle ne réagissait pas, il annonça la « bonne nouvelle » : les tribunaux jouaient le jeu ; les peines prononcées à l'issue des comparutions immédiates dépassaient leurs espérances, envoyant un signal de fermeté que même la pire presse gauchiste n'osait pas condamner – du moins pas encore. Leur vieille stratégie continuait de porter ses fruits : interpeller vite, tuer la sédition dans l'œuf.

La ministre ne réagissait pas ; pour détendre l'atmosphère, Montesquiou prononça avec désinvolture ce distique fameux au Moyen Âge :

— « Oignez vilain, il vous poindra ; poignez vilain, il vous oindra. »

Vermorel se tourna vers lui, planta son regard dans le sien. Une de ses narines se souleva en signe de dégoût. Du plat de la main gauche elle lui asséna une gifle monumentale. La déflagration fut si impressionnante qu'elle fit se retourner le garde du corps et le chauffeur.

Montesquiou n'avait jamais eu aussi honte. La Vel Satis démarra ; il ouvrit la bouche, approcha sa paume de sa joue meurtrie. Chaque seconde multipliait son sentiment d'injustice. C'était elle qui avait merdé, pas lui. Dans le discours, il avait écrit beau-père, la ministre avait zappé le mot beau...

Quant à la bourde devant les journalistes, il n'y était pour rien ! Pouvait-elle avoir eu vent d'autre chose ? Que lui reprochait-elle au juste ? Il s'était produit la même scène lorsque la ministre avait fait son lapsus pendant la campagne : logiciel de reconnaissance raciale au lieu de faciale. Montesquiou s'était démené comme un beau diable, sa stratégie avait été celle de la fuite en avant, celle du hussard, du mousquetaire : il avait pris appui sur cette bourde pour « lancer le débat » sur un « vrai sujet », les statistiques ethniques, auxquelles Chaouch ne semblait pas opposé... Réussirait-il un tour de magie similaire avec le nouveau faux pas de sa patronne ? Rien n'était moins sûr.

À l'autre bout de la banquette, la ministre semblait s'être assoupie. Au-delà de son profil de chouette hautaine, à travers le fumage anthracite de la vitre, le soleil à son zénith s'écrasait sur les Grands Boulevards. Rétroviseurs, antennes de voitures, fer forgé des balconnets, portails de « métropolitain » : tout scintillait, tout semblait sur le point de fondre, plâtre, béton, plastique et métal, jusqu'à l'ossature des murs qui allaient s'effondrer, réduisant Paris à un gros tas de pierre de taille informe et poussiéreux.

Le jeune homme secoua la tête, ôta sa veste – silencieusement pour ne pas réveiller la ministre, avec mille précautions d'enfant battu. Depuis le début du trajet il ressentait un picotement dans l'œil, comme une acidité. Il n'avait pas eu le temps de remarquer qu'il était littéralement en nage, à tel point que sa chemise avait changé de couleur, et que la sueur perlant à grosses gouttes au bord de ses paupières mêlait son amertume aux larmichettes de son humiliation.

15.

Dans le bus Eurolines qui le conduisait vers le sud, Romain continuait d'interroger le mystère de ce nom apparu dans le désert de sa vie comme l'inquiétant disque brun d'un nuage sur un ciel de soie vert pâle. Ainsi finissait la litanie de ses jours insipides, servis à la louche depuis le même potage intarissable. Nazir. Romain pouvait reproduire *in extenso* une cinquantaine de conversations qu'il avait eues avec Nazir, il connaissait sa pointure et le nombre exact de ses cravates, mais il se trouvait soudain incapable de se souvenir de la date, ou même de la saison pendant laquelle il l'avait effectivement rencontré. Le nom même de Nazir lui évoquait moins une personne de son entourage, qu'une de ces figures mi-homme mi-loup qu'on voit poindre dans l'ombre au bas des fresques égyptiennes.

Le loup changeait de museau, se faisait rat, le rat voyait son profil s'allonger pour devenir serpent et puis faucon, tandis que l'autre moitié de la figure ne se transformait pas – et n'en était que plus troublante : des jambes humaines dans un pantalon à pinces, un buste long, mince, orné de poils noirs au niveau du col de chemise, de grandes mains maigres à la peau singulièrement douce. La voix quant à elle était un bourdonnement continu et hybride – inoubliable voix de Nazir qui n'avait jamais cessé, depuis ce jour sans date où leurs existences s'étaient liées, de sourdre dans les cavités de sa grosse tête rousse.

Pour en atténuer l'écho, il regarda les prés, les collines, les sous-bois, la France immémoriale, celle des châtaigniers et des petits chemins. Le car descendait la vallée du Rhône. La végétation allait se transformer sous ses yeux, se raréfier, s'assécher. Bientôt il verrait des oliviers sur le bord de la route, des rangées de peupliers d'Italie au garde-à-vous ; et dans les étagements plaisamment enchevêtrés de prés et de bocages se glisseraient les irréels rectangles bleus des champs de lavande. La radio du car diffusa un tube de Lorie déjà ancien :

Moi j'ai besoin d'amou-ou-ou-our ! Des bisous, des câlins
J'en veux tous les jou-ou-ou-ours ! J'suis comme ça !

Romain écouta cet aberrant lamento survitaminé les yeux fermés, plissés au maximum, la bouche penchée vers la lanière de sa montre-bracelet qu'il semblait sur le point de se mettre à ronger.

Il se retourna brusquement, saisi d'un pressentiment. Autour de lui il n'y avait que des voyageurs pauvres : ouvriers assoupis, femmes d'ouvriers soucieuses, étudiants en goguette. Ceux qui n'avaient pas les moyens de se payer un billet de TGV. Une femme l'intrigua. Deux rangs derrière lui, sur la rangée opposée, elle parlait au téléphone – Romain se demanda si elle ne l'avait pas reconnu, il lui semblait qu'elle parlait de lui à son interlocuteur. C'était une blonde, d'une quarantaine d'années, avec un visage d'Américaine, les dents fortes et blanches, les pommettes hautes, le nez minuscule et les lèvres trop fines.

Leurs regards se croisèrent. Romain vit qu'elle était affectée d'un léger strabisme divergent. Il baissa les yeux, fit semblant d'avoir remarqué quelque chose d'étonnant dans le paysage. Quand il tourna la tête une demi-minute plus tard, l'Américaine parlait en effet en anglais, à voix basse, en riant. Elle avait complètement oublié son existence. Romain abandonna sa tempe droite contre la vitre du car. Ils contournaient la banlieue d'une assez grosse ville apparemment sudiste : au milieu des toits d'ardoises pointaient les crêtes remarquables de pins parasols et parfois de palmiers ; la lumière était chaude, touffue, voilée, pas encore douce, plutôt gorgée de particules d'humidité et de pollution. Malgré la protection de la vitre, Romain se mit à tousser ; il toussait en pensant à la pollution, à la toxicité du monde.

— Qu'est-ce qu'il fait maintenant ? demanda l'interlocuteur de l'Américaine.

— *Nothing*, répondit-elle en chaussant une paire de fausses lunettes. *He's staring outside. Looking crazy. What should I do when he leaves the bus?*

Montesquiou ne savait pas quoi répondre à la cavalière. Elle n'était d'ailleurs plus la cavalière. Elle avait troqué ses bottes pour des sandalettes. Maintenant elle était déguisée en voyageuse hippie. Dans la soute à bagages, son gros sac de campeuse contenait un paréo, une serviette, un manuel de yoga ashtanga, un tapis. Elle faisait le tour des ashrams du Vieux Continent.

— Écoutez, vous le suivez discrètement, jusqu'à ce qu'il prenne trop de risques et que vous deviez intervenir. Espérons que ce sera le plus tard possible...

Une minute plus tard, le capitaine Tellier vit passer la silhouette de Montesquiou dans le couloir principal de la SDAT : il remarqua d'emblée qu'il n'était pas aussi flamboyant que les jours précédents. Le jeune patron bis de la place Beauvau – c'était ainsi qu'il aimait se présenter – épongeait son front soucieux au moyen non pas d'un large mouchoir brodé mais de carrés de tissu rosâtres qui ressemblaient à du papier-toilette.

Tellier avait reçu des instructions sans ambiguïté de Mansourd. Il se planta devant l'homme à la canne et lui barra le passage. Montesquiou finissait de rédiger un texto.

— Décidément, dit-il sans quitter son Blackberry des yeux, vous êtes toujours au mauvais endroit au mauvais moment, capitaine. Allez, allez, tout ça vous dépasse, faites-nous une fleur, laissez-moi passer et parler au commandant – pendant qu'il est encore commandant.

Tellier évita tout accent apologétique en répétant qu'il avait reçu des ordres clairs.

— Sauf, cher ami, que les ordres que vous avez reçus ne valent rien à côté de...

— Mais ça suffit, les intimidations ! explosa Tellier. Ça suffit ! Dans une semaine vous êtes dehors, vous, Vermorel et toute votre petite mafia, vous quittez Beauvau !

Quelques policiers levèrent les yeux de leurs écrans. Montesquiou baissa les siens et dessina un cercle avec le bout de sa canne, aux pieds du capitaine Tellier. Il lui adressa ensuite un sourire d'assassin, fixa son bec-de-lièvre et s'éloigna sans rien ajouter.

16.

Dans le minuscule bureau où s'entassaient Mansourd et trois hommes de son groupe, l'ambiance était électrique. Le capitaine Tellier entra avec un feuillet fraîchement imprimé. Mansourd lui demanda ce qui se passait. Le capitaine était encore sur les nerfs. Des veines saillaient sur ses longues mains décharnées.

— Crache le morceau bordel, qu'est-ce qui se passe ?

— Il se passe que j'en ai marre ! Voilà ce qui se passe !

— Marre de quoi ?

— De cette enquête qui va nulle part par exemple !

Mansourd expliqua que Montesquiou aurait d'autres chats à fouetter à la fin de la journée :

— On a reçu un enregistrement vidéo, mais avec des détails...
disons troublants. C'est le chauffeur de Montesquiou qui l'a
pris.

— Et ça vient d'où ?

Mansourd leva les yeux en direction du plafond. Peu
lui importait.

— Dites, chef, commenta Tellier en baissant les yeux,
vous êtes sûr qu'on devrait pas... enfin, on est en train de
mettre le doigt sur quelque chose qui fait qu'on devrait
réfléchir aussi à... enfin, à se protéger, non ?

Mansourd balaya ses craintes d'un revers du bras. Il
tendit soudain l'oreille.

— Chut, chut, tu entends ? C'est le vent de la trouille...
Et si on peut l'entendre, c'est qu'il a changé de camp. On
a du nouveau sur le rouquin ?

— Pas encore, répondit le capitaine. Avec tous les avis
de recherche et vu le profil du bonhomme, c'est une question d'heures avant qu'il se fasse choper...

Mais Tellier ne savait pas à quel point il était, à ce
moment précis, proche de la vérité. C'était même l'affaire
de quelques minutes : le car qui transportait Romain
s'était immobilisé à cause d'un barrage au péage à la
sortie d'Aix-en-Provence. Les gendarmes faisaient défiler les voitures et les fouillaient intégralement, compa-
raient les visages des occupants aux photos de Nazir
et de Romain. Il ne restait que deux véhicules avant
le car. Romain serra son sac à dos contre son torse, y
enfonça son menton et bientôt toute sa trogne écarlate.
Réussirait-il à faire croire qu'il dormait lorsque les gendarmes investiraient l'allée centrale du car ? Non, ça ne
marcherait jamais.

Il paniqua. Il ne pouvait pas sortir par la porte centrale
que seul le chauffeur pouvait actionner. Et s'il convain-
quait le chauffeur de lui ouvrir la porte avant, les gendarmes le verraient immédiatement. La route élargie avait
des allures de fleuve en crue. Romain observa les fourrés
alentour. Ils étaient suffisamment hauts pour s'y cacher,
mais comment les atteindre ?

Derrière lui, une rumeur enfla. Une grosse dame s'était levée et se faufilait dans l'allée centrale, soutenue par quelques passagers préoccupés. Le chauffeur renonça à suivre toute la scène sur son rétroviseur et se retourna en maugréant, comme un téléspectateur soudain privé de télécommande. On lui expliqua qu'il y avait une passagère enceinte, qu'elle venait peut-être de perdre les eaux.

Le chauffeur eut l'air d'un lapin pris dans les phares d'une camionnette.

— Peut-être ? cria-t-il en daignant enfin lever son gros popotin de son siège molletonné.

Il n'y a pas de bons moments pour un pet foireux. Un instant d'inattention, et Romain avait mouillé tout le fond de son caleçon. Le stress accumulé depuis l'arrêt du car, mais aussi sûrement un peu de soulagement. Cette femme enceinte, c'était un signe du destin.

Elle ne parlait que le tagalog, personne ne la comprenait. Le chauffeur ouvrit la porte avant de son car. Une partie des passagers qui n'avaient rien à voir avec la situation en profita pour prendre l'air. D'autres, comme Romain, restaient paralysés sur leurs sièges du premier balcon. Un bras agrippa soudain le sien et Romain fit volte-face. L'Américaine de l'avant-dernier rang lui indiquait la sortie. Romain attrapa son Eastpak et se laissa guider. Des gendarmes arrivaient au pas de gymnastique. L'attroupement autour de la femme enceinte permit à l'Américaine et à Romain de faire le tour du bus sans être repérés. L'Américaine fit signe à Romain de courir. En moins de dix secondes ils étaient dans les fourrés. Romain regarda celle qui l'avait sauvé. Il voulut dire quelque chose, mais l'Américaine lui intima l'ordre de courir tête baissée. Elle voulut passer derrière lui mais Romain préféra continuer de la suivre.

Il avait peur qu'elle ne sente l'effluve de toute cette merde qui avait souillé son caleçon.

17.

Une heure plus tard – une heure de marche en forêt, à l'écart des routes et des habitations –, Romain s'immobilisa et leva les yeux sur les cimes des pins qui se perdaient dans l'éblouissement du soleil.

— Stop !

L'Américaine avait taillé une branche pour s'en faire un bâton de randonnée. Elle se retourna sur le jeune homme en croyant qu'il s'arrêtait pour reprendre son souffle. Ce n'était pas le cas.

— Stop, exigea-t-il en déposant son sac à dos à ses pieds sur le talus.

Il le fouilla anarchiquement. L'Américaine garda son calme et lui demanda ce qu'il cherchait. Romain perdait patience en éventrant son sac. Il tomba sur un genou et releva la tête, hagard, croyant que l'Américaine allait l'attaquer.

Dans sa main gauche il tenait un pistolet. Son canon tremblait. Les yeux de Romain aussi.

— Maintenant je veux savoir... qui vous êtes.

— *Yes*, mais pose l'arme, dit l'Américaine dont les fines lèvres s'entrouvraient à peine.

— Je veux savoir, sinon je tire ! Vous êtes flic, c'est ça ?

— Pas vraiment, répondit l'Américaine. Je vais tout te dire, mais d'abord pose l'arme. On sait très bien tous les deux que tu ne vas pas tirer.

— Vous cherchez Nazir, je sais bien que vous cherchez Nazir. Si vous comptez sur moi pour le trahir, vous vous trompez, vous vous trompez lourdement.

Romain s'épongea le front, se souvint des catastrophiques séances de tir en forêt, à l'issue desquelles Nazir avait dû se rendre à l'évidence : jamais il ne pourrait faire de son fidèle disciple roux l'exécuteur de l'ultime phase de son plan. Romain l'avait déçu et n'en avait pas dormi pendant des semaines ; il n'allait pas le décevoir une nouvelle fois. L'Américaine avançait à pas comptés. La vue de Romain se brouillait de plus en plus.

— Je vais te proposer quelque chose, Romain.

— Vous me connaissez, vous voyez !

— Je travaille pour Nazir. Je dois le rejoindre et lui donner des faux papiers, des faux papiers américains.

— Ah, ah...

— Je sais que tu ne vas pas me croire. Je te demande quelque chose. Tire-moi une balle dans l'épaule.

— Quoi ?

L'Américaine ne plaisantait pas, ses yeux fixes disaient qu'elle ne plaisantait pas.

— C'est Nazir qui m'a dit de te proposer ça. Tu me tires dans l'épaule, et comme ça tu me croiras. Je veux que tu me fasses confiance, et je sais que tu ne peux pas me faire confiance juste avec des mots. Moi je ne te ferais pas confiance comme ça. J'aurais besoin d'une preuve. Voilà la preuve. Tire-moi dans l'épaule.

— Mais vous êtes complètement folle ! hurla Romain en fermant les yeux pour se donner du courage.

— Pas dans le cœur, vise bien, *please*. Allez ! *Shoot me now! Shoot! Shoot me!*

Romain ne put pas s'y résoudre. Il abaissa le canon de son arme et se retint de sangloter comme un enfant.

— *Well*, je vois qu'il ne mentait pas quand il disait que tu n'aurais jamais pu tuer Chaouch... *Come on*, continuons, on a déjà perdu trop de temps.

Vaincu, Romain récupéra son sac à dos, y rangea l'arme.

— Comment vous savez... ? Tout ça... ?

— Je viens de te le dire : je travaille pour Nazir. Maintenant on doit le rejoindre le plus vite possible.

— Mais c'était pas le plan ! Je devais disparaître... me mettre au vert...

— Et pour te mettre au vert tu descendais dans le Sud-Est, à la frontière avec l'Italie... ? *Really?*

Une minute plus tard, ils avaient repris leur marche forcée à travers la végétation sèche de la pinède. Les craquements éreintaient Romain. Il demanda à l'Américaine comment elle s'appelait.

— Susanna, répondit la femme sans se retourner.

Romain se mordit les gencives en essayant de se souvenir d'une mention de ce prénom par Nazir.

— Et comment vous m'avez retrouvé ?

— Je t'expliquerai dans la voiture, déclara Susanna en abandonnant son bâton dans les fourrés.

— La voiture ?

— *Huh*, tu crois qu'on va aller à Gênes à pied ?

La voiture attendait les fuyards dans un village à deux kilomètres au sud. Romain ne comprenait plus rien :

— Comment vous saviez qu'on allait être arrêtés à un barrage dans le coin ? Non, vous vous foutez de ma gueule, ça marche pas votre truc !

Susanna répondit par un sourire de côté.

— Montrez-moi les faux papiers, insista Romain.

L'Américaine hésita.

— Ils sont dans le coffre, dès qu'on arrive t'auras qu'à voir toi-même.

Une demi-heure plus tard, à l'entrée d'un hameau aux allures de ranch fantôme, il y avait en effet une voiture qui répondit à la commande automatique de la clé de Susanna. C'était un coupé Volkswagen immatriculé en Allemagne.

Romain déposa son sac sur le bord du chemin et ouvrit le coffre. Il y enfonça sa tête entière pour chercher le soi-disant passeport, l'Américaine attrapa discrètement le pistolet au fond de son sac et y replaça les balles qu'elle avait enlevées une heure et demie plus tôt, pendant que le jeune homme urinait dans la forêt. Romain trouva enfin le passeport en question ; il entendit soudain le bruit d'un chargeur, fit le tour de la voiture à toute vitesse :

— Qu'est-ce que vous faites ?

— Je mets mes empreintes sur ton arme, dit Susanna sans lever les yeux sur Romain.

— Ce passeport pourrait très bien être un leurre, décida le jeune homme en brandissant le document sous le nez de l'Américaine.

— Je ne sais plus quoi faire pour que tu me fasses confiance. Pose-moi des questions, si tu veux.

Elle tendit l'arme à Romain. Sur la crosse étaient gravées les lettres S, R, A, F.

— Qu'est-ce que ça veut dire, ce sigle ?

L'Américaine retint sa respiration. Romain pensa qu'il l'avait prise au piège et que, acculée, elle allait l'attaquer. Elle avait un physique sec et nerveux, le buste haut, les épaules droites, les mains noueuses – le genre de physique tout en souplesse et en rapidité qu'ont les adeptes d'arts martiaux. Mais ils n'en viendraient pas aux mains dans ce chemin de terre herbeuse : Susanna connaissait la réponse.

— C'est pas un sigle, ça veut dire la colère. SRAF, ça veut dire la colère.

Romain en oublia de lui redemander comment elle avait retrouvé sa trace. Il s'installa dans la voiture, à la place du mort. Son tic de bouche l'avait repris, il se sentait à nouveau nauséeux. L'idée d'aller voir Nazir le plongeait dans un état d'exaltation qui lui était devenu familier ces derniers mois. Mais l'odeur du poisson revenait à ses narines, envahissait tout son appareil respiratoire.

La cavalière s'en aperçut et lui conseilla d'ouvrir sa fenêtre. Romain s'exécuta. Avec ses tics de bouche et ses mains affolées, c'était à se demander comment Nazir avait pu avoir l'idée de lui confier la moindre responsabilité. Pourtant, après qu'il eut vomi, la conversation repartit dans un esprit nouveau, presque dénué de défiance ; et alors, tandis que leur Volkswagen retrouvait les belles autoroutes du Sud, Susanna commença à comprendre – à comprendre qui avait été Nazir pour Romain, qui avait été Romain pour Nazir, et pourquoi ils étaient devenus indispensables l'un à l'autre, comme le sont les prophètes et leurs disciples, les maîtres et leurs esclaves :

— Avant lui j'évoluais dans un petit milieu, expliquait le jeune homme avec une mélancolie usée, ce ton qu'on prend pour raconter une anecdote plusieurs fois répétée. On se gargarisait. On avait des idées, on débattait... Je l'ai rencontré, et à son contact j'ai ouvert les yeux, j'ai compris qu'on se payait de mots, qu'on était des petits cons, une brochette de geeks qui rêvaient de... guerre des civilisations...

Il s'était mis à parler pour des raisons qui lui appartenaient – pour vider son sac, pour le simple frisson de prononcer des phrases comme :

— Je sais des choses... si je les révélais, ça aurait des implications énormes sur tout un tas de gens...

Ceux qui savent faire parler les autres se reconnaissent à ce qu'ils n'en font jamais trop, ne forcent pas la main de ceux qu'ils interrogent, sachant très bien que l'erreur la plus répandue parmi les criminels n'est pas tant de revenir physiquement sur les lieux de leur crime que d'y retourner constamment en pensée, de le ressasser, de l'évoquer sans cesse, dans une sous-conversation que l'oreille instruite sait deviner sous les propos les plus triviaux ou les mieux déguisés. Cette oreille, l'Américaine la tenait en partie d'un cursus de psychologie appliquée, quinze ans plus tôt ; elle la tenait surtout d'une longue fréquentation de toutes sortes de milieux interlopes. Elle écoutait donc déblatérer ce jeune excité, le relançait parfois d'un « ah bon », d'un « wow » ; mais elle n'intervenait jamais pour modifier la trajectoire anarchique de son discours, persuadée que dans l'étang poisseux de ses confessions finiraient par émerger les deux ou trois perles noires qu'elle était venue pêcher...

18.

À Levallois-Perret, une agitation inhabituelle régnait dans le manoir de verre et d'acier de la DCRI. Mansourd avait envoyé Tellier le représenter à la grande réunion, souhaitée par les chefs de la DCRI et de la SDAT, pour tirer un premier bilan de l'enquête et répartir les tâches. La salle bondée était divisée en deux : le groupe DCRI qui avait enquêté sur Nazir pendant la campagne électorale et le groupe SDAT qui avait repris le flambeau sous l'impulsion du juge Wagner.

Rotrou venait de rendre à la DCRI le pilotage de l'enquête. Dans cette salle de réunion, la différence de style entre monde du renseignement et police judiciaire sautait aux yeux : les fonctionnaires de la DCRI en costumes sombres, la mine auguste et le poil ras, étaient assis autour du grand bureau ovale, le nez dans leurs dossiers ; ceux de la SDAT ressemblaient à n'importe quel groupe d'enquête d'une division de police judiciaire parisienne – baskets, T-shirts, mentons poilus. Adossés aux murs comme des cancres, ils faisaient semblant de se désintéresser de l'écran powerpoint. Certains jouaient avec des cigarettes qu'ils n'avaient pas le droit d'allumer. Ils les tassaient en souriant silencieusement, par exemple quand un de leurs collègues du renseignement listait avec le plus grand sérieux les récentes « apparitions » de Nazir :

— Cet après-midi à Lyon. La police du VIIe arrondissement interpelle un nouveau sosie de Nazir. Costume trois pièces, même taille, mais bon, voilà, pas du tout arabe...

Plus tôt dans la matinée, les informaticiens de la DCRI avaient reçu des captures d'écran de Chatroulette, un site Internet de visiophonie aléatoire. Des anonymes détenteurs de webcam se connectaient à d'autres anonymes détenteurs de webcam, et le zappaient quand ils en avaient assez. Un usager de ce site croyait avoir fait son devoir civique en remettant à la police un enregistrement d'une webcam avec un type qui ressemblait à Nazir. Même s'il s'était agi de lui, la police n'aurait jamais pu le retrouver. D'ailleurs, ce « Nazir » potentiel avait zappé l'internaute au bout de vingt secondes ; deux adolescentes délurées étaient apparues à sa place pour montrer leurs seins barbouillés de feutre rouge et de maquillage. Encore un enregistrement à mettre à la poubelle.

Contrairement à ses collègues, cette histoire de Chatroulette ne fit pas rire le capitaine Tellier. Il y vit une métaphore de leur enquête. Avec le peu dont ils disposaient pour retrouver Nazir, il ne leur restait plus pour l'instant qu'à s'en remettre au hasard.

Le préfet Boulimier fit son entrée, avec le sous-directeur de l'Antiterrorisme. Les hommes de la DCRI se levèrent pour saluer leur boss, ceux de la SDAT se contentèrent de baisser les yeux, dans la bonne vieille tradition d'insolence mansourdienne. Personne à la SDAT ne respectait ce commissaire divisionnaire fantoche qui baissait son froc devant les juges. Et tout le monde se méfiait de Boulimier, qui prononça bientôt un de ces discours douceâtres dont il avait le secret. Les hommes de Mansourd sentirent tout de suite qu'il essayait de les embrouiller, ou, comme disait le commandant, de la leur faire à l'envers.

— Bon, autant que les choses soient claires, les données ont un peu changé depuis la désignation du juge Rotrou. Mais j'espère, messieurs (il se tourna vers les sales gosses de la SDAT et leur offrit son plus beau sourire de serpent), que vous ne vous sentez pas dépossédés. L'affaire est grave. Un homme a commandité l'assassinat du président de la République, il a attenté aux fondements mêmes de l'État, ce n'est pas le moment de laisser éclater une guerre des polices. Assez perdu de temps, voilà comment je vois la suite...

Boulimier souhaitait privilégier la piste Nerrouche – la seule sur laquelle on disposait d'informations concrètes. Les autres pistes n'étaient pour l'instant que des hypothèses de travail : Al-Qaida au Maghreb islamique n'avait ni revendiqué ni commenté l'attentat contre Chaouch ; quant à l'éventualité d'un groupuscule d'extrême droite, les services de renseignement compétents n'avaient rien enregistré d'anormal dans les semaines précédant le second tour.

— Les Nerrouche, répéta Boulimier en tapant du doigt la première page d'un dossier ouvert sur la table. Les Nerrouche, c'est la clé. Je veux tout savoir sur Moussa Nerrouche, le tonton d'Algérie. Et Romain Gaillac, on en est où ? À la SDAT, vous avez bien transmis vos infos ?

— Oui, monsieur le directeur, répondit Tellier en essayant d'ignorer les hochements de tête amers des hommes de son groupe.

— Bon.

En sortant, le directeur central du Renseignement intérieur mit la main sur l'épaule de Tellier.

— Capitaine, un mot, s'il vous plaît.

Tellier l'accompagna jusqu'aux ascenseurs. Quand Boulimier jugea qu'ils étaient assez loin, il murmura :

— Je vais rentrer dans l'ascenseur, vous allez me saluer de la tête, retourner auprès de vos hommes et me rejoindre dans dix minutes pile au deuxième sous-sol. Vous comprenez, Tellier ?

— Monsieur, je...

— Dix minutes.

Les battants de l'ascenseur se refermèrent sur Boulimier. Tellier courut jusqu'au bureau de Mansourd pour l'avertir des manœuvres du préfet. Celui-ci lui entrouvrit la porte et refusa qu'il entre.

— Commandant, je viens de voir Boulimier...

Mansourd perdit patience :

— Tu vois pas que je suis occupé, là ? (Il enleva sa paume du combiné de son portable.) Excusez-moi, monsieur le juge, je suis à vous dans un instant...

— Mais, il veut me voir...

— Eh ben tant mieux pour toi !

La porte se referma sur le capitaine. Il tourna en rond pendant une minute dans le bureau qu'il partageait avec les autres membres du groupe. Ceux-ci revenaient tout juste de la grande réunion avec les « collègues » de la DCRI ; ils ne faisaient rien pour cacher leur amertume. Tellier resta debout devant la fenêtre tandis qu'ils médisaient sur Boulimier – les pieds sur leurs plans de travail, les canettes de Kro débordant de la corbeille à papier.

— Putain, les mecs, intervint enfin Tellier, ça va pas de picoler à cette heure ? Faut pas s'étonner qu'on nous retire les enquêtes après...

— Oh, ça va, merde, réagit Xabi. De toute façon ça y est, on est baisés et c'est tout. Ces enculés ont récupéré l'affaire, y a plus qu'à les regarder faire maintenant.

Tellier avança vers le petit lieutenant et enleva ses baskets du bureau. Xabi, déséquilibré, se dressa vers Tellier, les poings tendus.

— C'est quoi ton problème ? C'est ma faute si Mansourd te traite comme de la merde, peut-être ?

— Oh mais c'est que le petit ripeur roule des mécaniques maintenant... Tu ferais mieux de pas oublier qui t'es ici.

Tellier consulta sa montre et quitta le bureau. Dans l'ascenseur, il n'évita pas son visage disgracieux dans le miroir teinté de brun. Il poussa même son bec-de-lièvre au plus près de la surface réfléchissante – jusqu'à ce que sa bouche mutilée baise celle de son reflet.

Boulimier l'attendait dans les catacombes. Les murs des couloirs n'étaient pas peints, les portes étaient épaisses et dotées de serrures électroniques, qu'on activait au moyen de codes à six chiffres. Le patron invita Tellier à le suivre dans une large pièce fermée à clé, vide à l'exception d'une table d'interrogatoire et d'une armoire en inox.

— Je ne vais pas vous faire perdre votre temps, capitaine. Vous êtes à la SDAT depuis cinq ans. Comment vous vous sentez dans le groupe de Mansourd ?

La bouche de Boulimier était une simple ligne, dure et rectiligne, où des lèvres auraient paru superflues. Elle s'entrouvrait par le côté gauche pour parler, donnant à son visage parfaitement carré l'air d'avoir mieux à faire que de perdre son temps avec son interlocuteur du moment – une attitude précieuse pour la fonction qui était la sienne, et qu'il avait dû acquérir parallèlement à son légendaire carnet d'adresses.

— Je ne comprends pas, monsieur, je me sens très bien dans le groupe de Mansourd.

Boulimier fit le tour de la pièce et s'accouda à la rangée la plus haute de l'armoire vide.

— Ne dites pas de conneries, Tellier. On oublie que vous étiez là aux réunions. Si vous continuez comme ça, dans quelques mois même les portes automatiques ne s'ouvriront plus pour vous.

— Si c'est tout ce que vous aviez à me dire, monsieur le directeur...

Boulimier rajusta les pans de sa veste et se dirigea vers la sortie.

— Il faut avoir des rêves, au moins de l'ambition. Je vous laisse jusqu'à ce soir vingt heures pour réfléchir à ma proposition. Après, ce sera trop tard.

— Mais quelle proposition ? demanda Tellier avant que le grand manitou n'ait pris la porte.

19.

Les clubs de tennis qui parsèment l'Ouest parisien sont des lieux de pouvoir comme les autres. Du XVIe arrondissement aux clairières huppées du bois de Boulogne, d'impeccables courts en terre battue accueillent une élite dont *Le Canard enchaîné* dénonce régulièrement la composition incestueuse : grands patrons, hommes politiques, magnats de la presse, hauts fonctionnaires, ténors du barreau et magistrats en vue, éditocrates, ploutocrates, faux aristos et anciens gueux, des stars des médias bien entendu mais aussi des conseillers occultes qu'on ne peut voir nulle part ailleurs, et qui comparent leurs jeux de jambes dans les ombrages dorés d'arbres souvent centenaires, avant de refaire – réellement – le monde autour d'une table, entre la douche, le jacuzzi et le massage.

Rien de tel pour le juge Wagner, qui attendait sagement, avec une citronnade, dans le salon climatisé du Racing Club de Boulogne. En short vichy et polo rose uni, il avait choisi le fauteuil club le plus proche de la baie vitrée. Le complexe était fait de bâtiments courts disposés en fer à cheval autour de la terrasse en gravillons blancs. Surmontée d'une immense verrière aux vitres teintées de bleu, une dépendance contiguë au parking avait été agrandie d'année en année, afin d'accueillir de plus en plus de terrains couverts. Les façades étaient à colombages, les vastes toits couverts de chaume, les allées bordées de pelouses et de massifs de fleurs. Tout respirait le luxe champêtre et discret d'une France normande, sûre d'elle-même et parfaitement impénétrable.

Wagner avait les mains moites en observant les allées et venues de ces gens qu'il reconnaissait une fois sur deux. Il était encore moins à l'aise au milieu de cette fausse désinvolture sportive que comprimé dans un smoking à l'entracte d'un récital de sa femme.

Il se frotta les yeux et vit au loin le procureur de Paris qui l'attendait bras ouverts, avec son éternelle bonne humeur hypocrite :

— Quelle idée de me faire venir ici, Jean-Yves ?

— Oh vous n'allez pas commencer, hein, plaisanta Lamiel en titubant. Et puis c'est vous qui avez absolument voulu me rencontrer avant de partir...

— J'ai dit que j'y réfléchissais, mais pas... pas comme ça ! Enfin zut, tempêta le magistrat qui sentait la sueur envahir ses cheveux blancs. De quoi j'ai l'air, en tenue de tennis dans cette espèce de lupanar...

— Calmez-vous. Écoutez, on vient de passer trois jours sur Mars. Plus de voitures ont brûlé entre dimanche et hier soir que pendant toutes les Saint-Sylvestre de la dernière décennie !

Ils étaient arrivés sur leur court. Wagner déposa son sac sur le banc et observa le petit manège de Lamiel suréquipé : thermobag, grips et surgrips, anti-vibrateurs de rechange, poignet et bandeau éponge, jusqu'à cette casquette bleue flanquée d'un magistral « F » qu'il chaussa avec un air de contentement suprême.

Voyant que son partenaire s'attardait sur cette dernière coquetterie, le procureur précisa :

— C'est le F de Federer, hein, pas du *Figaro*.

— Je quitte Paris, poursuivit Wagner. Je ne veux pas qu'Aurélie reste en France avec tout ce qui... Elle reviendra pour passer son bac dans un mois et voilà.

Lamiel se mit à faire des étirements.

— Eh bien, je ne sais pas quoi vous dire. Si vous partez, d'ailleurs, j'ai du mal à comprendre pourquoi vous avez voulu... Enfin je suppose que ce n'est pas simplement pour me dire adieu, je me trompe ?

— Jean-Yves, dit soudain Wagner à voix basse, il y a quelque chose de louche dans cette affaire. Rotrou va déployer toute son énergie pour ne rien découvrir. Ma conviction, c'est que la famille Nerrouche n'a rien à voir avec l'attentat, j'en arrive à me dire que Nazir aussi a été manipulé. Je peux vous avoir un témoignage sous X d'une...

— Non, non, Henri, je vous arrête tout de suite.

— C'est un complot à plus grande échelle, croyez-moi, comment vous expliqueriez une telle faille de sécurité s'il n'y avait pas de complice au sein même du service de protection ? Et ce n'est pas tout, vous ne me ferez pas croire que vous trouvez ça normal, tous les relevés d'écoute du troisième portable de Nazir classifiés au dernier moment...

— Mais enfin, qu'est-ce que vous attendez de moi ?

— Dans votre position, vous pouvez faire apparaître que les Nerrouche ne sont que des pions.

— Mais supposons que je veuille faire apparaître une telle chose... ?

— L'audience de JLD, répliqua Wagner.

Le juge Rotrou qui avait hérité du dossier allait renvoyer Krim, Dounia et Rabia devant le juge des libertés et de la détention, en présence de leur avocat et du représentant du parquet qui suivait le dossier, en l'occurrence le procureur de Paris lui-même : il n'y avait aucune chance pour que ce JLD ne les envoie pas en détention provisoire, sauf si Lamiel prenait la parole. Mais ça ne se voyait jamais, un parquet s'opposant frontalement aux souhaits du magistrat en charge de l'instruction. D'où la réponse amusée de Lamiel :

— C'est une blague, je suppose ?

Wagner s'était préparé à une réponse négative de son ancien collègue ; il n'en était pas moins déçu, Il se laissa tomber sur le banc, entre leurs sacs de sport :

— Je suis à deux doigts de contacter quelqu'un, Jean-Yves. Je m'en vais, ça ne me concerne plus, mais je veux rencontrer cette journaliste, Marieke Vandervroom, qui a enquêté sur la DCRI pendant toute la campagne. Je crois qu'elle sait des choses, que je pourrais peut-être lui faire part de...

— Non, mais non, l'arrêta Lamiel. Mon vieux, je crois que vous avez besoin de repos. Oh la la, si j'avais su que c'était ça que vous vouliez me dire... Et puis de grâce, pas elle ! Cette journaliste est folle, vous le savez aussi bien que moi. Elle a des méthodes... Je ne trouve même pas d'épithète. Normal : elle n'a pas de méthodes ! C'est une sociopathe, croyez-moi.

— Vous préférez que je passe un coup de téléphone à l'avocat ? Szafran ?

Lamiel enleva sa casquette Federer et salua deux silhouettes qui allaient jouer sur le court d'à côté.

— Bon, sérieusement, Henri, pas un mot de tout ça. Vous êtes fatigué, je le comprends. Nous sommes tous fatigués à un moment ou à un autre. Vous c'est maintenant. Bah. Voilà, je vais faire comme si cette conversation n'avait jamais eu lieu. Violation du secret de l'instruction par un juge, on ne parle pas de sanction disciplinaire ou de mise au placard si ça s'évente. Vous risquez la prison, Henri, la prison, si vous racontez de telles âneries à des journalistes.

— Oui, en revanche, l'avocat est tenu au secret lui aussi, insista Wagner à voix basse.

Lamiel leva les paumes au ciel :

— Qu'est-ce que vous voulez que je vous dise, Henri ? Vous croyez qu'il y a un cabinet noir place Beauvau (il eut un rire d'anticipation en prévision du bon mot qu'il s'apprêtait à faire), eh bien ma foi vous n'avez qu'à mettre en place un cabinet blanc !

L'austère juge lorrain réunit ses affaires sur le banc et prétendit n'avoir finalement pas le temps de disputer le set prévu. Le procureur de Paris laissa tomber sa raquette au sol, scandalisé.

20.

Il n'y avait qu'une meurtrière dans le minuscule bureau qu'on avait prêté au juge Poussin dans l'aile du palais de justice de Saint-Étienne réservée à l'instruction. Levé aux aurores, le jeune magistrat avait avalé un sachet de chips au vinaigre et deux répugnants expressos de machine à café. Son estomac commençait à gargouiller, son téléphone portable était déchargé. Sur sa boîte e-mail, Wagner l'informa qu'il essayait de le joindre depuis une demi-heure. Poussin quitta sa table, y revint pour fermer ses dossiers, se rendit à la porte, retourna une dernière fois à sa table et partit à la recherche d'un téléphone les bras encombrés de P-V trop brûlants pour être laissés sans surveillance.

Le bureau de la greffe du pôle était entrouvert : deux grosses dames aux cheveux teints y caquetaient avec cet accent stéphanois que Poussin avait découvert la veille et dont il n'arrivait toujours pas à décider s'il était plus proche du chantant méridional ou du grand nord minier. Pour le moment, d'autres dilemmes pressaient le pauvre juge bègue : il n'osait pas pousser la porte des greffières, à cause des regards gênés et de la conversation maladroite qu'ils avaient eue la veille au soir. Guillaume Poussin faisait partie de ces gens qui n'osent pas : il n'osait pas faire passer une course en taxi en note de frais, il n'osait pas contredire un supérieur pour une broutille ; parfois, devant sa télé, il regardait un quiz avec son compagnon et n'osait pas dire la réponse exacte à voix haute. Cette discrétion pathologique lui posait de sérieux problèmes lors des auditions qu'il devait mener avec des criminels patentés. Il bafouillait au moment de leur signifier leur mise en examen. Il lui semblait que sa vie n'avait été qu'une litanie de situations embarrassantes : mains mal serrées, bises mal négociées, des règles de politesse non respectées, des cadeaux démesurés par rapport à ses moyens et au service rendu...

— Monsieur le juge ? C'est vous ?

Il était repéré. Il poussa la porte ; les deux greffières le dévisageaient avec amusement.

— J-je-j'aurais b-b-besoin d-d-du télé-téléphone.

Elles l'installèrent à leur table et firent mine de travailler en levant les yeux sur leurs écrans d'ordinateur. Poussin mit trois minutes avant d'oser leur expliquer qu'il avait besoin d'être seul. Vexées, les greffières sortirent prendre une pause très imméritée en se payant le luxe de râler à mi-voix. Wagner attendait manifestement le coup de fil de son jeune collègue. Il lui demanda sans préambule sur quoi il travaillait depuis que Rotrou avait été désigné à sa place. Poussin avait eu un long entretien téléphonique avec l'Ogre de Saint-Éloi, la veille à minuit.

Rotrou l'avait mis devant le fait accompli : il retirait une considérable partie de l'enquête à la SDAT pour la confier à la DCRI. Poussin n'avait pas protesté : il travaillait sur une piste parallèle, l'agression du vieil oncle de Nazir, Ferhat Nerrouche.

Wagner s'emporta :

— Mais non, vous perdez votre temps ! C'est ce que veut Rotrou, vous enterrer à Saint-Étienne tandis que lui reste à Paris pour charger les Nerrouche ! Écoutez, il faut que vous rencontriez quelqu'un. C'est une garde du corps de Chaouch, que j'ai entendue hier, avant d'être mis hors jeu. La commandante Valérie Simonetti, je vais vous mettre en contact…

— D'd'd'accord, répondit Poussin. Mais que va-t-t-t-elle me di-dire ?

— Qu'il y a eu des mouvements inhabituels au sein du service de protection de Chaouch. Que le major Coûteaux a fait des requêtes étranges le jour de l'attentat, requêtes signalées par la commandante Simonetti lors de ses auditions par la police des polices, mais qui ont été parfaitement ignorées. Coûteaux a bénéficié de soutiens haut placés, peut-être même à l'IGS. Enfin, j'ai eu le temps de vérifier hier soir en faisant mes cartons, il a échappé à toute audition ! Il a été immédiatement réaffecté, à la protection de Jasmine Chaouch…

Poussin approuvait du menton, si largement qu'il finissait par hocher de la tête comme un dément.

Après avoir convenu qu'il était urgent de renconrer cette garde du corps, Poussin revint à son « intuition » sur l'agression du vieux Ferhat Nerrouche. Il avait mené son enquête. Le SRPJ de Saint-Étienne venait de lui envoyer les relevés d'empreintes prélevées au domicile du vieil homme et sur son chapeau de fourrure. Y figuraient notamment celles d'un homme suivi par la DCRI depuis plusieurs années, un militant d'extrême droite, membre d'un groupuscule connu pour ses actions violentes.

Poussin avait demandé à la section de la DCRI chargée de surveiller les mouvances d'extrême droite de lui faxer sans délai le dossier de ce Franck Lamoureux. Il l'att-tt-tt-endait dans la journée.

— Écoutez, Guillaume, commenta Wagner, je ne sais pas quoi vous dire. Franck Lamoureux. Nom de Dieu. Suivez vos intuitions, mais pensez que si vous ne faites rien, Rotrou va s'en donner à cœur joie...

Poussin se demanda si la haine que Wagner portait à son célèbre rival n'embrouillait pas quelque peu son jugement. Il n'en dit rien, bien entendu, et raccrocha en souhaitant bêtement à son collègue qui venait de subir le pire revers de sa carrière, celui dont il ne se relèverait pas :

— Une b-b-bonne continuation, monsieur le juge.

Wagner était rentré chez lui. Les valises de sa femme encombraient déjà le vestibule. Son immeuble s'élevait en bordure du parc des Buttes-Chaumont. Tout le cinquième étage appartenait aux Wagner : les six fenêtres de la façade, les deux appartements du palier. Dimanche dernier, Krim avait choisi spontanément la double porte à gauche en sortant de l'ascenseur. Un long couloir distribuait les pièces à vivre, sur la droite. Et tout au bout de ce couloir, le juge essayait de forcer la porte de la chambre d'Aurélie. Sa fille unique s'y était barricadée après avoir appris qu'elle était emmenée de force à New York, afin de mettre l'Atlantique entre elle et Krim. Elle avait fermé la porte à clé et déplacé une armoire pour être sûre que son père ne puisse pas entrer.

Le juge considérait la possibilité de passer par le balcon, mais celui-ci ne longeait pas leur appartement jusqu'aux chambres ; il faudrait sauter – et c'était inutile : s'il pouvait entendre ses pleurs à travers la porte et l'armoire, Aurélie pourrait entendre ses appels au calme et à la responsabilité. Il se lança dans une longue négociation sans réponse ; comment aurait-il pu savoir que sa petite forcenée avait mis son casque sur les oreilles et monté le volume de son iPod au maximum ?

— Je te donne jusqu'à trois ! Aurélie, tu m'entends ?

Il attendit trois fois trois secondes avant de compter jusqu'à trois. L'espace entre le 1, le 2 et le 3 était ainsi saturé de ces neuf secondes supplémentaires qu'il lui avait d'emblée accordées.

— Aurélie ! hurla-t-il.

Toujours aucune réponse. Il prit du recul, fit quelques pas dans le couloir. Quand il revint à la charge c'était avec les poings serrés et l'abdomen tendu. Il donna un gros coup de pied dans la porte. Le verrou branla mais tint bon. Combien de fois dans sa carrière avait-il eu recours aux béliers de la BRI pour défoncer une porte ?

La BRI n'était plus à ses ordres. Et puis il avait vieilli : son genou droit lui faisait mal.

Le verrou de la porte d'Aurélie cliqueta. Le juge entendit le bruit de ses pieds nus sur le parquet. Il entra dans sa chambre. C'était un champ de bataille ; le studio d'un suspect après une heure de perquisition. Assise au bord de la fenêtre, le casque sur les oreilles, Aurélie faisait mine de l'ignorer. Elle portait son survêtement de piscine bleu marine à rayures et ses nouvelles baskets roses. Wagner fonça dans sa direction et lui arracha le casque des oreilles.

— Mais ça va pas ! cria la jeune fille qui n'avait jamais reçu de fessée depuis qu'elle avait atteint l'âge de raison.

— Pourquoi tu réponds pas ? Pourquoi ? Tu crois pas que tu en as assez fait comme ça ? Espèce de... petite gamine capricieuse !

Il la secoua par les épaules jusqu'à ce qu'elle se mette à pleurer.

— J'avais mon casque, papa, arrête, j'avais mon casque.

Hors de lui, Wagner ramassa le casque en question, ouvrit la fenêtre et le balança dans la rue. Aurélie explosa.

— Bon allez, murmura Wagner sur un ton d'excuse amusée. Tu devais pas aller à la piscine au fait ? Ou alors c'était juste pour faire la belle ?

Aurélie cessa de pleurer et hoqueta d'indignation. Comment son bourreau pouvait-il croire un seul instant qu'il suffisait d'une blagounette pour se faire pardonner ?

Wagner la laissa tranquille, fit les cent pas dans la cuisine et descendit – en chaussettes – ramasser la couronne en plastique de sa petite princesse.

De retour à l'appartement, il s'installa devant le piano à queue de sa femme, épousseta distraitement le clavier, retourna dans tous les sens cette idée de cabinet blanc que lui avait donnée Lamiel tout en la tournant en dérision. Wagner la prenait très au sérieux. Il se souvint d'une conversation qu'il avait eue avec un ami, magistrat à la retraite, qu'il estimait beaucoup. Ce vieil homme charmant et malicieux le mettait en garde contre son orgueil. Wagner le grand juge incorruptible, le tombeur des Corses, le protecteur des accusés à tort. Le chevalier blanc, à charge et à décharge, trônant sur le fier destrier de l'indépendance de la justice. Il ne pouvait pas nier que cette image le flattait ; mais des considérations bien plus graves étaient en jeu. Ce n'était pas l'innocence des Nerrouche qui le préoccupait le plus, c'était l'hypothèse d'une corruption de grande envergure au sommet de l'État. Il se sentait responsable. Vis-à-vis de quoi ? De la magistrature ? De la France ? Non : sa responsabilité, il ne la reconnaissait que vis-à-vis de lui-même, du sentiment de sa propre décence.

Il alla chercher son téléphone professionnel dans le coffre-fort de son bureau et y releva le numéro privé du seul flic qui lui inspirait confiance dans cette enquête.

21.

Me Szafran fut informé par le capitaine de la DCRI qui avait mené les gardes à vue de Dounia et de Rabia Nerrouche qu'elles venaient d'être interrompues et que les « suspectes » allaient être déférées au Palais de justice dans l'heure. Les interrogatoires de première comparution auraient lieu le lendemain matin, il faudrait annoncer aux deux femmes qu'elles passeraient la nuit dans ce dernier cercle de l'enfer parisien qu'on appelait pudiquement le « dépôt ». Szafran fonça à Levallois-Perret et eut la mauvaise surprise de découvrir, massées autour du pâté de maisons qui abritait la forteresse du Renseignement intérieur, des cohortes entières de journalistes.

Le brigadier-chef de la brigade spéciale du dépôt vint l'accueillir à l'entrée des cellules de garde à vue. Il était chargé de coordonner le transfèrement dans trois convois différents de Krim, Rabia et Dounia Nerrouche.

— Monsieur, déclara solennellement Szafran, vous m'aviez donné votre parole.

Peu d'avocats avaient acquis, au crépuscule de leur carrière, l'autorité et le prestige dont jouissait Me Szafran auprès de ses collègues, de ses associés, de ses stagiaires, jusque dans les commissariats de province – quand Szafran était désigné par un gardé à vue, les officiers de police judiciaire recevaient des recommandations spéciales des parquetiers, les prévenant des trésors d'imagination et d'opiniâtreté dont il faisait preuve pour casser des procédures apparemment irréprochables.

Ces quelques mots pour expliquer la vivacité des protestations du brigadier-chef chargé des convois :

— Je vous assure que ce n'est pas moi, maître. Je vous demande de me croire.

S'il avait eu devant lui un autre avocat, le policier se serait contenté d'un haussement d'épaules narquois. Il n'avait pas à se justifier. Et pourtant, il le faisait, et avec tellement d'insistance que Szafran finit par le croire.

L'avocat se tourna vers sa stagiaire, Amina. Pour l'assister dans cette affaire, Szafran l'avait préférée aux deux jeunes requins-stagiaires de son cabinet, qui se bousculaient pour être aux premières loges. À la jeune femme il avait expliqué que ses scrupules avaient justement fait la différence : ce n'était pas malgré eux mais à cause d'eux qu'elle se tenait à côté de lui dans cette forteresse du contre-terrorisme ronde et concentrée, ses kilos superflus engoncés dans un tailleur trop noir qui lui donnait des airs d'hôtesse d'accueil pour un congrès de concessionnaires automobiles. Sa mauvaise humeur avait constitué un autre facteur déterminant : Amina la portait constamment sur son visage mal maquillé. Szafran ne voulait pas d'un blanc-bec ou d'un premier de la classe pour le seconder dans cette affaire. Il voulait quelqu'un d'émotionnellement impliqué, quelqu'un qui parlait avec les mains, portait tous les jours les mêmes talons élimés, quelqu'un qui ne savait pas crypter ses humeurs ; en un mot comme en cent : il voulait que son assistante vienne du même milieu que ses clients.

Le brigadier-chef promit à Szafran que les menottes seraient retirées à leurs clients dès qu'ils auraient rejoint leurs cellules du dépôt. C'était quelque chose que les avocats devaient souvent exiger : on envoyait des gens présumés innocents dans ce trou à rats avant qu'ils rencontrent le juge, et on leur faisait passer la nuit sur une banquette rudimentaire, dans une geôle insalubre, parfois sans les avoir désentravés – alors que, selon la terminologie consacrée, ils ne s'étaient pas encore vu reprocher quoi que ce soit.

Le brigadier-chef retourna à ses activités. Szafran demanda à Amina :

— À votre avis, qui a prévenu les journalistes ?

Amina haussa les sourcils :

— Vous croyez vraiment que le juge aurait pu leur passer un coup de fil ?

— Je ne le crois pas, mademoiselle, je le sais. Je propose que nous lui rendions une petite visite tout à l'heure.

Sur quoi il empoigna son attaché-case et franchit d'un pas résolu le sas d'entrée qui conduisait aux « cages » de la DCRI. Il avait droit à une demi-heure avec chacune de ses clientes, dont il comptait bien utiliser chaque seconde. Il commença par s'entretenir avec Dounia. Apprenant que leur temps était compté, elle suggéra de faire don du sien à sa sœur. Son aspect fit forte impression sur l'avocat. Elle se tenait droite, l'angoisse qui devait lui serrer le cœur ne s'exprimait guère que dans la forme de ses sourcils, inclinés vers la ride centrale de son large front. Autour de ses yeux perlaient encore les infimes saletés de la nuit que les policiers avaient interrompue ; mais ils semblaient n'avoir pas versé de larmes. Son regard était stable et concerné, elle le déposait avec délicatesse, tantôt sur la bouche de l'avocat qui lui expliquait sa situation, tantôt sur le coin de la table qui les séparait. Elle acquiesçait poliment, gardait ses mains jointes. Aussi Szafran n'insista-t-il pas quand, après avoir noté qu'elle avait de plus en plus de mal à cacher sa toux, il lui demanda si elle souhaitait voir un médecin, et qu'elle répondit par la négative, avec un demi-sourire poli signifiant qu'elle ne voulait pas lui occasionner de nouveaux dérangements.

Les choses se passèrent différemment dans la cellule de Rabia. Contrairement à sa grande sœur, la mère de Krim n'avait pas eu le temps de se changer. C'était elle qui avait ouvert la porte aux policiers venus les interpeller. Ils l'avaient trouvée en chemise de nuit et en pantoufles. En chemise de nuit et en pantoufles ils l'avaient conduite dans le véhicule qui lui était spécialement réservé dans le convoi. Et c'était en chemise de nuit et en pantoufles qu'elle avait rejoint les cellules de garde à vue de la DCRI, où elle avait été questionnée par des hommes qu'elle n'avait pas vus lors de la première vague d'interrogatoires au commissariat de Saint-Étienne. Ils lui avaient expliqué qu'il ne s'agissait pas de la même maison : les premiers qui l'avaient interrogée appartenaient à la SDAT, sous-direction de la police judiciaire. Eux faisaient partie de la DCRI, le Renseignement ; ils avaient des pouvoirs d'officiers de police judiciaire mais ils répondaient directement au ministère de l'Intérieur.

Rabia était trop choquée pour comprendre un traître mot de ce qu'ils lui racontaient. Elle s'était réveillée lorsqu'ils lui avaient demandé des informations sur Moussa, son frère aîné, sur lequel elle n'avait rien à leur dire, sinon qu'il était parti s'installer en Algérie lorsqu'il avait rencontré sa future femme qui y vivait. Tout cela, elle le raconta à Szafran lors de leur demi-heure augmentée d'une dizaine de minutes grâce à la bienveillance de Dounia – elle le raconta mais au milieu d'un tohu-bohu de hoquets et de larmes chaudes, ponctué de secousses, où elle cessait de parler pour faire mine de s'arracher les cheveux. Il y eut une accalmie lorsque l'avocat lui annonça qu'il venait de parler avec son neveu Fouad au téléphone, et que Luna avait été emmenée chez une de ses tantes en attendant que Kamelia arrive de Paris pour s'occuper d'elle. Ces noms familiers furent comme un rayon de soleil dans le tourment de Rabia. Mais de nouveaux nuages le capturèrent. Pourquoi les flics lui refusaient-ils le droit de voir Krim et Dounia alors qu'ils étaient dans le même bâtiment ? Comment réussiraient-ils tous à faire admettre l'évidence, à savoir qu'ils n'étaient pas coupables de cette énormité, qu'elle commençait à pouvoir formuler à défaut de la comprendre – qu'elle et Dounia avaient participé activement à la constitution d'un réseau terroriste ?

— Comment est-ce qu'ils peuvent croire une seconde que... Vous me croyez, vous, hein ?

— Bien sûr, madame, répondit Szafran, et à votre tour croyez-moi : on va se battre. Il faut se mettre dans cet état d'esprit : se battre. Le juge que vous allez rencontrer demain ne se soucie pas de la vérité, il veut des coupables faciles, une histoire qui plaise aux médias. À partir de maintenant, dites-vous bien que nous sommes seuls. Seuls mais ensemble. Vous et moi.

À côté de Szafran, Amina était elle aussi au bord des larmes. Rabia avait quarante ans : elle aurait pu être sa tante, ou sa grande sœur. Des Rabia, il y en avait dans la grande famille tunisienne d'Amina. Elles aussi passaient leurs cheveux frisés au fer à lisser, et le lendemain matin, si on les surprenait au sortir du lit, avant leur toilette, ils bouffaient dans tous les sens, leur donnant des airs de sorcières et fournissant l'aliment rêvé pour les plaisanteries du petit-déjeuner.

Là, bien entendu, il n'était pas question de plaisanter. Szafran prit dans les siennes les mains de sa cliente. Amina fut très étonnée de le voir si tactile et chaleureux.

Rabia les retira immédiatement.

22.

— Maintenant, il faut que je vous explique comment les choses vont se passer jusqu'à demain...

— Ils m'ont laissée en chemise de nuit ! dit Rabia sans écouter l'avocat, tout en pointant sur lui un regard où brillaient des éclats de haine.

Elle pinça du bout des doigts une broderie au niveau de sa poitrine. En fait de chemise de nuit, il s'agissait d'une robe berbère, ample et confortable, qu'elle revêtait le soir après avoir préparé le repas des enfants, les avoir regardés manger et fait la vaisselle à la main ; il n'y avait pas de lave-vaisselle au 13, rue de l'Éternité. Enfiler sa robe berbère avait un nom dans son petit vocabulaire privé, ce lexique rabiesque dont Krim et Luna adoraient se moquer : elle appelait ça « se mettre à l'aise ». Une fois qu'elle s'était ainsi « mise à l'aise », elle s'asseyait à califourchon dans le fauteuil sous l'halogène, et, tandis que les enfants s'abrutissaient devant la télé, elle lisait un de ses romans à couverture plastifiée, qu'elle empruntait par cagettes entières à la bibliothèque municipale. Jamais il ne serait venu à l'idée de Rabia d'apparaître ainsi « à l'aise » en public. Elle détestait par ailleurs les femmes de son âge qui parlaient arabe dans la rue et qui la sermonnaient sur le hot-dog qu'elle faisait exprès de dévorer en plein ramadan, les mêmes qui se prétendaient musulmanes alors qu'elles faisaient – encore une de ses expressions fétiches – « les quatre cents coups » dès que leurs maris avaient le dos tourné. Si ces beurettes hypocrites (*mounafikin*) recevaient en robe algérienne, c'était une circonstance très aggravante aux yeux de Rabia.

On comprendra mieux ainsi que son désespoir se soit fixé, cet après-midi-là, sur un sujet en apparence aussi futile que le vêtement avec lequel elle devait paraître devant tous ces hommes, qu'ils soient de la police anti-terroriste ou du barreau de Paris. Et quand Szafran lui eut décrit la suite des événements – le dépôt du Palais de justice où elle allait passer la nuit, leur rencontre du lendemain où ils auraient plus de temps pour établir une stratégie, l'entretien avec le juge d'instruction et celui avec le juge des libertés et de la détention – sa première question ne fut pas de savoir quand elle pourrait voir Krim (ce fut la deuxième), mais si des journalistes risquaient de la filmer ou de la photographier dans cet appareil infamant.

Szafran fut obligé de remarquer que la crainte de Rabia n'était pas dépourvue de pertinence. Les policiers qui allaient la transférer couvriraient sa tête, comme ils le faisaient spontanément ; mais les motifs berbères de sa robe risquaient d'être visibles, et de faire l'objet de surinterprétations préjudiciables à la défense de sa cliente.

— Madame, ne vous inquiétez pas, je vais demander au responsable des transferts de cacher votre robe.

— Et mon fils ? demanda-t-elle aussitôt après. Quand est-ce que je pourrai lui parler ? Même deux minutes, juste pour entendre sa voix ?

Szafran ne voulait ni lui mentir ni l'accabler. Mais au sujet de Krim, la vérité était aussi lourde que la porte blindée qui se referma sur Rabia lorsque le temps imparti à leur entrevue fut écoulé.

Savoir que son bébé était là, à quelques mètres d'elle, instillait en Rabia une terreur qui n'avait pas d'équivalent. Elle voulait bien désigner des coupables, et ils existaient probablement : Nazir, comme le prétendaient les infos, elle-même, qui ne s'était peut-être pas montrée assez ferme envers son fils – Dieu sait qui d'autre. Et peu importait. Au fond, le seul et unique coupable de cette séparation cataclysmique, c'était Krim. En tirant sur Chaouch, il avait tiré dans le cœur de sa mère.

Elle survivait, mais dans une dimension parallèle où, même s'il avait été là à côté d'elle, elle n'aurait pas pu le toucher ou l'entendre, pareille à ces âmes condamnées à une éternité d'errance. Elle ne pouvait pas blâmer Krim. On ne blâme pas les enfants, encore moins les siens. Cet arrachement forcé, cette interdiction d'embrasser le petit crâne têtu de son fils relevaient décidément du même phénomène qu'un tremblement de terre engloutissant des villes et des populations entières : c'était l'œuvre obstinée d'une fatalité aveugle et anonyme.

Un air de résignation flottait sur le visage de Rabia quand elle fut conduite hors de sa cellule. On lui recouvrit la tête d'un blouson de police et on l'aida à monter dans un fourgon banalisé aux vitres teintées. Le trajet ressembla à celui qu'ils avaient fait à l'aube, de Saint-Étienne à cette banlieue parisienne qu'elle ne connaissait pas : des bolides roulant à 200 à l'heure, escortés par des motards, ne s'arrêtant à aucun feu.

Cette fois-ci ce fut plus court. Vingt minutes passèrent, et Rabia vit une masse de vieux bâtiments austères et menaçants, pressés les uns contre les autres tout au bord de la Seine, qu'elle reconnut – sans pouvoir l'identifier précisément – comme le château fort où l'on s'apprêtait à l'emmurer vivante. Les journalistes avaient pu être évités au départ, à l'arrivée ce fut plus difficile. Le fourgon dut s'immobiliser à l'entrée du Palais. Des gendarmes furent appelés en renfort, pour empêcher les cameramen de se presser contre les vitres opaques derrière lesquelles ils savaient que les regardait Rabia.

Quand la voie fut libre, le fourgon s'engouffra dans une cour intérieure protégée par d'immenses portails en métal noir. Les journalistes ne pouvaient pas pénétrer dans cette enceinte ; en descendant de son convoi, Rabia se mit à les regretter. Elle fut conduite au sous-sol, au-delà d'une lourde grille. Le grand hall lui fit une impression lugubre avec ses voûtes en pierre, ses colonnes brunes surmontées de néons blêmes, et surtout les cris des hommes enfermés, qu'elle essayait d'étouffer en faisant claquer ses pantoufles de plus en plus fort contre le sol, comme elle s'y serait prise pour dissuader des cafards d'approcher de sa route.

Le dépôt était divisé en deux sections : la « souricière » où étaient détenus des prisonniers transférés depuis leur maison d'arrêt pour voir leur juge, et le dépôt à proprement parler, hommes et femmes séparés. Les femmes étaient accueillies par des religieuses. Celle qui s'occupa de Rabia était une marâtre à moustache qui ânonnait sans respirer sa litanie d'instructions et de conseils. Le policier qui les escortait désentrava la prisonnière à l'entrée de sa cellule. Une odeur d'urine et de vomi lui monta aux narines ; Rabia aspira de grandes bouffées d'air pour ne pas vomir. Elle découvrit un espace d'environ trois mètres carrés. Les murs blanchis par la dernière rénovation étaient déjà jaunâtres. Contre celui en face de la porte, un banc étroit s'étendait comme une provocation ; on y avait incrusté un tapis bleu. Rabia se laissa tomber dessus, le trouva plus dur que moelleux mais moins dur que ce à quoi elle s'attendait. Elle se dit également que si on s'habituait à l'odeur ce n'était pas aussi désastreux que l'avait suggéré l'avocat.

Une tache sombre et mobile au coin de la cellule lui fit changer d'avis. Elle remonta vivement les pieds sur sa couchette et se mit à pleurer.

Deuxième partie

1.

Le crépuscule versait sa plus belle lumière blonde sur les murs du palais du Louvre ; la pierre de taille en prenait des roseurs de baigneuse. Fouad observait les reflets incandescents dans les carreaux de la rue de Rivoli, il se souvenait du feu qu'avait propagé Nazir, quand ils étaient enfants, dans le T3 au sommet de la tour où ses parents avaient déménagé après la naissance de Fouad. Fouad venait d'avoir un an, Nazir en avait quatre, il s'était réveillé au beau milieu de la nuit, avait trotté jusqu'à la cuisine et trouvé le long briquet électrique dont Dounia se servait pour allumer la gazinière. Le cliquetis du briquet amusait le petit garçon, la flamme qui en jaillissait le fascinait. Heureusement, Dounia avait toujours eu le sommeil léger : elle avait pu se lever à temps pour empêcher la tragédie, mais toute la cloison qui séparait la cuisine de la salle à manger avait brûlé.

Quand Fouad arriva au lieu de son rendez-vous avec Marieke, celle-ci était introuvable, comme elle l'avait certes annoncé. Fouad se rappela qu'elle lui avait dit de regarder vers le sud depuis l'entrée à côté du métro ; et ensuite de lever les yeux. Il comprit qu'elle devait l'attendre dans l'un des sièges de la Grande Roue.

Il traversa la petite foire, parmi les odeurs de churros et de barbe à papa. Marieke était dans la queue ; elle le vit, fit semblant de ne pas l'avoir remarqué. Elle le fit si bien que Fouad se demanda si elle ne l'avait réellement pas reconnu. Il se plaça derrière elle ; un grain de beauté qu'elle avait sur la nuque subtilisa son attention : il pointait pile au sommet d'Atlas, la dernière vertèbre. Sa coiffure était à la garçonne : un carré asymétrique, avec du volume sur le dessus pour allonger son visage au front et aux mâchoires trop larges.

Fouad sentit qu'il piquait du nez vers le creux de sa nuque parfumée. Elle avait les oreilles percées, il l'imaginait devant le miroir de sa salle de bains, en train d'enlever ses boucles d'oreilles et de démaquiller ses lèvres – et l'image lui plaisait autant que s'il l'avait rêvée en train de faire l'inverse. Marieke avait une beauté singulière et naturelle ; les atours l'amélioraient à peine. Il la suivit sur leur banquette et l'écouta parler en évitant de la regarder droit dans les yeux. Le paysage qui se rétrécissait à ses pieds offrait une distraction inespérée. Au loin, le soleil formait une boule nette, presque schématique, qui s'apprêtait à quitter son horizon rose comme un passager descend d'un escalator, sans regret, sans même s'en apercevoir.

— Ils viennent d'envoyer ma mère et ma tante au dépôt, murmura Fouad. Le dépôt du Palais de justice...

— Je suis désolée, Fouad.

Fouad s'en voulut d'avoir l'air de quémander sa compassion. Il pensa à une diversion et la trouva :

— Tu sais ce qui s'est passé ce matin ? Chaouch, en se réveillant, il a parlé chinois. Toute son équipe était terrifiée à l'idée qu'il ne reparle jamais français. Tu imagines, un président élu qui ne parle plus français ? Tu fais quoi, tu annules l'élection ?

— Comment tu sais ça ? s'enquit Marieke, soudain soucieuse.

— Jasmine, répondit Fouad.

— Tu devrais être plus prudent avec ce genre d'informations. Enfin merde, fais un peu attention...

— Tu me dis de me méfier de toi, maintenant ?

— Non pas de moi mais... Écoute, Fouad, ce que je vais te dire maintenant, c'est proprement radioactif. Fouad, ton frère, Nazir, a bénéficié de l'appui de gens haut placés, très haut placés. Selon mes premières informations, il est probable que parmi ces soutiens occultes figurent le patron de la DCRI et le directeur de cabinet adjoint de la ministre de l'Intérieur, Montesquiou en personne. Peut-être même que ça remonte plus haut, mais pour l'instant je n'ai pas de preuves... Fouad ? Tu m'écoutes ? Pourquoi tu souris ?

C'était son accent torrentueux qui le faisait sourire : la dureté des r qu'elle se laissait parfois aller à rouler carrément, à la flamande ; les voyelles énergiques, exotiques, coloriées comme avec de la gouache dans les tons marins.

— Tu préférerais que je parle keum ça, plaisanta Marieke, avec le cou tendu comme les bourgeois ?

Elle se tut, balada sur les toits de Paris un regard exalté, effrayant.

— C'est pour t'aider que je te raconte tout ça, tu as compris au moins ça, j'espère ?

— Tu veux m'aider ? demanda Fouad. Tu veux vraiment m'aider ? Alors arrête de me parler de Nazir. Depuis l'enterrement de mon père il ne s'est pas passé un seul jour sans que je lutte de toutes mes forces pour ne pas penser à lui, et depuis qu'on se connaît...

— Depuis hier, oui.

— Peu importe, depuis hier si tu veux, tu ne fais que parler de lui, vouloir qu'on en parle...

— C'est quoi cette histoire d'enterrement ?

— L'enterrement de mon père, il y a trois ans, trois ans, cinq mois, neuf jours. Tout le temps où je n'ai pas parlé à mon psychopathe de frangin. Néron, s'écria-t-il, branché sur le fil de sa conscience. Il veut brûler Rome, il veut entraîner Rome avec lui dans sa chute. Et je suis le seul à pouvoir l'en empêcher.

— Le seul, tu exagères, non ? Je suis de ton côté, Fouad.

— Il voulait un enterrement religieux, c'est ça l'histoire. Tous les salamalecs que mon père détestait, que mes parents détestaient. Il en avait rien à foutre, mon père. L'islam, tout ça, c'était un mécréant si tu veux,

125

un soixante-huitard pour tout dire. Il n'a jamais prié une seule fois, de toute sa vie. Tu sais, c'est très récent ce retour de l'islam chez les musulmans de France. Non mais sans rire, jamais on en parlait quand j'étais gosse. C'est les années deux mille, c'est là que ça a commencé à tourmenter les gens. Nazir, oui. Lui, ça l'a toujours tourmenté. Il n'a jamais eu une seule pensée religieuse de toute sa vie, je pourrais te le jurer. Mais pour lui c'était une question de fierté, de fierté ethnique, une façon de redresser le menton après... Après quoi, d'ailleurs ? Ah... Allez, je t'écoute. Explique-moi à quel point je suis dans la merde.

— Mais non, ça va bien au-delà de ton existence, Fouad, si précieuse soit-elle. C'est une machination aux proportions gigantesques, laisse-moi t'expliquer...

Marieke avait payé pour un deuxième tour. Tandis que la roue redescendait, elle raconta à Fouad comment, au début de la campagne électorale, elle avait décidé de s'intéresser à la DCRI. Marieke avait essayé d'y interroger des fonctionnaires. Ils refusaient de lui parler mais semblaient avoir énormément à dire. En grattant un peu, elle avait compris que les dysfonctionnements s'accumulaient : aux étages inférieurs de la forteresse de verre et d'acier de Levallois, on soupçonnait Boulimier de mettre les extraordinaires ressources du Renseignement intérieur au service de ses amis politiques, notamment du courant « Droite nationale » dirigé par Vermorel. Il s'agissait de fuites à la presse, de surveillances de journalistes ou d'adversaires idéologiques, d'écoutes sans autorisation judiciaire et à des fins privées – la DCRI était-elle devenue une sorte de police politique au service du président ?

Après trois mois de travail préparatoire, Marieke était sûre qu'elle allait finir par découvrir quelque chose. Mais la campagne mettait tout le monde sur les nerfs et il existait une section spéciale de la DCRI chargée d'intimider les bavards, une sorte de police des polices interne qui pouvait, de façon discrétionnaire, « déshabiliter » les fonctionnaires fautifs – leur retirer leur précieuse habilitation secret-défense. Les précautions que prenaient les sources de Marieke étaient dignes de l'époque de la Stasi en Allemagne de l'Est : aucun rendez-vous dans un café sans plusieurs rondes de repérage préalable, sorties différées, portables éteints, batterie retirée. Leur paranoïa gagnait Marieke : elle stockait ses notes sur un disque dur externe, changeait les mots de passe de ses messageries électroniques presque tous les jours.

Elle avait été sur le point de renoncer lorsqu'un informateur était venu à sa rencontre pour lui parler d'une enquête officieuse sur un jeune homme d'affaires soupçonné d'association de malfaiteurs en vue de préparer des actes terroristes. Ce « jeune homme d'affaires », expliqua Marieke, n'était autre que Nazir. Le mystérieux informateur ne pouvait pas en dire plus, mais Marieke avait insisté ; il avait fini par lâcher cette phrase : « Intéressez-vous à Montesquiou si vous voulez comprendre le flirt dangereux entre la DCRI et la Droite nationale. »

Agacé, Fouad renifla. La Droite nationale lui évoquait vaguement ce groupe de députés de droite qui étaient de toutes les sorties islamophobes, mais dont il aurait été bien incapable de nommer un représentant hormis Vermorel.

Marieke tourna ses épaules vers lui pour éclairer sa lanterne.

2.

— Montesquiou est le directeur de cabinet adjoint de la ministre de l'Intérieur, Vermorel. Il a commencé comme simple conseiller technique place Beauvau. Il vient d'une famille de très vieille noblesse. Sciences Po, HEC, il est sorti cinquième de l'ENA. Au lieu d'intégrer un grand corps il a choisi la préfectorale. Le mec qui rêve de diriger une sous-préfecture et de hanter les cabinets. Il faut voir à quoi ressemble le bonhomme pour comprendre : un grand type blond et mince, avec une canne, sourire carnassier, les cheveux coiffés en brosse, une caricature de gendre idéal avec ses nœuds de cravate je te raconte pas, ridiculement épais, et puis son regard, un regard vicieux et dur, le regard d'un type qui à moins de trente ans dirige quand même *de facto* la police de la cinquième puissance mondiale...

Marieke oubliait de préciser qu'elle ne l'avait jamais rencontré. Il avait évidemment refusé toutes ses demandes – spécieuses – d'entretiens et de « portraits », prétendant vouloir rester dans l'ombre et servir le pays sans faire de bruit autour de sa petite personne. Marieke avait alors abordé la piste Montesquiou par l'angle de ses mentors : ce fut un échec. Ses anciens profs et maîtres de stage entonnaient tous la même chanson du jeune surdoué passionné par la chose publique, l'administration, l'intérêt supérieur de la nation. Les strophes s'égrenaient autour des gros mots habituels : devoir, patriotisme, sens du service, qui sonnaient particulièrement creux quand on exhumait son vrai parcours et qu'on y découvrait les premiers scalps jalonnant son ascension jusqu'au sommet de la place Beauvau.

En toutes occasions, Marieke préférait avancer plutôt que reculer et monter plutôt que descendre ; pour comprendre cette success story dans la haute fonction publique, elle avait pourtant dû se résoudre à plonger dans la fosse des Mariannes où Montesquiou avait laissé sombrer les victimes collatérales de son ambition. Ses ennemis y étaient légion, à droite comme à gauche. Ils étaient loquaces et médisants – comme le sont les trouillards. Leur rancœur était increvable : c'était celle des traîtres trahis par plus traîtres qu'eux. Enfin, selon le génotype bien connu de la droite française, ils se montraient, à l'encontre de l'étoile montante qui les avait jetés dans la pénombre, singulièrement plus impitoyables s'ils étaient de son propre camp que de celui d'en face.

Un jour, il avait menacé implicitement, au beau milieu d'une réunion sous les lambris du ministère, son supérieur hiérarchique immédiat, le directeur de cabinet à proprement parler, qui n'était en fait qu'un vieux préfet fatigué, connu pour ses mœurs sexuelles libérales et plus préoccupé de bonne chère que de pugilat en coulisses. Alors qu'il cherchait malgré tout, la campagne approchant, à reprendre les rênes de son cabinet, son adjoint avait eu le culot invraisemblable de parler de ces « notes blanches » qui arrivaient régulièrement sur le bureau de la ministre, en suggérant que ce n'était pas le moment, si près de l'échéance présidentielle, de prêter le flanc, ou en l'occurrence d'ouvrir bien grande la bouche pour que l'ennemi y jette ses boules puantes.

On appelait notes blanches (ou blancs) celles que les policiers rédigeaient sans les signer quand, par exemple, une sommité du monde politico-médiatique se faisait arrêter à la lisière du bois de Boulogne en coupable compagnie. La moitié du cabinet était au courant des pratiques libertines de leur directeur officiel, ainsi que de ses virées au Bois. Les murs de la salle de réunion avaient tremblé ce jour-là. Montesquiou disposait de soutiens puissants, dans les plus hautes sphères. « M. le directeur », vert de rage et d'impuissance, avait mis son poing ridé et grelottant dans sa poche. Montesquiou l'avait humilié en public, et il n'avait rien osé dire. Depuis cet avertissement, ce premier fait de guerre sur les parquets craquants de l'hôtel de Beauvau, on ne lui avait plus jamais donné du « monsieur le directeur adjoint » : aux yeux de tous ses collaborateurs il était devenu simplement « monsieur le directeur ».

La haine que ce jeune et brillant sociopathe inspirait s'épaississait aussi du brouillard qui avait entouré sa sensationnelle montée en grade. Il y avait une version que Montesquiou ne démentait pas : le président sortant l'avait repéré et lui avait proposé d'intégrer son équipe de chevau-légers en vue de sa réélection qui s'annonçait périlleuse ; on avait besoin d'éléments dans son genre pour partir à la guerre ; et c'est pour le garder auprès d'elle que la Vermorel lui aurait offert cette promotion.

— J'ai eu des mecs qui me disaient en me regardant droit dans les yeux que si Montesquiou en était arrivé là c'est parce qu'il avait trempé dans des opérations de barbouzes pour sauver la peau de Vermorel. D'autres racontaient qu'il avait réussi à étouffer des affaires liées au couple présidentiel. Un type sans surmoi, sans limites, prêt à tout pour servir ses patrons, et que les journalistes fascinés avaient à la bonne. Ce que j'ai découvert de sûr, c'est les liens très étroits que Montesquiou entretient avec Boulimier, le patron de la DCRI qui connaît aussi très bien son père. Le père de Montesquiou, mon Dieu là aussi c'est quelque chose. Un aristo, catho intégriste, qui possède quelques chevaux de courses et des propriétés un peu partout en France. Bref, ce que j'ai vite pigé, c'est que le père Montesquiou était comme cul et chemise avec Boulimier...

— Boulimier, le patron de la DCRI ?

— Oui. Je commençais à me dire que je tournais en rond quand j'ai découvert que Victoria, la sœur de Montesquiou, était engagée à l'extrême droite. Avec d'autres jeunes diplômés casse-cou ou suicidaires, comme on veut, qui ont mis en place sa stratégie de dédiabolisation qui lui a apparemment plus que bien réussi pendant la campagne...

Fouad commençait à remuer la tête, les yeux fixes rivés en direction du sol.

— Attends, hein, j'en viens au fait...

— Non, mais stop, l'interrompit le jeune acteur en essayant de se redresser. La DCRI, maintenant l'extrême droite... dans quoi est-ce que tu m'as embarqué, bordel...

— Fouad, j'ai besoin de toi, mais je te jure, beaucoup moins que toi tu n'as besoin de moi.

La Grande Roue avait fait son deuxième tour. Marieke annonça à Fouad qu'elle pouvait payer pour un troisième tour. Mais Fouad ne voulait plus l'entendre. Il était saturé. Nazir, Chaouch, Montesquiou, il en avait assez avalé pour aujourd'hui.

Au même moment, Jasmine Chaouch se faisait maquiller dans la salle d'attente du pavillon sur le perron duquel allait avoir lieu la conférence de presse. Sa mère et elle entoureraient le médecin-chef du Val-de-Grâce. À l'arrière-plan il y aurait ceux qui faisaient partie du cercle restreint des super-conseillers : Habib, Vogel, et une demi-douzaine de responsables. Au fond d'elle, elle aurait préféré être seule avec sa mère et le médecin pour annoncer la grande nouvelle. Au fond d'elle, non, elle aurait voulu que Fouad soit aussi à ses côtés.

Elle vérifia son portable et décida de lui passer un coup de fil. Il n'avait pas répondu aux précédents, sinon par un texto pour lui expliquer qu'il avait besoin de récupérer un peu de sommeil. Cette fois-ci il décrocha. Jasmine entendait le vent mugir à l'autre bout du fil.

— T'es réveillé ? Je t'entends mal, tu es dehors ?

— Oui, pardon, Jasmine, je peux te...

— Mais pourquoi t'es pas devant la télé ? On passe bientôt, dépêche-toi !

— Je t'entends mal à cause du vent, cria Fouad en regardant la belle tête décoiffée de Marieke. Je te rappelle juste après, OK ?

Il raccrocha, en panique : c'était vrai que le vent l'empêchait de continuer cette conversation, mais ce n'était pas la voix de Jasmine qu'il entendait mal, c'était la sienne ; il avait peur de se trahir, d'avoir l'air de lui cacher quelque chose.

Jasmine garda son portable en main quelques instants et le brandit en direction de la maquilleuse, comme pour la prendre à témoin. Elle se leva et fit quelques pas dans la salle d'attente. Les gens, tous très occupés, s'interrompaient pour lui sourire, la saluer, la féliciter. Mais leurs sourires s'estompaient trop vite, aussitôt après qu'ils avaient conclu l'échange et étaient retournés à leurs discussions sérieuses.

Jasmine chercha son garde du corps du regard ; Coûteaux la surveillait à distance, sans inquiétude dans cet environnement ultra-sécurisé.

Tout au bout de la salle, devant la fenêtre, Jasmine vit sa mère en train de parler avec Habib et Vogel : quelque chose semblait l'avoir violemment étonnée, elle remuait la tête, l'air de ne pas pouvoir le croire.

Lorsque Jasmine s'approcha d'eux, ils se turent comme un seul homme.

— Qu'est-ce qui se passe, maman ?

— Rien, rien, ma chérie.

— Mais si, je vois bien qu'il se passe quelque chose !

Habib et Vogel attendaient que Jasmine soit partie pour continuer de parler.

— C'est rien, Jasmine, je te dis ! Des histoires de politique politicienne, rien qui peut t'intéresser... Allez, la congédia la première dame, je suis à toi dans deux minutes, tu veux bien ?

3.

Montesquiou avait l'impression d'avoir passé la journée à traverser Paris de long en large, à l'arrière de puissantes voitures climatisées. Il venait de raccrocher après une conversation épuisante et inutile. Son chauffeur ne pouvait pas s'empêcher de lui jeter des coups d'œil inquiets dans le rétroviseur. Montesquiou passa ses nerfs sur lui :

— Non mais attends, Agla, écoute-moi, Agla, ça fait combien de temps que tu me conduis ?

— Monsieur ?

— Oui je te parle, connard ! Tu me conduis depuis plus de six mois et t'as toujours pas compris que t'es pas censé me regarder dans le rétro et écouter mes conversations ? Tu veux que je te vire ou quoi ? Réponds ! Tu veux que je te vire ?

— Non, monsieur, répondit benoîtement le chauffeur.

— Non quoi ?

Montesquiou avança son buste dans sa direction. Il fixa sa grosse bouille noire et joufflue dans le rétroviseur.

— Répète après moi, Agla : « Promis, monsieur, je ne vous regarderai plus dans le rétroviseur. »

Les oreilles d'Agla chauffaient, ses poings se carraient autour du volant.

— J'écoute, Agla. J'attends.

— « Je ne vous regarderai plus dans le rétroviseur », répéta le chauffeur avec un accent d'Afrique de l'Ouest.

— « Promis, monsieur. »

— Monsieur ?

— T'as oublié, « promis, monsieur ».

Le téléphone privé du chauffeur émit un gloussement électronique.

— Et éteins-moi ce putain de téléphone pendant que tu conduis ! Quand même, les Africains et leurs portables...

Quand il eut fini de harceler son chauffeur, Montesquiou appela Boulimier. Le patron de la DCRI ne répondit pas, croyant que Montesquiou voulait simplement savoir comment s'était déroulée l'entrevue. Mais Montesquiou insista. Boulimier vérifia que personne ne l'attendait dans l'antichambre de son bureau :

— Boulimier, j'écoute.

— Je viens de parler à notre amie la cavalière.

— J'écoute.

— Elle a dû intervenir pour empêcher que le rouquin soit repéré. Mais sa couverture tient, elle se fait passer pour une fuyarde, elle a gagné sa confiance, apparemment, et ils sont dans un hôtel autour d'Aix-en-Provence. Ils vont y rester quelques jours avant de gagner l'Italie.

— Bon, très bien, moi je m'occupe du reste.

Le reste l'attendait au deuxième sous-sol de la DCRI. Boulimier se dirigea d'un pas mesuré vers la salle où il avait discuté avec le capitaine Tellier plus tôt dans la journée. En poussant la porte, il vit que le flic de la SDAT avait le visage fermé et le bec-de-lièvre en panique.

— Mais faites pas cette gueule d'enterrement, capitaine. Tenez, asseyez-vous. Désolé de ne pas vous avoir invité dans mon bureau, mais vu la nature clandestine de notre entrevue, vous comprendrez...

— Qu'est-ce que vous voulez de moi ?

— La question c'est plutôt ce que moi, je peux vous offrir.

Boulimier indiqua une chaise à Tellier, qui la refusa. Il dénoua le bouton médian de sa veste et s'assit.

— Vous m'excuserez, mais avec la journée que j'ai eue je préfère me reposer deux minutes.

— Je n'ai aucune raison de vous faire confiance, déclara nerveusement Tellier.

— Pas plus que vous n'en avez de faire confiance à Mansourd. Il pète les plombs. Il ne pense qu'à lui. Vous n'avez rien pour l'instant, et il s'obstine à ignorer la piste des oncles djihadistes de la gentille famille Nerrouche. Vous savez pourquoi il fait ça ? Parce qu'il veut se faire bien voir. Même s'il attrape Nazir par miracle, même s'il réussit et qu'il devient sous-directeur de l'Antiterro, qu'est-ce que vous devenez, vous ? Rien. Vous restez son homme à tout faire, le petit capitaine dans l'ombre du ténébreux superflic, celui sur qui il passe sa mauvaise humeur et qui doit se taper tout le sale boulot.

— Vous connaissez très mal le commandant.

— C'est un homme du passé, mon cher. Il n'en fait qu'à sa tête. Il ne comprend pas la spécificité de cette affaire.

— Qu'est-ce que vous voulez dire ? demanda Tellier en s'asseyant finalement face au grand patron.

— Écoutez, pour lui c'est en me cherchant des poux dans la tête, à moi et à Montesquiou, qu'il va coincer Nazir. Tellier, écoutez-moi, votre légendaire commandant perd la boule, il se laisse complètement aveugler par ses théories du complot fantasmatiques. Quelqu'un se réjouit dans l'ombre, vous voulez savoir qui ? Le préfet de police de Paris. Dieuleveult était fou de rage que sa chère section antiterroriste du 36 ait été laissée sur le carreau. En voyant la façon dont tourne l'enquête, je peux vous dire qu'il jubile. Trois nuits d'émeutes et toujours aucune piste sérieuse pour retrouver Nazir. S'il entendait parler de l'opération secrète de la nuit dernière, notre fiasco s'étalerait dans les journaux en moins de temps qu'il n'en faut pour le dire. Si à Levallois nous continuons à pédaler dans la semoule, Paris reprendra le dossier. Et si Paris reprend le dossier, le Renseignement intérieur mettra des années à se relever...

— Mais c'est quoi le rapport avec moi ?

— Chef de groupe, déclara Boulimier en regardant sa montre. Chef de groupe à la DCRI. Vous reprenez l'enquête qui après tout a commencé ici. Tous les éléments qui ont travaillé sur Nazir en amont seront sous vos ordres. Vous aurez toutes les réquisitions, toutes les commissions rogatoires que vous voulez avec Rotrou. Vous jouez le jeu, vous dévitalisez l'enquête farfelue de Mansourd, et surtout, pour l'amour de Dieu, vous obtenez des résultats. Ce serait un déshonneur pour toute la police française si Nazir continuait à se jouer de nous pendant des mois. Certains intérêts nous dépassent, mon cher Tellier. La France, Tellier. Pensez à la France.

Le capitaine donnait des coups de genou répétitifs contre la barre de la table. Soudain, il s'enhardit :

— Mais qu'est-ce qui me dit que je ne vais pas choisir l'équipe des perdants ? Franchement, par quel retournement de situation vous pourriez ne pas être viré par le prochain ministre de l'Intérieur ? À mon avis ils vont même vous faire passer à la trappe avant les autres, ils vont faire de vous un exemple. L'espion de l'Élysée, victime de l'opération grand nettoyage.

Boulimier lui répondit avec un sourire de sphinx :

— Mais qui vous dit que le prochain gouvernement sera de gauche ?

— Comment ça ?

Tellier n'avait même jamais envisagé la possibilité d'une défaite de la gauche aux prochaines législatives. Un peu déstabilisé, il trancha :

— Écoutez, peu importe, il faut me laisser du temps. Laissez-moi jusqu'à demain.

— Demain ? ricana Boulimier. Vous avez sept secondes exactement, jusqu'à ce que j'aie atteint cette porte.

Il se leva, redressa les pans de sa veste et tendit la main vers le loquet.

— C'est bon, s'entendit grommeler Tellier. Je vais le faire.

Le patron de la DCRI ferma les yeux et se retourna vers le capitaine :

— Vous avez choisi judicieusement. Bienvenue dans la grande famille du Renseignement, capitaine.

4.

Quelques kilomètres plus à l'est, Marieke écoutait d'une oreille le speech de Xavier Putéoli qui considérait, sans jamais se départir de son sourire le plus visqueux, que la suite de la publication de son enquête sur la DCRI devait être encore retardée. La jeune femme écrivit un texto à un jeune stagiaire d'*Avernus*, le suppliant de lui rendre un petit service qu'elle saurait récompenser en temps voulu : faire diversion et appeler le patron auprès de lui dans l'open space. Le stagiaire en pinçait pour Marieke, il s'exécuta.

Putéoli s'absenta, Marieke en profita pour courir vers l'ordinateur portable de Putéoli. Sa messagerie électronique était ouverte dans un onglet d'Internet Explorer.

— Pff, mais qui utilise encore Internet Explorer, marmonna la journaliste en parcourant la liste de ses derniers e-mails.

Elle l'entendit crier dans l'open space, eut tout juste le temps de revenir sur la page précédente avant que Putéoli ne mette sa main sur la poignée de la porte de son bureau. Quand il entra, Marieke était debout devant la fenêtre, un rien déséquilibrée, comme imbibée de la mélancolie vespérale du carrefour pavé où se rejoignaient trois boulevards. Putéoli ne le remarqua pas, il était trop occupé à fulminer contre l'« impéritie » de ces pigistes écervelés. Quand il vit enfin Marieke, il eut besoin de quelques secondes et d'autant d'entortillements de l'index pour se souvenir de l'objet de leur conversation interrompue.

— Ah oui, la DCRI. Bon, écoute, Marieke, je sais que c'est un peu cavalier comme procédé, mais si tu me fais confiance, je saurai m'en souvenir...

Marieke resta debout devant la fenêtre. Elle ouvrit son blouson, un poil trop lentement.

— Xavier... je peux t'appeler Xavier deux minutes ?

Putéoli se retourna, offrant à Marieke son sourire le plus dégoulinant.

— Mais je t'écoute, ma chère Marieke.

— Xavier, je sais tout. Boulimier, Montesquiou, leurs petites manœuvres à la DCRI... pour protéger Nazir...

Le sourire de Putéoli ne dégoulinait plus, sa bouche pincée ressemblait maintenant à un fruit sec.

— J'ai du mal à te suivre...

— Gagnons du temps. Je sais très bien que tu as financé mon enquête pour pouvoir me surveiller. Ce n'est pas le problème. Je m'en fous autant que toi de l'enquête, tu crois m'énerver en la publiant la semaine prochaine, mais tu peux la publier dans six mois si tu veux.

Putéoli se leva et emprunta le chemin opposé à Marieke pour rejoindre la porte. Il la ferma, baissa les stores.

— Ce que je veux savoir maintenant, c'est jusqu'où ça remonte. Plus haut que Montesquiou ou à Montesquiou ? Vermorel ? Le président sortant ?

Putéoli perdit patience.

— Tu fais fausse route, mais tant pis, c'est triste pour toi mais tant pis. Ce qui m'inquiète (il brandit le poing dans sa direction), c'est que ta paranoïa risque d'avoir des effets désastreux. Comment t'expliquer ? Non, non, quoi que je dise... si on faisait une contre-enquête et qu'on te prouvait par a plus b que tu n'as rien compris, tu continuerais d'y croire. Ce n'est pas du domaine de la raison, c'est un phénomène religieux. C'est une sorte de religion folle, qui s'appuie sur tout un corpus doctrinal, l'idéologie de la transparence – et voilà, ça fait des gens comme ça, comme toi.

— On peut s'entendre, le coupa Marieke. Je sais bien que tu n'es pas impliqué dans tout ça. Il en faut dans le pantalon pour tremper dans un machin pareil. Toi, tu te contentes de la main chaleureuse du maître, ce que tu veux c'est pouvoir ronronner comme un gros chat aux pieds des puissants. Ils te demandent des services ponctuels, tu poses pas de questions. Eh bien, je vais te dire, tu vas continuer. C'est le marché que je te propose. Tu réponds à une question, et en échange...

— Un marché ! s'esclaffa Putéoli.

— Je te donne le scoop du mois. Rapport à Chaouch. Je le sais de source sûre. Un proche de la fille Chaouch.

Putéoli leva vivement la tête, truffe au vent.

— C'est quoi ta question ?

— La plus vieille question de l'univers. Pourquoi ? Pourquoi avoir monté ce cabinet noir place Beauvau ? Pourquoi aider Nazir ?

— Ah mais donc... tu y crois vraiment ? Un cabinet noir place Beauvau... pour assassiner un candidat à la présidentielle ? Il y a vraiment une partie de ton cerveau qui examine sérieusement cette possibilité ?

Son sourire, son assurance firent chanceler Marieke, pour la première fois.

— C'est pas tout, ajouta Putéoli, mais je ne voudrais pas manquer la conférence de presse du Val-de-Grâce. Il reste quoi ? Vingt minutes ?

5.

Il en restait vingt-deux. À l'hôpital militaire, les proches de Chaouch en savaient quelque chose. Tandis qu'une équipe du JT de France 2 sortait sous bonne escorte de la chambre de Chaouch, Serge Habib regarda sa montre et considéra qu'il avait le temps de souffler cinq minutes. Il choisit un pan de mur où il pouvait s'adosser et faire quelques étirements. L'ascenseur surveillé par une foule de gardes du corps vomissait régulièrement des visages connus qu'il fallait saluer. Pour un communicant, Habib se montrait particulièrement inepte quand il s'agissait de faire le bon sourire au bon moment ; il avait horreur des politesses. Dix minutes passèrent. Habib venait de faire une sieste, debout, comme les chevaux. Lorsque Vogel apparut entre les battants de l'ascenseur, le chef de la communication de Chaouch lui demanda sans préambule la raison de son air soucieux.

— C'est sur toutes les chaînes. Repris par l'AFP, à l'étranger, partout.

— De quoi tu parles ?

Vogel prit Habib par la manche et le conduisit devant le poste de télévision de la salle d'attente. Habib somnolent avait vaguement entendu une rumeur s'échapper de cette salle bondée, il n'y avait pas prêté attention.

À la télé, un bandeau le ramena brutalement à la réalité. Il s'essuya les yeux après l'avoir lu une première fois. Il se les essuya une seconde fois, en balayant toute la surface de ses globes oculaires.

SELON UNE SOURCE PROCHE DE LA FAMILLE CHAOUCH, LE PRÉSIDENT ÉLU AURAIT PARLÉ ARABE EN SORTANT DU COMA.

Sur d'autres chaînes, les rédacteurs prenaient de fausses précautions : « Info ou intox ? », « sous réserve de confirmation », ou même simplement « rumeur », comme si la rumeur était une sous-catégorie d'information. Habib s'énervait pour un oui ou pour un non. Pourtant, en découvrant la catastrophe ce soir-là, il parut étrangement calme.

— D'où ça vient ? demanda-t-il à Vogel sans le regarder.

— Un tweet de Putéoli, repris par tout le monde.

— Il faut changer l'intervention de ce soir... Esther. Il faut que ce soit Esther qui s'insurge. Si ça vient d'elle, on peut s'en sortir.

Ils furent rejoints par trois membres du staff de Vogel qui voulaient obtenir son feu vert pour réunir une cellule de riposte exceptionnelle et réagir de façon préventive à la conférence de presse qu'allait donner le lendemain matin la rivale malheureuse de Chaouch aux primaires, et qui risquait de compromettre le plan com qu'ils avaient passé toute la journée à établir. Habib les fusilla du regard :

— Une riposte préventive, non mais tu les entends ? Je me demande bien ce qu'ils vous apprennent dans vos grandes écoles. D'abord la madame parle, ensuite quand la madame a parlé, on dit qu'elle a dit n'importe quoi. Mais pas avant, bande de crétins des Alpes !

L'un des jeunes fâcheux parut plus peiné que les autres. Vogel intervint :

— T'as pas fini de terroriser mon staff ?

— Je les aime pas, tes jeunes débiles surdiplômés. J'aime pas la façon dont ils parlent, j'aime pas la façon dont ils se coupent les cheveux, j'aime pas leurs gueules qui sourient à tort et à travers et pire que tout je peux pas supporter leur incroyable manque de jugeote, d'instinct. Des monocouilles, voilà ce que vous êtes, tempêta-t-il alors qu'ils avaient disparu au bout du couloir, une joyeuse bande de monocouilles qui croient que la politique c'est une histoire de mots compliqués et de brainstorming au coin du feu.

— Merci, Serge, on a compris...

— Tu te rends compte des dommages ? Une putain de rumeur ! On peut démentir autant qu'on veut, maintenant Chaouch c'est le président qui sort du coma en parlant arabe ! EN PARLANT ARABE ! hurla-t-il en pleine salle d'attente.

Aucune infirmière n'osait venir lui demander de baisser d'un ton.

Vogel qui le dominait d'une tête lui prit les épaules avec les deux mains :

— C'est pas la fin du monde, voyons. On dément, on allume un contre-feu. Un peu de sang-froid, Serge...

— C'est Jasmine, tonna soudain Habib. Jasmine ! Je vais l'étrangler. Je la connais depuis le berceau, je vais l'étrangler !

— Au fond, ton problème, Habib, ce n'est pas que tu détestes les autres, c'est que tu l'aimes trop, lui. Ton grand homme, ton président.

— Le tien aussi, rétorqua Habib en dégainant son téléphone.

Vogel s'éclipsa pour le laisser s'époumoner au téléphone,
ce petit homme furieux et seul qui avait fait élire le sep-
tième président de la Ve République.

6.

À l'extérieur du Val-de-Grâce, des dizaines de millions
de Français découvrirent, stupéfaits, le nouveau visage de
leur président. Il avait été filmé, sans le son, quelques
minutes avant le JT du soir : il trônait dans sa chambre,
l'air calme et concentré, tandis qu'autour de lui infirmières
et membres du staff se relayaient, s'activaient comme si de
rien n'était. La totalité du film durait vingt-neuf secondes.
On y voyait un homme alité mais vivant, qui levait faiblement la main pour saluer la caméra. Habib avait pris
le journaliste à l'écart et lui avait dit avec toute la gravité
dont il était capable :

— Ces images vont faire le tour du monde. Vous allez
connaître vos trente secondes de gloire. S'il y en a une de
plus je vous fais couper les couilles.

Au lieu de demander à l'équipe audiovisuelle de la campagne, il avait considéré comme plus judicieux de laisser un
journaliste indépendant entrer dans la chambre. Pendant
les vingt-neuf interminables secondes de la séquence il
se rongeait les sangs en espérant qu'aucun nouveau son
exotique n'allait sortir de la bouche du président.

Quand le journaliste quitta la chambre, Habib se pencha sur le lit de Chaouch. Celui-ci ferma longuement les
yeux, comme pour le remercier. Mais l'expression de son
regard était neutre, machinale. Il semblait vouloir mimer
un geste, le geste de motus et bouche cousue, mais sa
main lui paraissait trop éloignée, trop lourde. Habib tapota
cette main et le laissa se reposer. Au rez-de-chaussée, tout

le monde était alors prêt pour la conférence de presse en direct. Habib vit Vogel qui s'entretenait avec Esther. Il entraîna tout le monde sur le perron.

— Tu te sens de t'indigner devant les caméras, Esther ? lui demanda Habib dans l'oreille. Une saillie, sèche, franche, tu dis à quel point tu trouves ça méprisable. Pas d'autre mot, d'accord ? Méprisable. Parle avec ton cœur, et tout se passera bien.

Dans la rame de la ligne 1 où se trouvait Fouad, les passagers s'étaient agrégés autour d'un iPad qui réussissait à capter le JT en direct. Les commentaires fusaient, mais Fouad restait assis sur son strapontin, délibérément à l'écart de ces images qui fascinaient le monde entier. À côté de lui, sur l'autre duo de strapontins, une fillette jouait avec l'élastique d'un chouchou rouge qu'elle faisait passer d'un de ses doigts à l'autre. Elle essayait, en vain, d'attirer l'attention de sa mère massée avec les autres passagers du wagon autour de l'écran.

Fouad lui fit un sourire, elle y répondit par un vif mouvement de menton. Le strapontin était trop haut pour elle : ses petits souliers noirs remuaient dans le vide, à quelques centimètres du sol. Fouad connaissait bien la trajectoire de la ligne 1, il savait qu'après l'arrêt Saint-Paul le métro prenait un virage sec. Quand les portes se refermèrent, il anticipa le virage et tendit le bras dans la direction de la fillette. Le train tourna et la fillette perdit l'équilibre, mais son épaule trouva le support inattendu de la paume de Fouad. Sans lui elle serait tombée. Sauf qu'elle ne s'en rendait pas compte, monopolisée par son chouchou rouge qu'elle pouvait enfiler autour d'un doigt, de deux doigts, de trois, de quatre doigts, et même, en serrant ses phalanges au maximum, autour de sa mimine tout entière.

En se levant pour descendre à Bastille, Fouad fut chahuté par une secousse du train qui cala avant l'entrée en station. La petite fille pouffa en voyant ce grand et beau garçon obligé d'effectuer un pas de ballerine pour ne pas se rétamer au sol. Fouad lui sourit. Elle se cacha les yeux avec les mains, ses petites mains serrées autour du chouchou rouge, et elle offrit à Fouad une grimace qui continuait de l'attendrir lorsqu'il fit le tour de la place, autour de la majestueuse colonne de Juillet.

7.

Au même moment, trois voitures aux vitres fumées fonçaient sur le périphérique en direction du nord. Esther Chaouch se rendait à la mairie de Grogny pour remercier l'équipe municipale qui avait organisé plusieurs marches blanches au moment des émeutes. Celles-ci avaient durement touché la ville de Seine-Saint-Denis – couverte par la treizième circonscription appelée à devenir, comme nous le verrons bientôt, la plus célèbre de la carte électorale française.

Pour cette visite de courtoisie, Esther avait demandé à Vogel de l'accompagner. Elle se sentait rassurée en sa présence. Il se tut respectueusement pendant tout le trajet, voyant que la première dame était absorbée dans ses pensées. Elle avait souhaité bonne nuit à son mari en approchant de ses yeux déjà mi-clos ce pendentif Van Cleef qu'il lui avait offert le soir de son élection à la mairie de Grogny. C'était un trèfle à quatre feuilles, en or blanc et en nacre. Mme Chaouch n'aimait pas être soupesée du regard lors d'un cocktail ; elle optait toujours pour des bijoux discrets. Pour la conférence de presse, elle avait choisi un pantalon noir, une veste de tailleur noir, un chemisier blanc sans fioritures, et donc ce collier qui lui avait porté chance. Des experts en futilités en parleraient les jours suivants, vanteraient la sobriété de la première dame dans les suppléments week-end des quotidiens nationaux. À l'abri des cancans, blindée au kevlar contre la stupide rumeur du monde, Esther essayait de profiter. Mais elle n'y arrivait pas. Les nuits précédentes pesaient encore sur son moral. Elle n'avait dormi qu'une heure par-ci par-là depuis l'attentat. Pendant chacune de ces siestes elle rêvait qu'il ne s'était rien passé, qu'Idder était vivant, qu'il travaillait dans la pièce à côté ; et à chaque fois qu'elle émergeait, une crise de sanglots la clouait à son lit.

L'arrivée sur la place de l'Hôtel-de-Ville se fit sous les applaudissements de grognards venus parfois de cités excentrées. Certaines femmes portaient le foulard. Au passage du convoi de la première dame, elles applaudirent comme au spectacle, confinées dans le périmètre de la place par des cordons de gendarmes mobiles.

Esther Chaouch était réputée pour avoir l'œil sobre, le regard profond et stable ; il se voila d'un coup lorsqu'elle revit le lieu de l'attentat.

Les drapeaux étaient en berne depuis ce dimanche maudit. Il n'y avait personne sur les marches menant à la fatale esplanade où son mari avait voulu continuer de serrer des mains.

Le cœur d'Esther se mit à lui battre aux poignets. Les cris d'horreur de la foule. L'organisation martiale des policiers chargés de la sécurité de Chaouch. Leurs gestes assurés, leurs regards en panique. Et puis les hélicoptères. Vogel dans la voiture filant à toute allure au Val-de-Grâce, sans respecter les feux. Les anonymes au bord de la route. Les mots de Vogel sur la fermeture de l'espace aérien. La fermeture du ciel. Esther passa le doigt sur son pendentif et parcourut lentement les quatre feuilles du trèfle. Elle pressentit que Vogel, assis à l'autre bout de la large banquette, avait deviné sa rechute. Elle se maîtrisa :

— Tu sais comment les journalistes réagissent à la conférence de presse ? À mon intervention ?

— Ils réagissent très bien, Esther. Très bien.

— Jean-Sébastien, je te serais très reconnaissante de ne pas me prendre pour ce que je ne suis pas. Je suis agrégée d'histoire, se força-t-elle à plaisanter.

C'était bien entendu la vérité : elle était professeure d'histoire de l'Antiquité à la Sorbonne, auteure d'une très remarquée *Histoire de l'Empire romain de sa chute à nos jours*.

Vogel s'attarda sur les yeux de la première dame. Ils avaient la forme typique des beautés ashkénazes : un ovale couché, tragique et intelligent ; les sourcils fournis ; des iris dont le noir semblait mystérieusement approfondi par la proéminence du nez.

Vogel déclama sans respirer les trois éléments qui se dégageaient de la soirée pour les médias :

— Primo : le président est vivant mais mal en point et incapable de prendre les rênes de la cinquième économie mondiale. Deuzio : il est bien entouré, je peux parfaitement former un gouvernement et gérer les affaires courantes pendant sa rééducation. Tertio : les législatives. Il faudra attendre les résultats des sondages réalisés en pagaille ces trois derniers jours pour savoir si l'attentat et les trois nuits d'émeutes « profitent » (entre guillemets) à nous ou à la droite. Sinon, je t'ai passé les saillies grotesques de l'extrême droite et de la bande à Vermorel. Pour le reste, il semble se dessiner un grand consensus républicain autour du président. Plus personne ou presque ne remet en question le résultat de l'élection, la décision du Conseil constitutionnel ne fait plus débat nulle part. Quant à la rumeur, je suis persuadé qu'après ton intervention, tes mots si... forts..., les petits papes des médias dominants vont faire passer un message clair dans les rédactions. Ça ne m'étonnerait pas qu'il y ait quelques mea culpa grandiloquents dans les jours à venir. Je vois bien un édito de *Libération*, ou un papier dans les pages « Opinions » du *Monde* : « Que sommes-nous devenus ? » Citant ta phrase *in extenso* dans le corps de l'articulet : « Que sommes-nous devenus pour...

— ... pour couvrir de boue un homme qui vient de regarder la mort la face ? »

Un garde du corps ouvrit la portière d'Esther. Une fois dehors, elle demanda à Vogel ce qui se disait sur l'attentat et Nazir Nerrouche.

— En revanche, c'est un peu moins net sur cette question. Mais oublions, Esther.

Dans le hall de la mairie tous les employés municipaux s'étaient rassemblés devant l'escalier monumental. Ils applaudirent copieusement la première dame qui ne s'attendait pas du tout à un accueil aussi chaleureux. Certaines femmes pleuraient. Sourde aux protestations de ses gardes du corps, Esther Chaouch serra toutes les mains des gens réunis dans le hall, elle caressa même la joue d'une femme de ménage avec laquelle elle se souvenait d'avoir souvent échangé des sourires complices.

Ce retour auprès d'êtres humains normaux lui fit du bien. Loin de ce monde auquel elle n'appartenait pas, celui des intrigues de palais et des éléments de langage, elle prononça un discours de remerciement sincère et ne put retenir une petite larme. Le premier adjoint de Chaouch prit la parole et annonça qu'un buffet avait été dressé dans la salle des fêtes. C'était un quadragénaire sportif, un ancien entraîneur de boxe qui occupait les fonctions de Chaouch depuis qu'il s'était envolé vers la présidentielle. Son visage était une publicité vivante pour la franchise et la loyauté, qualités tellement prisées par Chaouch qu'il les avait préférées, au moment de désigner son successeur par intérim, à l'expérience et aux diplômes d'un autre adjoint.

Mme Chaouch ne pouvait pas rester davantage. Les moteurs de son cortège tournaient déjà. Elle demanda un quart d'heure au chef de son dispositif de protection. Vogel était resté en retrait depuis le début de la visite. Il vit la première dame de France, la femme du président de la République, tomber la veste de son tailleur et se mêler aux employés municipaux autour d'un buffet « sans chichis ». Au lieu des canapés, des petits-fours et des grands crus de champagne, il y avait des Curly, des toasts au saumon, des bouteilles d'Oasis et de mauvais rosé, ainsi que du thon à la catalane, en hommage à une « petite phrase » de Chaouch, passée à la postérité, sur la révolution des congés payés et les aires d'autoroute où ses parents préparaient des sandwiches avec pour seule garniture ce thon en conserve bon marché et riche en calories.

Esther se servait elle-même, écoutait les félicitations de ces anonymes, leur demandait comment allaient leurs enfants, si leurs foyers réussissaient à joindre les deux bouts. Deux écoles maternelles avaient été détruites par les émeutes. Une dame un peu remontée raconta à Esther que sa petite fille faisait des cauchemars depuis trois jours.

— Mais je vous dis ça, c'est pas de votre faute, madame Chaouch.

Plus loin, une autre femme avec un accent antillais prit Esther dans ses bras et déclara :

— Vous savez pou'quoi on vous aime ? Pa'ce que vous n'avez jamais déménagé ! Non mais c'est vwai, vous au'iez pu aller vivre à Pawis, et non vous êtes westés à Gwogny avec nous !

La dame se recula vivement et brandit son pouce dressé devant la première dame, en faisant mine de s'éloigner, à la fois heureuse que des gens comme Esther Chaouch existent et furieuse que tous les gens ne soient pas comme elle. Vogel suivait tous ces échanges de loin ; il avait eu une mauvaise impression en entrant dans la mairie, presque au bras de la femme du président – comme s'il l'avait remplacé.

Il reçut un coup de fil de Habib qui n'arrivait pas à joindre Esther : il avait une nouvelle importante à lui annoncer. Vogel prit Esther à l'écart et lui donna son téléphone.

Le beau et doux visage de Mme Chaouch s'éclaircit lorsqu'elle apprit la nouvelle.

— Il reparle en français, annonça-t-elle à voix très basse. (Habib lui parlait maintenant d'autre chose.) Oui, oui, écoute, Serge, on verra plus tard, laisse-moi souffler deux minutes, tu veux ?

— C'est une excellente nouvelle, commenta Vogel en inclinant la tête avec déférence.

— Mais je n'avais pas peur, prétendit Esther. On a communiqué avec les yeux. Il était là, devant moi, et moi j'étais là, dans ses yeux.

Elle rendit son téléphone à Vogel. Vogel le laissa tomber. En le voyant se pencher comme un jeune homme pour le ramasser, Esther eut l'impression, brièvement, de revoir son mari quelques mois plus tôt.

À la fin du buffet, la première dame entourée d'une trentaine de grognards attendit en silence devant la façade de l'hôtel de ville.

Le premier adjoint actionnait une manivelle pour hisser les drapeaux tricolore et européen.

L'instant était solennel, le vent semblait s'être arrêté de souffler. Ces bouts de tissus chargés de symboles s'élevaient vers le ciel où brillait déjà la boule argentée d'une lune moqueuse. Esther respirait lourdement. Elle murmura bientôt à l'oreille de Vogel :

— Je me demande de quoi il a rêvé, pendant son coma.

— On le saura bientôt, pronostiqua Vogel sans conviction.

Il lui fut moins difficile de prononcer cette demi-vérité que d'affronter la déception qui gagnait le visage de la première dame.

Dans la voiture qui les ramenait au Val-de-Grâce, Esther filtra de nouveaux appels de Habib. Ivre de fatigue, elle se laissa aller aux confidences, le front penché vers la vitre où défilaient les néons d'une zone industrielle :

— Habib, Habib, Habib. Je ne devrais pas être aussi dure envers lui. Tu sais, je ne le déteste pas.

— Je sais.

— Il est un peu brutal, pas toujours très raffiné, mais... Il protège Idder depuis toujours. C'est comme son frère. Quand j'ai épousé Idder, je savais que j'épousais aussi Habib. Si Idder a pu conquérir la mairie de Grogny, c'est grâce à lui. De même pour la députation, pour tout. Tout est grâce à lui. Oui, c'est ça, c'est comme son frère, Habib, c'est son meilleur ami, son garde du corps. Son âme damnée, ajouta-t-elle à mi-voix en secouant la tête.

Vogel n'osait pas lui demander ce qu'elle entendait par là. Comme si elle avait lu dans ses pensées, elle se ressaisit et rectifia sur un ton faussement banal :

— Je veux dire qu'il se damnerait pour lui, qu'il n'hésiterait pas une seconde – pour lui.

— J'avais bien compris, mentit Vogel.

Le reste du trajet fut silencieux. Mais Esther n'était pas à l'aise dans ce silence. Elle sentait qu'elle avait trop parlé d'elle ; elle voulut procéder à un rééquilibrage en douceur et demanda à « Jean-Sébastien » comment il avait vécu le divorce avec sa femme. Vogel savait cacher ses émotions et dissiper les méandres annonciateurs de malaise. Il parla de son fils – son fils Christophe, qui était sorti avec Jasmine un peu avant qu'il ne rejoigne la campagne de Chaouch. Comme Esther ne renchérissait pas sur la liaison de leurs enfants, il dut répondre à sa question précisément :

— Mais non, non, je le vis bien, d'autant mieux que c'était devenu proprement invivable.

Esther se tourna vers son long visage où ses lunettes dressaient un barrage de reflets infranchissables. Comme elle ne voyait pas ses yeux, elle regarda sa bouche.

— Je soulève des questions indiscrètes, décida-t-elle soudain. J'espère simplement que ça ne posera pas de problèmes d'image, tu sais, quand tu seras Premier ministre.

— Si je deviens Premier ministre, s'entendit rectifier Vogel à contretemps, sur le ton de quelqu'un qui n'a rien trouvé d'autre à dire.

8.

On ne pouvait pas faire plus sec comme texto :

« Je t'attends sur le banc en face de chez moi. Fais vite. »

Fouad était fou de rage. Il tournait autour du banc, s'y asseyait, ne parvenait pas à y rester immobile plus de quelques secondes.

Marieke l'avait trahi.

Ça faisait passer tout le reste au second plan, notamment l'absence de réponses des célébrités qu'il avait appelées toute la journée à la rescousse, par mail ou par téléphone – ça sonnait et il tombait toujours sur la messagerie. L'avaient-ils donc tous blacklisté ? Si vite ? Tous ces gens qui adoraient se faire prendre en photo avec lui ou l'inviter à des soirées VIP ?

Peu importait : Marieke l'avait trahi.

Quand elle arriva, elle ne portait plus sa combinaison rouge mais une jupe plissée, des ballerines, un boléro violine en maille crochetée, qu'elle avait remonté jusqu'aux manches pour sentir sur sa peau la fraîcheur du printemps. Son large visage fit momentanément oublier à Fouad qu'il voulait ne plus jamais la voir. Elle se glissa à côté de lui sur le banc, tenta plusieurs positions des jambes, finit par s'asseoir à califourchon sur les planches. Ses genoux étaient égratignés, mais la peau de ses mollets douce et rose comme l'air du soir.

— Je sais pas comment te dire ça, Marieke, mais il faut qu'on arrête de se voir. J'ai suffisamment de problèmes comme ça pour m'en créer de nouveaux avec toi.

Marieke ne réagit pas dans un premier temps. Et puis elle se mit à ricaner.

— Le nombre d'hommes qui m'ont dit ça, si tu savais... Je finis par les avertir, tous les mecs qui me draguent : je suis une fourmilière à emmerdements. Je suis dangereuse. J'attire les problèmes comme la merde attire les mouches. Comme ça j'évacue d'emblée les trouillards – c'est-à-dire la quasi-totalité des bipèdes à zizis.

— Non, non, tu m'as mal compris. Regarde-moi. (Il attendit qu'elle se soit tournée vers lui pour continuer.) Je sais que tu as balancé le truc que je t'ai dit sur Chaouch... Le fait qu'il avait parlé chinois, s'énerva-t-il en s'obligeant à chuchoter. Non seulement tu l'as balancé mais tu l'as balancé de travers, pour lui nuire encore plus. Me fais pas croire que c'est pas toi, ça peut être personne d'autre !

— Mais j'ai pas dit que c'était pas moi, le défia Marieke.

— Quoi ? Mais... pourquoi t'as fait ça ? Qu'est-ce que tu me veux, au juste ? Tu veux que je sois ta source confidentielle pour balancer des scoops au pire canard de ce pays ? *Avernus*, putain, *Avernus*. En fait je veux bien l'admettre, que je me sois fait berner, c'est pas la première fois, c'est sûrement pas la dernière. T'as choisi le moment où j'étais le plus vulnérable, et tu m'as mis le grappin dessus. Ce que je comprends pas, c'est pourquoi ruiner ta crédibilité si tôt ? Tu te dis : profitons-en pendant qu'il est encore avec Jasmine pour balancer ses petites infos ?

— Ah, parce que tu comptes quitter Jasmine ? ironisa Marieke en souriant lentement, les pommettes hautes, les mâchoires saillantes, les yeux pleins d'assurance et d'intensité féminine.

— C'est pas du tout ce que j'ai dit, tu le sais bien.

La conversation retomba au point mort.

— Je l'ai fait, oui, je t'ai trahi, avoua Marieke. Mais j'ai troqué ce scoop minable que tout le monde aura oublié après-demain contre une information qui a énormément d'importance pour la suite de notre enquête.

— Notre enquête ? Marieke, écoute, arrête de parler, arrête tout ça, les mensonges, les manipulations. Je me suis renseigné moi aussi, figure-toi, comment tu as été virée de tous les précédents journaux où tu travaillais, comment tu as été condamnée pour avoir lancé de fausses accusations dans l'affaire de ce site nucléaire en Alsace... Les gens disent que tu es folle, que tu fais de toutes tes investigations une affaire personnelle – les gens disent que tu es parano, Marieke. Et je commence à les croire...

— Pourquoi ?

— Pourquoi ? Parce que cette histoire de cabinet noir à Beauvau, ça ne tient pas debout ! Les politiciens sont probablement des gens méprisables dans leur majorité, je ne sais pas, mais ils ne fomentent pas des complots pour assassiner des candidats à la présidentielle ! On est en France, Marieke, on n'est pas à Dallas !

— Tu vois, c'est tout le problème avec la cécité. C'est le même problème que la servitude : les gens veulent ne pas voir, ils veulent être esclaves, ils finissent par l'aimer, la petite voix de la propagande, comme on aime un père méchant en espérant qu'il va arrêter de nous frapper si on lui fait les yeux doux. Tu veux qu'on ait une vraie conversation sur le sujet ? Mais allons-y, je demande pas mieux !

Elle changea de position, s'accroupit sur le banc et se jeta sur ses genoux, face à Fouad, prête à lutter.

— Mais je n'ai pas que ça à faire, dit Fouad qui sentait soudain un poids énorme sur ses épaules.

— Fouad, tu es dans la merde. Ta famille est dans la merde. Ou bien tu fais confiance aux pouvoirs officiels, ou bien tu prends les choses en main. Les autorités ne veulent pas la vérité, contrairement à ce qu'elles prétendent ; elles veulent la paix. Une injustice vaut mieux qu'un désordre. La victime de l'injustice, en l'occurrence, c'est les Nerrouche. Alors moi je te le dis comme je le pense : on sort de la merde en affrontant la vérité. En allant la chercher avec les dents. Tout seul tu pourrais pas le faire, alors je te propose de t'aider. Et moi tout ce qui m'intéresse, c'est la vérité.

— Tout ce qui t'intéresse, vraiment ?

— Non, c'est vrai, je veux aussi voir la gueule de ces connards de fachos de la place Beauvau, je veux voir leur gueule quand ils tomberont. Montesquiou, Boulimier, Vermorel, je veux les voir tomber et se faire mal. Parce qu'ils le méritent.

— Tu vois, tu en fais une affaire personnelle... Je sais ce que tu vas me dire : « Mais c'est une affaire personnelle. » Sauf que non, je ne veux pas savoir, toutes ces histoires, ça ne m'intéresse pas, moi.

Il n'osait pas lever les yeux sur Marieke, comme si l'évidence de sa réplique était inscrite sur son visage : Tu n'as plus le choix maintenant, et si tu ne t'intéresses pas à ces histoires, ce sont elles qui s'intéresseront à toi.

— Il essaie d'assassiner ma famille, voilà ce que je sais. Nazir. Il envoie Krim à l'abattoir, ça me rend fou de rage mais ça ne me surprend pas. Non, je crois que j'ai toujours imaginé qu'un jour il allait péter les plombs et faire quelque chose de ce genre... quelque chose de terrible. Et en imaginant ça je savais qu'il ne s'autodétruirait pas comme tous les autres psychopathes, qu'il faudrait qu'il soit original, comme d'habitude, et qu'il autodétruise les siens. Néron. Je suis le frangin de Néron.

— Mais vous n'êtes pas détruits, risqua Marieke d'une voix douce, comme étrangère.

Les natures fortes ont des fragilités. Elles ont aussi des délicatesses inattendues.

Fouad reprit :

— C'était trop, lui et moi à la maison. C'était trop de testostérone, trop de désirs opposés, trop de conflits tout le temps. Je ne veux plus parler de lui, reprit Fouad après avoir soufflé. Parler de lui, c'est le faire exister.

Marieke s'approcha du jeune acteur, caressa brièvement sa main, voulut faire passer cette caresse pour une tape amicale.

— Je suis pas compliqué, moi. Je veux faire confiance aux gens, parce que je sais qu'ils peuvent avoir confiance en moi. Je crois qu'on vit mieux et qu'on honore mieux le fait d'être vivant en étant confiant et en ayant toujours la vérité comme horizon, comme vertu cardinale.

— Fais-moi confiance, Fouad. Vraiment, fais-moi confiance. Je t'ai avoué que j'en faisais une affaire personnelle, je t'ai avoué les mauvais sentiments qui étaient aussi à l'origine de cette enquête. Crois-moi, je veux que la vérité éclate, c'est tout. Et puis il faut quand même que tu te foutes dans le crâne que tu n'es pas dans le camp Chaouch. Les Montesquiou sont avec les Montesquiou, les Chaouch sont avec les Chaouch, et toi tu es avec les tiens. Toi et moi. Notre guerre c'est l'enquête. Notre arme c'est la vérité.

— Sans coups fourrés, alors ? Promis ?

— Sans coups fourrés… enfin, avec le moins possible. Je plaisanteeee… Tu sais, plus j'y pense, plus je me dis que le rectangle noir de l'e-mail de Nazir n'était pas innocent, que c'était même un signe. Noir comme le cabinet noir. Je pense que c'est ce qu'il voulait dire… Bref, il faut qu'on travaille ensemble.

Fouad planta son regard dans le sien, avec ardeur, aussi franchement que s'il avait pris ses mâchoires carrées entre ses mains pour la forcer à avouer ses vrais mobiles.

Les yeux de Marieke étaient clairs et profonds. Le feu ne les quittait jamais. Elle soutint l'examen sans faiblir. Bientôt Fouad s'aperçut qu'il avait oublié la raison de ce duel. Il était comme appelé par le visage océanique de la jeune femme : sa belle bouche s'entrouvrait sur l'alignement légèrement imparfait de ses dents du haut, sa peau blanche et pleine était piquée de roseurs qui semblaient l'éclaircir au lieu de l'empourprer. Elle se pinça les lèvres et les fronça vers la droite, vers la gauche. Elle se retourna, s'aperçut que la place était déserte, leva les bras de plaisir ; elle aspira un grand bol d'air. Quand Jasmine faisait la même chose, ses yeux se révulsaient, elle tirait la langue, pataugeait avec ses mains, elle voulait absolument rappeler à quel point elle avait eu besoin de se remplir de l'air du dehors. Chez Marieke, l'envie primait sur le besoin. Tous ses mouvements paraissaient gratuits, naturels. Sa poitrine se gonfla, ses épaules en se redressant s'élargirent. Elle était éclatante de santé.

Fouad se souvenait maintenant de la raison de ce duel de regards. C'était la confiance qui l'avait emporté. Il allait le lui annoncer, mais elle le devança et lui demanda de sa voix rauque, imperceptiblement rieuse :

— Bon, et sinon, Aladin, tout va bien avec la princesse Jasmine ?

Fouad se sentit terriblement ridicule. Il balbutia un début de réponse et se leva pour rentrer chez lui.

9.

Les jours suivant le réveil du président élu, Esther Chaouch et Jean-Sébastien Vogel se voyaient quotidiennement, parlaient sans cesse au téléphone. L'expérience gouvernementale de Vogel ainsi que les intrigues de la précédente cour élyséenne lui avaient appris que la première dame de France, si son statut n'était qu'officieux et protocolaire, n'en disposait pas moins, sur certains aspects du pouvoir comme le choix des collaborateurs ou le casting ministériel, d'un droit de veto et d'une force de suggestion l'assimilant à une véritable vice-présidente.

De surcroît, Chaouch n'était pas encore aux commandes, et cette cour où bourgeonnaient déjà les grands antagonismes à venir n'était pas encore installée au Château, mais répartie entre le siège du PS rue de Solférino et le pavillon de rééducation du Val-de-Grâce devenu l'antichambre la plus courue du royaume. Le président y recevait à raison de six rendez-vous par jour. Il se contentait le reste du temps de valider les choix du tandem Vogel-Habib qui filtraient les visites comme de parfaits profileurs de discothèques. Esther voulait faire descendre le nombre de ces rendez-vous à quatre. Soutenue par son nouvel allié, il lui arriva à plusieurs reprises de débarquer dans le carré VIP pour congédier l'important importun qui empêchait son mari de poursuivre harmonieusement sa convalescence.

Ceux, rarissimes, qui purent s'entretenir avec le président pendant cette étrange période de transition firent preuve d'une discrétion et d'une délicatesse qui étonneront à coup sûr les contempteurs pavloviens du monde politique. Un rendez-vous avec Chaouch alité au Val-de-Grâce devint le nouvel étalon du genre de souvenirs que les politiciens réservent à leurs ultimes révélations. Il flottait comme un parfum d'Histoire dans cette vaste chambre aux stores baissés, surmontée d'un téléviseur en sourdine où défilaient les maux et les misères du monde. Quand on avait connu le candidat Chaouch, on savait qu'il était aussi accessible, charmant et vif d'esprit en présence de caméras qu'en tête à tête. Le choc de le voir président-résident au Val-de-Grâce n'en était que plus douloureux. Il ne plaisantait pas avec ses infirmières ; il ne riait jamais.

Le Pr Saint-Samat expliqua à ses proches qu'il ne fallait pas surinterpréter le phénomène :

— Souvenez-vous que des zones entières de son cerveau n'ont pas été irriguées, disserta-t-il avec son fort accent gascon. Et que l'anévrisme provoqué par le passage de la balle a détruit un pourcentage conséquent de ses neurones.

Mme Chaouch avait appris, par ses propres moyens, qu'un neurone détruit ne pouvait pas réapparaître : il fallait donc multiplier les exercices visant à créer de nouvelles connexions entre les neurones survivants. Vogel lui avait trouvé des pavés écrits par de brillants spécialistes américains. Elle consacrait la moitié de son temps libre à les annoter. Assise, pieds nus, sur le tapis de son salon à Grogny, elle noircissait d'innombrables pages de blocs-notes, faisait des renvois, gardait son iPad sous le coude pour visualiser des détails anatomiques, interrogeait sans cesse le Pr Saint-Samat. Jusqu'au jour où elle fut en mesure de remettre en question certains de ses choix. La philosophie française de la rééducation lui déplaisait :

— Un peu chaque jour pendant longtemps, c'est bien pour les personnes âgées et les gens en mauvaise santé, mais mon mari est un athlète ! Il faisait un jogging par jour pendant la campagne, il joue au foot toutes les semaines depuis plus de trente ans. Il lui faut une thérapie plus intensive, plus d'exercices, plus de gym, c'est lui-même qui le demande ! Sinon il s'ennuie, vous comprenez. Il voudrait en faire plus, sur une période plus courte.

C'était la méthode américaine.

Le Pr Saint-Samat n'avait jamais répondu à la va-vite aux questions d'étudiante assidue de la première dame. Il prenait le temps d'étudier chaque scanner du président en sa compagnie, lui expliquant ce que signifiait telle zone obscure à tel endroit du cervelet. Mais la mention des écoles américaines de rééducation lui fit perdre patience. Il s'enflamma, parla de la gratuité des soins, de la longueur de temps, il alla jusqu'à évoquer le modèle social français – c'est à peine s'il ne suggérait pas que les requêtes américanophiles de Mme Chaouch contredisaient les promesses de campagne de son mari.

Habib intervint dans ce débat, pour soutenir, une fois n'est pas coutume, la femme du président. Il souhaitait aussi une accélération de la rééducation de Chaouch – le roi s'ennuyait s'il n'avalait pas sa ration quotidienne de kilomètres de tapis roulant ; Habib s'en moquait. Pour lui, plus vite Chaouch serait sur pied, plus vite la gauche serait réellement aux commandes. Parce que tout le monde doutait. Après avoir polémiqué sur la supposée indécence des vingt-neuf secondes où l'on voyait Chaouch sur son lit d'hôpital le jour de son réveil, après avoir parlé pendant quarante-huit heures des premiers mots qu'il avait ou n'avait pas prononcés en arabe en sortant du coma, la presse s'inquiétait désormais de la rareté de ses apparitions. Il fallait rassurer sans cesse, et cette tâche, Habib avait eu l'étrange idée de se la confier à lui-même. Lui, le communicant le moins pondéré du monde, se rendait ainsi sur les plateaux télé pour vendre les progrès extraordinaires du président – avec ses costumes de représentant de commerce et son moignon effrayant. Il perdait des seaux entiers de sueur à chaque émission. C'était le prix à payer pour contenir sa légendaire violence verbale.

Elle explosait devant ses collaborateurs. Personne autour de lui n'osait plus bouger un sourcil. Habib avec ses costumes trop grands. Dès qu'il était en colère, il faisait deux pas en arrière, un en avant, poing et moignon aux hanches, sous les pans de sa veste. Et il revenait à la charge, hurlait à s'en faire éclater les veines du cou :

— Il faut feuilletonner ! Sérialiser ! Je veux des épisodes, des twists narratifs, pas vos conneries écrites dans votre langage d'énarques de merde ! On raconte une histoire ou on se fait bouffer ! La droite raconte que le président est un imposteur, un faux Français, un faible, que la nation est faible à cause de lui, qu'il faut voter pour la force et le retour aux fondamentaux. Eh bien, nous, on répond coup sur coup. On raconte une autre histoire. L'histoire d'une résurrection ! Comment Chaouch renaît de ses cendres. Et comment il va tous vous buter ! Opération Lazare. Chaouch, Chaouch, lève-toi, marche et préside...

Tel un producteur de séries télé, Habib finissait par ne plus regarder que les courbes de popularité et les audiences télé.

— Il faut que les gens n'aient pas envie de zapper. Il faut que quand un sujet sur Chaouch passe à la télé, les gens sortent leur sachet de pop-corn. La résurrection de Chaouch, épisode 2. Pas comment il parle, comment il pense, si ses examens vont dans le bon sens, non ! Par contre, ce qu'il bouffe à midi, quelle marque de pyjama il porte, et les people qui viennent le saluer, les messages de soutien des grands de ce monde... tout ça m'intéresse. Et moi je suis pas difficile, je suis comme le public français, ce qui m'intéresse, c'est ce qui intéresse les citoyens-spectateurs qui paient des impôts et qui ont droit à un show de qualité, une création originale, comme sur le câble...

Ce soir-là, Esther s'était glissée dans la pièce des communicants ; elle laissa échapper un petit rire narquois, d'autant plus remarquable que le silence entourant les tirades de Habib était toujours parfait. On fit semblant de ne pas l'avoir entendu, mais on ne put ignorer, à la sortie du meeting, les larmes qui nimbaient les yeux de la première dame entendant parler d'une résurrection que ses après-midi avec son mari s'acharnaient à démentir.

En effet, Chaouch souffrait. Son mari souffrait. Son corps était celui d'un autre ; un homme épuisé et difforme. Ses membres étaient lourds, ses postures transies. Il combattait les lois de la gravité avec l'énergie du désespoir. Ses muscles avaient perdu la foi. Heureusement, son esprit demeurait inchangé. Mais ils avaient des conversations en pointillé. Parfois il ne répondait pas à une question. D'autres fois il essayait d'élever la voix pour couvrir celle de sa femme. Les pensées se précipitaient derrière son front contracté. Quand elles entraient en contact les unes avec les autres, elles ne se renforçaient pas : elles se brisaient.

Il la regardait avec un égarement de bête blessée.

Il avait encaissé dans les anfractuosités de sa propre chair les secousses d'un séisme aux proportions nationales.

Esther l'athée s'en prenait à Dieu. Un beau matin, pourtant, Idder lui demanda de lui rapporter un de ses vieux cahiers de musique : il voulait lui dicter quelque chose. Bien entendu, Esther ne rugissait plus contre la Providence en allant fouiller les tiroirs de son bureau de Grogny. Et quand elle fut de retour au Val-de-Grâce avec ces cahiers remplis de portées vierges, elle bénissait Dieu, elle pardonnait au diable, elle célébrait les progrès des neurosciences et voulait remercier personnellement chaque membre du service de rééducation ; mais son mari l'arrêta net et prononça dans un souffle douloureux :

— Ce que je vais te raconter doit rester absolument secret. J'insiste sur le mot absolument. On va avoir besoin de plusieurs séances de travail. À chaque fin de séance, il faudra que tu caches le cahier dans le coffre-fort du bureau du professeur. Et que tu n'en parles à personne. Ni à Jasmine, ni à Serge, ni à...

— ... Jean-Sébastien, compléta Esther après dix interminables secondes pendant lesquelles son mari s'était tu, la voyant sans la regarder, semblant la comprendre sans la juger.

10.

Vogel irait à Matignon en cas de victoire de la gauche aux législatives : il passait son temps à faire la navette entre Solférino et le Val-de-Grâce. Il rencontrait les caciques du parti, les vieux outsiders, les étoiles montantes. Il y avait ceux qui étaient prêts à vendre leur mère pour un secrétariat d'État, et ceux qui, tout aussi carriéristes, demandaient sans ambages s'ils pouvaient communiquer autour de leur simple présence sur la short-list de tel ministère. Pour les postes importants, la visite à Chaouch précédait celle à Vogel. Les visiteurs se retenaient difficilement de dévisager la gueule cassée du président. Ce qui frappait le plus, en vérité, ce n'était ni l'hémiplégie de son côté gauche, ni sa bouche édentée, ni même ses yeux vides et immobiles. Le pire, c'était sa voix. Une voix sans intonation, sans couleur ni respiration ; une voix de logiciel informatique délivrant des instructions préenregistrées en séquences indépendantes.

Bien entendu, on s'y habituait. On répétait à la sortie – avec la bénédiction de Habib – à quel point le cerveau de Chaouch n'avait pas subi la moindre diminution, bien au contraire.

Un candidat pour le ministère de la Justice eut à cette occasion une formule qui fit florès : même après un accident cérébral et un coma de trois jours, Chaouch était toujours le *smartest guy in the room*. Ce candidat était l'ancien ministre de la Justice du président sortant, qui s'était rallié à la candidature de Chaouch entre les deux tours, au moyen d'un tweet – un simple tweet qui avait précipité la débâcle de la droite. Vogel avait prévu de le récompenser, mais des parlementaires socialistes aussi compétents que lui sur les questions de justice avaient avancé leurs pions et fait savoir qu'ils ne pardonnaient pas qu'un homme de droite récupère son propre ministère régalien. Habib comprenait les raisons des uns et des autres :

— À la rigueur, suggéra le dircom retors, on peut l'annoncer et bénéficier de l'effet d'annonce sans jamais le nommer garde des Sceaux par la suite...

C'était le genre de réflexions qu'on entendait souvent dans la bouche de Habib. Celle-ci, aux lèvres épaisses, s'ouvrait dans un demi-sourire torve et connivent, le sourire d'un *consigliere* de Cosa Nostra relevé d'une gouaille typiquement sémitique, tout en sourcils et en gesticulations des mains – levées vers le ciel ou rabattues sur le cœur pour protester de sa bonne foi.

Quand Esther Chaouch eut vent des intentions du « manchot » – par une indélicatesse peut-être calculée de Vogel –, elle s'emporta :

— C'est toi, Jean-Sébastien ! C'est toi qui devrais être l'éminence grise d'Idder ! Tu lui ressembles. Habib est trop pervers, trop violent. C'est son éminence rouge. Limite rouge-brun, lâcha-t-elle en se le reprochant immédiatement. Je veux dire, vu la façon autoritaire avec laquelle il traite ses collaborateurs.

Quelques instants plus tard, elle avait oublié les raisons de sa colère. C'était le soir où Chaouch prononçait son discours de victoire, diffusé depuis le jardin du Val-de-Grâce. Habib avait insisté auprès du réalisateur pour qu'il le cadre à partir de la poitrine, afin qu'on ne puisse que soupçonner qu'il était assis dans un fauteuil roulant. Il portait une chemise bleue sans cravate, remontée aux manches pour lui donner l'air d'un manager sur le point de revenir aux affaires. On ne pouvait malheureusement rien faire à son visage tordu soutenu par des bandeaux. On ne pouvait pas non plus changer sa voix d'automate.

Esther regarda son mari sur l'écran de la C6 qui la ramenait à Grogny. Elle venait de passer l'après-midi avec lui. Son ton machinal et ses yeux sans éclat l'avaient déprimée plus que d'habitude.

— ... aussi, mes chers compatriotes, je n'attends qu'une chose, disait cette voix qui ne modifiait aucun trait, n'éclairait aucun aplat de son visage déstructuré, en sorte qu'elle aurait tout aussi bien pu venir d'une petite boîte logée sous son crâne antérieur, je n'attends que de pouvoir me mettre au travail, dans l'intérêt de la France et des Français... j'ai chargé mes plus proches collaborateurs d'organiser la transition après la passation des pouvoirs... j'ai l'intention de représenter notre pays au G8 de New York dans quelques jours...

Esther Chaouch éteignit le téléviseur, ferma les yeux pour calmer sa respiration.

— New York..., siffla-t-elle dédaigneusement.

Au bout d'une minute elle appela Vogel :

— Je sais que c'est purement physique, et qui plus est provisoire, mon Dieu je l'espère du moins, mais... Oh, il se réjouissait, expliqua-t-elle à son inlassable confident. Voilà, c'est ça, avant il se réjouissait. Une mélodie, un souvenir d'enfance, une bonne nouvelle dans les sondages. C'est pour ça que tout le monde voulait être avec lui. Tout l'étonnait, il voyait tout comme pour la première fois. Et sa curiosité... sa curiosité irradiait autour de lui. (Elle retint un sanglot, qui n'était dû qu'à son emploi répétitif de l'imparfait funéraire.) Oh, tu l'as connu, Jean-Sébastien, tu as vu qu'il rendait les gens meilleurs, comment il les rendait meilleurs : pas en leur prodiguant des conseils mais en vivant, en vivant de sa propre lumière, si bien que l'imiter, c'était comme... imiter la vie.

161

Vogel fut « très ému » par ces propos de la première dame. Il lui souffla qu'avant d'être une première dame elle était une première épouse.

Il ne cachait pas son admiration pour Mme Chaouch. Sa dévotion et sa volonté de fer l'impressionnaient, et pourtant singulièrement moins que sa nouvelle passion pour la neurologie. Qui n'était pas dénuée d'un certain pathétique. Elle se lançait dans la compréhension du cerveau de son mari pour la même raison que d'autres se jettent sous un train ou sacrifient leurs ambitions et leurs carrières : l'amour.

Aussi Vogel répondait-il toujours la même chose à ceux, nombreux, qui lui demandaient comment Esther Chaouch subissait l'épreuve de la rééducation : ce n'était ni une première dame ni une épouse d'exception.

— Simplement une femme amoureuse.

11.

Après avoir passé la nuit de mercredi au dépôt du Palais de justice, Dounia et Rabia apprirent, chacune de leur côté, que Krim avait lui aussi dormi dans une des cellules destinées aux déférés, du côté hommes. Au petit matin, Szafran était venu l'y chercher pour le conduire dans le bureau du juge. Krim bâillait, s'étirait, essuyait ses yeux ensommeillés avec ses poings balourds de petit garçon.

— Je vous ai apporté une tenue de rechange, lui annonça Szafran en déposant sur la couchette un joli sac en carton d'une enseigne luxueuse.

Krim remercia l'avocat sans le regarder. Il ouvrit le sac comme s'il s'agissait d'un cadeau de Noël. Bien pliés s'y trouvaient un jean Levi's pile à sa taille, un T-shirt American Apparel bleu, une veste légère et des mocassins marron. Une fois habillé, Krim fut déçu d'avoir toujours l'air d'un plouc à côté de son avocat qui portait ce jour-là

162

un costume en flanelle grise à fins carreaux, qui coûtait probablement dans les deux mille euros.

En suivant cet homme haut de taille, impressionnant de prestance et de dignité, Krim se souvint d'une confession d'Aurélie, sur le bateau à moteur qui les avait emmenés dans les calanques : elle lui avait dit que parfois, sans pouvoir se l'expliquer, elle rêvait d'avoir un bébé. Il avait alors pensé très fort, aussi fort que si quelqu'un criait à l'intérieur de sa tête : et moi je rêverais d'avoir un père.

Bien sûr, il n'en avait rien dit, et avait dû répondre à la question qu'on lui avait posée le plus de fois dans sa vie (à quoi tu penses, Krim ?) par un de ses regards vaporeux et coupables, probablement le même que celui qu'il levait maintenant sur Me Szafran dans la pièce vétuste et haute de plafond où les gendarmes mobiles les avaient enfermés.

Au-dehors, la rosée faisait briller les toits d'ardoises. À l'intérieur, les bois craquaient, la poussière épaisse absorbait les rayons du printemps.

— Bon, Krim. Le délai de rétention judiciaire est de vingt heures, ça veut dire qu'entre hier soir, quand ta garde à vue s'est terminée, et ce matin, où tu dois être présenté à un juge, il ne peut pas se passer une minute de plus. Certains juges voient bien que l'avocat ne peut pas prendre réellement connaissance des tenants et des aboutissants du dossier de son client : ils font alors un interrogatoire de première comparution fantoche, pour arrêter le délai, où le juge demande confirmation de l'identité du déféré, des broutilles administratives, et ensuite accepte l'interruption provisoire pour laisser plus de temps à la défense. Certains juges respectueux des droits le font. Ils sont une toute petite minorité.

— Et…

— Et notre juge, le juge Rotrou, fait partie d'une autre toute petite minorité… dans l'autre sens. Aussi je vais te demander quelque chose. Quand nous allons entrer dans le cabinet du juge, tu vas faire une déclaration spontanée. Tu vas dire que tu refuses de répondre aux questions

Krim tourna le menton pour réfléchir.

— Mais ça veut dire que je vais aller en prison ?

— Tu vas aller en détention provisoire de toute façon. Il faut simplement que tu me fasses confiance. Tout ce que tu as dit lors de cette garde à vue absurdement longue, nous allons expliquer que les policiers t'ont obligé à le dire, qu'ils ont fait preuve de brutalité et que du point de vue de la justice, ça ne peut pas être pris en compte.

Dans la voix du grand avocat, il y avait comme une autorité adoucie, une fermeté calibrée pour le tempérament impressionnable de son jeune client. Lorsque le greffier du juge Rotrou frappa à leur porte et demanda s'ils étaient prêts, Szafran reprit sa voix habituelle en un rien de temps :

— Je n'ai pas fini avec mon client, monsieur. Laissez-nous plus de temps, il va faire des déclarations spontanées.

Tandis que l'avocat relisait les P-V de garde à vue, de perquisition ou encore la note de synthèse rédigée par le capitaine Tellier pour le compte de la SDAT, le juge Rotrou avalait son deuxième petit-déjeuner du matin devant la fenêtre de son bureau. Il ne ressentait aucune pression particulière : pour les affaires de terrorisme, les procédures étaient impeccables et le rôle des avocats rarement déterminant. L'Ogre imaginait que Szafran avait sagement conseillé à Krim de réitérer ses aveux et de rejeter la faute sur son cousin Nazir. En contrepartie d'informations détaillées sur le réseau constitué par ce dernier, Krim allait demander un peu de clémence, le peu de clémence qui pouvait lui être accordée au vu des faits gravissimes dont il s'était rendu coupable : le droit de voir sa mère en détention provisoire, le droit d'écrire et de recevoir des lettres...

Mais quand Szafran apparut dans l'encadrement de la porte, le torse bombé dans sa robe d'avocat au rabat fièrement jauni par l'ancienneté, le juge comprit à la simple raideur de sa posture qu'il n'était pas là pour faire appel à son intégrité, à sa grandeur d'âme ou à sa mansuétude. L'Ogre s'était habillé à la va-vite ; son col de chemise mordait sur un des pans de sa veste.

Sans un regard pour le déféré, il offrit au grand pénaliste son énorme patte creusée de fossettes roses. Celui-ci garda sa main le long de sa robe et prononça cette phrase, d'une voix sèche et solennelle :

— Je refuse de serrer la main d'un laquais du pouvoir.

La rage de Rotrou se déguisa en sourire, un sourire maladroitement sonore.

— Fort bien, ne perdons pas de temps, alors.

Après constatation de l'identité du déféré et de son avocat, et notification qu'il envisageait de « mettre Abdelkrim Bounaïm-Nerrouche en examen pour les faits visés au réquisitoire introductif le saisissant », le juge aspira une bouffée d'air et lança un regard mauvais à son greffier qu'il pouvait sentir trembler devant l'ordinateur où il devait consigner toute l'entrevue.

— Bon, maintenant les choses séri...

— Mon client souhaiterait dire quelque chose en préambule, l'interrompit Szafran en posant sa main sur l'avant-bras démenotté de Krim.

Toute cette hostilité mettait le jeune homme très mal à l'aise. Malgré les explications de Szafran et la foi aveugle qu'il avait dans le jugement d'un homme à la voix si grave et majestueuse, il se demandait si c'était la bonne stratégie de se mettre le juge à dos.

— Je refuse la garde à vue, balbutia Krim, en comprenant trop tard qu'il avait tout mélangé dans sa tête.

Comme ces chefs d'orchestre capables, par une simple altération de la forme de leurs yeux, d'indiquer à un instrumentiste timoré l'ampleur exacte d'un crescendo ou le délié d'une phrase complexe, Me Szafran offrit à son jeune client un regard d'une douceur infinie, aussi bienveillant dans la souplesse de son clin d'œil que le reste de son visage demeurait dur et belliqueux.

À nouveau en confiance, Krim déclara :

— On m'a obligé à avouer en garde à vue, et maintenant je refuse de répondre à vos questions.

Le juge Rotrou hocha la tête en faisant tourner son stylo autour du pouce. Il chercha le regard de son greffier :

— Greffier, l'appela-t-il comme s'il avait oublié son nom, notez que le déféré refuse de répondre aux questions.

Szafran se leva. Les deux gendarmes mobiles qui avaient escorté Krim lui remirent les menottes.

— Maître, je ne sais pas à quoi vous jouez, dit Rotrou à voix haute en refermant son dossier, mais ce ne sont pas vos clients qui en sortiront vainqueurs.

Krim fit volte-face, croyant qu'il lui fallait dire quelque chose. Szafran lui indiqua le long couloir de la galerie Saint-Éloi. Entourés de gendarmes, ils passèrent devant le bureau fermé du juge Wagner ; la plaque avait été arrachée, il n'en restait qu'un rectangle collant et poussiéreux. Dans l'escalier qui les conduisait aux étages inférieurs, Krim voulut se gratter le nez. Les menottes ne l'en empêchaient pas complètement. Il tourna vers l'avocat son visage lisse aux pommettes plates, et lui demanda avec une sorte de curiosité dépassionnée :

— Et maintenant il se passe quoi ?

Szafran lui mit la main sur l'épaule, sans cesser de marcher, et se fendit d'une œillade qui signifiait : tout va bien se passer, fais-moi confiance.

12.

La même scène se produisit deux heures plus tard, avec Dounia et puis avec Rabia. Mais cette fois-ci le maestro ne put pas se contenter d'un clin d'œil paternel pour apaiser les craintes.

Après l'interrogatoire de première comparution, les sœurs mises en examen devaient rencontrer le JLD, juge des libertés et de la détention, qui statuait sur leur éventuel placement en détention provisoire. Dounia avait en effet cru comprendre qu'une autre option était possible, celle de la liberté sous contrôle judiciaire. Avant son audience de JLD, elle demanda à Szafran s'il y avait une petite chance pour que sa sœur ou elle en bénéficient. L'avocat expliqua qu'il était plus qu'exceptionnel qu'un juge des libertés contredise les recommandations d'un juge d'instruction, surtout si ce juge avait le poids et la réputation de Rotrou. En revanche, le procureur présent lors de l'audience pouvait s'exprimer, selon cette vieille règle du parquet stipulant que « la plume est serve mais la parole est libre ».

Mais Szafran préférait ne rien attendre de Jean-Yves Lamiel, le chef du parquet de Paris dont il avait déjà plusieurs fois pu sonder l'absence de colonne vertébrale. Au Tennis Racing Club de Boulogne, Wagner avait essayé de le pousser à parler en faveur des Nerrouche, en faisant valoir notamment que rien de solide n'appuyait leur participation au complot.

Deux éléments nouveaux avaient justifié la reprise de la garde à vue des sœurs stéphanoises : l'aveu de Dounia au commandant Mansourd, où elle reconnaissait sur P-V avoir effectué des virements bancaires sur le compte de Nazir ; et ce dossier des services secrets algériens qui incriminait les maris défunts des deux sœurs et surtout leur frère Moussa. En croisant Lamiel devant l'étage des juges des libertés, Szafran s'emporta de la même façon que lors des audiences successives de Dounia et de Rabia :

— Ce qu'on leur reproche n'est ni plus ni moins que leur pedigree ! Quelque chose de louche dans leur famille lointaine... quand ce n'est pas carrément dans leur famille défunte !

— Maître, inutile de me faire une scène au milieu du couloir. Venez dans mon bureau.

Szafran abandonna ses clientes à leurs gardiens et prit place sur le fauteuil cabriolet du bureau du procureur.

— Enfin, monsieur Lamiel, vous êtes un homme raisonnable. On va déterrer les morts avec des dossiers secret-défense où il n'y a rien, tout ça pour fabriquer une image d'Épinal. La famille maghrébine apparemment sans histoire, qui se révèle avoir été un vivier d'islamistes radicaux. Des preuves ? Pas besoin de preuves :

167

il paraîtrait – je répète : il *paraîtrait* – qu'un oncle exilé en Algérie depuis des décennies aurait trempé dans des magouilles du GIA. Sur les maris de mes clientes on n'a même pas de « il paraîtrait », simplement des voyages répétés dans le pays de leurs ancêtres. La belle affaire. Peu importe qu'aucun lien objectif ne puisse être établi entre l'oncle Moussa et les maris de mes clientes. Il y a comme qui dirait quelque chose qui ne tourne pas rond dans cette affaire. Sauf que non, monsieur le juge des libertés, non, non et non ! On n'envoie pas deux mères de famille exemplaires, deux femmes respectables, au casier judiciaire absolument vierge, qui plus est avec une fille mineure de quinze ans, on ne les envoie pas en détention provisoire uniquement pour « quelque chose qui ne tourne pas rond » !

Bras croisés devant son bureau, Lamiel roulait le menton, ses gros yeux rivés au dossier dont il ne pouvait rien lire à l'envers. Il avait l'air de penser à autre chose, peut-être à Wagner. Szafran se tut et regarda son adversaire.

Il tapait son genou du plat de la main, comme font les francs-maçons pour applaudir.

— Je suis désolé, maître. L'affaire est trop importante. Si je m'opposais à leur mise en détention...

— Vous deviendriez le héros du parquet.

— Ah, ah, s'esclaffa le procureur. Vous savez bien que ça ne marche pas comme ça. L'institution judiciaire...

Szafran refusait de subir le moindre monologue de cet homme au sourire onctueux.

— Bon, je ne peux pas compter sur votre courage, résuma-t-il en se levant. Eh bien tant pis. Je me débrouillerai sans vous.

— Ne faites pas l'orgueilleux, Szafran.

Le grand avocat se raidit.

— On n'a pas élevé les cochons ensemble, monsieur le procureur, veuillez m'épargner vos familiarités.

Il sortit d'un pas preste et passa un coup de fil à Amina. Il n'avait plus aucun doute sur la stratégie à adopter : celle du coup de poker. Au lieu de présenter ses clients au JLD, il demanda un débat différé – sous cinq jours. Ses clients devraient donc automatiquement passer ces cinq jours en prison. Quand Rabia voulut savoir, ce jeudi, à quoi ça servait de différer l'audience avec le juge des libertés, Szafran lui répondit qu'en l'état il n'avait aucune chance de leur éviter, à elle et à sa sœur, la détention provisoire. En revanche, dans cinq jours, il y avait un coup à jouer.

— Quel coup ? insista Rabia à qui Amina avait trouvé de nouveaux vêtements.

— C'est une histoire de dates et de procédures, c'est assez rébarbatif, et mieux vaut que vous n'en sachiez rien pour le moment.

À chacun de ses clients, Szafran délivra des instructions très précises sur la case qu'ils devaient cocher dans le formulaire d'entrée en détention. Il insista lourdement, leur demandant plusieurs fois de répéter ce qu'il venait de leur expliquer.

Rabia eut du mal à se concentrer : elle ne supportait pas l'idée de ne pas voir Krim avant qu'il aille en prison. Elle en parlait comme d'un voyage de classe en Angleterre. Comment allait-elle trouver le sommeil sans avoir parlé à son fils depuis samedi dernier, soit plus de cinq jours ?

— Pour l'instant, c'est impossible, madame, asséna Szafran. Il faut vous préparer à ne pas pouvoir lui rendre visite, pas avant que vous soyez mise hors de cause dans cette affaire. Il faut bien que vous compreniez que le juge Rotrou ne fera rien pour vous faciliter la vie. Il va refuser que vous puissiez communiquer avec l'extérieur, de quelque façon que ce soit.

À cause de la qualification terroriste de leurs dossiers, ses clients seraient détenus au quartier de haute sécurité de leurs prisons respectives. Dounia et Rabia allaient être incarcérées à Fresnes, Krim à la Santé.

Rabia pleura silencieusement en imaginant les journées qui l'attendaient – en échouant à les imaginer. Szafran passa sa main sur le crâne de Rabia et l'encouragea à pleurer sur le rabat de sa robe.

Quand ce fut au tour de Dounia, l'avocat ajouta :

— Je sais que vous ne voulez pas voir un docteur, mais si vous en avez besoin, sachez que Fresnes dispose de son propre centre de traitement, l'EPSNF.

— Merci, maître, répondit Dounia d'une voix affaiblie. Mais ne vous inquiétez pas...

Le départ de Krim dans le fourgon de police fut le plus éprouvant pour l'avocat. Il ne pouvait rien lui promettre. Il l'accompagna jusqu'à l'entrée arrière du fourgon. Il y avait une série de box grillagés, semblables à ceux qu'on voit dans les grosses remorques qui transportent des chevaux – semblables aux cages qui ramenaient jadis des spécimens de singes inconnus des colonies.

— Mon garçon, il va falloir que tu sois fort maintenant. Je ne vais pas te mentir, le juge ne va nous faire aucun cadeau.

Krim voulut rétorquer qu'il n'aurait pas dû se montrer si agressif avec lui dans ce cas-là. Il s'abstint. La gravité du ton de l'avocat commandait une écoute silencieuse.

— Rotrou va refuser toutes les demandes de visites, de lettres, tout ce qui pourrait rendre ton séjour en prison plus vivable. Je pense que ça ne durera qu'un temps, et je vais me battre, de mon côté, pour qu'il mène également son instruction à décharge, c'est-à-dire pour qu'il envisage les autres pistes.

— Mais...

— Je sais. C'est toi qui as tiré. Mais je vais faire apparaître la vérité, qui est que tu n'avais pas le choix, que tu n'étais qu'un pion, que d'autres... forces, des forces plus vastes, ont conspiré pour te faire appuyer sur la gâchette. Tu comprends ?

— Je comprends, répondit Krim avec un temps de retard, préoccupé par autre chose qu'il finit par formuler ainsi : Mais pourquoi ils envoient aussi ma mère et ma tatan... ma tante Dounia à la prison ? Elles ont rien fait, elles !

— Je m'en occupe, Krim. C'est une grave erreur. Je ne la laisserai pas passer, crois-moi.

Krim secoua fébrilement son menton imberbe.

— Je ne vais pas te dire de ne pas faire de bêtises, ça tu peux le comprendre tout seul. Les premiers jours seront durs, mais je viendrai te voir. Oui, Dieu merci ils ne peuvent pas empêcher un avocat d'aller voir son client.

Les policiers pressaient Szafran d'en finir avec son client.

— Une dernière chose, Krim.

Il regarda autour de lui et s'avança vers l'oreille du jeune garçon. Les policiers n'entendirent pas ce qu'il lui dit, mais ils voulurent le savoir quand le fourgon eut quitté l'enceinte du palais de justice. Krim commença par ne rien répondre. Un des policiers donna un coup de matraque contre sa cage.

— C'est bon ! hurla Krim. Vas-y, c'est quoi ton problème !

— Vas-y, zyva, ricana le policier.

Le gyro deux tons retentit, juste au-dessus de la tête de Krim. Ils arrivèrent à la Santé en moins d'une demi-heure. Krim fut conduit dans un bureau où il dut remplir un formulaire, le premier d'une longue liste.

Un gros monsieur du service Écrous lui indiquait la marche à suivre. Il avait un pull bleu marine aux insignes de l'administration pénitentiaire. Son regard ne s'allumait jamais mais il avait quelque chose de rassurant : sa démarche ronde, ses gestes mesurés, peut-être aussi les dodelinements bonhommes de sa voix un rien trop aiguë.

Il rassembla les effets personnels de Krim, procéda à la numérisation de ses empreintes digitales.

Ensuite eut lieu la fouille, une longue fouille au corps très pénible pour Krim qui détestait sa nudité, même quand il en était le seul spectateur.

Il fut encore plus nu devant le gradé de l'établissement, un lieutenant barbichu avec un visage de commercial en téléphonie mobile, qui l'interrogea sur la mort de son père aussitôt après lui avoir présenté sa carte de détenu et avoir procédé à une rapide vérification d'identité. Ce qu'il voulait vraiment vérifier, il finit par l'admettre, lassé de la passivité de celui qui allait devenir le plus jeune détenu du QHS :

— Tu vois, nous on veut juste être sûrs que tu vas pas te suicider. Quelles précautions on doit prendre... Etc. ajouta-t-il à court d'idées.

— Non mais c'est bon, grommela Krim.

— Tu es DPS, détenu particulièrement surveillé. Ici on dit souvent que DPS ça veut dire Détenu particulièrement sage. J'espère que tu comprends pourquoi...

Ce qui surprenait le plus Krim, c'était la gentillesse de tous ces gens. Le type du service Écrous lui avait dit : « Ça va bien se passer, t'en fais pas » ; le lieutenant voulait tout savoir sur ses éventuelles tentatives de suicide...

En fait, c'était encore pire. Pire que la brutalité des flics antiterroristes à la DCRI. Ici on faisait humblement son travail. Ici tout le monde avait l'air d'employés d'une auberge un peu austère mais pas malhonnête. L'aubergiste en costume de maton l'affecta à une cellule C424 et appela un gardien pour l'y conduire. Lorsque Krim se leva pour la prochaine étape, le lieutenant lui donna un étrange conseil :

— Et écoute pas, hein, si y en a qui crient des trucs sur toi et Chaouch. Des fois les choses se savent, dans les médias et tout ça, s'embrouilla-t-il.

Krim découvrit ensuite, après une enfilade de lourdes portes à barreaux, le couloir où se trouvait sa nouvelle chambre, celle dans laquelle il allait passer les pires heures de sa jeune existence. Le gardien lui expliqua qu'il serait seul. Les détenus haute sécurité ne partageaient pas leurs cellules. Ils avaient des horaires de promenade différents, où ils étaient encadrés par quatre costauds en gilets pare-balles, membres des ERIS, unités d'élite de la police pénitentiaire. Les DPS étaient comme à l'isolement en fait, mais de façon permanente. La première chose que Krim observa en entrant dans sa cellule C424, ce ne fut pas l'extrême étroitesse du lit ou sa déprimante proximité avec la cuvette de ses chiottes. Ce ne fut pas non plus la saleté des sols ou la chaise au dossier défoncé. Non, ce fut le plafond. Dès qu'il fut seul il s'allongea sur sa couchette et continua de regarder le plafond.

Et pendant les cinq premiers jours ce fut son activité principale. Il découvrit que la prison, c'était avant tout une multitude de bruits écrasants. Il y avait les télés, les radios, les portes qui claquaient sans cesse, des sons électriques inquiétants, et par-dessus tout les hurlements. Krim en arrivait à préférer les insultes et les menaces de mort entre détenus du couloir. Parce que sinon c'était un hurlement pur, un hurlement comme Krim n'en avait jamais entendu auparavant : une sorte d'aveu de désespoir, d'appel à rien, une haine sans articulation et sans objet – c'est-à-dire une haine de la vie même.

Ce qui empêcha ces hurlements de rendre fou le jeune prisonnier, ce fut donc le plafond. Ce que Szafran avait appelé le cinquième mur, lorsqu'il lui avait murmuré à l'oreille à l'entrée du fourgon. Il lui avait dit que le seul vrai mur de la prison c'était le plafond, parce qu'il interdisait à des hommes de voir le ciel, et dans le ciel l'infinie majesté de l'univers et l'infinie relativité de nos douleurs :

— Quand tu regardes le ciel, ça n'a plus d'importance, tout ce qui t'arrive, toutes les complications, les nuages qui te sont rentrés dans la tête. Quand tu regardes le ciel, tu comprends que les vrais nuages sont là-haut, et que loin au-dessus de nos petites affaires humaines les nuages s'étirent mollement, les vents s'affrontent, les étoiles brillent, et conspirent comme des adolescentes qui s'ennuient au début d'une pyjama-party.

Pour l'aider à voir quand même le ciel, l'avocat féru d'astronomie lui avait ensuite expliqué qu'à cause de la pollution on ne voyait plus les étoiles dans les grandes villes. La plupart des gens libres autour de Krim avaient eux aussi ce cinquième mur au-dessus de leur tête. Ils étaient également prisonniers, en quelque sorte. Or Szafran haïssait la prison. Il voyageait souvent dans des déserts situés sur la même latitude que nos grandes villes privées d'étoiles. Il contemplait jusqu'à l'ivresse ces ciels flamboyants du désert. Il ne les prenait pas en photo, pour qu'ils vivent librement dans sa mémoire. De retour à Paris, il rêvait d'eux quand il travaillait tard le soir. Il les possédait comme des souvenirs d'enfance. Au fin fond de chaque être humain il y avait un réservoir aussi vaste et lumineux qu'un ciel ouvert. Une source vive dont on avait soi-même verrouillé l'accès. C'était ce verrou qui devait sauter. Il fallait s'attacher à ça, à des trésors que personne ne pouvait nous confisquer. Et ça valait toutes les séances de défonce nocturne au haschisch, avait conclu le ténor du barreau avant un ultime clin d'œil, que Krim devina plus qu'il ne le vit à travers la grille au maillage trop serré de la porte arrière du fourgon.

13.

Szafran mâchait son troisième chewing-gum consécutif dans la salle d'attente du cabinet du juge Rotrou, au dernier étage du Palais de justice. Amina n'osait piper mot. Son patron avait l'air de rouler un volume de pensées considérable derrière son front haut et dégagé. Des rides profondes hachuraient sa peau de haut en bas, mais il avait le profil intelligent : les lèvres posées l'une sur l'autre dans une ligne immobile, un nez aigu qui rappelait celui de John Lennon, et dont les fines narines se rétractaient subtilement de temps à autre. Son cou mince était celui d'un sexagénaire soucieux de diététique ; sa pomme d'Adam était compressée par son nœud de cravate, serré à l'extrême. Il paraissait à la fois tendu et calme, absolument fou de rage et imperturbablement philosophe. Assis sur le rebord du banc, les mains sur les genoux, les épaules raides, il était en alerte, prêt à bondir.

— C'est la flèche du Parthe...

La jeune femme sursauta. Même chuchotée, la voix de Szafran était celle de Wotan, de Sarastro, de la statue du Commandeur – la voix des tyrans et des sages.

— Les Parthes faisaient semblant de battre en retraite, et c'est en fuyant qu'ils décochaient leurs flèches.

Amina ne comprit pas l'allusion mais remarqua qu'il s'exprimait comme au prétoire. Elle avait entendu plaider Szafran à la dernière session d'assises. Avec d'autres frais émoulus de l'école du barreau, elle assistait en effet à de nombreux procès. Ils ne rataient aucune grande plaidoirie aux assises de Paris, ils participaient aux concours d'éloquence, se faisaient inviter dans des dîners mondains, dévoraient les ouvrages de leurs vénérables aînés. S'il avait existé des cartes Panini à l'effigie des ténors du barreau, il ne fait aucun doute qu'ils les auraient fanatiquement collectionnées.

Amina se sentait d'autant plus mal vis-à-vis de ces comportements idolâtres qu'elle avait elle aussi lu, et copieusement annoté, les livres de Szafran : son réquisitoire contre les dérives victimaires de la justice française, ainsi que cet essai qui avait fait beaucoup de bruit, où il proposait, fort de son expérience à la tête d'un observatoire des systèmes pénitentiaires, la suppression pure et simple de la prison, « institution-vestige des temps barbares »... En son for intérieur, la jeune femme trouvait qu'il exagérait, cédait aux sirènes de la provocation médiatique – comme lorsqu'il avait déclaré sur un plateau télé, après ce double assassinat ébouriffant de cruauté au plus fort de la campagne, que la situation idéale pour lui, en tant qu'avocat, était précisément de faire innocenter un accusé dont il est convaincu de la culpabilité, signe paradoxal que la justice fonctionnait.

Sa tirade lui avait valu plusieurs dizaines de milliers de vues sur Youtube. Il s'y montrait aussi véhément et persuasif que lors de ses célèbres plaidoiries beethovéniennes : haranguant son auditoire, théâtralisant sa propre misère morale, exposant surtout celle des jurés assoiffés de châtiment – tout le contraire de ces plaideurs qui séduisaient, amadouaient, et gagnaient, quand ils gagnaient, à l'émotion, en ayant suscité la pitié du jury. Szafran, lui, ne la quémandait jamais. Il l'obtenait ainsi dans sa forme la plus pure : quand il avait fini de parler, ces anonymes à qui incombait la tâche accablante de décider du sort d'un homme étaient laminés, en sueur et en larmes. L'accusé, le coupable, l'innocent, la victime : ce n'étaient pas des figures de rhétorique, c'étaient des gens, des êtres de chair et de sang. Et surtout de sang. Celui qui avait giclé de la joue gauche de Chaouch. Celui que Krim avait sur les mains. Et celui qu'Amina, reproduisant ironiquement le schéma des femmes de sa famille cantonnées au ménage et aux travaux ingrats, devait maintenant consacrer toute son énergie à effacer.

Un signe silencieux de Szafran l'arracha à son tourment.

— Regardez, dit-il en désignant le rai de lumière qui filtrait sous la porte du cabinet.

Une ombre y trépignait, semblant danser d'un pied sur l'autre.

— Son petit manège dure depuis dix minutes.

— C'est Rotrou ?

— Je ne sais pas, répondit Szafran, amusé. Probablement pas, on aurait entendu ses halètements de sanglier à travers la porte.

Quelques instants plus tard, celle-ci s'entrouvrit, se referma de moitié, s'ouvrit complètement. En effet, ce n'était pas l'Ogre mais son greffier, un homme fluet et court sur pattes, flanqué d'un énorme crâne semblable à une toupie trop grande pour son pivot. Il avait le cheveu rare, disposé en mottes filandreuses aux deux extrémités de son front, pile à l'endroit où sa calvitie avait commencé son impitoyable travail de sape – les fameux golfes précurseurs.

Timothée Chicon pouvait avoir entre trente et soixante ans. Il en avait pile quarante-cinq. L'avocat ne connaissait pas les raisons de sa mine de six pieds de long ; pourtant, en le voyant apparaître dans la porte faiblement entrebâillée, le teint cireux, les sourcils bas, il eut la certitude qu'il venait de rencontrer l'homme le plus malheureux du monde.

— Je suis... euh... désolé. Hum. Ça ne va pas... enfin ; pardon, contrairement à ce que je vous ai dit tout à l'heure par téléphone, voilà, ça ne va pas être possible de vous recevoir aujourd'hui, je suis... euh... je suis désolé, maître.

Amina poussa un grand soupir. Chicon vacilla. Il prétendit que Rotrou était en conférence urgente avec l'autre juge
saisi sur « l'affaire », Poussin. Par un curieux mimétisme, il
buta à plusieurs reprises sur le nom du juge bègue. Sentant
que mentir ainsi sur commande le mettait physiquement
au supplice, Szafran n'insista pas.

— Eh bien, dites à Rotrou que nous nous verrons
demain matin, et que je considère ses méthodes... Mais
non, c'est une mauvaise idée, après tout vous n'y êtes pour
rien, n'est-ce pas ? ajouta perfidement l'avocat. Dites-lui
simplement que nous nous verrons demain matin.

Sur quoi il se leva, énergique et mystérieusement ravi.

Chicon se garrotta les mains et les tordit dans tous les
sens. Il répéta le début de son speech plusieurs fois.

— Monsieur le juge, je dois vous interrompre une
seconde... Monsieur le juge, juste un instant.

Il se rêvait autoritaire et naturel ; mais au moment de
frapper à sa porte, les deux coups furent inaudibles.

L'Ogre parlait au téléphone.

— Non !

Le greffier sursauta, croyant que Rotrou s'adressait à
lui. Il n'osa pas frapper à nouveau et recommença à se
manger les ongles.

En fait Rotrou parlait au téléphone avec un vieil ami
journaliste. Il dissertait sur les appels au terrorisme sur
Internet, la blogosphère de droite, les menaces d'une partie de ces militants virtuels d'une guerre civile en cas de
victoire de Chaouch...

— Tous les indicateurs sont au rouge. Il n'y a plus
besoin de recrutement *in real life*, maintenant les jeunes
s'intoxiquent sur Internet et ensuite ils entrent dans des
circuits réels. Mais ça rend notre travail de plus en plus
pénible. On se retrouve à cuisiner des gosses de dix-huit
ans qui viennent de découvrir un vague corpus idéologique... et qui ont l'enthousiasme des nouveaux conver-
tis...

— C'est le cas d'Abdelkrim Nerrouche ? demanda le
journaliste.

— *A priori* oui, j'entends partout qu'il a été « manipulé »
par son cousin, mais enfin les faits disent autre chose. Les
faits disent qu'il avait prévu de quitter Saint-Étienne ce
dimanche matin, le billet de TGV avait été acheté deux
semaines plus tôt. Une voiture l'attendait à Paris, ainsi que
la réplique exacte du 9 mm avec lequel il s'était entraîné
pendant des mois... Je dois te laisser, mon Xavier...

L'Ogre raccrocha et haleta quelques instants. Gros
comme des jambonneaux, ses avant-bras étaient échoués
sur son dessous de bureau en cuir. Le juge sentait qu'ils
allaient y rester collés, à cause de la sueur. Quand il entendit des coups discrets à la porte et qu'il vit la silhouette
minuscule de son greffier se faufiler dans l'entrebâillement,
il arracha d'un geste sec son avant-bras droit effectivement
collé, et frappa du poing sur la table.

Chicon sursauta et disparut à toute vitesse, comme un
cafard aspergé d'insecticide.

14.

De retour au cabinet, Szafran expliqua à Amina qu'il avait
eu une idée en voyant ce greffier. Mais il n'en dit pas plus
et monta dans son perchoir pour réfléchir. Son « perchoir »,
c'était son vrai bureau ; il recevait dans celui de l'étage,
informatisé, lumineux et propre, mais ne travaillait vraiment
qu'au grenier, auquel on accédait par un escalier en colimaçon délabré. Deux pièces y avaient été aménagées sous les
combles ; elles sentaient la poussière d'une remise de bou-
quiniste. Des centaines de livres y étaient en effet entassés,
sur les étagères, les fauteuils Voltaire, tout autour du lutrin
sans plan de travail devant lequel Szafran passait des heures
à lire et à méditer, figé comme une gravure de Dürer, le
plus souvent en chaussettes, recouvert d'une cape en hiver,
aéré par un ventilateur portatif en été. L'autre chambrette
disposait d'un télescope sophistiqué, pointé vers la lucarne.

La secrétaire du cabinet, mamie cyclothymique fidèle à Szafran depuis son premier procès, racontait que les soirs d'été, quand il n'y avait pas de nuages et plus personne depuis longtemps au cabinet, « le vieux fou » montait sur le toit d'ardoises pour réfléchir et se délecter à l'œil nu du spectacle des étoiles. Cet après-midi-là, il exhuma pour la première fois depuis longtemps des feuillets manuscrits de son coffre-fort planqué dans la jungle de livres. Il s'agissait de notes personnelles, qu'il avait prises lors de sa dernière confrontation avec Rotrou. Comme un boxeur visionne, à la veille d'un match, les précédents combats de son adversaire, Szafran se remémora le talon d'Achille du puissant juge antiterroriste : son irrésistible envie de plaire au pouvoir en place. C'était un vice que Szafran voyait comme consubstantiel à la fonction de magistrat instructeur, du moins quand ils étaient amenés à enquêter sur des affaires d'État : à quelques exceptions près, ils étaient forts avec les faibles, faibles avec les puissants. Szafran voulait bien reconnaître des circonstances atténuantes à la médiocrité ; mais il trouvait impardonnable cette lâcheté des demi-forts écrasant les seuls qu'ils pouvaient écraser sans risques de représailles.

Le visage du greffier de Rotrou ne quittait pas son esprit tandis qu'il relisait les coupures de presse du dossier où il avait affronté l'Ogre. Il descendit soudain à l'étage, oubliant de se rechausser, et chercha des informations sur Chicon avant d'appeler Fouad. Le jeune homme encaissa les nouvelles que lui annonçait Szafran un peu trop facilement à son goût. L'avocat lui demanda comment était le moral, s'il avait eu Jasmine Chaouch au téléphone et, enfin, s'il n'avait pas par hasard « fait une bêtise ».

Fouad se récria :

— Mais non ! Quelle bêtise ?

— Par exemple celle de parler à la presse, risqua Szafran que son intuition trahissait rarement.

Il trouva que Fouad mentait plutôt mal pour un acteur. Quand il le lui dit, Fouad – qui tombait de fatigue – affirma, au lieu de nier avoir menti, qu'il se faisait du métier d'acteur une idée opposée à celle que semblait avoir Szafran...

— Si je peux me permettre un conseil de vieil homme, dormez une heure ou deux, Fouad.

Fouad acquiesça et raccrocha avec un mauvais goût dans la bouche – il n'avait pas réussi à mentir, mais surtout pourquoi avait-il menti ? Pourquoi n'avait-il pas répété à Szafran tout ce que Marieke lui avait dit ?

La réponse était amère, comme le sont ces évidences auxquelles on refuse délibérément de se résoudre : Fouad avait peur que Szafran ne lui déconseille fortement de la revoir ; or il voulait la revoir, il ne pensait qu'à la revoir.

De son côté, Amina avait pris l'initiative de constituer une revue sélective des propos tenus depuis trois jours sur la famille Nerrouche. Dans leur immense majorité, les médias accréditaient la thèse d'un réseau terroriste déguisé en paisible famille stéphanoise, la plupart sur un mode faussement précautionneux (laissons les juges enquêter, mais quand même, déjà...), certains de façon frontale, à l'instar de Putéoli qui n'hésitait pas à tirer les conséquences idéologiques des agissements de cette famille tragiquement symbolique de l'échec de l'« intégration ». Ceux qui remettaient cette version en cause le faisaient en l'appelant la « version officielle », sur des sites de la blogosphère complotiste ou alors depuis Twitter, au moyen de gazouillis de cent quarante signes.

Sur son compte mail, Amina recevait en direct des dépêches et des alertes Google sur les Nerrouche.

Vous avez 1 e-mail non lu.

Amina se rendit sur l'onglet qui clignotait en orange. L'e-mail commençait par FWD : c'était un article d'Avernus.fr qu'on lui « offrait » depuis un compte d'abonné, et qui mentionnait les travaux secrets d'un think tank proche de Chaouch, destinés à généraliser la discrimination positive sur critères ethniques dans un certain nombre de secteurs. Amina lut à la fin de l'e-mail une note qui avait été ajoutée par l'envoyeur caché derrière un pseudonyme, Racisme_Anti_Blancs :

L'avenir appartient à ceux qui se lèvent tôt, enfin surtout s'ils s'appellent Mouloud ou Amina.

Amina leva les yeux de son écran d'ordinateur. Au bout de la grande pièce où travaillaient les stagiaires, il y avait une porte qui conduisait aux bureaux des deux autres associés du cabinet. Amina vit en sortir l'un des deux stagiaires que Szafran n'avait pas choisis.

Elle le fusilla du regard, il lui répondit par un sourire entendu.

Szafran appela Amina dans son bureau, quelques instants plus tard. En rajustant la jupe de son tailleur, la jeune femme sentit qu'il était trop serré et se mit à rougir en pensant à ses bourrelets. Elle frappa, entra dans la pièce aux murs bleu ciel. Szafran était en chaussettes, assis devant l'écran de son ordinateur mais d'une façon aérienne, comme s'il s'était carré dans un fauteuil de nuages.

— Vous avez fait du bon travail, Amina. Je voulais simplement vous le dire, et aussi vous demander si vous pouviez...

Szafran se tut : les yeux de sa stagiaire étaient mouillés, ses paupières assombries par le mascara. Il crut d'abord qu'il s'agissait d'une émotion résiduelle de leur rencontre avec Rabia à la DCRI. Mais quand il se leva et qu'il la vit détourner les yeux, il comprit que c'était autre chose – quelque chose qui la concernait personnellement.

— Vous allez bien, Amina ?

— Oui, oui, pardonnez-moi, c'est... c'est une longue journée, et puis Chaouch, ne pas savoir...

— Asseyez-vous un instant, décida Szafran en lui indiquant l'une des deux bergères réservées aux visiteurs. (Il s'installa dans l'autre et poursuivit, les mains jointes :) Je vais vous faire une confidence et ensuite il faut me promettre que nous n'aborderons plus jamais le sujet. Vous êtes d'accord ?

La jeune femme était d'accord.

— Voilà. Jusqu'au 22 avril dernier, je n'avais jamais tiré le rideau d'un isoloir. Si vous lisez un jour les quelques ouvrages que j'ai commis, ce dont je ne saurais trop vous dissuader, vous verrez que je suis d'une génération qui criait sur les barricades : « Élections pièges à cons. »

Le mot sonna bizarrement dans la bouche d'un homme qui s'exprimait avec tellement de recherche.

— Alors, je ne vais pas vous mentir, pour moi la démocratie représentative est comme l'enfer de la sagesse populaire, sauf que ce ne sont pas les bonnes intentions mais les opinions qui le pavent. Moi, je refuse d'opiner. Je considère pouvoir faire meilleur usage de ma tête que de la faire désigner Tweedledum ou Tweedledee. Et pourtant j'ai voté le 22 avril, et j'ai voté à nouveau il y a quelques jours. Bien entendu rien ne me convient dans le programme du candidat socialiste. Je le trouve pusillanime sur les questions qui m'occupent. Son programme judiciaire est le moins pire de la funeste histoire des programmes judiciaires mais ce n'est quand même pas assez pour emporter mon adhésion. Et pourtant j'ai glissé le bulletin portant son nom dans l'urne, et je vais vous dire pourquoi.

Il se redressa, se tourna vers la vieille horloge qui pendait comme un soleil anachronique au mur de son bureau minimaliste.

— Je fêterai l'année prochaine ma quarantième année au barreau de Paris. Eh bien croyez-moi, la seule chose que ce demi-siècle dans les prétoires m'a apprise avec certitude, c'est qu'il n'y a rien de plus dangereux que la foule des honnêtes gens. (Il laissa un temps pour que le paradoxe se dessine et se résolve dans l'esprit de son interlocutrice.) Alors je vais vous dire la nouveauté avec Chaouch : ce no man's land dont la République se contrefiche depuis qu'elle l'a conçu et qu'elle y a parqué ses enfants maudits, Chaouch en vient. S'il ne se trahit pas, c'est ce territoire nécrosé qu'il va recoudre à la République. Ce sont ces enfants maudits à qui il va redresser le menton. Et s'il se trahit, eh bien ça n'aura été qu'une opération de communication diablement efficace. À la vérité, je ne sais pas du tout ce qui va se passer. J'ai toutefois considéré que ça valait le coup d'y prendre part.

Amina fixa les chaussettes richement brodées de Szafran. Sa sollicitude était glaciale, il semblait ne mettre aucune émotion dans ses propos. Qui n'en étaient ainsi, pour la jeune femme, que plus émouvants.

— Maintenant rentrez chez vous, Amina, et essayez de vous reposer un peu. Demain matin nous aurons accès aux dossiers de nos clients. Parce que c'est ainsi, voyez-vous, conclut-il en haussant les sourcils, j'ai voté pour la première fois de ma vie pour un homme dont je vais désormais passer des mois, peut-être des années à défendre l'assassin.

15.

Sur Google Maps, Gênes est un port, le deuxième de la Méditerranée ; dans les encyclopédies, c'est une capitale régionale de six cent mille habitants, une ville d'histoire et de culture, etc. Depuis le hublot d'un de ces paquebots de croisière qui régulièrement y font escale, Gênes apparaît de façon saisissante comme un véritable balcon sur la mer – enchevêtrement chaotique et superbe de tours médiévales et d'édifices modernes, de verdoyants belvédères fleuris et de dômes noirs et blancs. Avant de pouvoir se réjouir des étages supérieurs parés de palmeraies et de pins parasols, il faut toutefois s'enfoncer dans la casbah de son vieux port : au lieu des souks de l'autre rive, ce sont des marchés de poisson et de fruits de mer qui s'insinuent partout, devant les églises, sur la moindre piazzetta, aux plus étroits carrefours de ces ruelles étouffantes qui s'appellent ici *vicoli*.

Dans cette casbah européenne ce n'est pas le muezzin qu'on entend, c'est la salsa qui s'échappe des taxiphones tenus par des chicanos venus d'Équateur. Une touffeur licencieuse se répand à travers les vieux murs de ce dédale. C'est un embrouillamini de pavés jamais équarris et d'allées étroites qui s'enjambent et se croisent lascivement, où vespas, rats et chiens errants circulent dans l'indifférence générale ; c'est un réseau de venelles anarchiques, infestées de putes d'au moins trois continents, qui fument, éclatent de rire et parlementent du matin au soir dans la pénombre perpétuelle de la vieille ville. Car cette jungle de pierre ne connaît pas la lumière du jour, pas même à la saison chaude ; sauf peut-être ici et là, à la faveur d'une esplanade aménagée pour un palazzo depuis reconverti en immeuble d'habitations : y subsistent des façades ornées de fresques de la Renaissance ; parfois leurs couleurs défraîchies laissent même encore s'élever une ou deux vierges botticelliennes, dans un nuage de putti et de vapeurs rosâtres.

Au sous-sol d'un de ces palais à trois étages si hauts qu'ils en paraissent huit, parfaitement introuvable dans la citadelle de murs épais hostiles aux connexions Internet, il y avait un soupirail grillagé, que les rayons du jour venaient frapper à onze heures quarante-quatre précises. Cet épisode lumineux ne durait qu'un quart d'heure. Quand l'angle du bâtiment d'en face avait repris le soleil il n'était jamais plus de midi ; alors les occupants de ce cloaque rebouchaient leur modeste ouverture sur le monde extérieur au moyen d'un astucieux système de planches à tenons et mortaises amovibles. La pièce où ils étaient installés était contiguë au sous-sol d'un cinéma décrépit qui projetait des films pornos à partir de treize heures et jusqu'au bout de la nuit. Les râles d'Italiennes en chaleur rendaient leur sommeil problématique ; ils avaient donc décidé de dormir le matin jusqu'à l'ouverture du cinéma.

Leur lit était un matelas deux places jeté à même le sol. Sur sa moitié de traversin, une jeune et jolie tête blonde éparpillait les boucles de ses cheveux enfin propres. Allongée sur des draps moites, Fleur venait de passer une heure à relire son vieux journal intime. Elle avait longuement regardé les Polaroid collés dans des halos de paillettes, entre les lignes soigneusement manuscrites. Maintenant ses yeux fixaient le plafond, attachant au métronome idiot du lustre-ventilateur le fil des rêveries que lui inspirait ce retour en adolescence.

Elle se força à sourire ; elle imaginait le pire : que les quelques jours qu'elle venait de passer avec lui seraient à l'image de la vie qui était la leur désormais, une vie de cavale, de matins frileux, d'inconnus hostiles, une vie sans repos, sans intimité et presque sans lumière, où elle allait vers lui pour l'embrasser et où il la repoussait d'un battement de phalanges. Enfin tout près d'elle – là, juste à côté, au bout du long coussin, lui tournant le dos pour dormir –, il n'avait pourtant jamais paru aussi lointain.

Fleur la connaissait par cœur, cette effrayante immobilité qui le saisissait quand il dormait : sa respiration était imperceptible, elle ne soulevait ni sa poitrine ni ses narines, on aurait dit qu'il s'était simplement mis en veille, comme les moniteurs de nos vieux PC qui, quand on ne les utilisait pas pendant une vingtaine de minutes, se mettaient à diffuser des pluies d'étoiles psychédéliques. La surprise de la jeune fille fut d'autant plus grande lorsqu'elle le vit tout à coup s'ébrouer, les yeux toujours fermés, et marmonner quelque chose : un bout de phrase inarticulé, en trois temps, qu'il répéta. Elle se pencha sur son profil aux joues brunies par cette barbe encore jeune, et vit que ses sourcils et ses mâchoires se crispaient à intervalles réguliers. Il poussait des grognements qui allaient decrescendo, ses épaules et ses bras étaient agités de spasmes, de plus en plus saccadés.

Soudain, ses yeux s'entrouvrirent.

— Nazir ?

Il mit ses deux mains sur son visage, respira à toute vitesse.

Quelques instants plus tard, il avait réussi à se calmer. Allongé, les mains croisées sur son nombril, il raconta à Fleur son rêve, qu'il présenta comme un rêve récurrent. Secrètement heureuse qu'ils aient enfin une vraie conversation, Fleur se retint de glapir et de s'agenouiller sur le lit, comme elle le faisait avec sa sœur jumelle quand elles partageaient la même chambre.

Nazir choisissait ses mots, parlait lentement dans la pénombre :

Le rêve commençait au milieu d'une forêt, une forêt du Lyonnais. Le terme « forêt du Lyonnais » existait autant que les fourrés épais au milieu desquels il courait à perdre haleine, non pas parce qu'il était poursuivi, seulement pour être à l'heure. Mais il arrivait en retard, sur une plage de sable fin, plantée de tamaris et de palmiers secoués par le vent. Sur la terrasse d'un cabanon qui faisait face à la mer, une famille vêtue de blanc était réunie pour un cocktail. Ils avaient tous les cheveux blancs, le père, la mère, les trois ou quatre filles, mais leurs visages étaient nets, épargnés par les rides, éternellement jeunes. Les filles étaient en tenues de tennis, leurs yeux étaient bleus, leurs corps étaient blonds, bronzés, jeunes et vigoureux, mais leurs cheveux à elles aussi étaient blancs, et elles paraissaient immenses, inaccessibles, aussi pures et parfaites que l'azur sous ces latitudes qui ne connaissent que l'été.

Le père était en colère : il lui fit comprendre qu'arriver en retard est une chose, mais que venir sans rien en est une autre. L'atmosphère finit par se détendre. L'invité racontait des histoires drôles, il faisait le singe, tout le monde se mettait à bien l'aimer. Et soudain, il entendait un bruit de toux venant de cette plage aux allures de fin du monde. Il se déplaçait à l'autre bout des planches de la terrasse, fermait les yeux pour se concentrer sur les discussions du cocktail, mais le bruit ne disparaissait pas. C'était un bruit de toux monstrueux, la toux d'un animal, qui lui semblait familière – la toux familière d'un animal familier. Ne parvenant plus à en faire abstraction, il se résolvait à quitter la terrasse. La famille blonde et blanche remuait les bras, dans de grands gestes d'adieux. Leurs sourires impeccables, les cheveux blancs des filles qui volaient au vent. Au bout de la plage, après avoir escaladé des dunes et traversé des mangroves et des sables mouvants, il apercevait de longues figures brunes couchées en parallèle au bord de l'eau. Il y en avait peut-être cinq ou six, au début il croyait que c'étaient des morses, en fait c'étaient des poissons géants, des thons géants peut-être, ou alors de longs poissons rouges, échoués sur le sable à quelques mètres de l'eau. Il sentait qu'il devait les enjamber, il le savait, mais chaque passage lui serrait le cœur, lui donnait envie de hurler de tristesse, sans qu'il comprenne pourquoi. Il finissait par arriver au dernier de ces invertébrés agonisants, celui qu'il entendait tousser depuis le cocktail, et avec horreur il découvrait qu'il s'agissait de sa mère, Dounia transformée en poisson. Ses branchies paniquaient hors de l'eau, c'est de leurs fentes affolées que provenait l'expectoration rauque et moite. Il ne pouvait naturellement pas, il n'osait pas l'enjamber, il aurait eu trop peur de céder à l'impulsion d'écraser son corps de poisson flasque pour abréger son agonie. Mais elle insistait. Il refusait. Ça durait des heures.

Et il se réveillait.

Horrifiée, Fleur porta la main à sa bouche. Nazir lui adressa un sourire indéchiffrable. Elle chercha à y deviner un remords, une souffrance, elle aurait aimé y trouver de la peur, mais son sourire était stable dans l'ambiguïté, sans brisure ni émotion, à l'instar de sa voix pendant qu'elle racontait le rêve. Et dans ses yeux déjà parfaitement alertes et réveillés, la jeune fille ne lisait bientôt plus que la satisfaction du magicien qui vient de réussir son coup. Elle aurait voulu lui demander s'il avait vraiment vécu ce rêve ou s'il l'avait inventé, mais elle savait ce qu'il lui répondrait : qu'on réécrit toujours ses rêves en s'en souvenant, que le souvenir est en soi une réécriture – oui, il lui répondrait que les rêves, ça n'existe pas.

Alors elle préféra s'allonger à nouveau sur le dos, et contempler le rafraîchissant mouvement perpétuel du lustre-ventilateur, dont les hélices donnaient l'impression de tourner de plus en plus vite. Impression qui persistait inexplicablement, même après qu'on l'avait reconnue comme fausse. Fleur respira à pleins poumons. Quitte à être dupe, il valait mieux l'être d'une amusante illusion d'optique que des mensonges indécidables de l'homme qu'elle aimait.

16.

Le torchon brûlait entre les deux juges d'instruction du pôle antiterroriste de Paris. Le jeune juge Poussin commençait à perdre patience. Rotrou jouait les coqs, il lui parlait comme à un sous-fifre. Sa voix faisait gémir le téléphone :

— Écoutez, je le répète une dernière fois : Non ! Enfin vous faites bien sûr ce que vous voulez, mais vous voulez mon avis, je vous le donne.

Poussin venait de lui envoyer une note qu'il avait écrite sur le probable agresseur de Ferhat Nerrouche dont il avait enfin reçu le dossier de la DCRI : outre l'ancienne fiche des RG, il y avait découvert des rapports de surveillance établis par la section s'occupant des mouvances d'extrême droite. Franck Lamoureux était un homme très surveillé depuis sa condamnation pour homicide involontaire au milieu des années quatre-vingt-dix. Il était sorti de prison en 1998, et n'avait pas tardé à reprendre ses activités politiques dans la nébuleuse de mouvements plus ou moins farfelus qui grenouillaient dans le sillon le plus obscur de l'extrême droite :

— En 2007 il a f-f-fondé la FRA-ASE.

— La quoi ?

— La FRAASE, Fé-fé-fédération radicale des anti-antiracistes du Sud-Est...

Rotrou ne savait pas si Poussin avait bégayé ou s'il avait bien entendu qu'il existait réellement, quelque part dans ce pays, une fédération anti-antiraciste.

Il commençait à en avoir assez.

— La FRAASE se f-f-fait appeler aussi la Ligue du Var.

— Écoutez, Poussin, c'est très instructif tout ça, mais je ne vois pas le rapport avec nos moutons...

— Le rap-p-port c'est que F-F-Franck Lamou-reux est t-t-très proche de Victor-r-ria de Mont-t- tesquiou...

— Et moi je suis proche de la retraite, ça ne veut rien dire tout ça. Montesquiou... Mêler le nom de Montesquiou à ça ! Écoutez, faites ce que vous voulez, mais nom de Dieu dépêchez-vous, quand vous en aurez fini avec vos méchants nazillons et vos vieux Arabes tatoués on pourra peut-être commencer à se poser les vraies questions : comment Nazir Nerrouche a pu gagner autant d'argent et le cacher aussi bien pendant ces dernières années. La piste financière, Poussin, c'est ça qui devrait vous intéresser ! C'est ça l'urgence, bon sang de bonsoir... Moi je m'occupe de démanteler le réseau Nerrouche, et vous vous occupez du fric de Nazir. Dans un monde idéal... vous m'entendez, Poussin ?

Poussin hésita à lui parler de l'entretien qu'il comptait avoir avec l'ancienne chef des gardes du corps de Chaouch. Il se souvenait des précautions que lui avait longuement recommandées Wagner. Si des gens haut placés avaient un rapport avec le complot contre Chaouch, il fallait se méfier de tout le monde, à commencer par le juge d'instruction dont la proximité avec l'exécutif était la plus notoire. C'était déjà une erreur d'avoir été si direct en rapprochant Franck Lamoureux du clan Montesquiou. Il fallait être plus prudent.

Le jeune juge raccrocha sans avoir mentionné le nom de Valérie Simonetti.

Ses paumes étaient humides, ses aisselles poisseuses. Il décida de sortir prendre l'air. Il rangea ses dossiers dans sa serviette et fit un détour pour éviter les deux greffières : elles étaient à la machine à café devant l'ascenseur, il choisit les escaliers tout au bout de l'étage, et rusa encore pour ne pas avoir à subir une conversation avec le volubile président du tribunal qui était venu l'accueillir la veille et qui conférait maintenant avec des policiers dans le hall d'entrée.

Une fois dehors, il se promena dans le quartier en recomposant pour la énième fois le puzzle des vingt-quatre heures qui avaient précédé l'attentat. Derrière le Palais, une rue sinueuse traversait la cité HLM au bout de laquelle se trouvait l'immeuble de la grand-mère Nerrouche. Les pas du juge le menèrent en face de l'église Saint-Ennemond. Il y avait un petit square de gravier ocre, dans le triangle formé par l'église, l'immeuble de la grand-mère Nerrouche et la médiathèque municipale. De vieux Arabes y bavardaient à voix basse. Poussin s'assit sur un banc et les observa en faisant semblant d'écouter ses messages téléphoniques.

Ces vieillards – on les appelle les *chibanis*, en arabe, les « anciens » – portaient tous des vestes de costume élimées, trop larges pour leurs torses de poitrinaires ; leurs pantalons en toile étaient dépareillés, parfois ils mettaient un jogging et des baskets avec leurs chemisettes. Bleu ouvrier, orange de jaune d'œuf, vert vomi, anthracite à coutures noires : le lugubre se décline en variétés inconciliables ; et les couleurs de leurs tenues n'allaient jamais ensemble. Ils s'en moquaient. C'est une société indifférente à tout que celle de ces vieux mâles indigents et pacifiques : jadis, ces hommes brisés ont reconstruit la France ; désormais ils font partie du mobilier urbain, au même titre que les statues et les merisiers des squares, les grilles qui encadrent les platanes et le fredonnement urinaire de nos jolies fontaines. Les plus vaillants jouent aux boules, les autres hantent les salles bondées de la Sécurité sociale. Après un demi-siècle passé de ce côté-ci de la Méditerranée, ils ne parlent pas vraiment français, ne veulent pas de carte d'identité. Autrefois ils rêvaient de repartir au bled. Un jour ce rêve a disparu. Depuis, leurs visages parcheminés ont des regards de tristesse sans émotion. Leurs familles les ont oubliés, beaucoup vivent seuls dans les mêmes foyers où ils étaient arrivés pendant les Trente Glorieuses. Après la mort sociale, la vie s'entête ; ces vieillards qu'elle s'obstine à tourmenter continuent de s'habiller mais ne se brossent jamais les dents.

Les fantômes aussi ont leurs caprices.

Ils ont également quelques joies. Pour la plupart des chibanis, ce sont le tabac à chiquer et le tiercé qui les procurent. Quelques minutes avant la première course, vers dix heures, ils traînent leurs carcasses déglinguées dans les bars PMU qui ne manquent à aucun centre-ville de France. Là encore ils se sont incorporés au décor. On entre sans les remarquer dans ces salles où ils s'entassent pourtant, leurs petites têtes levées vers les écrans qui donnent des résultats que même les illettrés savent lire. Ça sent le vieux, le Robusta de grossiste bon marché, le mauvais papier des morceaux de sucre et des tickets perdants qu'ils jettent indifféremment sur le sol carrelé, au pied du comptoir qu'un serveur vient balayer de temps en temps. Quand ils le peuvent, ils parient leur maigre pitance, se constituent alors sans difficulté un pécule qui leur permet de continuer à perdre sans inquiétude. Sinon ils regardent ces étalons magnifiques voler sur la terre battue d'hippodromes où ils n'iront jamais ; les casaques s'affrontent et ne les concernent pas. Rien ne les concerne vraiment. Ils étudient le *Paris-Turf* du jour comme d'autres suivent l'actualité : pour sentir, même confusément, que le vaste monde est en mouvement.

Dans cette communauté de survivants sans catastrophe, la tragédie et le chagrin ne règnent pas en maître absolu. On peut trouver des originaux, des comiques voire des élégants. Le juge Poussin vit se matérialiser au bout du square un vieillard coiffé d'un Borsalino, qui combinait ces trois propriétés. Il était vêtu d'un costume uni gris taupe presque bien coupé ; ses mocassins blancs étaient cirés, sa cravate violette avait l'air d'être en soie. Il leva les bras et reçut de la part de ses compères un accueil digne de ceux qu'on réserve aux humoristes, aux animateurs d'un petit groupe endormi.

— *Salaam aleikhoum*, monsieur Djilali, *labes* ? Aaaaah... Bonjour, monsieur Chikroun, *labes* ? Tu vas bien ? Encore mal au ventre comme hier ?

Il embrassa longuement ses camarades, comme s'il ne les avait pas vus depuis des années : en tirant leurs oreilles, en palpant leurs bedaines. Poussin se demanda de quoi ils pouvaient bien parler.

Sentant soudain qu'ils l'avaient remarqué, il tira de sa serviette le dossier du vieux Ferhat Nerrouche et fit mine de l'étudier. En l'ouvrant au hasard, il était tombé sur les clichés du crâne tatoué du vieil homme. Le jeune juge eut un mouvement de répulsion. Il venait de passer une demi-heure à contempler ces vieillards dans l'air bleu et radieux du matin, il les avait vus se dessiner et se mouvoir lentement, engourdis comme de souriants dinosaures dans la jeune et fraîche lumière du printemps. Et maintenant il avait sous les yeux une croix gammée, une bite, des couilles poilues, gravées sur la peau olivâtre et parcheminée d'un des leurs. Poussin avait reçu le matin même le dossier de son agresseur probable, Franck Lamoureux – il en avait presque aussitôt averti Wagner avant d'affronter l'Ogre retranché à Paris. Il rangea les photos dans sa serviette et passa devant l'attroupement des vieillards en essayant maladroitement de leur communiquer sa sympathie. La plupart levèrent le menton et plissèrent les yeux en signe d'incompréhension. Mais le vieil élégant enleva révérencieusement son Borsalino et gratifia le jeune juge qu'il ne connaissait pas d'un sourire à s'en décrocher le dentier.

17.

Il y a deux sortes d'hommes : les pères et les oncles. Ceux qui sont faits pour avoir des enfants et les autres.

Ainsi parlait Bouzid. Bouzid était un oncle, tellement un oncle que même ses sœurs finissaient par l'appeler tonton Bouzid. Assis sur un banc du parc de la Tête d'Or, il passait en revue les photos du mariage de samedi dernier – et sur ces photos les enfants de ses sœurs et de ses beaux-frères. Pour fuir le soleil qui inondait l'écran de son téléphone, il changea de place. Des enfants jouaient sur la pelouse devant lui, tendaient la main aux biches qui sautillaient dans leur enclos de pierre. En voyant débarquer cet Arabe chauve, sale et furieux, les mères entraînèrent leurs bambins un peu plus loin. D'autres les remplacèrent. Des enfants de la bourgeoisie lyonnaise, tirés à quatre épingles comme à la sortie de la messe. Leurs jeux à voix basse furent interrompus par deux souillons qui se couraient après en s'insultant, deux gamins noirauds, d'une dizaine d'années à peine, mais qui avaient déjà mué :

— Ta mère elle me suce pour un centime d'euro.

— Ah ouais ? hurla le gosse à la voix la plus rauque. Toi ta mère elle est morte ! Et en plus elle t'aimait pas, sale fils de pute !

L'autre était moins costaud mais ne pouvait pas laisser passer ça. Il sauta sur son ennemi juré qui devait être son meilleur ami une heure plus tôt. Les parents des enfants français étaient horrifiés. Ils exigeaient qu'on les sépare. Bouzid sentit qu'on attendait quelque chose de lui. Il s'imagina en train d'arrêter la bagarre de ces marmots impolis ; il imagina les regards admiratifs de ces bourgeois bien coiffés. Une honte nouvelle lui étreignit la poitrine : ce n'était plus la mauvaise image que donnaient ces gamins arabes qui l'humiliait, mais son envie grotesque de montrer le bon exemple, et d'être rétribué d'un regard patelin, un regard qui signifiait heureusement qu'il y en a des comme vous.

Une pensée inédite se forma dans son esprit. Ce n'était peut-être qu'un effet pervers de la fièvre qui s'était emparée de lui depuis le début de ce pugilat, mais il pensa distinctement : Et si Nazir avait raison ?

Il n'alla pas plus loin, ne chercha pas à savoir à quel sujet Nazir pouvait avoir raison. La situation semblait parler d'elle-même ; il n'avait pas besoin de la comprendre, il suffisait d'ouvrir les yeux pour la voir. Entre-temps les petits voyous s'étaient remis à se courir après en essayant de se cracher dessus.

Bouzid crut bientôt voir son neveu dans le garnement qui voulait être sucé par la mère de l'autre pour un centime d'euro. Krim. Il avait envie de l'étrangler. Comme la pensée du cou de Krim entre ses doigts ne le quittait pas, il mima le geste. Il serra un cou imaginaire entre ses mains écartées de façon dramatique.

Il se leva et s'éloigna en souriant comme un fou.

Sa manche sentait mauvais. Il la renifla et passa la main sur son menton. Il ne s'était pas lavé ni rasé depuis la veille. Il avait passé la nuit sur l'aire d'autoroute où il avait abandonné son bus. La police devait le rechercher. Son grand frère Moussa le tuerait quand il l'aurait localisé, ne serait-ce que parce qu'il n'avait répondu à aucun de ses vingt-deux coups de téléphone. Chacun avait été l'occasion du même dilemme éreintant ; il lui restait une barre de batterie avant d'être parfaitement libre. Quand il ne serait plus joignable, qu'allait-il faire ? Il avait sa carte bleue, il pourrait errer jusqu'à ce que les quelques centaines d'euros qu'il avait sur son compte soient dépensés.

Comme pour accélérer le moment fatidique où son appareil serait déchargé, il continua de feuilleter son album de photos du mariage. Cette activité consommait autant d'énergie qu'un coup de fil. Chaque photo y prenait un poids particulier. Fouad et Krim devisant sur le balcon. Rabia éclatant de rire. Les vieux de la famille assoupis sur le canapé, les vieux de la famille assoupis à la salle des fêtes. Le pauvre Ferhat enfermant dans sa main celle de Krim qu'il avait toujours bien aimé. Bouzid avait pris des photos des pâtisseries étalées sur la table. Devant le canapé de la mémé, il y avait des sodas, Oasis, Pepsi, Sprite, Coca, même du Coca algérien.

Une de ses sœurs – il ne savait plus laquelle – avait dit sur cette dernière boisson qu'on l'aimait tout de suite ou qu'on ne l'aimait jamais.

Bouzid sourit. Il se souvint bientôt qu'il avait enregistré une vidéo des enfants. La petite Myriam chantait le jingle d'une pub, Les produits laitiers sont nos amis pour la vie. Ensuite, elle obligeait son frère à danser au milieu du salon, sur une chorégraphie sophistiquée d'un tube que Bouzid ne connaissait pas. En revoyant ces marmots innocents qui ne se doutaient pas de la tragédie qui allait s'abattre sur la famille, Bouzid fut saisi d'un étourdissement. Le téléphone sonna. Il décrocha, se fit hurler dessus par son frère et finit par lui dire où il se trouvait pour qu'il vienne le chercher.

— Espèce de gros benêt, cracha l'oncle Moussa. Bon, tu te souviens de Roberto le Portugais ?

— Roberto le Portugais ?

— Il est toujours flic, il m'a dit qu'ils ont fait le truc des empreintes pour Ferhat. Ils connaissent le nom du type qui l'a agressé.

— C'est qui ? demanda Bouzid en serrant son appareil dans son poing.

— Pas au téléphone, arioul. Va m'attendre sur les quais, vers la sortie de l'autoroute. J'arrive dans une heure.

En raccrochant, Bouzid se sentait comme au réveil d'une trop longue nuit. Il observa à nouveau les biches qui gambadaient sur leur coin de pelouse. Leurs mouvements graciles commencèrent par l'émouvoir, parce qu'il y mêla le souvenir de la chorégraphie de sa petite nièce. Mais derrière l'amour qu'il portait aux enfants de la famille il y avait une petite vérité vipérine ; et s'il soulevait la pierre où elle se cachait, cette vérité l'attrapait à la jugulaire et l'empêchait de respirer : à presque cinquante ans il n'avait pas d'enfants à lui – il n'en aurait jamais.

Une des biches se figea et parut regarder dans sa direction. Bouzid cracha à ses pieds et donna un coup de coude dans le dosseret de son banc.

Une heure plus tard il ne reconnut pas son frère sur les quais de Saône ; et pour cause : Moussa roulait dans un vieux Monospace aux vitres teintées, dont Bouzid devait apprendre par la suite que la plaque et les papiers d'immatriculation étaient faux. La mémé était sur le siège avant, les poings tendus vers l'horizon qu'elle déchiffrait à toute vitesse grâce à la carte routière allongée sur ses genoux à la façon d'un plaid.

Moussa conduisait nerveusement, à coups d'accélérations brutales et de décélérations qui l'étaient tout autant. Il sentait une clameur de scrupules informulés se rassembler et monter vers lui depuis la banquette arrière – celle où était assis le renégat. C'étaient des hochements de tête qu'il surprenait dans l'angle du rétroviseur, des soupirs accompagnés de légers coups de langue réprobateurs. Moussa ne pouvait pas garer la voiture sur la bande d'arrêt d'urgence de l'autoroute, il se mit donc tout simplement à crier contre Bouzid :

— T'as un problème ? Tu veux qu'on attende la police, c'est ça ?

— Mais j'ai rien dit ! se défendit son petit frère.

— Tu veux qu'il se prenne *zarma* une amende, c'est ça ? Une petite amende ? Mais dis-le ! Tu crois que pour l'honneur de ta famille une amende ça peut suffire ?

Les sous-entendus hurlaient derrière chaque point d'interrogation. En restant en France, Bouzid s'était ramolli, féminisé. Il suffisait de voir comment il se laissait, justement, mener par le bout du nez par des bonnes femmes. De toutes les perfidies que Moussa ne prononça pas, ce fut celle-ci qui fit réagir son petit frère célibataire : qu'il était un vieux garçon, un gros balourd incapable de garder une femme plus de deux mois. Sauf qu'il ne se sentait pas le front d'agresser Moussa. Il essaya de détourner la mauvaise énergie de leur conversation vers sa petite sœur Rachida :

— Et Rachida alors ? C'est pas la honte ce qu'elle veut faire ? Aller parler aux journalistes pour leur dire, *zarma* qu'elle va changer de nom, qu'elle a rien à voir avec Rabia et Dounia ?

— Je vais m'en occuper, de ça, répondit Moussa. Mais au jour d'aujourd'hui c'est pas ça le problème...

La mémé sonna la fin de l'escarmouche fratricide et s'adressa en kabyle à son fils aîné :

— T'es sûr qu'il l'a reconnu ? C'est bien lui, hein ?

— *Yeum*, pour la dixième fois oui, c'est bien lui, c'est bien les bonnes photos !

Chèrement monnayé, le tuyau de l'ami flic de Moussa donnait mieux que l'adresse et le téléphone de l'agresseur du tonton : il indiquait l'endroit où il se trouverait dans l'après-midi autour de seize heures, à savoir la dépendance d'un hippodrome normand où avaient lieu de traditionnelles ventes aux enchères printanières de yearlings.

Moussa n'avait pas réussi à obtenir de son contact la raison pour laquelle la police disposait d'une connaissance aussi précise de l'agenda de Franck Lamoureux. L'information devait s'avérer décisive, et en quittant enfin l'autoroute où il venait de rouler quatre heures, Moussa s'en voulait de n'avoir pas davantage insisté.

Pendant ce temps-là la mémé maugréait des incantations en hochant verticalement la tête. Ses mains de sorcière mimaient des scènes d'ultra-violence, mais dans un mouchoir de poche : un chauffeur dépassant leur voiture par le côté de cette vieille dame agitée aurait pu croire qu'elle parlait de rompre le pain ou de couper du bois pour la cheminée.

Un peu plus au sud, une ambulance conduisait le vieux Ferhat à l'hôpital lyonnais où il devait passer un scanner. Le service de transport médicalisé comprenait l'aller, le retour et la conversation du chauffeur. Ferhat avait refusé de s'allonger sur la couche médicalisée à l'arrière du véhicule, il faisait donc le voyage à l'avant, à côté de ce jeune Arabe barbu qui exhibait un exemplaire du Coran sur son tableau de bord. Depuis qu'ils avaient franchi le Rhône, le chauffeur faisait la leçon au vieil homme, parlait des grands principes de l'islam, élaborait des raisonnements poussifs et fallacieux que Ferhat n'écoutait pas, laissant traîner son regard vide et profond sur la campagne industrieuse et parfaitement bétonnée des abords de Lyon. L'ambulancier lui demanda depuis combien de temps il vivait en France. Ferhat fit semblant d'être abruti par les médicaments et de ne pas comprendre la question. L'autre insistait, Ferhat répondit par son sourire d'analphabète qui faisait toujours se taire respectueusement les fâcheux.

Dans le silence qui s'ensuivit, le vieux chibani se pencha sur son passé, se souvint de son arrivée en France au plus fort des « événements » qui secouaient son pays natal. Au début, il vivait au fond d'un bidonville sur les hauteurs de Saint-Étienne, travaillait comme magasinier dans une usine où il se cassait les reins à décharger et à recharger des caisses remplies de choses aussi lourdes qu'insignifiantes. Sa vie de jeune paysan dans les montagnes kabyles lui manquait. Les journées au grand air, les nuits glaciales où l'on se réchauffait en se racontant des histoires et en fumant la chicha. Son père était handicapé, c'était lui, cet adolescent rieur et charmant, qui aidait sa mère dans les champs, et qui s'occupait de ses deux petites sœurs qui devaient toutes les deux mourir peu après le grand exil vers ce pays d'usines et de bâtiments solennels. Il était parti d'Algérie à peu près à l'âge qu'avait maintenant Fouad. Il ressemblait beaucoup à Fouad quand il était jeune : un garçon solide, courageux, avec un beau visage et des yeux lumineux. L'ambulancier le fit descendre de son divan de nuages. Une voiture essayait de les doubler depuis un kilomètre, les passagers faisaient signe dans leur direction. Ferhat reconnut le jeune juge qui l'avait interrogé ; il remuait les mains pour qu'il fasse s'arrêter l'ambulance. Le chauffeur comprit qu'il n'allait pas le laisser tranquille et que son passager le connaissait. Il se gara dès qu'il put, au pied d'un remblai de détritus qui annonçait une zone industrielle. Le juge se gara derrière lui, il était accompagné par un policier en civil qui présenta sa carte à l'ambulancier tandis que Poussin s'excusait auprès du vieil oncle Nerrouche de l'avoir ainsi pourchassé.

— Il faut que je vous m-m-montre des photos, monsieur, et q-q-que vous me d-d-disiez si vous reconnaissez la personne qui f-f-figure dessus.

Ferhat voulut sortir pour mieux comprendre ce que lui disait le jeune juge, mais se désincarcérer du véhicule s'avérait plus difficile que prévu. Poussin lui proposa de ne pas bouger de son siège, et lui tendit quelques photos grand format : toutes montraient le même homme, d'abord tel qu'il apparaissait sur une vieille photo d'identité agrandie, et puis ensuite quelques années plus tard, photographié à son insu dans la rue, ou capturé dans un reportage de France 3, sur le banc des participants d'une conférence où il était le seul des intervenants à arborer la boule à zéro et à porter un T-shirt sans manches révélant ses gros bras tatoués.

— C'est l-l-lui, n'est-ce p-p-pas ?

Ferhat acquiesça. Il aurait reconnu le crâne rasé de son agresseur dans une foule d'un millier d'hommes au crâne rasé. Il l'avait déjà reconnu sans difficulté sur la photo d'identité que lui avait mise sous les yeux son neveu Moussa qui était venu frapper chez lui aux aurores. C'était la même photo d'identité que celle que lui montrait à présent le juge. Mais de la visite de son neveu il avait promis de ne pas parler, et il fit comme s'il voyait des photos de ce colosse d'extrême droite pour la première fois. C'était sans compter la perspicacité de Poussin. Avant de le libérer, il lui demanda, l'air de rien, si les hommes de sa famille connaissaient l'identité de son agresseur. Franck. Franck Lamoureux.

Ferhat n'aimait pas mentir, il se contenta de hausser les épaules d'un air maussade.

— Monsieur N-N-Nerrouche, j'ai horreur d'insis-t-t-ter, mais j'espère que vous n'avez pas p-p-prévu de faire justice vous-même ?

Le vieux Ferhat n'était pas d'accord avec l'expédition punitive que ses neveux préparaient. Il leur avait dit, il avait demandé à Moussa d'en parler avec Fouad, ce qui avait prodigieusement irrité le tonton d'Algérie, l'homme fort de la famille depuis la mort du pépé. Moussa avait fait de la prison, il avait connu l'interminable décennie de guerre civile en Algérie pendant que ses sœurs françaises se plaignaient de leur pouvoir d'achat. Il n'avait pas besoin de faire valider ses décisions par un gamin qui jouait dans des téléfilms, surtout s'il s'agissait de laver l'honneur des siens.

— Non, non, répondit faiblement le vieil homme en rendant les photos au juge. Di toute façon, la jistice, ci Dieu, ci Dieu qui jige, missier le jige.

Poussin posa sa main gauche sur l'épaule du vieil homme, dans un geste d'une sollicitude inattendue. Il l'assura que tout allait être mis en œuvre pour que Franck Lamoureux soit appréhendé avant la fin de la journée. Ferhat haussa les sourcils :

— Pit-être que ce sera trop tard, mon fils. Pit-être que ce sera dijà trop tard.

Au téléphone avec le juge Wagner, Mansourd laissa échapper un ronflement de mufle.

— Ici c'est la Berezina, dit-il d'une voix à la fois plus grave et plus calme. Ici à la SDAT, je veux dire. Tellier est passé à l'ennemi. Vous voyez Tellier, le capitaine Tellier ?

— Bien sûr, répondit Wagner qui ne se souvenait que de son bec-de-lièvre et de son air d'éternel étudiant frustré.

— Il a rejoint la DCRI, comme chef de groupe. Énorme promotion. Surtout depuis que le gros de l'enquête leur a été restitué par Rotrou. Je n'ai pas toujours eu que des mots tendres à votre égard, monsieur le juge, votre manie de coller à la procédure a souvent fait perdre pas mal de temps aux gars du service, mais enfin au moins on vous respectait, vous. On savait que vous étiez libre, ou du moins aux ordres de personne. Rotrou n'essaie même pas de cacher sa proximité avec Montesquiou et toute cette clique d'affreux de la Droite nationale...

— Mais vous faites quoi, du coup, si Tellier a repris les manettes ?

— La DCRI a tout repris. Mes hommes sont dégoûtés. Je vous le dis, ça va faire des dégâts dans la police, cette affaire. J'en connais qui pardonnent moins facilement que moi.

— Et alors la surveillance de Fouad donne quand même quelque chose ?

— Lui est parfaitement innocent. Je n'ai jamais été aussi convaincu de l'innocence d'un type qu'on filochait. Mais il s'est mis en tête de mener sa propre enquête avec cette maudite journaliste fouille-merde... Vous vous souvenez de cet enregistrement pirate qui incriminait Montesquiou ? Apparemment, c'est Marieke, la journaliste, qui l'a récupéré et envoyé. Le pire c'est qu'elle dit sûrement vrai, du moins en partie. Mais sa haine l'aveugle, et puis de toute façon l'ombre de Montesquiou s'étend partout dans la police. Il tient par les couilles un nombre incalculable de gens, si on lui déclare la guerre il faut au moins le soutien d'un juge. Et j'ai comme l'impression que Poussin est un peu trop... modéré pour endosser ce rôle... Je dois vous laisser, monsieur le juge.

Mansourd venait de recevoir un SMS d'un de ses hommes. La DCRI avait lancé une vague d'interpellations simultanées dans plusieurs cités de banlieue parisienne. Tellier et Rotrou allaient faire l'ouverture des JT du soir, ainsi que les unes des journaux du lendemain matin. S'ils se débrouillaient bien, si les polémistes attitrés de la presse parisienne mordaient à l'hameçon, leur séquence victorieuse pouvait durer une semaine. Le commandant se gara en double file, pour ne rien rater des nouvelles à la radio. France Info diffusait un bulletin spécial où le « coup de filet antiterroriste » était commenté en direct par une poignée d'experts.

— *Une vaste opération de démantèlement d'une cellule islamiste suspectée de liens avec Nazir Nerrouche... Les agents de la DCRI, épaulés par le GIPN et supervisés par le célèbre juge Rotrou, vice-président du pôle antiterroriste du TGI de Paris, qui sera avec nous au téléphone dans environ onze minutes...*

Mansourd grogna, fit craquer son cou de taureau. Il s'était garé, sans s'en apercevoir, à proximité d'une école primaire. Deux petites filles s'arrêtèrent en piaillant devant son véhicule. Mansourd pouvait les entendre ragoter sur une fille de leur classe qui avait encore fait des siennes. Leurs voix fluettes mirent le commandant mal à l'aise. Les petites filles le mettaient mal à l'aise depuis que la sienne avait trouvé la mort dans l'attentat du RER Saint-Michel, le 25 juillet 1995. Elle avait alors onze ans. Mansourd survola mentalement les décennies qu'il avait passées sans elle. Le portail de l'école s'ouvrit soudain, dévoilant un préau illustré de dessins enfantins et laissant s'échapper dans la rue une flottille de gamins surexcités.

La voix du juge Rotrou lui fit baisser les yeux sur son autoradio. Les onze minutes étaient écoulées et l'Ogre de Saint-Éloi, à court de souffle, tirait les enseignements de l'après-midi :

— *S'il y avait encore un doute sur l'étendue et l'organisation du réseau Nerrouche – ce qu'il faut bien appeler le réseau Nerrouche, n'en déplaise aux internautes complotistes amateurs de romans d'espionnage –, eh bien l'opération de cet après-midi l'a levé. Nous venons d'interpeller sept personnes déjà connues de nos services, dont certaines sont liées à l'islamisme radical. Ces sept individus sont très fortement suspectés d'appartenance au réseau Nerrouche. Ils ont été placés en garde à vue et seront présentés à la justice dans les plus brefs délais, même si je vous rappelle que l'extrême dangerosité de ces personnes ainsi que leur pedigree terroriste autorisent une garde à vue prolongée pouvant durer jusqu'à cinq jours. Nous avons par ailleurs découvert trois caches d'armes disséminées dans trois cités de Seine-Saint-Denis et du Val-d'Oise. Je n'ai pas d'autres commentaires pour le moment.*

Mansourd en avait un – tout de suite. Il s'abstint de le prononcer à voix haute, de peur qu'un des enfants qui longeaient sa voiture ne l'entende.

19.

La conférence de rédaction qui eut lieu ce matin-là dans les bureaux d'*Avernus* fut la plus tendue que le journal ait connue depuis longtemps. Pour la une, on s'accorda rapidement sur l'événement du jour :

« Coup de filet antiterroriste. Démantèlement du réseau Nerrouche. »

La tension monta d'un cran dans la salle de réunion lorsque fut discutée la façon dont serait traitée la deuxième « grosse info » de la journée : la chancelière allemande ainsi qu'un responsable de l'ONU venaient de faire part de leurs inquiétudes quant à l'indépendance de l'enquête des services français sur le complot contre Chaouch.

Le « Monsieur international » du journal prit la parole. Il souhaitait que la « provocation de Merkel et consorts » fasse la une d'*Avernus*, et qu'y soit adjointe la réaction de la ministre de l'Intérieur, qu'il jugeait « fort appropriée » et pour laquelle il proposait une interview spéciale. Après d'âpres débats, il consentit à avouer que le directeur de cabinet de la ministre avait fait parvenir au journal cinq questions et autant de réponses millimétrées.

Un tollé de protestations retentit dans la salle, notamment du côté des jeunes recrues qui reprochaient à la vieille garde d'être trop visiblement inféodée à l'agenda du « boiteux » – c'est ainsi qu'eux aussi avaient surnommé Montesquiou.

— Vous ne pouvez pas dire ça, reprit le « Monsieur international » en cherchant le soutien de Putéoli. Je vous enjoins par ailleurs de laisser de côté vos bons sentiments déontologiques et de prendre la mesure de la gravité de cette ingérence allemande et onusienne.

Il raconta ensuite cette « interview » – comme s'il l'avait menée. Vermorel s'en prenait à juste titre aux puissances étrangères qui cherchaient à déstabiliser notre pays. Elle en profitait également pour régler leur compte aux rumeurs qui attribuaient l'attentat à d'obscurs groupuscules d'extrême droite, au prétexte qu'ils avaient violemment critiqué le « candidat arabe ». Elle rappelait que, si aucune piste n'était exclue, notamment celle d'Al-Qaida au Maghreb islamique, tout portait à croire à ce niveau de l'enquête que le projet terroriste de Nazir Nerrouche avait reçu un soutien plus ou moins actif de plusieurs membres de sa famille. Le récent coup de filet de la police antiterroriste accréditait cette thèse de façon presque définitive. La ministre interdisait ensuite à quiconque de parler d'un « candidat arabe ». C'était un candidat français qui était devenu président de la République française, point barre, on ne transigeait pas avec les valeurs de la République, etc.

— Mais peu importe ce que disent les uns et les autres, analysa un trentenaire décontracté en bout de table, ce qui compte c'est que ça fasse le buzz, c'est tout ! Au cas où vous auriez eu un petit retard à l'allumage, la France passe à gauche (son rival, de quinze ans son aîné, était sur le point de s'étrangler avec son foulard). Non mais autant que les choses soient claires, je vois pas trop quel intérêt on aurait à jouer les porte-voix de la droite maintenant ! Dans trois semaines c'est les législatives, faut pas être grand clerc pour deviner que ça va être l'hécatombe...

— Euh, ça, ça reste à voir, hein, intervint le spécialiste politique. Trois nuits d'émeutes jusque dans Paris intra-muros, les banlieues à feu et à sang, un CRS mort au combat, un président élu qui sort du coma, une famille arabe tout ce qu'il y a de plus normal qui s'avère avoir été un vivier de terroristes... enfin, tout ça, c'est du petit-lait pour la Droite nationale. Sans compter qu'au PS ils ont déjà commencé à s'étriper en coulisses et que ça va sûrement pas aller en s'arrangeant...

— Mais non, insista l'autre avant de citer Clovis : « Brûle ce que tu as adoré, adore ce que tu as brûlé. » Eh oui ! Les Français vont vouloir liquider la droite gouvernementale. À la rigueur tout ce que tu dis ça va profiter à l'extrême droite, comme pendant la campagne.

— Oui, et à qui la faute ? s'emporta le « Monsieur international » en arrachant enfin son foulard rose.

— De quoi est-ce que tu parles ? demanda le trentenaire, faussement incrédule.

Après avoir écouté ces débats passionnés, Putéoli se souvint que Marieke devait lui passer un coup de fil ; il recula son siège et offrit aux visages de ses journalistes un sourire indéchiffrable.

— Bon, les amis, je vais appeler Montesquiou et lui annoncer calmement qu'on veut bien publier une interview de Vermorel à condition qu'il nous laisse poser les questions qu'on veut. S'il est pas content, il a qu'à vendre son communiqué déguisé ailleurs. Pour le reste, je vous écoutais attentivement il y a une seconde, à qui va profiter l'attentat pour les législatives, etc. Et je suis assez surpris que personne n'évoque la rumeur... Oui, oui, celle-ci, inutile de jouer les étonnés...

Les sourcils se froncèrent, les têtes firent toutes non en même temps, comme si elles n'en avaient formé qu'une.

Le spécialiste politique roula les yeux au plafond :

— Les lieutenants de la droite ont toujours dit qu'il ne pouvait pas y avoir d'alliance avec l'extrême droite en cas de triangulaires... Au pire, on aura un mot d'ordre sous forme de ni-ni, ni gauche ni extrême droite. Mais...

— Mais qui vous parle de ces lieutenants ? renchérit Putéoli. Qui c'est qu'on voit depuis l'attentat ? Dans tous les médias ? C'est quand même fascinant, disserta le rédacteur en chef en se levant pour se dégourdir les jambes, à quel point on a du mal à imaginer les gens hors du cadre où on les a toujours vus... Non, vous ne trouvez pas ?

Personne n'osait demander au patron de développer ses insinuations. Savait-il des choses qu'ils ignoraient ?

Putéoli mit un terme à la réunion. La salle se vida. Quand il fut seul, l'apologue de la droite décomplexée prit sa tête entre ses mains. Son sourire de Joconde s'effaça.

Marieke attendait Fouad porte de Choisy, au pied des tours. Elle portait un chemisier noir remonté, sévèrement boutonné jusqu'à la base du cou. Quand elle appela Putéoli, elle prit tout de suite les devants :

— Je ne me souviens pas de t'avoir entendu me remercier, pour le scoop sur Chaouch parlant chinois.

— Ah mais c'était en chinooooois ? plaisanta Putéoli. J'avais entendu arabe. Mais enfin, quoi qu'il en soit, merci.

— Je suppose que tu as prévenu ton cher Montesquiou que je risquais de m'inviter à sa petite sauterie ?

Putéoli s'inclina.

— Tu savais très bien que j'allais lui en parler. C'est de bonne guerre, non ? Ma pauvre Marieke, ajouta-t-il. Si tu savais à quel point tu te trompes... Le pire, ce ne sera pas quand tu auras perdu tous tes procès en diffamation, le pire, ce sera quand les gens riront en prononçant ton nom. Marieke Vandervroom, la journaliste qui croyait que des hauts fonctionnaires s'étaient réunis dans un sous-sol enfumé pour faire assassiner Chaouch. Tu seras la risée du petit milieu. Et là tu souffriras... Parce que c'est ça, le seul vrai châtiment...

— Je souffrirai, c'est ça, commenta Marieke en s'apprê-
tant à raccrocher, tandis que son interlocuteur essayait de
conclure son homélie à tue-tête :

— ... Le seul vrai châtiment, c'est le rire, tu m'entends ?
Le rire des autres, le RIDICULE ! beugla-t-il avant de donner un coup de pied dans un des sièges vides en face
de lui.

Marieke rejoignit Fouad après cette anicroche. Il l'attendait au fond d'un restaurant chinois désert. La journaliste
était de mauvaise humeur. Après avoir écouté le jeune
acteur parler de leur avocat qui venait de rendre visite à
sa famille emprisonnée, elle soupira de dépit. Fouad lui
demanda ce qui se passait.

— Mais rien ! C'est ça le problème, il ne se passe rien !
Je dois voir mon informateur lundi matin, s'il ne me
donne pas un tuyau en or on est fichus. On pédale dans
la semoule. J'ai pris contact avec des mecs de Wikileaks.
Ils publieront mon enquête, mais pour l'instant il n'y a
pas d'enquête ! Il n'y a rien. Des soupçons... Et puis toi,
avec ce Szafran... Tu devrais te méfier quand même. Le
grand avocat philosophe...

Elle pensait qu'il poursuivait un agenda personnel, qu'il
menait une croisade sur plusieurs fronts, contre les prisons, les policiers, la magistrature, l'irrespect des droits de
la défense, l'intolérable justice d'exception à laquelle donnait lieu la qualification terroriste d'un dossier. Devant ces
grands chevaux de bataille, le sort immédiat de la famille
Nerrouche faisait figure de poney sacrificiel :

— En fait ça m'étonnerait pas que ça l'arrange, la détention provisoire de ta mère et de ta tante. C'est la caisse de
résonance rêvée pour lui, je veux dire pour ses combats.

— Tu dis n'importe quoi.

— Je suis pas en train de dire que ses combats ne valent
rien ! Je suis à fond de son côté, d'ailleurs. Mais c'est
peut-être pas innocent qu'il ait demandé un délai. Enfin
c'est bizarre cette histoire de demande de débat différé.
Pourquoi il a fait ça ?

— Il a un plan.

— S'il avait pas fait ça, si ça se trouve, le JLD leur aurait collé un contrôle judiciaire au cul, et voilà, elles seraient de retour à la maison. Mais apparemment, Szafran a préféré faire son kéké avec les juges... et résultat, tout le monde en taule !

— Je te dis qu'il a un plan, répéta Fouad. Mardi prochain, ça fera cinq jours après la demande de débat différé. Retour devant le JLD qui prononcera, sauf énorme surprise, le placement en détention provisoire pour tout le monde. Krim, ma mère, ma tante.

— Mais alors à quoi bon avoir demandé un débat différé ? s'impatienta Marieke.

Fouad se ferma comme une huître. Il n'avait aucune raison de lui faire confiance après le scoop qu'elle avait vendu à Putéoli. Szafran avait trouvé le moyen de casser la décision pour Dounia et Rabia en leur demandant de cocher deux cases sur leur formulaire, l'appel et le référé-liberté. Les délais de traitement de l'appel et du référé-liberté n'étaient pas les mêmes, l'avocat comptait sur les jours fériés. D'où le débat différé. Tout le monde se préparait à un long week-end avec le pont, d'autant plus que le jeudi suivant, c'était l'investiture de Chaouch...

— Parfois on doit s'en remettre aux étoiles. C'est ce que Szafran m'a dit. Les étoiles et les vices de procédure.

La sécheresse de cette réponse laissa Marieke dubitative. Elle déboutonna son chemisier noir pour se gratter le dos. La lanière noire de son soutien-gorge apparut, Fouad détourna les yeux. Il avait passé la nuit dernière avec Jasmine. Ils s'étaient embrassés avec tendresse, mais Fouad n'avait pas voulu aller plus loin. Et maintenant il se retrouvait devant les clavicules hautes et saillantes de Marieke, et il se faisait des films. Il l'imaginait se lever en maintenant sur lui son regard, marcher vers les toilettes, l'air de rien, l'y attendre une minute plus tard, sa petite culotte accrochée au loquet intérieur en signe de défi.

20.

Romain venait de sortir de sa cachette et de voir le soleil pour la première fois depuis plus de soixante-douze heures. Susanna l'avait confiné dans un appart-hôtel où elle lui apportait des sandwiches deux fois par jour et dont il était prié de ne sortir sous aucun prétexte. Le monde extérieur était peuplé d'anonymes pourvus d'une arme redoutable pour le criminel en cavale : la mémoire visuelle. Le veilleur de nuit n'avait qu'à ouvrir un œil en voyant Romain passer dans le hall du vaste hôtel moquetté de bleu ; même s'il retournait à sa sieste ou à son écran d'ordinateur, le visage de l'ennemi public numéro 2 avait été enregistré dans la prodigieuse bureaucratie de son cerveau. Devant ces justifications, Romain avait cédé et obéi. Il n'était pas sorti un seul instant. En fait de chambre, c'était dans un vrai studio qu'il avait passé ces longues heures d'angoisse et de solitude. Il y avait un coin cuisine, un coin télévision avec un fauteuil confortable, une salle de bains dotée d'une large baignoire.

La veille de leur départ, Romain s'était senti d'humeur badine ; il avait essayé une plaisanterie :

— Finalement, c'est pas si désagréable, une cavale, ça permet de loger dans des bons hôtels.

L'Américaine avait souri à contretemps, et dans ses yeux fixes Romain avait cru voir passer une sorte d'exaspération, qui l'avait terrifié. C'était comme un aileron de requin pointant à la surface d'un lac ; un regard que lui avait déjà lancé Nazir, qui signifiait que sa patience avait des limites, qui signifiait aussi qu'il n'avait peut-être pas pris la mesure de la gravité de sa situation. À cause de ce regard surpris par accident, Romain ne dormit pas de la nuit.

Le lendemain matin, ses yeux étaient cernés, ses paupières lourdes ; il avait mal à la tête. Le moindre mouvement semblait lui coûter le double de l'énergie nécessaire. Lever le bras le déprimait.

Ils s'arrêtèrent à une station d'essence.

— Reste dans la voiture pendant que je paie, y a des caméras partout.

Romain avait la tête enfouie dans ses mains. L'Américaine vit le coin de son front saupoudré d'acné remuer en guise d'acquiescement. Elle ouvrit la portière mais il lui demanda soudain, d'une voix enrouée et un peu brusque, comme après une longue matinée de silence :

— Pourquoi un passeport américain ? Pourquoi il irait en Amérique ? C'est insensé...

Susanna jeta un coup d'œil à sa montre et referma la portière pour lui répondre, en chuchotant, avec un demi-sourire de conspiratrice :

— Qu'est-ce que tu racontes ? Maintenant c'est moi qui doute...

— Qu'est-ce que tu veux dire ? demanda Romain en enlevant ses mains de son visage.

— Il ne t'a pas parlé d'un G8 à New York, tu vas me faire croire ? Un G8 auquel participent tous les principaux chefs d'État... ? Dont probablement... Chaouch ?

— Si ! Si !

— Bon.

— Si ! Je me souviens maintenant ! Il m'en a parlé samedi, le soir des poissons...

Romain s'empourpra et se mit à balbutier sans rien dire. L'Américaine informa immédiatement Romain de la suite de son plan. Ils allaient passer encore deux nuits en France, dans la voiture plutôt que dans un hôtel pour ne pas multiplier les risques. Et lundi soir, ils traverseraient la frontière.

Fut-ce la perspective imminente de revoir Nazir ou le croissant trop riche en beurre qu'il avait avalé en deux bouchées sur le parking de l'hôtel ? Quoi qu'il en soit, il fut pris d'une nouvelle envie de vomir, qui obligea Susanna à le laisser ouvrir sa portière.

— C'est encore ces odeurs de poisson ? demanda-t-elle en surveillant les alentours.

Romain vomit quatre fois au pied de la voiture. Quand il se redressa, il observa l'horizon, l'horizon vers lequel il n'avait pas le droit de marcher comme n'importe quel autre être humain. Des arbres secoués par le vent longeaient la bretelle et l'autoroute. Les voitures se faufilaient les unes à la suite des autres, mesquines, follement pressées d'aller nulle part.

— C'est quoi, en fait, cette histoire de poissons ?

Romain se força à sourire. Il passa la main sur sa face molle et livide et répondit :

— C'est rien, c'est un mauvais souvenir. Allez, il faut qu'on y aille, là, non ? Allez allez, souffla-t-il, soudain impatient de rejoindre à son tour le cortège insensé des voitures sans destination.

21.

— Bon, je dicte, tu m'entends bien, c'est bon ? Nous nous réjouissons du réveil de M. Chaouch et réitérons nos prières et nos encouragements à sa famille et à ses proches. Pas un mot de plus, pas un mot de moins, tu as tout noté ? T'envoies à l'AFP dans dix minutes, OK ? Et le suivant c'est moi, signé moi, OK ? Bon, je dicte : Notre bureau central a enregistré un afflux massif de nouveaux adhérents ces trois derniers jours. On peut l'estimer à mille cinq cents inscriptions par jour, notamment par Internet, soit une croissance de 1 000 % par rapport aux jours normaux. Signé : Victoria de Montesquiou, directrice stratégique, etc. Attends une minute, s'interrompit-elle pour demander à l'homme qui conduisait leur voiture : Franck, c'est quoi le pourcentage ? J'ai oublié, c'est sept cents ou mille ?

— Mille, répondit laconiquement le chauffeur.

Victoria vit qu'ils quittaient la grand-route pour rejoindre la départementale arborée qui menait à la demeure de son enfance. Elle raccrocha, changea de chaussures en se contorsionnant sur le siège passager.

— Tu voudrais qu'on ait un accident que tu t'y prendrais pas autrement !

Franck avait ce genre de phrases. Ses mâchoires mussoliniennes s'alourdissaient, ses gros yeux rapprochés retombaient. Il avait une de ces bouches qui ne se ferment jamais tout à fait. Avec ses cheveux ras et sa stature de colosse moulé dans un polo Fred Perry, il ressemblait à un acteur porno peinant à se reconvertir.

Victoria préféra ne pas réagir. Elle se souvint du dimanche de Pâques où Franck avait rencontré ses parents. Gêné par ses origines ouvrières et ses manières de charcutier en goguette, Franck se tenait à carreau, essayait de ne pas mettre les coudes sur la nappe vert pomme qu'il était le seul de la tablée à ne pas avoir osé tacher.

— Eh ben, démarre !

Franck coupa le contact et se tourna vers Victoria, l'avant-bras gauche allongé sur le volant :

— Je suis qui pour toi ? Je suis ton chauffeur ? Pourquoi tu me traites comme une merde ?

— Mais qu'est-ce que je viens de te dire, on se disputera ce soir, quand on aura fini...

Franck la saisit par le cou, avec son épaisse main droite au pouce détaché pour presser sur la glotte.

— Arrête, dit-elle du bout des lèvres.

Mais Franck connaissait son rôle par cœur.

— Non, j'arrête pas, grommela-t-il d'une voix bourrue qui sonnait faux. Qu'est-ce que je t'ai fait pour mériter ça ?

— Moins fort, Franck, moins fort...

Ça voulait dire : plus fort, Franck, plus fort.

Victoria essaya de défaire la fermeture avant de sa jupe, mais elle s'y prit mal et le bouton explosa. Elle glissa sa main dans sa culotte.

— Parle-moi, merde, parle-moi, Franck.

— Ta gueule, c'est moi qui décide si je parle ou non.

Un quart d'heure plus tard, ils rejoignirent le père de Victoria, le baron de Montesquiou, aux enchères de mai qui se tenaient dans un petit hippodrome normand. Les enchères de ce modeste hippodrome n'étaient pas aussi courues que celles de Deauville ou de Saint-Cloud, mais elles attiraient une foule étonnante, de propriétaires, de courtiers, de riches curieux qui parfois offraient un cheval à leur fiancée du moment, sur un coup de tête.

On entrait dans le complexe harmonieusement fleuri par un portail aux grilles sculptées en forme de tête de cheval. Le parking s'ouvrait sur une longue pelouse de part et d'autre du chemin dallé qu'il fallait ensuite emprunter à pied, au milieu des chevaux. Leurs lads les promenaient par la bride, d'abord dans les courettes flanquées de box, et puis jusqu'aux coulisses de la vaste pièce octogonale où avait lieu la vente.

Pendant qu'ils se dégourdissaient les jambes en plein air, les acheteurs les observaient, prenaient des notes, sur leur physionomie, leurs dents, les singularités de leur démarche, leur nervosité éventuelle. On retrouvait ces preneurs de notes aux premiers rangs de la salle où avait lieu la vente. Celle-ci était occupée en son centre par un ring majestueux où défilaient les bêtes, sous les nombres à quatre ou cinq zéros puissamment amplifiés par la sono et répétés jusqu'à ce qu'un nouvel enchérisseur se soit manifesté :

— Dix mille, dix mille, dix mille, douze mille, quinze mille, quinze mille...

Parfois personne n'enchérissait. Alors le commissaire-priseur prenait la responsabilité d'inverser la tendance :

— Dix mille, dix mille, huit mille, huit mille, sept mille...

Les yeux du poulain ainsi humilié ne réagissaient pas. Il continuait son défilé de princesse, crânement, comme si de rien n'était. Et il avait raison. Quand le baron de Montesquiou avait acheté sa championne deux ans plus tôt, ses enchères avaient mis longtemps à décoller. Les acheteurs scrutaient ses muscles bandés par la marche ; elle rua à plusieurs reprises, on voyait qu'elle avait mauvais caractère, qu'il y avait un cœur rebelle sous les mouche-tures grises de ce poitrail bombé, un cœur rebelle et compliqué. Contrairement à tous ces yearlings sans âme sur lesquels se levaient les petites lunettes rondes des courtiers en costumes trois pièces. Ils avaient un système de signes secrets, connu des agents qui supervisaient chaque aile du public et faisaient remonter les enchères dans l'oreillette du commissaire-priseur.

Le baron était assis au dernier rang, les mâchoires hautes et serrées, ses deux fines mains richement baguées posées l'une sur l'autre sur le pommeau d'une canne parapluie en toile vert-de-gris, qui complétait idéalement son uniforme de gentleman-farmer. Aucun des jeunes chevaux qui défilaient ne retenait son attention.

À l'entrée du salon, tout à la gauche du ring, il vit apparaître un chapeau mou qui lui était familier. Le visage carré de M. Boulimier se révéla bientôt, lorsque Victoria vint à sa rencontre – sans lui tendre la main, sans même le regarder, lui parlant à l'oreille en vérifiant qu'aucun curieux ne les avait reconnus. Victoria avait ceint la taille de sa jupe d'une sorte de foulard aux motifs orientaux. Le baron leva un sourcil en s'en apercevant. Elle lui faisait signe de les rejoindre. Il tourna vivement la tête et regarda défiler le poulain bai dont les enchères venaient d'atteindre cinquante mille euros. Victoria continuait probablement de l'appeler au loin, le baron s'en moquait. Encore un tour et le poulain fut adjugé. Le baron nota le montant de la vente dans son carnet Arqana. Il vérifia les noms de ses géniteurs, entoura celui de l'étalon dont il avait déjà entendu parler. Au moment où il tournait la page pour la prochaine vente, le poulain bai qui rechignait à quitter le tapis y déposa un étron magnifique, qui n'arracha toutefois pas le moindre sourire à son nouveau propriétaire, un Africain flottant dans un épouvantable costume vert satiné.

Les agents de la sécurité conduisirent Boulimier et Victoria dans un dédale de portes dérobées, avec toute la discrétion qu'exigeait leur statut de VIP incognito. Ils leur ouvrirent une double porte, la refermèrent à clé derrière eux. Au bout d'un corridor aux murs ornés de cadres et de trophées, ils arrivèrent dans une sorte de buvette comme on en trouve dans les clubs de sport, avec un comptoir rempli de bouteilles de qualité médiocre et une grande baie vitrée qui donnait sur l'ensemble du complexe, dominé au loin par les tribunes de l'hippodrome.

Mains derrière le dos, une haute silhouette contemplait ce bâtiment comme si c'était le château fort de son royaume. Pierre-Jean de Montesquiou tourna vers les nouveaux venus un visage contrarié :

— Où est papa ? demanda-t-il. Et Franck ? Personne ne vous a suivis, hein ?

— Franck est dans la voiture, quant à papa, comme tu peux l'imaginer, il est encore hypnotisé par le manège...

Montesquiou tiqua. Un vieux fonds clanique l'empêchait de tourner en dérision des membres de sa famille en public – *a fortiori* s'il s'agissait du patriarche.

— Sois un peu moins dur avec lui, Victoria. Mets-toi à sa place deux minutes, tu veux ?

Immobiles devant la baie vitrée, ils restaient côte à côte, pour ne pas se regarder. Ils étaient comme Pluton et Proserpine, deux ombres bleues devant les jeux cruels de l'inframonde.

Leurs contours s'assombrissaient inexorablement. Boulimier prit la parole pour éviter que ne resurgissent les anciennes querelles entre le frère et la sœur :

— J'ai fait ma part du boulot : le capitaine Tellier est avec nous, Mansourd est affaibli, esseulé, et peu importe ce que votre petite sœur a raconté au frère du fou furieux, on peut considérer que, avec Mansourd hors jeu, vous n'avez plus rien à craindre. Mais enfin, avec vous, ce n'est pas la même histoire, si vous me permettez. Vous n'aviez qu'une chose à faire, ajouta-t-il méchamment en regardant Montesquiou, vous assurer que Waldstein reste avec Nazir en Suisse pour qu'on puisse l'appréhender en premier, et même ça... Bon, mais c'est trop tard. Il faut improviser.

Victoria prit son frère par le coude et leva les yeux en direction du ciel, les yeux fermés comme pour profiter du soleil. La baie vitrée était recouverte de miroirs semi-réfléchissants qui teintaient d'ocre la lumière du jour, paraissaient nimber l'horizon d'un halo de conspiration.

Victoria dénoua ses cheveux qui lui arrivaient aux épaules ; elle les renoua en chignon et vit passer Franck dans l'allée en contrebas.

Il parlait au téléphone, semblait s'agiter. L'allée prolongeait le parking, c'était une impasse en brique où étaient stockées les poubelles. Lorsque Franck leva les yeux dans la direction de la baie vitrée, Victoria comprit à son absence de réaction qu'il ne pouvait pas les voir.

— Sans rire, qu'est-ce que tu fous avec ce beauf ? demanda Montesquiou.

— Tu vois, c'est ça la différence entre toi et moi, PJ. Toi tu méprises les gens et ça se voit jusque sur ton visage.

Montesquiou se tourna vers sa sœur, ses yeux décalés, sa bouche haineuse.

— Il est quand même un peu bas de front, non ?

À leurs pieds, Franck se tapotait la nuque du plat de la main, crachait, se palpait les couilles ; il faisait tout pour donner raison à Montesquiou.

— Écoute, quand j'aurai besoin d'un conseiller sexuel, tu seras le premier à qui je ferai signe.

— Conseiller sexuel…, marmonna Montesquiou en hochant la tête.

— Non, mais, sérieusement, reprit Victoria, le mépris qu'ont les élites pour le Français de base, le Français de base s'en aperçoit sans cesse maintenant. Avant il y avait une baie vitrée recouverte de miroirs, qui permettait aux élites de mépriser le peuple en contrebas, sans que le peuple en sache rien. C'est fini, cette époque. Maintenant tout le monde voit tout dans tous les sens. On vit l'ère d'après le miroir semi-réfléchissant.

— Tu me fais peur, Victoria. Si tu commences à croire aux conneries que tu professes, c'est le début de la fin. Garde les frontières étanches.

— Entre quoi et quoi ?

— Entre ce que tu prétends croire et ce que tu crois vraiment.

— Et à aucun moment il ne te vient à l'esprit que mon engagement pourrait être dénué d'arrière-pensées ?

Peut-être que je crois exactement ce que je prétends croire, peut-être que, contrairement à vous tous, nous on est connectés au peuple, le vrai peuple, pas celui des légendes dorées de la gauche, mais celui de la ménagère qui regarde *Confessions intimes* et les émissions de déco de Valérie Damidot, et de son mari qui écoute les discussions de comptoir sur RMC et qui n'a pas besoin de statistiques et d'enquêtes sociologiques pour comprendre que la patrie de ses aïeuls est en train de devenir un sous-califat rempli de sauvages...

— Et tu vas me faire croire que tu regardes Valérie Damidot, toi ?

Victoria mit sa main sur l'épaule de son frère et susurra à son oreille :

— Franck m'enregistre tous les épisodes sur la Freebox...

Boulimier venait de terminer son coup de téléphone au bord du comptoir. Il rejoignit les deux jeunes gens.

— Je préférerais qu'on ne reste pas trop longtemps ici. Victoria, votre père doit nous rejoindre, c'est ça ? Allons-y tous.

Victoria s'apprêtait à partir lorsqu'elle vit deux hommes masqués escalader l'un des murs qui donnaient sur l'impasse par la gauche. L'un était chauve, l'autre blond, tous deux portaient des masques à l'effigie grossière de Gargamel, le méchant des Schtroumpfs.

— Qu'est-ce que c'est que ça ? dit Victoria en posant ses mains sur les vitres teintées. Comment on ouvre ? PJ ?

Pierre-Jean lui tapa sur les mains avant qu'elles ne touchent le loquet de la baie vitrée. Au moment où les deux hommes masqués enjambaient enfin le mur, ils se figèrent, les yeux tournés vers le parking. Deux voitures pourvues de gyrophares silencieux déboulèrent à toute vitesse dans l'impasse. Les deux hommes redescendirent avant d'être vus. Depuis la buvette transformée en premier balcon de théâtre, nos trois conspirateurs virent une dizaine de policiers passer les menottes à Franck. Le gradé en charge de l'opération inspecta les alentours et leva enfin les yeux vers la baie vitrée couverte de miroirs.

— Qu'est-ce que ça veut dire, Victoria ? lui demanda son grand frère en attrapant son poignet. Pourquoi est-ce qu'ils arrêtent Franck ? Qu'est-ce que t'as encore foutu, nom de Dieu ?

— Mais lâche-moi ! répondit Victoria. Lâche-moi ! Tu croyais que j'allais laisser Nazir bouffer le cerveau de Florence sans réagir ? Tends l'autre joue autant que tu veux, moi je cogne maintenant.

Bouche bée, Montesquiou desserra son étreinte autour du poignet de sa sœur.

— Alors quoi ? Qu'est-ce que t'as fait ?

— Moi rien, répondit Victoria en colère. C'est Franck. Il a suivi… tu sais qui jusqu'à Saint-Étienne. Il l'a vu parler avec son père. Et quelques mois plus tard, après Pâques, il a pété les plombs. Il dit qu'il l'a fait pour moi.

— Mais qu'est-ce qu'il a fait ?

— Ben il s'est vengé, quoi.

— Sur le vieux ? s'emporta Montesquiou. Il s'est vengé sur un vieillard ? Mais de quoi ? En quoi ça le concerne…

— Il pensait à moi, essaya Victoria, il pensait à Florence. Il ne voulait pas que ça se reproduise…

— Mais personne ne lui a dit à ce beauf de Néandertal que le père de Nazir était mort il y a trois ans ? Non seulement il nous fout dans la merde mais, en plus, il se trompe de cible ! Il faut qu'on parte chacun de notre côté, décida Montesquiou en saisissant sa canne.

— Je vous avais bien dit qu'on ne pouvait pas lui faire confiance, siffla Boulimier en désignant Victoria.

— Je suis… mortifié, Charles. Je ne sais pas quoi vous dire, je suis désolé. Vous croyez qu'on peut mettre Tellier sur le coup, pour limiter la casse ?

— Je m'en occupe, grogna Boulimier.

Pendant ce temps-là, Franck Lamoureux s'entendait signifier son placement en garde à vue, pour coups et blessures, agression à caractère raciste, torture et incitation à la haine raciale.

Lorsque les oncles Nerrouche furent de retour à la voiture, la mémé leur demanda ce qui s'était passé. Moussa se tourna vers son petit frère Bouzid, guettant sur sa calvitie en sueur le moindre signe de soulagement – pour trouver le moyen de lui reprocher le fiasco absolu de cette vengeance masquée.

22.

Fleur faisait les cent pas dans leur sous-sol humide. Au bout d'un moment, elle entreprit de les compter. Elle s'arrêta à quarante-six, décida d'arpenter les dalles du parterre jusqu'à en avoir recouvert le moindre millimètre. Compter, avancer, reculer, dénombrer, de façon exhaustive, avec une opiniâtreté d'ange exterminateur.

Nazir avait troqué son costume Lanvin pour une djellaba parfaitement immaculée. Seuls sa barbe et ses yeux étaient noirs.

— Pour toi c'est quoi l'enfer ? demanda-t-elle soudain sur le ton de quelqu'un qui prendra très mal de ne pas obtenir de réponse.

Une minute plus tard, elle ajouta, après avoir calmé ses nerfs en les tordant comme un torchon à éponger :

— Je sais, pour toi, l'enfer c'est la servitude. Ce que tu m'expliquais l'autre jour, sur ton frère.

Nazir ramena ses coudes vers son torse, fit quelques mouvements de gymnastique.

— Déjà je ne t'expliquais rien, on discutait ; et ensuite on ne parlait pas de « mon frère », on parlait d'un spécimen médiatique. Et de son goût pour les mentors, les pères de substitution. Fouad les a toujours courtisés, pour remplacer son vrai père par un père spirituel, c'est-à-dire intelligent.

— Intelligent, répéta Fleur qui n'osait pas surenchérir.

Nazir était en verve. Il pensait à voix haute :

— En fait, sa haine de son vrai père s'est développée de manière concomitante à ses manières de jeune putain, prête à tous les travestissements pour s'accorder les faveurs d'un père français, occidental, honorable. Ce père d'emprunt, c'était la République. Fouad a appris par cœur le catéchisme de la République, il le récitait en public, il était le petit Arabe dont le cœur vibre au souvenir de l'Assemblée constituante. Il avait oublié qu'aux yeux d'un père adoptif on risque toujours de redevenir le bâtard qu'on est au fond, et qu'on n'a jamais cessé d'être.

— Mais moi aussi je suis une bâtarde ! On est tous des bâtards !

Nazir l'ignora, poursuivant avec son débit lent et maîtrisé :

— Chez Fouad, c'est une configuration mentale de colonisé, qui s'est amplifiée avec sa petite gloire télévisuelle – jusqu'à ce qu'il rencontre Chaouch, le père idéal, et qu'il sorte avec sa débile de fille, pour l'atteindre lui, son dieu vivant. Atteindre Chaouch, c'est ça que je voyais dans les yeux de Fouad interviewé au Grand Journal – c'est ça que tout le monde aurait vu s'il n'y avait pas eu les paillettes et les étoiles en confettis. Atteindre Chaouch...

C'était aussi ce que Fleur lisait maintenant dans les yeux de Nazir, ses yeux calmes et sombres, vibrants et immobiles, comme un lac de montagne à l'heure la plus noire d'une nuit sans lune.

Elle courut vers lui, passa ses bras autour de son torse, le serra de toutes ses forces, y abandonna enfin sa tête de Méduse blonde ; elle plaqua son oreille contre son cœur qu'elle n'entendait pas battre à travers le lourd tissu blanc de sa djellaba.

Une heure plus tard, la crise était passée. Fleur était assise sur le lit, la chair blanche de ses genoux visible à travers le drap. Stylo en bouche, elle terminait d'installer son écritoire d'appoint :

— Je dicte, la prévint Nazir. Chers amis. À la ligne. On peut duper les gens parce que ce sont des somnambules. Vous, vous ne l'êtes pas. Vous avez bien compris qu'il y a quelque chose de pourri au royaume de Levallois-Perret. J'ai fait l'objet d'une manipulation de grande envergure, sur laquelle je vous ferai bientôt parvenir des précisions qui vous rendront certainement insomniaques.

La dictée dura encore une minute et se conclut de la façon suivante :

— ... à la ligne. Nazir N. À la ligne. P-S : Je saurai s'il est avec vous, inutile de ruser.

Fleur écrivit cette lettre au stylo encre noir, sur un billet que lui avait remis Nazir et dont l'en-tête affichait le nom d'un hôtel new-yorkais, le Pandora Hotel.

Elle ne voulut pas en savoir davantage. Elle se leva pour rendre sa copie à Nazir assis contre le mur du soupirail, immobile et alerte, comme un prédicateur sur le point d'entrer en scène.

Quand il eut fini de relire la lettre, il sentit qu'un compliment serait bienvenu pour prévenir une nouvelle crise :

— Belle écriture.

— Belle écriture ? répéta Fleur.

— Qu'est-ce qui se passe maintenant ? lui demanda Nazir en voyant que ses genoux s'entrechoquaient de façon de plus en plus rapide.

— Il se passe que je te comprends plus, répondit Fleur en se tournant dans la direction opposée à celle de la fenêtre. Tu penses qu'à une seule chose, en fait. Te venger. Te venger de lui. Tu t'en fous de Chaouch, de tous ces menteurs de politiciens. Tu m'as fait croire qu'on allait provoquer le soulèvement des consciences, que la jeunesse européenne allait se réveiller... Il ne se passe rien. On va pourrir ici jusqu'à la fin de nos jours parce que tout ce qui t'intéresse, c'est simplement de faire du mal à ton petit frère.

— Je n'arrive pas à savoir si tu es sérieuse. Gagnons du temps, dis-moi que tu plaisantes.

Fleur se rembrunit. Elle passa les mains dans ses cheveux, pour leur redonner du volume.

— Tu ne veux pas changer le monde ou les gens. Tu veux que les choses restent ce qu'elles sont à condition que Fouad souffre enfin. Tu penses qu'il n'a pas assez souffert, que tout a été trop facile pour lui.

— C'est vrai, concéda Nazir en se levant pour se dégourdir les jambes. Je ne veux pas changer les gens. Je ne
veux pas changer les gens, je veux changer les pensées
des gens. Je veux que ces pensées se retournent sur elles-
mêmes, je veux que les fentes de ces pensées s'entrouvrent,
se dilatent, se réchauffent, et je veux qu'une grande idée
les féconde, ces pensées enfin disponibles, enfin libérées.

Fleur se retourna, bondit hors du lit :

— C'est ça que tu as fait avec moi ? Tu m'as entrouverte pour me féconder ? Alors pourquoi est-ce qu'on
baise jamais ? Pourquoi est-ce que tu ne me regardes plus,
Nazir ?

— Je t'ai libérée, Fleur. Tu aurais pu devenir la sœur
de ton frère. Mais j'ai réveillé tes énergies endormies.
Imagine un instant, toute cette violence que tu avais en
toi, ce qu'elle serait devenue si tu ne m'avais pas rencontré.
La petite fugueuse aurait pris peur. Tu serais retournée
dans ton petit monde, tu aurais suivi le chemin que les
Montesquiou suivent depuis toujours. Sacrifier leurs désirs
profonds, leurs pulsions, se sacrifier eux-mêmes pour la
gloire d'un nom qui ne signifie plus rien depuis des siècles.

— Tu ne m'as pas répondu. Pourquoi tu ne me regardes
plus ? Tu ne me trouves plus belle, c'est ça ? Tu n'as plus
envie de moi. Tu ne sais même plus à quoi je ressemble...

Nazir approcha du lit, s'accroupit devant la jeune fille.

— Regarde, je ferme les yeux.

— Et alors ?

— Et alors tu as mille visages. Le premier, c'est quand
tu boudes. Tes lèvres se crispent, ton menton froisse sa fossette et la contracte, jusqu'à ce qu'elle ressemble à ton petit
cul bloqué. Ton deuxième visage, c'est quand tu réfléchis
intensément. Tes yeux se tournent vers le coin inférieur
gauche, tu mordilles ta lèvre supérieure tant que tu n'as
pas trouvé de solution. Bizarrement, ton front s'agrandit
et se détend quand tu penses. Ton troisième visage, c'est
quand tu as peur. Tes joues pâlissent, ta peau semble
devenir translucide. Deux ridules apparaissent au coin de
tes paupières. Tes yeux s'assombrissent. Ton quatrième

visage, c'est quand tu as honte. Ton sourire devient dis-gracieux, tes lèvres grimacent. Ton cinquième visage, mon préféré : quand tu es euphorique. Et celui-là je ne peux pas le décrire. Il n'y a plus de traits saillants, de particularités. Il n'y a plus qu'une bouche brillante au milieu d'un ovale enfantin et lumineux, percé d'yeux verts et... exaltés.

Il ouvrit les yeux, s'attendant peut-être à voir ce visage. Mais Fleur cachait ses larmes avec ses mains jointes ; elle ne le regardait pas.

— Je n'ai pas les yeux verts, renifla-t-elle. J'ai des len-tilles vertes, que tu m'obliges à porter. Ah, il faut que je sorte, dit-elle en aspirant de larges bouffées d'air. Ça ira mieux quand j'aurai pris l'air.

Elle sortait deux fois par jour, une fois pour aller cher-cher à manger et une fois, au crépuscule, pour vérifier que le paquebot n'était pas arrivé. Nazir lui avait confié cette mission. Quand elle verrait le *Costa Libertà* entrer dans le port de Gênes, ils pourraient enfin quitter leur trou à rats.

— Si tu sors, tu peux poster la lettre qu'on a écrite tout à l'heure ?

Fleur prit la lettre et se chargea toute seule de vérifier que leur ruelle était vide.

— Tu me dis pas de faire attention ?

— Tu comptais faire autrement ?

Nazir attendit une dizaine de minutes avant de soule-ver le matelas sous lequel elle cachait son journal intime. Debout au milieu de la pièce, il lut les dernières pages :

... Je marche dans la ville déserte, parfois un carabinier me sourit. Je me faufile jusqu'au vieux port, je passe sous la route suspendue qui longe le bord de mer. Au bord de l'eau, je retrouve le ponton ouvert au public et je le traverse jusqu'à son dernier carré de planches flottantes, rattachées au long serpent de bois par des amarres qu'un couteau suisse suffirait à libérer. Je regarde le soleil se coucher sur la mer, je suis heureuse et comme à chaque fois que je suis heureuse je pense à lui...

... nous guettons le retour de ce paquebot que nous avons vu le premier soir, cet incroyable HLM flottant,

majestueusement illuminé, qui se déplace avec une lenteur de dinosaure, en s'annonçant à coups de corne de brume. Si je ferme les yeux et que je me concentre je l'entends encore, cette sirène – le bruit grave, mat et vibrant de la liberté. Parce que quand le Costa Libertà *reviendra de son périple oriental et franchira à nouveau l'entrée du port, ce sera le moment de fuir vers le prochain décor de notre idylle maudite. Mais je n'ai pas peur. Nazir sait ce qu'il fait. A-t-il réservé une cabine dans le paquebot ? Attend-il de faux papiers pour y embarquer sans risque ? Je ne sais pas, lui sait. Il a un plan...*

... Quand nous nous disputons je sens que je pourrais tout abandonner. Craquer. Aller voir la police et me faire rapatrier en France. Mais vivre sans lui me serait impossible. Je sais qu'il est le diable – une sorte de diable, un diable d'homme. Mais il n'y a que ceux qui n'ont jamais rencontré le diable qui ont peur de lui. Le diable n'est pas notre ami ; il est trop méchant, trop sincère pour être notre ami. Ce n'est pas non plus notre ennemi. Il veut qu'on vive, qu'on brûle sa vie. Ce n'est pas notre ami, ce n'est pas notre ennemi, c'est tout simplement notre frère, notre jumeau sombre qui nous pousse à sortir de nous-mêmes, de nos sentiers battus. C'est ce qu'a fait Nazir pour moi. Parfois j'aimerais que toi aussi, tout le monde le connaisse comme je le connais...

Nazir vit que cette dernière phrase avait été effacée avant d'être réécrite, soulignée avant d'être biffée. Il referma l'épais journal intime, épais de cette vie qu'il avait « libérée » ; il le fourra enfin sous le matelas en bredouillant d'une voix au bord du sourire :

— Le diable...

TROISIÈME PARTIE

Otages

1.

Sur la table en teck étaient disposés deux plateaux de croissants et de pains au chocolat, des pots de confitures de figues et de myrtilles sans étiquettes, des biscottes, une baguette et deux ficelles, des œufs brouillés, d'autres à la coque, des petites saucisses rôties et une bonne douzaine de tranches de lard fumé.

On petit-déjeunait copieusement au domicile privé du préfet de police de Paris – un duplex ultramoderne perché au dixième et dernier étage d'un immeuble des Invalides. La terrasse encerclait de bout en bout le cube de verre poli qui coiffait le haut bâtiment rectangulaire de façon vaguement inquiétante, comme un bouton détonateur.

Quand, à sept heures dix pile, le jeune commissaire Thomas Maheut franchit la porte d'entrée du duplex, rasé de près et parfumé comme pour un rendez-vous galant, il sut pour sa part apprécier le rare honneur que lui faisait son patron revêtu d'un peignoir blanc en l'invitant à partager ses croissants chauds et ses œufs amoureusement brouillés par les spatules en silicone de son épouse.

Il changea de place pour regarder la tour Eiffel à côté de son commissaire. Celui-ci n'avait jamais vu le préfet de police aussi humain et animé. C'était le but de cette invitation, bien entendu. Maheut s'attendait à ce qu'il lui demande une faveur gigantesque.

— Vous voyez, Paris n'a pas brûlé, déclara Dieuleveult en désignant l'horizon d'un geste de la main. Et ce n'est pas grâce à Vermorel, vous pouvez me croire.

Le préfet de police se leva, ferma la baie coulissante dans laquelle il tomba nez à nez avec son propre reflet. Sous son peignoir, il portait un maillot de corps d'où dépassaient quelques poils de torse. Il s'empara du toqueur à œuf en inox et l'actionna dans le vide, pour le pur plaisir de sentir le mouvement du ressort.

— Maheut, Maheut, Maheut, ânonna-t-il en gobant une petite saucisse. Depuis quelques mois, je dispose d'un homme de confiance dans la nébuleuse de la place Beauvau. Disons qu'il se situe dans la périphérie, oui, très dans la périphérie des activités ordinaires du ministère. Il s'appelle Waldstein, enfin c'est un nom d'emprunt...

— La périphérie, c'est-à-dire ?

— Disons qu'il a beaucoup fréquenté les milieux barbouzards. Mais ne soyons pas naïfs, quand l'intérêt national est menacé, toutes les guerres ne peuvent pas se dérouler au vu et au su de tout le monde. Or il faut bien se salir les mains pour creuser les tranchées de ces guerres confidentielles. Hein ? Voilà, disons que nous avons eu l'occasion de travailler ensemble par le passé, et qu'il a été, ces derniers mois, recruté par la DCRI, sur consigne de Boulimier en personne. Pour quoi faire ? Lui-même ne le savait pas exactement. Sa mission consistait à vivre en Suisse pendant quelques semaines, à Zurich, sous une fausse identité de barbier. Le moment venu, on lui dirait quoi faire. Ce que ni Boulimier ni Montesquiou ne savaient, c'est que, parallèlement, je lui avais, moi aussi, confié une mission. Et tout s'est bien passé, jusqu'à la semaine dernière. Il s'est mis à ne plus répondre au téléphone. Alors je ne vais pas y aller par quatre chemins : je veux que ce soit vous qui preniez le relais.

— Mais... en quoi consistait sa mission ?

— Oh, il s'agit de toutes petites choses, mais comme souvent ce sont les toutes petites choses qui font avancer les grands projets, n'est-ce pas ? Bon, il s'agira, pour être tout à fait clair, de renseigner une journaliste. Vendredi dernier, j'ai été contraint de me déplacer moi-même, pour honorer le rendez-vous hebdomadaire de cette journaliste et de mon... homme de confiance. J'ai laissé un mot pour repousser le rendez-vous à aujourd'hui. C'est une journaliste d'investigation, du genre coriace. Il s'agira de la renseigner sur les activités de Vermorel et de son bras droit... certaines zones d'ombre, vous comprenez ? C'est...

— ... ce dont s'occupait votre Waldstein ?

— Précisément. Dans cette pochette il y a un certain nombre de documents, que j'ai fait blistériser afin que vous ne soyez pas tenté d'y jeter un œil. À partir de maintenant vous allez devoir penser à votre pouvoir de démenti. Je vous préviendrai des modalités concrètes en temps voulu. Gardez la pochette en lieu sûr, n'en parlez à personne et attendez mes instructions.

La semaine passée, Thomas Maheut avait tacitement accepté la mission que le boss voulait lui confier ; ce matin-là il ne fut même pas question de renouveler son accord : Dieuleveult lui remit cette pochette et se leva d'un bond. C'était un homme de pouvoir, ses conversations téléphoniques tenaient souvent en trois mots – allô, non, d'accord ; ce n'était pas le genre à vous mettre la main sur l'épaule : à la place il se tournait vers vous, la tête et les épaules synchrones, et vous compulsait comme un dossier, sans rien dire, avec une curiosité aussi intense que robotique.

— Et sinon, vous avez vu la cérémonie ? demanda-t-il distraitement. Cette mère enragée, ce pauvre CRS... Et Vermorel. Tout le monde a bien compris qu'en plus d'avoir un cœur de pierre elle n'avait aucune intelligence tactique. Ça aura au moins servi à quelque chose. C'était votre première cérémonie de ce genre, non ?

— Oui, monsieur. J'ai pris des nouvelles du gamin... Mohammed Belaïdi, « Gros Momo » comme il se faisait appeler. Il y a très peu de chances qu'il s'en sorte, la colonne ver...

— C'est très important, vous savez, l'interrompit le préfet de police qui se moquait autant du sort de « Gros Momo » que des états d'âme de son commissaire. Vermorel et Montesquiou forment un tandem dont vous ne pouvez pas commencer à imaginer la dangerosité... Je ne sais pas si vous êtes au courant de la rumeur...

— La rumeur ?

— Nous sommes à l'aube d'un big-bang politique. Une recomposition spectaculaire du paysage. Le dossier que je viens de vous remettre apporte tous les éléments nécessaires sur ce sujet. Écoutez-moi bien, Maheut : il y a une marée dans les affaires humaines. Il faut savoir la repérer, la repérer et la saisir. Les événements ont leur propre... poésie, il faut simplement savoir prêter l'oreille, écouter le bruit du ressac... On ne sait jamais quand viendra la prochaine opportunité de les chasser, ces zouaves qui occupent la place Beauvau...

Maheut n'était pas à l'aise. Il lissa sa longue cravate du pouce et de l'index, il se mouilla le palais avec une gorgée de jus d'orange :

— Mais si vous me permettez, monsieur, le calendrier va les chasser pour nous, non ? Ils ont déjà quitté le ministère, si je ne m'abuse...

Dieuleveult prit un air mystérieux.

— Tout est possible avec ces gens, croyez-moi, leur inventivité est sans limites, ils sont prêts à tout pour rester aux affaires... Écoutez les infos, regardez autour de vous. On assiste à une formidable campagne médiatique visant à définir cette famille, les Nerrouche, comme un vivier de terroristes endurcis. Enfin, ce coup de filet absurde de Rotrou, qui n'a fait remonter aucun gros poisson... Ce n'est que le premier moment du plan de Montesquiou, la phase A...

Le jeune commissaire voulut demander ce que serait la phase B, mais Dieuleveult poursuivait sans le regarder :

— Quant à nous, songez bien que la sécurité, et particulièrement la sécurité de la capitale, ce n'est ni de gauche ni de droite. Vous me suivez ? Il y a un poste vacant à l'Antiterrorisme. Tout va bien se passer, je n'en doute pas, il vous suffit de remettre ce dossier à notre amie journaliste. Bien. Pour ce qui vous concerne, Mansourd est en mauvaise posture, il ne deviendra jamais sous-directeur de l'Antiterrorisme. Vous êtes un des plus jeunes et brillants commissaires de France. Vous avez un certain sens politique, tout en discrétion. Enfin, tout peut arriver, cela va sans dire, mais vous avez déjà songé à l'Antiterrorisme ? Non, ne répondez pas. Réfléchissez-y, rien ne presse. Et pas un mot de tout cela, je n'ai pas besoin de vous le dire. Songez seulement à cette question que posait très astucieusement ce bon vieux Brecht : qu'advient-il du trou quand le fromage a disparu ?

— Évidemment, monsieur, répondit Maheut qui ne saisissait pas le sens de cette citation.

— Qu'advient-il du trou quand le fromage a disparu ? répéta rêveusement le préfet de police. Incroyable question, n'est-ce pas ? Eh bien tout ce que je peux vous dire, c'est qu'on ne va pas tarder à le savoir, mon petit Maheut.

Dieuleveult retrouva sa femme qui ne s'était toujours pas changée et raccompagna son protégé sur le pas de la porte. Madame avait mis ses lunettes de soleil. L'un à côté de l'autre, emmitouflés dans le même peignoir blanc, ils ressemblaient à un couple de pigeons cossus en villégiature – deux colombes mafieuses qui le saluaient en souriant, et dont le sourire s'éteindrait brutalement dès qu'ils auraient refermé la porte.

Maheut pensa à ses rivaux au sein de la préfecture de police, il pensa à leur jalousie. Lorsqu'il fut enfin seul dans le couloir moquetté de rouge, il essaya de s'en réjouir pour chasser la honte qui imprégnait son costume brillant comme un sou neuf. Il appela l'ascenseur, pressé de se voir resplendissant dans le miroir, et de mettre un coup d'arrêt à ses stupides atermoiements déontologiques.

Sa cravate bleu nuit frappée de l'insigne de la préfecture de police se reflétait dans les battants fermés de l'ascenseur. Il se rendit bientôt compte que ce dernier mettait un temps fou à arriver. Pour ne pas risquer l'embarras d'être rejoint par le préfet, il descendit au neuvième étage. Un gloussement mécanique se fit entendre à l'étage supérieur. Les battants s'ouvrirent enfin, mais sur le vide : les câbles de l'ascenseur resté bloqué au dixième roulaient sans parvenir à le faire descendre. Le commissaire avança prudemment la tête et vit que la cabine était coincée entre les deux derniers étages. Il se pencha et jeta un coup d'œil dans le boyau de la cage d'ascenseur. D'inexplicables sons métalliques montaient vers lui depuis le fond du gouffre, tel un chœur de voix spectrales : des bruits de parois rouillées, de cordes et de câbles entremêlés, les échos de taquets et d'emboîtements ratés.

Il frémit et se dirigea vers la porte coupe-feu où l'attendaient de bonnes vieilles marches d'escalier.

2.

Deux heures plus tard, Marieke avait scanné le dossier tout entier et déplacé le fichier sur plusieurs disques durs mobiles. Assise sur le canapé de son appartement, elle n'en revenait toujours pas de ce que venait de lui révéler ce nouvel informateur. Il avait l'air mal à l'aise en lui annonçant que Waldstein ne la rencontrerait plus – c'était un jeune gradé à l'aspect martial, qui ne regardait jamais Marieke dans les yeux. Peu importait : les informations que lui avait délivrées Thomas Maheut valaient de l'or.

Une heure plus tard, Fouad était assis sur le rebord de la fenêtre, plongé dans la lecture des documents. Marieke se rongeait les ongles en se demandant ce qui lui prenait si longtemps ; elle était aussi impatiente que si elle venait de lui montrer un de ses poèmes.

Fouad avait du mal à se concentrer. Marieke était pieds nus. Il les voyait parfois arpenter le parquet craquant de ce studio qui se résumait à un matelas jeté par terre, à une coiffeuse bourrée de flacons et de crèmes de beauté et à un placard à chaussures mêlant escarpins, talons hauts et crampons d'escalade.

Dix minutes plus tard, Fouad, qui s'était allongé sur le lit, laissa tomber la liasse de documents imprimés et dit d'une voix tremblante :

— C'est incroyable, c'est absolument dingue.

— T'as vu les listings à la toute fin ?

Le dossier contenait une vingtaine de feuillets et quelques photos volées en grand format. Montesquiou et sa sœur Victoria immortalisés à la sortie d'immeubles sans devantures, avec des mines de conspirateurs. Il y avait d'autres visages que Marieke reconnaissait comme évoluant dans le sillon de l'extrême droite, et qui se mêlaient à deux ou trois têtes de droite vaguement familières, le genre de députés qu'on interviewe à la fin d'un congrès, quand on n'a pas réussi à avoir les caciques.

Les papiers que venait d'acquérir Marieke révélaient que pendant toute la durée de la campagne, des responsables des deux partis, droite et extrême droite, s'étaient rencontrés lors de réunions ultra-secrètes et avaient mené des tractations visant à réfléchir à un possible « avenir commun ». Les minutes de leurs réunions avaient été scrupuleusement tenues. Montesquiou et sa sœur menaient les débats, commentaient ensemble des notes de synthèse, des rapports d'experts, des études de sondages, notamment sur les « circonscriptions prenables » aux prochaines législatives. Marieke pensait pouvoir établir à partir d'une série de factures qu'un de ces rapports n'avait pas été réalisé par un institut privé mais directement par les services du ministère de l'Intérieur.

— Ils ont fait tout le boulot pour moi. Tout ce que j'avais déjà contre eux n'est rien à côté de tout ça. Ils ont tout fait, j'ai plus qu'à piocher et à organiser le tout. Je tiens l'enquête de la décennie !

— Mais c'est plus ton enquête, releva naïvement Fouad. Ceux qui t'ont filé ça ont forcément un intérêt qui te dépasse...

Marieke secoua la tête ; elle refusait d'entendre ses scrupules :

— Ce sont simplement des lanceurs d'alerte de la DCRI, heureusement qu'il y en a un ou deux. Et puis même s'ils ont un autre agenda, je m'en fous. C'est comme ça que ça marche. Gagnant-gagnant.

— Marieke, tu me fais un peu peur.

— Non mais on s'en fout, regarde ! Tu comprends ce que ça veut dire, ce que tu viens de passer une demi-heure à lire ? Une officine en plein cœur de la place Beauvau, qui finance des intérêts politiciens privés ?

Fouad hochait la tête d'un air ahuri. Les derniers feuillets consistaient en notes biographiques détaillées de chaque parlementaire membre du parti de droite. En vue du prochain congrès extraordinaire du parti, dont la date n'était jamais annoncée, ils allaient déposer une motion synthétisant les propositions de leur courant : la motion « Fierté et héritage ». L'auteur de cette motion était Montesquiou, sa marraine Vermorel. Et les soutiens égrenaient la liste des députés et des sénateurs de la Droite nationale.

Pour les autres cadors de la droite, une notation rudimentaire figurait au sommet des fiches : A pour « chaud », B pour « tiède », C pour « froid ». Chaud signifiant que le député n'aurait pas besoin d'être convaincu, qu'il suivrait Vermorel les yeux fermés. Froid signifiant qu'il faudrait le travailler au corps, qu'il avait peur de perdre sa circonscription, ou alors qu'il avait des préventions « morales ». Il n'y avait qu'une députée notée C pour cette dernière raison : une députée métisse qui avait eu des ennuis judiciaires avec l'extrême droite. C'était un cas très particulier. Dans leur immense majorité, les députés qui avaient rejoint le courant de Vermorel l'avaient fait sur la base d'une foi limpide : la droitisation de la population était acquise ; les fractures identitaires grandissantes du « pays réel » exigeaient une grande alliance à droite.

— En fait, expliqua Marieke, c'est le frère et la sœur Montesquiou qui ont tout fait. En prenant bien soin de ne jamais se montrer ensemble en public. À partir de Pâques, la fréquence des réunions augmente de façon exponentielle. Ils se voient jusqu'à trois fois par semaine.

— C'est incroyable. Je ne comprends pas comment... comment ils ont fait pour garder ces tractations secrètes pendant toute la campagne...

— Ben c'est bien simple : seuls Montesquiou et sa sœur étaient impliqués. Et comme ils ne sont pas connus, ça aurait été facile de les dégommer si ça commençait à fuiter. Mais il y a autre chose. Ils étaient protégés. Ils avaient tout un détachement d'espions qui travaillait pour eux, comme une police politique, si tu vois de qui je parle... Espionnage de journalistes, fadettes...

Fouad hocha gravement la tête. Il se leva et vit Marieke de dos, en train de se masser la nuque devant son miroir sur pied.

— Qu'est-ce qu'on va faire, Marieke ? Tu crois qu'on peut publier quelque chose cette semaine ? L'opinion publique va changer d'un coup, prophétisa-t-il en serrant le poing. Le vent va tourner, ils vont nous laisser tranquilles et le juge va être obligé de se mettre à chercher les vrais coupables.

— J'ai peur que ce ne soit pas aussi facile, lui répondit Marieke en enlevant son chemisier et en déboutonnant son jean.

Fouad ouvrit la bouche en la voyant soudain en simple soutien-gorge. Ce fut comme une déflagration, un éblouissement de chair blanche et veloutée.

— Ben enfin, regarde pas, espèce de mufle !

— De quoi est-ce que tu parles ? Comment je pourrais ne pas regarder alors que tu te fous à poil sous mes yeux ?

— Je me change rapidos, c'est tout. Pas la peine de me zyeuter comme un gosse de treize ans.

3.

Jasmine dormit jusque très tard ce matin-là ; elle fut réveillée à midi et demi par un garde du corps qui n'était pas Coûteaux. Elle le sentit avant de le voir, au rythme trop lent de ses coups de doigt contre la porte de sa chambre.

L'homme qui se présenta dans l'embrasure avait les cheveux blancs coupés court, le regard immobile et le fil blanc de son oreillette en évidence – tout ce que détestait Jasmine : un chien de garde aux allures de militaire en civil, avec cette fine queue diabolique dépassant de son col de chemise après avoir longé sa colonne vertébrale depuis ses fesses serrées par l'importance de sa mission.

— Mademoiselle Chaouch, se présenta-t-il en bombant le torse, je suis le sergent-colonel...

— Un gendarme, le coupa Jasmine, eh ben pourquoi pas, plus on est de fous... Où est Coûteaux ?

— À partir d'aujourd'hui, c'est moi qui suis en charge de votre dispositif de sécurité, répondit poliment le gendarme du SPHP avant de désigner les anciens hommes de Coûteaux qui patientaient derrière lui dans le salon et qui saluèrent d'une légère inclinaison du torse la première fille dont ils accompagnaient les déplacements depuis plusieurs semaines.

— Vous ne m'avez pas répondu, insista Jasmine qui n'avait enfilé qu'un seul de ses escarpins, le droit. (Les doigts de son pied gauche se levèrent en même temps que ses sourcils :) Où est Aurélien ? Il est malade ?

— Il n'est pas là, déclara le gendarme – il n'avait pas le droit d'en dire plus mais il refusait de l'indiquer pour ne pas effrayer la jeune femme. Le major Coûteaux ne s'occupera plus de votre protection désormais.

Jasmine allait hausser le ton lorsque sa mère l'appela pour lui confirmer qu'elle était attendue le lendemain au Val-de-Grâce, pour la réunion un peu particulière avec son père, celle dont elles avaient parlé la veille. Il s'agissait d'un briefing des enquêteurs de l'Antiterrorisme : Jasmine avait été très surprise d'y être conviée, si surprise qu'elle en avait fait des insomnies. Elle ne voulait pas déranger Fouad, elle s'était donc confiée à son réfrigérateur ; ces derniers temps, elle était fréquemment prise d'accès de boulimie. Elle dévorait des quantités inquiétantes de glace Ben & Jerry's. Elle se faisait des goûters nocturnes avec du thé, de la crème anglaise et des « cigarettes gourmandes » qu'elle ne se lassait jamais de tremper dans l'un ou dans l'autre, et souvent dans les deux.

Pendant qu'elle émergeait et finissait par présenter ses excuses à son nouveau garde du corps, Fouad subissait une nouvelle salve d'explications de Marieke sur les documents extraordinaires dont il venait de prendre connaissance :

— Ils ont bien préparé leur putsch, ils attendent la passation des pouvoirs de jeudi pour annoncer leur alliance pour les législatives. Ils ont tout leur plan com, Fouad, ils ont prévu tous les paramètres...

Marieke se déplaça, saisit le bras de Fouad :

— S'ils sont capables de monter une officine pour ça, je vois pas pourquoi ils n'iraient pas plus loin. Ils ont aucune limite, tu vois bien qu'ils ont aucune limite ! Je te le dis les yeux dans les yeux, comme je le pense : Montesquiou et Boulimier, et si ça se trouve la sœur de Montesquiou aussi, ont commandité l'attentat contre Chaouch pour créer les conditions propices à leur espèce d'alliance nationaliste.

Elle scruta le regard immobile de Fouad, guettant la première lueur indiquant qu'il était convaincu. Mais cette lueur ne venait pas.

4.

Mansourd cheminait comme un escargot sur la voie de gauche du périphérique ouest ; il vit soudain que sa jauge d'essence était dans le rouge. Il n'avait pas pu éviter les embouteillages causés par la manifestation : le « peuple de droite » défilait pour protester contre Chaouch, un « infirme à l'Élysée » ; le peuple de gauche prévoyait de descendre dans la rue le lendemain. À droite on se moquait de Frankenstein représentant la France au G8. Le lendemain, à gauche, on exalterait la mémoire de Roosevelt à Yalta.

Le préfet de police avait délivré toutes les autorisations demandées par les organisateurs : à trois jours de l'investiture du président élu, Paris ressemblait à une cocotte-minute sur le point d'exploser. En guise de sifflement crescendo, les slogans haineux qui convergeaient jusqu'à former en bout de cortège, place de la Concorde, un seul appel, vibrant, solennel – à la démission ; à l'empêchement.

Tout autour de la cocotte-minute, les bouchons s'allongeaient, mettaient à rude épreuve la patience des Franciliens apolitiques. Le commandant qui en faisait partie venait, en outre, d'avaler des centaines de kilomètres : il finit par attraper son gyrophare pour emprunter la bande d'arrêt d'urgence. Il n'aimait pas abuser des privilèges de sa fonction ; il pouvait cette fois-ci encore le justifier par les « besoins de l'enquête », même s'il commençait à désespérer de la faire avancer.

Il arriva chez lui, à Courbevoie, un peu avant dix-huit heures. Il louait un pavillon terne aux murs de crépi vert pâle ; depuis qu'il avait emménagé une dizaine d'années plus tôt, le jardinet avait dégénéré en jungle. C'était la seule chose qui avait changé : les meubles étaient d'origine, les placards recouverts de formica et les ressorts de son matelas à plat, comme à la signature de l'état des lieux.

Le bureau qui donnait sur le jardin était la pièce où il passait le plus de temps. Il s'asseyait sur un fauteuil de velours et regardait le soir tomber en réfléchissant, à sa vie, à son enquête – au feuilleton dans lequel elles se confondaient, conte mutant, sauvage, sans queue ni tête.

Sur sa droite, le mur était une immense paroi de miroirs que le propriétaire devait avoir installée pour agrandir l'espace et amplifier la luminosité. Au début, Mansourd avait voulu le détruire, et puis il s'y était habitué. Mais depuis l'attentat et le début de cette enquête impossible, les post-it recouvraient la quasi-totalité du miroir – le commandant passait des heures entières à observer ses notes et ses organigrammes, debout devant ce mur comme Vélasquez dans *Les Ménines*.

Parfois le reflet de sa main surgissait dans un coin où il venait de retirer un post-it. Parfois un courant d'air en décollait quelques-uns – depuis que Mansourd avait cogné dans la double porte de ce salon (depuis le départ définitif de Mme Mansourd), le vent s'engouffrait dans le rez-de-chaussée traversant de la bicoque.

Recru de fatigue, le commandant placarda les post-it qu'il venait de noircir dans la colonne des « services » à demander au juge Poussin. Il se laissa ensuite tomber dans son fauteuil et promena un regard de détresse sur le miroir à présent complètement saturé de notes. Il avait du mal à respirer, il avait chaud et son épaule le picotait.

Le téléphone fixe sonna. Il disposait d'un répondeur à l'ancienne. La voix de Tellier emplit le salon. Son tremblement imperceptible semblait augmenter le rythme des pulsations cardiaques de Mansourd :

— Bonsoir, commandant, j'essaie de vous joindre depuis hier, du coup je me suis dit que j'aurais peut-être plus de chances en… Bref, je veux que vous soyez prévenu, vous allez être convoqué lundi ou mardi prochain au siège de la PJ, ils ont décidé de vous mettre à pied… Je suis désolé… que les choses aillent aussi loin… Je n'avais pas prévu…

Mansourd avait besoin d'air. Il tendit le bras et parvint à ouvrir la porte-fenêtre qui donnait sur le jardin. Un courant d'air humide lui arriva en pleine face. Il se souvint trop tard qu'il avait laissé la porte d'entrée ouverte. La bourrasque suivante souffla tous les post-it de son mur de miroirs. Le commandant devait se concentrer sur sa respiration. En se levant pour empêcher la catastrophe qui venait d'avoir lieu, il perdit l'équilibre, posa un genou à terre pour ne pas s'écrouler.

Il pouvait à présent voir son reflet dans cette paroi dramatiquement dénudée, se voir complètement, de haut en bas – taureau défait, sur les rotules, le cœur au bord de la rupture.

Autour de lui, sur le lino du bureau, Nazir le narguait d'un post-it à l'autre. Quand son nom était souligné de deux traits, c'était la main de Nazir qui avait tiré le deuxième.

5.

Le coupé Volkswagen filait sur l'autoroute en direction de la frontière italienne. L'Américaine s'inquiétait du changement d'humeur de son passager. Romain ne disait rien pendant une heure, et puis soudain il parlait d'une voix rauque, comme étrangère.

— Il m'a demandé de le conduire sur cette colline, à Saint-Étienne. On était au pied du minaret, en mars, il faisait un froid de canard. Il m'a dit que ça prendrait deux minutes. Le temps de prononcer une formule et de lever le petit doigt. Ça s'appelle la *chahada*. J'étais en larmes, Nazir m'a fait lever le petit doigt. J'étais devenu musulman. Il m'a dit de choisir un nom. J'ai choisi Julaybib évidemment. Vous ne connaissez pas Julaybib. Ben si, en fait vous le connaissez : c'est moi ! Le petit, le nain, le difforme, le laid, l'ignorant surtout : celui qui comme moi n'avait ni père ni mère, enfin qui ne les connaissait pas. Moi je connaissais mon père, mais c'est comme s'il n'avait pas existé, il était tellement insignifiant... Comme moi, comme Julaybib, on n'en parle même pas comme d'un compagnon du Prophète, de Julaybib. Tout le monde se moquait de Julaybib, tout le monde ! Les gens refusaient de le laisser entrer chez eux. Les moqueries des hommes auraient pu le briser, mais le Prophète dans sa miséricorde a décidé de le prendre pour compagnon. Son petit compagnon difforme, son compagnon nain, ah ah ! Il est mort héroïquement, en ayant tué sept ennemis. Le Prophète a dit : « Cet homme est de moi et je suis de lui. » Il est mort en martyr et il a été enterré par le Prophète lui-même, sans avoir été lavé bien sûr, parce qu'on ne lave pas les martyrs avant l'enterrement. Non, non, pas les martyrs.

Après cette saillie, il garda le silence pendant une dizaine de minutes. L'Américaine manquait de sujets de conversation à lancer.

— Qu'est-ce que tu penses qu'il va faire de Florence ? demanda-t-elle enfin.

Romain se tourna vers elle, bouche entrouverte.

— Pourquoi tu l'appelles Florence ?

— Ben, Florence, c'est pas comme ça qu'elle s'appelle ? L'Américaine ferma les yeux, accéléra.

— Le succès de l'opération de Nazir dépendait aussi d'elle. De Fleur. Elle refuse qu'on l'appelle Florence, c'est étrange que tu ne le saches pas. Il dépendait de moi, d'elle, de nous tous. Mais l'arme fatale c'était Krim. Nazir avait réuni les deux cercles à la fin. Ceux qui vénèrent la France et ceux qui la détestent. Et moi j'étais le trait d'union entre les deux. Je venais de l'extrême droite, je m'étais converti à l'islam. Mais toute cette histoire de cercles, c'était du vent. Tout reposait sur Krim, depuis le début. Nazir me l'a expliqué le dernier soir, samedi, la veille de l'attentat. Il m'a dit que pour réussir une opération normale, il faut être sûr de tous les éléments de son plan. Mais que pour l'opération qu'il avait passé des mois à concevoir, peut-être même des années, pour une opération aussi extraordinaire que la nôtre, il fallait s'en remettre au hasard, à la fragilité d'une main tremblante. Il fallait lancer les dés au dernier moment. Risquer de tout faire échouer...

L'Américaine lui demanda de développer, mais Romain ne voulait plus parler.

Le jeune homme se mit à penser à son père défunt, son père à qui il ne pensait jamais, son père qui, quand il vivait, se caractérisait par une présence extraordinairement neutre à ses côtés – un de ces pères qui n'aiment pas se mettre en avant, et qui sourient en rougissant, les mains dans les poches, les yeux rivés au sol à la recherche d'une pierre dans laquelle donner un coup de pied inutile. Il était né et mort au même endroit, il n'avait laissé qu'une trace de son passage sur terre : un fils qui avait changé de prénom et renié la foi de ses aïeuls. Une vie pour rien en somme, comme une partie de bataille aux cartes – mais une partie que les joueurs auraient arrêtée en cours de route, soudain saisis de la stupidité d'un jeu où le hasard ne pouvait jamais être contrarié par quelque astuce ou prise de risques.

— On a joué à un jeu, déclara Romain abattu, pressé de quitter le souvenir de son père tout en sentant qu'il n'y parviendrait pas. Ce samedi-là, la veille du second tour, on s'est mis autour de l'aquarium, on a pris deux tabourets, des serviettes, des verres d'eau, et on a joué à un jeu. J'étais chez lui, c'était la veille du grand jour et... C'était le jeu du qui perd gagne. Le jeu du qui perd gagne, oui. Dans son appart... il y avait un aquarium...

Il se tut ; sa gorge était déjà sèche.

L'Américaine le sentait transpirer à côté de lui, remuer sur le siège et ne jamais trouver de position confortable.

— Je t'écoute. Prends ton temps.

— Il y avait une douzaine de poissons dans l'aquarium, on ne savait pas exactement combien. Nazir avait mis un carton sur les parois, pour qu'on ne puisse pas suivre le décompte. Et pour prouver sa bonne foi, il avait voulu qu'on tire au sort, pour désigner celui qui allait commencer. Le jeu c'était que celui qui avalait le dernier poisson avait perdu. Et donc qu'il avait gagné.

— Mais gagné quoi ?

— Gagné le droit d'assister Krim le lendemain. C'était donc lui ou moi. Peut-être qu'en fait son autre homme de confiance, c'était lui... Oui, il a sûrement voulu dire qu'il n'avait confiance qu'en lui et en moi.

Sur cette phrase il s'arrêta, paraissant ne pas y croire, ne plus croire en rien.

Pourtant si : il croyait encore en une chose. Au goût de ces poissons rouges qu'ils avalaient vivants à tour de rôle. Nazir souriait à chaque bouchée, mais pas Romain :

— Au début j'essayais de les croquer, mais la sensation de la tête continuant de frétiller dans ma bouche... c'était trop douloureux. Je comprenais pas comment Nazir s'en sortait si facilement, et pourquoi moi au contraire j'étais si prodigieusement écœuré. Du coup j'ai fini par les gober et par les avaler cul sec. Au bout d'un moment j'ai plongé la main dans l'aquarium, j'ai cherché à l'aveugle, et j'ai vu qu'il n'y avait aucun poisson. J'étais étourdi, j'ai vu le visage de Nazir se contracter, se durcir.

— Eh bien tu avais gagné ! commenta l'Américaine.

— Non, j'avais perdu, dit Romain, la tête basse, percluse de ses sempiternels tics de bouche. Il n'y avait plus de poissons, j'avais perdu. Enfin j'avais gagné, mais qui perd gagne, donc nécessairement : qui gagne perd...

La cavalière accéléra à nouveau. La route continuait de longer le bord de mer, à flanc de falaise. Les flots se brisaient contre les rochers en contrebas. Soudain silencieux, Romain se tourna vers la conductrice, tête et épaules synchrones. Il respirait de moins en moins lourdement, il essayait de jouir de la situation, comme si c'était la dernière fois qu'il pourrait jouir de quelque chose.

Le silence même de la voiture commençait à l'émouvoir. Il lui faisait confiance, à ce silence, il l'aimait et l'estimait comme un orfèvre ; chacune de ses perturbations était une création, infime et considérable : sa main frôlant le revêtement velouté du siège ; le boyau de la boîte de vitesses se dilatant par à-coups ; le volant recouvert de cuir passant souplement d'une main de l'Américaine à l'autre ; les bips du tableau de bord électronique, jamais un plus haut que l'autre ; enfin et surtout le moteur et sa respiration lourde et continue, comme une toile de notes héroïquement tenues par les violoncelles, toile sur laquelle pouvaient sereinement s'inscrire les parties précédentes.

Le jeune homme tourna la tête vers la mer. Il venait de rater le rayon vert mais il était vivement excité. Nazir avait appelé ça l'euphorie du crépuscule. Les glissières dorées, les reflets du ciel en feu sur la mer, le sentiment que la vie

241

était une grande et noble chose... C'était toujours pareil : le soir montait et Romain était l'homme le plus heureux du monde. La lumière suffisait à le remplir de joie, la lumière rasante, les rayons couchés, les ombres qui grandissent et qui s'allongent, et puis la couleur du ciel, cette substance précieuse, comme si tout ce qu'il y avait de plus riche et de plus beau dans la journée écoulée avait été alluvionné, recueilli dans un creuset et reversé dans le ciel par une infinité de chenaux invisibles.

Sauf que bientôt, trop vite, les ténèbres triomphaient et il voulait mourir. Et il mourait. Il mourait chaque soir.

— Si je devais choisir entre sa vie et la mienne, déclara-t-il enfin en laissant filer de longues pauses entre ses mots, tu sais laquelle je choisirais ? Je choisirais la sienne.

L'Américaine eut une mauvaise impression.

— Et toi ? demanda bientôt Romain.

— Oui, bien sûr, pourquoi tu me le demandes ?

— Parce que je ne te crois pas, répondit sombrement le rouquin.

Il réunit toute l'énergie dont il disposait, la concentra dans son bras gauche et parvint à saisir le volant de la voiture. Quand sa décision est prise, la force d'un homme qui a décidé de mourir peut être surhumaine. Elle le fut ce soir-là : l'avant-bras de Romain était inamovible lorsqu'il tourna le volant vers la droite, projetant la voiture contre la glissière de sécurité qui tint sur quelques mètres, dans un strident festival d'étincelles.

Et qui finit par céder.

6.

Le lendemain, Fouad apprit la mort de l'ennemi public numéro 2 lors de son entretien téléphonique quotidien avec Szafran. Le corps de Romain Gaillac avait été authentifié, les autorités compétentes procédaient à l'autopsie.

Son visage roux figurait en une de tous les journaux – une photo d'identité récente, différente de celles utilisées sur son avis de recherche.

Szafran n'appelait pas Fouad pour commenter l'actualité mais pour lui annoncer que, sans surprise, l'audience de JLD différée s'était conclue par le placement en détention de sa mère, de sa tante, de son petit cousin. Pour Dounia et Rabia, Szafran lui répéta qu'il avait un plan. Fouad ne comprenait plus vraiment comment il comptait s'y prendre pour casser la procédure, mais il avait des préoccupations plus urgentes : Saint-Étienne, où il sentait qu'on avait besoin de lui.

Marieke avait voulu le voir avant son départ. Fouad venait de promettre à Jasmine de déjeuner avec elle.

« Au diable Habib et toutes ces conneries de précautions », c'était ce qu'elle avait dit. Marieke insista tellement que Fouad décida de la voir rapidement ; il prendrait un taxi pour être à l'heure au restaurant où Jasmine avait réservé l'étage entier.

— Dix minutes, déclara-t-il en retrouvant la journaliste dans leur cantine chinoise de la porte de Choisy.

Il consulta ostensiblement sa montre et se croisa les mains, l'air déterminé.

— Bon, tu as suivi le suicide de Romain Gaillac ? Le bras droit de Nazir... La voiture dans laquelle a été retrouvé son corps était une voiture volée, avec une plaque d'immatriculation allemande. Mais surtout elle a été flashée sur l'autoroute du Sud une demi-heure avant l'embardée. Et sur la photo c'est évident qu'ils étaient deux. Mais la version officielle dit non. Il était seul. Ça te paraît pas un peu bizarre ?

— C'est pour me parler d'un nouveau complot que tu m'as fait venir ?

Un voile de tristesse tomba sur le visage de Marieke. Son menton s'alourdit ; elle planqua ses mains sous la table.

— Je suis désolée de t'entraîner dans tout ça.

— Mais tu n'as pas à être désolée, Marieke, tu poursuis tes propres objectifs, je le vois bien. Mais je ne vaux pas mieux que toi. On court tous après des chimères. Moi ma chimère c'est que tout va rentrer dans l'ordre, que ma famille ne va pas exploser, que je vais poser le pied à Saint-Étienne et que ma petite cousine va magiquement cesser de pleurer et de faire des crises de nerfs.

Marieke laissa résonner les mots de Fouad, quand elle jugea que le laps de temps à respecter était échu, elle déclara, la main sur le sein droit :

— Tu te rends pas compte de tout ce que je fais pour... vous. Pour que les vrais coupables apparaissent dans les radars de la police et de la justice. Je prends des risques...

— Mais ne prends pas de risques alors !

— J'ai rencontré le policier de la SDAT qui dirige la traque pour retrouver Nazir. Le commandant Mansourd.

— Oui, j'ai eu affaire à lui, intervint Fouad en se souvenant de cette infernale nuit de garde à vue.

— Eh bien il ne dirige plus rien du tout. L'enquête est retournée à la DCRI ! s'exclama Marieke. Ceux qui ont merdé sont récompensés ! Avec ça on peut être sûrs que Boulimier et Montesquiou pourront cacher ce qui les dérange et vous faire porter le chapeau à vous !

Fouad souffla.

— Comment tu sais ça ? C'est Mansourd qui te l'a dit ?

— Euh, pas exactement, non, répondit Marieke en haussant les sourcils.

— Comment ça ? Qu'est-ce que ça veut dire, « pas exactement » ?

— Non, rien. Disons... non, c'est pas important. Ce qui est important...

— Mais tu veux que je te fasse confiance et tu me caches tout !

Marieke ne pouvait pas lui dire toute la vérité : elle ne pouvait pas lui dire que le commandant Mansourd avait menacé de la coffrer si elle continuait de se mêler de cette enquête. Les accusations qu'elle portait étaient très graves, elle ne savait pas de quoi elle parlait, il lui manquait des éléments fondamentaux.

De cela, bien entendu, Marieke ne pouvait pas parler à Fouad. Elle en resta donc à sa propre version officielle.

— Écoute, il me manque une preuve, allez, deux preuves.

Marieke lui sourit par en dessous. Fouad remua les mâchoires, faussement gêné. Il la trouvait très excitante aujourd'hui. Elle portait un haut noir à manches longues, raisonnablement échancré ; entre les boutons également noirs qui permettaient de l'ouvrir par l'avant apparaissait parfois la chair de son ventre, la chair violente et lumineuse. La radio du restaurant diffusait des tubes criards et sauvagement rythmés. Fouad la sentait sur le point de bouger le bassin, les épaules, pour se mettre à danser.

— Pourquoi tu es là, Marieke ? lui demanda-t-il soudain.

Marieke fronça les sourcils en souriant. Il se produisit alors une chose curieuse : ils prononcèrent la même phrase en même temps – Fouad sur un ton interrogatif, Marieke sous forme d'affirmation sarcastique :

— Pour tes/mes beaux yeux...

Le jeune acteur rougit et prétendit devoir partir.

Il courut hors du restaurant, sans pouvoir s'empêcher d'adresser à Marieke un ultime regard chargé de désir.

Il arriva très en retard au restaurant où Jasmine l'attendait. Le chauffeur de taxi faisait exprès de ralentir à chaque feu orange. Il balançait toujours le même coup d'œil dans le rétroviseur, un regard qui signifiait : « C'est le Code de la route, c'est pas moi qui l'ai inventé, j'y peux rien ! »

Jasmine n'avait pas pu se retenir : son assiette était vidée, ainsi qu'une partie de celle de Fouad, lorsqu'il arriva enfin à l'étage privatisé et quadrillé par un régiment de gardes du corps.

— Désolée, dit-elle en fronçant son museau de jeune fille.

Fouad s'installa, il n'avait pas faim et sentait qu'il allait rater son train. Jasmine le rassura, et tout en rougissant elle commença à blablater sur la réunion à laquelle elle avait été conviée en début d'après-midi. Fouad bientôt n'écouta plus, il se trouva un demi-sourire facile à maintenir sans y penser et observa la fille du président. Comment deux corps aussi différents que celui, rond et fragile, de Jasmine et celui, dur et dense, de Marieke pouvaient-ils exister dans le même monde et se rapporter à une même espèce ?

Au moment de se séparer, Jasmine l'étreignit.

Il quitta sa petite amie en l'embrassant sur la bouche avec les yeux ouverts, grands ouverts sur le mensonge qu'était devenue sa vie.

Il fonça chez lui. En passant à la salle de bains pour attraper son rasoir électrique, il remarqua, dans le miroir du lavabo, que la porte du placard mural était correctement fermée. Il se retourna et vérifia du bout du doigt que c'était le cas. Dans ce placard il rangeait des serviettes et des habits qui ne tenaient pas dans sa penderie ; mais ce placard, il ne le fermait jamais complètement, parce qu'une fois bien fermé il était très difficile de le rouvrir. Il pensa immédiatement qu'on était venu chez lui, qu'on avait fouillé dans son placard, que tout avait été remis en ordre, trop bien remis en ordre. De retour dans le séjour, il se mit à faire le tour de son grand studio, à la recherche d'indices d'une intrusion.

Il vit que Marieke avait essayé de le joindre ; il s'immobilisa au milieu de la pièce, essaya de déterminer la part que son accès de paranoïa devait à la simple existence de Marieke.

Dans le TGV il ne connut aucun instant de répit. Dès qu'il eut fini de synchroniser ses répertoires, Szafran l'appela. Après avoir pris des nouvelles de sa famille embastillée, Fouad lui annonça qu'il avait commencé à passer des coups de fil la semaine passée – pour son comité de soutien. En prononçant le mot, il se sentit ridicule. Aucun appel n'avait abouti ; il n'avait relancé personne, trop pris par ses rencontres avec Marieke.

L'avocat prit sa respiration et déclara avec autorité :

— Ça ne peut pas faire de mal d'approcher des têtes connues, d'obtenir des accords de principe, en un mot de tâter le terrain. Mais je vous en conjure, Fouad, rien de plus pour le moment.

Fouad fut pris d'un accès de mauvaise humeur. C'était Szafran qui lui avait suggéré de s'en remettre aux étoiles ;

Fouad allait donc les chercher là où il savait qu'elles se cachaient : dans son répertoire téléphonique. Ils passaient sous un tunnel, la communication fut interrompue avant que le jeune acteur n'ait eu le temps de répondre.

En parcourant son répertoire, Fouad vit qu'il s'était constitué en moins d'un an un carnet d'adresses à faire pâlir d'envie les chroniqueurs mondains les mieux introduits de la capitale. En attendant que l'avocat le rappelle, il contacta quelques personnes. Des acteurs, des chanteurs, des gens du monde du spectacle.

La déception du jeune homme fut amère.

Les réactions étaient diversement hypocrites. Ceux qui avaient soutenu Chaouch pendant la campagne ne soutiendraient jamais ses assassins. Les autres préféraient attendre que la justice ait fait son travail.

— Mais ma mère et ma tante sont emprisonnées à tort ! C'est une erreur judiciaire manifeste ! Quand la justice ne fait plus son travail, c'est aux citoyens de se mobiliser !

Il développait, répétait toujours la même histoire, avec les mêmes mots clés : pedigree, fumée sans feu, casier judiciaire vierge. Fouad aurait voulu ajouter que le soupçon d'islamisme relevait du fantasme pur, surtout quand on connaissait la pratique religieuse plus que relâchée de sa famille. Mais il n'aimait pas cet argument, il sentait que c'était une façon perverse de donner raison à la psychose antimusulmane, devenue ces dernières saisons l'intrigue la plus prisée de la sitcom politico-médiatique.

Ces coups de fil désespérés lui montrèrent un aspect de son cauchemar dont il n'avait pas pris la mesure jusqu'alors : dans l'esprit des gens qui suivaient les infortunes de sa famille à la télé et dans les journaux, il ne faisait aucun doute que Krim n'avait pas pu agir seul ; et si sa mère et sa tante inconnues du « public » avaient été mises en examen, ça ne pouvait pas être tout à fait le fruit du hasard.

— C'est pour ça qu'il faut médiatiser l'affaire, insista Fouad auprès de Szafran qu'il rappela en approchant de Saint-Étienne.

— Non, pas maintenant, croyez-en mon expérience... Et puis, je crains que vous ne surestimiez l'influence de l'opinion publique, Fouad.

Sur le quai de la gare de Châteaucreux, à Saint-Étienne, ils étaient tous là : ses cousines Kamelia en T-shirt rose et Luna en robe d'été, sa vieille tante Zoulikha qui disputait la lanière de son sac au tonton Bouzid, et enfin son frère, son petit frère, Slim, qui regardait le bout de ses chaussures, pour ne pas avoir l'air de l'attendre comme le Messie. Ces derniers jours, le Messie avait tout remis en question, à commencer par sa capacité à guider qui que ce soit. S'il avait jamais été un phare ailleurs que dans l'imagination de ceux qui l'aimaient, c'était bel et bien terminé : il n'éclairait plus rien, et surtout pas ses propres ténèbres.

Pourtant, quand il vit sa famille apparaître derrière la vitre de son wagon de seconde classe, il se sentit sourire, presque malgré lui et alors que personne ne le voyait encore. Ces visages, il les connaissait par cœur ; ils brillaient de cet éclat indéfinissable qu'ont les physionomies familières. Pendant qu'ils l'étreignaient et pleuraient dans sa nuque, Fouad redevenait vivant et lumineux. Il n'avait jamais aussi bien vu qu'à travers le voile de ses propres larmes.

Quand Slim approcha pour lui serrer sobrement la main, Fouad prit la fine nuque de son petit frère et lui baisa le front, en embrouillant sa chevelure pour lui donner de quoi se plaindre et mettre un terme honorable à l'embrassade.

7.

Le président était dans sa chambre, assis dans un fauteuil roulant léger, au bord de la vitre aux stores entrouverts. Les rayons du soleil matinal habillaient idéalement son profil crevassé, apaisaient mieux les accidents de ses nouveaux reliefs que tous les artifices sur lesquels planchaient jour et nuit les légions de photographes et de maquilleuses enrôlés de force par Habib. Dans cette salle de réunion prêtée par le personnel soignant, Boulimier était entouré des directeurs de la Police judiciaire, de la Police nationale et de la Gendarmerie. En grande tenue, tous ces chefs se tenaient en retrait pour laisser parler les hommes de terrain qui pourchassaient sans relâche l'ennemi public numéro 1. Chaouch avait renoncé à convaincre ce capitaine Tellier et ce commandant Mansourd de s'asseoir. Sans les connaître autrement que par les topos oraux que lui avait faits Vogel au petit-déjeuner, il perçut immédiatement la forte animosité qui existait entre les deux hommes.

Tellier était sous les ordres de Mansourd à la SDAT jusqu'à la semaine dernière, l'avait prévenu Vogel. Il a demandé sa mutation à la DCRI, dans un groupe spécialisé dans l'islamisme à qui le juge Rotrou a transféré l'essentiel de l'enquête.

— Mansourd doit se sentir terriblement trahi, avait commenté Chaouch en parcourant les impressionnants états de service du commandant.

C'était le cas. La félonie du capitaine les empêchait maintenant de se regarder et de compléter leurs bilans respectifs sans avoir l'air de surenchérir par rapport aux informations de l'autre. Tout était si activement mis en œuvre pour masquer ce climat délétère de guerre des polices que Chaouch finissait par ne plus penser qu'à celle-ci.

Le rapport de Tellier s'attardait sur les zones d'ombre autour de la famille Nerrouche lorsque le président remarqua que Mansourd avait toutes les peines du monde à ne pas manifester son désaccord. Il interrompit le capitaine d'un geste de la main.

— Monsieur le président ?

— Excusez-moi, capitaine, j'aimerais demander au commandant s'il partage votre avis sur le niveau d'implication des Nerrouche.

La question réveilla toute la salle. Boulimier sentit les coins de ses tempes s'échauffer brusquement. Mansourd était sur le déclin : ses hommes lui en voulaient d'avoir tout fait pour perdre la coordination de l'enquête. Il passait des heures entières loin du bureau, il faisait des voyages incompréhensibles. Quand on essayait d'en savoir plus, il répondait de manière évasive ; si l'on insistait, il montrait les crocs. Dans les travées de la cathédrale de l'Antiterrorisme, on se demandait si la traque de Nazir n'était pas celle de trop pour le superflic à deux ans de la retraite. Ses joues avaient fondu, sa barbe dévorait son visage au lieu de l'orner comme autrefois à la façon d'une sculpture de philosophe antique. Livrés à eux-mêmes, ses hommes effectuaient des vérifications superflues, se surprenaient à passer le temps en réactivant des procédures anciennes, sans lien avec l'attentat. Au fond, ils rêvaient d'un de ces fameux eurêka mansourdiens – quand le commandant se taisait au milieu d'une phrase, caressait les frisures de sa barbe et recevait la visite d'une intuition de génie qui relançait l'enquête. Mais ils y rêvaient sans trop y croire, et préféraient consacrer leurs pensées diurnes aux possibilités de recasement dans des services plus dynamiques.

Le groupe de Tellier était justement en passe de devenir le service d'élite par excellence, enchaînant les succès avec insolence et recevant des encouragements à ne plus savoir qu'en faire. Le coup de filet de la semaine passée constituait le premier gros rebondissement du feuilleton policier depuis l'attentat ; avant ce matin et la découverte du corps de Romain Gaillac, le supposé bras droit de Nazir dont il était maintenant établi qu'il s'était donné la mort seul. Pas très satisfaisant pour les médias. Au contraire de l'image de ces jeunes Arabes tirés du lit par le grand juge antiterroriste entouré d'hommes encagoulés ; l'interpellation-paillettes avait occupé cinq journées consécutives dans les programmes des chaînes d'info continue. On parlait de « Djinn », l'armurier de la cellule dirigée par Nazir Nerrouche – le désormais célèbre SRAF. Tout le monde était content : les journalistes, les chefs de la police, le parquet de Paris, l'ensemble de l'échiquier politique – tout le monde, oui, mais pas Mansourd :

— Monsieur le président, je crois que nous devrions être très prudents avant de connecter cette... euh... – cellule qui a fait la une des JT avant-hier avec le – euh... – réseau Nerrouche... (Ses « euh... » sonnaient comme autant de « soi-disant ».) Pour l'instant, que je sache, aucun lien concret ne permet de rattacher les interpellés de cette soi-disant cellule à Dounia Nerrouche, à sa sœur ou même à Krim...

Les autres participants de la réunion s'étouffèrent derrière lui, aucun n'osait réagir. Chaouch lui demanda de préciser sa pensée. Le commandant releva le menton, sa nuque craqua malgré lui :

— Je ne crois pas que ce soit le lieu ni le moment pour exprimer mes réserves, monsieur le président.

Tellier prit la parole, du bout de ses babines mutilées :

— Nous avons démantelé une cellule terroriste, monsieur le président. Au vu de l'arsenal que nous avons saisi dans leurs diverses caches d'armes, tout porte à croire...

— C'est un leurre que vous avez démantelé, le coupa Mansourd avec un aplomb extraordinaire. Vous pourchassez des leurres dressés sur votre route comme par hasard, sans vous demander pourquoi c'est si facile.

— Et qu'est-ce qui vous permet de dire ça ? demanda Boulimier en faisant un pas en avant.

— Rien ! s'emporta le ténébreux commandant. Tout ! La personnalité de Nazir. Ce que j'en ai compris. Ce n'est pas le chef d'un réseau. C'est un homme seul. Un homme seul, imprévisible et fou, dont on n'apprendra jamais rien en interrogeant ceux dont il s'est servi moins pour préparer l'attentat que pour organiser sa propre disparition.

— Monsieur le président, intervint Charles Boulimier d'une voix qu'il espérait assez pleine pour couper à son ennemi l'envie de l'interrompre, je crois que le commandant Mansourd veut dire qu'il existe plusieurs hypothèses de travail... La grosse information, c'est que les interpellations menées par le capitaine Tellier nous ont permis de faire émerger le nom de Youssouf Abou-Zaidin, plus connu

251

sous le nom de cheikh Otman, qui est responsable comme vous le savez, et outre les menaces de mort proférées à votre encontre, de l'enlèvement de trois ressortissants français ces deux dernières années, dont un de nos agents de la DGSE. Le cheikh Otman a fait allégeance à Ben Laden avant sa mort, il croit en un djihad international, il a la réputation d'un véritable orfèvre quand il s'agit de former des alliances de circonstance et de fédérer les factions divisées au Sahel... Les autorités maliennes n'ont jamais réussi à l'attraper, il se cacherait quelque part dans le nord du pays, même si les grandes oreilles américaines basées à Tamanrasset font état de rumeurs selon lesquelles il aurait fui... (il ralentit, s'apercevant que Chaouch ne l'écoutait plus)... dans le grand Sud algérien... Les Américains l'ont placé au sommet de leur liste des terroristes les plus recherchés. Si Nazir Nerrouche se révélait lié au cheikh Otman, ce serait très inquiétant, parce que... parce que jusqu'ici, monsieur le président, la grande spécificité d'AQMI c'est ce que certains appellent le gangstéro-jihadisme, AQMI n'a jamais trouvé de structure logistique en France, aucune cellule dormante n'est présente sur notre territoire... et notamment parce que... aucun groupe terroriste ne peut attaquer un pays occidental sans disposer d'une base arrière forte, d'un pays, d'une terre d'islam à défendre... contre...

— Des ours, murmura Chaouch, c'étaient des ours.

— Monsieur... ?

— C'étaient des ours, poursuivit Chaouch à voix basse, des ours muselés, qui dansaient au bout d'une corde, ils les faisaient même sauter devant nous. Ils étaient... terriblement cruels.

Habib s'étouffait. Il avait été tellement surpris de cette intervention de Chaouch qu'il lui avait fallu quelques secondes pour être sûr de ne pas avoir basculé en plein cauchemar.

— Messieurs, dit-il en se levant avec fracas, je crois qu'il est temps de nous laisser...

Chaouch continuait de murmurer dans son coin, comme pour lui-même :

— Mais qui fait danser les ours ?

Il secoua soudain la tête, paraissant se réveiller. Au milieu des museaux flous qu'il voyait planer comme des têtes de marionnettes, il distingua le cercle d'une horloge ; il eut besoin d'une dizaine de secondes pour se souvenir que la petite aiguille figurait la marche des heures et la grande celle des minutes.

— Merci, messieurs, je vois en tout cas que vous êtes complètement impliqués dans la traque de Nazir, et je vous en félicite.

8.

À quelques mètres de la chambre de son père, Jasmine fut tout à coup prise de vertiges. Pour la deuxième fois de la journée elle courut aux toilettes les plus proches et vomit – pas grand-chose : un fond de bile blanche.

Elle avait rendez-vous avec Valérie Simonetti – elle avait imposé ce rituel à Habib, parlant d'une « vieille amitié » qui n'avait rien à voir avec la politique et toute cette saloperie d'actualité. Pour limiter les dégâts, Habib avait persuadé Jasmine de rencontrer la garde du corps mise à pied à l'abri des regards, dans les locaux d'une petite permanence socialiste où aucun journaliste n'avait jamais fait le pied de grue. Sur la vitrine flanquée d'affiches de campagne se reflétait le néon vert de la pharmacie d'en face. Jasmine la regardait clignoter en discutant autour d'un thé avec sa toute nouvelle vieille amie :

— Jasmine, demanda enfin celle-ci, vous avez l'esprit ailleurs, tout va bien j'espère ?

— Vous savez la dernière ? démarra Jasmine qui n'avait pas entendu la question de son interlocutrice. On a viré Coûteaux sans m'en parler ! D'abord vous, ensuite Coûteaux. Ils m'ont mis une espèce de militaire robotique à la place. Vous vous rendez compte !

Valérie Simonetti décrocha son regard de celui de Jasmine. Jasmine le remarqua :

— Vous savez quelque chose à ce sujet, Valérie ?

— Non, non, mademoiselle, enfin, il a sûrement été muté, affecté ailleurs, je ne sais pas. Je suppose que le nouveau responsable de votre sécurité est un homme compétent, on n'arrive pas à ce niveau si on ne l'est pas...

— Valérie, vous savez quelque chose, je viens de le voir. Dites-moi. Allez, insista-t-elle d'une voix presque rieuse.

— Mais je ne peux pas vous dire ce que je ne sais pas, mademoiselle.

Jasmine observa les mains de la garde du corps. Elle aurait voulu embrasser d'un même regard ses mains et ses yeux, pour découvrir la vérité. Ce fut chose faite lorsque Valérie Simonetti ramena ses avant-bras aux muscles noueux vers sa nuque blonde, pour s'étirer.

— Vous mentez, Valérie ! Tout le monde me ment ! Je vois bien que vous savez ce qui est arrivé à Coûteaux ! Dites-le-moi !

Le regard de la garde du corps s'enflamma tandis que ses lèvres s'entrouvraient. Un voile de larmes y apparut.

— Je ne peux pas, mademoiselle. Tout ce que je peux vous dire, c'est...

— C'est quoi ?

— Je vais avoir des problèmes, vous me mettez dans une situation impossible. Il faut que vous promettiez de ne pas donner suite à l'information que je vais vous révéler.

— Je promets, je promets, tempêta Jasmine en levant la main droite et en la secouant de façon bien peu solennelle.

La garde du corps releva la tête et fixa à son tour la tache de lumière verte au milieu de la vitrine.

— Tout ce que je peux vous dire, voilà, c'est qu'il est porté disparu. Depuis hier soir. Introuvable. On a vérifié chez lui, chez ses proches, dans les hôpitaux, partout. Il s'est littéralement volatilisé.

Jasmine se leva pour digérer la nouvelle. Après le départ de la garde du corps, elle sentit à nouveau que son ventre bourdonnait, ruminait, comme pour l'avertir de quelque chose. Sa tête alourdie lui fit perdre l'équilibre, elle dut s'appuyer sur la vitrine pour ne pas tomber. En rouvrant les yeux, elle vit distinctement la façade illuminée de la pharmacie qui semblait ne destiner ses signaux qu'à son attention à elle.

Avant de la laisser entrer, ses gardes-chiourmes firent le tour de la boutique, de la remise aux toilettes, et se placèrent aux quatre coins des rayons et des présentoirs de médicaments, formant un triangle mobile panoptique.

Jasmine n'avait pas osé déléguer la requête qu'elle fit en personne à la pharmacienne éberluée :

— C'est pour une amie, bredouilla la « première fille » qui avait chaussé la paire de lunettes noires la plus superflue de l'histoire des célébrités voulant passer incognito.

— Est-ce que votre amie a un retard de règles ?

— Oui, souffla Jasmine, redoublant d'efforts pour empêcher ses sourcils d'avouer ce que ses verres fumés cachaient.

— Alors dites à votre amie de prendre ce test, de suivre les instructions. C'est facile, il suffit d'une minute aux toilettes, vous urinez, enfin votre amie urine, elle passe le bâtonnet sous le jet d'urine et elle attend calmement que le résultat s'affiche.

Dix minutes plus tard, Jasmine rentrait dans son appartement du canal Saint-Martin. Elle ouvrit la fenêtre qui donnait sur son balconnet et s'imprégna des bruits familiers du printemps sur le quai de Jemmapes. Le vent soufflait dans les platanes ; les branches les plus hautes caressaient les pierres de taille de son étage. L'air du printemps était doux, simple et généreux : il transportait volontiers le plus petit filet d'effluve de rose.

Jasmine agrippa la rambarde en fer forgé, joignit ses mains sous son menton, envia l'insouciante jeunesse bobo qui flânait sur les berges du canal. Et puis elle soupira en battant des cils :

— Mon Dieu, Fouad...

Pendant toute cette période de transition, les équipes sortantes avaient fait leurs cartons dans les ministères ; il y avait dans le feuilleton national une espèce de suspension, de faux rythme, d'attente sans objet défini – comme un intermezzo indésirable. Les jours précédents avaient été riches de rebondissements.

Cette pause forcée déplaisait. On sentait que des alliances se tramaient en coulisses, que des destins se jouaient à l'abri des regards de la plèbe. Les quotidiens les plus estimables essayaient d'étancher la soif de frisson de l'opinion publique : des articles commentant des commentaires de propos off faisaient les unes des sites Internet du *Monde* ou du *Figaro*. Bientôt ça ne suffirait pas.

Et comme si Habib l'avait senti, il choisit ce moment où la frustration nationale atteignait son point de rupture pour lever le rideau sur l'arrière-scène : il fit annoncer par Vogel entouré de toute la grande famille socialiste la liste des députés issus de cette autre France que Chaouch avait promis de faire accéder en masse à la représentation nationale. Habib l'appelait la « France des Peaux-Rouges ».

En annonçant leurs candidatures pour les législatives, les têtes pensantes de la gauche victorieuse prouvaient que Chaouch tenait ses promesses de campagne, quitte à faire des mécontents. Ils furent en effet nombreux après cette conférence de presse : des députés socialistes accrochés à leur circonscription depuis plusieurs mandats partirent à l'assaut du bureau de Solférino où s'était décidée leur mise à l'écart au profit de la « nouvelle génération ». Leur profil était toujours le même : de vieux mâles blancs, des privilégiés de la politique, des barons locaux qui menaçaient de se présenter comme dissidents.

Vogel se montra ferme, et particulièrement habile. Les doléances furent entendues, les négociations rondement menées : pour chaque parachutage de Peaux-Rouges dans une circonscription détenue par un Visage pâle, le futur

Premier ministre avait prévu un lot de consolation. Il n'y eut finalement que deux listes dissidentes, dans des circonscriptions plutôt conservatrices où la gauche avait de toute façon peu de chances de l'emporter.

En termes de bruit médiatique, cette bande-annonce pour les législatives fut un succès retentissant, notamment grâce à la publication de photos de Chaouch rencontrant ses « Peaux-Rouges » au Val-de-Grâce. La gauche apparaissait sûre d'elle-même, conquérante, idéaliste et efficace.

On était dans la droite ligne de la campagne « positive » de Chaouch ; on ne réagissait pas aux provocations des camps adverses. On définissait l'agenda, on avait un ou deux coups d'avance.

— Mais justement, s'inquiéta pourtant Habib lors d'un dîner sur le pouce avec Vogel à Solférino, je ne comprends pas pourquoi Vermorel n'est pas sortie du bois.

— Comment ça, tu vas te plaindre de ce que la Droite nationale ne nous tape pas dessus maintenant ?

Cravate défaite, le sobre Vogel s'était autorisé un ballon de whisky qu'il dégustait sans glaçons, en déambulant dans son vaste bureau avec autant de plaisir que s'il avait été en chaussettes sur le tapis de son appartement.

— Écoute, Serge, je sais que tu n'aimes pas le succès mais là on vient de réussir le contre-feu parfait. Personne ne parle de l'état de santé de Chaouch, comme rien n'a filtré sur son rêve on n'évoque même plus ses quelques mots de « chinois » – tout le monde a compris qu'il pouvait très bien diriger le pays depuis son lit d'hôpital. Enfin, regarde ce qu'on a fait : on l'envoie au G8 ! Il a sa place dans le concert des nations. Tu te rends compte en termes d'image ce que ça représente ? Roosevelt ! Chaouch en fauteuil roulant au milieu des grands de ce monde ! Explosion instantanée de sa cote de popularité. Tu la voulais ta résurrection, eh bien la voici ! Même la curiosité malsaine pour sa gueule cassée, on a réussi à la tourner à notre avantage...

Ils avaient fabriqué une vidéo en images de synthèse, qui était rapidement devenue la plus téléchargée de la semaine : elle racontait en moins d'une minute la recons-truction du visage du président, les opérations qui allaient avoir lieu dans les jours et les semaines à venir. La dernière image montrait le visage du candidat tel que les Français l'avaient connu et aimé.

— Des millions de vues, le clip repris dans toutes les émissions. Même les critiqueurs systématiques considèrent qu'on a fait le pari risqué de la transparence absolue. Un succès, Serge, il faut que tu apprennes à engranger les succès si tu veux tenir tout le quinquennat. Quand on gagne une bataille, on souffle. Et on repart à la guerre.

— Une bataille mon cul, dit sombrement Habib. Et puis ça n'existe pas de souffler. C'est toujours la guerre.

— On est à la veille de la passation des pouvoirs, on a habitué l'opinion publique à la gueule cassée provisoire de Chaouch, ça ne surprendra personne quand il apparaîtra en fauteuil roulant dans la cour de l'Élysée. Tu peux te détendre.

Un poids lourd du PS rejoignit les deux hommes du président. Il revenait d'un plateau télé.

— C'est surprenant, chantonna-t-il, pas une seule ques-tion sur les émeutes, les Nerrouche, le terrorisme. Il suffit de dire que le Nutella est bon pour que les journalistes vous en donnent à bouffer pendant tout le débat.

Le dircom se mordait l'intérieur des lèvres et regardait dans le vague.

— C'est pas normal, le silence de la droite.

— Mais, Serge, répondit le nouveau venu, ils nous attaquent, je vous assure qu'ils nous attaquent ! J'étais en face de Victoria de Montesquiou tout à l'heure, elle hur-lait au communautarisme, sur le thème : on s'en fout des députés arabes et des effets d'annonce sur des mesurettes sociétales, qu'est-ce que ça va changer à la vie quotidienne des Français que l'Assemblée nationale ressemble à une pub Benetton, ce qui compte c'est la crise qui frappe les Français, et leurs incertitudes sur cette République sans tête... C'est son grand truc, la République sans tête. La France a peur, et tout le vieux refrain...

— Ils préparent un mauvais coup, gronda Habib avant de se ressaisir : Tiens, il faudrait peut-être utiliser les initiales de Victoria de Montesquiou. Faire un clip Internet, un machin avec VDM, comme le site Vie de Merde, un truc qui plairait aux jeunes, qui deviendrait viral, vous voyez ?

Ils voyaient.

Vogel devait bientôt quitter Solférino pour rejoindre un autre QG de campagne – le siège du Parti socialiste du IIIe arrondissement où il allait rencontrer des militants.

Il était en retard, mais Habib ne voulait pas le laisser partir.

— De quoi s'agit-il, Serge ?

— C'est le neurologue... il nous a expliqué que toutes les absences d'Idder sont liées à son rêve, et qu'il est impossible de savoir combien de temps elles vont durer. Il a vécu ce que les docteurs appellent une « *near death experience* ». Parfois la réalité lui semble... lointaine, abstraite, seules ses visions sont réelles. Enfin souviens-toi simplement de cette réunion avec les enquêteurs. Cette histoire d'ours. Bon sang, qui fait danser les ours ? Quels ours ?

Habib s'arrêta de parler. Vogel approuvait machinalement, son éternel demi-sourire de garçon bien élevé au coin des lèvres.

— Il a toutes les qualités d'un grand chef d'État, toutes sauf une. Il n'aime pas le pouvoir. Il pense que le pouvoir corrompt, que le pouvoir est mauvais par nature. Notre job c'est de lui apporter sur un plateau un choix clair, difficile mais clair. En dernière instance, c'est sa décision qui compte. Nous on balaie le terrain en amont...

Vogel nota que le colérique dircom avait moins l'air d'un dur à cuire que d'habitude.

— Je dois y aller, Serge.

— Moi aussi. J'ai un rendez-vous important.

— Dieuleveult ?

Habib inclina la tête. Le préfet de police de Paris avait fait l'objet d'âpres débats entre les deux hommes. La crise que traversait la France était sans précédent. Le trente-cinquième gouvernement de la Ve République serait un gouvernement d'union nationale ou ne serait pas. Dans la perspective d'une ouverture à des « personnalités » du centre droit, Dieuleveult faisait figure de candidat idéal. Dieuleveult, c'était la fermeté, l'homme qui avait empêché Paris de brûler – une droite à l'ancienne, roublarde mais républicaine. C'était surtout un ennemi farouche des anciens locataires de Beauvau – en particulier de Marie-France Vermorel. Le nommer ministre de l'Intérieur était un coup risqué. Habib pensait que ce serait un grand coup. Il était en contact avec lui depuis le début de la campagne.

— Tu vois, Serge, fit Vogel en remuant la tête, au fond de moi je sens que c'est une erreur. Et pourtant j'ai en personne lancé le processus. Mais Dieuleveult quand même.

— Il faut savoir, l'union nationale c'est pas mettre des gens du camp adverse dans je sais pas quel secrétariat d'État de merde. Quitte à y aller, autant y aller franco.

Vogel regarda son collègue qui hélait un taxi rue de l'Université. Une heure plus tard, il le vit débarquer, haletant. Vogel bavardait aimablement devant une assemblée de militants qui riaient à chacun de ses bons mots. Devant la figure tragique de Habib, son propre sourire s'évanouit.

— Le rendez-vous s'est mal passé ? lui demanda-t-il en s'excusant un instant auprès des militants. Dieuleveult ?

Habib secouait la tête, avec gravité.

— Qu'est-ce qui se passe, Serge ? demanda Vogel, sourcils froncés.

— Un tremblement de terre, répondit Habib. Voilà ce qui se passe. Un putain de tremblement de terre, répéta-t-il en indiquant à Vogel la rue où les attendait une voiture aux vitres fumées.

10.

Depuis le sommet du siège de la DCRI, on pouvait voir, à l'ouest, les résidences chics des Hauts-de-Seine et, à l'est, par temps clair, la tour Eiffel. Situé à dix minutes de l'Élysée si on mettait les gyrophares, l'antre de Charles Boulimier constituait l'antithèse des bureaux richement décorés des palais de la République : fonctionnel, minimaliste, high-tech et japonisant, le sien ressemblait plutôt à celui d'un P-DG du Cac 40 au dernier étage d'une tour de la Défense. Estampes et bonsaïs voisinaient avec des gadgets hors de prix dont le patron du Renseignement intérieur régalait d'habitude ses invités en guettant sadiquement leur approbation enthousiaste : un triple écran tactile apparaissant dans la baie vitrée, un clavier incrusté dans l'accoudoir de son siège de bureau, doté d'un pad et d'un stylo spécial qui transformait les signes manuscrits en texte informatique – le tout obéissant à un subtil système de reconnaissance vocale.

Il n'était bien entendu pas question pour Boulimier de jouer son numéro de maître des lieux avec le commandant Mansourd. Lorsque le renégat franchit la porte, Boulimier remarqua son col de chemise en désordre, mordant sur les pans de sa veste. Il lui indiqua calmement un fauteuil club dans la partie la moins tape-à-l'œil de l'immense double pièce. Devant lui, sur une table basse en verre fumé, un énorme cendrier recouvrait la page de garde d'un dossier secret-défense. Mansourd donna un coup de menton en direction du dossier.

— Ne perdons pas de temps, commandant. Vous ne m'aimez pas, je ne vous aime pas. Mais ça ne doit pas vous empêcher de faire preuve d'un minimum d'honnêteté intellectuelle. Dans ce dossier, il y a les relevés d'écoutes du troisième portable de Nazir Nerrouche, que j'ai fait classer secret-défense pour des raisons que je vais vous expliquer.

Mansourd ne baissait pas les yeux, il les maintenait pile à la hauteur de la bouche du préfet.

— L'incident qui s'est produit devant le président m'a fait réfléchir. Je ne sais pas ce que vous imaginez au juste, mais je peux comprendre que cette classification dans l'urgence favorise les hypothèses les plus échevelées.

Il passa les doigts dans ses cheveux clairs, fins comme ceux d'un bébé, pour restaurer le galbe de sa mèche.

— Vous verrez en lisant ces relevés d'écoutes que la famille Montesquiou a été victime d'une... comment dirais-je... d'une intrusion de la part de Nazir Nerrouche. Il retient une des sœurs en otage. Florence, qui a fugué il y a quelques mois... J'aurais dû vous en parler plus tôt... Mais enfin, souvenez-vous, les rapports avec le juge Wagner n'étaient pas faciles. Tous les deux on est pareils, Mansourd, entre vieux de la vieille on se comprend, alors que Wagner... ces juges rouges vivent dans leur petit monde, et ne se soucient que d'idéologie... Non, on ne peut pas se cacher l'influence de la politique dans ce genre de dossiers. Je ne pouvais pas me permettre une exploitation politique, électoraliste. J'ai fait classifier les relevés d'écoutes qui mouillaient Montesquiou, oui, je l'ai fait en mon âme et conscience et j'en assumerai les conséquences.

S'il n'était pas sincère, songea Mansourd, c'était le bluffeur le plus doué de la place de Paris.

— Enfin bon, nous en sommes là : je vous laisse ce dossier, et j'ai bien conscience de la position dangereuse dans laquelle il me met. J'ai voulu protéger des amis, c'est vrai. Et si des journalistes étaient mis au courant, la machine à fantasmes exploserait dans la demi-heure. Cabinets noirs, barbouzes, secrets d'État et tout le tremblement. Voilà, Mansourd, sous ce cendrier vous avez un bazooka chargé. Vous pouvez l'utiliser contre moi et vous payer le patron de la DCRI. Ou alors...

— Ou alors quoi ? demanda le commandant qui n'avait toujours pas lorgné le dossier.

— Ou alors vous pouvez vous remettre au travail dans une direction certes moins excitante, moins... ludique. Je peux parler au directeur de la PJ, qui souhaitait vous convoquer pour vous mettre en retraite anticipée. Je peux faire ça, oui. Parce que, entre nous, c'est plaisant la guerre des services, non ? C'est plaisant comme un jeu d'échecs. Mais pendant qu'on se tire dans les pattes, qu'on protège nos rois et qu'on avance nos cavalières, eh bien Nazir Nerrouche court toujours, et ses appuis familiaux circulent sur le territoire français sans être inquiétés...

Mansourd fronça les sourcils. Le patron de la DCRI tira une télécommande de sa poche et fit apparaître une trappe dans la table basse, avec un écran de la taille d'un iPad. Une nouvelle manipulation devait faire s'incliner l'écran dans la direction des deux hommes, mais Boulimier s'y prit mal et se mit à faire tourner l'écran sur son pivot sans pouvoir l'arrêter. On aurait dit un robot-ouistiti détraqué, qui le narguait. Le patron ne se démonta pas, il abandonna sa télécommande et détacha simplement l'écran de son socle pour le présenter au commandant.

— Maudits gadgets. Bon, voici une dizaine de photos que nous ont fait parvenir les Services secrets algériens ce midi, qui montrent Moussa Nerrouche, l'oncle algérien de Nazir, en grande conversation avec un responsable d'AQMI. Vous vous souvenez du rapport que j'ai fait au président sur le sujet. La montée en puissance du cheikh Otman... Et sur la vidéo qui suit – la voilà – on voit Moussa Nerrouche filmé sur le parking d'une gare routière à Saint-Jean-de-Luz, quarante-huit heures seulement après l'attentat.

— Moussa Nerrouche est encore en France ? demanda Mansourd en remuant la tête.

— On ne sait pas.

Le patron de la DCRI se leva et fit un aller-retour jusqu'à son bureau. Il remit au commandant une version actualisée, plus complète, du dossier des Services secrets algériens auquel il avait déjà eu accès. C'était à partir de ce dossier que le juge Rotrou avait estimé nécessaire de mettre les sœurs Nerrouche en examen.

Mansourd fit comme s'il était chez lui. Il déposa son arme de service sur la table et parcourut le premier dossier, celui où figuraient les écoutes du troisième portable de Nazir. Lorsque le commandant eut quitté son bureau, le directeur reçut un coup de téléphone de Montesquiou. Il n'y répondit pas, croyant que le bras droit de Vermorel voulait simplement savoir comment s'était déroulée l'entrevue. Mais Montesquiou insista. Boulimier vérifia que personne ne l'attendait dans l'antichambre de son bureau :

— Boulimier, j'écoute.

— Comment il a réagi ?

— D'abord rien, il a lu le dossier et ensuite il a dit : Je veux bien que vous parliez au DCPJ.

Montesquiou souffla. D'un souffle qu'il lui sembla avoir passé les dix derniers jours à retenir.

11.

— Tu m'aimes ?

— Je n'aime que toi.

— Tu me fais confiance ?

— Je ne fais confiance à personne d'autre.

— Tu vas me dire la vérité sans hésiter quand je t'aurai posé la question suivante ?

— Sans hésiter.

— Est-ce que tu as lu mon journal intime ?

— Est-ce que j'ai lu ton journal intime ?

— Répéter la question, c'est encore pire que d'hésiter. C'est hésiter en se donnant une fausse justification, fausse mais irréprochable.

— Tu viens de me laisser une bonne dizaine de secondes, que j'aurais pu consacrer à réfléchir, à hésiter. Si j'avais eu quelque chose à cacher.

— Alors quelle est ta réponse ?

— Ma réponse est oui. J'ai lu ton journal intime.

— Je le savais.

Dix minutes plus tard, elle pleure encore, mais les râles se sont affaiblis ; le désespoir qu'elle voulait exprimer avec sa grande vidange n'est plus qu'une supplique machinale, moins que ça : un tic.

Bientôt, elle oublie tout. Pourquoi elle s'est mise à pleurer. Pourquoi ses jambes sont nues. Pourquoi elle est en Italie.

Elle oublie qu'elle a oublié. Elle saute sur le matelas. Elle sent les dalles froides à chaque fois qu'elle retombe sur ses pieds. Ils sont nus et sales. Elle les observe, les étudie, la nuque penchée vers le talon, la langue tirée comme pour y déchiffrer des hiéroglyphes.

Elle est à nouveau calme, allongée dans une position acrobatique, le bassin tordu par rapport aux épaules.

Elle porte un long T-shirt jaune, une culotte noire. Ses tempes sont roses ; sur ses avant-bras minces et durs, les poils blonds forment comme un hâle.

— Comment tu fais pour ne pas avoir peur ?

— Mais j'ai peur. J'ai toujours peur.

— On dirait pas.

— C'est parce que je l'aime, ma peur, je sais qu'elle me tient vivant. La peur, c'est une petite fille de dix ans, un petit morceau de chair blanche et blonde, percé d'immenses yeux bleus, et qui vit à l'intérieur de moi, et qui hurle, qui passe ses journées à hurler en tenant sa poupée par les nattes. Elle me dit de faire attention, elle me dit la vérité, parce qu'elle n'est pas innocente, ma petite peur, elle sait des choses, elle se moque de tout, elle passe son temps à changer d'humeur. Je l'aime, ma peur. Je suis phobophile, voilà.

La nuit tombe. Fleur le pressent ; elle ne peut pas le voir puisqu'ils n'ont pas de fenêtre, et qu'ils vivent dans l'égout d'une ruelle aux murs si étroits que les guidons des bicyclettes y passent à peine. Pourtant Fleur sait que le soleil vient de se coucher. Dehors, la pénombre s'est refroidie. Les ténèbres se densifient autour d'elle.

— Tu penses à eux des fois ?

— Eux ? Ma famille ? Il t'arrive d'avoir l'impression de les avoir... entraînés dans un gouffre ? Peut-être que toi tu peux supporter le gouffre, mais eux non. Tu te poses même pas la question ?

— Je me la suis posée, et j'y ai répondu. Il y a longtemps. On se pose des questions, c'est pour y répondre, non ?

— Mais comment tu peux être sûr de ta réponse ?

— C'est un cadeau que je leur ai fait. Un cadeau que je ne leur devais pas. Avec ce cadeau ils sont entrés dans l'Histoire. Ils étaient insignifiants. Des gens sans importance sur le cours des choses. Qui, surtout, n'avaient plus la force d'honorer leur rage. Quand la rage est devenue impuissante, il faut lui insuffler du sang frais, lui redonner force et vigueur. Pour faire ce qu'elle doit faire.

— Et elle fait quoi la rage ? Mis à part pousser tout le monde à se venger ?

— Elle libère de l'énergie. Les classes maudites ploient sous le fardeau de la honte. Elles crient, personne ne les entend. Il faut arrêter avec la philosophie politique. Je suis sûr qu'on peut dresser un chien à enrouler sa laisse autour de son maître, pour le faire trébucher.

Quelques instants plus tard, la séance du soir commence. Le cinéma du sous-sol voisin se remplit, les spectateurs se raclent la gorge, ouvrent leurs braguettes ; Fleur et Nazir entendent tout à travers la cloison mal insonorisée. « Si on les entend aussi bien, tu crois qu'ils peuvent nous repérer ? » s'est demandé Fleur le premier jour.

Un soir, elle a fait un cauchemar : un gros spectateur au torse velu et au crâne chauve, la poitrine en sueur, déchirait la cloison à coups de ciseaux et attrapait Fleur pour la ramener avec lui dans la salle obscure. Nazir la tenait par les chevilles, mais il finissait par lui lancer un regard de résignation – il n'avait pas le choix, il devait l'abandonner.

— Je peux te laver les pieds ? lui demande-t-il soudain.

Fleur n'en croit pas ses oreilles.

— Mets-toi là, comme ça, lui dit-il en l'asseyant sur le haut tabouret en bois sombre, dont ils se servent comme table pour manger leurs rectangles de pizza et leur focaccia au fromage.

Le tabouret est juste assez haut pour que les pieds nus de Fleur puissent voleter sans toucher le sol.

Nazir prend leur bassine en plastique et la remplit d'eau froide, au robinet de leur coin-cuisine-toilettes.

Il trempe ensuite un pain de savon dans la bassine et retourne auprès de la jeune fille. Il commence par le pied gauche. Il le lave avec le pain de savon. Il fait le tour du pied, frotte longuement sur le talon, glisse en fermant les yeux le long de la voûte plantaire, déploie des trésors de patience pour nettoyer chaque intervalle entre ses doigts de pied. Il retourne aux surfaces faciles, s'arrête à la cheville, fait la même chose avec le pied suivant. Ensuite il fait rouler le pain de savon sur le mollet, dont il contourne le muscle parsemé d'égratignures, avant de monter vers le creux du genou, où la vision du triangle noir de la culotte semble lui faire rebrousser chemin, jusqu'à la cheville, où s'égouttent les perles d'eau savonneuse, en filets blancs depuis le genou.

Elle a les attaches fines, un grain de beauté sous l'os de pivot. Elle pousse des gémissements légers, en se mordant les lèvres. Elle a fermé les yeux au moment des doigts de pied, quand elle a senti la peau de Nazir sur la sienne.

— Plus aigu, grommelle enfin Nazir.

Fleur rouvre brièvement les yeux, comme affolée. Nazir est passé à l'autre mollet. Elle monte d'un ton, elle est bientôt rejointe par les cris de jouissance d'une actrice à quelques mètres d'elle. Le pain de savon caresse maintenant le galbe intérieur de sa cuisse droite. Le pain de savon est frais, la main de Nazir est chaude. Fleur transpire maintenant à grosses gouttes. D'épais colliers de sueur détachent leurs perles sur ses tempes, entre ses seins. Les taches brunes se multiplient sur son T-shirt. De l'autre côté du mur, l'actrice porno semble l'encourager. Ses râles ont quelque chose de maternel. C'est comme une initiation. C'est comme s'ils étaient trois sur ce tabouret.

— Plus aigu, souffle Nazir.

D'une main elle saisit sa nuque, remonte jusqu'aux cheveux, en saisit des touffes entières, fait le tour du visage, en caresse la barbe.

— L'autre cuisse, miaule-t-elle.

Le pain de savon tombe dans la bassine, fait un gros plouf. À mains nues Nazir masse maintenant ses deux cuisses, il est tout près du triangle noir. Fleur se passe les mains dans les cheveux, s'en fait des couronnes éphémères. L'actrice porno hurle à présent. Fleur hurle à son tour.

— Chut, en même temps qu'elle, exige Nazir.

Il maintient sur elle un regard froid, dépassionné. Les râles de la jeune fille vont crescendo. Ses cuisses tremblent, son bassin se secoue de l'arrière vers l'avant, comme sous l'effet d'une torture indolore.

12.

À Saint-Étienne, dans la maison de sa mère, une famille fictive s'était recomposée autour de Fouad : Kamelia et lui, les grands cousins, jouaient les parents ; et Luna et Slim, qui n'avaient qu'une dizaine d'années de moins que leurs aînés, tenaient le rôle des adolescents auprès desquels il fallait insister pour qu'ils descendent aux heures de repas. Avec sa poitrine généreuse et ses jolies fossettes aux joues, Kamelia incarnait une mère de dessin animé, jeune, sexy, qui préparait des tartes au saumon et des bricks au thon à la catalane.

Fouad commençait sa journée avec un footing dans le quartier. Les journalistes le guettaient dès la sortie du lotissement. Ils lui posaient des questions qu'il ignorait machinalement, comme un austère physicien nobélisé qui ne comprend même pas qu'on puisse s'intéresser à sa vie privée. Toute la famille avait été prévenue par Szafran qu'aucun entretien ne devait être accepté sans son accord. Pour l'instant il ne l'avait jamais donné. Il avait réussi à faire interdire la publication d'une photo volée en une de *Closer*, qui montrait Fouad et Jasmine à la sortie d'un restaurant de la place des Vosges en mars dernier – Fouad paraissant s'énerver contre celle qui depuis était devenue la « première fille » de France.

La presse représentait à la fois le plan B et le plan C de la stratégie de Szafran : s'il ne réussissait pas à casser la procédure, il irait leur parler ; s'il réussissait à faire sortir les sœurs Nerrouche mais que les actes demandés au juge d'instruction soient systématiquement refusés, il saisirait la chambre de l'instruction ; et si le doyen des juges d'instruction ne rappelait pas Rotrou à l'ordre, alors il lancerait une vaste offensive médiatique.

En attendant, la maison de Dounia était un « bunker » ; et Fouad, son superintendant par intérim.

On comptait sur lui pour marquer le tempo de la journée, pour vérifier qu'aucun photographe ne planquait dans le parking, pour veiller au moral des troupes.

Jasmine l'appelait régulièrement. Il s'éclipsait pour lui répondre, l'écoutait raconter le bien fou que lui faisaient ses matinées à l'église. Une fois, elle l'informa qu'elle avait allumé un cierge et prié pour sa mère et pour sa tante emprisonnées.

— Je viens de réécouter une cantate de Bach, *Nun komm, der Heiden Heiland*, quand la voix de la soprano entre... C'est une musique tellement riche, tellement noble, tellement... verticale !

Fouad l'imaginait en train de faire passer sa longue couette tressée d'une épaule à l'autre ; son amoureuse avait rétrogradé au statut de meilleure amie, qui partageait avec lui les étapes de son cheminement spirituel. De méchante humeur, il répondit qu'après toute cette verticalité il devait pour sa part retourner à ses problèmes matériels – au ras du sol horizontal.

— Oh, dis donc, réagit Jasmine sur le ton enfantin de quelqu'un dont on vient de briser l'élan, t'es pas très romantique aujourd'hui !

— Et toi tu l'es un peu trop, laissa échapper Fouad avant de se mordre les lèvres, sentant qu'il était allé trop loin.

Mais Jasmine continuait de parler, elle voulait lui dire quelque chose et passait son temps à le répéter :

— Il y a quelque chose que je veux te dire, Fouad.

— T'es sûre que ça peut pas attendre demain ?

— Demain ? Donc comme ça, tu décides unilatéralement que c'est notre premier et dernier coup de fil de la journée.

— Jasmine...

— Je veux te dire quelque chose, quelque chose nous concernant. Après tout ce qui nous est arrivé... rien ne sera plus jamais comme avant.

— Pardon, tu disais quoi ? demanda distraitement Fouad.

— Non. Écoute… tant pis, on en parlera demain comme tu dis. Demain et demain et demain…

— Je suis désolé, Jasmine, j'ai des soucis… en tête…

Ces soucis, c'était Slim. Fouad n'avait pas encore évoqué la somme à quatre chiffres qui avait été fraternellement « empruntée » sur son compte en banque. Il attendait le moment propice pour tirer la chose au clair. Quand il prit Slim à part et lui parla « d'homme à homme », le jeune garçon se ferma, changea brusquement de sujet :

— J'ai retrouvé une vidéo, dit-il, que j'avais prise de Krim pendant qu'il jouait en cachette sur son clavier. Comment est-ce qu'il a pu faire ça, Fouad ? Je comprends rien. Comment ils ont pu nous mentir pendant tout ce temps ?

— Certaines choses nous dépassent. Krim a toujours été fragile.

— Mais moi aussi je suis fragile ! Mais il faut pas être fragile, il faut être fort pour tirer sur quelqu'un à bout portant ! J'en peux plus, Fouad, je souffre, tu sais. Je suis pas assez fort pour supporter tout ça. Toi tu es fort. T'as pris tous les bons gènes de la famille. Moi je suis qu'une petite merde à côté…

Perdre la face et sortir vainqueur de la confrontation. S'avouer vaincu, dépassé, pitoyable – telle était la méthode de Slim pour échapper aux regards inquisiteurs de son grand frère.

Fouad renonça, pour le moment. Il devait aussi prendre soin de Luna. À la petite sœur de Krim il avait acheté un superbe justaucorps, pour sa compétition qui avait lieu la semaine prochaine. En vérité, la simple présence du héros de la famille l'avait rassérénée – Fouad plaisantait, dédramatisait, avec lui tout avait l'air de bien se passer.

Bientôt, il lui sembla pourtant entendre une tonalité nouvelle dans les lamentations de Luna. Elle gardait les yeux rivés à son assiette mais pointait Slim, d'une légère inclinaison du buste. Elle suggérait que c'était de la faute de son frère si son frère à elle allait passer toute sa vie en prison. Fouad n'osait pas la pousser au bout de sa rancœur – de peur qu'elle n'éclate et ne contamine le moral des troupes. Quand elle semblait rejeter la faute sur Slim, ce n'était pas difficile de changer de sujet, d'autant que jamais Luna ne s'en prenait à lui, Fouad, dont le grand frère était pourtant aussi Nazir – ce nom malsain, brûlant, interdit dans cette maison des enfants, comme celui du diable l'était dans celle de leurs grands-parents.

Fouad se sentait lâche, doublement lâche car, en taisant son indignation, il validait la lâcheté de Luna, reprochant au petit poisson ce dont elle n'aurait jamais osé blâmer le grand et beau dauphin – le champion de la famille.

13.

Parfois, le tonton Bouzid passait « chez Dounia » et proposait ses services en enlevant son vieux Perfecto tacheté de plâtre et de peinture. Depuis sa jeunesse où il faisait le maçon, Bouzid ne refusait jamais un petit kawa. Debout devant la fenêtre, il le dégustait avec des bruits d'aspiration pénibles.

— Eh vous hésitez pas, hein, disait-il sur son habituel ton de reproche, si vous avez b'soin de que'que chose faut pas hésiter, c'est la famille, on fait pas nos p'tits Georges à appeler *zarma* un prouuufissiounnel, ah ah ?

Fouad l'assurait que tout allait bien, qu'il n'y avait aucune urgence nécessitant la mise en œuvre de grands chantiers d'ébénisterie. Quand il repartait, toute la « famille » se précipitait vers la fenêtre pour observer sa démarche : la tête rentrée dans le blouson en cuir, les mains dans les poches de son jean, le menton scannant les alentours de droite à gauche. On se moquait gentiment du tonton Bouzid et de ses fausses manières de voyou à l'ancienne.

271

Pourtant, lorsque la mauvaise odeur apparut ce mercredi matin, après que Fouad eut passé toute la soirée de la veille à éponger le sol de l'étage inondé par le débordement des toilettes, ce fut le tonton Bouzid qu'on appela à la rescousse. Et il sut immédiatement de quoi il s'agissait. La canalisation était bouchée, les excréments refluaient vers les toilettes et l'intérieur de la maison.

— D'où l'odeur ! crut bon d'ajouter l'expert.

Dans sa voiture il avait une caisse à outils : il en retira une ventouse, un déboucheur à pompe ainsi que ce qu'il présenta comme son arme fatale, une longue tige en forme de tourbillon, un furet, expliqua-t-il, qu'il déroula dans la canalisation au moyen d'une moulinette. En l'actionnant avec entrain, Bouzid à quatre pattes et sans ceinture montrait son plus beau sourire de plombier à ses petits neveux.

Agglomérés dans l'encadrement de la porte, ceux-ci se pinçaient le nez, au moins autant à cause de l'odeur que pour ne pas éclater de rire.

On félicita le tonton, mais prématurément : au bout d'une demi-heure il n'avait toujours rien heurté susceptible d'avoir bouché la canalisation.

— C'est trop profond ! cria-t-il en ayant l'air de revenir du ventre de la canalisation. Va falloir appeler un plombier. Sauf si je réussis à trouver une caméra, *zarma* une grande sonde avec une caméra au bout, tu comprends ?

En se relevant, Fouad crut voir tomber quelque chose de la poche arrière de son jean. C'était le cas, mais Fouad ne le trouva que le lendemain matin en contemplant le désastre des toilettes : il s'agissait d'une petite photo d'identité, de quelqu'un que Fouad n'avait jamais vu. Son nom figurait au verso, accompagné d'un numéro de téléphone et d'une adresse dans un village du Var :

Franck Lamoureux, lut le jeune homme. *45, chemin de l'Olivou, 83850 Saint-Alphonse-du-Var.*

Il fallut quelques secondes à Fouad pour oser formuler mentalement la terrible hypothèse. Une fois apparue, rien ne pouvait la chasser. Et plus il regardait le visage massif de ce Franck Lamoureux, plus il entendait ce nom de famille et l'associait aux yeux bovins et primitifs de la photo, plus il était convaincu d'avoir percé le secret du tonton Bouzid. Tout faisait sens à la lumière de cette révélation : son absence de famille et d'enfant, ses histoires foireuses avec ses « copines », jusqu'à ses manières exagérément viriles.

Lorsque Bouzid revint après le déjeuner, son neveu chercha à repérer des comportements qui auraient pu avaliser sa théorie. Mais il n'y avait rien de moins homo-érotique que la façon dont il déclara qu'il n'avait pas trouvé de sonde :

— *Wollah* c'est la misère c'te odeur ! La vie de la mémé ça schlingue !

L'odeur pestilentielle qui envahissait la maison était en effet de moins en moins soutenable. On appela un plombier en urgence, un Portugais à la peau squameuse qui demanda à voir les plans de la maison et à parler aux autres résidents du lotissement. Il posa son gros doigt sur le plan, indiquant les « regards », trappes qui signalaient l'emplacement d'un coude au niveau de la canalisation souterraine. Sa caméra ne trouva rien.

La voisine n'avait pas souvenir de plombiers appelés à l'aide par les locataires précédents, « un couple de gens sans histoires », précisa-t-elle avec un air plein de sous-entendus.

Le plombier expliqua la situation à Bouzid et à Fouad, s'adressant d'abord au premier, avant de voir que le second était plus réactif :

— Ou bien j'envoie tout de suite un jet d'eau pour déboucher la canalisation, mais si c'est un coude défectueux ça va revenir, vous faites pas d'illusions, hein. Ou sinon je reviens dans deux heures et je défonce les regards au marteau-piqueur jusqu'à ce qu'on ait trouvé le coude.

— Et là, c'est durable ? demanda Fouad.

— Ah, ben, une fois qu'on a trouvé le coude qui pose problème, on le change et c'est bon. C'est juste que c'est une opération un peu lourde...

Elle était également plus coûteuse, mais Fouad la préféra à la solution provisoire. Il en eut pour mille deux cents euros.

Le plombier revint avec deux hommes en fin d'après-midi. Le dérangement fut tel que tout le monde sortit sur la pelouse. Après s'être assurées que les journalistes étaient bloqués devant le portail du lotissement, Kamelia et Luna s'installèrent sur les transats pour prendre le soleil, le nez pincé par des épingles à linge.

Fouad et Slim voulurent prendre un peu l'air ; ils montèrent dans la voiture de leur mère et roulèrent jusqu'à la tour Plein Ciel, où la petite famille avait vécu jusqu'à la mort du père. Sur le chemin de Montreynaud, Slim se laissa aller aux confidences, avec une de ces voix pénétrées qui regardent dans le vague et bruissent d'autosatisfaction :

— N'empêche que c'est un peu de leur faute, à papa et à maman. Franchement, moi, j'essaie de vivre bien, dans la rigueur, le sérieux, et eux...

— Qu'est-ce que tu racontes, Slim...

— Mais si, merde ! On fait pas des gosses quand on est pauvres ! C'est des erreurs de soixante-huitards, tu vois. Papa qui jouait au tiercé tous les jours... Regarde ce quartier, putain. Moi je suis désolé mais je leur en veux... des fois.

Fouad était à deux doigts de bifurquer sur le bas-côté pour faire rentrer dans le crâne de Slim que son seul devoir dans la vie était d'honorer son père et sa mère. Il accéléra imperceptiblement, pour ne rien dire. Au prochain feu, il accéléra de plus belle en voyant le vert virer à l'orange, et il finit par passer au rouge. Des vieilles dames en foulards se retournèrent, scandalisées par ces inutiles excès de vitesse dans un quartier avec des enfants partout dans la rue. Fouad s'arrêta pour laisser passer une classe d'écoliers ; ils étaient tous noirs ou arabes.

— C'est pas à eux que t'en veux, dit-il en tournant vers son petit frère un visage fermé, mâchoires serrées et yeux complètement clos. C'est à toi-même. Tu t'en veux de te sentir misérable à la fac, tu t'en veux d'avoir épousé Kenza. Laisse les parents en dehors de ça.

274

Slim roula les yeux au ciel et concéda sa défaite pile au moment où Fouad allait lui rappeler que parmi ces parents qu'il venait de défendre l'un était mort et n'était plus qu'une mémoire, à honorer ou à salir.

La voiture s'ébranla à nouveau. On était presque arrivés. Le petit ingrat repensa à Nazir foutant le feu à leur appartement en haut de la tour.

— Tu crois qu'en fait il l'avait fait exprès ? demanda-t-il avec une candeur irritante.

— Arrête de ruminer tout ça, t'étais même pas né, Slim.

Mais l'adage se vérifiait de manière éclatante : « Faites ce que je dis, pas ce que je fais » ; rien d'autre que le souvenir de ce bambin pyromane ne lui occupait l'esprit tandis qu'il se garait au pied de la dalle où s'élevait la tour de son enfance.

— Franchement, Fouad, sans maman, c'est pas pareil la maison, quand même, non ?

Évidemment que ça ne l'était pas.

— Eh non, répondit son grand frère en se garant n'importe comment sur le bord de la route.

— Non mais je veux dire, quand elle est là on se dispute tout le temps, je lui dis d'arrêter de me traiter comme un bébé, mais en fait...

— Mais ça va pas durer, le coupa Fouad en arrêtant le moteur, elle va revenir, fais-moi confiance.

Bras croisés, Slim restait pensif, sa main gauche tapotant son coude droit par vaguelettes efféminées. Fouad sortit pour se dégourdir les jambes. Slim sentait les larmes lui monter aux yeux, il n'osait pas bouger.

— Tu viens ou quoi ?

Fouad découvrit soudain avec horreur que tous les murs de la cité étaient couverts d'inscriptions RIP GROS MOMO. Il retourna précipitamment à la voiture et démarra.

— Mais... ?

— Non, mieux vaut rentrer, déclara Fouad, ça me plaît pas trop tous ces inconnus dans la maison...

Lorsqu'ils furent de retour au sommet de leur nouvelle colline, dans ce petit lotissement de maisonnettes à deux étages collées les unes aux autres, Fouad fut pris de vertige et dut arrêter la voiture pour ne pas en heurter une autre à l'arrêt. Absorbé par ses propres problèmes, Slim ne vit rien et descendit en prétendant avoir un e-mail important à écrire à Kenza.

Kamelia et Luna étaient encore sur la pelouse, elles somnolaient avec leurs casques sur les oreilles, pour ne pas entendre le raffut causé par les marteaux-piqueurs. L'odeur d'égout refluait toujours dans la maison. Slim grimpa quatre à quatre les escaliers qui menaient à sa chambre. Il eut la surprise de voir un des plombiers en sortir, comme pris sur le fait. Mais quel fait ? Slim le dépassa en le jaugeant. Le « plombier » dit avec l'aplomb des gens qui ont quelque chose à se reprocher :

— Il fallait que je vérifie qu'il y avait pas de canalisation dans votre chambre.

— OK, répondit Slim d'une voix trop aiguë.

Dans sa chambre, tout était exactement comme il l'avait laissé. Il voulut quand même raconter la scène à Fouad lorsque les plombiers furent partis. Tout le monde était réuni dans le salon, on avait ouvert les fenêtres du rez-de-chaussée pour l'aérer. Luna alluma la télé.

Elle tomba nez à nez avec des images volées d'elle et de Kamelia en train de se faire bronzer dans le jardin. L'écran d'i-Télé ressemblait à une page de navigateur Web ; l'onglet Nerrouche était le deuxième, sur les cinq sujets qui faisaient l'actu. Il passait en surbrillance au moment où était jouée la vidéo des cousines.

Luna ferma les volets à toute vitesse. Ces cafards de journalistes avaient dû monter dans les étages de l'immeuble fantôme qui dominait le lotissement. Normalement, des gendarmes en surveillaient les accès. Ils avaient dû en laisser passer un.

L'onglet Nerrouche laisse sa place à un onglet simplement intitulé URGENT.

TF1 et France 2 diffusaient les mêmes images d'une sorte de congrès, avec des têtes connues qui levaient leurs mains serrées en direction des militants. Sur les chaînes d'info continue, les bandeaux rouges étaient de retour.

— Et voilà, ça recommence, commenta l'adolescente en zappant à toute vitesse, à la recherche d'une chaîne indifférente à l'actualité.

Là encore, son ton semblait viser Slim – et derrière sa silhouette chétive, l'ombre de son monstrueux grand frère.

Fouad demanda la télécommande à Luna pour voir de quoi il s'agissait. Sa mâchoire se décrocha lorsqu'il eut compris. Il appela Kamelia qui faisait la vaisselle dans la cuisine. Au tremblement de sa voix, Slim considéra qu'il valait mieux attendre un peu avant de lui parler du plombier qu'il avait surpris dans sa chambre.

14.

C'était pendant la coupure pub. Les sourires s'évanouissaient, les masques se distendaient ; des maquilleuses accouraient avec le nécessaire. Au centre du plateau, une table déployait son double arc de cercle en carton-pâte effrangé de faux acajou. Il y avait le couple de présentateurs télégéniques qui se faisaient repoudrer le nez, mais aussi le chef du service politique d'i-Télé qui tenait à être présent à toutes les éditions spéciales, et enfin le premier invité, « spécialiste de la droite », un bon client comme la télé appelle ses proies, qui s'occupait lui-même d'accrocher son micro au revers de son blazer, à la fois parce qu'il savait le faire et pour ne pas avoir à croiser le regard du chef du service politique qui le détestait cordialement. C'était une tête connue du grand public : calvitie puissante, pommettes plates, mâchoire large et carrée, un teint mat, sanguin, qui faisait ressortir ses longs yeux facétieux et cruels. Il réunit toutes ses feuilles et les tapota sur la table pour en faire une liasse respectable. Quand les feuillets furent enfin alignés, il les reposa sur la table et les éparpilla à nouveau en demandant :

— Bon ça y est, on y retourne, qu'on en finisse ?

Un technicien passa furtivement sur le plateau, procéda à quelques vérifications, entama le décompte avant la reprise de l'antenne :

— ... 5, 4, 3, 2...

— De retour sur le plateau d'i-Télé, pour ceux qui nous rejoignent, nous vous rappelons l'événement de cette soirée. C'est une énorme surprise, qui confirme les rumeurs de ces derniers jours : un congrès est en train d'avoir lieu au Zénith de Paris, réunissant une faction de parlementaires et de personnalités de droite et d'extrême droite. Alors, les choses sont encore un peu confuses... comme vous le voyez à l'écran, les intervenants se succèdent à la tribune... s'agit-il du lancement d'un nouveau parti ? d'un mouvement pour les législatives ? On attend incessamment sous peu sur le plateau Victoria de Montesquiou, la stratège en chef du parti d'extrême droite...

— ... de Droite nationale, le corrigea Putéoli.

— Oui, alors justement, sourit le présentateur en fusillant son invité du regard, pour en parler sur ce plateau Xavier Putéoli, bien connu de nos téléspectateurs, qui dirige le média indépendant conservateur *Avernus*. Pour l'interroger, Hippolyte Rabineau, chef du service politique d'i-Télé. Bonsoir, messieurs, alors, Xavier Putéoli, vous récusiez à l'instant le terme d'extrême droite pour...

— Pour celui de Droite nationale, oui. Enfin ne nous racontons pas d'histoires. Nous vivons une soirée historique à bien des égards. Ce n'est pas du catastrophisme que de relever que notre République tremble sur ses fondations depuis l'élection de Chaouch...

— Depuis son élection ou depuis l'attentat contre lui ? lui demanda le chef du service politique de la chaîne.

— Merci de me laisser aller au bout de mes phrases, monsieur Rabineau. Je disais donc que la République connaît une crise sans précédent, et que face à une gauche de gouvernement qui a passé des alliances avec son extrême gauche, communistes et écologistes confondus, on assiste à quelque chose de semblable ici, la grande réunion, en un mot, du camp conservateur.

Ce mot de *conservateur* provoqua un brouhaha que le présentateur eut toutes les peines du monde à dissiper. Les deux éditorialistes parlaient en même temps et ne faisaient même pas semblant de s'écouter. Un tiers de l'écran était toujours occupé par les images du congrès du Zénith, un plan fixe de la scène où alternaient les intervenants de ce congrès exceptionnel. Sur le pupitre figuraient les noms et logos des deux partis.

Putéoli et Rabineau dissertaient donc sur le séisme qui était en train d'avoir lieu, et se faisaient régulièrement interrompre par la jeune ancienne miss BDE qui coprésentait l'émission :

— Priorité au direct, comme vous le savez c'est notre règle...

Elle lançait alors le duplex avec une collègue qui venait de faire les yeux doux à un député dans les coulisses. Une fois harponné, le parlementaire affichait le sourire des jours victorieux. Les mêmes éléments de langage étaient répétés scrupuleusement par tous les intervenants. C'était un grand jour pour la démocratie, le pas le plus significatif jamais fait en direction d'une réelle représentativité des électeurs français. Si on interrogeait un membre de la droite sur les déclarations de l'ancien chef du parti d'extrême droite, il répondait du tac au tac que ce mardi 15 mai ferait date, comme le jour où les frères ennemis de la droite française avaient enfin dépassé les « petites querelles de personnes et d'appareil » pour fusionner en un seul mouvement : le mouvement de ceux qui aimaient la France.

— La montée du nationalisme en Europe n'est pas un épiphénomène, martela Putéoli quand on lui redonna la parole, c'est la tendance lourde ! Lourde et surtout justifiée ! (Il ponctuait chacune de ses phrases par un silence dramatique accompagné d'un pénible sourire de biais.) Une mondialisation qui fait perdre les repères, l'immigration qui ressemble de plus en plus à une invasion pure et dure, les peuples humiliés par les politiques d'austérité, écœurés par les scandales politico-financiers qui se multiplient un peu partout... Je crois pour ma part que les peuples se réveillent, tout simplement : ils ont senti, ils ont eu l'intuition, l'instinct de ce que les élites formaliseront avec quelques années de retard, comme d'habitude... Les peuples ont compris qu'il n'y a de salut que dans la nation, dans le recouvrement de leur identité volée. Et c'est vous, s'enflamma-t-il en désignant Rabineau du doigt, c'est vous qui mentez aux peuples quand vous moquez leurs inquiétudes en parlant de racisme, de repli sur soi, que sais-je encore, d'islamophobie...

— Vous qui ? réagit son ennemi d'un soir en ouvrant de grands yeux.

— Vous, la presse des élites, coupée du peuple, de ses peurs et de ses désirs profonds, vous la presse de gauche, lâcha-t-il enfin. Bon, je ne vais pas faire l'honneur d'une citation de Talleyrand à l'auteur d'un canard qui nous ramène au pire des années trente... mais vous m'avez compris. Pour revenir aux choses sérieuses, la seule...

— Non, justement, on ne vous a pas compris...

— La seule chose qu'il faut dire, maintenant, la seule vraie question qui sépare en profondeur les deux partis, c'est l'Europe, voilà, et notamment l'euro. L'extrême droite prône l'abandon de l'euro, alors que la droite y est attachée... Non mais parlons sérieusement au lieu de commenter le rond de présentation avant la grande course hippique des législatives. Décidément je ne savais pas que j'allais avoir raison à ce point, et je m'en désole, je m'attriste affreusement de ce que mes derniers éditos confirment à ce point mes craintes.

— Oh, pauvre visionnaire...

— Oui, parfaitement, j'ai vu ce qui se passait, j'ai senti l'air du temps, c'est en général ce que font les éditorialistes quand ils ne sont pas aveuglés par leur propre idéologie rance et rétrograde.

— « Rance », eh bien nous y voici... Coooomme je l'ai dit dans mon édito d'hier sur ce même plateau, on assiste à une double séquence de résurrection, se cita Rabineau avec un violent sourire en coin qui signifiait qu'il s'en moquait, qu'il était un homme libre. La résurrection du président, présentée comme telle par ses communicants, et la résurrection du vieux fantasme maurrassien, le rêve d'un Parti de la France, la grande réunion du Maréchal et du Général... Il y a une journaliste qui a enquêté, une journaliste que vous connaissez bien, Xavier Putéoli, elle s'apprête à publier des documents qui prouvent que les tractations ont eu lieu ces derniers mois entre responsables des deux camps, elles ont été gardées secrètes et vraisemblablement financées par le biais d'une officine en plein cœur de la place Beauvau... J'espère que la parution dans les jours suivants de cette enquête permettra l'ouverture d'une information judiciaire...

Le présentateur avait le doigt levé depuis une minute, moins pour arbitrer le match des éditorialistes que pour lancer la pub avant l'entrée du nouvel invité. Sa collègue sentit qu'une voix féminine aurait peut-être plus de chance d'interrompre Putéoli déchaîné après la mention de Marieke :

— Monsieur Rabineau, on... on... merci, on continue d'en parler dans un instant, juste après la pub...

Rabineau se tut et regarda les mains crispées de son rival qu'il venait d'enterrer devant la France entière. Il trempa les lèvres dans son verre d'eau et le sirota en maintenant son regard triomphal sur Putéoli.

Pendant la nouvelle coupure pub, pourtant, ce dernier présentait un visage serein en consultant ses messages téléphoniques. Rabineau se demandait ce qu'il pouvait bien cacher lorsque la nouvelle invitée fit son entrée sur le plateau.

Victoria de Montesquiou portait une jupe plissée rouge et bleu qui lui arrivait à mi-cuisse ; pour fêter la nouvelle ère dans laquelle entrait sa famille politique, elle était passée chez le coiffeur et avait demandé le célébrissime chignon d'Audrey Hepburn. Sauf que la nuque de Victoria était déjà plissée de gras, son visage toujours aussi irrégulier et ses yeux davantage hypnotisés qu'hypnotiques.

En attendant le retour au direct elle pianotait à toute allure sur son Blackberry blanc, affalée comme une ado parisienne, live-tweetant les coulisses de cette édition spéciale ; elle haussait les sourcils à chaque point d'exclamation, truffait ses tweets de smileys tout en conservant dans la réalité le même terrifiant sourire immobile.

15.

Rabineau l'attaqua dès le retour au direct :
— Mais finalement, Victoria Montesquiou, le vrai...
— *De* Montesquiou s'il vous plaît.
— Pardon ?
— Inutile de me regarder avec ces yeux de merlan frit, ricana-t-elle. Eh oui, désolée de faire exploser vos radars politiquement corrects, mais j'ai pas honte de mes racines françaises, moi. Si je venais d'une famille d'endiviers picards, ce serait la même...
— Pardon, pardon, l'interrompit Rabineau sans réussir à sourire. Victoria DE Montesquiou, finalement toute l'attention médiatique se concentre sur Mme Vermorel, qui brise un tabou. Ne craignez-vous pas que le tandem de votre nouveau parti doive jouer les seconds couteaux ? À l'image de cette soirée inaugurale où l'on voit davantage de gens de droite que d'extrême droite ? C'est une question toute simple et que tout le monde se pose : cette fusion des deux partis, est-ce que c'est l'histoire d'un gros poisson nommé qui avale un petit piranha ?
— Écoutez, déjà la France n'est pas un aquarium...
Putéoli se força à rire pour soutenir la jeune femme.
— Plus sérieusement, évidemment qu'on voit plus de gens de la droite ! Il n'y a bien que les experts pour s'en étonner...
— Pierre-Jean de Montesquiou, accessoirement votre frère, a présenté les grandes lignes d'une motion plus tôt

dans la soirée, Fierté et héritage. Est-ce que vous diriez que cette motion qui sera soumise au vote des militants dans quelques jours représente un adieu définitif au giron républicain dans lequel...

Victoria mimait d'amples mouvements d'archet en écoutant Rabineau. Elle éclata d'un rire parfait.

— Bon, on se calme, on respire, je sais bien que les petits marquis de la presse n'aiment pas qu'on change leurs habitudes et qu'on les détourne de la pensée unique teeeeeeellement confortable... mais quand même. Quelques faits. Il ne s'agit pas pour l'instant d'un parti, ni d'une fusion, c'est un mouvement, une alliance entre les deux grandes droites de ce pays, en prévision des législatives que nous ne pouvons pas laisser gagner par une gauche littéralement décapitée... C'est à la fois un mouvement de fond dans notre vie politique, et une situation dictée par l'urgence. Enfin, si on gratte un peu sous le vernis du spectacle politico-médiatique, si on ouvre les yeux sur la réalité, qu'est-ce qui se passe en ce moment en France ? Je vais vous dire ce qui se passe en ce moment en France. Notre pays est en alerte Vigipirate écarlate depuis dix jours, notre président sort du coma et, je ne dis pas ça avec plaisir, mais enfin tous ceux qui l'ont rencontré lors de sa convalescence du Val-de-Grâce ont noté ses absences, il paraît même que le président aurait fait une sorte de rêve mystérieux, enfin vous voyez bien qu'on nage en plein ésotérisme... Sauf que pendant que nos élites perdent la tête et que notre pays est gouverné par un fantôme, les cours de la Bourse s'effondrent, les puissances étrangères se moquent de nous, et ce sont les Français, vous m'entendez ? les Français qui vont en payer le prix, ceux que vous appelez le peuple en vous pinçant le nez, c'est le pays réel...

Le présentateur ôta le bout de son stylo de sa bouche :

— Vous parlez d'absences, d'un rêve, vous disposez d'éléments sérieux ou ce ne sont que des rumeurs ?

— Arrêtons de nous raconter des salades, rebondit Victoria avec férocité, tout Paris ne parle que de ça, de ses absences et de ses saillies ésotériques, mais bon, je ne suis pas là pour faire des pronostics sur la santé mentale du président élu. Moi je suis ici pour parler de l'avenir, pour parler de la France, de notre grande et vieille nation française. Un immense mouvement populaire est en train de naître. Il n'y a qu'à voir la manifestation d'avant-hier ! Un lundi ! La droite se rassemble et descend dans la rue. Il en faut beaucoup pour que la droite descende dans la rue. Il faut une vraie crise. Alors qui sommes-nous ? Un parti à l'ancienne ? Avec ses lourdeurs d'appareil, son système de magouilles généralisées ? Non. Pour l'instant nous ne sommes qu'un mouvement, une alliance de combat, pour doter la France d'un gouvernement responsable et courageux. Nous sommes une poignée de patriotes en colère, nous voulons rendre la France aux Français et reprendre en main notre destin. J'invite aussi tous les patriotes à réfléchir à ce dimanche, dans trois semaines, où ils devront mettre un bulletin dans l'urne pour décider de quoi ? Ces législatives vont bien au-delà du député de leur circonscription, ces législatives constituent un enjeu national, il s'agit du prochain gouvernement de la France – de l'avenir de la nation française. Ce jour-là, j'espère que la majorité de nos concitoyens choisiront le bulletin ADN au lieu du bulletin Chaouch.

Un haussement d'épaules de tout un plateau télé n'arrive pas souvent. Même les cameramen parurent hoqueter en entendant ce sigle inconnu, ADN. Avant de quitter le plateau d'i-Télé pour se rendre au Zénith, Victoria de Montesquiou eut le temps de réaliser le petit numéro qu'elle avait imaginé avant de venir : elle saisit deux plaquettes qui figuraient les sigles des deux partis, les superposa à tour de rôle et tira de l'intérieur de son blazer, dans un tour de passe-passe raté à dessein – et donc parfaitement réussi –, un nouveau rectangle, bleu blanc rouge, où les lettres A, D et N étaient respectivement blanche, rouge et bleue.

Le logo avait été conçu par des professionnels, dans un esprit pop art. Victoria souhaitait que le vote ADN devienne le vote des patriotes décomplexés, des conservateurs contestataires, un vote punk, qui réunissait joyeusement le corps traditionnel français, du post-ado victime de racisme anti-Blancs à son grand-père nostalgique du temps des colonies.

Victoria brandit le logo en direction de la caméra qui tournait, et qu'elle avait préalablement repérée. Et comme une speakerine des temps jadis, mais avec la grâce sarcastique d'une miss Météo d'aujourd'hui, elle chantonna en fixant ses compatriotes :

— Alliance des Droites nationales. ADN. Le mouvement des Français qui aiment la France. Parlez-en sur les réseaux sociaux ! Hashtag #ADN. Hashtag #Fierdetrefrancais.

16.

Réunis devant la télé du salon, les jeunes Nerrouche étaient abasourdis ; sauf, bien entendu, Fouad. Sa cousine Kamelia ne s'intéressait pas trop à la politique ; assise sur la tranche du canapé, elle écoutait les explications que Fouad déroulait, les bras croisés, d'une voix blasée, les yeux fixés sur l'écran où le frère et la sœur Montesquiou levaient les bras ensemble en saluant la foule et les photographes prévenus à la dernière minute.

— Mais alors quoi, s'interrogeait sa cousine, ça veut dire que la droite normale va disparaître ? J'y comprends plus rien...

— Non, non, du moins pas encore ; pour l'instant c'est juste une alliance pour les législatives. En fait, ce qui s'est passé, c'est un coup d'État de la frange la plus droitière de la droite. La fameuse Droite nationale dirigée par Vermorel, les plus agressifs. Ils prennent leurs distances avec le parti, mais vu la mollesse des réactions de ceux qui restent... Tiens, regardez.

Son téléphone vibra dans la poche de son jean. Le nom de Marieke s'affichait sur l'écran rectangulaire. Il coupa l'appel et demanda à Slim de monter le son de la télé. Une dépêche venait de tomber. Pierre-Jean de Montesquiou se présentait, comme tête de liste ADN, dans la treizième circonscription de Seine-Saint-Denis – Grogny, le fief de Chaouch.

— Incroyable, murmura Fouad en se levant.

— Tu vas où ? lui demanda Slim.

— Je dois passer un coup de fil... à Jasmine...

Marieke lui demanda s'il avait vu la dépêche. Fouad répondit oui.

— C'est terrifiant, j'étais en train de me dire qu'ils doivent se chier dans leur froc dans l'équipe de Chaouch. Demain l'intronisation, et tout le monde ne va parler que de l'ADN...

— On verra avec le premier sondage demain ou après-demain. (Fouad baissa d'un ton :) Qu'est-ce que tu as fait de l'enregistrement du chauffeur de Montesquiou ?

— Mansourd n'en a rien fait, du coup je l'ai donné à quelqu'un de l'équipe de Chaouch. Le communicant manchot, tu sais.

— Habib, précisa Fouad en se mordant les lèvres.

Depuis le coin de pelouse où il parlait avec Marieke, il pouvait voir la télé à l'intérieur, le frère et la sœur Montesquiou qui entonnaient *La Marseillaise*, la main sur le cœur, les yeux fermés. Et le sourire de Vermorel, derrière eux, était enfin sincère, et on pouvait comprendre pourquoi : en cette veille du grand jour, à quelques heures seulement de la passation des pouvoirs, la dame de fer de la présidence précédente venait de réussir le plus grand coup politique de sa carrière – elle dont la biographie pouvait se résumer à un lent saut de puce par-dessus la Seine, du VIIe arrondissement où elle était née et où elle avait grandi au VIIIe arrondissement qui abritait les hôtels très particuliers de la République.

17.

Le lendemain matin, Pierre-Jean et Victoria de Montesquiou roulaient dans une Toyota Prius au moteur hybride, semi-électrique, qu'on n'entendait presque pas. Le silence devint vite pesant, Victoria se mit à faire des bruits de bouche. En guise de revue de presse matinale, elle caressait négligemment l'écran de son iPad rose bonbon, en bâillant et sans toucher au Frappuccino glacé qu'une assistante était allée lui chercher au Starbucks du quartier.

— Au fait, demanda-t-elle après avoir abaissé son siège pour s'allonger un peu, toujours aucune nouvelle de notre chère cavalière américaine ?

Montesquiou renifla comme une brute.

— Bon, je suppose que ça veut dire non... Tiens je pensais à ton chauffeur l'autre jour, dit-elle en voyant la jambe raide de son frère qui pesait lourdement sur la pédale de l'accélérateur. Tu sais, le Noir, là, comment il s'appelle ?

— Agla. Pourquoi tu penses à ce macaque ?

— Non, je me demandais juste ce qu'il allait devenir maintenant. Il reste à Beauvau ou tu peux le prendre avec toi quand tu te casses ?

Montesquiou lissa les contours de sa fossette au menton, comme si deux mottes de poils en partaient avant de se torsader à la chinoise :

— Non seulement il va pas rester à Beauvau, mais avec les recommandations que j'ai faites à son sujet il ne conduira plus jamais aucun VIP politique, du moins pas en France. Voilà une bonne occasion de rentrer chez lui...

— Eh ben tiens, on y arrive, chez lui, rebondit Victoria en se redressant sur son siège et en observant les barres délabrées des premières cités de Grogny.

Montesquiou y avait déjà passé une nuit, deux ans plus tôt, à l'arrière d'une voiture de la Bac. Les policiers en gilets pare-balles évoquaient leur quotidien au puissant directeur de cabinet adjoint ; le commandant en charge de la brigade de sécurisation de Seine-Saint-Denis prévoyait que dix ans plus tard la police devrait circuler en blindés dans ces cités. Le droit y était sans force et la force sans foi ni loi. Avec des torches surpuissantes ils promenaient un jet irrégulier et blafard sur les entrées des immeubles, mal éclairés et encore plus mal famés. Les choufs agglutinés dans l'ombre se dispersaient comme des insectes phytophobes.

Aucune permanence de droite n'aurait pu survivre plus d'une semaine si elle avait eu pignon sur rue ; elle existait pourtant, sous la dalle où s'élevaient les tours, dans des locaux aux vitrines barbouillées qui avaient successivement accueilli une salle de prière musulmane et une agence de voyages spécialisée dans les pays arabophones.

Un jeune Arabe en costume Celio attendait la prestigieuse délégation qui voyageait incognito. Il voulait leur indiquer de faire le tour de la dalle pour garer leur voiture dans le parking loué par la permanence, mais Montesquiou était déjà sorti, sa canne au pommeau doré alignée sur la couture de son pantalon : il tendit les clés à « Djamel » et rejoignit la douzaine de personnes qui l'attendaient à l'intérieur. C'était essentiellement une assemblée de bonnes dames à la peau grise, qui vivaient dans les lotissements résidentiels ; deux patrons de PME au chômage « à cause de Chaouch » s'étaient invités comme des vieux garçons à une table de bridge. Ils avaient préparé un banquet, sur la table de l'imprimante accolée au mur où trônait un poster du président sortant. Il y avait des tasses dépareillées, du thé d'hypermarché Discount, des mini-madeleines au beurre encore sous sachet. Avant l'arrivée de Montesquiou et de sa sœur, ils discutaient de ce vol humiliant qui avait eu lieu pendant les émeutes : une décision du conseil municipal réuni en séance extraordinaire venait d'autoriser les policiers municipaux à s'armer, un budget de cinq cents euros avait été alloué à chaque policier, soit un total de six mille cinq cents euros de colts à petit calibre, qui avaient été commandés à une armurerie locale... et dérobés au nez et à la barbe des deux « municipaux » chargés de les récupérer.

Les théories du complot fusaient depuis quelques jours. On soupçonnait les adversaires du décret d'avoir vendu la mèche aux malfaiteurs. « On », c'était l'opposition de droite de la ville de Chaouch, réunie au grand complet par ce beau matin de printemps devant Montesquiou et sa sœur abasourdis.

Habitués aux fastes parisiens, les deux ambitieux crurent qu'ils avaient basculé dans la cinquième dimension. L'étoile noire de l'ADN demanda qui était le responsable de la permanence. Une grosse dame blond platine qui tenait un « parloir de beauté » répondit :

— Djamel ? Mais il n'est pas avec vous, monsieur ?

— Comment ça, ricana Victoria, vous voulez dire que c'est lui le responsable ?

Celui qu'ils avaient pris pour un voiturier affichait un grand sourire commercial en les rejoignant dans le local. Djamel était probablement l'homme le plus serviable du monde – un factotum décomplexé, qui avait accepté d'être désigné responsable comme il aurait accepté d'aller acheter une galette des rois dans une bonne pâtisserie en ville. Il souriait tout le temps et gominait ses cheveux au Pento.

Montesquiou comprit soudain tout le parti qu'il pouvait tirer d'un personnage comme Djamel dans sa campagne. C'était l'Arabe rêvé : républicain, athée, patriote, l'Arabe qui bouffait du saucisson et se saoulait au pinard au lieu de fumer des plantes prohibées et d'adorer un dieu bizarre et menaçant.

Quand Djamel raconta qu'il se faisait appeler James, Montesquiou éclata de rire :

— Eh bien, félicitations, Djamel l'Américain : tu es officiellement nommé porte-parole de ma campagne.

— Vraiment ?

— Sauf que maintenant tu t'appelles seulement Djamel, OK ?

— Oui, oui bien sûr, monsieur, s'empressa de répondre Djamel, comme si cette requête relevait de l'évidence.

Tandis que Montesquiou désignait sa nouvelle mascotte à Grogny, on parlait de lui, dans une rue déserte de

Courbevoie, au fin fond de la banlieue ouest. En sortant de chez lui, Mansourd venait de se faire surprendre par Marieke qui insistait pour qu'il lui accorde un quart d'heure. Mansourd était sur le départ, il n'avait aucune envie de discuter avec cette journaliste :

— Je croyais vous avoir déjà prévenue. Si vous continuez à me faire chier, je vous arrête pour obstruction, c'est compris ?

Marieke le suivait au pas de course.

— Mansourd, vous êtes un grand flic.

— Et vous une sacrée sangsue.

— Je le prends comme un compliment.

— Ah bon ?

— C'est une façon de dire que je suis une grande journaliste.

Le commandant s'arrêta enfin. Il portait une veste de jogging par-dessus un maillot de corps, il avait le regard voilé, comme au sortir du lit.

— Écoutez, mademoiselle. Je sais que vous avez envie de bien faire, mais vous faites fausse route.

— Vous savez aussi bien que moi que ce cabinet noir...

— Il n'y a pas de cabinet noir, croyez-moi sur parole.

Il se remit en chemin. Sa voiture était garée au bout de la rue. Marieke avait moins de cinquante mètres pour le convaincre.

— J'ai des preuves. Commandant, c'est une officine en bonne et due forme.

— Vous vous trompez sur Montesquiou, répondit Mansourd en se tournant enfin vers elle, à l'arrêt. Je vous le dis, c'est off, vous écrivez « d'une source proche de l'enquête », pas un mot de plus, d'accord ?

Marieke prit son calepin.

— Montesquiou n'a rien à voir dans l'attentat contre Chaouch. Il a comploté, oui, avec Boulimier, pour empêcher de révéler les liens entre sa sœur et Nazir. Nazir a voulu qu'on accuse Montesquiou. Il a mêlé son nom au sien. Et il comptait sur des gens comme moi, et manifestement comme vous, pour considérer que cette promiscuité était louche. Des gens qui sauteraient sur l'occasion. C'est une fausse piste, dont il a personnellement et méticuleusement semé le balisage. On avait qu'à suivre les flèches. Sauf que c'est Nazir qui les avait peintes sur les troncs d'arbres, vous comprenez ? Le seul crime de Montesquiou, c'est d'avoir utilisé un ancien barbouze pour essayer de capturer Nazir avant tout le monde. Je pense qu'il est responsable de l'échec de l'opération suisse. Je m'en occuperai plus tard.

— Ce barbouze, il se fait appeler Waldstein, c'est ça ?

— Comment vous le savez ? C'était votre source, c'est ça ? (Marieke ne répondit pas.) Eh bien vous vous êtes fait baiser.

— Non, je ne me fais pas baiser, moi, répliqua Marieke, ébranlée par la précédente tirade du commandant. Ni par mes sources, ni par mes mecs. Mes mecs, c'est moi qui les baise, déclara la jeune femme.

Mansourd la considéra avec perplexité. Il n'était plus si sûr de savoir à qui il avait à faire.

— Mademoiselle, oubliez tout ça. Cette affaire pue, croyez-moi. Elle pue à cause de Nazir, elle pue à cause de Montesquiou. Sauf que, je vous le répète et ça ne me fait pas particulièrement plaisir d'avoir raison, mais vous faites fausse route au sujet de cet enfoiré. Vous prenez pour un assassin quelqu'un qui n'est qu'un charognard.

18.

Au matin du jour J, le clan Chaouch était réuni au chevet de son chef. Le président avait insisté pour rencontrer avant son départ le député PS de la treizième circonscription. C'était le branle-bas de combat au PS. Alors que la circonscription de Grogny avait toujours été à gauche, on se méfiait du conseiller de Vermorel, comme d'un mage noir ou d'un boxeur invaincu qui aurait enfin trouvé un challenger à la mesure de ses ambitions. C'était Chaouch lui-même qui était défié à Grogny. L'honneur du président élu était en jeu, il fallait absolument le faire comprendre au député qui remettait son mandat en jeu.

Vogel se demandait s'il ne fallait pas envoyer un poids lourd, ou une étoile montante originaire de banlieue. Chaouch décida que c'était inutile :

— Ce Montesquiou ne connaît pas Grogny, il ne connaît pas ses habitants, il n'y a aucune raison d'avoir peur. Il fait ça précisément pour instiller la panique dans nos rangs. Je soupçonne aussi le péché d'orgueil, l'erreur de jeunesse. Il veut apparaître comme le hussard de la nouvelle droite.

Une fois n'est pas coutume, Vogel ne partageait pas la sérénité du président. Il préférait envoyer la porte-parole de la campagne, qui avait acquis une popularité telle qu'au bout d'une demi-douzaine de mois elle faisait déjà partie du panel testé spontanément par les sondeurs. TNS-Sofres l'avait donnée neuvième personnalité politique préférée des Français pour le mois d'avril. La jeune « quadra » s'imposait comme la candidate idéale. Elle venait d'une famille turque, avait grandi dans une banlieue du 95. Elle devait tout à l'école républicaine, elle avait l'air d'un ange et maîtrisait à la perfection les codes de la communication politique moderne. Face à l'aristocrate sulfureux de la place Beauvau, la gauche serait représentée par une femme séduisante et populaire, qui connaissait par cœur les paroles de tous les tubes R'n'B du moment.

— Moi aussi je les connais ! s'agaça Jasmine lorsque Vogel fit valoir cet argument au déjeuner. Non, mais je dis juste qu'elle est jeune, quoi. Tu es vraiment sûr que c'est une bonne idée ? Imagine si elle perd !

— Si elle perdait, la règle est simple, répondit Vogel, elle ne pourra pas intégrer l'équipe gouvernementale. Mais de toute façon, Idder ne souhaite pas changer nos plans pour Grogny, n'est-ce pas ?

Chaouch acquiesça. Vogel voulait confier un secrétariat d'État à la porte-parole.

— S'il n'y avait pas l'autre à qui on a promis une grosse récompense, Habib la verrait bien place Vendôme.

Jasmine intervint :

— Habib la verrait bien en train de faire la vaisselle en petite culotte, oui...

Chaouch aurait souri s'il avait pu contrôler les muscles de ses joues. Jasmine s'en rendit compte. Elle effleura la main engourdie de son père :

— Allez, j'arrête avec ma petite crise de jalousie...

Vogel venait de les quitter. Jasmine se rapprocha de son père :

— Écoute, papa, je suppose que tu veux me parler de Fouad... Je suis prête maintenant, je suis prête à avoir cette conversation.

Sa mère entra dans la chambre et prit le relais.

— Ton père et moi nous pensons que tu n'aurais pas dû attendre pour en parler à Fouad. Pour l'instant, nous ne sommes que tous les trois à le savoir, mais tu sais très bien que ça va être médiatisé. Je veux que tu prennes la mesure de ce que signifie cette grossesse. Pour l'opinion publique, Fouad c'est le frère de l'homme qui a essayé d'assassiner ton père. Si on prend les choses en amont, on peut contrôler l'événement, et...

— Mais tu t'entends, maman ? « Contrôler l'événement ». Tout n'est pas politique, ma grossesse n'est pas politique, ma vie n'est pas politique ! Et je m'en fous que Fouad soit le frère d'un terroriste. C'est l'homme que j'aime. C'est le père de mon futur enfant.

— Alors pourquoi tu ne lui en as pas encore parlé ?

Quand elle était prise en défaut, l'ancienne Jasmine se renfrognait avant d'exploser. C'était une façon de fuir. La nouvelle Jasmine voulait affronter les choses. Si elle n'affrontait rien, elle passerait à côté de sa vie.

— Je ne lui en ai pas encore parlé parce qu'il est à Saint-Étienne, auprès de sa famille qui traverse un calvaire sans nom. On ne peut pas avoir cette conversation au téléphone. Je veux que ce soit un beau moment. Je ne veux pas gâcher l'annonciation.

Ce lapsus la jeta dans une rêverie. Un sourire lui vint aux lèvres.

— C'est un moment important, décida-t-elle, le moment où on passe d'une expérience seule à une expérience à deux.

Chaouch était inquiet lorsque sa fille et sa femme le quittèrent pour le laisser se reposer et réfléchir à son grand discours avant sa séance de rééducation de l'après-midi. Ses sourcils paralysés vers le haut lui donnaient certes toujours l'air inquiet, mais Habib, en le rejoignant après sa sieste éveillée, sut deviner que la discussion avec Jasmine ne s'était pas conclue par un apaisement.

— Tout va bien, Idder... monsieur le président ?

— Arrête avec ça. Monsieur le président... Au sujet du discours, laisse-moi du temps, j'y réfléchis, je ferai un mélange du tien et du mien, ajouta-t-il pour ne pas froisser son communicant en chef.

Mais deux heures avant que soit officiellement investi le premier président français victime d'un attentat, le discours que la France et le monde entier attendaient n'était toujours pas rédigé.

La raison de cet incroyable retard, c'était dans un enregistrement qu'il fallait aller la chercher. La veille, Habib avait interrompu Chaouch au milieu de sa séance de tapis roulant. Il venait de « mettre la main » sur une vidéo de Montesquiou en train de se préparer une ligne de coke à l'arrière de sa Vel Satis ministérielle. Son chauffeur, excédé par le sadisme et les allusions racistes de son patron, l'avait enregistré à son insu, avec un iPhone pourvu d'une caméra qui donnait des images d'une netteté impitoyable. Chaouch avait secoué la tête autant qu'il pouvait. Parler l'épuisait à certains moments de la journée. Il s'était contenté de prendre la main de son vieil ami et de planter son regard dans le sien. Ses yeux disaient : Hors de question. Mais quand il avait pu rassembler assez d'énergie pour parler, il était allé encore plus loin :

— Plus jamais ça, Serge. Plus... jamais ça. Je veux que cette vidéo soit détruite. Maintenant.

— Idder, on ne va pas gagner cette bataille des législatives en faisant confiance au bon sens des électeurs. C'est un combat de boue que veut Montesquiou.

— Eh bien nous n'allons pas nous y laisser traîner. C'est assez que ma vie soit devenue une affaire nationale. Je refuse qu'elle devienne une affaire d'État.

Habib s'était tu. Chaouch avait ajouté :

— Et puis comme disait ton cher cardinal, on est plus souvent dupé par la défiance que par la confiance... Prends-en de la graine.

Habib était parti fâché ; Chaouch refusa de lui reparler jusqu'à l'heure du dîner. Il lui fit enfin savoir qu'il dicterait son discours à Esther avant de s'endormir, et qu'il se lèverait tôt le lendemain pour y mettre la dernière main.

Mais le lendemain était arrivé avec son lot de nouveaux imprévus. Le grand chevalier de la Légion d'honneur, qui devait remettre le prestigieux collier d'insignes au président élu, avait refusé de participer à la cérémonie. Le protocole prévoyait alors que ce soit le doyen des grand-croix qui intronise le président élu. Sauf que le doyen avait également annoncé par un communiqué de presse qu'il ne reconnaîtrait pas un président qui prévoyait de supprimer l'institution biséculaire à laquelle il avait voué sa vie. L'idée d'en finir avec la Légion d'honneur, cette « aberration emblématique de la monarchie républicaine », venait de Chaouch lui-même, comme beaucoup de propositions symboliques sur lesquelles il ne consultait qu'Esther.

Tandis que Vogel essayait de trouver une solution, le couple s'accorda un instant de pause avant de se rendre à l'Élysée. Esther avait troqué son pendentif Van Cleef pour une parure prêtée par une grande bijouterie. Vogel l'avait convaincue de se livrer à un léger relooking – la femme d'un candidat victorieux ne pouvait pas s'habiller comme l'épouse d'un chef d'État. Esther noua la cravate bleue de son mari, penchée sur son fauteuil roulant à la façon d'une mère redressant le nœud papillon de son bambin en culottes courtes.

— Tu te souviens, Esther, quand on a dansé sur Jean Sablon ? J'ai l'impression que c'était dans une autre vie.

Esther ne voulait pas sangloter. Elle n'allait pas repasser une demi-heure dans la salle de bains pour refaire son maquillage. Une angoisse inédite l'avait saisie au réveil, sur ce second lit que les infirmières lui avaient installé dans la chambre présidentielle du service de rééducation. Elle se voyait au milieu de la salle des fêtes de l'Élysée, poussant Idder sur le tapis rouge, sous les regards du Tout-Paris. Une intense culpabilité avait résulté de ce cauchemar éveillé, parfaitement conscient, où elle découvrait qu'elle avait tout simplement honte de son infirme de mari. Dans la réalité, son infirme de mari était l'homme le plus important de France – il le serait protocolairement dans quelques heures. Ce qui n'atténuait en rien son sentiment coupable, bien au contraire.

Des idées violentes fusaient dans son esprit. Contre ce Nazir, qui qu'il soit vraiment, eût-il été ou non soutenu par AQMI ou Dieu sait quelle confrérie de puissants commanditaires. La personne qui avait imaginé cet attentat avait voulu humilier Chaouch. Peut-être même n'avait-il jamais été question de l'assassiner, simplement de le mutiler, de le rendre grabataire, impuissant.

La voix de robot d'Idder la détourna de ces tristes pensées :

— Arrête un peu de cogiter, ma petite scribe préférée... C'est une grande journée qui nous attend. Tu as bien le cahier avec toi ?

Il parlait du cahier de musique, du texte qu'il lui avait dicté ces derniers jours et qui était désormais terminé. Esther l'avait dans son sac à main. Elle le tendit à son mari qui lut la première page et le lui rendit.

— Viens, j'ai une idée...

Il lui demanda de se mettre face à son fauteuil, d'en saisir les accoudoirs et de les faire danser latéralement.

— En revanche, il va falloir que tu te charges de l'accompagnement musical cette fois-ci.

Les rires d'Esther Chaouch se mêlèrent à ses pleurs ; Idder tendit lentement le bras pour les effacer. Esther approcha son visage douloureux des doigts de son mari. Au lieu d'écraser les gouttes qui cheminaient sur sa joue, il les pointa avec une délicatesse de couturière, et souffla sur le bout de son doigt avec ce commentaire enfantin :

— C'est pour les transformer en notes de musique. Allez, Esther, fais-moi une petite imitation de Jean Sablon avant qu'on parte...

19.

Chaouch se rendit à l'Élysée dans une voiture blindée qu'on avait spécialement reconfigurée pour son fauteuil roulant. Les hommes du service de protection de la présidence – le GSPR dont avait été suspendue Valérie Simonetti – avaient fait de ce fauteuil apparemment ordinaire le moyen de locomotion le plus sécurisé de France. Chaouch arriva à l'Élysée par la cour d'honneur ; il passa en revue un détachement de la Garde républicaine et fut accueilli par son prédécesseur. Les journalistes notèrent la chaleur du président au moment de serrer la main à celui qui l'avait battu. Des rampes avaient été prévues sur tout le parcours que suivrait le président en fauteuil. Le président sortant grimpa les marches une à une, en se préoccupant d'une main lointaine et bienveillante de l'ascension de son successeur.

L'entrevue des deux hommes dura une petite heure, au cours de laquelle furent remis à Chaouch les fameux codes d'accès à la frappe nucléaire. Dans ce salon du rez-de-chaussée du palais présidentiel, le président sortant fit une large place à la situation des otages français au Sahel. Les forces d'AQMI se rassemblaient sous l'égide du charismatique cheikh Otman, elles avaient pris le contrôle de villes entières ; le soutien logistique et militaire à l'armée malienne ne suffirait bientôt plus ; des plans d'intervention commençaient à arriver sur le bureau du président.

Chaouch savait par ses propres canaux que la progression des islamistes radicaux dans ce désert constituait la menace la plus urgente pour la sécurité de la France.

Après cet entretien, les deux hommes se séparèrent sur le perron de l'Élysée, entourés de gardes républicains au garde-à-vous. La photo fit instantanément le tour du monde : Chaouch en fauteuil roulant serrant la main de son prédécesseur, avec le renfort de sa main gauche pour humaniser la cordialité protocolaire. La continuité de l'État était assurée. Le cortège du « sortant » quitta l'Élysée sous les applaudissements de ses supporters massés dans la rue du Faubourg-Saint-Honoré.

Le président gagna la salle des fêtes du Palais où l'attendait une foule de gens importants derrière un cordon. Pour beaucoup des invités de cette cérémonie d'investiture, c'était la première fois qu'ils le voyaient en chair et en os, le Chaouch « post-attentat ».

L'émotion était palpable ; elle gagnait même les journalistes qui commentaient les images en direct.

Habib portait des lunettes noires. Il dégivra son masque de circonstance et salua son héros avec une demi-révérence ; il était ému. Esther et Jasmine prirent chacune une main du président. Le président du Conseil constitutionnel proclama les résultats officiels de l'élection. En l'absence du grand maître de l'ordre de la Légion d'honneur et du doyen des grands-croix qui palliait statutairement l'éventuelle impossibilité du premier, le grand collier de la Légion d'honneur fut remis au nouveau président par le « deuxième doyen », un général à la retraite que Vogel était parvenu à convaincre in extremis.

Chaouch prononça ensuite son allocution d'investiture, dans un silence attentif, frémissant de sourires et de hochements de tête approbateurs. Il parla du mandat qui lui était confié en ces temps de crise, et déclina la nature polymorphe de celle-ci. Assis sur cette chaise de handicapé, le visage démoli et les yeux sans expression, il était devenu un symbole vivant, comme une incarnation de la folie du monde.

Mais il n'insista pas sur les raisons de s'inquiéter :

— Permettez-moi d'arrêter là cet inventaire. La politique, ce n'est pas un problème de comptabilité. La vie non plus, ce n'est pas un problème à résoudre, c'est un problème à inventer...

Il y avait en France une constellation d'étoiles amies (le moignon de Habib se mit à trembler), une démographie favorable, des institutions solides (Habib souffla), un peuple intelligent et indocile, et surtout une jeunesse dotée d'un « immense appétit vital ».

Son discours dura une douzaine de minutes ; et puis il ferma les yeux et prononça en guise d'épilogue un extrait de Rimbaud, tiré de sa *Chanson de la plus haute tour* :

Oisive jeunesse
À tout asservie,
Par délicatesse
J'ai perdu ma vie.
Ah ! que le temps vienne
Où les cœurs s'éprennent.

Après cet extrait, il reprit :

— Mesdames et messieurs, en cet instant où je suis chargé de présider aux destinées de notre pays et de le représenter dans le monde, je tiens bien entendu à saluer mes prédécesseurs, ceux qui ont avant moi incarné et conduit la République...

Il égrena la liste des six présidents de la Ve République, assortissant chaque nom d'un commentaire positif. Il marqua ensuite un temps d'arrêt et conclut :

— Vive la République, et vive la France.

Après cette allocution, le président fut conduit sur la terrasse du parc de l'Élysée. La Garde républicaine lui rendit les honneurs militaires. Lui-même salua le drapeau pendant que l'orchestre jouait *La Marseillaise*. Le fauteuil roulant de Chaouch passait en revue les troupes stationnées à l'Élysée ; simultanément, la batterie d'honneur de l'artillerie tira vingt et un coups de canon depuis la place des Invalides, de l'autre côté de la Seine. Toutes les huit secondes, les deux canons de 75 mm bombardaient le ciel parisien pommelé de nuages clairs.

Jasmine n'aima pas ce moment. Les canons. Les honneurs militaires.

Elle l'écrivit à Fouad, qui n'avait pas répondu à ses deux premiers textos. Il ne répondit pas non plus à celui-ci, pas avant le milieu d'après-midi : il expliqua alors à sa petite amie que lui aussi assistait à une sorte de cérémonie éprouvante.

À Saint-Étienne, entouré de Luna, de Slim, de Kamelia, de Bouzid et d'une foule de curieux, Fouad attendait que la tour HLM de son enfance soit démolie. Les riverains du quartier de Montreynaud avaient été évacués. Sur les collines alentour, on attendait l'explosion comme un feu d'artifice du 14 Juillet – en famille, en couple, les caméras de smartphones prêtes à immortaliser la scène. Des journalistes de l'antenne stéphanoise de France 3 passaient de groupe en groupe, pour filmer les réactions. Fouad conduisit sa famille à l'écart. L'explosion fut annoncée comme imminente, les journalistes braquèrent leurs objectifs sur cette tour surmontée d'un château d'eau en forme de bol.

Les détonations simultanées firent trembler le voisinage. La démolition n'avait duré que quatre secondes. Quatre secondes pour effacer quatre décennies.

Slim se mit à pleurnicher. Son grand frère posa sa main sur son épaule. Ensemble ils regardèrent l'épais rouleau de fumée qui se répandait sur toute la colline de Montreynaud. Quand le nuage se dissipa, il ne restait sur la dalle qu'un éboulis de six tonnes de béton – coiffé du fameux bol mystérieusement intact.

Les gens continuaient d'applaudir. Slim ne comprenait pas pourquoi ; il les dévisagea furieusement.

— Moi je vais y aller, dit Bouzid en prenant Fouad par la manche pour l'attirer à l'écart. Je vais à la mosquée, murmura-t-il à l'oreille de son neveu, en ce moment je me suis remis à y aller, *wollah* ça fait du bien, tu te sens *zarma* purifié quand t'y vas, tu vois ? (Il mimait les écoulements d'un bain de boue sur son visage.) Tu veux pas venir ? Tu viens, tu dis *salaam aleikhoum*, et même si tu connais pas les prières tu restes là, en chaussettes, tranquille, tu vois ?

Fouad se surprit à sourire.

— Non mais sérieux, en plus tu peux amener Slim comme ça...

L'insinuation de son oncle figea le sourire de Fouad. Il refusa, prétexta qu'ils n'étaient pas très musulmans dans la famille, qu'ils ne l'avaient jamais été.

— Non mais quand même, t'es musulman, si tu dis que t'es pas musulman c'est comme si t'avais honte !

— Écoute, tonton, répondit Fouad sur le ton de celui qui s'apprête à asséner le coup de grâce à son interlocuteur : tu sais bien que papa, paix à son âme...

— *Allah y rahmo*, souffla superstitieusement Bouzid.

— ... papa aimait pas trop tous ces trucs de religion et de mosquées. Les imams c'était pas son truc, eh ben nous on est pareils, tu comprends ?

Bouzid n'irait pas plus loin pour convaincre son neveu de revenir dans le chemin de Dieu. Lui-même venait de se souvenir que ce chemin existait ; il s'en voulut d'avoir convoqué un fantôme, il s'en voulut d'avoir abordé le sujet. Il embrassa tout le monde – les quatre bises stéphanoises, soit un total de seize bises qui lui donna le tournis et lui fit oublier où il avait garé sa voiture.

Dans l'autre voiture, Slim fut le seul à parler. Il livrait ses états d'âme, sans filtre ni pudeur. Sa voix aiguë gâchait tout – toute la mélancolie, toute la solennité de cette démolition. Fouad considéra que ce n'était pas plus mal. Mais, de retour à la maison, il observa le regard perdu de son petit frère. Il prit le jeune homme à part et prêta l'oreille à ses interminables doléances.

Au bout d'un moment, Slim dit une chose étrange :

— Je sais bien ce que tout le monde pense. Que je parle trop, que je dis toujours trop ce que je pense. Tout ce que je pense.

— C'est ta nature, Slim, chacun sa nature.

— Mais tu préférerais que je fasse comme Krim ou Nazir ? Rien dire pendant des années et puis un beau jour commettre un attentat terroriste ?

Fouad secoua la tête.

— Ne mets pas Krim et Nazir dans le même sac, s'il te plaît.

— Pardon.

Les « pardon » de Slim sonnaient creux, ils étaient faux ; pire : ils culpabilisaient son interlocuteur, lui tenaient grief de les avoir exigés. Sentant Fouad d'humeur douce et bienveillante, il entreprit une grande réforme morale :

— Pardon, Fouad, je veux dire... Désolé. Il faut que je te parle d'un truc.

Il raconta alors qu'il avait surpris ce plombier dans sa chambre, que ça lui avait paru louche. Fouad lui demanda d'en dire plus, Slim ne voyait pas quoi ajouter, mais pour l'harmonie de la conversation il inventa quelque chose :

— Je sais pas, c'est comme s'il cherchait un truc. Comme si c'était pas vraiment un plombier, tu vois ?

Cinq minutes plus tard, Fouad composa le numéro de Marieke. Il lui annonça sans préambule :

— Ils sont venus chez moi à Saint-Étienne. Ceux qui ont fouillé mon appart à Paris, ils sont venus ici. Ils cherchent quelque chose, Marieke.

— Il faut qu'on en parle. Pas au téléphone. Tu rentres à Paris bientôt ?

— Demain matin.

Fouad n'osa pas dire qu'il devait voir Jasmine. Elle voulait s'entretenir de vive voix avec lui, il était convaincu qu'elle allait lui annoncer qu'elle le quittait.

— Si tu es libre, t'as qu'à venir me chercher à la gare, dit-il à la belle journaliste dont la seule voix enrouée lui avait fait suer les mains. Je t'enverrai par texto l'heure exacte à laquelle j'arrive.

— D'accord, répondit Marieke après un silence amusé. Tu regardes l'intronisation de Chaouch un peu ?

Fouad se tourna vers la télé où le président se faisait assister pour déposer la gerbe rituelle sur la tombe du Soldat inconnu. L'image lui brisa le cœur. Jamais il n'avait admiré quelqu'un avec autant de ferveur et d'intensité que Chaouch. Il l'avait souvent vu à l'automne dernier, quand il commençait à sortir avec Jasmine et s'investissait officiellement dans la campagne. Il le voyait par épisodes de deux minutes, mais ces deux minutes étaient amplifiées, magnifiées par la classe, la prestance du candidat ; son regard et son sourire étaient d'une franchise et d'une douceur telles qu'on semblait l'avoir connu depuis l'enfance quand il vous saluait pour la deuxième ou la troisième fois. Ce n'était pas la familiarité factice et mécanique des gens de la jet-set qui se tapaient la bise et s'embrassaient comme des frères d'armes. Chaouch se souvenait de vous. Il savait qui vous étiez, et donnait l'impression de le savoir mieux que quiconque. Il ressemblait à un frère. Chaouch c'était la Fraternité de la devise républicaine.

C'était maintenant un homme paralysé, diminué. Mortel.

Le jeune acteur se ressaisit :

— Non, non, je me sens de moins en moins concerné par... tout ça.

— Je dois rencontrer la garde du corps de Chaouch, reprit Marieke en avalant sa dernière bouchée de croissant. Il s'est passé un truc avec ce flic, tu sais, Mansourd... Mais je t'en parlerai de vive voix.

— *Viva voce*, confirma Fouad, pressé de la retrouver.

Slim attendait que son frère ait fini de parler au téléphone. Il avait une course à faire. Fouad lui demanda de quoi il s'agissait, son petit frère resta évasif.

— C'est Kenza, dit-il en se raclant la gorge. Je dois la voir. Maintenant.

— Il se passe quoi encore ?

Slim piqua du bec et se mit à sautiller sur place.

— Tu me fais jamais confiance ! J'en ai marre, merde ! Je suis ton frère ou pas ? J'ai l'impression que tu me traites comme un étranger.

Fouad le saisit par le col – pour qu'il arrête de se dandiner.

— Si je te traitais comme un étranger ça fait longtemps que je t'aurais demandé des explications sur les mille cent euros qui ont disparu de mon compte la semaine dernière.

Slim n'avait jamais vu son grand frère en colère. Fouad était celui qui se maîtrisait, celui qui avalait la colère et la digérait patiemment, pour en tirer un comportement sage et raisonné.

— Tu veux savoir la vérité ? Eh ben je vais te la dire, la vérité ! J'avais une dette... (Il leva les yeux sur son frère, pour voir si son ton misérabiliste produisait son effet ; ce n'était pas le cas.) Et puis merde, j'ai pas à me justifier.

— C'est quoi cette dette ?

Slim ne savait plus comment s'en sortir. Il se prit la tête entre les mains et courut à toute vitesse vers la sortie de la dalle.

Quand il fut sur la longue route qui descendait la colline, il s'arrêta au milieu de la chaussée et contempla la ville. Elle s'étendait sur le tapis bosselé des collines. Les toits d'ardoises scintillaient. Le cœur de Slim battait partout dans son corps, des tempes aux veines de ses chevilles. Il appela Kenza. Elle ne répondit pas, il retourna sur le trottoir et lui écrivit un texto en évitant de justesse les poteaux qui se dressaient sur sa route. Il lui demandait s'il pouvait venir la voir chez elle, maintenant. D'ordinaire elle prenait toujours deux bonnes minutes avant de répondre à ses textos, elle étirait au maximum le laps de temps au-delà duquel Slim pouvait raisonnablement considérer qu'elle l'ignorait. Cet après-midi-là elle répondit dans la minute : *Sava pa ou koi*.

Slim l'imagina prisonnière de sa famille, battue par ses frères sous les cris d'encouragement de leur sorcière de mère oranaise.

Une demi-heure plus tard, il était au pied de leur tour. Les Hirondelles. C'était un quartier résidentiel qui ressemblait de plus en plus à une cité. Les parkings étaient investis par les voitures tunées et des bandes de gamins désœuvrés. Slim avertit Kenza qu'il l'attendait devant l'interphone. Cinq secondes après, la tête de son épouse apparut. Elle ne voulait pas se faire remarquer, elle hurlait donc en chuchotant. Elle avait la tête embrouillée, le regard rempli d'effroi.

— Casse-toi ! Casse-toi, merde ! Mes frères si ils te voient ils vont te démonter la gueule.

Ses frères, Slim les avait oubliés. Il y avait l'aîné, qui était une brute épaisse, et le cadet, que Slim avait vu torse nu à la piscine. Le cadet avait une peau lisse, couleur caramel, et des yeux verts qui ressemblaient à ceux de Kenza. Au Noël dernier, Nazir l'avait fait parler de Kenza, de son entourage, il lui avait demandé des descriptions détaillées des gens qu'il mentionnait ; Slim avait joué le jeu, sans comprendre qu'il allait se trahir, quand il évoquerait notamment les beaux yeux verts de Sofiane. Les cheveux marron clair, le sourire lumineux – un prince de délicatesse au milieu de ces animaux qui dealaient du shit et s'étaient tous au moins une fois retrouvés en garde à vue. Nazir avait souri de son sourire le plus dur.

En fait, c'étaient les yeux de Kenza qui ressemblaient à ceux de Sofiane.

— Slim, il descend, casse-toi, vite ! vite !

Qui descendait ? Qui était de permanence dans la geôle de Kenza ? Si c'était l'aîné, Slim était mort. Si c'était Sofiane, ils pourraient discuter. Il pria pour que Sofiane apparaisse. La porte des escaliers s'ouvrit au bout du corridor des boîtes aux lettres. C'était Sofiane, pieds nus, en caleçon. Il portait un maillot de foot du Barça, qui moulait parfaitement ses épaules. Il avança les bras tendus vers la porte d'entrée. Il avait une chaînette autour du cou, pile au-dessous de sa pomme d'Adam proéminente. Slim se sentit sourire.

— Quoi, ça te fait rire en plus ? l'attaqua Sofiane.

Slim perdit l'équilibre. Sofiane venait de lui envoyer une balayette dans les chevilles.

En chutant, la tête de Slim cogna le rebord de béton du porche. Il leva sur son agresseur un regard d'incompréhension.

— Sale petit pédé de merde. T'approche plus jamais de ma sœur, t'as compris ? Sinon je te défonce ta sale gueule de pédé de mes couilles.

Il lui donna un coup de pied dans le ventre que Slim n'avait pas songé à protéger. Le choc fut si violent que le benjamin des frères Nerrouche ne sentit pas qu'il venait de se faire cracher dessus.

20.

Le lendemain, Valérie Simonetti se reposait dans le lit de son ami Thomas Maheut lorsqu'elle reçut le coup de fil de confirmation de la journaliste qui voulait la rencontrer au sujet de l'attentat. Elle fit immédiatement le rapprochement avec les confidences que Maheut lui avait faites durant la nuit sur l'oreiller. À bout de nerfs, il lui avait révélé la nature de cette mission secrète que le préfet de police lui avait confiée : remettre des documents blistérisés à Marieke Vandervroom, de la manière la plus discrète qui soit.

Ce qui avait fait craquer Maheut, c'était une séquence de dix secondes qui passait en boucle sur les chaînes d'info continue : le préfet de police surpris à la sortie du Val-de-Grâce, qu'on interrogeait sur la rumeur qui le donnait à Beauvau dans le prochain gouvernement socialiste, et qui ne démentait pas, composant son sourire le plus profond – mais que seul Maheut qui connaissait bien l'homme pouvait identifier comme un sourire, et non une grimace due à quelque mal de dos. Ce sourire lancinant signifiait que son patron serait le prochain ministre de l'Intérieur. Ce sourire lancinant signifiait que le jeune et naïf commissaire de la préfecture de police avait été manipulé comme un bleu : jamais il n'avait été question de protéger la République contre les cabinets occultes de la Droite nationale, mais seulement de calomnier des opposants politiques, afin de satisfaire une ambition toute personnelle.

Encore sous le coup de la colère, Maheut avait rappelé Valérie, moins pour coucher avec elle que pour créer une situation d'intimité propice aux grandes confessions. Valérie n'en avait pas dormi de la nuit. Elle avait fait plusieurs allers-retours jusqu'à la cuisine, où elle s'était goinfrée, dans la pénombre, des restes d'un poulet Tandoori au goût bizarre. Du petit matin jusqu'à midi où elle eut cette conversation téléphonique avec Marieke, l'ancienne garde du corps de Chaouch avait vomi trois fois et perdu au moins deux kilos. C'était une intoxication alimentaire : son visage paraissait émacié, les veines de sa nuque saillaient impudemment, faute de graisse pour les camoufler.

— Thomas, il faut qu'on rencontre cette journaliste. Ensemble. Cet après-midi.

— Et pourquoi donc ?

— Je crois qu'elle peut faire quelque chose... pour que mon témoignage soit entendu... Il n'y a aucune suite avec le juge Poussin. Il est en position de faiblesse par rapport à l'autre juge. Et puis Coûteaux a disparu. Tu m'entends ? Il a disparu ! Ça va dans le sens de... mes soupçons. Reste encore à pouvoir les confirmer, bien sûr...

Au même moment, le TGV de Fouad entrait en gare de Lyon ; le jeune homme s'était convaincu que Marieke ne l'attendrait pas sur le quai, comme elle le lui avait ironiquement promis. Ce n'était pas son genre d'attendre un homme à la gare. D'un autre côté, ce n'était pas non plus le genre de Fouad de relire fiévreusement les SMS d'une fille – même les plus banalement informatifs – pour la simple volupté de voir se dessiner son visage et ses courbes au détour d'un smiley ou de points de suspension. Dans son répertoire elle n'était plus le nom qui venait après « maman ».

Durant ce trajet de trois heures où il ne lut pas une ligne et n'alluma jamais son iPod, à aucun moment il ne songea à sa petite amie. Marieke prenait toute la place.

En posant le pied hors du train, son cœur battait la chamade – le petit oiseau de l'espoir, qu'il croyait avoir muselé pour de bon, reprenait des forces à mesure que le flot des passagers s'écoulait sur le quai. Fouad voletait entre ces anonymes qui traînaient leurs super valises à roulettes comme des boulets existentiels. Quand il arriva au bout du quai, passa en revue tous les visages qui attendaient, avec ou sans pancartes, le petit oiseau avait atteint la taille d'un aigle : l'espoir donnait des ailes à Fouad ; et l'espoir fut déçu. Marieke n'était pas là.

Fallait-il l'appeler ? Non, il aurait l'air d'un gamin, d'un enfant de chœur. Il traversa la gare en direction de la file des taxis. Et ce fut en s'ajoutant à la queue des voyageurs qu'il remarqua sa combinaison rouge au milieu des motos-taxis qui haranguaient le client avec un air louche. Marieke tenait un casque dans chaque main, comme deux boules de billard. Son regard disait : Tu veux jouer ? Fouad sortit de la file d'attente pour les taxis et joua : il fit comme s'il avait oublié qu'elle avait promis de l'attendre. La journaliste n'était pas dupe. Elle souffla vers son front. Depuis leur dernière rencontre, elle s'était fait une mèche subliminale, d'un rouge vif, électrique, comme les signaux qu'elle voulait envoyer.

Elle tendit l'un des deux casques à Fouad et déclara sans préliminaire :

— Avant de me parler de ton vrai-faux plombier j'ai quelque chose à t'annoncer. Je suis entrée en contact avec la garde du corps de Chaouch, et devine quoi ? Elle est persuadée que Nazir a bénéficié de soutiens dans la police, elle a des preuves, c'est un autre membre du service de protection qui est en cause, un major de police qui, tiens-toi bien, a tout simplement disparu... Il s'occupait de la protection de Jasmine depuis l'attentat, tu te rends compte ? Le type est peut-être un complice de Nazir et il disparaît.

— Attends, l'arrêta Fouad, je sais exactement qui c'est, Coûteaux. Je l'ai vu plein de fois ! C'est incroyable. Incroyable. Jasmine était protégée par... ce type, qui disparaît.

— Il a dû comprendre que ça sentait le roussi, il s'est mis au vert. D'une certaine façon, c'est bon signe, ça veut dire qu'ils commencent à paniquer. Pour en revenir à

Simonetti, elle me dit que le juge Wagner l'avait entendue, officieusement, deux jours après l'attentat, et qu'il a été dessaisi du dossier juste avant de pouvoir enregistrer son témoignage. Les nouveaux juges refusent d'entendre parler de ça, ils l'ont auditionnée vite fait et ont probablement rangé son témoignage dans un placard... Tu me demandes pas comment j'ai fait pour entrer en contact avec elle ?

— Comment tu as fait pour entrer en contact avec elle ?

— Ça te regarde pas, répondit la jeune femme en haussant un sourcil.

— Des fois je me demande qui est vraiment l'acteur entre nous deux.

— Moi aussi, dit-elle en lui cognant l'abdomen avec son casque. Allez, on y va.

— C'est marrant, ce plaisir que tu prends à donner des ordres.

Marieke balbutia dans le vide, passant en revue l'éventail de réponses spirituelles qu'elle pouvait lui faire. Il y en avait trop, le temps était écoulé, elle revint à leurs moutons :

— C'est mon informateur. Il m'a mise en contact avec elle. On va les voir tous les deux, maintenant.

Fouad eut soudain une appréhension, comme au temps où il commençait à faire des castings et qu'on lui annonçait qu'il y aurait un producteur influent à la soirée où il se rendait. Sauf que généralement ses petites accompagnatrices n'étaient pas moulées dans une combinaison de motarde.

Le trajet fut long et tortueux. En enfourchant la moto, Fouad avait choisi de s'accrocher à la barre à l'arrière de l'engin, mais il n'était pas tranquille dans les virages. Marieke sentit son hésitation et profita d'une pause à un feu rouge pour lui prendre les mains et les enlacer autour de son ventre. Elle tourna sa tête casquée, Fouad vit la mèche rouge à travers un coin de sa visière, mais il n'entendit pas ses explications. Il essaya une position intermédiaire : un bras autour de Marieke, l'autre à l'arrière de la moto. Quand celle-ci s'ébranla et accéléra à nouveau, il eut l'impression que c'était la conductrice qu'il chevauchait – et Marieke dut avoir la même impression, vu le rictus sarcastique qu'elle lui adressa dans le rond du rétroviseur de gauche.

Le point de rendez-vous avait été choisi par Marieke. Pour une fois, ce ne serait pas les toilettes d'un gratte-ciel à la Défense ou un sinistre bâtiment de la SNCF perdu au milieu des rails et des immondices. Marieke leur avait donné rendez-vous en plein cœur de Belleville, dans les cuisines d'un restaurant de couscous qui était fermé pour travaux jusqu'à la fin du mois. Ils accédèrent aux cuisines par la porte cochère du numéro suivant dans la rue.

Assise sur l'évier en inox, les jambes ballantes, Valérie Simonetti se figea soudain et fit un clin d'œil à Maheut. Celui-ci n'avait rien entendu ; avec son sixième sens de garde du corps, Valérie avait perçu une hésitation dans les mouvements des gens qui venaient de pousser la porte cochère. Elle murmura en approchant de la porte :

— C'est elle, mais elle est pas venue seule. T'es sûr de ton coup avec cette journaliste ?

— Mais oui, répondit Maheut en roulant les yeux au plafond. Et je te rappelle que c'est toi qui m'as dit que tu voulais la rencontrer. Te mets pas à tout...

— Chut, Thomas.

Marieke frappa et entra en tirant Fouad par la manche pour qu'ils ne s'éternisent pas dans le hall des boîtes aux lettres.

— Mais qu'est-ce qu'il fait là ? s'indigna Valérie en voyant Fouad.

— Du calme, chuchota Marieke

Elle indiqua à tout le monde le fond de la cuisine et justifia la présence de Fouad en lui posant une question :

— Tu peux leur dire ce qui t'est arrivé à toi et à ton frère ces derniers jours ?

Fouad n'était pas à l'aise au milieu de cette assemblée de professionnels conversant à mi-voix dans une arrière-cuisine plongée dans la pénombre.

— Je pense que des... des gens, je sais pas qui, ont fouillé mon appartement parisien et la chambre de mon petit frère à Saint-Étienne. Pour trouver...

— Des informations sur Nazir, répondit Maheut en se frottant le haut de la nuque comme s'il avait des puces.

— Comment vous savez ça ? s'écria Fouad.

Maheut poursuivit sans tenir compte de la question du jeune homme :

— Ils commencent à paniquer, c'est sûr.

— Mais c'est qui « ils » ? demanda Fouad.

— La bande à Montesquiou et Boulimier, intervint Marieke, qui pilotent l'enquête depuis que Mansourd a été écarté. Pour le tuyau ils avaient un homme avec le rouquin, Romain Gaillac. L'autre personne sur la photo prise sur l'autoroute avant l'accident... et qui avait mystérieusement disparu de la voiture. Mais c'est pas pour ça (elle se tourna vers Valérie Simonetti) que j'ai voulu qu'on se rencontre, madame.

— Je pense qu'on a le même âge, madame, réagit la garde du corps.

Les deux femmes se dévisagèrent.

— J'allais dire que j'ai reçu un e-mail, d'une adresse inconnue, sûrement créée pour l'occasion. Ça dit simplement « seize heures précises » avec un lien vers une page Google Maps. Il y a un petit drapeau planté à un endroit précis du plan, l'hippodrome de Longchamp. Avec la version satellite on voit que c'est dans le grand champ qui sert de parking, le drapeau indique une cabine téléphonique.

— Et tu... vous pensez que c'est qui, l'auteur de l'e-mail ? lui demanda Valérie.

— On peut se tutoyer... je crois qu'on a le même âge. C'est Nazir. C'est évidemment Nazir !

Maheut consulta sa montre.

— C'est dans combien de temps, seize heures ? lui demanda Valérie.

— C'était dans vingt minutes.

Il fallait que quelqu'un annonce à voix haute la décision que tous avaient prise. Fouad frappa dans ses mains :

— Eh bien allons-y !

Maheut et Simonetti partirent les premiers. Cinq minutes plus tard, Marieke et Fouad les suivirent à moto en empruntant un autre itinéraire. Ils se retrouvèrent à la porte d'Auteuil et arrivèrent juste à temps au parking de l'hippodrome. Un homme se dirigeait vers la cabine téléphonique au moment où ils trouvèrent la rangée 4. Ce fut Fouad qui le reconnut le premier :

— Mansourd ! Le commandant antiterroriste... Fais demi-tour ! hurla-t-il à Marieke.

Marieke accéléra et arrêta brutalement sa moto devant le commandant barbu.

— Qu'est-ce que vous foutez là, vous, encore ? gronda Mansourd en gardant une main sur son holster.

— Je pourrais vous demander la même chose, répondit Marieke en enlevant son casque.

Autour d'eux, le parking désert s'étendait en une morne plaine sous le ciel pluvieux.

— Je commence à en avoir un peu marre que vous fourriez vos pattes partout dans mon enquête. Vous m'avez suivi, c'est ça ?

— Eh bien non, justement, j'ai reçu un e-mail me donnant rendez-vous ici à seize heures précises.

Mansourd était perplexe. Marieke fit un grand signe en direction de la voiture de Valérie Simonetti, qu'elle avait arrêtée deux rangées plus loin.

— Qu'est-ce qu'elle fait là, la garde du corps de Chaouch ? Et lui ? demanda-t-il en montrant Fouad. Qu'est-ce vous foutez tous ici, bordel de merde ?

Simonetti et Maheut rejoignirent la moto devant la cabine téléphonique.

Mansourd se sentit cerné. Il poussa la vitre de la cabine et la fouilla. L'enveloppe était cachée derrière l'appareil téléphonique. Mansourd se fit une moufle avec le bout de sa manche, pour saisir l'enveloppe sans y laisser ses empreintes. Il se logea dans l'angle de la cabine, pour que la journaliste descendue de sa moto ne soit pas tentée de lorgner par-dessus son épaule.

Le commandant lut. Son visage était inexpressif, mais soudain il leva les yeux sur Fouad.

— Qu'est-ce que ça dit ? le pressa Marieke.

Rien ne forçait le commandant à répondre. Mansourd sortit de la cabine et marcha vers sa voiture en roulant les mécaniques. Soudain il s'arrêta, mit les poings sur ses hanches et regarda autour de lui. Tout cet espace, ce champ désert sous un ciel nordique, à cinq minutes de Paris... Les seuls bruits plus forts que le mugissement du vent étaient ceux des avions qui franchissaient le mur du son.

Mansourd se retourna et tendit la lettre à Fouad :

Chers amis,

On peut duper les gens parce que ce sont des somnambules. Vous, vous ne l'êtes pas. Vous avez bien compris qu'il y a quelque chose de pourri au royaume de Levallois-Perret. J'ai fait l'objet d'une manipulation de grande envergure, sur laquelle je vous ferai bientôt parvenir des précisions qui vous rendront certainement insomniaques. Il m'est impossible de vous en dire plus dans l'immédiat. Je vous donne rendez-vous ce dimanche, au deuxième jour du G8, à dix-huit heures précises, chambre 707 de l'hôtel Pandora dont l'adresse figure sur l'en-tête de ce billet. Mais je n'y serai que si vous réussissez à convaincre mon frère Fouad de vous accompagner.

Bien à vous,

Nazir N.

P-S : Je saurai s'il est avec vous, inutile de ruser.

Marieke avait lu par-dessus l'épaule de Fouad. Le jeune acteur tendit la lettre à la garde du corps de Chaouch et baissa les yeux sur les gravillons du parking.

— J'y vais.

— Doucement, chuchota Marieke en le prenant à part. On n'est pas tout seuls. D'une, il n'y a aucune preuve que Nazir soit l'auteur de...

— C'est lui. Je le sais.

— Mais comment tu... ?

— On est nés du même ventre. Je sais que c'est Nazir. J'y vais.

Marieke lui prit la main, la serra pour le ramener à la réalité.

— Même si tu réussissais à trouver un billet d'urgence, il n'y a aucune chance pour que le juge te laisse quitter la France. Tu es entendu comme témoin assisté. Il faudrait un miracle pour que tu puisses être à ce rendez-vous qui pue le piège à dix kilomètres à la ronde. Et puis avec Mansourd au courant, c'est fini, c'est l'affaire de la police maintenant.

— C'est lui, je le sais. Il veut me voir, je vais y aller. Je vais en finir. C'est à moi de le faire.

Marieke laissa tomber. Il s'intoxiquait tout seul, il reviendrait à la raison tout seul. Quand les vapeurs de la haine se seraient évaporées dans l'air gris de l'hippodrome. En attendant, Mansourd avait récupéré la lettre, il l'examinait avec avidité, comme si sa vie en dépendait, tout en cherchant sur son portable le numéro du juge Wagner.

Maheut et Simonetti conversaient aussi à part. Mansourd demanda aux deux couples de l'écouter attentivement :

— Il va falloir que vous m'expliquiez, tous les quatre, comment vous vous êtes vraiment retrouvés ici.

— Et si on refuse ? osa Marieke. Vous allez faire quoi ? Nous coffrer ? À moins que vous ne puissiez pas nous coffrer, parce que vous êtes en mission officieuse...

— Faites attention, vous.

Il se tourna vers le commissaire Maheut.

— Je vous connais, vous travaillez à la préfecture de police. Ne me dites pas que Dieuleveult mène une enquête parallèle depuis le début...

— Pas tout à fait, lâcha sombrement Maheut.

Mansourd fit quelques pas pour réfléchir. Les mots de la journaliste flottaient encore dans l'air. Elle avait raison. Que pouvait-il faire ? Il ne pouvait pas donner l'alerte rouge. Tellier partirait à New York sur-le-champ. Sauf que, s'il ne révélait pas l'existence de cette lettre – la première communication crédible de Nazir Nerrouche depuis cet attentat que personne n'avait encore revendiqué –, il se mettait hors la loi, il se rendait complice de l'ennemi public numéro 1.

S'il n'y avait eu que Marieke et Fouad, il aurait essayé de conclure un marché, d'acheter leur silence. Mais il ne pouvait pas tenter un coup de poker avec ce commissaire surgi de nulle part et l'ancienne garde du corps de Chaouch. Il était pris au piège. Il était probable que Nazir l'avait délibérément mis dans cette situation impossible.

— Écoutez, dit enfin le commandant fourbu, tout ça, c'est évidemment un piège. Nazir Nerrouche, s'il est bien l'auteur de cette lettre, veut nous impliquer, tous les quatre. Il n'y a aucune chance qu'il nous attende à New York dans deux jours. Aucune chance. Mais par cette lettre il fait de nous ses complices, et si nous nous taisons…

— Mais comment vous savez qu'il n'y sera pas ? le coupa Fouad. Vous savez où il est, peut-être ?

— L'enquête est confidentielle, monsieur Nerrouche.

Marieke vola au secours de Fouad :

— Mais pourquoi vous nous racontez tout ça ici ? Normalement vous devriez avoir déjà appelé des renforts, et nous tenir ce beau discours dans une cellule de garde à vue, non ? Dites-le ! Mansourd, dites-le que vous ne voulez pas rendre la chose officielle parce que vous ne faites pas confiance à la police ! Dites-le que j'ai raison ! Qu'il y a un cabinet noir dirigé par Boulimier et Montesquiou et que c'est la seule et unique raison pour laquelle il n'y a pas déjà trente hommes de la police scientifique autour de cette putain de cabine téléphonique…

Maheut et Simonetti étaient estomaqués. Mansourd prit Marieke par le coude et l'entraîna à l'écart.

— Il n'y a pas de cabinet noir, je vous l'ai déjà dit. Il n'y a pas de cabinet noir, mais il y a un cabinet blanc. J'en fais partie, avec le juge Wagner et le juge Poussin. Nous l'avons formé, secrètement, quand nous nous méfiions encore de Boulimier et de Montesquiou. Maintenant, j'ai des preuves. Écoutez-moi, regardez-moi, et mettez-vous ça dans votre petite tête de mule : il n'y a pas de cabinet noir dirigé par Boulimier et Montesquiou.

— Alors pourquoi continuer à enquêter secrètement ?

— Parce qu'ils sont obsédés par l'idée de couvrir leurs conneries et trouver Nazir en premier. Parce qu'ils ont encore énormément de pouvoir. Grâce au soutien de Rotrou, grâce à un jeune capitaine qu'ils ont débauché pour exécuter leur sale boulot. Mais les choses vont changer. Dès qu'il y aura un nouveau ministre de l'Intérieur, les têtes vont tomber, le ménage va être fait.

— Ah oui, vraiment ? s'entêta Marieke. Et qu'est-ce qui va se passer si l'ADN gagne les législatives et qu'on se retrouve en période de cohabitation avec un gouvernement d'extrême droite ?

À cela le commandant ne pouvait pas répondre. Il joua sa dernière carte :

— Écoutez, je vais vous faire une proposition. Rejoignez notre petite organisation clandestine.

— À condition que Fouad vienne avec moi, répondit Marieke du tac au tac.

— Fouad est un suspect dans cette affaire.

— Vous savez aussi bien que moi que les Nerrouche n'ont rien à voir avec ce complot. Fouad veut innocenter sa famille, laissez-lui la possibilité de le faire. Et puis il connaît Nazir, il le connaît mieux que personne. Il peut nous être utile. (L'emploi du nous fit sourciller Mansourd.)

— Et qu'est-ce que vous comptez faire avec Simonetti et son copain ?

Mansourd se tourna vers eux ; ils ne disaient rien, donnaient des coups de pied dans les cailloux.

— On n'a pas le choix, il faut les mettre au courant. Pour New York, j'y vais seul. Votre première mission c'est d'empêcher Fouad de faire n'importe quoi. De toute façon je vous le répète, c'est un piège. Je vais devoir prévenir des gens malgré tout : avec le G8, Chaouch... Il s'agit simplement de ne pas prévenir n'importe qui.

Marieke essayait de se montrer forte, au niveau du commandant. Mais à l'intérieur elle était dévastée. La piste qu'elle suivait depuis le début semblait de plus en plus friable ; et Mansourd n'avait aucune raison de lui mentir. Elle lui demanda d'une voix fêlée :

— Une dernière question, commandant. Si Nazir n'a pas reçu le soutien de la DCRI, qui l'a aidé ? Il n'a pas pu faire tout ça tout seul, si ?

Mansourd haussa les épaules et essuya lentement le coin de ses yeux explosés de fatigue.

21.

Vendredi : ses clients avaient passé huit jours en détention. Szafran n'avait pas encore dégainé, mais le juge Rotrou se déchaînait. Non seulement il n'autorisait pas les lettres, mais même un simple coup de fil fut refusé à Rabia qui ne « tenait » qu'en imaginant pouvoir parler bientôt à son petit garçon embastillé. L'avocat était le seul visiteur de ses clients. Fouad lui avait demandé d'établir un palmarès de la résilience : Rabia échoua à la troisième place du podium. Quand Szafran venait la voir, elle ne se préoccupait même plus de ce fameux « coup » procédural qu'il préparait depuis leur écrouement. Elle voulait savoir si Krim avait maigri, si ses yeux étaient tristes, s'il arrivait à sourire, s'il avait « au moins » droit à des douches régulières. Quand elle avait épuisé le sujet de l'état de santé de son fils, quand Szafran avait répondu à toutes ses craintes, elle s'inquiétait de l'endroit où se trouvait la prison. Elle voulait connaître la direction, le point cardinal vers lequel tourner ses pensées et ses larmes. Szafran lui indiqua le mur contre lequel sa couche était plaquée ; elle tourna la tête vers cette surface détériorée au-delà de laquelle se trouvait Krim, et elle dit :

— Avant, quand son papa était encore vivant, on était deux pour partager l'angoisse... On était trop jeunes peut-être, mais on avait peur pour Krim, plus que pour Luna qui avait la gym... Krim était toujours solitaire, perdu dans ses pensées. Après, son papa est mort... et là j'étais toute seule à m'angoisser pour lui...

— Je dois vous dire quelque chose, madame Nerrouche. Krim écrit. Il compose des chansons de hip-hop.

Rabia écarquilla les yeux.

— Je pense pouvoir vous faire parvenir dans les jours suivants quelques-uns de ses textes, accompagnés, ajouta-t-il à mi-voix, d'une lettre personnelle. Écrivez-en une vous aussi. Il sera très heureux.

— Mais alors il va bien ? demanda Rabia qui se sentait comme saoule.

— Depuis qu'il s'est mis à écrire ces chansons, il compose surtout la musique, d'après ce qu'il me dit. Comme il ne connaît pas les notes il est obligé de mettre au point tout un système, avec les intervalles. Bref, il a l'esprit très occupé, vous pouvez me croire.

C'était le lendemain de l'investiture de Chaouch ; Szafran calcula qu'il aurait dû recevoir depuis deux jours le fax du doyen de la chambre de l'instruction spécifiant que les demandes de référé-liberté de ses clientes avaient été enregistrées. S'il n'avait pas reçu ce fax, c'est parce que le greffier du juge Rotrou était tombé dans le piège qu'il lui avait tendu.

Après avoir rendu visite à Rabia, il voulut expliquer les détails de ce piège à sa sœur ; Dounia était encore au centre de traitement. Elle titubait en se dressant sur ses chaussons pour saluer Szafran debout ; une infirmière lui offrit son avant-bras et l'aida à se recoucher. Szafran lui demanda ce qui se passait.

— Je viens de recevoir les résultats de mes examens, dit-elle doucement, en ayant l'air de s'excuser.

Szafran ferma les yeux.

En les rouvrant, il vit que Dounia le regardait tête penchée, avec un demi-sourire d'abdication. Ses épaules frémissaient lentement, la lumière blanche des néons accusait ses rides. Sous le drap ses genoux remuaient, se frottaient l'un à l'autre ; une étrange sensualité morbide semblait s'être emparée d'elle.

À quelques kilomètres de là, à vol de corbeau, un autre malade venait de recevoir lui aussi les résultats de ses examens. Contrairement à ceux de Dounia, les examens de Chaouch étaient bons. Ce qui n'empêchait pas Esther de considérer ce voyage en Amérique comme une folie. Dans le service de rééducation, on avait donné un surnom au prestigieux patient : Superman. Mais Esther le savait fragile au fond, et elle n'aimait pas qu'on l'encourage dans cette surenchère d'exploits.

— Tu verras, après le G8 ça va être calme, je vais pouvoir récupérer.

— Bien sûr que non, et tu le sais très bien. Les législatives...

— Les législatives je m'en occupe à peine !

C'était vrai – ce fut vrai, jusqu'au soir de l'investiture. Chaouch venait de s'endormir lorsque Habib, Vogel et l'expert en sondages du PS entrèrent dans sa chambre, au prix d'une bataille au corps à corps avec les infirmières, et lui annoncèrent le sondage Opinion-Way à paraître le lendemain. Si le premier tour des législatives avait lieu dimanche prochain, selon la formulation de l'enquête, le PS arrivait à peine en tête, l'ADN faisait un excellent score, et dix points plus bas arrivaient les petits partis. Tout portait donc à croire que la fusion des listes de droite et d'extrême droite convenait parfaitement pour une élection dont les enjeux étaient souvent liés à des intrigues de politique locale. Mais ça marchait aussi au niveau national.

— C'est peut-être une bonne chose que le sondage paraisse pile au moment où on va au G8, analysa Habib, on peut faire diversion, avec une grande séquence internationale, tout le week-end, de vendredi à lundi matin, il faut ringardiser les enjeux électoraux, prendre de la hauteur. Et on voit la semaine prochaine, je suis sûr qu'on aura repris de l'avance et que l'ADN...

Chaouch lui fit signe de le laisser parler.

— Serge, tu t'écoutes un peu ? La première chose que ce sondage t'inspire, c'est une question d'agenda et de communication ?

— Bien sûr que non, je sais bien que c'est terrible, mais enfin on ne va pas faire semblant de découvrir que la France a peur...

— Je ne parle pas de la France, Serge. On est en train d'assister à la naissance du plus grand parti populiste d'Europe...

Le lendemain, tout le monde semblait avoir oublié l'émotion de l'investiture. Jasmine en parla à son père qui avait arraché cinq minutes à son emploi du temps surchargé – dans quelques heures, tout le monde (y compris Jasmine) s'envolait pour New York à bord de l'avion présidentiel. Après le bavardage politicien, Chaouch prit les devants et lui demanda si elle avait eu « la conversation » avec Fouad. Jasmine soupira :

— Je dois le voir dans une heure, avant de me préparer pour New York.

— Mais tu t'es demandé, un peu, pourquoi tu repoussais le moment le plus possible ?

— Oui, je me le suis demandé, répondit la première fille en mesurant distraitement la circonférence de sa longue nuque blanche, et je n'ai pas trouvé de réponse...

22.

L'infirmière du centre de traitement de Fresnes était une belle trentenaire, avec les cheveux longs, naturellement bouclés, châtains avec des reflets chocolat. Ses yeux clairs étaient à fleur de visage ; la douceur de son âme les faisait briller, et baignait toute sa silhouette agréable et fine d'une aura que Dounia voyait verte, comme ses yeux – un vert celtique, kabyle, le vert des collines après la pluie, quand le soleil vient en personne les réchauffer.

Dounia était allongée sur une couchette qui sentait le parfum de lessive ; dans cette forteresse d'acier et de béton, c'était le parfum le plus familier du monde.

— Vous êtes kabyle, mademoiselle ?

La jeune femme lui concoctait patiemment sa potion du soir ; la tranquillité de sa posture lui donnait l'air d'une apparition mariale. Elle s'appelait Kahina :

— À moitié, par mon père. Ma mère est bretonne. Et vous, madame ?

Sa voix était pure, claire ; les boucles ondulaient de part et d'autre de son front lisse, y faisaient comme un triangle de sagesse.

Elle dut s'absenter un instant, en prévint Dounia à voix basse, en posant une dernière fois la main sur son front. La prisonnière avait un peu de fièvre. Elle passerait évidemment la nuit – ainsi que les nuits suivantes – dans les locaux vert opaline du centre de traitement. Ils étaient relativement confortables ; ils ressemblaient à l'Éden quand on y arrivait depuis dix jours en cellule. La vie de Dounia s'adoucissait dangereusement. L'infirmière complotait pour faire venir Rabia dans sa nouvelle chambre dont la fenêtre donnait sur un coin de ville – peu importait la taille de la fenêtre, tant qu'elle ne donnait pas sur l'intérieur délabré de la prison.

Si Kahina parvenait à ses fins, elle serait mise à pied sur-le-champ ; il s'agissait d'une désobéissance directe aux ordres du juge Rotrou. Pire, il s'agissait d'une obstruction : les suspectes pouvaient se communiquer des informations capitales, établir une stratégie, mettre leurs versions en commun, ralentir le travail de l'instruction.

L'idée de revoir sa sœur chérie la faisait frissonner ; elle pensait qu'elle pourrait la rassurer, lui dire des mots doux.

C'était Dounia, c'était la mère de Fouad.

Qui se souciait au fond que cette infirmière prenne des risques inconsidérés ? C'était une étrangère. Dans quelques mois, Dounia ne serait plus de ce monde.

C'était Dounia, c'était la mère de Nazir.

Elle se roulait dans d'abominables chagrins lorsque Kahina repassa la porte de sa chambre. L'infirmière avait perdu son aura. Son sourire était fade, ses yeux n'avaient rien vu de la vie. C'était une innocente ; elle ne connaissait ni la mort ni l'amour, le plus puissant amour, le plus terrible : cet amour qui l'expulsait de son propre corps, et lui faisait pardonner sans condition les pires raffinements de cruauté de son fils aîné possédé par le démon.

— J'ai un problème, madame...

Dounia voulut lui dire de l'appeler Dounia, mais sa gorge ne savait plus émettre que des toussotements, de variétés diverses, où filtraient parfois quelques mots, mais jamais une phrase entière.

— Je voudrais vous montrer quelque chose, parce que je sais que... mais j'ai peur que ça soit pas très... enfin ça peut vous gêner, mais je me dis d'un autre côté que vous pouvez pas lire les journaux, et comme on m'a dit que vous aviez pas voulu de télé dans votre cellule, et que vous avez pas droit aux coups de fil en QHS, donc... Enfin voilà, se reprit-elle en ramenant contre son buste la couverture du *Point*.

Elle le tendit à Dounia avec un gloussement contristé. La une montrait une photo grand format de Jasmine Chaouch sortant d'une pharmacie parisienne, lunettes noires de diva de la jet-set, bottines marron à talonnettes, pantalon stretch et veste à franges en daim. Elle était prise d'en haut, de ce qui semblait être le deuxième ou le troisième étage d'un immeuble idéalement situé. On voyait la nuque raide et rasée d'un garde du corps ; on voyait surtout un médaillon grossissant au niveau de son ventre, et ce très gros titre en lettres rouges : « Enceinte. »

À la seconde lecture, un point d'interrogation surgissait du bandeau rouge encadrant la page de couverture. Le sous-titre se déclinait en trois alinéas introduits par des points jaunes :

• Jasmine Chaouch : un heureux événement ?
• La fille du président attend un enfant de Fouad Nerrouche, le frère du commanditaire présumé de l'attentat contre son père.
• Les témoignages d'une pharmacienne et d'un proche de la famille Chaouch.

Dans les pages intérieures, Dounia lut le témoignage de la pharmacienne, et les propos sans ambiguïté de ce

« proche de la famille » Chaouch qui souhaitait conserver l'anonymat.

Dounia rendit le magazine à l'infirmière ; elle la remercia. Une fois seule, les noms se mirent à tourner dans sa tête.

Jasmine, Fouad. Nerrouche, Chaouch. Les deux familles étaient liées, à la mort comme à la vie.

Dounia allait peut-être mourir grand-mère.

Ce *peut-être* lui fit fermer les yeux, comme elle ne les avait jamais fermés auparavant : les cils du haut s'abattaient sur ceux du bas comme le bouton d'un verrou sur sa gâche ; c'était un avant-goût de la pénombre et du silence éternels.

23.

— Tu ne peux pas m'empêcher de faire ce que j'ai à faire, affirma énergiquement Fouad en enfilant son casque.

— Promets-moi au moins qu'on en reparle avant que tu prennes ton billet. C'est rien comme promesse, non ?

— Il faut qu'on y aille, Marieke, je vais être super en retard, là.

En disant cela, il sut qu'il mentait : il voulait rester avec elle, il fut même sur le point de relancer la conversation sur New York. Mais Marieke avait déjà démarré.

Fouad n'avait pas osé lui dire pourquoi il devait impérativement être de retour chez lui avant dix-huit heures. Marieke ne lui avait bien sûr pas demandé de précisions. Elle filait maintenant à travers le bois de Boulogne, réfléchissait à l'itinéraire à suivre ensuite pour arriver au plus vite à Bastille. Après Passy, à droite vers la Maison de Radio France, à gauche sur le quai de Seine, tout droit jusqu'au pont Morland, et à nouveau à gauche le long du boulevard Henri-IV où la journaliste avait loué une mansarde dans une vie antérieure.

Quand elle tourna la tête et remonta sa visière pour lui crier que le pneu avant déconnait, Fouad ne comprit pas tout de suite que ses vœux pervers venaient d'être exaucés. Il voulait en effet profiter de ce moment avec Marieke pour faire le premier pas vers elle ; la situation idéale aurait été de la ramener chez lui ; sauf que chez lui l'attendait Jasmine...

Un plan B fut trouvé par le destin : les pneus de Marieke étaient de mauvaise qualité, elle l'avait senti dès la première palpation.

— Pourquoi tu les as achetés, alors ? se moqua Fouad en enlevant son casque. Tu es sûre que c'est vraiment les pneus qui déconnent ?

Il secoua la tête, passa les mains dans ses cheveux, sentit quelques gouttes de pluie, des grosses gouttes. Le ciel était couvert de nuages au-dessus du Bois. L'air s'était rafraîchi, les voitures roulaient déjà phares allumés.

— Viens m'aider au lieu de faire le beau.

Fouad se baissa, attendit des instructions, regarda Marieke qui se démenait. Sa mèche rouge lui donnait l'air coupable ; elle couronnait son visage aux traits fins malgré son ossature forte. En voyant ses grands yeux clairs se fermer de dépit, Fouad sut qu'ils étaient bloqués, là, au beau milieu du bois de Boulogne, pour au moins une demi-heure.

Marieke se leva, rejoignit Fouad qui était allé s'abriter dans les fourrés au bord de la route.

— Vas-y, appelle un taxi, Fouad, moi je vais me débrouiller. Je voudrais pas que t'arrives en retard à ton mystérieux rendez-vous.

— Ah, zut, plaisanta le jeune homme, et moi qui croyais que tu m'avais fait le coup de la panne.

Marieke se tourna vers lui ; il lui arracha un sourire – un sourire qui condamnait son audace, y cédait en la condamnant.

Le torse rutilant de la moto s'étoilait de gouttes de pluie qui commençaient à le faire briller. Sous les gros arbustes où ils s'étaient abrités, Fouad était assis à califourchon, comme un scout ; Marieke s'était fait un siège d'appoint avec ses chevilles d'acrobate. Elle arracha une motte d'herbes et les fit délicatement pleuvoir sur sa main en se mettant soudain à parler, sans avoir rien prémédité :

— Ah, je crois que j'aime bien être avec toi, quand même.

Fouad se mit à sourire ; il baissa les yeux, la tête. Il portait son hoodie préféré et des tennis abîmées. Son profil enthousiaste était maintenant mangé par la capuche. Ses pieds jouaient avec un ballon imaginaire.

Une belle voix de jeune homme s'échappa soudain de la capuche :

— Franchement, je ne vois pas ce que tu me trouves. On aime les gens qui s'aiment, et moi en ce moment je me déteste.

— Mais qui te dit que je t'aime ? demanda Marieke.

— J'étais sûr que tu allais dire ça.

— Je veux juste qu'on couche ensemble.

La pluie tombait maintenant de façon régulière.

— Quoi ? Là, au milieu du bois de Boulogne ?

— Ce que tu peux être sage quand même !

Fouad plissa les yeux pour sourire. Marieke attrapait les gouttes qui tombaient sur ses lèvres, du bout de la langue.

— Viens, dit-il.

Mais Marieke ne voulait pas venir, elle voulait que ce soit lui qui vienne. Elle se dressa d'un bond et dézippa violemment la fermeture Éclair de son blouson rouge. Elle portait un débardeur noir en dessous, et pas de soutien-gorge. Ses tétons pointaient à travers le tissu.

— Viens, dit-elle en lui tendant la main.

Il la prit, la lâcha, regarda la belle journaliste s'éloigner. Il pensa à Jasmine, il se mit à sa place, à l'arrière d'une voiture blindée qui serait passée par le bois de Boulogne, et qui l'aurait surpris avec cette inconnue, côte à côte devant une moto rouge.

— Alors ? demanda la voix de Marieke dont la silhouette dansait de droite à gauche pour éviter les flaques.

Fouad aspira une bouffée d'air pluvieux. Et puis il s'enfonça dans les fourrés humides.

Dix minutes plus tard ils étaient de retour devant la moto. Fouad appela un taxi. En l'attendant, Marieke se nettoya la figure avec de l'eau de pluie réunie dans le creux de sa paume.

Elle avait les cheveux collés aux tempes, la peau radieuse et frémissante. Fouad avait envie de recommencer. Marieke l'arrêta :

— Je me suis toujours demandé à quoi rêvaient les acteurs... Maintenant j'ai l'impression de savoir.

Marieke fit un pas vers lui et mordilla son oreille.

— Ne va pas à New York.

— Je n'ai pas le choix.

— Je le sens mal.

— Je dois y aller, je ne sais pas encore pourquoi, je sais simplement que je dois y aller. C'est comme une voix qui m'appelle.

— Oui, la voix de ton psychopathe de frangin.

Le taxi arriva. Sept euros s'affichaient déjà au compteur. Fouad fit un coucou enfantin à cette belle motarde en rade qui attendait le dépanneur. Quand le taxi démarra, il eut une mauvaise impression – l'impression d'avoir raté leurs adieux, de les avoir gâchés avec ce geste ironique.

Mais qui parlait d'adieux ? Fouad se souvint de Marieke plaquée contre l'arbre, de sa peau douce et ferme qui sentait la pluie et la sueur de femme. Il n'y avait pas d'adieux, elle était encore là, dans son souvenir si proche du présent qu'il en avait encore l'odeur et le frémissement de vitalité. La vitalité de la lutte avant la baise, la vitalité de Marieke le plaquant à son tour contre l'arbre. Fouad n'avait jamais connu une fille aussi forte. Mais la pulpe de ses lèvres était douce, aussi douce que sa peau. Il croisa les jambes pour cacher son regain d'émotion. Tout le sang disponible semblait affluer dans son membre.

C'est avec le cœur léger qu'il traversa Paris sous la pluie, enfermé dans ce cocon mobile où le chauffeur avait accepté de diminuer le volume pendant le bulletin d'infos de dix-huit heures. On y parlait d'un deuxième sondage qui confirmait la percée de l'ADN. On y parlait ensuite du voyage de

Chaouch à New York, des enjeux de ce G8. Fouad cessa d'écouter. Il pensa à Marieke, de dos, s'éloignant en tournant lentement les épaules. Elle avait des mollets de danseuse : deux boules de chair qui se touchaient, se frottaient l'une contre l'autre dès qu'elle se mettait en marche.

Le taxi était bloqué dans un bouchon sur la place de la Bastille lorsque Szafran l'appela sur son téléphone. Pour la première fois depuis qu'il avait enregistré son numéro dans la liste de ses contacts, Fouad ne décrocha pas tout de suite. Il attendit même la dernière vibration, il ne voulait pas quitter si brutalement le souvenir de Marieke dans ces fourrés suaves et pluvieux.

— Maître Szafran, dit-il enfin d'une voix enjouée, je vous écoute.

— Fouad, je dois vous annoncer quelque chose de terrible.

La pluie redoubla d'intensité, les essuie-glaces du taxi grinçaient en guerroyant pour sauver le pare-brise.

Fouad ferma les yeux en apprenant la nouvelle. Il répéta le mot à voix haute :

— Adénocarcinome.

— Oui, c'est une tumeur maligne, de petite taille, mais elle est malheureusement présente sur les deux poumons.

Fouad se tut, laissa tomber sa main et son téléphone sur le cuir de la banquette. L'appareil pesait une tonne. Il le ramena vers son oreille :

— Mais attendez, une seconde, pourquoi c'est vous qui me l'apprenez... Est-ce que...

— Oui, voilà, Fouad, vous avez tout compris. J'ai bien peur que le juge Rotrou ne soit pas disposé à faire d'exception, et que je ne puisse pas l'y obliger. Mais votre mère sort mardi, c'est l'autre chose que je voulais vous dire.

— Vous plaisantez ? s'indigna Fouad sans tenir compte de la dernière phrase. Ma mère apprend qu'elle a un cancer du poumon et il m'interdit d'aller la voir ?

— Écoutez-moi, jeune homme. Je vous dis qu'elle sort mardi. Avec Rabia. Mon vice de procédure a marché, lundi Rotrou va avoir la mauvaise surprise de...

— Et c'est sûr, ça ?

— Oui, la demande de référé-liberté n'a pas été traitée dans les vingt-quatre heures, la détention est donc arbitraire, dès lundi je serai galerie Saint-Éloi pour le montrer au juge. J'ai donc bien fait de demander une audience de JLD différée, cinq jours plus tard c'était la veille du pont pour ce pauvre greffier, le début d'une semaine qui ne comptera que trois jours, tout le monde est surchargé, nerveux... Le greffier a lu le formulaire rempli par votre mère et votre tante, il a vu la case habituelle cochée, celle de l'appel où le délai de traitement est de dix jours, il n'a pas fait attention à la deuxième case, celle du référé-liberté... On a gagné ça, Fouad. Je sais que ça peut paraître dérisoire au regard de ce que vous venez d'apprendre. Mais c'est du solide. La maison d'arrêt sera prévenue dès que j'aurai vu le juge, elles ne passeront pas une minute de plus en détention, croyez-moi.

Fouad bredouilla un mot de remerciement et raccrocha.

La détresse est insondable ; elle est indescriptible. Il paya le taxi et rentra chez lui à pied, sous la pluie battante. Il avait complètement oublié que Jasmine l'attendait lorsqu'il vit les voitures aux vitres fumées devant son immeuble. Persuadé qu'elle allait lui reprocher son retard, il sentit la colère monter en lui en même temps que l'ascenseur.

Mais Jasmine l'attendait avec un immense sourire sur le pas de sa porte – le sourire d'une adolescente qui vient d'être sélectionnée par le jury de « La Nouvelle Star ».

— Jasmine, il faut que...

— Chut.

Elle le prit par la nuque et l'embrassa en se mettant sur la pointe des pieds. Fouad ne sentit rien, ne donna rien. Il embrasserait encore avant son dernier souffle, mais les baisers n'auraient plus jamais de goût pour lui. Il n'eut même pas peur que sa petite amie ne sente l'odeur d'une autre femme dans sa bouche.

Jasmine ne sentit rien, et son sourire était intact quand elle abandonna ses lèvres et déclara :

— Fouad, on va avoir un enfant. Je suis enceinte, Fouad.

Le jeune homme ouvrit la bouche et perdit l'équilibre. Il s'effondra sur son paillasson, faisant bondir trois gardes du corps qui s'étaient discrètement postés dans la cage d'escalier, entre les deux derniers étages. La vision de ces molosses fut celle de trop pour Fouad : il cacha son visage avec ses mains, ses mains de futur orphelin que Jasmine imaginait déjà jouer avec les petits poignets roses de leur premier enfant.

24.

Les pas de Habib résonnaient dans l'escalier du pavillon de rééducation du Val-de-Grâce. Il secouait son moignon dans le vide, l'amenait devant ses yeux, le regardait, se concentrait dessus, comme pour l'agrandir, le dilater, comme pour y faire émerger un poing entier et en colère.

— Il est où Superman ? demanda-t-il à l'infirmière qui arpentait le couloir rempli de gardes du corps.

— À votre avis ?

Habib se faufila à travers les rangées du bataillon du GSPR. Le président était au téléphone, entouré de Jasmine, d'Esther, et de Vogel assis sur une chaise à l'écart, plongé dans la lecture de sondages.

— C'est une blague, c'est ça ? cria Habib pour que toute la pièce entende.

Esther lui fit signe de baisser d'un ton : Chaouch parlait avec Angela Merkel. Quand il raccrocha, une petite main vint se saisir du téléphone ; une autre lui apporta sa cravate.

— Je voudrais avoir quelques secondes seul avec le président, exigea Habib.

— On n'a pas le temps, Serge, répondit Chaouch. Je sais ce que tu vas me dire. Et je sais ce que je vais te répondre. Alors gagnons du temps. Ma décision est prise, je ne reviendrai pas dessus. Allez, en route.

Habib se tourna vers Vogel pour obtenir du soutien. Vogel haussa les épaules, en signe d'impuissance. Habib se tourna vers Esther : elle évita de le regarder mais, à la façon dont elle soupira en posant sa main sur celle de Jasmine, le dircom comprit qu'elle non plus n'était pas enchantée par la nouvelle imprudence de son mari.

La pièce se vidait. Habib courba la nuque et se demanda ce qu'il pouvait faire pour empêcher le président de commettre la plus grosse erreur de communication de la Ve République.

— Je suis le seul à penser clairement dans cette pièce, apparemment ça ne suffit pas.

— Arrête de tout dramatiser, Serge.

— Tu ne peux pas commettre cette erreur, Idder. Ce sera l'erreur de trop, la goutte d'eau dans laquelle on va tous se noyer, je te jure. Surtout dans ce contexte, avec la une du *Point*. D'ailleurs, il faut commencer par attaquer, tout de suite. Il faut attaquer *Le Point* et après il faut attaquer systématiquement tous ceux qui colportent la rumeur. Il faut attaquer tous les médias confondus. Papier, télé, Internet, Twitter...

— Attaquer ci, attaquer ça. Tu me fais penser à la blague de Woody Allen voulant envahir la Pologne à chaque fois qu'il écoute une musique de Wagner.

— Je ne te comprends plus. Comment tu peux plaisanter alors qu'ils ont fait un zoom sur son ventre ? Un zoom sur son ventre ! Écoute, je ne voulais pas en arriver à de telles extrémités (il attendit que tout le monde soit attentif), mais j'ai bien peur que je doive mettre ma démission dans la balance. Désolé, mais je ne peux pas travailler dans ces conditions.

— Récupère ton étoile de shérif, Serge. Je refuse ta démission. Je fais des bêtises, tu limites la casse, c'est comme ça que ça marche.

— Là ça ne marche plus, monsieur le président. Je comprends que les sentiments de l'homme puissent parfois... éblouir le jugement du politique, mais il y a une différence entre prêter le flanc aux attaques de l'ennemi et lui fournir un AK-47 chargé avec un nœud papillon autour.

Chaouch arrêta son fauteuil roulant dans l'encadrement de la porte. Les gardes du corps étaient sur les nerfs, le cortège aurait cinq minutes de retard, plus encore si cette conversation s'éternisait. Le président le savait, il conclut en fermant les yeux, comme pour étouffer une douleur profonde et mystérieuse, à laquelle les médicaments ne pourraient jamais rien :

— Parfois les choses sont simples, Serge, aussi simples qu'un geste. Ne t'inquiète pas pour les électeurs, les sondages, les agendas des uns et des autres. Les Français sauront reconnaître le geste d'un père, le geste d'un homme envers un autre homme.

— Sauf que ça n'existe pas, les Français, répliqua méchamment Habib. Ce qui existe, c'est l'opinion publique. Et elle va nous écrabouiller.

Dans le camp de Vermorel, on n'avait pas encore reçu le fusil d'assaut mais l'ambiance était à la fête. Une équipe de télévision venait de tourner un reportage au siège provisoire de l'ADN, rue du Faubourg-Montmartre, dans un quartier « plutôt populaire ». Quand les caméras furent parties, Vermorel reçut la visite de son champion. L'épisode de la gifle était loin derrière eux. Vermorel choyait désormais son jeune conseiller qui volait de ses propres ailes. Mais Montesquiou n'était pas là pour lui parler de sa témérité ou de Grogny. Elle le comprit à l'austérité de sa mine et lui proposa de continuer sur le balcon. La corniche du toit les protégeait mais la rambarde était mouillée : Vermorel ne put pas s'y accouder.

Montesquiou voulut entrer dans le vif du sujet, mais l'ancienne ministre ne le laissait pas imposer son rythme :

— Dieuleveult à Beauvau, vous y croyez, Pierre-Jean ? On vit vraiment une époque formidable.

Elle avait une bouche minuscule, les traits tirés malgré le maquillage et le fond de teint.

— Madame, il y a quelques difficultés du côté de... notre amie américaine...

— Pierre-Jean, je vous ai déjà dit que je ne voulais rien savoir de tout ça, dit-elle en tendant le bras vers la double fenêtre.

Mais Montesquiou faisait obstacle de son corps.

— Pierre-Jean ! Vous faites ce qu'il faut avec Boulimier mais vous ne me mêlez pas à tout ça, pas en ce moment.

— Madame, Coûteaux a disparu, Waldstein est introuvable, et l'Américaine...

— Qu'est-ce qu'elle a l'Américaine ?

— Écoutez, depuis l'accident on supposait qu'elle faisait exprès de rester discrète, qu'elle s'était mise au vert. Du coup on a envoyé Coûteaux à Gênes, mais depuis hier il ne répond plus au téléphone. Et... le portable de l'Américaine, qu'elle n'avait jamais allumé jusqu'ici, a activé une borne, à Gênes justement...

— Qu'est-ce que ça veut dire ? Vous croyez qu'ils se sont rencontrés, c'est ça ?

Montesquiou pensait plutôt que c'était l'Américaine qui avait « rencontré » Coûteaux.

Et son instinct ne le trompait pas – même s'il se manifestait bien trop tard pour pouvoir y changer quelque chose. À l'heure, tardive, où Montesquiou faisait part de son « fort soupçon » au sujet de la loyauté de Susanna, celle-ci tenait en joue le major Coûteaux, en slip et en chaussettes, les deux avant-bras menottés au radiateur en fonte d'une cité HLM délabrée à la périphérie de Gênes...

Le bâillon empêchait le prisonnier d'articuler le moindre son, mais pas encore de respirer. Susanna consulta sa montre et décida qu'il était temps de mettre les voiles. Elle se changea devant Coûteaux, en le surveillant froidement du coin de l'œil. La robe légère qu'elle portait depuis deux jours – deux jours à prendre le soleil en terrasse en faisant semblant de lire *La Repubblica* – termina dans un gros sac-poubelle vert kaki, avec ses escarpins, ses lunettes de soleil et le passeport d'Aurélien Coûteaux. Sa nouvelle tenue était l'ancienne : bottes et cuissardes d'équitation, un chemisier blanc très serré qui contenait avec peine son buste aux proportions américaines.

Elle défit sa queue de cheval. Libres, ses cheveux blonds descendaient jusqu'au creux de ses reins. Elle enfila son sac à dos, prit d'une main le sac-poubelle, tandis que de l'autre elle éteignait les lumières et vérifiait que Coûteaux était bien attaché et bâillonné. Il n'essayait pas de se débattre, l'Américaine le regarda une dernière fois et sortit. Elle jeta le sac-poubelle dans un container à quelques pâtés de maisons.

La voiture qu'elle avait louée quelques jours plus tôt se trouvait dans une impasse humide. Elle roula jusqu'au port de Gênes, en évitant le centre-ville. Une route longeait la falaise accidentée qui dominait la mer et les chantiers navals. En descendant vers ceux-ci, Susanna vit le paquebot tant attendu qui glissait souverainement dans le port de plaisance. Le soir montait ; en grandissant, l'obscurité précisait les lueurs – celle du phare qui scannait les profondeurs de l'horizon, ainsi que les mille feux du paquebot que les Génois étaient venus voir accoster. Susanna abandonna sa voiture au fond d'un parking réservé aux dockers.

Le lieu qu'elle avait choisi au terme d'une longue semaine de repérages se trouvait au troisième étage d'un bâtiment de l'autorité portuaire. C'était un poste d'observation idéal, qui disposait d'une vue plongeante sur les quais interdits au public où arrivaient et repartaient les cargos, dans l'indifférence générale à l'exception des services de douane et de police maritime.

Ce soir-là, la police maritime était mobilisée à l'autre bout de la baie, par l'encadrement des festivités en l'honneur du *Costa Libertà*. Depuis les vitres de la vaste pièce traversante où Susanna déployait méticuleusement son arsenal, on pouvait voir les pontons désertés, et sur l'un d'entre eux une jeune fille en jean informe et baskets de zonarde. Ses cheveux étaient dissimulés sous une capuche ; on devinait qu'il s'agissait d'une fille à la façon dont elle prenait parfois appui sur une seule jambe, laissant l'autre plier son genou avec une grâce inquiète.

L'Américaine avait fini d'assembler son fusil. Elle régla le viseur jusqu'à obtenir une image nette du ponton où attendait la fille à la capuche. Le canon dépassait de quelques centimètres du carreau qu'elle avait découpé au laser. Son perchoir était plongé dans la pénombre ; rien ne se reflétait dans rien autour d'elle. Il aurait fallu qu'elle allume un fumigène pour pouvoir être repérée depuis le ponton qu'elle tenait à portée de tir, la joue gauche plissée, le souffle imperturbablement régulier.

25.

Il est assis dans la pénombre, dos à sa fenêtre ouverte sur les bruits de la place qu'il n'entend pas. Jasmine a dû partir. Elle l'a couvert de baisers et de larmes, ses gorilles l'ont littéralement portée pour l'arracher à son amant effondré comme une loque au pied de sa porte.

Maintenant c'est un zombie, assis sur son matelas, la tête dans les genoux, qui n'a plus bougé un muscle depuis qu'il s'est levé un quart d'heure plus tôt, qu'il a ouvert la porte, fait trois pas dans son studio et s'est laissé retomber sur une surface moins dure que les dalles de son palier. Il n'a même pas fermé la porte. L'envie de pisser lui brûle le sexe. Mais il sait qu'il n'ira pas. À moins d'un miracle. À moins que les dieux ne rembobinent le film de sa vie et ne lui permettent d'agir pour empêcher le désastre, ce désastre général dont il n'est plus qu'un dommage collatéral. Il sait toutefois que les dieux ne toucheront pas à leur précieux magnétoscope. Même s'ils le voulaient, il faudrait opérer sur tant d'autres magnétoscopes reliés au sien que toute l'histoire du monde finirait par être concernée. On ne dérange pas l'ordre universel pour soigner le chagrin d'un jeune homme plus si jeune qui vient d'apprendre – quelle découverte – que sa maman était mortelle.

Dans les sombres chatoiements de ses pensées, des vérités se forment, et lui donnent la nausée. Elle l'abandonne, elle l'abandonne à son statut d'otage, otage d'un destin furieux que rien ni personne ne peut raisonner.

Il continue d'avoir envie de pisser. Il pense au juge Rotrou, qui lui interdit de voir sa mère. La colère monte. Pendant quelques instants, un observateur muni de jumelles infrarouges pourrait voir se matérialiser sa chaleur dans la pièce où il n'était auparavant qu'un spectre.

Mais ça ne dure pas. Il ne peut pas se cacher que ce n'est la faute de personne. Il ne peut plus tricher avec ses propres croyances. L'organe invisible qui avait pour fonction de produire ses croyances a disparu. Il n'est pas diminué, il n'est pas paralysé, il n'est tout simplement plus là. Il a quitté son corps, en même temps que les autres organes, l'estomac, le foie, les poumons, qu'il ne sent plus nulle part en lui. Il n'est plus qu'une enveloppe de chair dans laquelle le néant croît.

Des pas résonnent dans l'escalier. On pousse sa porte. Il pense furtivement à Marieke, il se souvient qu'il a envie de pisser. Deux hommes entrent. Celui qui lui parle est mince comme un jeune homme, son visage est familier à la France entière. C'est Vogel, le directeur de campagne. Il faut quelques instants à Fouad pour associer son image et sa voix. Une fois les réglages effectués, il entend dans le désordre qu'une voiture l'attend, qu'il s'agit d'une procédure exceptionnelle, qu'il doit prendre le minimum nécessaire. Prévenir vos proches. La une du *Point*.

Fouad entend les mots mais ne croit plus qu'ils puissent vouloir dire quoi que ce soit. Le garde du corps porte son poignet au niveau de ses lèvres, ses lèvres remuent, au ralenti. Il a l'air de continuer d'y croire, lui.

26.

Fleur avait pour instruction d'attendre l'arrivée du cargo et de donner le mot de passe à l'homme qui viendrait à sa rencontre. Quand elle avait demandé à Nazir quel était le mot de passe, il lui avait répondu qu'elle le saurait en temps voulu. En fait elle ne l'avait su qu'au moment du départ. L'otage. Elle avait souri, pour ne pas s'inquiéter. Nazir l'avait prévenue qu'après avoir dit le mot de passe, elle serait conduite à l'intérieur du cargo, où il finirait par la rejoindre.

— Mais, et le paquebot ? Je croyais qu'on allait s'enfuir en paquebot ?

Le regard de Nazir à ce moment-là la hantait tandis qu'elle voyait approcher un long bateau qui ressemblait aux wagons-caisses des trains de fret. Elle frémit, recula, leva les yeux au ciel où elle dessina des constellations virtuelles pour ne pas céder à la peur.

Les clapotis de l'eau qui s'agitait sous ses pieds la ramenèrent au sol instable. Ce n'étaient plus des vaguelettes qui chatouillaient le ponton, c'était une onde volumineuse, dont le roulement faisait tinter le métal des amarres et s'entrechoquer les coques des petits bateaux alignés derrière elle. Le quai principal se trouvait de l'autre côté du vaste plan d'eau où aborda bientôt le cargo.

Fleur se redressa, murmura le mot otage, plusieurs fois de suite, comme un mantra, comme quand elle faisait du théâtre, avant de monter sur scène. C'étaient des mots plus difficiles, pour échauffer les cordes vocales et les muscles du palais. Otage. C'était facile à dire. L'otage.

— Le mot de passe est l'otage.

Trois hommes apparurent au bout du quai d'en face. Ils marchèrent d'un pas vif et vigilant vers le ponton où Fleur les attendait. C'étaient trois Arabes, des hommes durs et vigilants ; ils portaient des vêtements de surplus militaire, cachés sous des blouses bleues. En arrivant devant Fleur, l'un d'eux la prit par le poignet. Fleur fut surprise, mais elle se laissa faire.

— C'est bon, arrêtez, je viens, je... le mot de passe... vous voulez le mot de passe... ?

Les hommes ne lui répondaient pas, ils faisaient exprès de ne pas l'entendre. Plus elle coopérait, plus ils accéléraient le rythme. Elle tenta d'une voix apeurée :

— Le mot de passe, c'est l'otage. L'otage ! Vous entendez ? Le mot de passe, c'est Nazir qui me l'a donné...

L'un des trois sourit, celui qui serrait le poignet de la jeune fille, avec son énorme main moite et poilue. Lorsque les quatre ombres s'engagèrent sur le quai où avait accosté le cargo, Susanna se détendit. Elle rangea le fusil dont elle n'avait utilisé que le viseur, et se mit dos à la vitre, face à la porte entrouverte de son observatoire. La silhouette de Nazir se détacha de la pénombre. Il avait les paumes ouvertes et les épaules si droites qu'il semblait rouler au lieu de marcher.

— Qu'est-ce qui va se passer maintenant ? demanda l'Américaine.

Nazir répondit à contretemps :

— Le cargo repart dans moins d'une heure, le temps de récupérer des marchandises et du fioul. Ensuite il va jusqu'en Libye, sans escale. Ils vont traverser la Libye et longer la frontière avec l'Algérie jusqu'à ce qu'ils arrivent à celle du Mali. Ils seront à Gao dans deux jours.

— Et le cheikh Otman sera avec eux ?

— Bien sûr.

— Vous leur avez donné la valise avec l'argent ?

— Je viens de le faire.

L'Américaine souffla. Elle tira de son sac à dos une sacoche qu'elle balança en direction de Nazir. Nazir l'attrapa au vol et vérifia rapidement son contenu.

— *Do you realize what you just did?* demanda l'Américaine en se redressant.

Nazir referma la sacoche.

— Je suis censé être à New York demain. Allons-y. (Il s'arrêta, promena un regard aveugle sur la mer enténébrée au-delà de la silhouette de l'Américaine.) Ce que je viens de faire, c'est que dans quelques heures AQMI revendiquera par communiqué de presse et message diffusé sur Al-Jazeera l'attentat contre Chaouch et l'enlèvement d'une citoyenne française, accessoirement la sœur d'un candidat en vue aux élections législatives. Voilà ce que je viens de faire.

— Mais pourquoi ? risqua l'Américaine. Pourquoi tout ça ?

Nazir haussa les épaules.

— On ne voit jamais qu'un côté des choses, on peut en voir successivement plusieurs mais pour tous les voir en même temps… il faudrait être mort. Oui, en mourant on devient visionnaire. En attendant… disons que je viens de souffler une bourrasque de vent, qui dans quelques heures fera trembler le drapeau noir, le grand drapeau noir d'Al-Qaida. Vous, les espions, vous ne comprenez décidément rien aux drapeaux. Vous ne voyez qu'un côté des choses. Je vais vous dire, j'ai trahi mon pays, j'ai trahi ma famille, et maintenant je vais trahir mon drapeau, le seul drapeau qui m'ait jamais inspiré un sentiment proche du respect. Mon drapeau, oui – le drapeau noir.

27.

Une demi-heure après le décollage, Fouad vit apparaître un coin de ciel sans nuages à travers le hublot de sa cabine. Il en conclut qu'ils avaient quitté la France, l'Europe pluvieuse, et qu'ils survolaient l'Atlantique.

Jasmine vint s'asseoir à côté de lui. Elle avait traversé la partie de l'A330 réservée aux journalistes ; les journalistes la dévoraient du regard ; sa silhouette, son ventre ; ils prenaient une voix charmante, à la limite du flirt, pour lui soutirer des informations sur l'état d'esprit de la garde prétorienne du président.

Le pire, c'est les vieilles peaux qui essayaient de parler jeune. « Alors, Habib et Vogel ils se kiffent moyen non ? » Le tout en off, bien sûr.

— Mais oui, bien sûr, commenta Jasmine en haussant les sourcils.

Fouad n'osait pas la regarder, alors il regardait son ventre lui aussi. Jasmine laissa tomber sa tête sur son épaule et ferma les yeux. Des pensées continuaient de s'affronter sous ses paupières. Deux coups à la porte de la cabine les ouvrirent comme deux clapets.

Vogel passa la tête dans l'embrasure et dit à voix très basse :

— Désolé de vous déranger, les amoureux, c'est pour Fouad. Le président va le recevoir, maintenant.

Jasmine fit maladroitement les présentations, oubliant qu'ils s'étaient vus au début de la campagne et que c'était lui qui était allé en personne le chercher à son domicile une heure plus tôt.

Fouad se leva, encore engourdi ; il n'avait presque pas adressé la parole à Jasmine ; comme il l'écoutait et qu'elle ne voyait rien quand elle parlait, sa petite amie ne s'était pas rendu compte de son état d'apathie préoccupant.

Vogel joua les guides : la mini-salle d'opération, le centre de communication transmettant des messages cryptés, la salle de réunion où « faisaient semblant de travailler » des hauts fonctionnaires en bras de chemise, et même des leurres antimissiles sous les ailes.

Au bout du long et luxueux boyau percé de hublots et fourmillant d'activité, ce n'était plus un rideau mais une vraie porte en dur qui séparait la cabine du président du reste de l'avion. Vogel salua les trois cerbères et frappa. En attendant la réponse il chuchota, la main sur le loquet :

— Vous savez bien qu'il met un point d'honneur à mettre les gens à l'aise. Mais vous allez voir, il a parfois des absences en fin de journée. Au début, ça peut paraître impressionnant ; sa voix surtout, une voix un peu... d'outre-tombe, comme ça. Je ne sais pas si vous l'avez entendue à la télé... Mais enfin, s'il est encore pas mal rouillé à l'extérieur, je peux vous assurer qu'il pense aussi vite qu'avant – aussi bien aussi, mais là je veux bien reconnaître ne pas être tout à fait objectif, ajouta le politicien pince-sans-rire.

Une volée de conseillers s'échappa de la cabine ; tous jetèrent un coup d'œil différent à Fouad. Fouad n'en remarqua aucun.

Le président abandonna le dossier qu'il étudiait dès que Fouad entra dans son champ de vision. Le bureau du président était une pièce oblongue, richement boisée ; outre le grand bureau en bois clair, il disposait de nombreux fauteuils beiges et de minibars incrustés dans des cubes recouverts du même capiton.

Au bout du bureau, une porte coulissante donnait sur la chambre. Esther Chaouch en sortit et embrassa son mari sur la joue, en déclarant qu'elle allait rejoindre Jasmine. En passant devant Fouad, elle voulut lui adresser un sourire bref et pacifique, mais Fouad sentit qu'elle l'avait préparé, Esther sentit qu'il l'avait deviné – et le sourire tourna à la grimace.

Vogel accompagna la première dame à l'extérieur et Fouad Nerrouche se retrouva seul avec le président de la République française, à dix mille mètres au-dessus du niveau de la mer, mais à vingt mille lieues sous celui de la vraisemblance.

— Asseyez-vous, Fouad, je vous en prie, asseyez-vous.

Sa voix sans intonation était en effet impressionnante. À la fois râpeuse comme celle d'un malade et lisse comme une surface en inox.

Fouad prit place sur le canapé, Chaouch avança son fauteuil et fit quelques étirements du poignet. Il portait une chemise blanche sans cravate, dont il enleva les boutons de manchette – comme pour se prouver à lui-même qu'il pouvait le faire sans aide extérieure.

— Je suppose que vous trouvez ça étrange, que j'aie demandé à ce que vous m'accompagniez à New York. Il faut qu'on soit clairs l'un avec l'autre, Fouad. Je ne vais pas vous exposer aux journalistes, mais nous ferons une photo officielle à la descente de l'avion. Ensuite plus rien, de mon côté. Attendez-vous à tout un tourbillon médiatique, et de mon côté au plus parfait silence radio. Mais à mon avis ce trajet suffira à... témoigner de mon soutien.

— Je ne sais pas quoi dire, monsieur le président.

C'était la première phrase complète de Fouad depuis qu'il avait annoncé la nouvelle à Jasmine.

Son dernier mot avait été adénocarcinome : il l'avait encore en bouche, comme un arrière-goût indélébile.

— Ne dites rien, Fouad. Je ne vous ai pas fait venir pour vous faire parler, mais pour vous faire lire quelque chose. Contre l'avis de certains de mes conseillers... Pour eux, je commets une monumentale erreur de communication en vous embarquant avec moi. Les communicants. Ils confondent tout : l'homme et le politique, le médium et le message. Si ce n'était que ça... Ils confondent aussi le rêve et le véhicule du rêve... ne confondez pas le rêve et son véhicule, Fouad.

La tirade suivante, Chaouch la prononça avec une lenteur éprouvante. Qu'il puisse tenir le fil de son propos tenait du miracle :

— Quand on est jeune, on croit que la vie c'est une affaire de choix. Et qu'il y a un critère simple pour savoir si on a fait le bon choix. Sans se l'avouer on croit à la vérité. On se dit que quand on aura fait le bon choix on sentira comme une chaleur, ce sera comme une évidence. On sera du côté de la vérité. Et quand on vieillit, on croit découvrir que la vérité n'existe pas, que les viatiques de nos rêves ne nous ont menés nulle part, ou alors un peu plus loin dans cette forêt obscure où nous sommes égarés depuis le début. On ne nous reprendra plus à espérer, à croire, à rêver. On sait maintenant. On est persuadé de savoir. Eh bien on a tort, Fouad – les vieux ont tort. La foi de la jeunesse, les illusions de la jeunesse sont infiniment supérieures au prétendu savoir des cyniques. Car la lucidité des cyniques n'éclaire jamais qu'eux-mêmes.

Le souffle qui portait ces longues phrases était saccadé mais de façon régulière – terriblement régulière : jamais Fouad n'avait entendu une voix aussi proche d'une machine, aussi dénuée de couleurs, d'accidents, d'arbitraire.

Un homme se cachait derrière ce masque ébréché et cette élocution terne ; mais il fallait aller le chercher, cet homme, il fallait l'inventer en l'écoutant. Et c'était une épreuve difficile : l'éloquence joueuse et facile du candidat

Chaouch était devenue une dictée laborieuse et mono-corde ; et ses yeux ne riaient plus.

— Au bout d'un moment tout le monde vit dans un rêve. En politique, tous les gens que j'ai rencontrés vivaient dans le mythe de leur propre importance. Ils voulaient être gros, ils le voulaient tellement qu'ils y croyaient. Mais il y a aussi de bons rêves. De toute façon, il n'y a que des rêves. On rêve le monde, en permanence, on rêve le passé, le présent, l'avenir. Les rêves c'est tout ce que nous avons pour nous barricader contre la mort. Et en définitive nos rêves sont adossés à la mort elle-même : un par un nous les voyons se briser ; chaque désenchantement nous rapproche de la mort, nous le savons et nous continuons de voir sans lever le petit doigt notre barricade s'émietter, se désagréger, laissant filtrer de plus en plus la lumière noire... de la mort. Chaque rêve que nous formulons, nous le formulons pour survivre... Mais pardonnez-moi. J'en viens au fait. J'ai fait un rêve, pendant mon coma, ou plutôt à la fin, en en sortant, si j'en crois les explications du neurologue. Je n'ai jamais fait de rêve aussi long et narratif. J'ai demandé à ma femme de m'aider à le retranscrire.

Il pivota sur son fauteuil roulant et glissa jusqu'à son bureau. Sous une pile de dossiers, incrustée dans le bois de la table, il découvrit la porte d'un coffre-fort, une simple boîte de métal d'où il retira un cahier d'écolier. Il posa le cahier sur ses jambes et retourna avec difficulté jusqu'au canapé où l'attendait Fouad, les mains sur les genoux, le buste creux mais droit.

— Jasmine m'a dit que votre mère était malade. J'en suis profondément désolé, Fouad. Ça ne facilite pas, bien sûr, la conversation que nous devons avoir maintenant. Mais il faut que nous l'ayons, vous le savez comme je le sais. Ma fille est enceinte, Fouad. Vous êtes le père, elle m'a affirmé que vous étiez le père. La France entière le croit depuis cet après-midi. Je suis un père, Fouad. J'aime ma fille. Je me dois de vous demander ce que vous comptez faire. Je comprends que vous ayez besoin de réfléchir, tout cela est très soudain. Je vais vous faire un cadeau, si vous me le permettez. Dans ce cahier, il y a le rêve dont je viens de vous parler. Je voudrais vous en faire cadeau. Je voudrais que vous le lisiez. C'est un peu délicat, mais je préférerais que vous n'en parliez pas à Jasmine, pas pour le moment.

Fouad accepta le cahier que lui tendait le président et leva les yeux sur les hublots. Des nuages se pressaient sous l'avion, tout autour de son ventre puissant, comme un chœur de dauphins vers la coque d'un voilier. Le ciel n'était plus noir mais bleu nuit ; les premières nuances mordorées blêmissaient à l'horizon. Ils allaient vers l'ouest, à rebours du sens de giration de la Terre. Chaque fuseau horaire qu'ils franchissaient les éloignait de la nuit, les rapprochait du crépuscule ; ils remontaient le temps.

28.

La pluie avait cessé depuis une demi-heure, et malgré les conseils d'un grimpeur quinquagénaire couvert de boue et d'égratignures, Marieke décida qu'elle avait besoin d'un peu de réalité après ces dix jours rocambolesques. Elle avait enfilé sa tenue habituelle, y avait ajouté un pull en laine rouge pour quand elle serait en haut, et une lampe frontale au cas où le ciel se couvrirait. Pour le moment il était dégagé ; la pleine lune brillait déjà sur la forêt de Fontainebleau. Marieke marchait entre les rochers sans avoir à s'éclairer avec sa frontale. Sur son dos elle transportait son pad, un tapis géant qui est comme la coquille d'escargot du grimpeur en vadrouille qui le déplie et le place sous les blocs qu'il s'apprête à affronter. Même à deux mètres, une chute peut être dangereuse.

Marieke n'avait pas peur des chutes. Elle les avait toutes connues – sauf la fatale. Au fil des ans, elle s'était cassé trois côtes, un doigt, avait subi un nombre incalculable de points de suture et de bains glacés pour apaiser une entorse. Parfois son corps entier devenait une seule et même entorse. Mais ce n'était pas le cas ce soir. Elle sentait ses articulations fortes, ses muscles prêts à en découdre. L'air était frais, les parois désertes. Elle commença par un bloc de difficulté moyenne. Si près du sol, elle s'ennuya. Elle remballa son matériel, fit un tour et décida d'affronter un rocher qui s'élevait bien au-delà de la cime des arbres. Elle ne l'avait jamais tenté. De nuit ce n'était évidemment pas recommandé. Mais les nuages ne s'étaient toujours pas rassemblés, ils se toisaient entre filets rivaux, ils ne s'uniraient pas contre la lune avant quelques heures.

Marieke abandonna son pad contre le tronc d'un arbre et décida d'y aller à mains nues. Sans s'assurer. Il ne fallait pas qu'elle s'assure mais qu'elle se rassure. Sur sa capacité à avancer. Elle ne savait plus quoi croire. Elle ne faisait plus confiance à personne. Sauf à Fouad. Mais elle ne voulait pas y penser. Elle se sentait souple, elle parcourait la paroi sans difficulté, glissant sur les aspérités, contournant les obstacles en les agrippant pour les métamorphoser en prises. Elle fut bientôt à six mètres du sol. C'était la moitié de la hauteur du rocher. Son sommet était un promontoire plat dont les contours étaient mangés par la lumière de la lune. Marieke soufflait plus qu'elle n'inspirait, elle commençait à trouver des positions de repos au milieu de son ascension. Après quoi elle bandait à nouveau son corps souple et noueux et repartait au combat. Ses mains puissantes enserraient la pierre ; elles finissaient par en sentir la chaleur, la palpitation. La pierre était une peau vivante, la peau d'un amant, d'une amante – pour la caresser il fallait s'y accrocher de toutes ses forces ; pour l'aimer il fallait la vaincre.

Il se produisit soudain une chose inattendue : elle se trouva en difficulté, pour la première fois de son ascension. Elle s'était mise à refaire toute l'enquête dans sa tête. Mais elle n'était pas aussi souple mentalement que sur un rocher à dix mètres du sol. Elle se reposait les mêmes questions. Fallait-il vraiment croire Mansourd quand il niait l'existence du cabinet noir ? Pouvait-il avoir été acheté par Montesquiou lui aussi ? Ou bien se faisait-elle des idées ? Ils avaient peut-être raison, elle était peut-être paranoïaque.

Elle multipliait les hypothèses, les fondait sur d'autres hypothèses, tressait des réseaux de théories nouvelles à partir de faits anciens. Les faits se dérobaient comme le sol à ses pieds. Elle commençait à sentir des engourdissements dans les avant-bras. La piste qu'elle avait choisie pour parvenir au sommet n'était pas la plus facile. Elle avait mal évalué le risque.

Elle se mit à imaginer ce qui se passerait si elle chutait. Il fallait vraiment qu'elle soit moralement affaiblie pour céder à ce péché de débutant. Plus jeune, elle avait découvert le secret du vertige, que des générations de pédagogues stupides complotaient pour protéger – et pour cause, il aurait révélé aux enfants apeurés une vérité terrible : il fallait vouloir tomber pour tomber. Le vide nous appelait comme un chant de sirènes amoureuses. On avait peur du vide parce qu'on voulait le rejoindre.

Onze mètres. Marieke chassa de son esprit les images de son corps explosé onze mètres plus bas, sa silhouette dégingandée, ses chevilles brisées par la chute. Le sommet était là, à deux prises et trois mouvements. Marieke était tendue, son corps entier se lovait contre la pierre. Ses avant-bras faisaient tout le travail. De longs muscles s'y affrontaient, saillaient les uns contre les autres, dans un estuaire de nerfs qui serpentaient anarchiquement en direction des poignets acharnés à maintenir les mains sur la prise. Mais soudain les questions refirent surface. Montesquiou était coupable ; elle le sentait, dans sa chair. C'était un assassin, pas un simple charognard comme l'avait prétendu Mansourd.

Marieke poussa un cri. Un cri déterminé, celui des enragés qui s'encouragent.

Elle entendit soudain un autre son humain au-dessus de sa tête, comme une réponse à son cri. Elle leva les yeux.

Une silhouette se dressait tel un mirage au sommet du promontoire. Mais ce n'était pas un mirage. La silhouette avança et se pencha, jusqu'à tout à fait cacher la lune à Marieke. Celle-ci sentit ses muscles se dérober, toute la machine de ses muscles défaillir. Sa main droite lâcha prise, entraînant dans le vide tout son côté droit, de l'épaule au pied. Elle ne tenait plus à la falaise de grès que par les cinq phalanges tremblantes de sa main gauche.

29.

C'était un cahier de musique de seulement trente-deux pages. La couverture sentait la poussière et le papier défraîchi. Son motif était un emboîtement de rectangles orange et jaunes ; le passage du temps avait estompé les couleurs et rongé les contours, mais on pouvait encore voir le logo Clairefontaine sur le coin en bas à droite : un buste de jeune fille aux cheveux longs, qui se découpait sur une lune schématique. À l'intérieur les pages étaient jaunies, humides, craquelées par endroits ; celles de gauche restaient vierges, tandis que sur celles de droite les portées accueillaient l'écriture penchée, pâteuse et régulière d'Esther Chaouch.

« Aussi loin que je puisse remonter, mon premier souvenir est celui d'une défaite : ma défaite, à la primaire du PS. Je suis arrivé dernier, j'ai eu quelques portraits dans la presse, mais ça n'a jamais pris, avec les gens, dans les meetings... Je me suis fait broyer par l'appareil, j'étais trop innocent. Après avoir perdu je retourne à Grogny, mais entre-temps Grogny s'est choisi un nouveau maire. Je ne me souviens plus du moment du départ, peut-être ne l'ai-je pas rêvé. Enfin, je me retrouve dans un village, probablement un village alpin, encaissé dans une vallée protégée par un énorme barrage. De ce village je deviens maire. Je mène une petite vie provinciale, je rencontre régulièrement mes administrés.

« Je m'aperçois un jour que toutes les doléances concernent les enfants du village. Ils sont frappés d'une étrange épidémie : une épidémie de cauchemars. La nuit, au fond de la vallée, on peut entendre leurs hurlements de terreur. Le médecin du village est inquiet, ses petits patients présentent tous les symptômes de la rage, mais les examens qu'il a pratiqués ne révèlent rien, aucun virus. Physiquement, les enfants sont normaux. Seulement dès qu'ils s'endorment, ils ont des visions d'horreur, et pour les maîtriser la force d'un homme ne suffit pas. Ils sont enragés.

« À aucun moment, dans le rêve, je ne rencontrerai ces pauvres enfants. Ils n'existeront que par leurs cris. Mais je vais quand même faire une rencontre importante. Le centre d'épuration des eaux du village a été racheté par une entreprise chinoise, qui possède un palais aux toits pointus, au sommet de la vallée. Pour y accéder il faut des jours de marche. Je me présente enfin devant le directeur du centre, il me dit sans détour que l'eau a été empoisonnée, et que le mal qui affecte les enfants du village provient sans doute de l'eau qu'ils boivent. Je m'aperçois alors que je vais devoir négocier. Et j'entends le directeur plaisanter en mandarin avec ses sbires. J'aimerais lui dire que je comprends ce qu'il dit, mais ce n'est pas le cas.

« C'est le passage le plus obscur du rêve, celui dont je me souviens le moins : tantôt je comprenais le chinois et j'excellais dans la négociation, tantôt je ne comprenais plus rien, et ils se moquaient de moi. Je sortais et je me promenais dans des paysages aérés et venteux, le long de crêtes rocheuses entourées de prairies magnifiques. Mais le panorama était toujours gâché par le toit diaboliquement incurvé du palais chinois. Je me souviens d'une sorte de tour rouge, qui s'élevait comme une cheminée d'usine au-dessus des toits à l'aspect impérial.

« Un jour, on m'annonce la venue du grand chef du Parti. C'est un dictateur tatillon sur le protocole. Il me reçoit dans une immense salle de bal, vide à l'exception d'une table autour de laquelle nous nous asseyons. Je le remercie de m'avoir accordé cette audience, mais je commets l'erreur de le faire en chinois. Son regard se trouble. Il veut absolument d'une discussion officielle, avec traducteurs et remises de cadeaux. Or si je parle chinois, à quoi vont servir les traducteurs ? Le chef du Parti a par ailleurs des exigences plutôt particulières. Il veut que les traducteurs des deux chefs d'État soient sur une chaise plus basse et au dossier plus étroit que ceux qu'ils traduisent. Sauf que c'est un dîner et qu'il serait malvenu de ne pas offrir de couverts aux sous-fifres. Le chef du Parti se met à taper du pied. "Je ne veux rien savoir ! Trouvez une solution !" Finalement, des ouvriers accourent, ils travaillent sur la table, la rabotent afin qu'elle soit plus haute et plus large au niveau des dîneurs importants. Pour y parvenir sans faire de séparation visible au milieu de la table – pour donner l'illusion que les leaders sont plus grands que les hommes du commun dont font partie les interprètes –, les ouvriers doivent déployer des trésors d'ingéniosité géométrique. Ça ne suffit malheureusement pas : la table est en biais, et les couverts glissent en dépassant au ralenti les chandelles vissées au plateau. Le chef du Parti est furieux.

« Pourtant la négociation se passe bien. J'obtiens de pouvoir procéder moi-même aux dix prochaines journées d'épuration de l'eau. Il me semble que j'ai dû céder sur un point important ; je n'arrive pas à me souvenir lequel. Je sais qu'à un moment, au milieu du repas officiel, le chef du Parti a frappé dans ses mains pour sonner l'entracte – ou plutôt l'intermède. Des ours sont alors arrivés, de grands ours bruns, muselés et tenus en laisse par des hommes qui les faisaient danser, sauter. Les ours humiliés poussaient des plaintes épouvantables. J'étais révulsé par le spectacle. Il me semble que les hommes qui faisaient danser les ours ont joué un rôle dans la négociation, mais mon esprit s'embrume... Parfois j'y reconnais un de mes collaborateurs, Serge, Jean-Sébastien. Parfois je ne sais plus.

« La centrale d'eau, je crois que la plus longue partie du rêve c'est ce que j'y ai fait. Mais je m'en souviens très imparfaitement. Je crois que j'ai dû apprendre la chimie. Je sais qu'il y avait des flacons roses et des flacons bleus, et qu'ils devenaient fluorescents si j'y précipitais une certaine poudre. Pour digérer tous ces nouveaux savoirs, je faisais des promenades. Autour de la centrale, la nature était changeante, mobile ; c'était parfois la France, parfois la Kabylie. Moi aussi j'étais mobile : adulte, enfant, étudiant... J'étais pressé d'avoir fini pour retourner au village, auprès de mes ouailles. Je me sentais accablé par une responsabilité immense, vis-à-vis de ces pauvres enfants enragés. Un jour, enfin, j'ai réussi. J'ai trouvé un antidote. Il y en avait un bleu et un rose. C'étaient deux flacons, deux simples flacons qu'il me suffisait de verser dans le premier des bassins du centre d'épuration. Les machines s'occupaient du reste, moi je n'avais qu'à verser ce flacon. Mais je n'osais pas le faire. J'avais peur que ça ne marche pas, que les gens se mettent à attraper des pustules, des vers solitaires. J'imaginais un véritable enfer sanitaire, mes administrés agonisants sur la place publique. J'ai fini par le faire, avec le premier flacon d'abord. J'ai choisi le bleu, bien sûr, tout le monde aurait choisi le bleu d'abord. Et je suis retourné au village pour voir quels étaient les effets de mes petites expériences.

« Au village, au début, je n'ai remarqué aucun changement. Je marchais dans les rues, je faisais des rondes de nuit, je tendais l'oreille. J'entendais des hurlements d'enfants fous, je pensais que j'avais échoué, que mon antidote ne fonctionnait pas. Sauf qu'à y regarder de plus près, tous les cris provenaient de voix féminines. Le lendemain je découvrais que les garçons avaient été guéris. On organisa une fête pour célébrer ce premier succès. Je me pavanais au milieu de mes administrés. Je faisais le fier. Quelque chose me troublait pourtant dans les remerciements qu'on m'adressait. La voix des hommes, des pères de famille, m'était curieusement familière. Et pour cause : ils avaient tous la voix de mon père, mon propre père mort depuis longtemps. Ils avaient tous un léger accent algérien, et ce timbre si particulier, si singulier – c'est une des tragédies de ma vie adulte, tragédie intime et sans grande conséquence au fond, mais voilà, les années passaient, je faisais ma vie, mais jour après jour j'oubliais la voix de mes parents, leur sonorité. On n'enregistrait pas les vivants autrefois, sauf dans les rares foyers qui possédaient une caméra Super 8. Je me rendais souvent au cimetière, je regardais régulièrement des photos de mon père, de ma mère, mais leurs voix s'effaçaient irrémédiablement de ma mémoire, rien ni personne ne pouvait me porter secours. Et il a fallu attendre ce rêve, dans ce village imaginaire, au fin fond de nulle part, pour que j'entende à nouveau la voix de mon père, sa voix telle qu'elle était quand j'étais enfant, adolescent, sa voix telle que je l'ai à nouveau oubliée en me réveillant...

« La salle des fêtes de la mairie du village était identique à celle de Grogny, et je crois que des visages réels s'étaient glissés au milieu des anonymes. Mais ce sont toujours des anonymes qui me parlaient, avec la voix de mon père, cette voix qui me bouleversait. Ils m'encourageaient tous à verser le second flacon. Et alors je me suis mis à douter. Les enfants ne feraient certes plus de cauchemars, l'épidémie serait enrayée. Mais je sentais qu'il s'agissait d'un abus. Je me souviens d'une conversation que j'ai eue avec un inconnu, un inconnu chauve, sanguin, obèse, qui parlait comme mon père alors qu'il était, physiquement, tout le contraire de mon père, petit homme sec, brun et moustachu... Il me disait que j'avais une responsabilité supérieure, je me défendais, je lui faisais part de mes scrupules, je philosophais sur le pouvoir et sur l'abus. La vérité c'est que je nageais déjà dans le bonheur. J'avais renoué avec mon enfance, je m'étais réconcilié avec moi-même. J'étais de retour dans cette arrière-boutique de Saint-Denis où j'ai grandi. Cet appartement exigu, chauffé au poêle, où il fallait crier pour se faire entendre, où on se disputait sans cesse, mais où on s'aimait, bruyamment, tendrement – où le bruit était une forme de tendresse. Les cousins étaient là, chacun jouait des coudes. Simplement pour parler. Le principal c'était de parler. Ce qu'on disait était sans importance. Il fallait parler. C'est de là que je viens : d'un endroit où il faut parler, où parler c'est vivre, parce que vivre est devenu tellement accablant.

« J'étais stupéfait, ébloui par le pouvoir qu'avait eu la voix de mon père de recréer si fidèlement le théâtre de mon enfance. C'est alors que je suis retourné au centre d'épuration. Pour y verser le flacon rose. Lors de ma ronde de nuit suivante, il régnait dans le village un silence uniforme, imperturbable. Le lendemain, les habitants ont organisé de nouvelles festivités. Ils avaient construit une tour, qui dominait tout le village. Dans la pièce la plus haute de la tour, ils m'ont installé un trône. Depuis la fenêtre sous les voûtes je pouvais voir un paysage majestueusement étagé, une enfilade de collines, de prés et de forêts, surmontée au loin d'une bande de lumière qui se confondait avec l'horizon. Une délégation de femmes est venue me rendre visite. On me traitait avec trop d'égards, j'étais gêné. Et quand les femmes se sont mises à parler, elles avaient bien entendu toutes la même voix, la voix de ma mère, qui dans la réalité était morte trois ans après mon père. Il y a eu une cérémonie au sommet de cette tour, on m'a revêtu d'un long manteau de pourpre, on m'a remis un collier d'insignes en or massif. Le village avait disparu, j'étais maintenant le roi du monde, une sorte de pape universel ; ma tour s'élevait au-dessus des nuages, ma cour était remplie d'hommes et de femmes qui tous parlaient de la même façon, avec la même voix – celle de mon père, celle de ma mère.

« Les dirigeants chinois du centre d'épuration me rendaient visite, et multipliaient les signes de déférence. Mais je souffrais, je souffrais de ne pouvoir parler de cette souffrance à personne. Pendant des jours, des mois, des années, j'ai fixé cette bande de lumière à l'horizon, une lumière chaude, qui vibrait, rougeoyait par intermittence. J'essayais de convaincre les Chinois de mener de nouvelles expériences. Je voulais que cette situation cesse. Le paradis s'était transformé en enfer, je ne me pardonnais pas d'avoir su dès le début qu'il en serait ainsi.

« Enfin, un jour, sans aucune raison particulière, sans avoir rien résolu, je me suis réveillé. »

À suivre...

Les Sauvages

TOME 4

Liste des personnages principaux

FOUAD NERROUCHE, acteur télé, viré de son feuilleton et perché à dix mille mètres d'altitude, dans l'avion présidentiel où il accompagne sa petite amie Jasmine Chaouch

NAZIR, son grand frère, en cavale, soupçonné d'avoir commandité l'attentat auquel a échappé le président

DOUNIA, leur mère, en détention provisoire à Fresnes après avoir été mise en examen pour association de malfaiteurs terroristes ; elle vient d'apprendre qu'elle avait un cancer du poumon

RABIA, sa sœur, détenue au même endroit et pour les mêmes raisons, et qui ne pense qu'à :

KRIM, son fils, incarcéré au quartier de haute sécurité de la prison de la Santé après avoir tiré sur le président

LUNA, la petite sœur de Krim, championne de gymnastique

SLIM, le benjamin de Dounia, qui s'est marié la veille de l'élection et de l'attentat, et que sa jeune épouse ne veut plus jamais revoir

KAMELIA, la cousine parisienne, trentenaire, qui s'occupe de Luna en attendant la libération de sa mère

BOUZID, le frère de Rabia et Dounia, renvoyé de la société de transports qui l'employait comme chauffeur de bus

FERHAT, le grand-oncle, joueur de mandole, amateur de tabac à priser

IDDER CHAOUCH, président de la République, victime d'un attentat le jour de son élection qui l'a laissé hémiplégique à la sortie d'un coma de trois jours, et qui participe, en pleine rééducation, à son premier sommet international, le G8 de New York

ESTHER, sa femme, historienne

JASMINE, leur fille, artiste lyrique, qui attend un enfant de Fouad

SERGE HABIB, le plus vieil ami du président, le directeur de la communication de sa campagne, devenu son conseiller spécial à l'Élysée

JEAN-SÉBASTIEN VOGEL, ancien directeur de campagne de Chaouch, devenu Premier ministre

VALERIE SIMONETTI, l'ex-chef de la sécurité de Chaouch

MICHEL DE DIEULEVEULT, ancien préfet de police, sur le point d'être nommé ministre de l'Intérieur du gouvernement de Vogel.

PIERRE-JEAN DE MONTESQUIOU, directeur de cabinet de l'ancien ministre de l'Intérieur, vice-président de l'ADN (Alliance des droites nationales), qui se présente aux législatives dans la circonscription de Grogny, le fief de Chaouch

CHARLES BOULIMIER, patron de la DCRI, le « FBI à la française »

XAVIER PUTÉOLI, éditorialiste, directeur d'un journal d'opinion en ligne, marqué à droite

MANSOURD, commandant de police à la sous-direction antiterroriste de la PJ, qui coordonne la difficile traque de Nazir Nerrouche

HENRI WAGNER, juge d'instruction au Pôle antiterroriste, exilé à New York avec sa famille depuis qu'on l'a dessaisi du dossier Chaouch

ROTROU, un autre juge d'instruction du Pôle antiterroriste, qui a repris le dossier

MAÎTRE SZAFRAN, avocat de la famille Nerrouche.

FLORENCE, DITE FLEUR, sœur de Montesquiou et complice de Nazir, qu'il a abandonnée au port de Gênes
OTMAN, un des chefs d'Al-Qaida au Maghreb islamique
SUSANNA, espionne américaine

AURÉLIE, lycéenne, la fille du juge Wagner, dont Krim est amoureux

MARIEKE VANDERVROOM, journaliste d'investigation, grimpeuse émérite, suspendue à un rocher dans la forêt de Fontainebleau...

Première partie

« Bannissons les tristes alarmes »

1.

Un train filait à vive allure, cet après-midi-là, vers la fin du mois de mai, dans les collines pelées de l'arrière-pays algérien. Après avoir longé le littoral depuis le front de mer où s'élevait la gare d'Alger, l'autorail à destination de Bejaïa venait de bifurquer dans une région de gorges et d'oueds qui macéraient dans une canicule inhabituelle à cette époque de l'année. À l'entrée de chaque wagon climatisé, les cadrans indiquaient une température oscillant entre 37 et 39 °C ; elle n'avait dépassé la barre des 40 °C qu'à la sortie de la capitale, dans le tumultueux quartier d'El-Harach, où des hordes d'enfants pieds nus avaient fait pleuvoir une avalanche de détritus et de cailloux sur la carlingue. Environ trois heures plus tard, une ombre se dessina sur le puissant fuselage du TGV, ajouré de deux larges bandes verte et blanche en hommage au drapeau national : surgi d'un éperon de calcaire ou d'un monde parallèle, un aigle rivait son œil noir et jaune aux rails brûlants de ce chemin de fer où deux cents âmes passaient.

La moins tranquille de ce cortège était également comme il se doit, la plus observatrice. Marieke remarqua bientôt des souches d'arbres abattus sur les flancs du couloir où se faufilaient les rails. Il lui sembla que le train se hâtait, comme si le conducteur ne souhaitait pas s'éterniser dans ce cimetière incognito, parmi ces sous-bois anéantis qui témoignaient de la guerre civile dont le pays n'en finissait plus d'émerger. Pour empêcher les attentats, on libérait alors les alentours des voies ferrées. Les embuscades avaient été hebdomadaires. Depuis quelque temps, des commandos d'Al-Qaida au Maghreb se cachaient dans les maquis kabyles. Marieke s'était renseignée sur le sujet, en marge d'une investigation au long cours qui n'avait jamais abouti, à l'instar, il fallait bien le reconnaître, de la plupart de ses enquêtes. Elle se contorsionna pour entrevoir le ciel dans le coin de vitre de son voisin. Ce fut elle qui comprit la première que l'aigle ne se contentait pas d'apparaître de temps à autre, mais qu'il les suivait, planait délibérément au-dessus de leur train, comme pour en surveiller la trajectoire.

Marieke décida que l'augure était mauvais. Un point de côté la fit grimacer, son cœur s'emballa. Elle ferma les yeux pour ralentir sa respiration, rêva de s'endormir, mais sentit qu'elle n'y parviendrait jamais. Une rumeur, dans son dos, lui offrit quelque distraction. Elle se fit traduire l'esclandre en direct. Un homme agité reprochait à un couple de vieillards de transporter un sac de provisions qui sentaient l'œuf pourri et la moisissure de fromage. Les autres l'accusaient d'avoir fumé une cigarette dans les latrines. Le contrôleur bavardait dans le boyau central, au lieu de proposer les rafraîchissements de son chariot aux passagers qui avaient acheté leur place assise. Il s'épongea le front et marcha sans conviction vers le foyer de l'émeute, en marmonnant des paroles d'apaisement. Lorsqu'il passa devant elle, Marieke ferma les yeux. Une image se forma dans son esprit : celle de ces inconnus qui voyageaient à ses côtés, se balançant mollement au rythme des cahots du train, et ils étaient brûlés vifs, carbonisés, bouche ouverte comme sont les morts, mais avec dans les yeux une mobilité, un feu, le reflet d'une terreur qui leur avait survécu.

Marieke se retourna sur les voyageurs qui se grattaient le nez, ronflaient, pétaient en faisant semblant de renifler une odeur louche. Ils étaient bien vivants, et leurs épaules ne bougeaient pas, bien que le train eût atteint sa vitesse maximale. Le conducteur voulait-il faire passer le message qu'on allait quelque part, qu'on arriverait à destination, qu'il n'y avait rien à craindre ? Si tel était le cas, Marieke n'en croyait rien. Elle sentit qu'il valait mieux garder les yeux ouverts, mais le paysage traversé à grande vitesse se résumait à un kaléidoscope flou, brûlant, et lui rappelait la mort, stupide, à laquelle elle avait réchappé avant d'entreprendre ce voyage.

Ce n'était pas la première fois qu'elle passait à côté de sa propre mort, mais cette fois-ci était différente. Des émotions confuses la tiraillaient, la faisaient suffoquer et tourner la tête. Elle avait cédé à la peur. Tout son système menaçait de s'effondrer, car il reposait sur l'ignorance : elle niait l'asymétrie des batailles où elle s'engageait corps et âme et surtout tête la première. Sa force n'était pas celle du roseau qui ploie mais qui sait qu'il ploie, c'était celle du grain de sable dans les rouages de la machine. Sauf que, depuis la veille, le grain s'était craquelé, l'aTome se fendillait et dégageait sa grande question radioactive : À quoi bon ? Marieke avait repoussé ses limites et enfreint sa règle d'or : elle avait couché avec un homme qui ne la laissait pas indifférente. Pour se vider l'esprit, et par manière d'autoflagellation, peut-être, elle se rendit, nuitamment, sur un rocher de la forêt de Fontainebleau où elle avait ses habitudes. Qui la trahirent. Elle lâcha prise. Sans le cordage lancé dans sa direction depuis le sommet de la falaise, elle se serait écrasée une dizaine de mètres plus bas. Lorsqu'elle fut tirée d'affaire, l'ombre qui l'avait secourue s'était volatilisée. Marieke avait les mains en sang ; elle chancela sur quelques mètres et vit une silhouette féminine s'échapper par un sentier en contrebas, la tête recouverte d'un voile. Elle avait laissé à son attention un sac Louis Vuiton de contrefaçon paresseuse, comme l'indiquait l'absence du second t sur le monogramme. À l'intérieur,

Marieke trouva un billet d'avion, un faux passeport avec une vraie photo d'elle, assorti d'un visa à jour et d'une adresse en Algérie, griffonnée sur un Post-it :

« 18 heures place du 1er Novembre, Bejaïa. Venez seule. »

La nuit fut alors une succession de trajets éprouvants : en moto de Fontainebleau à Paris, en voiture de Paris à Orly, en avion jusqu'à Alger. Marieke s'accorda deux heures de repos sans sommeil, dans un hôtel miteux à proximité de l'aéroport Boumédiène. Elle était montée dans ce train avec pour seul bagage ce sac où elle n'avait eu le temps de fourrer qu'une brosse à dents, un téléphone acheté dans la zone duty-free, un portefeuille contenant 500 euros et son équivalent en dinars algériens dissimulés dans la doublure du sac ; enfin et surtout un bloc-notes vierge et plusieurs stylos Bic, si la confession qu'elle s'apprêtait à recueillir se révélait profuse. Elle entendait consigner chaque mot, chaque soupir et chaque hésitation, or il était probable que son homme ne lui permettrait pas de l'enregistrer...

Le train décélérait à l'approche de son terminus. Marieke était pressée d'y être. Son voisin fit un signe pour attirer son attention avant de désigner le ciel :

— Vous le voyez ? Vous l'avez vu ? Il nous suit depuis Blida, peut-être même avant...

Marieke n'avait aucune envie de discuter. Heureusement, le train entrait en gare de Bejaïa. Les passagers formaient déjà une longue file impatiente dans l'allée centrale. Marieke joua des épaules pour y prendre sa place. Le sas se désemplit plus rapidement que prévu. Un dernier obstacle la séparait de l'éblouissement du quai : un homme adipeux, qui se retourna lentement et planta son regard droit dans le sien. C'était un frère musulman, imberbe à l'exception d'un maigre collier de poils roussâtres qu'il lui avait sûrement fallu plusieurs années pour développer. Il fit glisser ses lunettes à double foyer sur le bas de son nez, pour mieux dévisager l'infidèle. Ses yeux vert sauge avaient un tic à peine remarquable à première vue : un rapide mouvement divergent de la pupille, qui fuyait latéralement vers le coin de la paupière et donnait à sa laideur un aspect agressif, monstrueux.

La porte électrique coulissa. Marieke se précipita sur le quai, sans se retourner sur le frérot qui voulait lui adresser la parole.

2.

Les panneaux signalaient Bejaïa – *Vgayet* – en trois alphabets : arabe, latin et amazigh.

Marieke sauta dans le premier taxi :

— Place du 1er Novembre.

— Place Gueydon, rectifia le chauffeur, goguenard, avant de s'avachir sur le volant.

Une demi-heure plus tard, il lui annonça qu'il refusait de monter la dernière côte. Marieke ne lui demanda pas pourquoi, elle l'avait senti au bord de l'infarctus à chaque ralentissement de la circulation sur ces routes décapées qui soulevaient des brouillards de poussière et sur lesquelles il fallait slalomer entre les crevasses et les dos-d'âne, et piler sans cesse à cause des grappes de piétons qui traversaient anarchiquement, en fixant les conducteurs avec un inexplicable air de bravade.

Il n'y avait plus de trottoirs le long de la rue embouteillée où ils avaient échoué et qui semblait se rétrécir en même temps que les artères du « taxieur », puisque telle était sa raison sociale, griffonnée sur sa carte, à côté de son numéro de téléphone. Il exigea d'être payé en euros. Marieke soupira, hocha la tête pour refuser et remit un paquet de dinars dans sa paume humide et grasse. Il fit marche arrière en prononçant une malédiction sophistiquée. Une fois dehors, la journaliste déchira sa carte de visite et leva les yeux sur les bâtiments délabrés de la vieille ville. Dans cet ancien quartier colonial, les façades étaient blanches, les volets bleus, les rampes des balcons en fer forgé, comme au centre de n'importe quel chef-lieu du Midi. Marieke prit la direction de la place haut perchée où l'attendait son rendez-vous, ignorant le troupeau de jeunes hommes adossés aux murs décrépis qui promenaient sur sa silhouette d'Européenne un regard où se mêlaient la frustration sexuelle, la haine des femmes en général et la stupéfaction devant la dégaine particulièrement décomplexée de celle-ci : bottes à talons bruyantes, jean serré qui lui moulait les fesses et accentuait sa chute de reins, débardeur rouge vif à fines bretelles, sans soutien-gorge, ses seins fermes et rebondis n'en ayant pas besoin.

Malgré l'heure avancée, la chaleur n'était pas descendue, l'air restait moite et immobile. Du bout des doigts, Marieke décolla le tissu de son haut trempé de sueur, et s'éventa vigoureusement au pied d'un grand dadais au visage minuscule et aux joues grevées de traces d'acné. Elle enleva ses lunettes de soleil, ses yeux arctiques supportèrent mal l'assaut de la lumière trop forte.

Sa nuque et ses avant-bras la faisaient souffrir. Elle chaussa à nouveau ses lunettes noires et s'étira. Ses fortes épaules de championne d'escalade craquèrent.

Au pied du gamin désœuvré qui n'osait plus la regarder, elle repéra un journal et s'en empara. *Liberté* était le premier quotidien kabyle, très lu à Bejaïa – « Bougie » à l'époque coloniale, « le *joyou* de la côte algérienne », avait dit le taxieur. Une photo de Chaouch en chaise roulante sur le perron de l'Élysée occupait une place de choix en Une. Le président français participait au G8 américain, l'édito donnait l'impression que les Algériens s'y intéressaient comme s'il n'avait pas été élu en France mais à la tête de leur *République démocratique et populaire* ; – « trois mots, trois mensonges », toujours selon le taxieur. Page 3, un dessin signé Dilem montrait les gros nez et les yeux de toute l'Algérie bondissant au-dessus de l'Atlantique, vers les gratte-ciel de New York au sommet desquels l'« enfant du pays » effectuait le V de la victoire avec ses bras à rallonge, en référence, probablement, à ceux de Richard Nixon. Marieke avait oublié que Chaouch était d'origine kabyle, elle faillit demander son sentiment au nigaud boutonneux qui continuait de regarder ailleurs, mais sa bouche était ostensiblement tordue par le dégoût : elle préféra jeter le journal et terminer son ascension.

La montée débouchait sur une esplanade, asphyxiée sous les frondaisons frisées d'arbres surnuméraires. Des gamins tapaient dans un ballon crevé, au milieu de chiens et de chômeurs de tous âges, avachis sur des chaises en plastique, qui sirotaient leur quinzième café d'affilée avec des hochements de bec comme en ont les penseurs fatigués. À l'horizon, un liseré rouge orangé accusait le contour des falaises. Les bateaux à l'arrêt flottaient dans un halo bleuté, comme en apesanteur. Marieke se pencha. Dix mètres plus bas, au pied du rempart, elle remarqua des bouquets de fleurs sur le trottoir, au milieu du ballet hystérique de voitures et de mobylettes trafiquées pour bourdonner toujours plus fort.

— C'est le spot de suicide préféré des jeunes du coin.

Bien que ne l'ayant jamais entendue, Marieke reconnut immédiatement la voix de Nazir Nerrouche qui avait le même timbre que celle de Fouad, son frère, qu'elle connaissait, intimement, depuis la veille, ou l'avant-veille ; la canicule dissolvait ses repères chronologiques. Au souvenir de leurs ébats récents, une chaleur se forma dans son bas-ventre, dont elle eut honte, et qui se transforma en cascade de frissons tandis que l'homme le plus recherché de l'hémisphère Nord la rejoignait au niveau de la balustrade.

Elle fit l'effort de ne pas tourner la tête. Une énorme barbe noire, taillée en rectangle, s'invita dans le coin de son champ de vision. La haute stature de son propriétaire était enveloppée dans un qamîs, la djellaba des salafistes qui descend jusqu'aux chevilles. Une calotte blanche recouvrait son crâne apparemment glabre. Ses yeux étaient dissimulés derrière une paire de lunettes de soleil étroites, qui ne révélaient pourtant pas de sourcils. Marieke se demanda s'ils s'implantaient exceptionnellement bas ou s'il les avait rasés en même temps que sa tête.

Nazir vit qu'elle le détaillait sans en avoir l'air, et que sa surprise était plus forte que sa résolution de n'en rien laisser paraître. Les mains derrière le dos, il se pencha, lui aussi, vers l'agitation en contrebas, dont l'intensité parut alors diminuer. Il n'y avait presque pas de feux de signalisation dans les villes algériennes : rien ne pouvait expliquer le silence qui s'était abattu sur le front de mer. Nazir se hissa sur la pointe des pieds. Il mesurait environ 1m90, estima la journaliste, mais il était mince et sec, les doigts qu'il posa sur la pierre paraissaient longs, mobiles, dotés d'une vie propre – les doigts d'un hypnotiseur. Pour rompre le charme, Marieke imagina que s'il fallait en venir aux mains, les siennes, endurcies et carrées par la grimpe, y seraient plus aptes.

Des oiseaux s'étaient mis à hurler depuis les branches des arbres, et Nazir à humer l'air du soir, pour se remplir de cette cacophonie digne d'une jungle tropicale, et qui lui rappelait de très vieux souvenirs.

3.

— Vous avez raison, il y a quelques années j'aurais attiré tous les regards avec ce déguisement. Surtout ici.

— Un déguisement ? s'étonna la voix enrouée de la journaliste.

Nazir marqua une pause et fit volte-face. Ses mouvements étaient vifs, tranchants, mais surtout ils ne laissaient pas d'empreinte. Son corps passait d'une immobilité à une autre en effaçant les traces de son passage, si bien qu'il semblait avoir passé des heures pétrifié dans la position, droite mais sans raideur, où on le découvrait.

— Rassurez-vous, je ne risque rien. Et puis je ne fais pas un pas sans mon ange gardien.

À son tour, Marieke se retourna, pour faire la connaissance de son gorille. En fait de gorille, il s'agissait d'un singe, au pelage fauve et à la queue inexistante, qui semait la panique parmi les sièges de la terrasse voisine, en poussant des vociférations considérables.

— C'est un singe magot, aussi appelé macaque berbère, l'espèce locale, très agressive, comme vous pouvez le voir.

Une torpeur mystérieuse était en train de gagner la jeune femme ; elle devait durcir ses mâchoires pour s'empêcher de bâiller. Contrairement à celle de son frère, la voix de Nazir était dénuée de suavité et de douceur ; il s'exprimait en articulant bien, mais parlait bas – pas exactement bas : plutôt *loin*, comme s'il s'était trouvé à quelques mètres, alors qu'il se tenait à portée de gifle. Marieke ne voulait pas lui laisser le monopole du *small talk*. Elle avait surtout besoin de se rappeler le son rauque de sa propre voix, et la pugnacité dont elle se plaisait, en temps normal, à constater l'effet sur ses interlocuteurs :

— Et il s'appelle comment, alors, ce singe ?

En un clin d'œil, Nazir avait ôté sa calotte et passé sa longue main sur son crâne nu. La pâleur de son teint étonna Marieke, qui avait encore en bouche le goût de la peau mate, sanguine, sucrée de son petit frère.

— Mon propre nom a été inventé par les autorités coloniales, il y a une cinquantaine d'années. En définitive, je ne suis pas convaincu que ce soit une si bonne idée de nommer les vivants. Primates, humains... Mais je me suis garé en triple file, ne tardons pas.

Le singe avait pris Marieke en grippe, il le lui fit savoir en bondissant dans la voiture, et en essayant de la griffer au visage. Nazir ne se soucia pas du problème. Il manœuvrait sa Logan grise dans les ruelles de la vieille ville congestionnée, empruntant d'étonnants raccourcis, avec une expertise tranquille qui les amena enfin sur une large avenue bordée de palmiers, filant vers l'est. Ils traversèrent la « nouvelle ville », qui se développait comme un chancre à partir de l'ancienne, en grignotant chaque recoin des hauteurs qui regardaient la mer.

Sur la plus imposante de ces collines, le nom de BEJAIA s'affichait en lettres lumineuses, parodiant celui de Hollywood à Los Angeles. Mais sur six lettres trois restaient dans l'ombre : on ne pouvait lire que B, E, A ; – bienvenue en Algérie.

Le macaque s'étant désintéressé d'elle, Marieke eut tout loisir d'observer les constructions hâtives, les devantures sans profondeur, vitrines de taxiphones et de commerces de babioles ou de vêtements dégriffés. Des milliers d'immeubles pullulaient et s'entassant dans tous les sens, habités avant d'avoir été finis, avec leurs façades de béton apparent, leurs paraboles tournées vers la France et leurs balconnets avortés, suspendus dans le vide, sans garde-fous.

À la sortie de la ville, un check-point avait occasionné un bouchon de taille convenable. Marieke étudia discrètement l'aspect de son nouveau chauffeur, espérant y déceler l'ombre d'une appréhension. Nazir avait les yeux rivés sur le pare-brise de la voiture qui les bloquait. Un gros doigt pieux y avait tracé le nom d'Allah dans la poussière.

— Regardez sur le siège arrière, dit-il soudain, de cette même voix lointaine, étrangère : vous y trouverez un voile, et un gilet pour couvrir vos bras.

Marieke s'exécuta en soupirant pour signifier sa mauvaise volonté. Les militaires jetèrent un bref coup d'œil dans sa direction, en étudiant le passeport de Nazir, accompagné d'une lettre pliée en quatre. L'agent s'inclina respectueusement et aboya pour les laisser passer.

Nazir redémarra, sans dire un mot. Après avoir laissé passer une minute, il se retourna. Le soleil avait disparu derrière les falaises. Au bout de la banquette arrière, le singe était allongé sur le flanc, comme mort.

— Vous aimez les sardines ? Je suppose que vous mourrez de faim après toutes ces aventures.

— Je peux savoir où vous me conduisez ? demanda Marieke en arrachant son voile.

Nazir approuva d'un hochement de tête. Il avait l'air de mener une conversation parallèle avec lui-même :

— Vous allez devenir célèbre avec cette interview. Du jour au lendemain.

Le ton de sa voix suggérait que Marieke n'y était pas préparée. Elle allait répondre lorsque Nazir fit une chose étonnante : il se gara sur le bas-côté, ouvrit sa portière et laissa sortir le singe, qui se volatilisa dans la pénombre du talus. Nazir referma la portière, se remit au volant et démarra.

— Plus d'ange gardien ? tenta Marieke à qui le silence commençait à peser.

— C'est vous, maintenant, mon ange gardien. Ou mon assurance-vie, si vous préférez.

Marieke leva les yeux au ciel, encore bleu, qui s'enténébrait à l'horizon, aux confins de la mer et des montagnes ; et au milieu du ciel elle aperçut une ombre, qui survolait leur véhicule comme un avertissement. L'aigle était de retour. Marieke changea de position, agrippa l'accoudoir de sa portière.

— Je suis venu pour vous interviewer. Je ne suis pas du genre à prendre parti.

— Vous avez envoyé tout un tas de gens à New York, vous saviez pertinemment que c'était une fausse piste. Vous êtes devenue ma complice. Que vous le vouliez ou non, vous avez pris parti.

— Quoi, pour votre cause ? répliqua Marieke avec un demi-rire moqueur.

Nazir déclara, énigmatique :

— Précisément.

Marieke ne se laissa pas démonter :

— Et comment vous la définiriez, cette cause ?

— Dans les mêmes termes que ceux utilisés par le Code de procédure pénale : la manifestation de la vérité.

La Logan ralentit à l'approche d'un carrefour où trois hommes fumaient, assis devant leurs mobylettes. Nazir fit demi-tour et emprunta un embranchement raté quelques instants plus tôt. Sur la voie de gauche, une file de voitures progressaient au ralenti, en revenant des plages, surchargées de passagers fourbus, avec leurs vitres fermées. La route longeait, en effet, la décharge de Boulimate, à ciel ouvert. En brûlant, les ordures exhalaient des remugles de fin du monde. Une colonne de fumée saumâtre ondulait lourdement dans l'air du crépuscule. Marieke était sur le point de vomir lorsque la route dévia, passant sous une dune jonchée d'immondices mais à l'abri du vent.

— Ce n'est pas anodin, vous savez, cette façon qu'ils ont de jeter leurs ordures sur le bord de la route. J'ai beaucoup voyagé ces dernières années. Mais la haine de soi des Algériens, je n'en ai rencontré d'équivalent nulle part. Hormis peut-être en France, où il faut bien reconnaître que les services de voirie restent performants.

La journaliste secoua la tête :

— On peut commencer ? J'ai mon carnet, j'ai mes questions. Vous m'emmenez où, d'ailleurs ?

En temps normal, son accent était indétectable à l'oreille inattentive ; elle avait grandi dans un petit village des Flandres, d'une mère gantoise et d'un père natif d'Anvers mais francophone. Ses années d'études à Liège (qu'elle prononçait encore *yééége*) lui avaient rendu tout accent belge aussi désagréable et déprimant que le souvenir du corps de ferme où s'était, médiocrement, déroulée son enfance de sauvageonne, au bord de la mer du Nord qui changeait de couleur tous les jours. C'était mauvais signe quand ses r germaniques revenaient en force, c'était comme une rivière qui débordait de son lit, et lui faisait poser trop de questions, et trop vite. Nazir lui répondit d'ailleurs avec une pointe de mépris :

— Je vous demande encore quelques minutes.

Marieke mâchonna le bout de pansement qu'elle avait décollé de son majeur blessé, pour se retenir de l'insulter en flamand.

Les dos-d'âne se multipliaient en descendant vers la mer, dont la surface phosphorescente pivotait dans le coin de sa vitre. Elle commençait à sentir le sel des embruns sur ses bras nus.

4.

Nazir se gara sur un terre-plein délimité par de gros rochers, à bonne distance des deux autres voitures du parking. Grâce à l'absence de tourisme extra-maghrébin en Algérie, l'une des plus belles côtes de la Méditerranée demeurait vierge des barres de béton qui défiguraient ses cousines septentrionales. Le « restaurant » où l'emmenait Nazir se résumait à quelques planches jetées au bord de l'eau, trois tables et une dizaine de chaises en plastique, une grille, un feu et de hautes torches dressées aux quatre coins de la terrasse.

Marieke avait enlevé ses bottes ; le sable était frais, constellé de débris de verre et de cadavres de bouteilles de Heineken.

Autour de la crique, une corniche serpentait le long des falaises hérissées d'arbustes aux crêtes avivées par les derniers rayons. Ils s'installèrent en tête à tête. Marieke rangea ses lunettes noires, s'empara de son carnet. Le bruit du ressac la troubla, comme le métronome d'une horloge qu'on ne pouvait plus cesser d'entendre une fois qu'on avait eu le malheur de le remarquer.

Un jeune couple dînait à la table voisine, en compagnie de leur bébé qui gémissait au fond de sa poussette. La femme, légèrement voilée et enceinte à nouveau, avait les cheveux teints en blond et les sourcils noirs épilés, trop épilés au goût de Marieke. Elle exhibait ses gros seins pointus dans une blouse en dentelle noire. Le mari, en tee-shirt imprimé, pantalon de jogging et Nike Requin, avait les cheveux très courts, dégradés sur les côtés, et le torse creux, barré par la bandoulière jaune d'une sacoche Lacoste.

Ils ne se parlaient pas, ne se regardaient pas. La femme avait l'air accablé.

Un petit homme dressa leur table, en sifflotant sous son épaisse moustache couleur de sucre roux. Les meilleures sardines du Maghreb leur furent servies, grillées, quelques minutes plus tard, avec une bouteille de Selecto – le Coca algérien. Marieke ne jeta pas un œil à son assiette. Stylo en main, elle attaqua :

— Nazir Nerrouche, on vous accuse d'avoir commandité l'attentat contre le candidat à la présidentielle Idder Chaouch. Votre cousin Abdelkrim Nerrouche a tiré à bout portant sur lui, le 6 mai dernier. Quinze jours se sont écoulés depuis l'attentat et vous ne l'avez toujours pas revendiqué. Ma première question sera toute simple : pourquoi ?

Nazir croqua la tête grillée de la première sardine. Marieke cligna des yeux. La tête de son interlocuteur était maintenant de profil, tournée vers la mer, l'horizon qui brunissait à vue d'œil, et la France, invisible, au-delà.

— Je croyais que vous aviez fait votre travail. Je ne l'ai pas revendiqué parce que je ne l'ai pas commandité, vous savez très bien qui l'a commandité.

— Vous reconnaissez au moins l'avoir organisé ?

— Bon. En vous convoquant ici, je pensais bien que vous me demanderiez des explications. Mais ce que j'entends dans votre voix, c'est une autre demande.

Marieke prenait tout cela en verbatim. Lorsqu'elle leva le nez sur Nazir, il continuait de fixer la mer, les mains posées à plat sur ses genoux.

— Ce que vous voulez, c'est une confession.

— Quelle est la différence ? Une confession, des explications. Je veux connaître votre version des faits.

— Non, vous ne vous intéressez pas aux faits. Vous voulez que les criminels soient châtiés, que les coupables reconnaissent le mal qu'ils ont fait. Mais je ne crois pas au bien et au mal, je ne suis pas chrétien, vous savez. Je serais tenté de dire : bien au contraire... Je ne crois ni au péché, ni au pardon, ni à... comment disent-ils ? Ah oui, voilà : l'absolution.

— Je sais que vous avez bénéficié de protections, comme vous en bénéficiez manifestement ici aussi. Mon enquête m'a permis de découvrir que vous aviez été employé par les services de renseignement. Est-ce que vous pouvez au moins me confirmer avoir été un indicateur de la DCRI ?

Sous sa barbe, Marieke repéra un tic qui lui rappela à nouveau Fouad. L'élasticité de leur bouche était la même, Marieke se surprit à se demander si ses lèvres avaient le même goût, la même pulpe que le dernier homme avec qui elle avait couché.

À la table voisine, le jeune couple s'était mis à parler, en français, avec un accent de Toulouse. Nazir baissa légèrement la tête, Marieke aperçut le coin obscur de son œil droit derrière l'un des verres de ses lunettes.

— Vous affirmez ne pas être le commanditaire de l'attentat commis par votre cousin Abdelkrim. La police antiterroriste a démantelé, la semaine dernière, un groupuscule se revendiquant de cet attentat. Ils avaient tous, à quelques exceptions près, le même âge et le même profil que votre cousin. Ils étaient tous liés à vous d'une façon ou d'une autre.

— Et s'en est-il trouvé un seul, en garde à vue, pour prétendre que je l'avais armé ou financé ? Et Krim lui-même, m'a-t-il accusé de quoi que ce soit ?

Marieke remua sur sa chaise en plastique.

— Et pourtant, l'enquête judiciaire vous a désigné comme le cerveau de l'attentat et la tête pensante du réseau qui aurait permis de le préparer. Comment l'expliquez-vous ?

— Bah, la République a toujours eu besoin de repoussoirs, d'ennemis publics, de diablotins. La couleur idéologique du démon varie selon les époques, j'observe qu'aujourd'hui c'est la religion qui constitue le critère de sélection prioritaire, une certaine religion, vous m'avez compris.

Marieke approuva d'un geste, elle était satisfaite, non pas de ses réponses, mais qu'il daignât enfin lui en fournir.

— Votre cousin Krim, vous ne l'avez pas téléguidé pour commettre cet attentat ? Vous ne lui avez pas parlé ? Vous ne lui avez jamais rien dit contre Chaouch ?

— Non, je ne lui ai pas parlé. Je l'ai écouté.

Marieke marqua un temps d'arrêt.

— Est-ce que vous diriez que vous avez peur ?

Nazir, d'un claquement de langue, lui fit comprendre qu'il lui retournait la question.

— Je sais ce que vous croyez. Vous croyez que vous l'avez utilisé pour arriver à vos fins, pour m'atteindre. Mais vous êtes tombée sous le charme.

— Revenons à vos activités souterraines, si mes informations sont exactes, vous avez été recruté il y a trois ans, dans le cadre d'une mission...

— J'ai compris très tôt la nature de la séduction qu'il exerçait. Déjà, dans la famille, il était une espèce de coqueluche universelle, universelle comme ces télécommandes d'autrefois, vous savez, qui fonctionnaient avec tous les téléviseurs. Personne ne résistait à ses yeux plissés, son casque de cheveux bouclés, sa vitalité, son rire cristallin en cascade, son optimisme indestructible, cette... *bonté* qu'on lui prête.

Marieke lâcha son stylo, souffla sur ses sardines.

— À tort ? risqua-t-elle.

— Chacun sa façon de se venger, vous savez. Lui, c'est en se tapant un maximum de Blanches, au lycée des catholiques BCBG, plus tard des petites bobos du monde de la culture, des actrices, des journalistes... Il suffisait qu'elles soient blanches, très blanches, et qu'elles aient les yeux clairs, le plus clair possible...

On pouvait difficilement faire plus clair que le bleu des yeux de Marieke, semblables à ceux des loups de Sibérie. Se sachant visée, elle se tortilla :

— Ça ne ressemble pas beaucoup à Jasmine Chaouch...

— Ah mais là, c'est autre chose. Jasmine, c'est la raison d'État.

Le sourire biaisé qui déforma sa barbe, Marieke ne pouvait pas l'imaginer chez Fouad. Fouad, elle ne l'avait jamais trouvé dégoûtant.

Elle bâilla ; ses yeux se fermaient tout seuls, son front s'alourdissait. Pouvait-il l'avoir droguée ? Elle s'était bien gardée de manger ou de boire depuis qu'elle était en sa présence. C'était justement sa présence qu'elle questionnait, et en particulier sa voix – pondérée, extraterrestre – qui détendait ses muscles, les plongeait dans une mystérieuse léthargie.

— Et vous, c'est quoi votre type ?

L'arête de son nez vacilla. Avait-elle réussi à fendiller sa carapace ?

— Il vous manque, n'est-ce pas ? Je le sens sur vous. Il me suffit de renifler pour comprendre que vous l'avez dans la peau.

— Et vous, tenta Marieke, c'est quoi votre façon de vous venger ?

— Moi je n'ai jamais eu qu'une ambition, et elle n'a rien à voir avec la vengeance.

— La manifestation de la vérité, oui, j'oubliais.

Les flammes vacillaient au sommet des torches, les températures étaient en train de chuter, brusquement. Sur sa gauche, Marieke entendit la jeune femme sangloter, et résumer, d'une voix pleine d'amertume, bouffie comme ses paupières :

— Lune de miel ? Lune de merde, oui...

5.

Nazir quitta l'horizon des yeux, enleva ses lunettes et fit face à la journaliste. En effet, il s'était rasé les sourcils. Et son regard était tel que sur le cliché dévoilé par le procureur de Paris au lendemain de l'attentat : dépourvu de sclérotique, noir comme une mare de pétrole, insoutenable.

— Mon frère a choisi de s'intégrer ; pour éviter le jargon de l'ennemi, disons plutôt qu'il a choisi de faire partie de la France. Moi j'étais plus ambitieux et plus modeste à la fois : j'ai simplement voulu savoir si la France existait, ou si c'était un mirage.

Marieke donna un coup de menton vers la ligne de l'horizon.

— Et alors ?

— Quelque chose m'a frappé en découvrant ce qui s'était passé en France, ces derniers temps. Après l'attentat, personne n'a prié. On sait pourquoi, bien sûr. Tout le monde y est allé, immédiatement, de son analyse de la situation. Les experts ont expertisé, les notables sont entrés dans la course à l'explication la plus originale, la plus distinguée, tandis que la populace se livrait aux théories du complot. Mais personne ne s'est arrêté de réfléchir, personne ne s'est... recueilli. Dans n'importe quel autre pays du monde, ça aurait été la première réaction. Croyant ou pas croyant, quand un tel drame survient, on se tait, on envoie des pensées dans l'univers, ou au moins on fait semblant. Mais non, pas en France.

— Vous vous trompez. Vous oubliez ces anonymes qui ont fait défiler un cortège de bougies sur le canal Saint-Martin.

Nazir secoua la tête, déçu. Son cou se détendit, sa pomme d'Adam se souleva sans bruit.

— Je ne vous cacherai pas avoir toujours eu un faible pour les *belles endormies...*

Marieke rouvrit les yeux, tressaillit en réalisant qu'elle ne se rappelait pas les avoir fermés.

— Il a bien dû vous parler de moi, et de la pathologie rare dont je souffre depuis mon plus jeune âge, et qui m'empêche de dormir plus de deux heures par nuit. C'est une drôle de vie, vous savez, d'être le seul homme debout tandis que tout le monde dort.

Il parut vouloir changer complètement de sujet :

— Une nuit, il y a longtemps, je m'ennuyais, alors j'ai fait une liste. La liste de tous les noms qu'ils avaient inventés pour nous haïr.

— Et c'est qui, nous ?

— Nous les bicots, les gris, les bougnoules, les arbis, les moricauds, les sidis, les rebeus, les biques, les barbichons, les ratons...

— J'ai compris.

Un éclat de verre fit sursauter Marieke : à la table voisine, le jeune homme s'était levé et, d'une gifle, avait envoyé son assiette valdinguer contre le gros rocher qui supportait le grill.

Furieux, il attrapa sa femme par les cheveux et la traîna sur la plage.

Marieke se leva à son tour et regarda Nazir, dont la barbe n'avait pas bougé d'un poil, qui continuait d'égrener les noms communs de sa liste :

— ... les bout-coupés, les kroumir, les bronzés, les frisés, les fellaghas, les troncs, les dutroncs, les troncs de figuier, les rabza...

— Stop ! hurla Marieke en diréction de l'agresseur, mais également de Nazir.

Malgré les protestations du restaurateur, le jeune homme avait plaqué sa femme au sol et la claquait de toutes ses forces. Marieke bondit.

— ... les basanés, les arbiches, les boucaques, les melons, les crépus, les bédouins, les ANPE, les rabzouilles, les arlbouches, les rabzouz, les figues, les arabicots, les nordaf, les fell, les couscouss, les Mohammed couscous, les morailles, les bulbes, les Indiens, les crouilles, les beurs.

Marieke n'entendit pas cette dernière salve : elle s'était précipitée vers l'homme, qui se redressa, sonné, impressionné, surtout, par la force avec laquelle cette femme, cette étrangère, l'avait plaqué au sol. Il cracha quelques insultes et s'éloigna en titubant vers le parking en contrehaut de la plage. Marieke aida la femme enceinte à se remettre de ses émotions et demanda au restaurateur de lui apporter de l'eau et des chiffons pour panser ses pommettes ensanglantées.

Au bout de la terrasse, Nazir, de dos, se tenait immobile dans le contre-jour doré et flou qui donnait à sa physionomie la majesté d'un bédouin. Autour de lui, l'horizon paraissait vibrer et se déformer, comme sous le feu d'un chalumeau. Il leva soudain les bras, ses paumes ouvertes en direction du ciel. Une ombre venue du ciel fondit alors sur la terrasse. Sa chute en piqué souffla les flammes des torches. C'était l'aigle du train. Il rabattit ses ailes immenses, balaya les alentours du bout du bec et se hissa au niveau de la table de Nazir, qui n'avait jamais paru plus calme que lorsque le rapace poussa son incroyable cri à six notes, avant de picorer dans l'assiette dédaignée par la journaliste, comme un vulgaire pigeon.

6.

La voix de Serge Habib avait commencé par faire grésiller le tamis du haut-parleur ; après cinq minutes de hurlements ininterrompus, son socle se décolla carrément de la table et gigota dans un fracas épouvantable :

— Écoutez stop ! On a les législatives dans moins d'un mois, une armée de zombies nationalistes au cul, les trois quarts du pays se demandent si le mec qu'ils ont envoyé au Château peut pisser tout seul ou s'il a besoin d'une infirmière pour lui téléguider la bite, alors franchement votre idée d'interview CBS, vous pouvez vous la foutre où je pense ! Eh les copains, on se réveille là, c'est fini la course en tête et les idées rigolotes ! Il s'est fait tirer dessus, bordel de merde ! Le pays est au bord de la rupture. On se fait canarder matin midi et soir par une alliance de trous du cul qui représentent quoi ? 60 % de l'électorat ? en tout cas, qui sont prêts à former un gouvernement demain matin, et transformer ni vu ni connu le PR en reine d'Angleterre, alors si c'est pour commencer par la séquence « Chaouch dérape en marge du G8 », autant filer tout de suite les clés de Matignon à Montesquiou ! Mais mais mais quoi ? Y a pas de mais qui tienne ! Vous voulez que je vous dise ce qui va se passer s'il la fait ?

Personne n'avait dit « mais », mais tout le monde dut écouter ce qui allait se passer si le « PR », comme on l'appelait dans ces cénacles, n'annulait pas son interview sur CBS. Parmi les diplomates qui représentaient le cabinet du consul de France, un seul – le plus jeune – n'avait pas les sourcils écarquillés et la bouche grande ouverte ; il profita d'un exceptionnel halètement du *conseiller spécial* resté à Paris pour faire connaître son sentiment :

— Cela étant, on parle ici d'une émission sérieuse, de nombreux chefs d'État y ont déjà participé, vous ne croyez pas que ça pourrait plutôt être positif par rapport à sa stature internationale ?

Les conseillers du président levèrent les yeux au ciel.

M. Vogel, qui présidait silencieusement la réunion, se racla la gorge pour prendre la parole et empêcher une nouvelle éruption de son *copain*. Il avait été choisi, comme convenu, pour diriger le premier gouvernement de la présidence Chaouch. Habib, quant à lui, ne voulait que l'oreille du prince, c'est-à-dire le bureau le plus proche du sien à l'Élysée. Il l'avait obtenu, mais c'était un homme du Sud, sentimental, colérique version psychopathe, *un Algérien*, comme il se présentait souvent lui-même ; il estimait que cette proximité géographique et corporelle avec le chef lui donnait le droit de se mêler de toutes les réunions qui le concernaient, y compris celles improvisées à des milliers de kilomètres de la rue du Faubourg-Saint-Honoré. Vogel n'avait aucune envie qu'il se sentît humilié, il gérait au cas par cas. En se tendant, les rapports entre les deux directeurs de la campagne s'étaient finalement clarifiés : au bouillonnant Serge revenaient les logorrhées et l'intimidation, au Premier ministre Vogel le pouvoir réel, comme celui de mettre un terme au *conference call*, au moyen de sa formule rituelle délivrée d'une voix pleine de sagesse et de résignation :

— Bon, nous y reviendrons.

Sagesse et résignation étaient totalement contrefaites. Si Vogel avait toujours le dernier mot, c'était parce qu'il ne prononçait généralement que celui-ci. N'avait-il pas affirmé deux jours plus tôt, devant les personnels de Matignon, tenir la barre d'un paquebot de soixante-cinq millions de passagers ? Serge Habib était un observateur impliqué, très impliqué peut-être, mais ce n'était pas son *copain*. Les deux hommes ne jouaient plus dans la même cour. Les observations du conseiller spécial avaient été dûment consignées, la décision finale serait prise dans un esprit de synthèse de tous les points de vue.

Une fois la communication coupée avec Paris, la SG, secrétaire générale de l'Élysée, une malicieuse quadragénaire qui suçotait son stylo avec des moues d'étudiante, ouvrit le bal du debriefing avec cet entrechat :

— Si vous me passez l'expression, il a quand même raison sur le pénis.

Le conseiller diplomatique du président toussota, et décroisa ses jambes sous la table.

— Je m'explique. Les attaques de l'ADN ne ciblent véritablement que sa capacité physique et mentale à diriger le pays, à quoi j'ajouterais sa légitimité biologique, raciale, même si ce sont des mots qui ne font plaisir à personne autour de cette table.

— Ils ne font pas plaisir parce que les considérations qu'ils appellent n'ont rien à faire dans le débat républicain !

Un autre diplomate s'apprêtait à dire la même chose d'une façon plus subtile, plus subtilement outrée ; la SG le devança en haussant le ton, méthode Habib :

— Écoutez, quand je vois passer des éléments de langage de l'ADN qui parlent de la circoncision du grand mufti de l'Élysée, désolée, mais pour moi elles y sont déjà, ces *considérations* qui vous font vous pincer le nez. Sauf votre respect, bien sûr, mais enfin on est en train de se faire arroser au lance-flammes, on ne va pas dégainer le vieux catéchisme et les valeurs de la République... Maintenant, à la question de savoir si une interview d'une demi-heure pour un média étranger est le meilleur terrain pour riposter, j'aurais tendance, moi aussi, à penser que non, même si, contrairement à Serge, je n'entretiens aucun doute sur la santé mentale du président.

— Moi non plus, naturellement, s'empressa d'ajouter le conseiller diplomatique redescendu de ses grands chevaux républicains. J'ai échangé quelques propos tout à l'heure avec lui et mon ami *John Kerry*. Il était très grave, très préoccupé, et très *bien*, mais cela va sans dire...

— Alors n'en parlons plus, trancha Vogel en consultant sa montre, qui, il ne s'en aperçut qu'alors, semblait s'être arrêtée quelques heures plus tôt, à la sortie de l'avion, probablement.

Pendant que le Premier ministre rédigeait un SMS urgent à sa secrétaire, la main de Fouad Nerrouche suait sur le loquet de la porte de cette même salle de conférences.

Immobile dans la coulisse, le jeune acteur avait tout entendu. L'idée d'une rencontre avec l'intervieweuse-star de CBS venait de lui, il l'avait évoquée lors du petit déjeuner « en famille » auquel le président avait tenu qu'il fût présent. Esther Chaouch ne l'y avait pas gratifié d'un seul regard, mais son beau profil aux traits nets et sévères vibrait encore dans la rétine de Fouad : bleu et brumeux, percé d'yeux vifs dont il avait oublié la couleur, à moins qu'il ne les imaginât tout à fait consumés par cette furie accusatrice qui le prenait pour cible en l'ignorant ; ils étaient, en effet, d'un admirable gris cendré.

En entrant, Fouad fut accueilli par le front plissé de Vogel.

— On ne vous attendait plus, déclara d'une voix qui prenait toute la pièce à témoin le Premier ministre en posant son smartphone devant lui.

Fouad n'osait pas s'asseoir à la seule place libre, à côté de Vogel, aphone, qui n'avait décidément aucune intention de faciliter son baptême du feu.

Le jeune acteur déplaça sa chaise à roulettes, qui couina ; Vogel cligna longuement des yeux :

— Vous disiez ?

Le pauvre conseiller diplomatique reprit son explication depuis le début. Fouad fit un rapide tour de la pièce : il était le seul homme sans cravate.

La SG lui adressa un sourire appuyé, ils s'étaient déjà souri par le passé, il se sentit rasséréné, mais Vogel s'était déjà levé :

— Bon, eh bien, ce sera tout, vous vouliez ajouter quelque chose ?

Fouad se leva à son tour mais ne put émettre aucun son en découvrant le rire cruel emprisonné dans cette douzaine de regards qui le fixaient comme pour le mettre à mort.

— Non ? Bon. Je vois le PR dans vingt minutes, je lui dis qu'on ne fait pas l'interview, c'est décidé, hein, et à l'avenir...

Vogel vit l'écran de son portable s'allumer sur la table, il s'interrompit en espérant que c'était un message de sa secrétaire ; le sort de sa montre cassée le préoccupait au plus haut point.

Fouad voulut profiter de son silence pour protester, mais la SG, qui était de son côté, lui fit discrètement signe de se taire.

Fouad n'en tint pas compte :

— Le président avait pourtant l'air enthousiaste, ce matin.

Vogel fit comme s'il n'avait rien entendu. La salle se vida ; Vogel retint le retardataire et n'attendit pas qu'ils fussent seuls pour le morigéner à sa façon, sereine, dépassionnée :

— À l'avenir, il vaudrait mieux, si le président vous demande votre avis, éviter de le donner sans avoir préalablement réfléchi aux conséquences, c'est-à-dire vous être adressé à quelqu'un du staff. Le président est entouré de professionnels, au cas où vous ne l'auriez pas encore remarqué.

— Si je peux me permettre, le président avait l'air d'avoir réfléchi à toutes les conséquences quand il a dit qu'il ferait l'interview.

— Le président est encore convalescent, répliqua sèchement Vogel.

La SG se mordit les lèvres. Si elle ne s'était pas tenue dans le coin de son champ de vision (et si elle n'avait pas eu les yeux verts et l'air un peu vicieux), Fouad aurait certainement dit « oui, monsieur » avant de prendre congé. Mais sa tête parfumée était penchée vers la sienne, il se sentait comme obligé par son demi-sourire, son teint de porcelaine, ses mains aux mouvements gracieux, aussi lents et mesurés que ses pupilles étaient mobiles et vives :

— Excusez-moi, mais qu'est-ce que je dois comprendre, que le président n'a pas toute sa tête et qu'il se laisse influencer par le premier venu ?

Il semblait venir de loin, le mépris qui déforma la face allongée de Vogel, en faisant frémir ses deux narines en même temps. Sa voix tomba brusquement dans les graves :

— Je vous demande de surveiller votre ton.

Un des gardes du corps de Chaouch entra dans la pièce. Vogel le repéra, lui souffla qu'il n'en avait plus pour long-temps.

— Pardon, mais je viens chercher M. Nerrouche, le pré-sident veut le voir, il a dit « séance tenante ». Monsieur, la voiture nous attend.

La SG prit Fouad par l'avant-bras et l'exfiltra hardiment.

— Faites attention, Fouad, lui conseilla-t-elle en sautil-lant pour suivre le rythme du garde du corps lancé comme une toupie sur les parquets du consulat.

À droite, des tableaux du XVIIIe siècle français. À gauche, une longue croisée donnant sur la verdure humide de Central Park, avec au loin des tours jumelles, des façades de brique rouge assombries par l'orage. Fouad vit que des hélicoptères patrouillaient dans le ciel délavé, tandis que les beaux yeux de sa puissante alliée continuaient de le sermonner :

— ... sauf qu'à partir du moment où vous ouvrez la bouche vous devenez un rival comme les autres. Pire que les autres, parce que vous en avez pas chié pour arriver là où vous êtes. Je veux dire dans l'intimité, Fouad, dans le *premier cercle* de l'homme le plus puis-sant de France.

Fouad se figea. Un sourire de vanité s'était matérialisé au coin de ses lèvres ; pour l'effacer, il se rappela l'hallali de Habib, la violence de son ton – savait-il qu'elle venait de lui, l'idée de l'interview CBS ? Il fit mine de s'emporter :

— Mais alors, je devrais arrêter de discuter avec lui, c'est ça ?

Elle lâcha son avant-bras et soupira ; mais son regard était encore affectueux, ses iris se teintaient de reflets dorés, on aurait dit de fines coulées de miel le long d'une bille vert bouteille.

— Entre nous, lui demanda Fouad sur un ton plein de franchise, pourquoi est-ce que Vogel m'a demandé de venir avant la fin de cette réunion, et pas après ? Pour se foutre de ma gueule en public ?

Fouad s'attendait à un « mais non », il avait sa prochaine réplique au bord des lèvres, mais la SG (il n'arrivait décidément pas à se souvenir de son prénom) prit le temps de la réflexion et répondit que c'était une possibilité, en effet.

— Une autre possibilité, et qui correspond davantage à ce que je connais du personnage, c'est qu'il ait voulu vous faire comprendre que ce n'était pas *facile*, de conseiller un président, que ce n'était pas à la portée de tout le monde, et heureusement d'ailleurs. Et heureusement...

Elle hocha la tête et tourna les talons, laissant Fouad tout enivré de son parfum et de ses yeux liquides.

7.

Le président était logé dans un grand hôtel du Lower East Side. Lorsque Fouad entra dans sa suite, les rideaux fermés filtraient la lumière du jour, et son rictus de contentement s'épanouissait dans la pénombre, sur ses lèvres mi-closes.

Les officiers de sécurité ouvrirent la double porte de la chambre. Allongée sur une méridienne face à l'entrée, Esther Chaouch était recouverte d'un plaid ; elle avait la bouche ouverte, un livre abandonné sur la poitrine, elle se réveillait à peine mais ses longs yeux gris étaient déjà braqués sur Fouad comme le viseur d'une arbalète.

Fouad ravala son rictus, ainsi qu'une pleine gorgée de salive. Il avait changé depuis la veille au soir, dans l'Airbus présidentiel. L'adversité l'excitait, il avait envie d'en découdre.

Derrière la méridienne, il aperçut le cadran d'un réveil, calcula qu'il n'aurait aucune difficulté à honorer son rendez-vous de l'après-midi, de l'autre côté du parc, dans un de ces hôtels perchés au sommet d'une fine tour de verre, à Hell's Kitchen.

Une porte s'ouvrit sur sa droite, c'était celle de leur salle de bains privée. Mais personne n'en sortit. Esther Chaouch avait fini d'enfiler ses escarpins, elle se leva, tourna la tête et cria :

— Attends, mon chéri, elle est pas encore là. Idder ?

Fouad gonfla la poitrine, noua ses mains derrière le dos. Il ajusta son regard sur la tenture dont l'épaisseur les empêchait de se réjouir de la vue certainement réjouissante, vu l'étage élevé.

Il se trouva soudain des airs de garde du corps, relâcha sa posture. Les petits pas de Jasmine résonnaient enfin dans le couloir.

Esther Chaouch ne lui avait toujours pas adressé la parole. Elle portait une robe noire à manches longues, un châle en dentelle crème et un sautoir au bout duquel pendait une simple perle grise.

Jasmine entra, à bout de souffle, juste à temps pour aider sa mère à fermer son bracelet. Elle fit un clin d'œil coquin à Fouad, qui considéra qu'elle n'avait pas à payer pour les autres et lui retourna son meilleur sourire, le plus sincère, celui où ses yeux brillaient le plus.

— J'ai un cadeau pour toi, Fouad.

C'était la voix du président, il était assis dans sa chaise roulante, supportant d'une main son avant-bras gauche engourdi ; il ne l'avait jamais tutoyé auparavant.

Jasmine fronça les sourcils en souriant. Le président tendit deux doigts vers Fouad, qui se précipita à sa rescousse ; mais il n'avait pas besoin de son aide, il voulait lui remettre quelque chose dans le creux de la paume. Fouad entreprit de refuser le téléphone ultra léger que lui offrait cet homme chancelant, mais il avait au fond de l'œil un air farouche, presque inquiétant, qui lui rappelait ses grands-oncles, son père, les immigrés d'autrefois qui faisaient une affaire d'État d'une hospitalité poliment déclinée ou d'un cadeau qu'on envisageait de ne pas accepter sur-le-champ.

— C'est un téléphone sécurisé, il y a ma ligne directe dans le répertoire.

Jasmine était rose de fierté. Derrière elle, Esther bouillonnait ; elle rappela à son mari que le président d'un fonds d'investissement l'attendait dans l'antichambre.

Chaouch roula jusqu'à sa fille, en disant les paroles d'un air des *Indes galantes* :

— « Bannissons les tristes alarmes, nos vainqueurs nous rendent la paix... »

Jasmine poursuivit en chantant, de sa voix claire et puissante que Fouad avait également oubliée :

— « Partageons leurs plaisirs, ne craignons plus leurs armes ! »

Chaouch s'était illuminé, et tout aussitôt rembruni. Il entendait dans sa tête le son des trompettes annonçant la victoire des armées européennes. Le rideau s'ouvrait sur les angoisses d'Adario, le chef des guerriers indiens qui se félicitait de la paix retrouvée mais craignait que Zima, qu'il aimait, ne fût enlevée par les militaires espagnols et français. Auprès d'elle, les Européens raisonneurs vantaient qui l'infidélité, qui la *constance*. L'Espagnol et le Français polémiquaient sans fin, dans une parade grotesque. Adario raflait ainsi la mise, et les deux *sauvages d'Amérique* s'en retournaient par leurs forêts paisibles, où *jamais un vain désir ne troublait les cœurs...*

Plus d'une minute s'était écoulée. Personne n'avait osé tirer le président de sa rêverie. Ses yeux se rallumèrent. Il résuma :

— Ils s'aiment sans art, c'est l'expression du livret. Sans art, c'est-à-dire sans mensonges. Et c'est un opéra-ballet, donc tout finit par une danse, sauvages et colons main dans la main. C'est la danse du grand calumet de la paix. La danse du grand calumet de la paix, répéta-t-il un ton plus bas, paraissant soudain penser à tout autre chose.

Il murmura une requête à l'oreille de sa fille, qui se fendit d'une révérence avant de s'éclaircir la gorge, les yeux fermés pour se souvenir de la tonalité.

— *Sur nos bords, l'amour vo-o-o-le, l'amour vole et prévient nos désirs.*

Elle s'était agrandie dans la demi-obscurité de la chambre, ses joues tremblaient jusqu'au bord de ses yeux quand elle atteignait les notes les plus hautes.

Elle chanta la partie suivante en prenant la main de Fouad :

— *Dans notre paisible retraite, on n'entend murmurer... que l'on-onde et les zéphyrs... On n'entend murmurer-er que l'on-onde et les-es zéphyrs... Jamais l'écho n'y répète de regrets ni de soupirs...*

Sur ce mot de « soupirs » elle soupira et parut se réveiller d'un songe. Fouad était bouche bée. Il ne l'avait pas vue aussi radieuse depuis des semaines. Ses yeux marron brillaient, sa silhouette encore fine semblait sur le point de s'envoler.

Elle embrassa Fouad sur la bouche et sautilla jusqu'à la porte : elle avait oublié son étole et devait repasser par sa chambre. Fouad aurait voulu l'accompagner, toute cette émotion finissait par lui peser. Il avait peur de mal sourire, de dire une bêtise, une phrase impertinente, assez pour fissurer la cloche qui protégeait l'atmosphère du *grand moment* qu'il se regardait vivre. Mais Chaouch voulait lui parler, instamment, de l'interview CBS...

Vogel les rejoignit soudain et demanda à s'entretenir avec le président, « seul à seul ».

Fouad se retira, laissant les deux hommes se diriger vers le rectangle jaune de la salle de bains, où ils ne furent bientôt plus visibles.

Par la double porte entrouverte, Esther Chaouch réprimandait le garde du corps qui avait laissé passer Vogel :

— Premier ministre ou roi des Belges, je m'en moque, quand je dis personne, c'est personne !

Elle claqua la porte, reprit son souffle et se planta à côté de Fouad, les bras croisés.

— Inutile de jouer les inquiets, il va la faire, cette interview.

Fouad vit du coin de l'œil qu'elle fixait la tête du lit, et qu'elle ne lui accorderait aucun regard s'il lui prenait l'envie de tourner la tête. Comme elle se taisait, il renchérit :

— Madame ?

— Il y a quelque chose qu'ils ne vous ont pas dit. Parce qu'ils ne le savent pas, tout simplement. Personne ne le sait, et je vais vous le dire et vous ne le répéterez jamais, ça vous pouvez me croire... ça ne m'enchante pas mais nous sommes dans le même bateau. Alors autant que vous le sachiez.

— J'ai du mal à vous suivre...

— Vous avez eu vent de ce que Montesquiou et sa meute répètent partout, que mon mari serait à moitié fou, qu'il se serait mis à parler arabe en privé, qu'il ne reconnaîtrait plus les gens depuis son réveil du coma... Eh bien, ils ont raison, pas sur l'arabe mais sur tout le reste. Oui, Idder a des absences, oui, il a des moments où il disparaît complètement, quand il repense à ce rêve qu'il a eu la folie de vous raconter...

La voix de Chaouch s'éleva depuis les profondeurs de la salle de bains :

— Ça suffit !

Cette fois-ci, Fouad se tourna résolument vers Esther. Elle retenait si bien ses larmes qu'elles semblaient couler sous sa peau, le long de rigoles infimes qui, en se desséchant, redevenaient des rides. Jasmine lui ressemblerait-elle plus tard ? Leurs fronts étaient bombés de la même façon et délimités par la même courbe, le même arc de cheveux qui frisottaient à cet endroit seulement. Mais Fouad ne pouvait pas imaginer que Jasmine aurait elle aussi, un jour, la chair du cou ramollie, les yeux durs et le menton hargneux.

Le Premier ministre quitta la salle de bains et traversa la chambre, son large front écarlate rivé aux motifs compliqués du tapis. Il dépassa Fouad sans le voir, esquissa un vague sourire de courtisan à l'intention d'Esther et termina sa marche honteuse dans l'antichambre.

Fouad pensa : c'est ça, le premier cercle, c'est ce genre de choses qu'on y observe.

Il plongea la main dans la poche de son blazer, y palpa son tout nouveau téléphone.

Esther fit un pas en avant, elle voulait se retourner dramatiquement et dévisager Fouad, mais ne pouvait s'y résoudre : ses mâchoires tremblaient, elle était incapable de le regarder droit dans les yeux. Elle poursuivit, la voix cassée, les bras serrés sous son ample poitrine :

— Il ne vous l'a pas dit et il ne vous le dira jamais, mais la raison pour laquelle il vous veut à ses côtés, c'est à cause de ce maudit rêve. Il croit que c'est ce rêve qui l'a sorti du coma, et il croit qu'il était vous dans ce rêve. Qu'il avait votre tête. Il pense que vous êtes la clé de je ne sais quelle énigme. Il vit dans ses rêves, il a toujours vécu dans ses rêves. Je ne sais pas ce qu'il fait là. (Sa voix se brisa sur le *là* ; elle renifla, s'en voulut d'avoir formulé des pensées si personnelles.) Alors, la prochaine fois qu'il vous demande votre avis, vous dites que vous ne savez pas, vous m'entendez ?

Elle fit volte-face. Ses dents claquaient, elle paraissait frigorifiée. Elle chuchota enfin, au bord des larmes :

— Je ne peux pas empêcher ma fille de vous aimer, mais croyez-moi je ne vous laisserai pas tout détruire, ni vous ni votre frère le terroriste.

Fouad pensa calmement : j'ai des ennemis, c'est normal d'avoir des ennemis dans le premier cercle. Sauf qu'il avait oublié de contrôler sa bouche en parvenant à cette rassurante conclusion ; aussi la première dame ne vit-elle que son rictus indécidable qui ressemblait, dans la pénombre, à celui qu'elle imaginait affecter le visage de son diable de frère aîné.

8.

Chaouch ne passa que quarante-cinq minutes dans les bureaux new-yorkais de CBS. L'entretien fut réalisé dans les conditions du direct. Très concentré, le président ne se déroba jamais, il affronta toutes les questions, y compris celles relatives à sa troublante proximité avec le frère du commanditaire présumé de l'attentat auquel il avait miraculeusement survécu. Il répondit avec une majesté tranquille, assis dans son fauteuil dont les roues restaient hors cadre, la face immobile, défigurée, parlant lentement, d'une voix grave et monotone, levant parfois l'index pour souligner le changement de ton qu'il aurait voulu faire entendre, ou peut-être le sourire, qui ne passait plus que comme un bref reflet dans ses yeux sombres et sans émoi :

— À travers ma personne, il faut comprendre que c'est la France qui a été attaquée, c'est ce que nous représentons en tant que pays démocratique, ce que nous sommes, l'Amérique de l'Europe, j'ose le dire, oui. Une nation bâtie sur un concept, une idée, quelque chose de difficile à définir et encore plus à protéger, je veux dire la liberté, la liberté de croire, de ne pas croire, de s'exprimer, d'offenser, de vivre comme on veut, d'inventer sa vie, de la réinventer... Mais laissez-moi revenir à votre question : ce en quoi nous croyons, nous autres démocrates, c'est aussi en l'individualité de la faute. Les jeunes Allemands d'aujourd'hui n'ont pas à être tenus responsables des crimes commis par leurs arrière-grands-parents, eh bien j'estime, de même, que sa famille n'est pas responsable du geste d'Abdelkrim Nerrouche et des agissements présumés de Nazir Nerrouche.

La comparaison fit tiquer la journaliste, parfaitement francophone, qui profita d'un de ces longs intervalles qu'il laissait entre ses phrases pour lui demander s'il voulait dire que l'idéologie véhiculée par Nazir Nerrouche se rapprochait d'une forme d'islamo-nazisme.

Fouad se détendit en comprenant qu'il n'y aurait pas d'autres questions sur lui et sa famille. Il était le seul, dans la loge, à ne pas paniquer. Quelle idée de parler de l'Allemagne et du nazisme ?

Pourtant, le président reprit la parole le plus calmement du monde :

— Nazir Nerrouche est soupçonné d'avoir commandité un meurtre, s'il y a une idéologie derrière ce complot, c'est celle du meurtre, un point c'est tout. Nos services de police et de renseignement le traquent, il sera appréhendé et traduit en justice. En attendant, ce n'est pas mon rôle de débattre de l'espèce particulière de nihilisme qui m'a défiguré et cloué à ce fauteuil, provisoirement, je vous rassure.

Chaouch se tut, la journaliste voulut rebondir, il l'en empêcha en élevant la voix, sa voix qui semblait retrouver des couleurs, un peu de sa vitalité perdue :

— Et puis je vais vous dire, le monde est également rempli de gens de bonne volonté, de gens épris de paix et de justice. Notre rôle ne devrait pas être de désigner des coupables, de pérorer sur telle ou telle religion ou de nous enivrer de gloses sur le climat délétère qui a pu s'emparer de notre pays au cours de la mandature de mon prédécesseur et, bien sûr, à la suite de cet attentat. Cet attentat qui n'a pas fait de victimes directes, je souhaite le rappeler. Et pourtant oui, il y a eu des émeutes, des incendiaires dans la rue aussi bien que du côté des élites, journalistiques, ou même parmi certains responsables politiques. Comprenez-moi bien, le seul véritable but de ceux qui nous ont attaqués, c'est précisément de nous diviser, de nous lancer comme des têtes brûlées l'une contre l'autre, mémoire contre mémoire, souffrance contre souffrance...

— Vous évoquez, au pluriel, *ceux* qui ont attaqué la France, vous voulez dire que des groupes étrangers auraient pu financer ou participer au complot ?

— Une enquête judiciaire est en cours, je n'ai pas de commentaires à faire sur le sujet.

— On parle de liens entre Nazir Nerrouche et un groupuscule proche de la mouvance d'Al-Qaida au Maghreb Islamique (son phrasé se fit dramatique), alors ma question, monsieur le président : avez-vous l'intention de lancer une action militaire ? Et, si vous le permettez, une autre question, liée à la première : certains, en France, vous reprochent de ne pas avoir annoncé de mesures draconiennes pour lutter contre le terrorisme, ils vous accusent de faiblesse et d'indécision, que leur répondez-vous ?

Toute la loge retenait son souffle autour d'Esther qui secouait déjà la tête, l'air triste et vaincu.

Vogel répétait comme un mantra :

— Je sors du coma, je sors du coma, je sors du coma...

En studio, la journaliste avait du mal à cacher sa fierté d'avoir posé une question désagréable. Chaouch aurait voulu sourire, son hémiplégie ne le lui permettait pas encore. Après un silence tendu qui électrisa tout le studio, il lui fit la réponse suivante :

— Oui, c'est vrai. Nous pourrions paniquer, prendre des mesures hâtives. Mais la stratégie de la terreur et de ceux qui l'emploient, c'est quelque chose qui ressemble à un nœud coulant. Plus vous vous agitez et plus le nœud se serre, que vous soyez un oisillon ou un titan n'y change rien, c'est ainsi que le nœud est fait, votre propre force joue contre vous-même, jusqu'à ce que vous vous étrangliez. Je crois, pour ma part, que les gens de bonne volonté forment une communauté indestructible, et que ce qui nous rassemble est incomparablement plus fort que ce qui nous divise. C'est le sens du protocole que nous élaborons au cours de ce G8 organisé par le président Obama, et qui marquera au regard de l'Histoire, je peux vous l'assurer, un tournant majeur dans la façon dont les grandes nations attachées à la liberté et aux droits de l'homme se seront comportées vis-à-vis de cette menace mutante, opportuniste et malheureusement protéiforme, comme nous l'apprennent ces nouveaux attentats commis par des enfants, qui plus est des enfants du pays, avec peu de moyens et un retentissement démesuré. J'entends parler d'une *guerre contre le terrorisme* ; les terroristes sont certes nos ennemis, mais ils ne méritent pas la qualification de combattants. Ce sont de misérables joueurs de flûte, qui envoûtent nos enfants pendant que nous dormons, qui les attirent en file indienne, comme des rats, et les envoient périr dans les rivières obscures. Nous allons les neutraliser et briser leurs instruments, parce que nous sommes debout, ensemble, et que nous n'avons pas peur.

La loge était silencieuse, des frissons couraient sur tous les avant-bras, mais personne n'avait envie d'être le premier à réagir à voix haute.

Esther Chaouch était assise au milieu des conseillers qui pianotaient sur leurs écrans ; elle rajusta son châle, entrouvrit la bouche et reconnut à contrecœur :

— Finalement, on aurait dû accepter le direct...

Vogel souffla.

— Il a été bon, oui.

— Aucune absence, releva Esther, qui était évidemment la seule à pouvoir aborder la question à mots découverts.

Cette victoire était aussi celle de Fouad. Jasmine, qui lui tenait la main, la pinça et déposa un sensuel « bravo » au creux de sa nuque.

Elle parut soudain se réveiller :

— Au fait ! T'avais pas rendez-vous à 17 heures ?

Fouad avait les joues et le regard en feu. Il prit Jasmine par la taille et l'embrassa à pleine bouche.

— Ton père voulait que je sois là, je suis resté.

Il était en proie à une exaltation étrange, qui avait donné de l'écho à sa voix et laissait penser qu'il essayait de dire quelque chose de plus profond, au sujet de leur vie de couple, de l'enfant qu'ils attendaient.

Soudain, son regard s'obscurcit, il avait l'air fâché. Passagèrement, estima Jasmine qui préférait ne pas lui demander d'explications. Mais lorsqu'il consulta son téléphone et prétendit devoir y aller et disparaître une heure ou deux, ce fut trop difficile de ne pas lui poser la question, sur un air faussement badin :

— Tu pars retrouver une jeune et jolie New-Yorkaise ?

Elle attendait, en retour, un roulement d'yeux et un froncement de sourcils. Au contraire, Fouad prit dans ses mains ses avant-bras menus, ses poignets délicats, il embrassa sa chevelure brune et chercha dans son carquois de comédien celui de ses sourires qui la charmait le plus, qu'il lui décocha enfin, sans dire un mot, avant de s'en aller.

9.

Le ciel de New York était placardé de nuages multicolores, de gros sacs d'orage qui admiraient leurs rondeurs menaçantes dans les parois des gratte-ciel. Depuis son *rooftop*, Fouad jouissait d'une vue panoramique sur cette jungle fameuse, dominée par l'Empire State Building. Le Pandora Five Stars occupait les derniers étages d'une tour filiforme, dont l'entrée se trouvait sur la Dixième Avenue, la plus proche de l'Hudson, à deux pas de la Highline. Perchée au vingt et unième étage, la terrasse s'ouvrait au nord vers les tours de Midtown et à l'ouest sur Newark, informe, industrielle, stéphanoise ; une citadelle aplatie, des bâtiments mornes et envieux.

L'hôtel où Fouad avait rendez-vous était du bon côté de l'Hudson, mais sa terrasse très convoitée paraissait suspendue entre les deux mondes. Elle s'étirait sur toute la largeur d'un étage. L'espace dallé était segmenté par des canaux aux bords fluorescents qui faisaient office de comptoir. Des New-Yorkaises en Louboutin défilaient d'une rive à l'autre. Moulées dans des robes légères, leurs hanches se balançaient sur un air de bossa-nova :

This is just a little samba
Built upon a single note...

La plupart des clients du bar ne l'étaient pas de l'hôtel. La terrasse du Pandora faisait partie des *rooftops* à la mode. Les gens qui suivaient les modes s'y retrouvaient en fin d'après-midi dès le retour des beaux jours. Ils sirotaient des cocktails et s'extasiaient sur le chemin suspendu de la Highline, les œuvres d'art éphémères, l'aménagement des quais ou encore les températures estivales.

Fouad changea de place pour fuir ces trivialités qui l'empêchaient de prendre sa décision. Une banquette venait de se libérer, côté Hudson, Newark, Saint-Étienne.

Il opta pour un canapé adossé au garde-fou de la terrasse, à quelques centimètres du vide. Les garde-fous étaient garnis d'une vitre légèrement teintée : tandis que son regard se perdait au-delà des *piers* et du fleuve, Fouad vit soudain son propre visage apparaître en sur-impression, silhouetté sur les tours qui s'élevaient dans son dos. La lumière l'appelait, les merveilles s'offraient à lui.

Il devait être beau à ce moment-là, au moins trois femmes le dévoraient des yeux, en effleurant leurs pailles du bout des lèvres.

Tout frémissait, tout s'avivait autour de lui. Il passa la main dans ses cheveux, se sentit glorieux ; il examina les parois des tours aux environs de Times Square comme s'il les possédait. Au niveau de la 42e Rue, le soleil, logé dans les baies vitrées des immeubles de Bryant Park, renvoyait sa lumière comme un ballon, de façade en façade. En se partageant, la lumière se démultipliait ; cette architecture n'existait que pour la servir, la rendre au lieu de l'absorber.

Fouad pensait : je vais avoir un enfant.

Il leva les yeux au ciel. Que lui préconisait-il ?

Le ciel envoyait des signaux mixtes. Le soleil s'épanouissait au-dessus des amas de nuages bruns, les rayons s'éclaboussaient partout. Mais le vent s'était levé à l'ouest, l'orage arrivait sur la ville. Les femmes se frottaient les bras et les mollets, des businessmen couraient après leurs documents soufflés hors des serviettes qu'ils avaient délaissées sur les tables basses.

Dès les premières gouttes, les clients attrapèrent leurs cocktails et coururent s'abriter dans la véranda. Les serveurs commençaient à y rapporter banquettes et coussins. À l'abri autour du comptoir, surpris par cet orage d'été précoce, les clients se demandèrent aussi qui pouvait bien être ce mec bizarre qui restait vissé sur sa banquette au fond de la terrasse, les bras le long du corps, souriant sous le déluge comme s'il venait d'avoir une illumination.

Il existe, sur Instagram, au moins trois vidéos de Fouad en train de prendre la décision la plus importante de sa vie. Elles sont néanmoins introuvables, car répertoriées sous ce titre : « *Dude sitting in the rain WTF* », ou au moyen du hashtag « *#onlyinnewyork* » qui légende, comme on peut l'imaginer, plusieurs dizaines de milliers de contenus.

Aucune vidéo de quatorze secondes ne montra les ombres qui zigzaguèrent vers Fouad pour l'empêcher d'attraper une pneumonie. Son beau visage giflé par l'orage, Fouad le tourna vers ces silhouettes qui essayaient d'attirer son attention depuis la pointe extrême du bar protégé par l'auvent.

Il ne leur répondit pas. Et quand la pluie diminua d'intensité, il se leva, traversa la plate-forme aux dalles couvertes de flaques et marcha le long du cortège que lui ménageaient, en s'écartant, les belles clientes hilares, soucieuses de ne pas se faire éclabousser par la vigoureuse tignasse trempée de ce play-boy que la plupart croyaient probablement sous l'emprise de stupéfiants.

10.

Le lendemain, quelques heures avant le retour à Paris de la délégation française, le jeune couple s'offrit une escapade à Brooklyn, où il avait passé les précédentes vacances de Noël. Fouad y avait rejoint Jasmine, aller-retour en business class, depuis Marrakech où il tournait une coproduction européenne à gros budget.

Trois véhicules remplis de gardes du corps les escortèrent dans le quartier de leurs jeunes souvenirs, depuis le consulat de France à Central Park jusqu'à Brighton Beach, au bord de l'océan, où se trouvait le restaurant russe qu'une équipe du *Secret Service* avait préalablement inspecté de fond en comble.

Le soir montait, les lueurs de la ville vibraient dans les vitres teintées du 4×4, on aurait dit des oiseaux de feu qui crachaient dans leur direction.

Fouad alluma son téléphone, autorisa l'itinérance et reçut, en direct, un SMS signé du juge Henri Wagner souhaitant le rencontrer au plus tôt et concluant par un autoritaire RSVP.

Après avoir éteint son téléphone, Fouad caressa les cheveux défaits de Jasmine.

Le restaurant occupait le rez-de-chaussée d'un bâtiment de trois étages, coincé entre une clinique vétérinaire et la façade clignotante d'un cabinet de voyance. Après des blinis au pâté de hareng et quelques toasts à la vodka, les amoureux voulurent monter sur le *rooftop*. On leur demanda un quart d'heure pour sécuriser les lieux, le gendarme qui dirigeait la protection de la fille du président redescendit au bout de dix minutes en hochant tristement la tête : trop exposé, mauvaise visibilité sur les toits alentour, un paparazzi embusqué, etc.

Jasmine ne voulait pas faire d'histoires, elle prit la main de Fouad et se rendit dans l'arrière-cour fermée, ornée de guirlandes et de lampions. Elle alluma une cigarette offerte par le patron, gaillard rougeaud, un peu ahuri par toute cette agitation mais pas mécontent du nombre qu'il venait de lire sur son chèque de dédommagement.

Jasmine aspira deux bouffées, écrasa la cigarette avec la tranche de sa basket et leva les yeux vers le ciel mauve et bleu où elle avait cru voir des étoiles. Elle ne les trouvait plus. Fouad se colla contre elle, par-derrière. Elle titubait sur les pavés inégaux de la courette. Il passa les bras autour de sa taille, caressa ce ventre où grandissait leur enfant. Jasmine se libéra soudain de son étreinte.

— Je suis désolée, Fouad, je suis un peu pétée, c'est la dernière fois, je te promets...

Elle ferma les yeux, entrouvrit la bouche sans se soucier, pour une fois, de l'écartement qui laissait voir ses canines saillantes et réduisait généralement la taille et la sincérité de ses sourires. Une veinule bleue apparut sur la peau de sa fine mâchoire. Fouad se sentit submergé par deux sentiments profonds qui lui parurent pourtant contradictoires : il l'aimait ; il avait l'impression qu'elle faisait partie de sa famille.

Elle voulut justement aborder le sujet de la mère de Fouad. Ils en parlèrent. Le cancer des poumons de Dounia Nerrouche avait été découvert au centre de traitement de la prison de Fresnes, à la suite d'examens pratiqués au début de sa détention provisoire. Szafran, leur avocat, venait de la faire sortir, il avait même proposé de la recueillir dans son appartement du quartier latin, dont les baies vitrées, argumenta-t-il au téléphone, comme si Fouad avait besoin d'être convaincu, offraient une « vue de choix » sur les arbres du Jardin des Plantes. Fouad viendrait chercher sa mère dès son retour à Paris, il lui trouverait le meilleur cancérologue du pays, il était prêt à lui payer les traitements expérimentaux les plus chers, il cachetonnerait dans des comédies infamantes s'il le fallait, il s'en moquait : il allait la sauver.

Jasmine le dévisageait, Fouad vit qu'elle était réellement bouleversée de le voir souffrir.

— Je vais m'en occuper, dit sombrement le jeune acteur avant de changer de sujet, mais pas de ton, toujours empreint de gravité lorsqu'il lui demanda ce qu'avait voulu dire son père quand il avait parlé de la liberté de réinventer sa vie.

— C'est marrant, j'y ai pensé moi aussi. Il a enseigné aux États-Unis, tu sais, on y a vécu quelques années. Il m'a toujours dit que c'était ce qu'il admirait le plus ici, cette façon qu'avaient les gens de changer de vie, de se réinventer... Lui-même, il tenait tellement à ça, à la liberté, il voulait pouvoir changer de vie, après. D'ailleurs, c'est ça qui lui a fait gagner l'élection, j'en suis sûre, à la fin du débat d'entre-deux-tours, tu te rappelles, quand il a dit qu'il ne ferait qu'un mandat, qu'il consacrerait toute son énergie au redressement, à la France... pendant cinq ans, pas plus, il donnerait sa vie et... (Elle ricana pour ne pas sangloter et conclut en clignant des yeux pour faire comprendre à son gorille qu'elle avait reçu le message.) Enfin, pas sûre qu'il parlait de la France sur ce coup-là.

— Et pourquoi pas ? renchérit Fouad avec cet air exalté qui ne l'avait quitté qu'à la mention de la maladie de sa mère.

Jasmine ne comprenait pas où il voulait en venir.

On les pressait. Ils partirent.

Une demi-heure plus tard, ils étaient au pied de la Freedom Tower inachevée et lumineuse, à l'endroit précis où s'élevaient autrefois les tours jumelles du World Trade Center.

Tout le quartier de Wall Street était bouclé, une flottille d'hélicoptères survolaient la baie de Manhattan. Le jeune couple fut conduit au dernier rang des gradins VIP, installés à l'ombre de l'église Saint-Pierre et de ses frêles colonnes ioniques. Fouad avait l'air préoccupé, absorbé en lui-même. Sa main fouillait lentement dans la poche de son blazer.

Jasmine voulut qu'il lui promît de s'installer dans la résidence de l'Élysée, où le service de protection estimait préférable que le couple logeât en attendant que les choses se fussent « stabilisées » :

— Oui, je sais, la formule ne veut rien dire, concéda Jasmine en passant une lingette sur son front fatigué et luisant. Ils ne veulent pas m'en parler, mais je pense qu'il y a eu des menaces de mort après la couverture de *Closer* la semaine dernière.

— Des menaces contre toi ?

— Contre nous, rectifia Jasmine d'une voix étonnamment tranquille. On va avoir un enfant, Fouad, ça fait de nous une cible idéale, que ce soit pour les islamistes ou pour des groupes néo-nazis. On s'en rend plus compte à force, mais pour les gens je suis juive, t'es arabe et basta... Enfin bon, on est ensemble, et qu'on soit ensemble ne signifie pas que tous nos problèmes vont disparaître, bien sûr, mais qu'au moins on sera deux pour les affronter...

Fouad avait encore du mal à concevoir qu'il allait devenir père. Il se posa soudain des questions de baptême, de religion, et se demanda quelle consonance aurait le prénom de son enfant.

Jasmine y avait longuement songé, et elle avait une proposition à lui faire. Elle joignit ses mains et les contorsionna en fermant les yeux pour se donner du courage. Elle avait l'air d'une adolescente, avec ses grands yeux noirs brillants et enthousiastes.

— La vie, ça se dit Chaim en hébreu, et Hayat en arabe...

Elle s'accrocha au sourire qui se formait, timidement, sur le visage du père de son enfant, et conclut :

— Si c'est un garçon, on l'appelle Chaim. Si c'est une fille, on l'appelle Hayat. Non ?

Fouad n'avait pas envie de réfléchir. Il embrassa Jasmine sur les lèvres et en profita pour glisser une petite boîte dans le creux de ses mains aux ongles vernis. Elle se les était fait peindre dans un *nail salon*, la veille, pendant que Fouad prenait l'orage, ratait son rendez-vous secret et filait acheter une bague dans une bijouterie de SoHo.

— Elle te plaît ?

L'anneau était tout simple, en or blanc torsadé.

— C'est la coupe d'un charpentier, plaisanta Jasmine en citant *Indiana Jones et la dernière croisade*. Mais non, j'adore... T'essayes de me dire que tu veux m'épouser ?

— Je m'y suis pris n'importe comment, c'est ça ?

Il lui passa la bague au doigt. Ils étaient fiancés. Jasmine promena un regard émerveillé sur les tours, les lumières, les gens.

Elle parla soudain de venir s'installer ici, dans cette ville multiple, infinie, excitante, la ville de la jeunesse et de l'avenir perpétuel.

Fouad ramena contre son épaule la tête fébrile de sa fiancée.

— La tentation de l'exil, tu peux me croire que je l'ai déjà eue un million de fois... Mais on va pas quitter la France maintenant, ton père a besoin de nous.

Une ombre traversa lentement les yeux noirs de la jeune femme, mais Fouad, quoiqu'il les regardât avec intensité, ne la vit pas passer.

Ils se tournèrent, main dans la main, dans la même direction que les caméras et téléphones portables soucieux d'immortaliser la dernière image de ce sommet qui s'achevait sur un podium, érigé comme un défi au bout de cette orgueilleuse presqu'île où battait le cœur de l'Amérique. Le soleil avait disparu dans l'Hudson, les sirènes s'étaient arrêtées. Une minute de silence fut respectée en hommage aux victimes du 11 Septembre et à toutes les victimes du terrorisme à travers le monde.

Pour la traditionnelle photo de famille, les sept autres chefs d'État se réunirent autour de la chaise roulante du président français, petite silhouette ratatinée, rooseveltienne, invincible. Le président Obama lui donna alors une de ces accolades décontractées dont il avait le secret, avant de courir, à petites foulées, vers le micro où il prononça, en français, la petite phrase appelée à incarner l'esprit de ce grand soir de printemps :

— Nous sommes debout, ensemble, et nous n'avons pas peur.

11.

Le juge Wagner se rappela au bon souvenir de Fouad dès qu'il eut posé le pied sur le tarmac de l'aéroport militaire de Villacoublay. Fouad ne décrocha pas et rédigea un SMS à la place : « Je vous ai raté à NYC, rentré à Paris, dsl. »

Le juge répondit du tac au tac : « Je suis à Paris, voyons-nous ce matin, c'est extrêmement urgent. »

Fouad n'avait pas dormi dans l'avion. Le président avait une visite prévue de longue date au marché de Rungis et il aurait aimé l'accompagner, mais le juge insistait. Il se fit déposer place d'Italie, sous la pluie battante, par une C6 du parc élyséen. Wagner lui avait donné rendez-vous dans une brasserie de l'avenue des Gobelins ; il était en retard. Fouad arriva trempé, avec son sac à dos de voyage et son passeport humide et gondolé dans la poche revolver de sa chemise qui avait viré au bleu roi. Il avala deux cafés de suite au comptoir, les yeux rivés à l'un des écrans de l'établissement, qui passait en boucle les images du G8 et du triomphe de Chaouch.

La plupart des commentateurs estimaient que le président élu était « entré dans la fonction », qu'il avait porté haut la voix de la France sur la scène internationale. Ce n'était pas l'avis de Wagner, qui débarla dans la brasserie en imperméable, rasé de près, ses vaillants sourcils bruns livrant leur dernière bataille sous le nuage gris argenté de ses cheveux ébouriffés. Il commanda un galopin et tourna le dos à l'écran :

— « Nous n'avons pas peur » ? Foutaises. Des barres, comme dit ma fille. Tout le monde a peur, et à raison ! Enfin je ne vous ai pas demandé de me rencontrer ici pour parler de ça, mais, pour moi, c'est un comportement irresponsable, je pèse mes mots. J'ai donné vingt ans de ma vie à l'antiterrorisme, je peux vous le dire : il va y en avoir d'autres des attentats, et des gamins instables qui achèteront un 9 mm et qui iront tirer sur des hommes politiques, des policiers, ou alors sur la foule, dans le tas – le geste surréaliste par excellence, comme disait l'autre. On ne sait pas comment réagir devant ça. Mille hommes de plus au renseignement ? Et alors ? On ne va pas surveiller tous les adolescents difficiles de France ! Non, l'urgence, c'est de nous doter de moyens exceptionnels, certes, mais c'est d'abord et avant toute chose de préparer la population à ce qui vient, tenir un discours de vérité, bon sang.

Votre Chaouch est irréprochable dans ses intentions, manifestement soucieux de l'intérêt général, je ne dis pas le
contraire, mais enfin, c'est un homme assis qui prétend
être debout, c'est le chef d'un État au bord de l'effondre-
ment et de la guerre confessionnelle qui dit « Je n'ai pas
peur »...

— Mais justement, essaya Fouad, et puis debout ça voulait dire réveillé pour lui...

Fouad ne l'était pas tout à fait, et le café ne lui faisait
plus d'effet. Le juge se remit à parler en levant la paume ;
il se croyait dans son cabinet :

— J'ai dû revenir en urgence à Paris, j'ai été désigné
dans le cadre d'une enquête préliminaire sur une série de
profanations dans les carrés musulmans de plusieurs cimetières en province et dans la région parisienne. Personne
n'en parle dans les médias, et j'ai envie de dire : tant
mieux. Mais qu'est-ce qui va se passer au prochain attentat ? Comment est-ce qu'on va sortir du cercle vicieux des
représailles et faire en sorte que la République ne craque
pas ? Sûrement pas avec des grands discours et de vagues
promesses de coopération internationale.

S'étant fait expliquer, en substance, le protocole signé
la veille par les chefs d'État du G8, Fouad aurait voulu
pouvoir le défendre, mais les yeux intelligents de Wagner
étudiaient le fond de sa tasse vide avec une intensité
redoublée. Fouad comprit que cette entrée en matière belliqueuse n'était qu'un leurre, et que le célèbre magistrat
incorruptible s'apprêtait à lui demander un service.

Les deux hommes se redressèrent en même temps.
Fouad sentait des perles froides rouler dans sa nuque ; il
en écrasa quelques-unes, mais ses boucles épaisses étaient
devenues autant de gouttières.

— Comme vous le savez, nous sommes un petit groupe,
une poignée, à enquêter, en toute discrétion, quoique de
moins en moins, à mon grand regret, à enquêter, donc,
sur la piste d'un cabinet noir, une officine au sein de la
place Beauvau, qui aurait été en lien, avec votre frère d'une
façon ou d'une autre.

Sa voix trop basse agaçait Fouad, à moins que ce ne fût l'évocation de son frère avec ces précautions et ce ton inquiet qui lui donnaient tant d'importance et de réalité.

— Écoutez, je ne vous ai pas rejoint à ce rendez-vous de New York, je n'y suis pas allé exprès. J'ai... j'ai choisi mon camp. Celui des vivants. J'en ai eu assez d'affronter une ombre. J'ai décidé de m'occuper de ma famille, de ma fiancée. Vous n'auriez pas fait la même chose à ma place ?

Il se trouvait que non : Wagner avait écourté sa retraite américaine pour revenir au centre du jeu. Il en assumait les conséquences : sa femme le menaçait de demander le divorce.

— Il va y avoir des nominations dans les prochains jours, reprit Wagner encore un ton plus bas, et sans paraître se soucier le moins du monde de la question qui lui avait été posée. Mansourd est devenu le numéro un de la DCRI, Chaouch lui-même a insisté pour qu'il occupe ce poste, alors qu'il n'est même pas commissaire, il sera nommé au prochain conseil des ministres. Vous savez ce que ça veut dire ? Que c'est la fin du cauchemar pour votre famille et pour vous. Mansourd va faire un grand ménage de printemps, réorienter l'enquête, ni les juges ni les procureurs généraux ne vont pouvoir l'empêcher de faire toute la lumière sur les coups fourrés de Montesquiou. Et ceci alors que le même Montesquiou est en passe de devenir la star politique de l'année en gagnant les législatives et, qui sait, en revenant aux manettes en temps que ministre de l'Intérieur d'un gouvernement de cohabitation. Vermorel se fait discrète pendant la campagne, elle travaille en coulisse, elle laisse Montesquiou prendre toute la lumière et tous les coups. La ferveur populaire autour de cet énergumène est considérable, ne vous y trompez pas, on ne voit que la partie émergée de l'iceberg. Tout le peuple de droite est en train de se réveiller et de se sentir pousser des ailes de révolutionnaire ou de patriote, allez savoir, mais bon, ces délires sont devenus des réalités. L'ADN peut gagner. Vous imaginez ? Cohabitation, Vermorel à Matignon et Montesquiou de retour à Beauvau par la grande porte ?

Montesquiou ministre de l'Intérieur ? Disposant de tous les leviers pour verrouiller son impunité et celle de ses sbires ?

Wagner s'étranglait. Il voulut ramasser sa pensée dans une formule définitive, en croyant parler à voix basse mais en faisant se retourner la moitié de la brasserie :

— Ces gens sont des assassins !

12.

Fouad n'avait aucune idée du service qu'il pouvait rendre pour prévenir le scénario catastrophique d'une victoire de Montesquiou. Au fond de lui, pourtant, il était persuadé que l'ADN n'avait aucune chance de remporter la majorité des sièges à l'Assemblée. On jouait à se faire peur, mais Chaouch rassurait. Il fallait refaire des sondages maintenant, après le G8, après ce week-end au sommet.

Le juge en vint au fait : il avait décidé de convoquer Krim dans son bureau, pour l'interroger, notamment, sur ce qu'il savait des liens entre Nazir et Montesquiou. Personne, au cours de sa première semaine d'interrogatoires, n'était parvenu à lui arracher quelque information de valeur sur le sujet. Quand Wagner avait été dessaisi, à cause de la proximité de sa fille Aurélie avec le *tireur de la mairie de Grogny*, un autre juge, Rotrou, avait décidé qu'il n'y avait de toute façon rien à apprendre de lui, et que sa place était au cachot, dans un quartier de haute sécurité, sans télévision ni visites.

Fouad sentit qu'il devait se défendre :

— Mon avocat a conseillé à Krim de ne faire aucune déclaration lors de son entretien de première comparution. Et franchement, vu le juge qui vous avait remplacé, je le comprends.

— Oui mais on n'est plus là. Le vent tourne, et je crois que même au Tribunal de Paris on n'apprécie pas, du côté de la chambre de l'instruction par exemple, les manières de cow-boy de Rotrou. Je n'aurai aucune difficulté à convaincre le JLD, en attendant... je veux que ce soit vous qui interrogiez votre cousin, vous et seulement vous.

— Monsieur le juge, je vois pas trop pourquoi...

Wagner perdait patience.

— Écoutez, je suis plus que quiconque lié par le secret de l'instruction, mais je peux vous dire ceci : mon collègue Poussin a fait arrêter un certain Franck Lamoureux, qui n'est autre que le beau-frère de Montesquiou. Lamoureux est très fortement soupçonné d'être à la tête d'un groupuscule d'extrême droite ultra violent dont certains membres sont encore dans la nature. Lamoureux est sur le point de se voir notifier sa mise en examen dans les jours qui viennent, mais j'ai eu connaissance d'informations qui laissent à penser que son groupuscule reste actif et parfaitement opérationnel. Je ne vous demande pas de rendre une visite de courtoisie à votre petit cousin. Pour vous mettre les points sur les i, je vous demande d'aider à déjouer un nouvel attentat.

Il attrapa un paquet de Hollywood chewing-gum dans la poche intérieure de son imperméable. Fouad était un peu sonné, il se laissa tomber sur un tabouret de bar et posa les deux coudes sur le zinc. Son regard se perdait au-delà des bouteilles alignées sur les étagères, dans le petit carré de la cuisine où des commis noirs à calot blanc suaient dans la fumée de cuisson. Une serveuse lui bloqua la vue, elle avait une cambrure magnifique, des bras nus et robustes et une petite poitrine arrogante, rehaussée dans un soutien-gorge noir aux bretelles apparentes sous celles de son débardeur rouge. Sa peau, très blanche, et ses courbes athlétiques lui rappelèrent Marieke, avec qui il avait couché avant de s'envoler pour New York. La ressemblance était encore plus frappante lorsqu'elle se retourna, une assiette sur chaque pouce, les biceps arrondis, saillants, d'une blancheur éclatante. Sa gorge se souleva, elle hurla d'une voix désagréable :

— Allô allô une choucroute et un jambon-beurre ! Une choucroute et un jambon-beurre pour la 13 !

— Vous m'écoutez ? le réveilla Wagner en mâchonnant un agrégat de cinq chewing-gums. Je vous disais donc que vous allez être convoqué par Mansourd dans les jours qui viennent. Il va vous proposer ce que je vous propose : passer une heure avec votre cousin, vous arranger pour détruire ce lien qui l'attache à Nazir qui lui a de toute évidence lavé le cerveau... Je ne sais pas, vous trouverez le moyen de le faire parler, le principal, c'est qu'il vide son sac. Il a dix-huit ans, bon sang, il va passer une bonne partie de sa vie en prison, mais on parle d'un pion, d'un enfant téléguidé. Le procès n'aura pas lieu avant un ou deux ans, peut-être davantage, l'émotion sera retombée, la justice n'a pas vocation à détruire des vies, vous savez.

— Mais, même si je pouvais, comment... ?

Il se tut. La perspective d'une heure avec Krim le terrifiait, il avait peur de ne pas y arriver, de s'avérer contre-productif et de renforcer l'emprise de Nazir sur lui.

Wagner prit un appel de son nouveau greffier. Au bout de vingt secondes, il mit la main sur le combiné pour congédier proprement Fouad :

— Vous êtes le mieux placé pour savoir comment atteindre Krim, sur quelle corde jouer. Allez, je vous fais entièrement confiance.

Le juge retourna à son coup de téléphone et fit comme si Fouad n'avait jamais été là, accoudé au même comptoir.

À l'extérieur, la pluie avait cessé. L'avenue des Gobelins était singulièrement calme, mais après les sirènes et les hélicoptères du G8 américain, tout Paris semblait à Fouad imprégné d'une sorte de bonhomie villageoise : les fleuristes débâchaient leurs étals en sifflotant, les pousseurs de diables évitaient les petites mamies permanentées qui tiraient des deux mains sur la laisse de leurs caniches saisis de psychose tétanisante au moindre coup de Klaxon.

Fouad décida de marcher jusqu'à l'appartement de son avocat, une promenade de vingt minutes dans cet air vif et cru lui permettrait peut-être de prendre la mesure exacte de la mission qu'il venait, malgré lui, d'accepter.

13.

La voix de basse de Me Szafran – la plus célèbre et la plus impressionnante du barreau parisien, toutes tessitures confondues – lui parut ce matin-là exagérée, poussive, composée en vue de la célébrité, étudiée pour impressionner les cœurs simples.

Fouad se mordit la langue pour ne pas soupirer au bout du fil. Il était d'humeur exécrable, pour autant ce n'était pas le moment de se mettre à dos le seul soutien sur lequel sa famille avait pu compter sans faille depuis le début de la tempête. Sa voix faisait trembler le téléphone de Fouad tandis qu'il décrivait, sans lui épargner les détails techniques, sa récente prouesse procédurale. Fouad imaginait le visage de sa tante Rabia, déformé par la gratitude. Szafran défendait les Nerrouche *pro bono* ; mais dans cette largesse le jeune acteur ne voyait plus que du paternalisme. Il attendait le moment propice pour exiger de lui régler des honoraires, il ne voulait se soumettre à la charité de personne.

Mais la fierté n'expliquait pas toute sa colère. Des considérations moins honorables y entraient depuis que, trois jours plus tôt, son cousin Raouf, businessman exilé à Londres où il gérait une chaîne de restaurants halal, lui avait forwardé un article qui listait les « zones d'ombre » et les « controverses » relatives au parcours de son avocat. Fouad n'avait pas dépassé le premier paragraphe, gêné par les fautes de français et bientôt pris à la gorge par les relents antisémites qu'exhalait par cette prose balourde et pernicieuse, hébergée sur un site « communautaire à l'intention des musulmans européens ».

Il avait, en revanche, relu plusieurs fois le petit mot de Raouf introduisant cette boule puante, qui commençait par un « *salaam aleikhoum* cousin » et se poursuivait sur une dizaine de lignes entrelardées de bondieuseries que Fouad avait crues d'un autre temps, d'une autre génération. Le climat post-attentat poussait chacun dans sa tribu, l'époque était certes au repli identitaire, au grand bond en arrière, mais Raouf ne s'était-il pas montré, parmi les jeunes de la famille, le plus enthousiaste à l'idée d'une victoire de Chaouch ? Chaouch se munissait d'un sécateur et proposait de libérer la jeunesse des racines qui l'étouffaient. Plantez vos propres racines, disait Chaouch, et plantez-les dans l'horizon. Votre identité ? Définissez-la dans vos projets plutôt que par votre héritage. Ne vous laissez pas harponner par les rêves déçus de vos pères. Ayez foi dans l'avenir, *votre* avenir !

Fouad y avait cru, et il n'en concevait pas la moindre honte. Mais pour Raouf et pour tant d'autres, le vote Chaouch était en fait un vote ethnique : « Enfin un homme politique qui nous ressemble. »

Ce malentendu désespérait Fouad. On ne luttait pas à armes égales contre l'inertie et l'esprit de clocher. On ne luttait pas du tout, d'ailleurs. On se racontait des histoires, on se payait de mots et de poèmes, et lorsque les choses devenaient sérieuses les Blancs étaient les Blancs, les Arabes étaient les Arabes et les juifs suspects de toutes les perfidies.

Au bout du fil, Szafran s'était tu. Avait-il deviné ses pensées ? Venait-il de lui poser une question ?

Il ne s'agissait ni de l'un ni de l'autre :

— Une dernière chose, Fouad, reprit-il après avoir marqué un temps d'arrêt. C'est un peu délicat, et vous comprendrez que dans ma position je ne puisse pas... Voici : je crois que vous devriez parler avec votre mère.

— J'en ai l'intention, oui.

— Je veux dire... que vous devriez avoir une vraie conversation, une conversation qui risque d'être assez pénible. Je ne peux pas vous en dire davantage pour l'instant.

Il était au palais, en retard pour la reprise d'une audience ; il raccrocha.

Fouad se tenait sur le palier cossu de son appartement. En entrant, il se surprit à scruter le montant de la porte d'entrée, à la recherche d'une mezouza. Il n'y en avait pas.

On ne faisait pas plus goy que la femme de ménage de Szafran, petite dame rousse à la bouche pointue, qui parlait avec un fond d'accent breton. Elle ôta son tablier et invita Fouad à la suivre à l'étage, où sa « maman » se reposait. L'escalier en colimaçon les mena sur le parquet verni d'une immense véranda inondée de lumière et presque vide, à l'exception d'un télescope à demi bâché, d'un archaïque poste de télévision et d'un lit médicalisé, avec potence et barreaux de sécurité latéraux. Sa mère, Dounia, y était allongée, recroquevillée et immobile, respirant sans bruit tandis que la télé en sourdine projetait des taches de couleurs vives sur ses joues endormies.

— C'est quoi ce lit ? chuchota nerveusement Fouad en redescendant l'escalier.

La frêle silhouette de la femme de ménage lui barrait la route.

— Il était là pour madame. Vous comprenez, il a pensé que ça ne vous poserait pas de problème particulier.

— C'est qui, madame ?

— Feue madame Szafran... Mais c'est un lit très confortable, vous savez...

Les yeux de Fouad doublèrent de volume.

— Oui, ça c'est sûr, la mort c'est confortable !

Il fit demi-tour en affirmant qu'il allait la réveiller et la ramener chez lui. Mais il se ravisa en découvrant de plus près, et sans les projections violentes de l'écran, le visage fin et harmonieux de sa mère. Son front plissé, ses petits yeux de veuve, sa bouche de mère qui l'avait embrassé un million de fois. Elle avait un sourire au coin des lèvres, elle ne toussait pas. Fouad ne se rappelait pas l'avoir vue plus apaisée depuis la mort de son mari, trois ans plus tôt.

— Ils ont fait une promenade hier, en bas, dans les allées du Jardin des Plantes. Ils ont discuté et sont allés à la grande mosquée, vous savez, au salon de thé. Ah non, ils ont passé une bonne après-midi, et puis il faisait beau hier ! C'est bien dommage qu'il n'ait pas pu lui montrer le cerisier du Japon en fleur, si elle était venue un mois plus tôt...

Fouad avait, au fond de son sac à dos, une pleine liste d'adresses et de numéros de spécialistes à contacter. Mais il ne se sentait pas le cœur de la réveiller.

Il aimait tellement sa mère, il avait envie que son sourire flotte éternellement sur son visage rasséréné.

Par les vitres géantes, il observa les parterres de fleurs alignés le long de l'allée centrale du Jardin des Plantes. Un groupe d'écolières en K-Way roses cheminait en direction du manège. On aurait dit des flamants roses ; – mais quel oiseau poussait l'esprit grégaire jusqu'à se prendre par la griffe et sauter à cloche-patte sur des marelles imaginaires ?

Une vibration prolongée en haut de sa cuisse le ramena dans cette chambre morbide. Le système de climatisation, muet, invisible et sans doute très onéreux, diffusait une tiédeur anesthésiante, qui donnait envie de s'assoupir pour toujours.

Fouad se rapprocha de la bouche de l'escalier, il était prêt à s'enfuir si Jasmine le lui proposait.

— T'as une télé dans les parages ? Va sur la 15 ou sur la 16, vite !

Fouad courut vers le lit au pied duquel il avait, de toute façon, oublié son sac à dos.

14.

Diffusées en boucle sur les deux chaînes d'information continue, les images montraient Chaouch entouré de costumes sombres et d'oreillettes, dégustant un quartier d'orange, croquant dans un pain au chocolat, observant un ninja en combinaison blanche qui découpait une tête de veau à la vitesse de l'éclair.

La scène avait l'air innocent, le petit peuple en blouses du marché de Rungis en avait vu passer d'autres, des politiciens affamés aux premières lueurs du jour.

— On vous rappelle l'info de la matinée : le président Chaouch chahuté il y a quelques minutes, lors de son retour à Paris. Comme vous le voyez sur ces images, il visitait le marché de Rungis, où il y aurait eu une altercation avec un boulanger. On retrouve notre envoyée spéciale sur place, en direct de Rungis...

— Oui, alors il y a eu un accrochage, avec non pas un boulanger mais un charcutier, qui aurait donc proposé un sandwich au président, sandwich que le président aurait refusé, ce qui aurait donc provoqué la colère du charcutier en question.

— Camille, on a du mal à vous entendre, vous avez plus d'informations sur le sandwich ? Ah non attendez, je vous coupe, on a des images exclusives de l'incident. Si vous nous rejoignez, voilà l'info de la matinée : le président chahuté lors d'un déplacement au marché de Rungis. Tout de suite les images.

Fouad les découvrit en n'entendant plus un mot de ce que lui disait Jasmine au téléphone. Le président tendait la main vers celle du charcutier qui y glissait un sandwich débordant de la couenne d'une tranche de jambon blanc. Le président restituait alors le sandwich à son propriétaire, qui refusait catégoriquement de le reprendre, en poussant des hurlements étouffés par la cohue, au milieu desquels on pouvait à peine distinguer les mots jambon et beurre.

Dounia commençait à remuer la tête sur son oreiller. Au téléphone, Jasmine racontait qu'ils avaient écourté la visite et que le cortège filait déjà vers l'Élysée.

— Je savais que c'était n'importe quoi d'aller à Rungis après un week-end pareil. C'est passer du sommet au caniveau en quelques heures, de l'histoire avec un grand H à... ça ! Non mais vive la France... et tu vas voir, ils vont en parler toute la journée...

— Jasmine, t'es encore à la résidence ?

— Oui, et toi, t'as pu voir ta mère ?

— Elle dort, mentit Fouad en voyant qu'un départ de toux étreignait la poitrine de sa mère et lui plissait la peau des tempes. Je saute dans un taxi et je te rejoins.

Il demanda à la femme de ménage si elle voulait bien dire à sa mère qu'il repasserait dans l'après-midi. Désarçonné, il s'éloigna du lit, bredouilla un mot d'excuse et quitta le duplex à toute vitesse.

Dans le taxi, le chauffeur était branché sur France Info. Le charcutier de Rungis était interrogé sur une éventuelle portée politique de son geste :

— Mais quel geste ? Giscard, Mitterrand, Chirac, Sarkozy, j'ai offert un jambon-beurre à tous les présidents ! Jamais eu de problèmes ! Je les prépare avec les baguettes d'un meilleur ouvrier de France, et mon jambon, vous savez d'où il vient mon jambon ? Non mais j'en reviens pas, ce mépris du terroir...

Fouad ne voulait surtout pas connaître l'opinion de son chauffeur de taxi, il ne voulait pas non plus essayer de deviner d'où il venait, quels étaient son origine, sa communauté, le camp qu'il rejoindrait au soir de l'embrasement final. Mais il sut tout en moins de dix minutes de course :

C'était un jeune père de famille, Algérien né en France, qui faisait la prière depuis quelques mois, qui se déclarait prêt à *tous les éclater* s'il y en avait un qui disait *un mot de travers à son gosse*, et qui n'entretenait aucun doute sur l'innocence de l'ennemi public numéro un, qu'il appelait simplement par son prénom, Nazir, et qu'il croyait victime d'une machination ourdie par la Place Beauvau avec la complicité des médias et des sionistes, parfois directement appelés les juifs.

— Habib, Vogel, faut arrêter de nous prendre pour des cons deux minutes. Chaouch, il est entouré de feujs, même sa femme c'est une sioniste, Esther, non mais tu vas voir comment il va se coucher devant Israël... Eh mais rue du Faubourg-Saint-Honoré... ? s'interrogea soudain le chauffeur.

Il ajusta son rétroviseur central, fronça les sourcils. Il ne l'avait pas reconnu, c'était autre chose, Fouad l'entendait penser : arabe ou pas arabe ? juif, peut-être ?

— Un problème ?

413

Le chauffeur ne répondit pas. Il augmenta le volume de la radio et jeta sa teigneuse 207 dans le tourbillon de la place de la Concorde.

Fouad vérifia l'heure et le compteur fixé au tableau de bord par un bout de Scotch en sale état. Le chauffeur accéléra tout à coup pour passer au feu orange et pila au dernier moment. Fouad se cogna le nez sur le dossier du siège de devant.

— Attention putain !

Il demanda à être déposé au niveau de l'ambassade américaine, il continuerait à pied, tant pis. Le chauffeur se gara en double file, tendit la main vers son client sans décrocher les yeux du pare-brise.

— Gardez la monnaie, siffla Fouad en s'extrayant du véhicule.

À peine avait-il refermé la portière qu'une pluie de pièces s'abattit sur les pavés. Fouad se retourna et le chauffeur lui cracha dessus, un énorme molard qui lui arriva pile sous le menton, comme un uppercut de bave.

15.

Le jeune homme qui l'attendait devant le poste de sécurité du 55, rue du Faubourg-Saint-Honoré lui demanda s'il ne voyait pas d'inconvénient à attendre en sa compagnie l'arrivée du nouveau chef de la sécurité du palais. Fouad ne montra rien de son agacement et prit place sur la banquette qu'on lui indiquait, dans la loge vitrée de l'imposant détecteur de métaux. Le messager avait des mains grassouillettes, les cheveux roux et un sourire coulant comme du sirop d'érable, qu'il déversait sur Fouad en rougissant chaque fois que leurs regards se croisaient.

— Mais c'est à quel sujet ? s'impatienta Fouad au bout de cinq minutes et d'autant de SMS à Jasmine qui n'était au courant de rien, qui ne pouvait pas descendre avant d'avoir pris une douche, mais qui pensait qu'il s'agissait de lui rappeler les règles de sécurité de la résidence privée, où il avait toute sa place, évidemment.

— Je... en fait, je suis juste stagiaire, répondit le larbin, écarlate. Un petit groupe attira son attention : Ah ben la voilà...

Fouad se leva et tomba nez à nez avec la tête casquée de blond de Valérie Simonetti. L'ancienne responsable de la protection du candidat Chaouch était sortie blanchie de l'enquête de la police des polices. Quand ses cheveux étaient tirés vers l'arrière, ses pommettes s'agrandissaient, et ses traits droits et aigus rappelaient irrésistiblement ceux d'une dominatrice SM. Son regard ne s'éclaira d'aucun sourire lorsqu'il rencontra celui de Fouad. Ils s'étaient pourtant vus trois jours plus tôt, clandestinement. Elle déclara, sur le ton réprobateur qu'adoptent souvent les policiers quand ils ont quelque chose à cacher ou qu'ils n'ont rien à dire :

— Je m'occupe maintenant de la sécurité du président au palais, je prends mes fonctions aujourd'hui même. Vous voulez bien me suivre ? Voyant que le jeune homme s'était raidi, elle ajouta en descendant d'un ton : C'est l'affaire de quelques minutes, vraiment.

Ils empruntèrent un itinéraire biscornu pour ne pas avoir à traverser la cour. Deux gardes du corps les accompagnaient, Fouad s'aperçut qu'ils évitaient son regard.

— Excusez-moi, risqua-t-il soudain, on doit être au troisième sous-sol, là, je peux savoir ce qui se passe ?

Son ton trahissait une familiarité dont la policière se serait bien passée en présence de deux de ses hommes. Elle répondit sans se retourner :

— Quelqu'un veut vous parler. On y est presque.

— Je dois appeler Jasmine. *Valérie*, j'aimerais bien savoir à quoi ça rime tout ça.

Ce qu'il aurait vraiment voulu savoir, c'était comment « Valérie » s'était retrouvée là, de quelles bonnes grâces elle avait bénéficié, et en vertu de quoi. La pensée qu'il pouvait s'agir du banal *fait du prince* attrista formidablement Fouad.

Après avoir longé un corridor au plafond grillagé, ils s'arrêtèrent devant une porte à digicode. Valérie Simonetti laissa un de ses hommes composer la première combinaison, la porte s'ouvrit sur un couloir aux mêmes dimensions que le précédent, sauf qu'aux murs blindés pendaient dorénavant une file de caméras de vidéosurveillance apparentes.

— J'ai toujours cru que c'était une légende urbaine, le bunker de l'Élysée. Et c'est vrai que ça communique avec les souterrains de la Place Beauvau ?

Fouad s'était tourné vers un des hommes à oreillette, qui lui répondit d'un hochement de tête exactement assez léger pour ne pas être tout à fait insultant.

La nouvelle chef de la sécurité du palais ne franchit pas la porte du bunker ; Fouad crut voir passer l'ombre d'un avertissement dans son dernier regard. Les gardes du corps se rapprochèrent de Fouad en progressant sur une portion du couloir qui les mena devant un ascenseur gardé par deux militaires armés de fusils d'assaut. Ces derniers prirent le relais de l'escorte. Fouad avait marché depuis si longtemps qu'il n'aurait pas été étonné que les portes de l'ascenseur s'ouvrissent, à la surface, sur un rez-de-chaussée de la rive gauche, de l'autre côté de la Seine, ou dans une autre ville. Mais l'ascenseur ne montait pas, et lorsque ses portes s'ouvrirent, Fouad se retrouva en pleine zone militaire : murs en béton, plomberie apparente, des képis, des armes, des mines austères qui n'aimaient pas être dérangées, a fortiori par des civils.

Une silhouette familière attendait heureusement Fouad dans la salle peu éclairée où on le conduisit : assis, plongé dans un dossier, le commandant Mansourd salua Fouad d'un plissement de ses babines rouges qui luisaient au fond de sa grosse barbe. Il venait d'être promu directeur du renseignement, comme l'avait annoncé Wagner. Il ne s'était pas encore officiellement installé dans le bureau high-tech au dernier étage du siège de Levallois-Perret, il avait cependant fait l'effort de se procurer un costume : veste bleu marine, chemise blanche de médiocre facture, une cravate au nœud de travers et un pantalon trop court qui révélait deux vilains anneaux de chair poilue.

En prenant place devant le commandant hirsute, Fouad se souvint de la nuit étouffante au cours de laquelle il l'avait affronté, en garde à vue, une vingtaine de jours plus tôt.

— C'est au sujet de votre frère, expliqua Mansourd sans préambule. Le président a voulu que vous preniez connaissance d'une interview qu'il a donnée à... votre amie la journaliste.

La façon dont il releva la première syllabe disait clairement le peu de respect que lui inspirait cette profession.

— Marieke ? demanda Fouad en blêmissant.

Elle était là, au bout de ses doigts, au creux de ses mains soudain humides, qu'il se mit à frotter contre le tissu de son pantalon.

— Elle a rencontré Nazir ? Et le rendez-vous qu'il nous avait fixé à New York, c'était un leurre ?

— Pas tout à fait. Il n'était pas présent sur place, ça je m'y attendais. Mais il nous a laissé un certain nombre de documents, que nous sommes en train d'exploiter, et qui s'avèrent en effet très instructifs. Mais ce n'est pas la raison de votre présence ici.

Ici dans les sous-sols de l'aile Est du palais, au cœur du poste de commandement nucléaire.

Mansourd tenait une fine chemise entre ses deux énormes mains. Il dévisageait Fouad avec insistance, pour déterminer si on pouvait lui faire confiance ou si Chaouch avait décidément perdu la tête.

— La version que vous allez lire a été expurgée, ça reste un document extrêmement sensible, et je ne vais pas vous cacher que je n'étais pas favorable à l'idée de vous mettre dans la boucle, et encore moins de vous laisser descendre ici.

— Eh bien pourquoi l'avoir fait, alors ?

Mansourd se tut, baissa les yeux sur la mention Très Secret Défense apposée sur l'en-tête du dossier. Fouad ne savait plus quoi dire. Il ne pensait qu'à Marieke, à sa peau blanche, à ses immenses yeux bleus, intelligents et

417

tragiques, qui ne cédaient jamais, pas même au moment de l'orgasme, qu'elle semblait encaisser, comme un choc, avec une expression d'effarement et de révolte. Elle ne s'abandonnait jamais, elle n'avait peur de rien. Fouad sentait qu'il lui était arrivé quelque chose.

Il saisit le dossier que lui tendait le commandant, et demanda, mû par le seul besoin d'entendre le son de sa propre voix :

— Combien de gens l'ont lu jusqu'à présent ?

— Suffisamment peu pour qu'un de plus soit un de trop, rétorqua Mansourd en remuant méchamment ses grosses pattes, pour l'encourager à commencer.

16.

À partir du moment où le dossier fut entre les mains du jeune homme, Mansourd ne le quitta plus des yeux. Fouad savait que ses réactions faisaient l'objet d'une attention soutenue et possiblement malveillante. Au départ, il s'efforça de ne rien laisser transparaître, mais dès le premier passage censuré la colère fut trop forte, il soupira :

— Non mais à quoi ça sert de me faire lire des explications tronquées ? Wagner m'a déjà plus ou moins mis au parfum. Les passages en noir, c'est Montesquiou ?

Mansourd cligna les yeux pour qu'il poursuivît, si possible en silence. Fouad lut plusieurs fois le paragraphe suivant, avant d'exploser à nouveau :

— Mais quand est-ce que Marieke a pu le rencontrer ? Ils se sont vus ou ça s'est fait par Internet ? Et elle est où, Marieke, maintenant ? Vous avez la preuve qu'elle lui a vraiment posé ces questions ? Moi ça m'a plutôt l'air d'une mise en scène, sortie de la cervelle de mon psychopathe de frère aîné. C'est tout à fait son genre, un entretien avec lui-même, vous ne pensez pas ?

— Lisez, on verra après pour les questions.

Fouad replongea dans le document. Il lisait comme un acteur : ses lèvres bougeaient, son front changeait de forme, ses sourcils s'exclamaient, ses genoux battaient la mesure à chaque saut de ligne. À plusieurs reprises, Mansourd vit que ses oreilles s'échauffaient.

Quand il eut fini, il disparut dans ses pensées, si loin dans ses pensées que le dossier lui échappa des mains. En se baissant pour le ramasser, il fit une pause et reprit sa respiration pour trouver le ton juste et l'expression de visage correspondante :

— C'est du délire complet, on est bien d'accord ? C'est un tissu de mensonges. Nazir à la DCRI ? Et pourquoi pas le pape en agent du Mossad ?

— Vous ne saviez pas que votre frère avait été indic pour la DCRI ?

— Mais y a rien à savoir ! C'est de la pure invention, comme tout le reste ! Il essaie de vous manipuler. C'est un appel à la haine, déguisé en confession fumeuse. Il veut dresser les musulmans contre le reste du pays, c'est cousu de fil blanc ! Il veut provoquer une guerre civile !

Mansourd disparut dans le couloir. Quand il revint, il n'avait plus le dossier, mais il semblait le connaître par cœur au vu des questions qu'il enchaîna pendant une demi-heure, en citant de mémoire de copieux passages de l'entretien, sans lire de notes et sans en prendre. Fouad avait compris qu'il ne subissait pas un interrogatoire ordinaire. Lorsque le nouveau chef du renseignement eut obtenu toutes ses réponses, il frappa dans ses mains en s'éjectant de son siège :

— C'est bon, on peut y aller !

Mais Fouad resta assis.

— Et quoi ? Aucune question sur les accusations grotesques qu'il porte contre moi ? Rien sur ma super-stratégie de sortir avec Jasmine pour me rapprocher du président ?

— Ça c'est pas mon affaire, gronda Mansourd en obligeant, d'un regard appuyé, le jeune acteur à se lever à son tour. Je voulais m'assurer d'une chose dont je suis persuadé depuis le début : que vous ne savez rien. Rien

419

sur la vraie vie et les « affaires » de Nazir. Rien sur les liens profonds que Nazir a tissé avec votre famille, rien sur Krim, rien sur rien. Maintenant, pour ce qui est du reste, le président a souhaité que vous puissiez vous en expliquer ici. Je n'ai aucun conseil à vous donner, moi, si ce n'est de faire attention où vous mettez les pieds.

— Je ne mets les pieds nulle part, se récria Fouad, je vous rappelle qu'on m'a littéralement escorté jusqu'ici !

Mansourd prit Fouad par le bras, sur lequel il exerça une pression qu'il voulait bienveillante. Les deux hommes faisaient la même taille, mais Mansourd était plus large et plus massif. Il prit un ton comminatoire :

— Ce n'est pas parce que le grand manitou vous veut près de lui que vous êtes obligé d'y rester. C'est un endroit dangereux, et je vous le dis franchement : vous n'avez rien à y faire. Vous n'êtes pas poursuivi personnellement dans cette affaire, mais votre frère y est au centre, quoi qu'il en dise.

Mansourd s'était dirigé vers le couloir. Une voix plaintive s'éleva dans son dos :

— Et Marieke, vous pouvez me dire la vérité sur ce qui lui est arrivé ?

Mansourd se retourna ; des plis s'étaient sculptés sur son vaste front buriné :

— Allez, ça suffit, le président veut vous parler, suivez-moi.

Fouad imagina alors le pire quant au sort de cette femme dont l'odeur ne l'avait jamais tout à fait quitté, pas même en allant se réfugier de l'autre côté de l'Atlantique. Il frémissait encore au souvenir de leur aventure, dans ces fourrés humides où il avait trahi sa future femme et son futur beau-père. Il s'apprêtait à épouser celle-là et à affronter le regard de celui-ci, à quinze mètres sous terre, entouré d'hommes en armes ; et pourtant, si Marieke lui envoyait un SMS pour qu'il la retrouve au même endroit dans une heure, Fouad savait qu'il s'y rendrait sans la moindre hésitation. C'est en tout cas ce qu'il se racontait tandis que Mansourd le conduisait dans un nouveau bureau étroit, occupé par un gendarme dégarni qui éteignit l'ordinateur sur lequel il travaillait et se faufila dans le couloir après avoir détaillé l'intrus de la tête aux pieds.

— Mais qu'est-ce qu'ils ont tous à me regarder de travers ? demanda Fouad en s'asseyant.

Mansourd se dressa comme un piquet : les roues du président venaient d'apparaître dans l'embrasure de la porte. Fouad se leva à son tour. Chaouch était en bras de chemise, sans cravate, il paraissait sombre et agité. Il murmura quelque chose à l'oreille de son garde du corps, qui quitta la pièce en refermant la porte avec une douceur inquiétante.

— Désolé de vous avoir fait attendre.

Fouad croyait que Chaouch s'adressait à la fois à Mansourd et à lui, mais ce n'était pas le cas :

— Fouad, je n'ai pas beaucoup de temps, vous me permettrez d'aller à l'essentiel.

Après quoi il se tut. Fouad observa la tête de bronze du président devenu brusquement silencieux, son large front penché vers les pieds du bureau, où ses pensées semblaient s'entortiller au lieu de s'attacher et le projeter dans un tourbillon intérieur qui lui fit fermer les yeux à moitié et les rouvrir soudain sur deux cibles divergentes : l'œil droit regardait encore dans le vague, tandis que l'œil gauche était rivé sur Fouad.

Le silence se prolongea, Fouad se disait qu'il n'avait jamais eu autant de mal à soutenir le regard de quelqu'un. Il eut soudain la certitude que Chaouch le fixait sans le voir.

— Vous parliez d'aller à l'essentiel, monsieur le...

— Hum.

Chaouch recouvra ses esprits aussi curieusement qu'il les avait perdus, un sourire indéchiffrable sur les lèvres.

— Oui, c'est au sujet de l'interview, reprit-il en relevant la tête. La façon dont nous l'avons interceptée, pour être plus précis.

Fouad n'y tenait plus :

— Je dois vous dire que Marieke est une amie, enfin, que je la connais.

Chaouch parut peiné. Il avisa brièvement Mansourd et informa le jeune homme que Marieke était portée disparue.

— D'accord, commenta bêtement Fouad.

— Rien ne permet d'affirmer qu'elle est encore en vie, ajouta Mansourd d'une voix sans émotion, pour lever toute ambiguïté. Rien ne permet d'affirmer non plus qu'elle n'était pas en intelligence avec votre frère depuis le début, et qu'elle ne nous a pas envoyés à New York afin de pouvoir le rencontrer et l'interroger seule...

Ce complément d'information noua les intestins de Fouad ; il avait envie de se lever, de se remettre le corps et les idées en place, mais le regard du président le clouait sur sa chaise.

Ses mains s'agrippèrent aux accoudoirs lorsqu'il comprit que le pire était à venir.

Mansourd voulut s'en charger, mais Chaouch préférait annoncer lui-même la mauvaise nouvelle. Fouad n'avait jamais vu son héros interrompre qui que ce fût, pas même lors du débat d'entre-deux-tours où il avait répondu aux harangues du président sortant par un silence courtois, presque amusé, qui l'avait fait paraître sûr de sa force et animé d'intentions lumineuses.

Fouad grimaça. Il ne restait rien de cette lumière sur le visage ankylosé et douloureux du survivant qui s'adressait à lui :

— Fouad, nous avons pu intercepter le texte de l'interview au moyen de renseignements obtenus lors d'une conversation téléphonique entre Nazir et votre mère.

Chaouch ne se laissa pas impressionner par la mine décomposée du jeune homme :

— Nous avons malheureusement des raisons de penser que votre mère savait depuis plusieurs mois que Nazir préparait quelque chose. Elle l'a aidé matériellement, des écoutes administratives sur lesquelles nous avons fait lever le secret défense montrent qu'elle ne voulait pas savoir, qu'elle ignorait tout des détails, mais qu'elle savait.

— Réflexe de mère, observa Mansourd en remuant la tête avec un air sceptique.

Fouad ouvrit la bouche, mais un hoquet d'effroi retenait les sons dans sa trachée. Quand il put à nouveau parler, ce fut pour protester avec toute la vigueur dont il était capable : c'était une invention de la DCRI, une manœuvre du juge Rotrou ! C'était une nouvelle diablerie de Nazir !

Chaouch hochait la tête, compréhensif :

— J'ai voulu vous dire qu'indépendamment des développements à venir votre mère ne fera évidemment pas un jour de prison supplémentaire, au vu des circonstances. Quant à son secret, si vous ne l'éventez pas, personne ne le fera, je vous en donne ma parole.

Chaouch avait une réunion en cours dans la pièce à côté, à laquelle devait également se joindre Mansourd. Mais Chaouch demanda à son nouveau directeur du renseignement de rester quelques instants, afin de répondre aux éventuelles questions du fiancé de sa fille.

Le commandant avait autre chose à faire que d'assurer le service après-vente psychologique. Le président quitta la pièce.

— Vous avez un enregistrement de la conversation entre ma mère et lui ? demanda Fouad.

— Oui, mais vous comprenez bien que je ne peux pas...

— Il l'a utilisée, il s'est servi d'elle, c'est ça ? Pourquoi me faire lire cette interview qui est une tentative de roulage dans la farine manifeste, et m'empêcher de savoir ce que ma mère et Nazir se sont dit, ce week-end, si je comprends bien ?

Mansourd consulta sa montre :

— Le président veut votre avis, ça ne sert à rien de chercher plus loin.

Le grand flic avait la sollicitude maladroite. Il marmonna quelques mots au sujet de la loi Kouchner de 2002, et crut bon d'ajouter :

— Manquerait plus qu'on applique la loi pour cette ordure de Papon qui est mort peinard chez lui, et pas pour votre mère.

C'était plié pour tous ces gens. Elle avait une maladie grave, elle allait mourir.

Fouad demanda à remonter à la surface, à quitter ce bloc de béton où ses poumons avaient épuisé tout l'air disponible.

17.

Le commandant Mansourd le fit reconduire à l'ascenseur et rejoignit le président.

Il n'y avait que des hommes dans la *war-room* du PC Jupiter : une douzaine de têtes grises qui écoutaient l'exposé nasillard d'un général en uniforme, à la peau bronzée et au regard de tueur.

Un seul de ces hommes salua le commandant : son patron, le préfet de police Dieuleveult, dont Chaouch avait fait le ministre de l'Intérieur de son gouvernement d'union nationale. Mansourd se faufila à ses côtés. Dieuleveult était assis en retrait de la table. On ne pouvait pas voir ses yeux derrière les reflets de ses lunettes à grosse monture, dont il avait laissé les verres s'élimer, à dessein. Comme d'habitude, il portait son pantalon relevé au-dessus du nombril et ses jambes croisées lui permettant d'exhiber des chaussettes violettes à pois moutarde. Les chaussettes audacieuses étaient à la mode ce printemps-là.

— Vous n'avez rien manqué, susurra-t-il à l'oreille de Mansourd. Comment ça s'est passé avec le gendre ?

— Vous savez ce que j'en pensais, si ça n'avait tenu qu'à moi...

Mais la voix de Mansourd était trop bourrue pour rester confinée dans un murmure. Le militaire interrompit son rapport et reprit, après avoir lancé un regard venimeux au nouveau venu.

Il y avait autour de la table, les chefs des services qui participaient à la traque de Nazir, mais pas seulement : l'homme qui parlait était le chef d'État-major particulier du président, le général Fenouil. Les ministres de la Défense et des Affaires étrangères étaient présents, ainsi qu'un ennemi personnel de Mansourd, en la personne du patron de la DGSE, qui classait machinalement des feuillets en attendant son tour de parole. C'était un homme au front lisse et aux cheveux raides et très blancs, qui tombaient en rideau sur ses épaules. Il avait la face allongée percée d'yeux immobiles, d'un bleu uniforme et glaçant. Chaouch avait dit, après l'avoir rencontré, que c'était le sosie de Franz Liszt, les pustules et le génie en moins. Mansourd ne savait pas à quoi ressemblait Franz Liszt, ni, d'ailleurs, dans quel domaine pouvait bien s'exercer son génie, mais il avait une idée très précise du genre de sale type à qui il avait affaire avec le chef des espions, qui s'était débrouillé pour se retrouver, ce matin-là, au centre du jeu et des conversations. Le ministre des Affaires étrangères affirma parler sous son contrôle en évoquant les services secrets américains qui avaient bénéficié des renseignements de Nazir et réfléchissaient à une opération contre le cheikh Otman. Ce gangster d'Al-Qaida était réfugié dans les montagnes kabyles, où avait justement été localisé Nazir ces derniers jours.

— Reste à savoir ce que les Américains ont promis à Nazir en échange de ses informations sur Otman…

Le sujet ne semblait pas passionner les visages studieux qui parcouraient des liasses de documents en les annotant de flèches inutiles.

Encore debout, le chef d'État-major particulier se tourna vers le président, en bout de table, qui plissait les yeux pour déchiffrer les cartes satellites projetées sur un écran géant lui faisant face. Le général Fenouil décrivit l'itinéraire de Nazir depuis l'attentat du 6 mai. De Paris à Zurich, de Zurich à un petit village au fin fond du pays des Grisons, de Suisse en Italie, à Gênes, avant le départ pour l'Algérie, avec de nouveaux faux papiers. Ce week-end, il était en Kabylie, à Bejaïa, où avait probablement eu lieu la rencontre avec la journaliste et où sa trace avait été perdue.

Chaouch acquiesçait sans mot dire.

— Comme je vous le disais tout à l'heure, reprit le militaire, nous avons préparé, avec le directeur de la DGSE, plusieurs scénarios en vue d'une opération Homicide.

Mansourd guetta une réaction sur le visage fantomatique du patron de l'espionnage. Ses lèvres ternes s'entrouvrirent sur une rangée de dents anormalement espacées, qui ressemblaient toutes à des canines. Comme le président ne réagissait pas, il prit la suite du général Fenouil, les mains à plat sur son tas de papiers. Il tenait à préciser que les tentatives d'assassinat dont Nazir Nerrouche prétendait avoir fait l'objet n'avaient aucun lien avec les services qu'il dirigeait d'une main de fer depuis quatre ans :

— Si on avait reçu l'ordre de s'en occuper, vous imaginez bien que personne n'en aurait rien su, à commencer par le principal intéressé.

Les avantages et les inconvénients furent pesés, à tour de rôle, par les ministres et les chefs des services qui y étaient, peu ou prou, tous favorables. Chaouch écoutait les arguments de chacun de ces visages blancs cernés de gris, auxquels il trouvait ce matin-là un air de famille déconcertant.

Vogel, son fidèle directeur de campagne, peinait à s'imposer dans la discussion : il croyait lui aussi une opération Homicide nécessaire (il disait opération Homo pour prouver qu'il maîtrisait le jargon), mais il redoutait les fuites, les retombées médiatiques.

Le patron de la DGSE se fendit d'un rire sec et méprisant à l'intention de ce Premier ministre socialiste qui venait à peine de déballer ses cartons à Matignon et qui n'entendait manifestement rien au monde merveilleusement opaque des opérations clandestines.

— Personnellement, ce qui me perturbe, c'est plutôt que le petit frère ait été mis au courant et que la mère puisse passer des coups de fil à Nazir à sa convenance, étant donné qu'on a eu la noble idée de la sortir du trou. Mais je veux bien reconnaître que ça ne relève pas de ma compétence, et je ne peux pas douter que toutes les conséquences de cet apparent laxisme ont fait l'objet d'un examen scrupuleux au préalable...

L'attaque visait le président, bien qu'elle parût avoir été adressée à Mansourd, qui coordonnait l'action des services depuis l'après-midi de l'attentat, et que les épaules du directeur regardaient sournoisement.

La salle de réunion du bunker n'était éclairée que par les lampes de style banquier fixées le long de la table ovale et surplombant chaque plan de travail. On entendait le crépitement continu des ampoules sous les abat-jour verts.

Chaouch inspira avec humeur. Il voulut faire pivoter sa chaise roulante vers le sinistre patron des espions, mais il se trompa de sens et fila vers sa droite. La main levée pour que personne ne se mît en tête de venir à son secours, il finit par retrouver seul la maîtrise de ses roues et déclara, à bout de souffle :

— Je n'ai pas convoqué cette réunion pour demander aux uns et aux autres de valider le choix de mes conseillers. Le sujet est clos.

Les têtes grises se baissèrent, le silence se fit.

Derrière ses culs-de-bouteille noyés de reflets, le ministre de l'Intérieur Dieuleveult avait les yeux qui pétillaient : c'était donc vrai, le président était zinzin. Comptait-il sérieusement ce play-boy qui avait engrossé sa fille au nombre de ses *conseillers* ?

Mansourd voulut intervenir. Sagace, son supérieur hiérarchique sentit qu'il allait s'opposer à l'opération et lui attrapa le coude pour qu'il gardât le silence.

Le moins expérimenté des ministres de Chaouch sauta sur l'occasion pour poser la question « toute bête » qui le taraudait depuis le début :

— Mais comment est-ce qu'on va pouvoir le supprimer, si on a perdu sa trace ?

Mansourd préféra répondre au politicien à lunettes pour ne pas participer au silence moqueur qui l'enterrait :

— Il va probablement vouloir rentrer en France, essayer d'entrer en contact avec sa mère malade, c'est là qu'on va le choper. Raison de plus, à mon avis, pour ne pas paniquer en ayant recours à des tueurs assermentés...

Le patron de la DGSE ferma à demi les yeux.

— Vous l'avez sous-estimé, terriblement sous-estimé, accusa-t-il d'une voix caverneuse qui captiva tous les regards. Il vous a roulés dans la farine, vous et les centaines de policiers dont vous disposiez pour le traquer. Ses informations, ce sont autant de ceintures d'explosifs. On ne pourra pas l'empêcher de les balancer si ça lui chante. Mais il veut négocier, sinon tout serait déjà sur Internet. Voilà la situation. Ce pseudo-entretien, il faut l'analyser comme un avertissement et une prise de contact. Il faut y répondre de façon déterminée, et calibrée, surtout, à l'ampleur des dommages que l'individu en question est en mesure d'occasionner.

Les naseaux de Mansourd dégageaient une fumée invisible. Son ministre de tutelle lui donna un coup de genou sous la table.

Le commandant se gratta le dessous de la barbe avec le dos de ses mains râpeuses comme de l'écorce. Il songeait à ces agents du service Action de la DGSE, sur le point, si le commandant en chef des armées donnait son feu vert, de recevoir un permis de tuer dont aucune archive ne conserverait la trace. Une impression lugubre s'était emparée de lui : celle de participer à une conjuration de *consiglieri* dans les sous-sols d'une trattoria malfamée.

Chaouch avait fermé les paupières, pour réfléchir ou se détendre. Son comportement était de plus en plus illisible.

Le général Fenouil s'autorisa une remarque personnelle, sur un ton qu'il espérait chaleureux :

— C'est certainement le meilleur dénouement possible, monsieur le président.

Chaouch rouvrit alors les yeux, comme si cette dernière observation avait fait pencher la balance du bon côté. Pourtant, il suspendit la réunion, en annonçant qu'il avait besoin d'une demi-journée et que ça ne servait à rien de lui montrer des scénarios en attendant.

Tandis que le président faisait marche arrière, d'un geste souple et sûr, cette fois-ci, les douze quinquagénaires s'étaient levés comme un seul homme. Ceux qui étaient militaires se mirent au garde-à-vous, le regard vide, rivé au mur. Ceux qui ne l'étaient pas haussèrent les sourcils d'une manière qu'ils voulaient à la fois éloquente et floue.

Après le départ de Chaouch, personne n'osa jeter la première pierre. Sous sa grisonnante uniformité de façade, cet aréopage était un véritable melting-pot : ils avaient fait des grandes écoles différentes trente ans plus tôt, qui l'X, qui Saint-Cyr ; il y avait même un simple commandant de police autour de la table.

Le Premier ministre Vogel était en retrait depuis le début ; il paraissait intimidé par la violence de l'enjeu et la dureté de ces gens des services qui avaient tous les yeux mi-clos et la bouche à l'envers. Ce fut pourtant lui qui parla le premier, d'une voix mal assurée, agitée comme la tête d'un frelon par son propre bourdonnement, et qui fit en effet saillir les veines de son fin cou d'énarque sur le mot le plus fort de sa déclaration :

— On va le buter, un point c'est tout. J'ai l'oreille du président, vous pouvez me faire confiance.

18.

À l'entrée des appartements privés du Château, affalé dans un fauteuil Louis-Philippe, un petit homme en costume beige ronflait, en sifflotant du nez. Son ventre épanoui avait fait sauter deux boutons de sa chemise à rayures roses. Après avoir appris que Fouad participait à la réunion secrète au bunker, celle à laquelle on n'avait pas voulu de lui, le *conseiller spécial* du président, Serge Habib, s'était rué vers la résidence pour lui montrer de quel bois il se chauffait. Mais il venait alors de petit-déjeuner, copieusement, le sommeil l'avait saisi dès que ses épaules avaient touché le dossier du siège trop confortable.

Les officiers de sécurité de Jasmine auraient préféré être affectés à la BAC d'Aulnay-sous-Bois plutôt que de devoir réveiller le cerbère du président.

Une demi-heure passa. Habib fit un rêve triste, nostalgique, son enfance en Algérie, sa rencontre avec Idder à Paris... Une comète était passée dans le ciel, il y avait attaché son destin et sa fidélité était punie. Chaouch voulait féminiser le pouvoir, le rajeunir. Des légions de trentenaires survitaminés avaient déjà commencé à transformer l'Élysée de Chaouch en locaux d'une start-up. Ils avaient fait installer une table de ping-pong, un baby-foot et instauré un *casual Friday*. Habib les avait surpris en train de se moquer de lui, de ses coups de sang et de sa nullité vestimentaire. Ils parodiaient les pubs éthérées des grandes marques : Monoprix, by Serge Habib. Et ça les faisait mourir de rire.

Lorsqu'on lui remua l'épaule, Serge Habib ouvrit les yeux sur le couloir mal éclairé de ce palais qu'il avait passé la moitié de sa vie à convoiter, et où tout lui paraissait soudain frappé du sceau de l'échec et du malheur. Son regard se dirigea vers le moignon qui se substituait à sa main droite, un petit embryon de chair molle, plissée et renfrognée, qui avait toujours refusé de s'ouvrir, à l'exception d'un appendice narquois qui aurait dû devenir un pouce et qui lui paraissait soudain tout spécialement dégoûtant.

Il leva les yeux sur Fouad, s'arracha du fauteuil avec force. Mais même sa colère l'avait délaissé, alors il se mit à parler, sans penser à ce qu'il allait dire, simplement pour expulser ce glaire d'apitoiement et de mélancolie qui n'avait rien à faire dans le gosier d'un meneur d'hommes :

— Tu sais ce qui me fait le plus de peine avec cette histoire de sandwich ? C'est que personne sauf moi ne va avoir les couilles de lui demander de prendre la seule mesure radicale et efficace : aller au JT de TF1 et dire, en séparant bien tous les mots : « Je ne suis pas musulman. »

Je vais lui proposer ça tout à l'heure, et tous ces godiveaux qui l'entourent sauront pertinemment que c'est la seule chose à faire, et ils vont tous regarder leurs pompes, les manches de leurs putains de costumes Dior, et Idder va penser : « Jamais je ne dirai ça, pense à mon père, pense à ma mère qui se retourneraient dans leurs tombes », sauf que ça c'est ce qu'il va penser... ce qu'il va dire, c'est : « Écoute, Serge, je ne parle pas de ça, je n'ai jamais parlé de ça, j'ai fait 52,9 % en ne rentrant pas dans ce jeu. » Et il aura raison, et il aura tort. Raison parce que la République, et patati et patata, et tort parce que depuis cet attentat on ne vit plus dans le même pays, c'est tout. Je sais pas si on est en guerre ou si c'est la guerre qui est chez nous, en tout cas les choses redeviennent simples. Et Chaouch, c'est le président musulman qui refuse de manger du *halouf*. Après tout ce qu'on a fait, tout le langage qu'on a voulu changer, recréer, après tout ce qu'on a... réussi pendant la campagne... voilà : Chaouch, le président musulman.

Une fine pellicule brillait sur ses joues hérissées de poils gris. Les gardes du corps n'en revenaient pas : Habib qui chialait comme une gonzesse ?

Fouad avait entendu chaque mot de sa jérémiade, mais c'étaient d'autres paroles qui le hantaient alors, celles qu'il ne pourrait jamais écouter, et probablement pas non plus connaître, puisqu'elles avaient été échangées entre sa mère et le monstre qu'elle avait laissé grandir au sein de la famille, et qui lui avait répété, tout au long de leur enfance, que le lien qui unissait une mère et son fils aîné recelait un mystère insondable, à jamais interdit aux benjamins et aux cadets de ce monde.

Habib avait rechargé la moitié de ses batteries et entouré du bras les larges épaules de Fouad :

— Écoute, mon grand, moi je t'ai toujours défendu, notamment devant Esther, on est dans le même camp tous les deux, oui ou non ?

— Monsieur Habib...

— Serge, voyons, après tout ce temps il va falloir...

Il s'interrompit, furieux : Fouad était livide, il avait l'air sous le choc ; comment, dans ces conditions, obtenir de lui le moindre renseignement sur ce qui s'était dit dans le bunker ?

Habib opta pour la méthode Habib et lui posa directement la question. Mais Fouad ne l'écoutait pas. Il lui présenta ses excuses en montant l'escalier de la résidence : la fille du président l'attendait, il ne voulait pas...

Le conseiller spécial avait disparu de son champ de vision avant qu'il eût terminé ses explications.

19.

À l'étage, dans la partie réservée au jeune couple, Jasmine se tenait, pieds nus, devant les fenêtres aux rideaux tirés. L'orage menaçait à nouveau, et Jasmine ne se résolvait pas à ouvrir ses valises. Elle n'avait jamais emménagé dans un appartement qui lui parût plus inhospitalier que celui-ci. Le mobilier avait été modernisé par les précédents occupants, tout y respirait un luxe élégant et discret, bleu pâle et anthracite, l'espace était ergonomique, intelligent, connecté et parfaitement déprimant. Jasmine ne se sentirait jamais chez elle ici, ce fut la première chose qu'elle voulut dire à Fouad, mais il entra en trombe dans le séjour, sans l'écouter, en fonçant vers elle pour la couvrir de baisers, lui pétrir la peau des jambes, le galbe des fesses. Il glissa un trio de doigts dans sa culotte, il pouvait déjà sentir la chaleur, le chavirement.

Mais son portable, l'ancien, vibra deux fois, c'était un message. Fouad pensa qu'il pouvait s'agir de Marieke, il recula, fébrile et horrifié.

— Attends, bafouilla-t-il avant de courir jusqu'à la salle de bain.

Il s'enferma à clé. Il y avait là un double évier, des miroirs sophistiqués, douche et baignoire séparées, pierre apparente et jets d'eau à intensité modulable. Assis sur la cuvette, Fouad se passa la main dans les cheveux. Entre ses cuisses poilues il voyait son pénis circoncis, il se jurait de circoncire le bébé si c'était un petit garçon, qui ne s'appellerait d'ailleurs ni Chaim ni Jean-Julien mais Abderrazak, un point c'est tout.

Il se disait : bien fait pour eux. *Eux* désignait un ensemble extrêmement nébuleux mais sa haine était sûre.

Il prit son sexe dans la main gauche, en débloquant son portable avec deux doigts de son autre main. C'était un message de Luna, sa petite cousine. La famille, encore la famille, toujours la famille ! Quand est-ce qu'ils allaient lui foutre la paix ?

Jasmine frappa quelques coups discrets contre la porte. Elle l'appelait d'une voix mignonne et enchanteresse. Fouad se repassait le film de sa baise effrénée avec cette folle de journaliste, la semaine dernière, dans le fourré. Il pleuvait, c'était violent, de la lutte, elle lui arrachait la tignasse, elle avait l'air de vouloir lui faire rendre gorge.

— Fouad ?

Il venait de se soulager dans la cuvette, en pensant à une disparue ; il s'était peut-être branlé sur une morte. Il contrôla sa respiration pour que Jasmine ne se doute de rien lorsqu'il lui répondrait, d'une voix innocente, qu'il souffrait d'une petite indigestion.

Dans le salon aux lumières tamisées, Jasmine se répétait qu'elle n'avait aucune raison de s'inquiéter. Elle se mit devant le piano droit que la chef de cabinet de son père avait fait installer pendant le week-end ; elle fit quelques vocalises.

Quand Fouad la rejoignit, il avait l'air perdu. Elle lui demanda de s'asseoir sur la banquette à côté d'elle, et lui joua une invention de Mozart, en insistant sur les moments comiques.

— Tu crois que Krim pourrait avoir droit à un piano électrique dans sa cellule ? C'est fou comme il jouait bien sur l'enregistrement que tu m'avais fait écouter…

Fouad n'avait aucune envie de parler de son petit cousin, le surdoué du piano et de la gâchette. Il passa sa belle main sur le ventre de Jasmine, elle arrêta de jouer. Ils se regardèrent droit dans les yeux, elle vit alors quelque chose qu'il ne voulait pas lui montrer. Il lui embrassa le dessus des paupières, lui caressa le crâne. Ses gestes étaient appropriés, correctement rythmés, mais il ne s'en dégageait aucune chaleur. Il lui semblait soudain affectueux par habitude, machinalement.

Et si ma mère avait raison ? pensa Jasmine, pour la première fois. Et si Fouad l'aimait par calcul, pour se rapprocher de l'Élysée, du président ?

Elle regarda son doigt, sa bague.

— Fouad, j'ai pris ma décision : je ne peux pas vivre ici, je veux qu'on aille s'installer chez toi ou chez moi devant le canal... Je ne peux pas supporter cet endroit.

— Mais ça fait deux heures que tu y habites ! s'exclama-t-il avec un grand sourire, qui devait se rétrécir, inexorablement, au fil des raisons de partir égrenées par sa petite fiancée capricieuse.

Elle demanda enfin à Fouad qui s'était levé et qui lui tournait le dos en surveillant son téléphone :

— Et pourquoi toi tu veux absolument qu'on reste ici, c'est peut-être ça la vraie question, tu crois pas ?

Le jeune homme fit volte-face. Il sentait la présence de Nazir, son ombre, tout près.

— Qu'est-ce que tu insinues ?

— Qu'est-ce que j'insinue, répéta Jasmine, sur le ton d'un constat sans appel.

Elle baissa les yeux sur les touches du piano, éclairées par la veilleuse posée sur un guéridon au design énigmatique.

Sa vue se brouilla. Fouad voulut lui prendre le coude, elle se dégagea avec véhémence et poursuivit d'une voix tremblante :

— Tu te rappelles ce qu'on s'est dit, devant la Freedom Tower ?

— Quoi, tu veux encore qu'on aille vivre à New York, c'est ça ?

À bout de forces, Jasmine lui posa la question qui la faisait tellement souffrir, dans un long diminuendo qui la laissa sans voix sur le dernier mot :

— Dis-moi sincèrement, pas si y a d'autres filles, ça je... je veux pas y penser, je vais pas te faire surveiller, mais juste si tu serais... resté avec moi si mon père n'était pas... ?

Fouad plissa les yeux, les lèvres, la chair du menton, toute sa belle gueule disait : mais voyons... C'était la tête qu'il fallait pour la rassurer, mais il l'avait trouvée trop vite. Il se leva, comme démasqué, et s'éloigna en disant qu'il avait bien assez de problèmes réels pour ne pas devoir gérer, en plus, ses accès de paranoïa.

Un appariteur s'était, cependant, introduit dans la vaste pièce à vivre, porteur d'un nœud papillon de guingois et d'un billet pour M. Nerrouche. Fouad le lut et consulta son autre téléphone, filiforme et clinquant, que lui avait offert le président, et où il lui avait en effet laissé un message, celui de le rejoindre dans son bureau au plus vite – et en le tutoyant.

Fouad fonça.

20.

Un napperon de dentelle bleue l'attendait dans le salon jouxtant le bureau du président, sur la table ronde où il prenait le thé avec Vogel, Habib, la secrétaire générale, ainsi qu'une demi-douzaine de ces jeunes conseillers de sexe parfois féminin, qui effrayaient tant le conseiller spécial. L'huissier fit entrer « monsieur Fouad », qui repéra immédiatement la SG. Elle répondait, il s'en souvint alors, au doux prénom d'Apolline.

Les éclats de rire faiblirent jusqu'à s'éteindre tout à fait. Les jeunes conseillers retournèrent dans la pièce contiguë, sans un regard pour Fouad qui ne comprenait pas la raison de cet accès de bonne humeur général.

Apolline resta.

Le président prenait son thé comme les Russes, avec de nombreuses feuilles qu'il laissait infuser longtemps dans le pot, et diluait ensuite au fil de la matinée, en ajoutant dans la tasse, avant chaque versement d'eau bouillante, une rondelle de citron. Le jus du citron l'intéressait moins que son écorce, ce qui l'obligeait souvent, au restaurant, à renvoyer le serveur qui avait eu la drôle d'idée de lui apporter son indispensable agrume sous forme de fiole de 20 millilitres.

Vogel, quant à lui, s'attachait moins au goût du breuvage qu'à son maintien de buveur : il veillait à garder la soucoupe sous la tasse et y trempait à peine le bout de ses lèvres closes. Habib était, bien entendu, le moins distingué : il tenait sa tasse par en dessous, au creux de la paume, comme un bol de cidre ; il n'aimait pas le thé de toute façon, pour lui c'était de l'eau chaude avec un arrière-goût de plante verte. Seul le café lui plaisait, et il l'aimait très fort, avec beaucoup de sucre. Fouad partageait cet avis, mais il n'avait pas soif. Il refusa la proposition du maître d'hôtel en le regardant droit dans les yeux. Apolline ne manqua pas de relever, avec un sourire en coin, l'empressement du jeune acteur à démontrer la pureté de son égalitarisme au laquais en costume trois-pièces.

— À ton avis, demanda Chaouch, en écrasant la rondelle de citron au fond de sa tasse, comment est-ce que je devrais réagir à cette histoire de jambon-beurre ? Dire que je ne suis pas un méchant musulman avec un agenda secret ? Ne rien dire ? Dire autre chose ?

Cette batterie de questions s'adressaient à Fouad. Les deux hommes du président firent la même tête en même temps. Ce n'étaient que deux regards, les regards de deux hommes faits, comme lui, de chair et de sang, mais Fouad eut l'impression que derrière eux soixante-cinq millions de paires d'yeux venaient de se braquer sur ses lèvres.

Les questions du président stagnaient dans l'air. Elles ramenèrent la pensée de Fouad sur son père défunt, et l'enterrement religieux qu'avait imposé Nazir, alors que leur père ne pouvait pas moins l'être. Il avait violé sa liberté de conscience. Fouad ne le lui pardonnerait jamais.

Mais il fallait parler, maintenant, le silence devenait gênant. Apolline semblait l'encourager. Alors Fouad oublia qu'on l'écoutait, et il parla, du fond du cœur :

— Je crois que vous devriez prononcer un discours.

La secrétaire générale approuva discrètement, d'un froissement du menton. Fouad poursuivit :

— Un grand discours sur la France, sur la crise d'identité qu'elle traverse. Un discours où vous aborderiez tous les sujets tabous, où vous nommeriez précisément tout ce qui nous sépare les uns des autres, de façon à pouvoir raconter ensuite, dans un élan irrésistible, à quel point il est nécessaire pour notre survie mentale collective d'insister sur tout ce qui nous rassemble.

— Et le sandwich ? ricana Vogel en observant fièrement sa montre réparée.

Fouad parut l'ignorer :

— Un discours où vous diriez que la France est l'Amérique de l'Europe, comme vous l'avez fait à New York, une terre d'immigration, oui, quoi qu'en disent les nostalgiques et les réactionnaires : quand Jasmine aura votre âge, un Français sur trois aura au moins un grand-parent immigré...

Il s'interrompit, fit semblant de ne pas trouver ses mots et continua avec une ardeur renouvelée :

— En fait, nous sommes multiples, irréductibles à une seule facette de notre identité. C'est mon expérience et je suis convaincu que c'est celle de l'écrasante majorité de la jeunesse française. Nous sommes multiples, et nous venons tous d'ailleurs. Il y en a peut-être dont les aïeuls étaient déjà là au moment de l'invasion des Francs, mais enfin, un passé aussi lointain, c'est aussi un pays étranger, d'une certaine façon, non ?

— Un pays éloigné, rectifia Chaouch, songeur et mystérieux.

Vogel haussa les sourcils.

— Monsieur le président, insista Fouad en désignant le Premier ministre d'un insolent coup de menton, ce jambon-beurre, il faut le prendre pour ce que c'est : c'est une petite partie du pays qui ne vous dit rien d'autre que : dégage, sale Arabe. C'est comme le premier coup d'une ratonnade, une ratonnade symbolique. Il faut que vous attrapiez ce sandwich et que vous en tiriez un discours, pour éteindre le feu.

Aux mots de « sale Arabe » les pampilles du lustre s'étaient mises à brinquebaler au-dessus de leurs têtes. Apolline – dont la lignée remontait justement à l'époque mérovingienne – s'éclaircit la gorge pour exprimer son accord profond avec l'idée de Fouad ; mais Habib lui souffla la politesse, avec un coup de genou qui fit trembler la table et hoqueter la théière :

— Bon, alors attendez, d'abord et avant tout il n'y a pas le feu. Et ensuite, mon Dieu, ensuite, on n'a jamais vu un discours éteindre le moindre feu, ce serait plutôt le contraire ! Non, non, reprit le conseiller spécial en essayant d'attirer le regard de Chaouch sur son moignon, à mon avis, ce qu'il te faut, c'est tout le contraire, de l'interactivité, Idder, une interview, paf ! Du peps, des journalistes punchy, des connards, de droite de préférence, et devant qui tu dis clairement que tu es, à titre personnel, athée, et que c'est la dernière fois que tu en parles en public, et puis bien sûr tu mets le paquet sur la laïcité, il faut rassurer les gens. Et puis entre nous ça ferait pas de mal, un petit apéro filmé dans un bistrot France profonde, histoire de faire comprendre aux gens que tu...

Mais le président ne l'écoutait pas, ses épaules étaient encore tournées vers Fouad, qu'il dévisageait avec curiosité, une curiosité débordant de tendresse.

Ce n'était pas la première fois qu'un tel regard se déposait sur le profil de Fouad. Ses traits étaient réguliers, sa bouche sensuelle, mais il y avait autre chose : les épreuves de ces derniers jours lui avaient creusé des poches sous les yeux, qui brillaient quand il s'animait, quand sa voix le transportait. Son visage amaigri avait pris un air de gravité, comme une grandeur, qui séduisait aussi prodigieusement qu'elle pouvait agacer.

À quelques mètres du salon où le jeune comédien prodiguait ses conseils au président – ou, pour prendre le point de vue de ses détracteurs, passait le casting de sa vie –, la plus féroce de ceux-ci, Esther Chaouch, était tout à son obsession du jour : que ne fût accordé aucun bureau et aucun titre officiel à celui qu'elle appelait maintenant ouvertement « l'imposteur ».

Après avoir passé une heure à croasser dans le bureau du chef de cabinet de la présidence, Esther apprit que sa fille s'était retranchée dans les toilettes de ses nouveaux appartements, qu'elle refusait d'en sortir et qu'elle était en larmes. Elle se rendit à son étage, fit déverrouiller la porte et la laissa pleurer contre sa poitrine pendant quelques minutes, en préparant un plan d'attaque.

— Je suis désolée, maman, ronfla enfin Jasmine en récupérant son souffle, petit à petit.

Elle faillit ajouter quelque chose au sujet de sa grossesse, on ne demandait pas de comptes à une jeune femme enceinte. Mais ses larmes avaient une autre explication, et l'aspect soudain bienveillant de sa mère lui donna l'impression qu'elle pouvait s'en ouvrir auprès d'elle, sans retenue :

— Je me pose des questions sur Fouad. Sur moi aussi.

— Sur toi et Fouad, résuma la première dame.

Il y avait une arrière-pensée dans ce résumé, qui lui permit d'aller au fond du problème en laissant sa fille s'y engouffrer tête la première :

— Tu crois qu'il m'a utilisée pour se rapprocher de papa ?

Jasmine regretta immédiatement ses paroles. De quoi avait-elle l'air, maintenant ? D'une plume lâchée au gré des vents. D'une gamine, incapable de se fier à son propre jugement. Elle revit le visage de Fouad, déçu quand elle lui demandait de la rassurer, de lui dire qu'elle était belle, douée, en un mot qu'elle méritait de vivre à ses côtés... Et puis elle pensa à ses répétitions à venir, plus que deux avant la générale. Comment allait-elle pouvoir chanter ? Son humeur la trimbalait par le bout du nez et elle changeait de plan de carrière toutes les deux heures !

Les yeux d'Esther tombèrent sur la bague de fiançailles emprisonnant le doigt de sa fille unique, qui paraissait soudain exténuée ; ils se posèrent ensuite sur une zone vague, un coin de parquet entre deux tapis, que la première dame fixa pour se souvenir de sa propre jeunesse, avec une opportune lueur mélancolique au coin des yeux.

Jasmine ne lui accordait pas toute son attention ; Esther joua son va-tout :

— On ne tombe pas toujours sur le bon du premier coup. Pas toujours, voire jamais.

Elle-même avait quitté son premier fiancé, un historien comme elle, pour épouser Idder et le suivre aux États-Unis, lui et sa vie pleine de musique et d'aventures. Bref : elle savait ce qu'il en coûtait de quitter un homme qu'on croyait aimer. Sentant Jasmine sur la défensive, elle concéda :

— Mais les situations sont différentes, l'époque aussi, et les hommes en question... n'en parlons pas. Ton père voulait des enfants, plein d'enfants, si on avait pu... Enfin, les temps ont changé, et heureusement. Aujourd'hui, une femme peut exister, *doit* exister indépendamment de l'homme qu'elle aime... Je n'échangerais pour rien au monde l'avenir contre le passé, sur ce sujet-là comme sur tant d'autres, d'ailleurs.

Jasmine se traîna vers les fenêtres. Un jardinier aux cheveux blancs ratissait l'allée de graviers du parc, suivi de son jeune apprenti qui manœuvrait péniblement une brouette. Le vieux donnait des ordres, se retournait parfois en secouant la tête devant sa balourdise. L'apprenti se munissait enfin, à son tour, d'un râteau. Lorsque le vieux avait le dos tourné, l'apprenti lui faisait un doigt d'honneur. Jasmine écarquilla les yeux pour ne pas éclater de rire. Elle n'aurait jamais imaginé un tel geste de la part de ce blondinet à l'allure pataude et aux joues roses.

Esther s'était rapprochée de sa fille. Consciente de s'y être mal prise, elle décida de changer momentanément de sujet :

— Un sondage va être publié dans *Le Monde* de ce soir. Eh ben, devine quoi ? On est devant ! *Yes !* À une vingtaine de sièges de la majorité absolue dès le premier tour... L'ADN ne prend pas, sauf ici et là, dans le Var, le Gard, le Pas-de-Calais, ce genre d'endroits...

— Je l'aime, déclara soudain Jasmine, les épaules droites, la voix forte et claire. Mais si je veux regarder les choses en face, oui, je suis obligée de reconnaître qu'il ne m'aime pas autant que... moi je l'aime.

La pensée de son bébé la fit s'arrêter net, comme au bord d'un précipice. Sa résolution s'émoussait à nouveau. Esther lui prit la main, celle qui était baguée, et la baisa avec délicatesse :

— Quelle que soit la décision que tu prendras, tu sais que je te soutiendrai, on est d'accord au moins là-dessus, hein ?

Jasmine fit oui de la tête.

Sa décision, elle venait de la prendre, à l'instant.

22.

Calvitie bandée de part et d'autre de sa fameuse veine transversale, Bouzid Nerrouche, le tonton Bouzid, n'en démordait pas :

— Rien à foutre, on fait un barbecu !

Il avait décidé de fêter dignement le retour de ses deux sœurs préférées à la maison. « La maison » n'existait plus : il le voyait mais il ne l'avait pas encore compris.

La nouvelle du cancer de Dounia n'était pas parvenue jusqu'à Saint-Étienne. À la fin de sa pénible conversation téléphonique avec Rabia, Bouzid n'avait pas entendu qu'elle rentrait seule ; parce qu'elle s'était intentionnellement mise à bafouiller au moment d'expliquer pourquoi.

C'en était assez pour Bouzid, qui avait réveillé les enfants restés avec leur grande cousine dans la maison de Dounia, sur les hauteurs du quartier de Saint-Roch. Slim et Luna, les « enfants », refusèrent de participer au nouveau plan foireux de leur oncle. Luna s'inventa des révisions, alors qu'elle n'allait plus au collège depuis le lendemain de l'attentat commis par son grand frère. Quant à Slim, il avait un œil au beurre noir qu'il ne voulait pas justifier, voici pourquoi : le pauvre garçon s'était fait tabasser et traiter de *sale pédé* par un des frères de la femme qu'il avait épousée deux semaines plus tôt, et qui venait de lui envoyer les papiers à signer pour annuler le mariage.

Bouzid ne savait rien et ne voulait rien savoir :

— Vos mères rentrent : on fait un barbeuc ! Point barre, y a pas à calculer…

Un peu quand même : il fit les poches de son matelas et descendit acheter douze baguettes au fournil préféré de la mémé ; le pain était chaud, craquant. S'apercevant qu'il ne le serait plus le lendemain, il découpa son butin pour le faire rentrer dans son congélateur. Il voulait mettre tout le monde devant le fait accompli, au pied du mur. Il fallait dépenser sans compter. Il retourna faire les courses, vida son Livret A (85,76 euros) pour acheter les meilleures merguez de Saint-Étienne, dans la boucherie halal la plus chère et la plus éloignée de chez lui. Devant l'étal garni de sucreries sanglantes il fit du bout de ses lèvres muettes la douloureuse addition suivante : vingt bouches à nourrir dans le cas idéal où tout le monde acceptait de participer à la soirée, trois merguez par personne, soit environ deux cents grammes par tête de pipe… Mais il fallait prendre en considération l'appétit d'oiseau des enfants de Rachida – si elle venait.

Le calcul s'avérait trop compliqué. Il adressa au boucher impatient une de ces œillades à la fois geignardes et péremptoires dont il était coutumier, et qui lui valait de n'avoir aucun ami en dehors de sa famille après cinq décennies passées dans la même ville :

— *Echatt*, mets-moi six kilos, si y a du rab, tant pis, on fera *sadakha*...

Sadakha, l'aumône, un des cinq piliers de l'islam ! Le boucher remua la tête en signe de dédain. Il fallait vraiment être kabyle pour oser plastronner en annonçant des générosités qu'on n'avait pas encore faites.

Sûr, pourtant, de son effet auprès de son coreligionnaire, le tonton lui laissa un pourboire catastrophique et quitta la boucherie avec un sourire satisfait et deux énormes sacs de saucisses rouges qu'il voyait déjà rôtir sur le grand gril de Dounia, au milieu de son jardinet haut perché – tranquilles.

Son imagination fut bientôt submergée de babils d'enfants qui chahutaient autour du barbecue. Ce n'étaient pas les siens, puisqu'il n'avait pas encore trouvé la madame Bouzid à la fois assez folle pour l'aimer et assez fraîche pour lui offrir une descendance. Mais on pouvait dire ce qu'on voulait sur Bouzid : il s'était toujours senti sincèrement responsable de ses nièces et de ses neveux. Il pensait aux anniversaires, il inculquait une petite morale à la fin des speeches qui ne manquaient jamais d'accompagner la remise du cadeau. Toujours décevants, les cadeaux de Bouzid. Il n'avait jamais réussi à se mettre dans la tête des autres, il n'en avait même jamais eu l'idée. Toutes ses sœurs n'en avaient pas moins eu affaire à ce Bouzid éducateur, chacune pouvait témoigner de sa rencontre avec ses grands principes pédagogiques, qu'il n'avait pas eu l'occasion d'appliquer à sa propre gouverne, et qu'il avait tendance, par conséquent, à assener comme autant de vérités révélées.

Et alors, n'avait-il pas eu raison sur Krim ? N'avait-il pas encouragé Rabia à être moins laxiste ? À se rapprocher de la religion, la vraie religion, celle qui vous incite à vous tenir à carreau et à respecter les anciens ?

La sœur de Krim, Luna, ne pardonnait pas à son oncle d'avoir posé ces questions à voix haute, un soir de ce week-end où Kamelia, sa cousine qui jouait les baby-sitters, l'avait laissé s'inviter à dîner. Luna avait défendu son grand frère et attaqué l'islam qui, selon elle, avait alimenté ses désirs meurtriers au lieu de les éteindre. Kamelia, moderne et parisienne comme Fouad, avait apporté son soutien à sa petite cousine, mais elle s'était empressée de changer de sujet.

Slim, au contraire, avait pris le parti de son oncle : la religion aurait encadré Krim, elle lui aurait enseigné le prix de la vie humaine, pour commencer.

Luna avait rougi. Son cou de gymnaste avait doublé de volume. Elle était montée dans sa chambre et avait essayé d'appeler Fouad, sans succès, puisqu'il était aux États-Unis à ce moment-là. Sur le vieux PC de la chambre qu'elle occupait, la jeune adolescente se mit à squatter toutes les conversations virtuelles où il était question de Krim, du complot, de l'innocence de Nazir. Il lui fallut deux jours pour ajuster sa perception du monde et se convaincre qu'elle avait, auparavant, vécu dans le mensonge.

Son nouvel état d'esprit, vindicatif et réaliste, la poussa à réinterpréter les événements les plus récents de sa vie. On lui avait fait comprendre qu'au vu des circonstances il valait peut-être mieux qu'elle ne participât pas aux championnats d'Europe, où elle représentait pourtant la plus grande chance de médaille du pôle stéphanois de l'Insep.

Kamelia n'arrivait pas à joindre les responsables. Les filles de l'équipe ne répondaient pas aux SMS, personne ne la Whatsappait plus.

23.

Dans un accès de fureur absolutiste, Luna supprima tous ses amis Facebook dont les noms ne sonnaient pas musulman. Après avoir passé une nuit entière à lire des théories qui expliquaient que Krim avait été drogué et manipulé par les services secrets, de vieilles paroles de Nazir lui étaient revenues, quand elle devait avoir douze ans, Nazir lui avait alors payé un tour dans la grande roue de la foire installée sur la place de l'Hôtel de Ville. Trois ans plus tard, Luna ne se souvenait que de ce qui permettait, dans les propos de son cousin, de renforcer sa toute jeune conviction : que les Français nous détestaient et cherchaient à nous faire sentir que nous n'étions pas compatibles avec eux.

Le revirement était certes un peu sec. En fait, Luna ne savait plus quoi penser. Elle ne voulait pas demander conseil à Kamelia, Kamelia qui s'exhibait dans des tenues multicolores trop décolletées.

Fouad aussi avait une mentalité de Français, mais Luna continuait de l'adorer et de lui faire confiance. Jusqu'à ce mardi matin, jour de sortie de prison de sa mère, lorsque la jeune fille constata qu'elle avait envoyé à son célèbre grand cousin deux SMS depuis son retour en France, et qu'il n'avait pas daigné lui répondre, pas même d'un rapide smiley, comme il le faisait au temps de la campagne, quand chacun de ses passages télé lui valait les félicitations de tous ces gens qui portaient le même nom que lui, et à la compagnie desquels il préférait apparemment celle de son autre famille, sa nouvelle famille, la présidentielle.

Depuis la salle de bains, la jeune fille entendit qu'on l'appelait au rez-de-chaussée. Elle n'avait pas le courage, aujourd'hui. De parler à Kamelia, à Slim, de faire semblant que tout allait rentrer dans l'ordre avec la sortie de prison de sa mère.

Des sites affirmaient que la police antiterroriste avait fabriqué de fausses preuves pour incriminer Rabia

Nerrouche, la « mère du tireur ». Ce qui n'étonnait pas Luna. Plus rien ne l'étonnait.

Elle devina que c'était encore Bouzid qui leur rendait visite, avant même qu'il eût ouvert la bouche, à sa façon de faire crisser la chaise sur le carrelage du vestibule, et surtout de continuer, comme s'il ne percevait pas ce gémissement strident qui faisait mal aux dents des gens normaux.

Bouzid se mit à parler du beau temps et du barbecue de ce soir, à partir de 16 heures, tout le monde avait été invité, « dans les règles de l'art ». Le TGV de Rabia et Dounia arrivait à 18 h 12, ce qui laisserait du temps aux gens pour se pointer.

Luna en voulait à son oncle, elle était persuadée que personne n'allait venir. Ils s'étaient tous ligués contre sa mère, et contre Dounia. Luna avait écouté des conversations entières de Kamelia, avec les tantes, les beaux-frères, la mémé, à qui elle avait reproché d'avoir abandonné ses deux filles qui avaient le plus besoin d'elle, et de vouloir islamiser toutes les autres, afin de redorer le blason des Nerrouche innocents dans le quartier.

— Luna ? Luna ?

C'était la voix de Kamelia.

— T'as un paquet qui vient d'arriver !

La curiosité de la jeune fille était piquée, pas suffisamment, néanmoins, pour lui faire quitter le cocon douillet et parfumé où elle avait trouvé refuge.

Elle reconnut les pas précipités de Slim sur la moquette de l'escalier. Il avait insisté pour lui apporter le paquet parce qu'il avait une question à lui poser, un service à lui demander, auquel Luna avait décidé de répondre par le silence le plus absolu, pour perpétuer sa grève de la parole entamée au réveil. Sauf que la voix de Slim était tellement pathétique lorsqu'il lui demanda si elle avait entendu quelqu'un évoquer la santé de sa mère... Dounia était la tante la plus proche de Luna ; elle céda au bout de dix secondes :

— Je crois que j'ai entendu Kam en parler l'autre jour, mais j'ai rien compris.

Slim s'éloigna. Luna entrebâilla la porte de la salle de bain et ramassa le paquet. Elle n'avait rien commandé, qui pouvait bien lui envoyer ce colis ? Elle secoua le cube en carton au niveau de son oreille, pour en deviner le contenu.

Au même instant, dans la cuisine, Bouzid dégustait un petit kawa. Il appelait Slim, en vain, pour ne pas rester seul avec Kamelia. Il ne se sentait pas à l'aise en présence de sa nièce, et ceci uniquement à cause de ses seins, même s'il ne se l'avouerait jamais. Son haut bariolé était à encolure carrée, le tonton eut le malheur de laisser son regard effleurer le sillon profond, appétissant entre ses deux formidables pastèques. Il sombra dans des affres inconnues et bondit vers le meuble à chaussures du vestibule en se forçant à tousser :

— Bon, c'est pas tout, mais je vais être en retard à la mosquée, moi.

Kamelia lui demanda quelle mouche le piquait.

Bouzid eut le temps d'imaginer une plaisanterie, consistant à la prendre au pied de la lettre et à répondre : « La mouche tsé-tsé. » Mais il y avait quelque chose d'indéfinissablement sexuel dans le nom de ce tragique insecte ; le double tsé, sans doute, qui, comme tout ce qui se comptait par deux, lui évoquait à ce moment-là les mamelles défendues de sa jolie nièce. Il s'empourpra jusqu'aux oreilles :

— Non mais j'ai aussi des trucs à faire en ville, avant.

Slim glissa dans la cuisine, mince, fragile, dégingandé. À la cave, il avait trouvé une casquette de base-ball appartenant à Fouad, blanche avec une visière vert sapin.

— Tonton, tu crois que tu pourrais m'emmener à la mosquée ?

Kamelia faillit faire une attaque :

— Mais enfin Slim, de quoi tu parles ? Tu vas pas t'y mettre toi aussi ! Mais qu'est-ce qui se passe dans cette famille ?

Slim regarda le bout de ses chaussettes en s'expliquant :

— Je sais pas, ça a cliqué dans ma tête, c'est tout...

Bouzid avait eu vent des rumeurs relatives aux préférences sexuelles de son neveu. Jusqu'à présent, il ne leur avait accordé aucun crédit, encouragé par le mariage de Slim avec cette jeune fille qui venait d'une famille oranaise. Mais la famille demandait l'annulation dudit mariage, et la rumeur était tenace ; quant à la dégaine du dernier fils de Dounia, elle n'était certainement pas des plus viriles...

Les yeux de Bouzid s'illuminèrent soudain : si Slim voulait l'accompagner à la mosquée, c'était certainement pour se réformer, pour se purger de ses pensées malsaines et retrouver le droit chemin. C'était son devoir de tonton de lui tendre la main !

Kamelia les vit ainsi quitter le porche, casquette trop grande et calvitie brillante, au diapason de la rosée sur les gazons des jardinets voisins. Par contraste, le coin de verdure alloué à Dounia parut affreusement terne à sa nièce trentenaire, qui commençait à ressentir le mal de Paris. En nettoyant la tasse de son oncle, sanglée dans un tablier fleuri comme ses vieilles tantes, elle estima que sa bonne action avait assez duré, et qu'il était temps de rentrer maintenant. Elle décida d'acheter son billet de train dès qu'elle aurait terminé la vaisselle de la veille, mais une silhouette venait d'entrer dans la cuisine. Kamelia sentait dans son dos, immobile, une ombre noire. Le robinet coulait de moins en moins fort, l'eau était de plus en plus chaude. Kamelia se retourna, une assiette entre les mains, qu'elle lâcha en poussant un cri, et qui se fracassa sur le carrelage. La tête de Luna était recouverte d'un voile.

Les deux cousines se baissèrent en même temps pour ramasser les débris. Kamelia était sur le point de parler du voile lorsque le téléphone fixe sonna. Elle s'était occupée elle-même de changer le numéro la semaine précédente, personne n'était censé le connaître. Au bout du fil une voix de policier lui demanda s'il parlait bien à Dounia Nerrouche :

— À sa nièce, répondit Kamelia.

— Il y a eu un incident, au cimetière où est enterré votre... euh... votre oncle. C'est un peu difficile d'en parler au téléphone, vous pouvez passer ?

En l'écoutant, Kamelia avait allumé son ordinateur pour voir si « Saint-Étienne » et « cimetière » donnaient des résultats dans Google Actualités. Ce n'était pas encore le cas, mais la jeune femme découvrit avec stupeur que les dépêches récentes relatives à des actes anti-musulmans se répandaient sur plusieurs pages : têtes de cochons ou de sangliers suspendues aux portes de mosquées, incendies criminels, graffitis infamants, tombes retournées, détruites, parfois carrément dérobées.

Kamelia raccrocha, chaussa une paire de baskets roses dans le vestibule et partit en faisant semblant de ne pas avoir entendu la voix angoissée de sa petite cousine qui voulait savoir quel était ce nouveau malheur qui leur tombait sur la tête.

24.

Dans la région parisienne, aucun cimetière doté d'un carré musulman n'échappa à la vague de profanations qui avaient commencé trois nuits plus tôt, mais dont les médias ne mesurèrent la violence et l'ampleur que ce soir-là. Un bien étrange retard, qui fit les choux gras de la twittosphère paranoïaque et justifia la réception en urgence, à l'Élysée, de ces *représentants de la communauté musulmane* qui n'avaient jamais caché leur méfiance vis-à-vis du *candidat arabe* ayant toujours refusé de leur donner le moindre gage. Dans les salons lambrissés, les dignitaires barbichus exigèrent des explications et des punitions exemplaires ; Chaouch leur répondit qu'il ne pouvait pas encore leur fournir les premières, tandis que les secondes n'étaient pas de son ressort. Les dignitaires se vengèrent dans la cour de l'Élysée, en essuyant les flashs des photographes et les appels des journalistes : dans une déclaration commune effectuée par celui de ces messieurs qui fronçait le mieux les sourcils, ils estimèrent ne pas avoir été entendus et firent part de leurs craintes quant à la sécurité de la communauté musulmane dans son ensemble – sous-entendu : pas seulement celle de nos morts.

Dès la fin de l'entrevue, le ministre de l'Intérieur appela Mansourd et lui demanda d'entrer en contact avec le juge Poussin, qui avait obtenu, dès les premières profanations, l'ouverture d'une information judiciaire. Mansourd apprit de la bouche du juge que des interrogations subsistaient sur la paternité réelle de ces actes : les croix gammées et les tags racistes étaient certainement le fait du groupuscule d'extrême droite sur lequel il enquêtait, mais quid des vols de tombes ? Des images de vidéosurveillance avaient permis d'identifier des *individus de type maghrébin* dans plusieurs des cimetières attaqués, y compris celui de Saint-Étienne, où la dépouille du mari de Dounia Nerrouche avait disparu.

— Bref, c-c-comme on d-d-dit chez moi, y a ang-guille sous roche, voire même b-b-baleine sous g-g-gravillon.

Mansourd écoutait l'exposé du juge bègue depuis le siège arrière d'un taxi stationné en double file, au fin fond du 20ᵉ arrondissement. Il avait congédié son chauffeur pour la fin de la journée et s'était rendu seul devant le cimetière de Belleville, rue du Télégraphe. Aucune voiture de police n'en bloquait l'accès : il n'y avait pas de section musulmane dans ce petit cimetière champêtre, surveillé par deux châteaux d'eau et ceint d'une muraille ornée de plantes montantes. Quand sa conversation téléphonique fut terminée, le commandant sortit du taxi, arracha sa cravate et déplia le col de sa veste de costume. Il avança d'un pas déterminé vers une stèle sans croix, abondamment fleurie, sur laquelle on pouvait lire le nom de sa fille et, gravée en dessous, la série de chiffres la plus triste du monde :

« 1983-1995. »

La tête chevelue du commandant n'avait jamais abrité la moindre pensée religieuse. Il se rendait pourtant dans ce cimetière une fois par semaine. Il ne croyait pas un instant que l'âme de sa fille unique et adorée eût survécu à l'explosion de la bombe à clous du métro Saint-Michel. Et pourtant, lorsqu'il se tenait au chevet de cette dalle de marbre, il mimait des gestes de caresse, essayait de reproduire la sensation de la tenir entre ses bras. Mais il ne disait pas un mot. Il restait rationnel, même lors de ces visites hebdomadaires qui n'avaient aucun sens, aucune utilité, ne remplissaient aucune autre mission que celle de se souvenir qu'à l'intérieur de sa charpente inébranlable vivait un homme brisé.

Ses fortes épaules dodelinaient au ralenti. Au bout d'un quart d'heure de cette chorégraphie minimaliste, il rejoignit l'allée centrale, sa grosse tête barbue enfoncée dans le col remonté de sa veste. À la sortie du cimetière, il parut hésiter ; son regard embué se perdit dans le caniveau ruisselant qu'il suivit aussi longtemps qu'il le pouvait, dans un dédale de rues aux trottoirs étroits qui scintillaient comme pour lui montrer le chemin. À aucun moment il ne se retourna, pas même avant de disparaître derrière la vitrine miteuse d'un bistrot qui avait l'air abandonné.

La femme blonde qui le suivait depuis une heure s'attendait à le trouver accoudé au comptoir, la barbe trempée dans la mousse d'une pinte de bière. Mais Mansourd l'avait repérée dès le début, depuis le rétroviseur du taxi au volant de son Autolib : elle empruntait le même itinéraire biscornu que le commandant imposait à son chauffeur.

— Dites-moi vite pourquoi vous me suivez ou ça va mal se passer.

Il avait pris ses poignets dans une de ses pattes, et plaqué son torse contre la porte placardée d'affichettes défraîchies. Le bistrot était malodorant et vide, à l'exception du tenancier, un vieil homme en tablier qui continuait d'essuyait ses bocks comme si de rien n'était.

Mansourd procéda à une palpation élémentaire, à laquelle la femme se plia avec une diligence qui indiquait qu'elle n'était pas étrangère à l'exercice. Ses cheveux défaits sentaient le shampoing, ses pommettes relevées n'exprimaient aucune émotion. En constatant qu'il s'agissait d'une citoyenne américaine, Mansourd relâcha son étreinte. Il venait de comprendre de qui il s'agissait :

— Pourquoi est-ce que vous ne m'avez pas appelé pour prendre rendez-vous comme tout le monde ?

Elle répondit dans un français parfait :

— Parce que je ne veux pas que les informations que je viens vous apporter soient entendues par tout le monde.

Mansourd grogna en dévisageant « Susanna » de la tête aux bottes – de curieuses bottes qui lui remontaient jusqu'aux genoux, comme des demi-cuissardes.

Ils se réfugièrent dans une arrière-salle aux murs rouges écaillés, suintants d'humidité. Une meurtrière vitrée découpait un fin rectangle de lumière sur la table ronde autour de laquelle ils s'installèrent. Leurs chaises en bois rappelaient à Mansourd l'atmosphère craquante des écoles d'autrefois. Quand le patron se traîna jusqu'à leur table, Mansourd le congédia d'un geste de la main. Le vieil homme jeta son chiffon sur une de ses épaules et progressa, au ralenti, jusqu'à la porte de son établissement, qu'il ferma à clé, à double tour. Les yeux clairs et concentrés de l'espionne américaine se fixèrent sur ses mains jointes, qu'elle fit passer dans la lumière.

— Je suis celle qui s'est occupée du dossier Nazir. C'est par moi que nous avons obtenu les renseignements sur Otman, ce qui va nous permettre de mener l'opération que vous savez dans les jours qui viennent.

— Et vous lui avez promis quoi, en échange de ses renseignements ?

— De l'argent en liquide, des faux papiers, essentiellement.

— Essentiellement ?

À l'idée qu'elle l'avait surveillé pendant qu'il se recueillait devant la tombe de sa fille, le commandant remua sur sa chaise pour étouffer les élans de sa mauvaise humeur.

— Il voulait aussi récupérer des enregistrements, poursuivit Susanna. Ceux d'une série de conversations qu'il a eues avec quelqu'un, un... *high ranking official...* qui est depuis devenu un homme politique en vue, chez vous.

Mansourd approuva en faisant passer sa lèvre inférieure devant sa lèvre supérieure.

— Bon, bon. Et ces enregistrements, on les doit à la NSA je suppose... Vous les lui avez donnés ?

— Oui, mais ils seront irrecevables dans une procédure judiciaire. Nous nierons les avoir réalisés, et Nazir le sait. Vous comprenez ce que j'essaie de vous dire ?

— Vous écoutez Montesquiou depuis combien de temps ?

— Trois ans, répondit l'espionne sans sourciller. Depuis qu'il a fait main basse sur la DCRI. On s'est intéressés à son cas au moment où il a personnellement recruté Nazir, qui avait déjà travaillé pour nous.

— Donc, c'est la vérité, grommela Mansourd, plus pour lui-même qu'à l'attention de son interlocutrice.

La vérité : celle qu'il avait lue dans les documents laissés par Nazir dans cet hôtel de New York – une série de verbatim extrêmement crédibles de ses conversations avec Montesquiou. L'extrême crédibilité venait de se transformer en très probable vérité, et pourtant Mansourd avait de plus en plus de mal à y croire.

— Et je peux vous demander pourquoi vous me révélez tout ça maintenant ?

— Le G8 de New York, répondit l'Américaine, du tac au tac. Nous avons décidé, pas moi mais en haut lieu, qu'il fallait coopérer avec vous maintenant. J'estime, personnellement, que Nazir n'est pas un agent double, plutôt un agent triple, travaillant pour nous, pour vous, et pour son propre compte. Et là je dois avouer qu'on est dans le flou. On ne peut pas se permettre de laisser subsister un facteur aussi imprévisible, surtout dans la nouvelle équation...

Elle se recula sur son siège, leva sa jambe gauche et l'abattit sur la table. Elle retira de l'intérieur de sa botte une clé USB et la fit glisser en direction du commandant.

— Voici la liste de toutes les fausses identités sous lesquelles il voyage. D'après mes informations, il devrait prendre un vol pour Lyon après demain, en fin de soirée. Impossible de le rater cette fois-ci.

25.

Marieke se réveilla dans une chambre inconnue trouée de deux lucarnes rondes et sans carreaux. Un hélicoptère rasait les toits dans le rêve dont elle venait d'émerger. Sa vue se stabilisait, elle reprenait conscience de ses membres, mais le bourdonnement strident de l'hélicoptère ne faiblissait pas ; il y en avait même plusieurs, qui n'en finissaient pas de rugir et semblaient tournoyer juste au-dessus de sa tête. En se redressant, la journaliste découvrit que ses chevilles étaient entravées par une chaîne et qu'on avait profité de son sommeil pour lui enfiler une robe orientale. Elle se démena pour se mettre sur les genoux, tendit les bras vers la lumière, chuta. La chaîne n'était rivée à rien, Marieke put se hisser jusqu'aux lucarnes qui encadraient, dans leurs médaillons jumeaux, un paysage de montagnes escarpées au flanc desquelles s'étalaient une forêt de pins et de vastes champs d'oliviers. Trois hélicoptères les survolèrent avant de filer vers l'autre versant. Quand ils eurent quitté son champ de vision, Marieke entendit des voix humaines, à l'entrée de la maison où on l'avait enfermée. C'étaient des hommes jeunes, qui parlaient français avec un accent banlieusard :

— C'est mort, frère, les blédardes même pas elles te regardent.

— T'as rien compris, *wollah* elles sont en chien les meufs, tu leur montres ta carte d'identité française elles mouillent les meufs, ma parole elles mouillent ces salopes. Tu leur montres un billet de cinq E elles en peuvent plus.

Même pas dix euros, cinq euros la vie de ma mère. Les salopes...

— Pour le visa, ouais, mais la vérité elles nous détestent. Va demander à Nazir ce qu'elles pensent, ces grosses putes. Tous les Algériens, même, pas juste les meufs, pour eux on pue la merde, je te jure. T'sais ce qu'ils disent, ces fils de putes ? Qu'on est, *zarma*, les plus cheums, parce que c'est les plus pauvres qui sont venus en France, les crève-la-faim, et les crève-la-faim ça fait des gamins moches, vrai ou pas vrai ?

— Parce que tu crois qu'ils sont riches ici ? C'est eux les morfales !

— Ouais, mais regarde leurs meufs, frère, la vérité regarde comment elles sont bonnes. Même les petites putes de la campagne, t'as vu la blonde qui ramasse les olives là-bas ?

Les deux compères s'éloignèrent pour surveiller une voiture qui longeait les champs, au loin, dans un nuage de poussières. Marieke découvrit alors que les cliquetis qui avaient ponctué cette aimable conversation provenaient de kalachnikovs, celles que les gentilshommes qui l'avaient tenue trimbalaient en bandoulière. Ils portaient des pantalons de treillis bouffants, des vestes de camouflage et des Rangers. Ils se raidirent à l'approche de la voiture, un Monospace Peugeot. Marieke, en se déplaçant d'une lucarne à l'autre, fit carillonner ses chaînes et se lever les têtes de ses geôliers. Elle se rallongea sur le lit.

Elle entendit qu'un seul homme sortait du véhicule, que son moteur continuait de tourner et, plus curieusement, qu'aucune parole n'était échangée entre le nouvel arrivant et ses deux sbires. Ce silence morbide dura plus d'une minute et fut interrompu par une explosion qui retentit au loin, dans les montagnes. Les murs de la chambre tremblèrent, les chaînes de Marieke tintèrent. Elle se dressa sur la couche et vit une volumineuse colonne de fumée noire au-dessus des montagnes où s'étaient engouffrés les hélicoptères.

— Ils bombardent au pif, lui expliqua Nazir en la rejoignant dans sa cellule. On leur a dit qu'il y avait des terroristes dans les montagnes, alors ils bombardent. Désolé pour les chaînes, au fait. En vous voyant nue, mes complices ont estimé qu'il valait mieux ne pas prendre de risques.

— Donc je suis votre otage maintenant ?

— Ah non, pas la mienne.

Il marcha jusqu'à la lucarne de gauche, une main derrière le dos, l'autre lissant les contours de sa barbe noire. Il avait troqué sa djellaba contre un costume noir impeccablement coupé. À son poignet droit, Marieke remarqua une montre-bracelet, autour de l'annulaire de sa main droite une alliance et, dépassant d'une des poches de sa veste, une cravate en soie noire.

— Je vais vous retirer les chaînes et vous demander de vous changer. J'aimerais en avoir fini avant la tombée de la nuit.

Un quart d'heure plus tard, Marieke avait revêtu une longue robe noire, des sandales fermées sur le dessus et un voile pour cacher ses cheveux. Elle fut conduite sur le siège arrière du Monospace, à côté d'un des deux sbires. Derrière eux, une énorme caisse occupait tout le volume du coffre.

Ils roulèrent sur des sentiers de terre battue, entre les oliviers. Les cueilleurs d'olives se redressaient rarement à leur passage. Dans la voiture, la conversation bascula sur les techniques de torture les plus marrantes qui existaient. Il fut question de jets d'eau glacée et de climatisation, de rats dans des entonnoirs dont un bout était fixé à l'abdomen tandis que l'autre bout était recouvert d'un bouchon auquel on mettait le feu... Le voisin de Marieke en avait entendu parler :

— Mais y a encore pire. Imagine une cage, pitcha-t-il avec une ferveur de scénariste amateur : une cage bien fermée, tu mets le mec tout nu dedans, et tu la remplis de moucherons. Juste ça, des moucherons. Le mec essaie de se boucher les trous, mais y a pas moyen qu'il bouche tous ses trous le fils de pute.

Son camarade préférait les tortures qui ne nécessitaient pas d'attirail.

— Une bonne torture, c'est psychologique, tu vois ce que je veux dire ? La meilleure torture, d'façon, c'est juste d'empêcher les gens de dormir. Les mecs ils deviennent dingues quand tu les réveilles dès qu'ils s'endorment. Et t'as pas besoin de moucherons ou de rats, rien, juste tu parles au mec quand il ferme les yeux, tu lui bouges l'épaule...

Au bout d'une demi-heure, ils s'arrêtèrent devant le portique délabré d'un cimetière. Les tombes s'étageaient à flanc de colline, tournées dans la même direction, vers les montagnes, à l'est. Un attroupement de vieilles femmes les attendaient au pied d'un arbre, à l'entrée du cimetière. Deux d'entre elles se détachèrent pour aider Nazir et ses deux acolytes à transporter la caisse. Marieke restait, seule, dans le Monospace déverrouillé, et se demandait pourquoi, au lieu de s'enfuir, elle s'interrogeait sur ce qui l'en empêchait. Il lui semblait qu'elle avait dormi quarante-huit heures d'affilée, et qu'il lui en faudrait autant pour éliminer la léthargie qui la clouait sur cette banquette arrière.

Sa tête pivota mais ses épaules restèrent immobiles lorsque Nazir la rejoignit. Il lui proposa de le suivre :

— Vous allez assister à votre premier renterrement. Le premier d'une longue série, si Dieu veut bien sûr.

Elle n'eut pas la force de lui demander ce qu'il entendait par *renterrement*. Il était, de toute façon, déjà parti dans ses explications :

— Si le mouvement se poursuit harmonieusement, on peut imaginer que dès la fin de l'été les trois quarts des carrés musulmans des cimetières français auront été exfiltrés. Sentez, Marieke, sentez cette belle odeur de sauge qui parfume les tombes en Algérie. Quel bon musulman voudrait que ses morts reposent en France, dans cette terre hostile, pluvieuse, au milieu de cadavres qui puent la cochonnaille en se décomposant ?

Ils étaient arrivés au pied de l'arbre au milieu du cimetière ; les hélicoptères se remirent à larguer des explosifs dans la montagne, la terre trembla, mais personne ne semblait s'en inquiéter autour de Nazir. Les vieilles femmes chantonnaient des prières. Elles avaient le visage peinturluré d'insignes bleus et des cheveux ébouriffés qui leur donnaient l'air de sorcières. Avaient-elles été engagées par Nazir parce qu'il n'avait pas pu trouver d'imam assez dingue pour participer à cette hérésie ?

L'odeur de décomposition fut rapidement insoutenable. À l'exception de Nazir, toute l'assemblée se boucha les narines.

Un bruit de moteur pétaradant fit se tourner les têtes. Une estafette en sale état cahotait dans la poussière ; elle vint se garer à côté du Monospace. Une des vieilles sorcières murmura à l'oreille de Nazir, tandis qu'un gros garçon s'extirpait du véhicule et demeurait interdit à l'entrée du cimetière, en contrebas.

La vieille femme, qui était sa mère, hurla dans sa direction :

— Mounir ! Mounir !

Mounir s'épongea le front avec la manche de sa chemise blanche. Il ressemblait à un limaçon géant qu'on aurait mis à la verticale, pour rigoler : le tube de graisse se distribuait de façon dysharmonieuse autour de la taille, qu'il avait boursouflée comme une bouée de sauvetage. Il se serait sans doute déplacé plus facilement en mer que sur cette pente rocailleuse où les regards moqueurs le ballottaient de droite à gauche.

Au pied de l'arbre, il lui fallut une pleine minute pour retrouver son souffle. Le tissu de sa chemise était devenu transparent, la sueur ruisselait le long de son visage joufflu. D'une voix fluette, en kabyle, il annonça qu'il avait dû assommer le mouton qui les attendait dans le ventre de son estafette. Sa mère le traita de tous les noms et menaça de le frapper s'il ne se taisait pas. Elle prit un de ses halètements pour une parole de rébellion et lui asséna plusieurs gifles sur la nuque. Elle lui rappela que Nazir lui avait promis un passeport français en échange de ses services. Des millions de jeunes de son âge étaient prêts à vendre leur mère pour un passeport français.

En entendant la sienne le sermonner devant tout le monde, Mounir songea qu'il voulait bien la vendre même sans passeport à la clé.

Marieke avait du mal à garder son équilibre ; en prenant appui sur le tronc de l'arbre, elle vit soudain que deux fosses avaient été creusées : la première où fut glissée la caisse du Monospace et une seconde qui resta vide.

— C'est qui ? demanda-t-elle à voix basse, en sentant que ses yeux louchaient.

Nazir se rapprocha d'elle, sans la toucher. Il ne l'avait jamais touchée. Pas même dans le rêve, l'un des rêves qu'elle avait faits, dont elle se souvenait enfin : elle était attachée, nue, à un chevalet de torture, la voix bizarre de Nazir soufflait dans ses parties intimes, mais quand elle ouvrait les yeux, c'était le visage de Fouad qui apparaissait, Fouad agenouillé à ses pieds, désolé de participer à une telle mascarade.

— C'est la dépouille de mon père, répondit son frère aîné.

Les deux gamins en treillis avaient laissé leurs armes à terre. Ils se tenaient côte à côte, mains jointes, têtes basses devant le monticule de terre dont ils s'apprêtaient à recouvrir le cercueil.

— Et le trou à côté ? demanda Marieke, qui sentait qu'il fallait parler, poser des questions pour ne pas s'effondrer à nouveau.

Nazir montra les pelles à ses sbires et consulta sa montre.

— Rassurez-vous, il ne vous est pas destiné.

Sur quoi il se baissa, prit une poignée de terre dans sa longue main décharnée et la jeta sur la caisse rectangulaire, au niveau de la tête.

Dounia avait voulu profiter d'une éclaircie pour retourner se promener au Jardin des Plantes. Lorsque son fils la rejoignit, elle se tenait voûtée devant la baie vitrée où palpitaient les clochettes de fleurs d'un tilleul bicentenaire. Dounia sut qu'il savait dès qu'il entra dans la pièce, à pas comptés, en répondant à son bonjour par le même mot amputé de sa première syllabe.

Leur promenade se déroula dans un silence solennel et pesant. Fouad évitait le regard de sa mère, levait la tête pour écouter les oiseaux dans les arbres. Il avait l'impression qu'ils toussaient au lieu de chanter.

Elle s'arrêta au bord d'une mare tapissée de nénuphars. Des grenouilles lubriques s'y pourchassaient sans s'attraper. Leurs gorges triplaient de volume à chaque croassement.

Fouad imaginait des débuts de phrase pour lui annoncer que la dépouille de son père avait été volée. Mais des images le cernaient de toutes parts, des souvenirs de bonheur conjugal et des souvenirs qui n'en étaient pas, ou n'étaient pas les siens, et qui possédaient néanmoins la même réalité brûlante : les longues nuits de sa mère, dans ce lit où elle dormait sans lui depuis cinq ans. Il ne servait à rien de la tourmenter davantage. Kamelia avait accepté de ne pas parler de l'« incident du cimetière » à qui que ce soit, même si elle était choquée par le comportement de son cousin. Fouad avait reporté sur elle une partie de la rage que lui inspirait cette profanation. Il avait dit qu'on s'en foutait des morts, que seuls les vivants comptaient. Il y croyait, il voulait y croire. Croire que ces grenouilles qui s'aimaient sous son nez valaient plus que le tas d'ossements inanimés de son père.

Quand Dounia fut à bout de souffle, elle désigna un banc à l'écart de l'allée principale, protégé des regards des promeneurs par un petit carrousel fermé, recouvert d'une toile cirée qui laissait entrevoir des animaux mythologiques ou disparus : un tigre à dents de sabre, un dodo, un croisement entre une girafe et un cerf, et deux ou trois chevaux de manège ordinaires, pour les enfants les plus conventionnels.

Dounia portait une longue jupe verte, un corsage beige à fleurs brunes et des claquettes avec des chaussettes noires. Elle avait enroulé un fichu autour de sa tête, pour ne pas prendre froid. Ses cheveux étaient intégralement recouverts par ce bout de tissu rouge qui lui donnait l'air d'une paysanne slave. Elle s'en libéra en soupirant :

— *Staf'Allah...*

Fouad détaillait sa mère avec une intensité qui l'effrayait lui-même, comme s'il avait voulu la transporter tout entière dans sa mémoire. En voyant ses cheveux raides, noirs et si soyeux, Fouad ne résista pas à l'impulsion d'y déposer un baiser.

Cet élan d'amour filial fit trébucher Dounia dans un abîme profond, dont elle ne ressortit qu'une minute plus tard, avec cette question :

— Tu penses que j'ai été une mauvaise mère, c'est ça ?

Son intonation suggérait un passage imminent à l'offensive, Fouad s'attendait à l'entendre ajouter « Eh bien, détrompe-toi », et se préparait à sortir tout ce qu'il avait sur le cœur, dans le ventre, sous la peau.

Il n'eut pas l'occasion de le faire :

— Eh bien oui, j'ai été une mauvaise mère. J'aimerais bien te dire que j'ai fait ce que j'ai pu, mais c'est pas vrai. J'ai fait de la différence entre mes trois fils. Et j'ai pas été à la hauteur quand votre père est mort. Je me suis écroulée. Ça se voyait pas, bien sûr, j'essayais de garder les apparences...

Fouad se forçait à maintenir son regard sur ses propres mains, il ne voulait pas voir la douleur dégrader le visage de sa mère. Pourtant, il finit par tourner la tête, et ce qu'il vit l'épouvanta : un sourire errait sur son visage, plus lourd d'un côté que de l'autre, et qui allumait une lueur de défi et de haine dans le regard qu'elle posa sur lui. « Je n'ai plus rien à perdre », disaient ses yeux inégalement entrouverts.

— Tu es bien installée chez Szafran ? lui demanda son fils, fébrile, en dépliant quelques feuilles qu'il étudiait sans pouvoir rien y lire. Il faudrait peut-être qu'on regarde un peu ensemble, j'ai pris les contacts de...

Sa mère souffla, longuement, et voulut se lever. Elle n'y parvint pas, sa lassitude était trop grande. Une légère brise fit tourbillonner des fleurs d'arbres et apporta des odeurs de rose à ses narines. Elle ne sentait plus rien depuis quelques jours, ce qui ne l'empêcha pas de respirer à pleins poumons, et de tousser en conséquence, pendant une minute, jusqu'à devoir cracher. Fouad posa la main sur son épaule tremblante. Il était hors de question de l'interroger sur la conversation qu'elle avait eue avec Nazir. Elle se briserait comme une figurine de cristal.

— J'ai déjà donné, j'ai vu ce que ça fait, la chimio, la radiothérapie, tous leurs traitements de merde. On voit comment ça a marché avec papa...

— Mais papa, on l'a détecté trop tard... Et on avait un seul avis, là je t'ai trouvé les meilleurs spécialistes, le service d'oncologie de...

— Stop ! Je veux pas entendre ce mot, plus jamais.

Fouad n'eut pas le courage d'insister. Il voulut se lever, prendre une voix forte, la mettre au pied du mur : « On fait quoi, alors ? » Mais des larmes coulaient sur les joues de sa mère, abondantes, silencieuses. Toutes ses pensées la ramenaient à Nazir ; et toutes se perdaient en lui :

— C'est mon fils, aussi. Tu sais ce que disait la mémé, un léopard ne se sépare jamais de ses taches.

Fouad se mordit la langue :

— Et Slim ? Et moi ? On n'est pas tes fils, nous ? (Elle fit semblant de ne pas l'entendre.) Tu te rends compte de ce qu'il a fait ? Tu te rends compte que c'est encore pire qu'un meurtrier ?

Elle murmura une longue phrase en kabyle, que Fouad ne comprit pas. Le kabyle, c'était la langue que ses parents avaient toujours utilisée quand ils voulaient que leurs enfants ne comprennent pas. Seul Nazir avait fait l'effort de l'apprendre, adolescent – et ce n'était pas pour connaître les discussions secrètes de ses parents, c'était seulement pour humilier Fouad et lui reprocher de ne pas pouvoir prononcer son propre prénom avec l'accent convenable, *Fouèd*.

— Il y a des choses que tu sais pas, mon fils, poursuivit Dounia, en français. Pour toi, ça a toujours été facile, tu te rendais pas compte...

— De quoi ? J'espère que tu vas pas me parler de racisme et de toutes ces conneries ? Maman, vous ne nous avez pas éduqués à nous considérer comme des victimes, vous nous avez encouragés à aimer les gens, à faire confiance au lieu de nous méfier, et à réussir dans les études, dans la vie, pourquoi est-ce que tu changes de discours maintenant ?

— C'est pas moi qui change...

Fouad eut une idée :

— Et puis, t'es fière de moi, non ? Tu m'as dit mille fois combien ça te faisait plaisir, de me voir à la télé...

— La télé, répéta sa mère avec mépris.

Ce mépris porta un coup au moral de Fouad, mais ne l'abattit pas :

— Et tu sais bien que Jasmine est enceinte. Maman, tu vas être grand-mère !

Ses yeux fixaient les dents de sabre du tigre en bois, ses lèvres se pressaient l'une contre l'autre, à toute vitesse, elle allait exploser, céder, le démon qui la possédait ne la quitterait pas sans violence. Fouad sentit qu'il n'avait plus d'autre option, il fallait la pousser dans ses retranchements :

— À t'entendre, j'ai l'impression que tu t'en fous de moi, de Slim, que tu nous abandonnes, que tu choisis de vivre dans le passé au lieu de penser à l'avenir...

— Mais c'est Nazir qui a le plus besoin de moi, articulat-elle soudain, calmement, en saisissant la main de son fils et en plongeant dans les siens ses petits yeux qui avaient eu le temps de sécher. Il a choisi un chemin difficile, il a choisi le chemin du destin. Tout est écrit, mon fils. Tout est écrit.

Fouad arracha sa main et se leva d'un bond, épouvanté. Quand il se retourna, sa mère avait renoué son fichu autour de sa tête ; elle psalmodiait des paroles inintelligibles, en arabe.

Deuxième partie

Sanglants étendards

1.

Tout le monde avait lu, à la buvette de l'Assemblée nationale, le sondage Ipsos-*Le Monde* qui donnait la gauche de Chaouch en tête des intentions de vote du premier tour dans la majorité des circonscriptions. La pluie inondait les pelouses qui donnaient sur le quai d'Orsay et le pont de la Concorde. Quelques fumeurs s'étaient pressés sous l'auvent de la terrasse du restaurant. Un cacique de la droite philosophait devant de jeunes parlementaires de son « bord » en agitant son tas de journaux du matin qu'il avait enroulés pour leur donner la forme d'une matraque :

— Qu'on n'aille pas faire les étonnés, ça va aller de mal en pis : Chaouch va bien naturellement tirer les dividendes de son G8 réussi, avouons-le, mais, même sans cela, j'ai dit depuis le début que, dans le contexte, au vu de l'état du pays, les gens avaient besoin d'être rassurés, dorlotés. L'ADN n'avait aucune chance, j'en étais sûr. C'était une potion trop violente ! Mais enfin, que voulez-vous, il semblerait que la quasi-totalité des cadres de notre cher parti aient perdu la raison, à moins qu'ils ne l'aient volontairement suspendue, n'est-ce pas, pour pouvoir suivre cet autocrate en culotte courte sans trop se poser de questions...

Il parlait de Montesquiou, dont l'extrême jeunesse (il était à peine trentenaire) restait, plus même que la brutalité de ses procédés, en travers de la gorge de ceux qu'il avait coiffés au poteau. Ils avaient été nombreux, après le retrait du président sortant, à croire leur heure enfin venue, sans se douter un seul instant que, tandis qu'ils réunissaient leurs troupes en vue de faire acte de candidature à la présidence du parti, un coup préparé depuis des mois allait réduire leurs ambitions à néant et les contraindre à marcher au pas, sous l'étendard d'une union sacrée des patriotes qui sentait le putsch et la barbouze.

Pour les vieux briscards qui avaient dû prêter allégeance à l'ADN, on atteignait le stade ultime d'une dislocation de la République qui avait commencé avec la victoire de Chaouch aux primaires socialistes. Les médias s'étaient entichés du candidat arabe, pipoteur aussi séduisant qu'inexpérimenté. L'hallucination collective avait brusquement pris fin lors de l'attentat du 6 mai. La représentation nationale s'était alors réveillée, sonnée, et dans un premier temps parfaitement aphasique. Même ceux qui ne lui étaient pas favorables reconnaissaient que Montesquiou avait alors été le seul à oser parler stratégie, opportunité, reconquête, au moment où les grandes figures du parti avaient les genoux qui flageolaient et se rangeaient sans broncher au principe d'une « union sacrée » avec et sous Chaouch.

L'activisme ancien et souterrain de Montesquiou finit par porter ses fruits ; le congrès exceptionnel fut une réussite et un coup de maître ; et quand des voix s'élevèrent pour reprocher au maître en question de n'avoir jamais été élu, l'intrépide énarque les prit au mot et se parachuta lui-même en enfer, au cœur du brasier, à Grogny – la ville de Chaouch.

La cible était belle, et l'archer pile au centre des projecteurs ; ce furent pourtant ses détracteurs qui se réjouirent : les électeurs de la 13e circonscription de la Seine-Saint-Denis n'allaient faire qu'une bouchée de cet oiseau à particule, fringué comme un banquier d'affaires et qui n'avait certainement jamais vu la couleur d'un ticket de RER.

Mais il y avait quelque chose dans l'air de ces quelques semaines de printemps. Des chercheurs étudièrent la composition du pollen qui neigeait alors en grande quantité sur la France : les intentions de vote à trois semaines des législatives étaient certes décevantes pour l'ADN, mais pas pour celui qui en était devenu le champion incontesté. On le créditait d'une victoire dès le premier tour, ce qui était à peu près inexplicable pour les plus fins connaisseurs de la carte électorale, mais pas pour le cacique au cigare, qui, depuis l'attentat, tel saint Jean exilé à Patmos, lisait dans chaque événement le prodrome d'une fin du monde qui certes se faisait attendre, mais que rien ne pouvait plus empêcher :

— C'est la même hallucination, le même sortilège médiatique, prophétisa-t-il après avoir rangé son barreau de chaise dans la poche de son veston. Chaouch, Montesquiou. Des inconnus surgissent, ils n'ont pour eux que cette sorte de magnétisme télégénique que le vulgaire prend pour du charisme. Ah, nous sommes entrés dans une période dangereuse, celle qui vient juste après la panique et l'effroi. Les gens veulent se rendormir, ils veulent qu'on les guide, mais sans être conscients. Mes amis, voici venu le temps des marchands de sable. Et quand nous serons tous devenus de parfaits somnambules, alors les tueurs se montreront dans la nuit noire, et nous serons perdus !

On entendait ce genre de propos, dans les allées du pouvoir, à cette époque. Des politiciens sans foi ni loi faisaient des poésies. On surprenait des apparatchiks chevronnés, avachis sur les banquettes rouges, les pouces appuyés sur les tempes, hagards, désemparés, qui se livraient à des prémonitions ésotériques.

En ce jour de questions au gouvernement, l'Assemblée était pleine à craquer. Les parlementaires s'étaient déplacés pour les médias nationaux ; ils repartaient dans la soirée au fond de leurs fiefs en déroute. L'hébétude était à la mesure de l'instabilité générale. Dans la salle des Quatre-Colonnes, c'était un défilé permanent de vieilles gloires et d'anciens jeunes loups, d'éternels « quadras en vue » qui annonçaient la chute des institutions devant des caméras qu'ils étaient eux-mêmes allés chercher, et qui finissaient par ne les enregistrer qu'une fois sur deux.

Le poète récupéra son bout de cigare et entreprit de le rallumer, il se sentait en verve, mais les jeunes gens qui l'écoutaient avec une déférence distraite s'étaient tournés vers le comptoir de la buvette, où il y avait de l'animation, des éclats de voix.

Une canne remuait dans les airs, au-dessus des vagues de têtes et de costumes, ce qui intrigua beaucoup ceux qui avaient « pratiqué » Montesquiou avant sa fracassante révélation sur la scène des législatives. Ils l'avaient connu dandy réac et sulfureux, idole vivante d'une secte de jeunes hauts fonctionnaires qui lui auraient baisé la chevalière une plume dans le cul et en prime time s'il leur en avait intimé l'ordre.

Montesquiou, c'étaient les coups tordus, les basses besognes, le sourire carnassier qui vous coinçait dans un couloir pour vous faire du chantage. Mais Montesquiou, c'était d'abord et avant tout une démarche à trois pattes, une silhouette haute mais bancale, qui s'asseyait en grimaçant et gardait toujours son genou droit déplié. Comment avait-il pu prendre l'aspect de cet escrimeur habile qui tenait en respect le seul homme de la pièce qui se trouvait avoir la peau noire ?

L'esclandre fut reporté en direct par des journalistes présents sur place. Pendant quelques heures, le Tout-Paris médiatique bruissait des plus folles rumeurs au sujet de l'incident qui avait eu lieu dans cette buvette. Personne ou presque ne savait ce qui s'était réellement passé avant que le leader de l'ADN eût pris à parti ce député noir. Montesquiou avait voulu lui dire quelque chose à l'oreille, le propriétaire de cette oreille affirmait qu'il la lui avait alors mordue. Jusqu'au sang, pouvait-on lire sur le tweet explicatif de @jbdiop à la fin de l'après-midi, accompagné de photos sur lesquelles on peinait, pour être honnête, à reconnaître les entailles mentionnées en légende.

Les commentateurs se déchaînèrent sur l'incident, qui jurait avec les mœurs policées de l'Assemblée, où les insultes explosaient certes sans retenue dans l'hémicycle, mais pour terminer leur course à la buvette, autour d'un œcuménique coup de rouge républicain. Si morsure il y avait eu, l'affaire revêtait, en revanche, une signification politique et révélait un état de nervosité préoccupant de nos élites.

Mais voici, maintenant, ce que les annales de Twitter ne racontèrent pas :

Après son coup d'éclat, Montesquiou entraîna une quarantaine de ses partisans dans la vaste salle de bal qui jouxtait la buvette saccagée. Les lustres tintaient, les tapisseries frissonnaient ; des tableaux se décrochèrent des murs. Les huissiers ne pouvaient pas contenir une telle cohue, pas plus qu'ils n'arrivaient à raisonner son trépidant instigateur.

La Garde républicaine fut appelée en renfort. Il y eut des discussions, des menaces. On comprit alors, encore confusément, que le président de l'Assemblée nationale avait refusé de recevoir Montesquiou, un peu plus tôt dans la matinée. Montesquiou avait en fait provoqué cette émeute dans le seul but d'assiéger le bureau du président Lamborghini, qui appartenait au même camp politique que lui, et qu'il boudait au motif qu'il le considérait comme un adolescent agité de *pulsions ordaliques*, un *agitateur*, irresponsable et dangereux.

Une foule tonitruante le suivait en effet dans les corridors craquants de l'Hôtel de Lassay. Lamborghini, dit Lambo, déjeunait alors pour la deuxième fois de la journée, seul dans son bureau, lorsque lui parvint le premier écho du raffut. C'était un sexagénaire à l'embonpoint qui tenait du spectacle de foire, sa panse considérable pesant de tout son demi-quintal sur ses minuscules jambes de poulet, tandis qu'essayait de se faire remarquer, au-dessus de cette bedaine de Damoclès, un visage en forme de brioche, incrusté d'yeux larmoyants et hilares, plein de joues et de grimaces gourmandes, et constamment essoufflé.

Il sortit pour interroger sa secrétaire et vit une colonne d'hommes en costumes bleu marine qui se pressaient dans le goulot de son antichambre. Il crut qu'ils allaient le piétiner, on voyait dans ses petits yeux catastrophés exactement ce sur quoi Montesquiou avait parié : que ce bâfreur aux mains molles comme celles d'une grosse dame ne redoutait rien tant que l'intimidation physique.

Montesquiou se planta, les bras croisés, devant le triple menton du président de l'Assemblée, qui laissa échapper un mince filet de voix aiguë :

— Ce ne sont pas des méthodes...

Montesquiou ne l'entendit même pas ; il tenait sa canne à la verticale, la faisait tournoyer très lentement à partir de son pommeau carré dans sa main gauche, tout en admirant les plafonds moulurés, les dorures.

La secrétaire de Lamborghini fourra quelque chose, par-derrière, dans la paume affolée du troisième personnage de l'État. C'était son flacon de Ventoline.

2.

Il attendit d'avoir refermé la double porte capitonnée de son bureau pour s'envoyer un shot au fond des bronches.

Les âmes damnées de Montesquiou restaient dans l'anti-chambre, galvanisées et solidaires du coup de génie, ou de folie, de leur chef.

— Pierre-Jean, voyons, qu'est-ce que ça veut dire ? À quoi je ressemble, moi, maintenant ? Vous pouvez me le dire ?

— Asseyez-vous, président, la France a besoin de vous.

La voix de Montesquiou s'était réchauffée, veloutée, adoucie. À demi assis sur le rebord du bureau, les mains tendues, ouvertes comme un livre, et le visage enfoui entre les deux pages ainsi dépliées.

Lambo se laissa tomber au fond d'un des fauteuils réservés, d'ordinaire, à ses visiteurs. Il dénoua le col de sa cravate de soie nattée, en agitant ses jambes et ses mocassins qui ne touchaient plus le sol. Ses doigts aussi gigotaient comme des petites saucisses apéritives, désœuvrés sans le marteau qui leur permettait, d'habitude, d'interrompre la séance quand ses premières palpitations apparaissaient.

— Laissez-moi d'abord vous dire, président, que j'aurais préféré que vous m'accordiez un tête-à-tête ce matin, ça nous aurait évité cette regrettable effervescence. Tout le monde est sous tension, il suffit parfois d'un rien, mais vous êtes un homme d'expérience, on peut parler tous les deux, n'est-ce pas ?

Le président ne se sentait pas en sécurité. Une telle intrusion était tout à fait inhabituelle pour ce mandarin aux manières onctueuses, élevé au biberon de la haute administration et claquemuré depuis cinq ans dans cette prébende où la République s'assurait qu'il fût nourri, logé, et nourri à nouveau étant donné que ses besoins en la matière excédaient de beaucoup les portions du commun des mortels.

Montesquiou se leva, fit le tour de l'énorme bureau vide à la curieuse exception d'une serviette tachée de rouge. Le jeune homme se posa, avec un ricanement provocateur, dans le large fauteuil où le meilleur coup de fourchette de la République effectuait la majorité de ses siestes hors séances, celles que les moustiques du « Petit Journal » ne pouvaient pas lui gâcher.

Il frémit : son visiteur avait la main pile au-dessus du tiroir où l'attendait la suite de son repas, une assiette de couscous royal avec double ration de merguez, qu'il avait cachée in extremis en comprenant qu'il avait de la visite.

Montesquiou renifla.

— Président, j'aimerais recueillir votre expertise sur la situation actuelle, mais je dois d'abord vous faire une confidence.

Lamborghini remua au fond de son propre siège, soulagé. Ses fins sourcils se détachaient nettement sur son front jaune et cireux. Son estomac essayait de lui faire passer un message, le même que d'habitude. Mais le tiroir était loin, fermé, et puis il n'était pas seul...

Montesquiou enfonça ses pouces au fond de ses globes oculaires, avant de pratiquer un exercice respiratoire saugrenu, qu'il consentit à expliquer, les yeux toujours bouchés, au son de la pluie qui faisait entrer des odeurs de terre et de gazon tondu dans le bureau aux fenêtres entrebâillées :

— Voilà maintenant dix jours que je n'ai pas fermé l'œil. Certains, dans mon entourage, s'en sont aperçus, alors je leur ai raconté que je faisais des siestes, des sortes de nuits en décalé. Mais la vérité, je vous la réserve à vous, président : je ne dors plus du tout. Je fais des micro-siestes d'une minute et demie toutes les deux ou trois heures.

Il fit glisser ses pouces le long de ses joues, en appuyant fort, pour effacer la fatigue.

— Je vous écoute, tenta Lamborghini.

Mais son visiteur ne disait plus rien. Son visage se détendit, son front redevint lisse comme un caillou. Il avait retrouvé son aspect juvénile. Il dormait.

Au bout d'une minute et demie, il était réveillé, à nouveau opérationnel, prêt au combat. Il y repartit d'une voix si forte qu'elle fit sursauter le titulaire habituel de ce fauteuil couchette, stratégiquement placé dans l'angle mort des deux fenêtres du bureau :

— Alors oui, la France a besoin de vous. Et je ne dis pas ça par goût de la grandiloquence. Vous connaissez ma réputation, et celle de mon nom.

Lamborghini l'écouta dérouler des morceaux choisis de sa légende familiale.

Il finit par l'interrompre :

— Permettez que je vous arrête, cher ami. Mes aïeuls paternels sont originaires du Piémont, est-ce à dire que je suis moins français que vous ? Mais, surtout, écoutez... je n'ai aucune intention de briguer à nouveau le perchoir, je ne compte pas non plus assumer de responsabilités dans ce qui reste du parti auquel j'ai adhéré il y a quarante ans, et où je vous avouerais que je ne reconnais plus rien. Je ne représente aucun courant, je ne représente (il haletait) rien ! Je n'étais pas favorable à votre stratégie de rapprochement avec l'extrême droite, mais elle l'a emporté, et je n'ai ni

472

l'envie ni la force de me mettre en travers de votre route. Alors, une bonne fois pour toutes : que me voulez-vous ?

Cette tirade avait mis le pauvre homme en nage. Montesquiou lui tendit un mouchoir en papier. Il s'éponge le front, son coin supérieur gauche. Il lui aurait fallu quinze autres de ces petits machins pour venir à bout du ruissellement.

— Il ne s'agit ni de force ni d'envie, mais de devoir. Si j'ai demandé un rendez-vous à votre secrétariat, c'est parce que je voulais vous communiquer des informations qui, pour le moment, demeurent et doivent demeurer absolument confidentielles. Comme vous l'aurez deviné, elles concernent le Chaouch.

Il chuchota le nom du président et se leva pour poursuivre, en attrapant sa canne et en la serrant de toutes ses forces. Son ton avait changé lorsqu'il se remit à parler, accoudé au-dessus de marbre de la cheminée ; on ne pouvait plus y détecter la moindre dérision :

— Les temps sont graves, la France avance comme un canard sans tête. Nous sommes *pris en otage*, Lamborghini, pris en otage par un conducteur aveugle qui nous envoie droit dans le mur. Je suis sur le point de vous faire des révélations étonnantes.

Lamborghini roula les yeux au ciel. Rien ne l'étonnait plus au crépuscule de sa carrière. La transformation de son parti libéral-bonapartiste en alliance décomplexée des droites populistes et xénophobes ? Il fallait s'y attendre : les Français ne se sentaient plus chez eux, et on leur refilait un président issu de la diversité... Quant à la métamorphose d'un dircab de Beauvau encore imberbe en homme providentiel de la droite pour les législatives, elle ne lui paraissait pas du tout incroyable – après tout, il y avait bien des enfants tueurs dans certaines milices africaines.

— Il faut que ça reste entre nous, bien sûr, du moins pour le moment. Mais j'ai en ma possession la preuve formelle que le président est sous influence, et atteint d'une forme de schizophrénie attestée par de multiples témoignages, que je suis en train de rassembler.

Le président de l'Assemblée nationale se leva à son tour. C'était un effort éreintant, pour un homme de son volume, de s'extirper d'un siège aussi bas que celui qu'il infligeait à ses rares visiteurs. Il se moucha, parut basculer vers l'arrière, vacilla mais tint bon. Il était écarlate, mais toujours magnanime :

— Le pauvre vieux sort d'un coma de trois jours, il est en rééducation, c'est normal qu'il soit encore un peu lent, non ?

Montesquiou perdit patience :

— Mais moi, ça ne m'amuse pas, que l'héritier des rois de France soit un immigré semi-dément en chaise roulante ! A fortiori quand j'apprends qu'il se laisse dicter sa conduite par des conseillers peu recommandables, pour ne pas dire carrément farfelus. Ça me dégoûte, pour tout vous dire. Et qu'il ait choisi un Premier ministre juif allemand passe encore, quoiqu'on ne puisse que s'effrayer du recul de ce corps français traditionnel tant décrié par nos adversaires... Comment ne pas voir que nous sommes en train d'assister à une véritable *sémitisation* du sommet de l'État ! Et encore, si tous ces gens étaient sains d'esprit et qu'ils aimaient la France, je ne dirais rien ! Sauf que ce n'est pas le cas. Enfin voilà, c'est pour toutes ces raisons que j'ai voulu vous rencontrer.

— Mais qu'est-ce que vous avez en tête, au juste ?

Les yeux de Montesquiou étaient en feu, on n'y voyait plus que le sang de ses vaisseaux brûlés par l'absence de sommeil.

— Que diriez-vous de dîner, en toute discrétion, un soir de cette semaine ? Vous, moi et notre ami commun Cornut ?

— Cornut ? Vous parlez du président du Sénat ? Mais que voulez-vous que j'aille dîner avec le...

Il n'alla pas au bout de sa question. Il avait compris. Montesquiou avait besoin des présidents des deux chambres : il espérait saisir la Haute Cour de justice pour lancer une procédure de destitution, juger Chaouch et le faire tomber.

Lambo fit un rapide calcul en remuant la tête latéralement : le compte n'y était pas, il n'y serait jamais.

Montesquiou tendit le bras dans sa direction, lui prit le coude et le raccompagna vers la porte. Il n'y avait plus personne dans l'antichambre, sauf la secrétaire, emmitouflée dans sa petite laine blanche, et qui levait sur eux un regard vide et incrédule, comme en ont les poissons.

— Vous pouvez libérer la soirée de demain de l'agenda du président, ordonna Montesquiou.

Il se tourna vers Lamborghini, qui dodelinait du chef dans l'encadrement de la porte, en grommelant, que tout de même, c'était un peu fort de café...

— Je vous ferai parvenir un billet avec l'adresse.

Lamborghini se hissa sur la pointe des pieds pour murmurer à l'oreille du jeune hussard de l'ADN, qui péchait par excès d'audace, méconnaissant les rapports de force réels et la pusillanimité congénitale de la plupart de ses collègues parlementaires :

— Il vous faut les deux tiers, vous n'aurez jamais une telle majorité. J'ai vu passer un certain sondage, vous savez, dans un célèbre quotidien vespéral...

— Ah ah ! Le sondage ! Mais je vous parle de l'Histoire de France, Lambo, je vous parle de la page que nous allons écrire ensemble !

Montesquiou allongea sa main, comme s'il voulait se la faire embrasser, et en faisant tomber un regard franchement méprisant sur ce goret géant en costume sur mesure. Lamborghini osa alors baisser les yeux sur le « miracle », et baragouina en reniflant :

— Écoutez, je veux bien dîner avec Cornut, vous regarder vous casser méthodiquement la figure avec cette procédure impossible, tout ce que vous voulez, mais d'abord... vous ne voudriez pas m'expliquer, la canne... votre genou... ?

Ce genou qui pouvait se plier, cette jambe qui en se libérant avait libéré toute sa posture, et l'avait allongée, épaissie, revigorée.

— Eh bien, ma foi, répondit Montesquiou en slalomant pour éviter la secrétaire désorientée... il faut croire que c'est le *mektoub* !

Il s'éloigna sur ce mot, en riant avec entrain dans la pénombre, à gorge déployée, vraiment, se sachant le plus gros rat de sa portée, et ne craignant plus rien et surtout plus personne.

3.

Les ennemis de Montesquiou appartenaient à deux espèces distinctes et mutuellement exclusives : d'un côté les viscéraux, les épidermiques, en un mot les Mansourd, à qui la face proprette et la morgue atavique de cette graine de tyran donnaient des envies d'étranglement ; et de l'autre les magistrats instructeurs, animaux de sang froid qui s'efforçaient, avec plus ou moins de succès, de brider leurs mouvements d'antipathie pour recueillir de solides éléments à charge, sans rien ignorer, par ailleurs, de ce qui pouvait éventuellement le disculper. Wagner n'était pas tout à fait seul dans cette deuxième catégorie : son collègue Poussin préférait carrément changer de station quand la voix du champion de la droite s'invitait sur France Inter, afin que les opinions excessives qu'il professait ne risquassent pas d'enténébrer ses délibérations professionnelles.

Les deux juges étaient en position de force au Pôle anti-terroriste. Le vice de procédure soulevé par Me Szafran avait conduit la chambre de l'instruction à suspendre immédiatement la détention provisoire des sœurs Nerrouche : un camouflet pour le juge Rotrou. Ses beuglements avaient retenti jusque dans la chapelle du Palais, lorsqu'il s'en était pris à son greffier à l'origine de cette malheureuse erreur de cochage et de signatures, anticipée par l'avocat, et de toute évidence provoquée par ses soins, quoiqu'il n'existât aucun moyen d'en avoir le cœur net.

Wagner expliqua au jeune Poussin que leur rival était à la solde de l'homme autour duquel se resserrait l'étau de leurs investigations. Le beau-frère de Montesquiou,

Franck Lamoureux, fut mis en examen pour association de malfaiteurs terroriste, après que des caches d'armes eussent été découvertes dans un garage loué par le groupuscule d'extrême droite dont on le soupçonnait d'être la tête pensante.

Lors de son entretien de première comparution, Lamoureux nia, de façon très convaincante, avoir jamais été une tête pensante.

Poussin mit sous son nez des photos de Ferhat Nerrouche, le grand-oncle de Nazir, qu'il avait agressé deux semaines avant l'attentat ; il ajouta des photos de mosquées vandalisées, de cimetières profanés, et les relevés de transactions effectuées par son organisation dans le but d'acquérir pour près de cent mille euros d'armes de guerre. Lamoureux se borna à répéter qu'il n'était lié en aucune sorte avec la FRAASE, Fédération régionale des anti-antiracistes du Sud-Est, dont les fascicules prônaient une nouvelle « révolution nationale » et le « réveil du peuple de souche ».

L'élocution du juge Poussin étant affectée d'un bégaiement tenace et fort handicapant, chaque prononciation du nom de ce groupuscule s'avérait, pour lui, aussi terrifiante que la perspective d'une traversée du tunnel du Mont-Blanc en trottinette, puisque tel était son véhicule de prédilection dans le civil. C'est sous l'impulsion de ce trentenaire bizarre et balbutiant que la plupart des membres de la FRAASE avaient pourtant été interpellés. Il s'agissait, pour l'essentiel, de très jeunes paumés adeptes d'entraînements paramilitaires dans l'arrière-pays varois, occasionnellement meneurs de raids contre les Arabes et les Noirs des cités du coin. Poussin parvint à établir la responsabilité de la bande dans le décès, resté inexpliqué, d'un magasinier d'origine sénégalaise. On avait retrouvé son corps quelques mois plus tôt, roué de coups, dans un fossé, près de l'usine où il avait passé trente ans à charger et décharger des caisses.

Dans l'ordinateur infesté de virus d'un de ces nazillons, les enquêteurs découvrirent le texte d'un discours, sobrement intitulé « l'Appel », qu'ils retrouvèrent aussi dans les corbeilles des messageries de quelques-uns de ses camarades.

Mansourd en prit connaissance au petit matin. Il n'y prêta pas plus d'importance.

En début d'après-midi, les médias s'enflammèrent autour de l'oreille qu'avait ou que n'avait pas mordue Montesquiou lors de son passage à l'Assemblée.

À 16 heures, Xavier Putéoli, journaliste réputé proche de l'ADN, publia son édito du jour sur le site d'Avernus. fr, le *pure player* dont il était le rédacteur en chef et la figure de proue. Mansourd bondit : c'était une version améliorée et augmentée du texte qui circulait dans les ordinateurs des fachos de la FRAASE.

On invita Putéoli à la radio, on l'accusa d'avoir franchi la ligne jaune en publiant cet *appel à la nuit des jambons-beurre*, qui encourageait tous les Français à déposer un de ces sandwiches méprisés par Chaouch sur le pas-de-porte de leurs compatriotes musulmans, pour leur adresser un message clair et, au fond, pacifique : vous étiez les bienvenus chez nous à condition que vous vous pliiez à nos coutumes et consommiez les viandes que nous affectionnions.

On parla d'incitation à la haine raciale, d'huile sur le feu, de propos antirépublicains. Mais Putéoli ne regrettait pas un mot de son texte, qui ne choquait le microcosme parisien que parce qu'il traduisait un sentiment irrésistible dans les tréfonds silencieux du *pays réel*. On interrogea l'éditorialiste sur le choix du moment de la publication, qui tombait à pic pour Montesquiou, et lui allumait un contre-feu inespéré : Putéoli et son canard roulaient-ils maintenant ouvertement pour l'ADN ?

Le patron du renseignement n'entendit pas l'écumant Putéoli se répandre en postillons et en imprécations démagogiques. Mansourd se trouvait dans le bureau du juge pour se faire délivrer une commission rogatoire en vue de perquisitionner les locaux d'Avernus et de placer son directeur en garde à vue dès que la bave aurait séché au coin de ses lèvres.

Putéoli était un vieux camarade de fac de Wagner. Le juge ne voyait aucun problème à l'idée de l'envoyer au fond d'une cellule, mais Mansourd reçut un coup de fil du ministre de l'Intérieur, qui souhaitait l'informer des « inquiétudes » de Matignon. On craignait, en haut lieu, que l'arrestation d'un éditorialiste de droite dans ce contexte, qui plus est par des services antiterroristes « fraîchement ripolinés en rose Chaouch », n'apparût à l'opinion publique comme une flagrante opération de police politique.

Mansourd passa ses nerfs sur la boule antistress qu'il venait de chiper sur le bureau du juge :

— Enfin merde, on a retrouvé le même texte, mot pour mot, dans les ordinateurs d'un groupuscule violent et surarmé ! Les interrogatoires ont révélé qu'il y en a encore deux dans la nature, sans doute les plus dingues, originaires d'un village du Var, Kevin et Dylan Sanchez, deux frères dont un mineur, le prénommé Dylan. Monsieur le ministre, il va falloir me laisser travailler, au bout d'un moment. Putéoli est lié à ces zouaves, comment, je ne sais pas, et c'est la raison pour laquelle je dois l'interroger.

Dieuleveult en débattit avec son directeur de cabinet adjoint, le commissaire Maheut, qui l'avait suivi depuis la Préfecture de police. Maheut était d'avis qu'il valait mieux ne pas toucher à un cheveu de l'éditorialiste en question. L'univers médiatique pouvait s'apparenter à un aquarium de piranhas : quand une goutte de sang y était versée par un des leurs, on pouvait être sûr qu'ils allaient se charger eux-mêmes d'abréger ses souffrances.

Le ministre préféra ne pas parier sur un lynchage, et soupira au bout du fil :

— Alors faites-le en douceur, et loin des caméras.

À 17 heures, l'Appel avait été lu plusieurs centaines de milliers de fois, et partagé dans des proportions similaires. Segmenté en petites phrases choc et assassines, il s'était répandu sur tout le Twitter francophone, où le hashtag #NJB, pour Nuit des Jambons-Beurre, s'était instantanément hissé dans le *top trend*. Les associations de lutte contre les discriminations firent savoir qu'elles allaient déposer une plainte.

Putéoli refusa de retirer son texte ou d'y changer la moindre virgule. Le tollé s'amplifiant, il gagna le droit de passer de la radio à la télé, dans deux émissions d'access-prime-time enregistrées dans des studios voisins, où il se défendit en invoquant la liberté d'expression, le droit à l'insolence, et par-dessus tout l'immémorial esprit gaulois, le goût de la blague potache dont on pouvait se féliciter qu'il eût survécu au nouveau millénaire, si on en jugeait par le nombre faramineux de *likes* et de participants que l'événement avait agrégés sur Facebook.

Il alla répéter la même chose à Issy-les-Moulineaux, sur BFMTV.

Entre-temps, les candidats en campagne avaient été sommés de réagir à la « polémique » du jour, ce qu'ils firent par la condamnation, pour la plupart, assortie d'un soutien sous condition (plus ou moins conditionné selon leur proximité avec l'astre noir de l'ADN) aux citoyens français de confession ou d'obédience mahométane, qui avaient des droits, *comme ils avaient des devoirs*, bien entendu.

Les troupes de l'ADN avaient, quant à elles, reçu pour consigne de ne pas s'exprimer sur le sujet autrement qu'en relayant le texte, sans commentaire, pour ne créer aucune nuisance sonore susceptible d'atténuer la portée de la grande intervention de Montesquiou prévue ce mercredi soir, dans la seconde moitié du « 20 Heures » de TF1.

4.

— Il va être obligé de dénoncer, pronostiqua Wagner en invitant son dernier rendez-vous de la journée à entrer dans son bureau, sous les combles du palais de justice. Et s'il se met à minauder et à valider cet appel grotesque, même à demi-mot, c'est bien simple : il est foutu. Les gens vont prendre peur... N'empêche, notre ami va probablement être regardé par plusieurs millions de personnes, au bas mot, on va enfin savoir ce qu'il a dans le ventre...

Le juge s'exaspéra de son propre ton, de sa voix sautillante. Ce n'était pas le moment de donner dans le triomphalisme. Il indiqua une chaise encombrée de paperasse à son invité :

— Ma fille ne devrait pas tarder.

Fouad ne réagissait pas et demeurait figé devant le dossier de sa chaise. Le juge leva les yeux de l'iPad qu'il avait rapporté de New York et toisa le jeune acteur : sa main droite remuait de façon inquiétante, il n'arrivait pas à la calmer et c'était encore pire quand il recroquevillait ses doigts, le tremblement gagnait alors en amplitude, on aurait dit qu'il s'apprêtait à donner un coup de poing.

Sur le bureau de son nouveau greffier qui venait de s'éclipser, un poste de radio diffusait un bulletin météo annonçant la fin du mauvais temps sur la capitale. Wagner alla débrancher l'appareil et demanda à Fouad si tout allait bien, il avait l'air un peu pâle, comment dire, agité.

Le juge enleva les dossiers de sa chaise, Fouad put s'asseoir. Il secoua la tête, se frotta le visage avec les mains :

— Pardonnez-moi, j'ai eu une journée éprouvante.

Wagner voulut répliquer : « Comme nous tous » ; il préféra s'abstenir et hocha la tête en voyant l'heure s'afficher dans un coin de sa tablette.

Mais voici qu'on frappait justement à la porte...

La fille de Wagner entra comme une furie et n'attendit pas d'avoir jeté son sac à dos au pied du bureau pour se mettre à pourrir son lycée huppé, où on ne jurait que par Montesquiou et l'ADN... Elle alla s'asseoir sur le rebord de la fenêtre, en tailleur, le regard tourné vers les toits de Paris et leurs teintes moroses et bigarrées, l'ardoise, le zinc, la tuile. Fouad constata que la jeune fille dont s'était épris Krim était une beauté, avec de longs et volumineux cheveux clairs, des yeux saisissants, à la couleur étrange, une bouche pulpeuse et cette voix éraillée qu'on n'entend qu'en France, celle d'une lycéenne en fin de manif :

— Rien que dans ma classe, y en a au moins quinze qui vont suivre l'appel et aller emmerder des musulmans. Pff. Que des mecs, en plus, évidemment. Non mais j'arrive pas à le croire...

Fouad vit qu'elle était sincèrement affectée. Il se redressa et s'aperçut qu'il n'avait imaginé à aucun moment, depuis le début de ce cirque, que des gens allaient réellement s'exécuter, acheter ou confectionner un sandwich au porc pour aller tourmenter leurs voisins aux noms arabes. Fouad avait surtout jugé les propos de Putéoli, évalué l'amplitude de son « dérapage » ; mais à quoi bon ? Le président ne l'avait pas appelé de la journée, Jasmine ne répondait plus, et, depuis qu'il avait vu sa mère la veille, c'était le flou, le grand blizzard, partout.

Aurélie se penchait au-delà de la grille rouillée du garde-corps, son père crut se rappeler qu'elle était branlante et proposa à la jeune fille de s'installer plutôt à sa place.

Wagner n'en laissa rien entendre, mais le comportement de ses camarades de classe n'était pas de nature à le surprendre. Partout en France, on instruisait des dizaines d'affaires d'agressions à caractère islamophobe et de profanations de cimetières musulmans. Les graffitis orduriers sur la façade de la mosquée de Paris, on les devait à deux lycéens de l'École alsacienne. Wagner avait lu les PV : ils voulaient se faire passer pour des prisonniers politiques, ils rigolaient, se croyaient intouchables dans leur pépinière de futurs maîtres du monde ; soixante-dix ans plus tôt, ces apprentis héritiers dénonçaient leurs camarades « israélites », aujourd'hui ils taguaient des mosquées. *Nihil novi sub sole.* Le racisme était devenu la transgression à la mode dans la jeunesse dorée, post décadente, qui recyclait les haines ancestrales que l'élection de Chaouch avait ressuscitées, sous le drapeau blanc du second degré, bien sûr. Les procureurs entendaient requérir la plus grande fermeté contre ces plaisantins des beaux quartiers ; les parquets étaient du genre premier degré ces derniers temps.

Le juge aimait autant ne mentionner aucun de ces détails devant sa fille, fût-ce paradoxalement, dans l'intention de la rassurer.

— Entre ce que ces blancs-becs racontent et ce qu'ils font, y a tout un monde, tu sais. Et puis, comme on disait chez moi, « ça parle, ça parle, mais ça pisse pas loin ».

L'œil de Fouad s'alluma : son père utilisait la même expression.

— Au fait, quelqu'un aurait vu ma boule antistress ?

La lueur s'estompa, un soupçon l'avait saisi : Wagner l'accusait-il de vol ? Pire : il lui sembla soudain que le juge avait parlé de « blancs-becs » à la seule fin de le mettre à l'aise, lui le métèque.

Il n'eut pas le temps de déterminer s'il traversait une crise de paranoïa ethnique passagère ou s'il avait réellement passé toute sa vie à être d'abord perçu comme un Arabe, comme un voleur potentiel, sans jamais s'en rendre compte. Aurélie s'était remise à parler, d'une voix plus apaisée que lorsqu'elle l'avait suivi deux semaines plus tôt et abordé au pied de son immeuble, vers Bastille, pour lui remettre une lettre parfumée à l'attention de Krim :

— On s'est rencontrés en vacances, dans le Sud, à Bandol. Je sais pas quoi dire d'autre... On a eu un flirt, un truc de vacances, quoi. Il s'est rien passé, mais... Il avait tellement rien à voir avec ce que tout le monde raconte, un terroriste, tout ça. Une fois, je me souviens très bien, il m'a dit qu'ils croyaient pas en Dieu dans sa famille, dans votre famille, il m'a même dit en se marrant que sa mère mangeait du porc et détestait les barbus. Et puis je sais pas, il était timide, il parlait pas, mais quand il a joué du piano à la maison, c'était trop... magnifique, il avait tellement rien à voir avec... Je me demande, des fois, franchement... Comment est-ce qu'on peut se tromper à ce point sur quelqu'un ?

Fouad eut envie de lui répondre qu'elle ne s'était justement pas trompée, mais la question résonnait en lui, et son écho faisait à nouveau grelotter sa main droite.

Comment avait-il pu à ce point se tromper sur sa mère ?

Boulevard du Palais, une heure plus tard, Fouad eut peur d'avoir déjà tout oublié de ce que la fille du juge lui avait raconté. Devant sa voiture, le juge attendit d'avoir fermé la portière d'Aurélie pour interroger Fouad sur les vraies raisons de son abattement. Il se doutait qu'une discussion animée avait eu lieu entre le jeune homme et sa mère, mais il n'en apprendrait pas davantage de sa bouche ce soir-là.

Avant de le quitter, il devait néanmoins s'assurer qu'il avait bien pris la mesure de l'enjeu et de ce qu'il allait devoir faire au cas où Krim se montrerait récalcitrant. Le manipuler, lui faire miroiter des choses. On avait besoin d'en savoir davantage sur les desseins futurs de Nazir, les informations de Krim pouvaient s'avérer décisives, c'était une course contre la montre. Mais le juge vit une grimace s'emparer, par le bas, du visage de Fouad qui paraissait soudain austère, édenté, démoniaque.

En fait il souriait, pour la première et la dernière fois de la journée :

— Apparemment, tout le monde trahit dans ma famille, autant que je le fasse à mon tour, mais pour la bonne cause...

— Voyons, vous savez bien que personne ne vous demande de trahir qui que ce soit.

Wagner faillit lui conseiller d'aller dormir, il avait une mine épouvantable et tout le monde avait intérêt à ce qu'il soit frais et dispos pour sa confrontation prévue quelques heures plus tard. Fouad en avait conscience, pourtant dès qu'il fut seul il dégaina ses deux téléphones, en espérant y découvrir un monticule de messages non lus, comme la preuve que le monde continuait de rouler et d'amasser des copeaux ailleurs que sous son crâne.

Le monde ne daigna lui donner que la moitié de cette preuve : il avait reçu des dizaines de messages, des invitations à dîner en ville, éjaculées de manière automatique, après le week-end, par la féconde rumeur qu'il conseillait le président ; mais pas un mot de Chaouch, et pas le moindre baiser de sa fille.

Il appela Jasmine, affirma être en route pour « la résidence ».

— Tu veux dire l'Élysée, le reprit-elle, cinglante, avant de
lui donner rendez-vous dans une heure à l'Opéra-Garnier,
où elle répétait jusque tard dans la nuit.

Fouad accepta de « manger un morceau » dans une brasserie voisine où la jeune cantatrice avait ses habitudes. Il
enjamba la Seine et rejoignit une station de bus au pied
de la tour Saint-Jacques. Il y attendit le 74, tandis qu'un
groupe de militaires déambulaient, fusils chargés, le long
du square.

Un SMS de sa tante Rabia le tira de sa torpeur. Elle
voulait l'avertir que leur TGV avait été bloqué dans un tunnel entre Lyon et Saint-Étienne, qu'elles en sortaient lentement, qu'elles auraient pas mal de retard, mais qu'elles
avaient prévenu Bouz' et Kam' à « Sainté » et que ça ne
servait à rien de s'inquiéter.

— Ouais, ben c'est trop tard, grogna Fouad en s'éloignant de l'abribus pour appeler sa tante.

5.

Les appels ne passaient pas. Rabia essaya de le lui expliquer dans un SMS confus et échevelé, encore plus long
que le premier, et qu'elle effaça par mégarde au moment
de l'envoyer. Elle souffla un grand coup. Au moyen d'un
chouchou fuchsia, elle attacha ses cheveux qui s'étaient
remis à friser en prison. Elle recommença l'opération SMS
à zéro, avec des mots complètement différents.

La veille, elle avait déjà remis un petit mot à Fouad,
lorsqu'il avait eu la gentillesse de venir la chercher à la
sortie de la maison d'arrêt de Fresnes. Le petit mot était
pour Krim, c'était un message d'amour et d'encouragement. Fouad avait paru étonné de la voir quitter ce qu'il
imaginait être l'enfer avec un air fier, digne et combatif.

Leur avocat n'y était pas étranger : il lui avait fait comprendre que ses deux enfants comptaient sur elle, que rien n'était joué pour Krim à la lueur des récents progrès de l'enquête, et qu'elle devait se montrer courageuse.

Pugnace, Rabia avait également choisi de l'être vis-à-vis du cancer de sa sœur, qu'elle acceptait de ne pas révéler au reste de la famille, et dont elle parlait comme s'il s'agissait d'un ennemi à affronter et à défaire. « On va le bouffer », disait-elle en noircissant ses grands yeux de biche. La détention provisoire ne lui avait volé ni ses fossettes, ni sa grande gueule.

Le Uber commandé par Fouad s'était arrêté devant l'immeuble de Szafran. Rabia avait senti son neveu sur le point de lui faire une confidence. Il commença par parler de sa mère, avant de bifurquer sur les spécialistes à la renommée intergalactique qu'on lui avait recommandés dans l'avion du retour de New York ; mais sa voix était alors découragée, ou peut-être simplement lasse.

— Tu veux pas me dire ce qu'il t'a dit, Fouad ? C'est à cause de votre discussion que t'as pas voulu rester à Paris ? Dounia, ma chérie, je suis ta sœur, si tu me parles pas à moi, à qui tu vas parler ?

La première fois que Rabia avait posé ces questions, Dounia lui avait répondu par une quinte opportune de sa toux la plus grasse. Un dragon chatouilleux dormait dans ses poumons ; elle le sollicitait de plus en plus souvent pour ne pas avoir à répondre. Mais leur TGV ralentissait à nouveau, jusqu'à faire du surplace, un âne eût été plus rapide. Les haut-parleurs évoquèrent cette fois-ci une famille de sangliers percutés par l'avant du train.

Le soir avait enveloppé la vallée du Giers, des traînées rose saumon s'acheminaient vers l'horizon, les collines, Saint-Étienne, comme un mauvais pressentiment. Dounia évita son reflet dans la vitre de leur wagon de première classe et s'interrogea à voix basse :

— Je me demande s'ils sont tous morts.

Rabia attendait des réponses, pas une nouvelle énigme.

— Qui ça ?

— Les sangliers...

Elle fondit en larmes et se remit à tousser, sans avoir sonné son dragon cette fois-ci. Mais il se déchaînait, c'étaient tous ses poumons qui semblaient prendre feu. Rabia embrassa les cheveux de sa sœur, en pinçant superstitieusement sa propre main, ce triangle de peau, entre le pouce et l'index, dont elle avait appris, quand elle était petite fille, qu'il permettait de se retenir de pleurer.

Quelques minutes plus tard, le train entra en gare de Châteaucreux, avec un retard d'environ une heure. Le quai était bondé, Rabia parlait avec Bouzid au téléphone, en soutenant sa grande sœur, pantelante, son visage congestionné, orangé comme le soleil qu'elle avait voulu voir mourir, jusqu'au bout.

Bouzid était introuvable : cet *arioul* s'était trompé dans les repères, il avait emmené la smala de l'autre côté, en dépit du bon sens, tout au fond du quai, où il n'y avait ni wagon ni familles de voyageurs, et pour cause.

— C'est indiqué n'importe comment, bougonna-t-il en retrouvant ses sœurs après avoir remonté le quai et regardé tout le monde de travers.

Kamelia blêmit en découvrant la tête de Dounia. La jeune femme était la seule, à Saint-Étienne, à être au courant de la maladie de sa tante. Elle voulut prendre son autre tante à part, mais Rabia s'était évaporée avant la fin de sa quatrième bise :

— Et ma Luna, elle est où, ma petite Nanouche d'amour ?

Les grands yeux marron de Rabia fouillaient tout le décor, agrandis par l'enthousiasme, liquides à la simple idée de revoir son bout de chou. Ils s'asséchèrent lorsqu'ils tombèrent, tout à coup, sur la silhouette vibrante de sa fifille, qui ne vibrait plus, enroulée dans un morceau de tissu qui ressemblait à un drapeau noir ; qui y ressemblait tant et si bien que Rabia se fit rougir la peau du triangle magique, à force de la tordre dans tous les sens pour ne pas pleurer, ne pas hurler, et ne pas faire pleuvoir une avalanche de baffes sur la tête voilée de cette petite conne.

6.

Il y avait, dans un village de Grande Kabylie, une petite église catholique qui avait résisté, depuis des années, aux persécutions du pouvoir central algérien, ainsi qu'à l'envahisseur évangélique qui comptait ses fidèles par milliers au Maghreb. La combativité du père Michel, curé bénédictin de cette paroisse d'une cinquantaine d'âmes, était connue jusqu'à Tizi-Ouzou, où l'intelligentsia locale louait encore le sang-froid dont il avait fait preuve lorsque des djihadistes en herbe étaient venus perturber sa messe dominicale et semer la terreur parmi ses ouailles. Le père Michel leur avait parlé en kabyle et leur avait cité le Coran dans un arabe parfait. Il était régulièrement invité à des conférences, à des rencontres ; sa santé était fragile, sa pauvreté légendaire, mais jamais il ne déclina une invitation au dialogue, le maître mot de sa vie, pas même lorsque la maladie qui devait l'emporter lui interdisait de se tenir debout et de mener une conversation cohérente :

— Ah, vous ne pouvez pas imaginer comme il aimait cette terre kabyle, conclut sœur Thérèse en promenant ses deux visiteurs dans la chapelle au bout de laquelle s'élevait une croix rafistolée et toujours, légèrement, de guingois. Il l'aimait de tout son cœur, continua-t-elle, n'en finissant pas de conclure : et il aimait surtout ceux qui y vivaient. Je suis sûre qu'il leur aurait pardonné de ne pas être présent à ses funérailles. Il leur avait déjà pardonné, en vérité.

La religieuse s'agenouilla au bout de l'allée et se signa. Son visage était celui, parcheminé, d'une dame de son âge, mais sa silhouette ressemblait à celle d'une petite fille lorsqu'elle se prosterna aux pieds de ce Jésus taillé dans un bout de bois très brun.

Tout le portrait qu'elle venait d'esquisser était porté par un ton apologétique que Nazir connaissait bien et qui lui inspirait une répulsion particulière. Elle avait évité son regard dissimulé sous des lunettes aux verres teintés, mais n'avait pas pu s'empêcher de détailler les traits de son visage lorsqu'il avait ôté sa casquette noire à l'entrée de la chapelle. Son nouveau visage, chauve et rasé de près, lui inspirait-il confiance ? Nazir s'était forcé à sourire en fermant les yeux et en hochant la tête à chaque nouvelle anecdote qui illustrait la bonté et l'humilité du père Michel. L'insistance de la bonne sœur à décrire l'attachement de son saint homme à la terre kabyle avait une explication à la fois très simple et très difficile à avouer : natif de Haute-Savoie, le père Michel, qui était décidément trop bon, avait rédigé un testament où il émettait le souhait de reposer dans le caveau de sa famille, dans les Alpes, conformément au vœu que sa vieille mère avait formulé lorsqu'il lui avait donné l'extrême-onction.

— Quoi qu'il en soit, je veux vous remercier, ajouta sœur Thérèse en essuyant les larmes qui faisaient briller le sommet de ses joues. Ce que vous faites, monsieur...

— Appelez-moi Nicolas, répondit le visiteur avant de s'agenouiller à son tour et de se signer avec ferveur, sous le regard médusé de son acolyte.

Lorsque Nazir se fut occupé de la paperasse, la religieuse insista pour lui offrir une assiette de couscous au blé d'orge avec une cuisse de coq.

Encore choqué par la génuflexion de Nazir, Mounir préféra rester devant le Monospace, dans la cour. Aucun signe extérieur ne permettait de deviner que ce hameau abritait une église d'infidèles. Le frontispice de la chapelle aurait aussi bien pu être celui d'une étable. Mais Mounir était gêné ; il se réfugia derrière le volant et regarda la photo du passeport remis par Nazir en essayant de se convaincre que le subterfuge avait quelque chance de fonctionner. Le profil glabre et tranchant de son bienfaiteur apparut dans la vitre de la cuisine : il lui faisait signe de le rejoindre. Mounir fut alors obligé d'avaler une assiette de couscous et un café qu'il sucra au-delà du raisonnable.

Une heure plus tard, il garait le Monospace devant la morgue de Tizi-Ouzou, sans avoir reçu la moindre explication. Il suivit Nazir dans les couloirs où résonnaient les brâmes d'une famille inconsolable. Chaque fois que Nazir s'arrêtait devant un guichet, Mounir trouvait le moyen de s'asseoir pour reprendre son souffle. Une bonne partie de l'après-midi fut ainsi engloutie ; et puis, soudain, Nazir revint vers lui en se frottant les mains :

— C'est bon, on peut y aller.

Mounir, abasourdi, se retrouva à aider un type en blouse blanche à transporter un cercueil dans le large coffre du Monospace.

— Direction l'aéroport de Bejaïa, annonça enfin Nazir en prenant place sur la banquette arrière.

Mounir sentait son regard sur les bourrelets de sa nuque, comme un tison brûlant ; il prit son courage à deux mains :

— C'est qui ?

— Dans le cercueil ?

— Un curé, répondit Nazir.

— Et on va l'amener avec nous dans l'avion ?

Nazir se rapprocha et souffla son haleine inodore sur la joue de son dernier chauffeur :

— Le cercueil, oui, mais le curé reste ici. Il aimait tellement *sa terre kabyle*, si tu vois ce que je veux dire.

7.

Fouad retrouva sa fiancée dans les coulisses de l'Opéra-Garnier. Des gardes du corps surveillaient les entrées et patrouillaient dans les étages du théâtre, armés de lampes-torches qu'ils promenaient dans les recoins, sous les sièges, entre les strapontins.

Jasmine parlait festivals annulés, jeu de chaises musicales dans les directions d'opéra et « coup de pouce des Qataris » avec son ami metteur en scène – il préférait le terme de metteur en *espace* – Jean-Dominique Lechevallier ; qui voulait qu'on l'appelle Jean-Do, qui tutoyait à tort et à travers et portait ce soir-là, malgré la chaleur, un ensemble de velours marron, rose et violet. Le velours était sa matière de prédilection, c'était aussi l'alpha et l'oméga de toutes ses attitudes : il avait un sourire de velours, une voix de velours, la stature mollassonne d'une grande peluche de velours, incrustée de gros yeux noirs pareils à des boutons de plastique, sans lumière et sans profondeur.

— Bon, eh bien je vais vous laisser, les tourtereaux, vous cassez la croûte à côté ?

Fouad eut l'impression qu'il essayait de se faire inviter. Jean-Do lui avait toujours inspiré davantage d'hostilité que de sympathie, il était du genre à s'ébaubir du moindre trait d'humour, à parler d'expos *sublimes* et de pièces de mobilier *giacomettiennes* ; il avait la tête farcie de références et de notations intelligibles aux seuls initiés de sa secte, la bourgeoisie culturelle subventionnée, demi-monde fauché et moribond dont Fouad préférait ignorer qu'il continuât d'exister et de grouiller dans cette capitale des vanités où il avait perdu sa place, ainsi, d'ailleurs, que toute velléité de la reconquérir.

Jasmine, qui ne s'était pas tournée une seule fois vers son fiancé, fit la proposition suivante en regardant Jean-Do :

— Et si on dînait à trois, tu pourrais continuer à me parler de tes idées pour la chaconne...

Ses yeux croisèrent alors ceux de Fouad, qui comprit qu'il y avait un problème entre eux, qu'il avait trop tiré sur la corde et qu'il fallait faire attention.

— Fouad, ça ne te pose pas de problèmes, hein ?

Plus que le courroux qui enlaidissait les yeux de sa fiancée, ce fut son respect de la négation, probablement accidentel, en soi irréprochable, qui fit monter la moutarde au nez de Fouad. Il en avait marre de faire attention :

— Eh ben figure-toi que si, justement. J'espérais qu'on allait pouvoir parler de quelque chose de privé, tous les deux.

Le sourire permanent de Jean-Do avait coulé comme de l'eye-liner, il survivait mais sous une forme inférieure et bâtarde, celle d'une grimace de supplicié ; et si ses yeux étaient toujours ceux d'une peluche, c'étaient ceux d'une peluche remplie de haine. Il prit congé en effectuant une révérence grinçante, qui permit à Fouad de remarquer qu'il avait un petit trou au niveau de l'aîne de son pantalon en velours côtelé.

Jasmine n'en revenait pas. En constatant l'incident de circulation et la taille de l'embouteillage que son trajet de trente mètres jusqu'à la brasserie d'en face avait réussi à provoquer. La fille du président décida qu'il était hors de question de passer sur l'humiliation que Fouad venait d'infliger à son ami, qui se mettait en quatre pour adapter sa scénographie, à moins de deux semaines de la première des *Indes galantes*, à la grossesse et aux épreuves récemment traversées par l'interprète de Zima, rôle-star de la quatrième entrée de l'opéra-ballet, connue sous le nom de « Les Sauvages », où la jeune soprano était attendue et où elle espérait briller.

— Parce que faut pas croire, mais j'ai pas beaucoup d'alliés ici... Jean-Do, c'est peut-être même le seul, en fait. Tu te rends compte qu'on m'avait caché qu'ils avaient eu des problèmes pour boucler les financements ? Ils étaient à deux doigts de tout annuler jusqu'à ce que se pointe un milliardaire du Qatar qui prétend adorer la musique française du XVIe siècle. Non mais j'ai envie de dire : *what the fuck...*

Fouad était en train de s'installer dans le salon privé qu'on leur avait aménagé, derrière un paravent et de lourdes tentures brunes.

— Tu es la fille du président, tu crois vraiment qu'il y avait même le moindre risque pour que ton spectacle soit annulé faute de fric ?

Jasmine encaissa. Il parlait de son spectacle comme d'un numéro de fin d'année pour les parents d'élèves.

Suspendu au mur moquetté, un écran plat diffusait le JT de la deuxième chaîne, sans le son. Fouad demanda au chef des gardes du corps s'il pouvait y remédier et leur montrer la prestation de Montesquiou ; il commit l'imprudence d'ajouter qu'elle était imminente. Le garde du corps jeta un coup d'œil plein de sous-entendus à Jasmine.

Elle portait une tenue de yoga sous son éternel pull en angora blanc, dans lequel Fouad observa qu'elle avait moins l'air de flotter aujourd'hui. Son corps s'épanouissait, la grossesse le transformait, et il n'en avait aucune idée. Il ne l'avait plus vue nue depuis son aventure avec Marieke, et s'il l'avait à nouveau trouvée belle dans la puissante lumière américaine, de retour à Paris elle lui paraissait fade et lointaine, et davantage encore lorsqu'elle rapprocha sa chaise de la sienne, pour créer une promiscuité à laquelle elle était la première à ne plus croire, ce qui alourdissait chacun de ses gestes de l'intention culpabilisatrice qu'elle voulait leur communiquer.

En l'entendant prendre le ton qu'elle réservait en général aux griefs et aux doléances, Fouad frissonna et s'enveloppa du souvenir de son amante disparue. Marieke, Marieke, Marieke ! Ah, elle s'était servie de lui pour préparer sa rencontre avec Nazir. Il n'était rien pour elle ; d'où, peut-être, l'attrait persistant qu'elle exerçait sur lui... Mais ces virevoltes n'enlevaient rien au fait qu'il n'avait pas écouté une seule phrase en entier du monologue de sa fiancée, la mère de son futur enfant, et ceci à cause d'une autre femme, d'un fantôme de femme, invisible et omniprésent.

— ... et c'est la raison pour laquelle j'ai pris une décision. Fouad, tu m'écoutes ?

Fouad aperçut un plan de coupe de l'invité spécial du 20 heures de TF1, impassible entre les sujets sur lesquels il savait qu'on n'allait pas l'interroger avant son interview proprement dite. Jasmine avait parlé d'une décision qu'elle avait prise, fallait-il la relancer ? Fouad n'en avait pas le courage, de même qu'il n'avait plus la force de lui mentir ; au lieu de lui dire crûment la vérité, comme il l'eût fait avant que ces événements de mai ne l'eussent si vite et si profondément changé, le jeune acteur tomba le masque et s'en composa un nouveau, affligé, presque déjà en deuil, pour relater la demi-heure cataclysmique qu'il avait passée avec sa mère, en début d'après-midi.

Leurs plats arrivèrent : une salade périgourdine pour lui, un velouté de légumes pour elle. Fouad avait les yeux dans son assiette, et pas une once d'appétit. Il ne se rappelait pas la dernière fois qu'il avait ingéré un aliment avec plaisir. Ses mains étaient posées sur ses genoux ; il ramena la droite au-dessus de la table, s'empara de sa fourchette et la laissa retomber sur la table, exténué.

— Ma mère va mourir, annonça-t-il d'une voix lente, affaiblie. Elle va se laisser mourir.

Jasmine voulut poser sa main sur la sienne, mais il la retira.

— Elle refuse de rencontrer le spécialiste dont tu parlais avec cette meuf dans l'avion ?

— Elle refuse tout traitement. Elle veut pas passer des mois dans un mouroir, avec des tuyaux de partout, et la chimio, tout ça... Elle dit qu'on a déjà donné dans la famille. Qu'on sait comment ça finit.

Il avait failli dire la vérité, l'autre, la vraie, qui était qu'il en voulait à sa mère, d'autant plus violemment qu'elle souffrait, et que sa souffrance lui était intolérable. Mais il renâclait à l'idée de se confier davantage. Le son de sa propre voix lui paraissait poisseux, et puis il ne savait plus qui était Jasmine, ni pourquoi il lui parlait. Il se souvenait de son visage quand elle chantait, déformé par l'émotion, d'une émotion qui le dégoûtait, à présent.

Il sentit de l'animation sur sa gauche. Le quart d'heure de gloire de Montesquiou avait sonné. Fouad s'abandonna, soulagé, au chatoiement agressif de l'écran haute définition.

8.

Découpé sur le célèbre arrière-plan de la tour Eiffel au bord de la Seine, le visage de Montesquiou était net, fin, droit et symétrique, parfaitement anonyme à l'exception de sa fossette au menton ; on lui aurait confié sans peine un rôle de bellâtre dans un film, sauf que ses narines se rétractaient de quelques millimètres de trop, toute la violence de son caractère s'exprimait dans cet intervalle et rendait sa figure entière encore plus repoussante que s'il avait été simplement laid. Il s'était fait faire un brushing en demandant expressément à ressembler au prince de *Shrek*. La coiffeuse avait ri, avant de comprendre qu'il était sérieux. Plus tard, au maquillage, il avait exigé que sa fossette au menton fût atténuée, il voulait avoir l'air *lisse* ; il insista. Un imperceptible défaut de prononciation lui interdisait de faire siffler ses s. Pour le pallier, il rallongeait souvent la terrible consonne. *Lisssssse*.

La maquilleuse le détestait probablement ; c'était, en général, le cas de ceux qui ne l'adulaient pas. Elle fit toutefois le job, et fort bien. Lorsque le chef de file de l'ADN apparut à l'écran, il dégageait une sérénité, l'air béni d'un champion au début d'une joute à cheval. Dans les gradins, la France le regardait, vieille fille énamourée et transie.

— Mais quelle horrible tête à claques !... commenta Jasmine avant qu'il eût ouvert la bouche, et sur un ton traînant, bourgeois, le ton que prenait probablement sa mère pour prononcer la même sentence au sujet de son fiancé.

Le fiancé fronça les sourcils, pour signifier qu'il était concentré. Jasmine se leva pour aller aux toilettes. La vision de ses gorilles la déprima. Derrière le paravent, Fouad quitta brusquement l'écran des yeux, attrapa son téléphone, ouvrit son répertoire, descendit jusqu'à « maman ». Il hésitait entre l'appeler et supprimer son contact.

Lorsque Jasmine revint, leur salon privé lui parut plus pauvrement éclairé que tout à l'heure. Fouad soupesait son téléphone en faisant semblant de regarder la télé.

— Et tu comptes faire quoi, maintenant, pour ta mère ?

Impossible de lui dire pourquoi il comptait ne rien faire, impossible de lui dire qu'il avait fermement l'intention de ne plus s'en soucier et de penser à lui, à sa vie, comme avant l'attentat, quand sa famille se résumait à un arrière-plan mythologique, avec des souvenirs sépia et de souriantes demi-heures au téléphone toutes les deux, trois ou six semaines.

Montesquiou était interrogé sur l'appel de Putéoli, la nuit des jambons-beurre. Allait-il condamner fermement ? Mollement ? Les réactions des candidats ADN détonnaient, leur absence de commentaires soulevait des questions. Qui ne disait mot ne consentait-il pas ? Le cas échéant, pouvait-on encore situer l'ADN dans le giron républicain ?

Le jeune politicien noua ses mains et les étira dans un geste étonnant de désinvolture. Il n'avait préparé aucune fiche, son bout de table était dégagé. Lorsqu'il commença à parler, ce fut devant près de neuf millions de téléspectateurs ; ce qui était énorme et rendit proprement monstrueux que dix minutes plus tard l'audience eût approché la barre des douze millions, la plèbe et la ménagère par l'odeur du sang alléchées :

— Je vais vous étonner : je ne condamne pas cette initiative.

La caméra revint sur le présentateur, dont l'œil venait de changer de forme.

— Je ne la condamne pas du tout. Pourquoi ? Parce que je vais vous étonner encore ; antiracistes, attention aux oreilles, j'ose le dire, oui : je suis fier d'être français de souche française. Oui, de souche. Ce n'est pas la même chose d'être français depuis cinquante ans ou depuis mille ans. Moi, je suis fier de mes racines, fier des siècles qui m'ont fait, qui ont fait qui je suis, et je n'ai pas peur de le dire.

— Pierre-Jean de Montesquiou vous êtes en train de dire que vous ne dénoncez pas l'appel de Putéoli ?

— Oui, je suis en train de le dire. Parce que, quand on est fier d'être soi, fier de son héritage, de la civilisation qui nous précède, eh bien, voyez-vous, on est tranquille avec sa conscience, et on est pacifique. Parfaitement : pacifique. Je crois, pour ma part, que cette initiative qui **fait pousser des cris d'orfraie** à toute l'oligarchie s'inscrit **justement dans cette démarche** *pacifique*. J'irai même plus **loin : c'est un message de** bienvenue. Bienvenue à vous, chers étrangers. Voilà qui nous sommes, nous n'avons pas peur de vous, n'ayez pas peur de nous non plus. Je suis sûr que c'est ce que la plupart des participants de cette nuit pacifique vont penser, et peut-être même ce qu'ils vont dire...

Le présentateur ne savait pas comment réagir, il avait prévu de le torturer méthodiquement jusqu'à lui faire avouer qu'en son for intérieur il comprenait, c'est-à-dire justifiait à moitié.

— Et puis, si vous me permettez, on n'est pas aux États-Unis ici, aux États-Unis en quoi voudrait, semble-t-il, nous transformer le Chaouch...

— LE Chaouch ? bondit Jasmine, putain mais pourquoi c'est pas lui qui s'est fait tirer dessus ?

— ... aux États-Unis, où, si vous avez le malheur de prononcer le mot de nègre tout seul au fond de votre jardin, vous avez les hélicoptères du politiquement correct qui débarquent, et les lobbys des minorités ethniques qui essaient de vous emprisonner le bec. Eh bien, désolé, hein, pardonnez-moi de vous le dire, mais ici on est en France, on a le langage vert, fleuri, et on ne se laisse pas mettre de serrure aux lèvres, nous !

Fouad sentait monter la colère ; quand la lave lui ébouillanta les oreilles, il se tourna vers Jasmine pour s'indigner avec elle, mais elle avait, au contraire, le teint verdâtre et la bouche dangereusement entrouverte.

Elle eut à peine le temps de se lever avant de vomir une première fois, une modeste giclée, l'équivalent d'un verre de saké. Elle retomba sur sa chaise, croyant que c'était fini. La deuxième éruption dura trois fois plus longtemps. Jasmine était pliée en deux, elle essayait de garder la tête entre les jambes.

Les gardes du corps accoururent et l'entourèrent. Le plus gradé secoua la tête en fixant Fouad, comme si tout était de sa faute.

Jasmine redressa la tête et tomba nez à nez avec les narines gigantesques du chef du dispositif. Elles étaient absurdement béantes, à tel point qu'on aurait dit une deuxième paire d'yeux sur son visage quelconque.

La fille du président hurla :

— Allez-vous-en ! Foutez-moi la paix !

Ses yeux en larmes foudroyèrent Fouad, que la stupéfaction avait cloué sur place.

Les officiers de sécurité firent marche arrière.

— Jasmine, qu'est-ce qui se passe ?

Elle baissa les yeux, le front, la tête. Fouad ne voyait plus que le haut de son crâne aux cheveux lisses, et sous un angle qu'il ne connaissait pas.

— Il se passe que je ne veux pas avoir cet enfant, Fouad. J'ai décidé de prendre rendez-vous. Je ne veux pas en discuter avec toi, c'est ma décision (sa voix tremblait)... elle est prise.

Fouad ne répondit rien. Il regardait Montesquiou, sans parvenir à l'entendre, il y avait tellement de bruit dans sa tête. Pas les bruits parasites qu'on pouvait éliminer par un effort de concentration ; c'étaient les bruits de la guerre, du tumulte politique, c'était le pays qui se déchirait dans sa tête. Les gens se crachaient dessus, ils allaient se battre, bientôt, dans des cages d'escalier, devant leurs enfants... Qui eût cru que la guerre civile allait commencer comme ça, sur les paliers, entre voisins ?

La réponse se trouvait à l'écran. Fouad y revint. Il entendit alors le froissement du pantalon de Jasmine, le fracas de son sac dont elle essayait d'arracher la lanière emprisonnée autour du pied de sa chaise. La chaise bascula, son dossier s'écrasa sur la moquette en rendant un son sourd et stupide. Fouad gardait les yeux fermés, pour mieux entendre. Il reconnut tous les bruits sauf le dernier, qui était, pourtant, le plus évident : c'était le tintement d'un objet métallique contre le rebord de l'assiette.

Il ouvrit les yeux : Jasmine était partie, la bague qu'il lui avait offerte trempait dans un mélange de soupe et de vomi.

9.

Le Premier ministre se rongeait les ongles, entouré des principaux conseillers de son cabinet, grosses têtes et costumes anthracite recrutés, sans exception, au sein du grand corps que lui-même avait intégré trois décennies auparavant. Tous croyaient son anxiété liée à la performance de Montesquiou. Ils se trompaient. Si Vogel jetait des coups d'œil réguliers à sa montre, ce n'était pas pour savoir quand l'interview allait se terminer, mais combien de tours d'aiguille le séparaient d'un rendez-vous qui ne figurait pas sur l'agenda officiel et dont personne, dans son bureau, n'avait la moindre idée.

Sur TF1, Montesquiou venait de hausser le ton :

— Non mais vous vous entendez ? Ce que j'ai pensé de la prestation du président ? Vous vous rendez compte de ce qu'implique votre question ?

La sienne n'était pas rhétorique, un silence gêné s'installa entre les deux hommes. Lorsque le présentateur entreprit de se dédouaner de tout sous-entendu, Montesquiou le coupa :

— Votre question implique qu'il faut se soucier de notre pauvre Chaouch qui sort du coma, votre question implique qu'il se trouverait dans un état de fragilité, d'instabilité, et que chacune de ses apparitions publiques, à l'étranger ou chez nous, devrait, du coup, être mesurée à l'aune de ce qu'on est en droit d'espérer d'un malade en convalescence...

— Vous extrapolez...

— J'extrapole ? Admettons que j'extrapole. Il n'en reste pas moins que les Français ont entendu votre question, et les Français ne sont pas des veaux, ils voient bien ce que ça veut dire, de passer son temps à se féliciter de ce que le chef de l'État n'ait pas eu d'absence ou de propos déplacé...

Vogel espérait que le présentateur allait changer de sujet. Ce qu'il fit, sans cacher son agacement :

— Votre beau-frère, Franck Lamoureux, a été interpellé dans le cadre d'une enquête sur un groupuscule d'extrême droite...

En s'élargissant, le sourire de Montesquiou éclaira la moitié basse de son visage ; on aurait dit qu'il venait de gagner une élection :

— Je vous arrête tout de suite. Alors oui, je devrais me taire, répéter le blabla politicard comme le font mes chers aînés, je pourrais me cacher derrière l'antienne rituelle qui veut qu'on ne se prononce pas sur une enquête judiciaire en cours, etc. Eh bien non, je ne vais pas me taire. Au contraire.

Il tira une enveloppe de la poche intérieure de sa veste.

— Je vous ai apporté, à toutes fins utiles, une copie de la lettre de mission, signée par le locataire actuel de l'Élysée, autorisant le commandant Mansourd à réformer les services de renseignement de fond en comble et dans des directions qui ne devraient pas laisser de nous inquiéter. À titre personnel, pour connaître parfaitement ce service, comme vous pouvez l'imaginer, je suis en mesure d'affirmer devant vous et devant la France entière que le... Chaouch est en train de transformer la police du renseignement en véritable police politique, n'ayant pour but que de surveiller l'opposition, de la museler et de la neutraliser avec toute la puissance de l'appareil régalien. Et je vais vous dire, cette Stasi islamo-gauchiste ne me fait pas peur : elle me fait honte. Oui, elle me fait honte. Car vous me demandez par qui nous sommes attaqués...

— Je ne vous ai jamais demandé une chose pareille !

— ... et je vais vous répondre. Nous sommes attaqués par une religion, une religion qui est aussi une idéologie de combat, je veux parler de l'islamisme. Bien. L'affaire est grave, vous me le concéderez sans difficulté, or, que font les services compétents ? Ils vont chercher des poux dans le crâne rasé de nazillons inoffensifs.

— Inoffensifs ?

— Que n'a-t-on pas dissous leur groupuscule, alors !

Vogel en avait assez entendu. Il farfouilla sur son bureau, trouva la télécommande et éteignit le téléviseur. Surpris, ses conseillers changèrent de position sur leurs sièges, pour débriefer :

— Il y va fort quand même, « locataire de l'Élysée », « le Chaouch », et cette espèce de mine dégoûtée chaque fois qu'il est obligé de dire « le président »...

Un autre conseiller allait prendre la parole. Vogel l'en empêcha :

— Nous y reviendrons. Vous en parlez entre vous, vous trouvez une riposte, je veux tout ça sur mon bureau demain à la première heure.

Il congédia la petite assemblée et se planta devant la porte-fenêtre qui s'ouvrait sur la terrasse et donnait, par-delà les colonnades de la balustre, sur la vaste pelouse incurvée du parc de Matignon.

Sur sa droite, il vit passer la file des conseillers qui regagnaient le portique sécurisé derrière lequel s'élevait l'immeuble de leurs bureaux, excentré. Le directeur de cabinet fermait leur marche. Il se retourna et lança un regard perplexe en direction de la croisée du rez-de-chaussée. Vogel se replia, en espérant que les rideaux tirés l'avaient protégé.

Quelques journalistes lui avaient envoyé des SMS pour connaître sa réaction. Il éteignit son téléphone, vérifia que la voie était libre et demanda au secrétariat d'informer sa femme qu'il rentrerait tard.

— Et pour ce soir, je demande au cuisinier de vous préparer quelque chose ?

Vogel s'aperçut qu'il avait encore oublié de dîner. Ces derniers temps, il ne mangeait qu'une fois par jour, sans plaisir, avec une prédilection pour les asperges ; la saison des asperges touchait à sa fin : filandreuses, elles lui occupaient l'estomac pendant des heures et agissaient, par conséquent, comme un coupe-faim. Le soir, il se contentait de barres chocolatées, pour ne pas s'effondrer.

Cette perte de l'appétit ne l'inquiétait pas encore, ou plutôt il n'avait pas encore eu le temps de s'en inquiéter. Il n'en avait pas davantage ce soir-là, mais dès qu'il eut posé le pied sur les graviers blancs de la terrasse, un flot d'angoisse le submergea et lui fit perdre l'équilibre. Ses officiers de sécurité proposèrent de lui apporter un jus d'orange. Il se sentit faible et malingre à côté de ces gaillards, qu'il renvoya en expliquant qu'il avait besoin de se rafraîchir les idées et qu'il ne servait à rien de le suivre : il n'avait pas l'intention de quitter l'enceinte de la résidence.

Mais son directeur de cabinet arrivait, en courant presque, à rebours des officiers de sécurité.

— Jean-Christophe, tu dois prendre ça, dit-il en lui offrant son téléphone.

C'était Dieuleveult, son ministre de l'Intérieur, qui lui expliqua qu'une intervention venait d'avoir lieu à l'aéroport de Lyon-Saint-Exupéry. Un passager en provenance d'Algérie avait voyagé avec un des faux passeports de Nazir. Mansourd était sur place : tous les passagers de l'avion avaient été interrogés, et l'individu en question, prénommé Mounir, conduit à l'hôpital après qu'il eut fait une petite crise cardiaque.

— Donc, toujours aucune trace de Nazir ? résuma Vogel, vexé de n'avoir pas été tenu au courant en direct.

Le ministre prétendit qu'on en saurait plus quand Mounir aurait été soigné et entendu en bonne et due forme. Vogel lui raccrocha au nez et renvoya son directeur de cabinet avec une grimace indignée.

10.

Des spots de lumière blanche s'allumèrent dans la pelouse. Vogel la contourna en empruntant un sentier bordé d'arbres à l'aspect vénérable. Il s'arrêta devant celui qu'il avait planté le matin même, suivant le rituel républicain qui voulait que chaque nouveau Premier ministre s'inscrivît dans le « temps long » en donnant deux coups de pioche devant les photographes et en se fendant d'une déclaration sur la « symbolique » ayant présidé à son choix. Souhaitant rendre hommage à ses grands-parents exterminés au camp d'Auschwitz, Vogel avait planté un aulne, comme il en poussait dans les marécages de Haute-Silésie ; et ceci malgré les préconisations de son directeur de cabinet, qui aurait préféré un arbre moins « tristounet ». Vogel avait de nombreuses qualités, mais aucune prédisposition à la joie festive qui caractérisait – parfois sincèrement – les amis de Chaouch.

Était-il son ami, d'ailleurs ? Les mains derrière le dos, le promeneur de Matignon se disait que rien n'était moins sûr. Il secoua la tête, se massa la nuque en maugréant. Le ciel lui évoqua une peinture de Chagall. Un croissant de lune mauve glissait entre les nuages déchiquetés, dans une explosion de couleurs vives. Le jeu des perspectives donnait à la lune l'aspect allongé d'une tête de chevreau. Vogel se fit la réflexion qu'il n'aimait pas beaucoup Chagall, au fond.

Il baissa les yeux sur l'allée saupoudrée de feuilles d'acacia et se souvint de la première fois où il avait entendu le nom du futur président. C'était lors d'une réunion de sa promo, dans les années 80 ; tout le monde parlait de ce jeune *beur*, comme on disait alors, arrivé premier du classement de sortie, et qui avait choisi la redoutable secte des inspecteurs des finances, avant d'en claquer la porte avec fracas et de partir enseigner l'économie à la Harvard Kennedy School. Contrairement à ses camarades, Vogel avait admiré l'affront commis par le « major ». Et, contrairement à ces mêmes camarades, il n'avait pas été surpris lorsqu'il était revenu en France, plus tard, pour se faire élire dans une improbable mairie de banlieue.

Ses deux mandats avaient métamorphosé la ville, dont les taux de chômage et d'endettement avaient fondu comme neige au soleil. Chaouch s'était précautionneusement tenu à l'écart de la politique nationale. Il ne s'était jamais encarté au Parti socialiste, qu'il entendait d'ailleurs rebaptiser depuis son élection. Il proposait Parti progressiste, Parti démocrate. Il proposait de supprimer le mot « parti ». Lors des primaires qui l'avaient opposé aux hiérarques de la gauche, il avait devancé les attaques et ne s'était pas caché : il revendiquait de ne pas appartenir au sérail ; pire : il ne croyait pas au socialisme.

Cet aveu aurait dû le faire perdre. Mais son charme était puissant et sa nouveauté trop flagrante. Dans la minute ultime du débat d'entre-deux-tours, il avait tombé la veste ; c'est en bras de chemise qu'il avait promis de n'effectuer qu'un mandat et déclaré en substance, avec son grand sourire américain, qu'il détestait le pouvoir pour le pouvoir, que ce qu'il voulait, c'était résoudre une série de problèmes précis, mener les réformes qui devaient être menées, et qu'il ne fallait pas compter sur lui pour jouer les monarques pépères et les saints protecteurs du « modèle social français » alors qu'un jeune sur trois était au chômage.

— Le serpent libéral, murmura Vogel, en citant un élément de langage concocté par l'ennemi, pendant la campagne.

Le Premier ministre était arrivé à l'extrémité de son parc ; trois hectares de verdure insoupçonnables en plein cœur du 7ᵉ arrondissement. Il s'arrêta devant la porte étroite du bâtiment le plus éloigné du palais. C'était un pavillon à deux étages, recouvert de lierre, qui paraissait laissé à l'abandon ; on l'appelait le pavillon de musique. Il offrait l'avantage de disposer d'une entrée discrète, presque invisible, par la rue de Babylone, où on ne risquait pas de croiser des journalistes en embuscade.

Vogel leva le poignet, regarda longuement sa montre réparée. S'il préférait les aiguilles aux cadrans électroniques, c'était parce qu'il éprouvait depuis toujours le besoin de voir passer le temps, physiquement, seconde après seconde. Ce grand collectionneur de sabliers se félicita que sa déambulation vespérale eût duré précisément ce qu'elle devait durer pour le conduire au bord du gouffre à l'heure prévue. Il entendit le glas d'une cloche, lointaine ; elle sonnait simplement neuf heures. Il n'avait encore rien décidé.

Un gendarme blanchi sous le harnais, familier des rendez-vous du pavillon de musique, y introduisit le chef du premier gouvernement de la présidence Chaouch.

Les parquets grinçaient, menaçaient de céder à chacun de ses pas. Trois silhouettes l'attendaient, debout, dans un salon du premier étage au centre duquel trônait un clavecin poussiéreux. La sénatrice Françoise Brisseau, arrivée deuxième aux primaires, était accoudée au dessus de marbre d'une cheminée ornée de deux candélabres et surmontée d'un miroir défraîchi où le Premier ministre eut la mauvaise surprise de découvrir le reflet de son visage. Les bougies électriques peinaient à contrarier l'obscurité de la pièce aux fenêtres condamnées. Vogel fit un pas de côté, pour ne plus subir la vue de sa mine fourbue et de ses yeux de félon.

Il grimaça au souvenir de l'humiliant « ça suffit » que lui avait balancé le président à New York. La grimace s'étendit, ses lèvres parurent cyanosées, tandis que ses doigts se recroquevillaient et l'obligeaient à dissimuler ses poings dans le dos.

Chaouch n'avait même pas pris la peine de le convoquer pour lui annoncer qu'il n'y aurait pas d'opération Homicide contre Nazir Nerrouche, ou que ses fausses identités étaient connues et que son retour était attendu de manière imminente. Un coup de fil lui avait paru suffisant. Une conversation de vingt-deux secondes. Vogel y avait prononcé une demi-phrase : « Je crois que c'est une erreur », à quoi Chaouch avait rétorqué : « Je ne crois pas », avant de raccrocher. Vogel se mordit la langue. Il aurait aimé revenir dans le temps, dans cette salle de conférences du bunker où il s'était donné le ridicule d'affirmer qu'il avait l'oreille du président...

— Jean-Christophe, tu vas bien ?

— Pardon. Longue journée.

La sénatrice ne voulait pas perdre de temps ; elle lui demanda s'il était « avec nous », et d'accord avec le « plan ».

Le « plan » était d'une simplicité vertigineuse : il s'agissait de ne rien faire ; ou presque. La procédure allait être lancée par les partisans de Montesquiou, il suffisait de ne pas l'empêcher d'aboutir. Une fois la destitution de Chaouch acquise, Vogel apparaîtrait comme le nouvel homme providentiel de la gauche. L'élection présidentielle se déroulerait sous trente-cinq jours, il la remporterait sans difficulté, si l'on se fiait aux plus récents sondages. Brisseau prendrait Matignon, les deux autres larrons, Bercy et Beauvau. Ce fut justement ce virtuel futur premier flic de France qui, voyant l'œil de Vogel rivé au cadran de sa montre, plissa son long menton inquisiteur et rappela d'une voix pleine de récriminations préventives :

— Tu dis toi-même qu'il n'a plus toute sa tête...

— Et puis il ne s'agit pas de trahison, confirma Françoise Brisseau, si c'est ça qui te turlupine.

La sénatrice, qui avait les faveurs de la « gauche de la gauche », se lança dans un rapide et efficace laïus sur « notre histoire », les luttes, les acquis sociaux, toute cette tradition que Chaouch s'apprêtait à démolir avec son fameux pragmatisme et ses idées libérales. Elle enfonça le clou :

— Au contraire, c'est le laisser en place qui serait une trahison !

11.

Vingt-trois heures sur vingt-quatre en cellule, Krim ne pouvait compter que sur sa mémoire pour ne pas sombrer ; mais sa mémoire s'était racornie, comme un tube de dentifrice qu'on a trop enroulé, trop plié et pressuré, jusqu'à ce qu'il n'en dégouline plus le moindre souvenir heureux. Par chance, il y avait un second tube, une seconde mémoire, débordant de notes, d'harmonies, d'une matière invisible et par conséquent infinie.

Pour les fonctionnaires chargés de son transfert au tribunal, le plus jeune détenu du quartier de haute sécurité de la Santé était surtout le plus bizarre. Il ne regardait personne dans les yeux, il chantonnait sans cesse, les lèvres closes ; son torse et ses épaules vibraient en rythme ce qui lui avaient valu le surnom persifleur d' « autiste du QHS ». Quand on lui posait une question plusieurs fois de suite, il fredonnait la deuxième mesure de la célèbre *Marche turque* de Mozart ; seulement la deuxième mesure.

C'était la première fois, ce soir-là, que le juge le convoquait depuis le début de sa détention provisoire. Me Szafran lui avait expliqué que ce n'était pas le même juge, il lui avait dit qu'il y aurait Fouad, son cousin. Krim n'avait pas réagi. Il ne réagissait plus. Il se souvenait, à la place. De l'incroyable petit cul d'Aurélie, du fuselage de ses cuisses, de leur galbe étincelant tandis qu'elle s'arrachait à la mer mousseuse et se hissait sur la plateforme à l'aide d'une échelle aux barreaux gainés de plastique bleu. Il se souvenait de tout.

C'était à Bandol, sur la côte varoise, au début de l'été, un peu moins d'un an avant l'attentat du 6 mai. Ils avaient nagé en suivant la colonne de reflets, bien au-delà des bouées, en direction de l'Algérie et du soleil. Après 800 mètres, Krim avait montré des signes de fatigue, au contraire d'Aurélie, qui passait la moitié de sa vie dans l'eau. Lancé à sa poursuite, Krim faisait parfois la planche pour se régénérer. Il en profitait pour observer les falaises ocre et blanches, les villas luxueuses qui apparaissaient par intermittence derrière les troncs des pins. La plage semblait à des kilomètres, le volume des cris des enfants avait graduellement décru, jusqu'à disparaître tout à fait. On n'entendait plus que le clapotis des vagues, et les rires que les mouettes jetaient dans l'air à chaque coup de vent.

Aurélie désigna un promontoire qui se détachait de la côte comme une presqu'île. À l'approche du rivage, un corridor se devinait entre les gros rochers qui affleuraient à la surface, au bord de l'échelle de piscine qui permettait d'atteindre la plateforme. Aurélie passa en premier. À moitié découvertes par sa culotte de bain, ses fesses étaient dures et pleines et parfaites, et Krim savait en les regardant ondoyer à contre-jour qu'il ne les oublierait jamais. Elle prit la tête de l'expédition et longea le rivage, en bondissant de pierre en pierre à moins d'un mètre de l'eau. L'après-midi traînait, le soleil frappait vivement leur itinéraire parsemé d'aiguilles et de pommes de pin. Krim écoutait le chant des cigales, les claquements de langue de la mer à ses pieds ; il était heureux. Aurélie ralentissait souvent sa progression, saisie par la beauté des fonds du bord de mer : des surfaces tantôt lisses, tantôt moussues, auxquelles l'onde et les rayons du soleil donnaient une coloration à la fois changeante et permanente, or mat et bleu-vert, toujours précieuse et magnifique.

Krim se pourlécha les babines – elles étaient salées – et demanda à Aurélie où elle l'emmenait. Elle désigna le sommet de l'amoncellement de rochers qu'ils avaient commencé à grimper. Après une ascension plus facile que prévu, ils se retrouvèrent au bord d'une falaise. Les vagues se brisaient à leurs pieds, dans des roulis d'écume phosphorescente.

Elle voulut plonger. Il l'en dissuada. Ils empruntèrent alors un chemin spectaculaire qui serpentait entre la mer et des courts de tennis en béton. Des jeunes filles renvoyaient les balles d'un moniteur figé à mi-court, en poussant des geignements blasés. Aurélie traversa un bosquet de pins et franchit le grillage du club de tennis. Elle demanda à Krim ce qu'il voulait boire et s'enfonça dans le local où des voix masculines bavardaient. Krim avait peur d'entrer. Il s'installa autour de la table en plastique, sous l'auvent bleu et blanc de la terrasse. Une foule de jeunes gens riches et blonds arrivaient depuis les courts, avec leurs raquettes sous le coude et leurs dentitions parfaites.

Leurs sourires s'éteignirent quand ils virent cet Arabe torse nu, comme une tache sombre zébrant l'azur de leurs vacances. Les garçons choisirent les sièges qui permettraient de faire rempart, au cas où l'intrus eût été animé d'intentions louches.

Une paire de cuisses musclées dépassa Krim : Aurélie était de retour. Elle avait relevé ses longs cheveux trempés, un vilain bandana blanc les retenait, mais n'empêchait pas qu'ils s'égouttassent sur sa nuque et ses épaules, formant même de petites flaques au creux de ses clavicules. Elle connaissait tout le monde ici. Krim crut que c'était une façon de lui faire comprendre qu'elle allait devoir dire bonjour aux connards de la table voisine. Mais elle souleva son joli poing fermé et en fit tomber un jeu de clés.

L'homme à tout faire du club l'avait à la bonne : il leur prêtait son Scooter !

Elle arracha son bandana et insista pour conduire. Krim n'osait pas la prendre par la taille, il agrippait les poignées surchauffées, à l'arrière de la bécane. Ils traversèrent des champs fleuris, des collines bleues et des pinèdes où le soleil effectuait des trouées somptueuses, mais dont il ne vit rien, absorbé par la cambrure d'Aurélie, la naissance de ses fesses, ses reins brillants.

Au bout d'une demi-heure ils entrèrent dans une petite ville aux allées bordées de palmiers. Il fallut mettre pied à terre et marcher à côté du Scooter sur la dernière montée, une ruelle tortueuse, faite de gros pavés inégaux, qui menait à la résidence secondaire des Wagner, trois étages et un immense jardin privé qui prolongeait le toit-terrasse. Les murs étaient blanchis à la chaux, le mobilier rustique, d'une sophistication discrète. Il n'y avait pas de télé, pas d'ordinateur. Aurélie bondissait de pièce en pièce, sans parler. Au sommet des dernières marches, elle lui fit signe de fermer les yeux et prit sa main pour le guider.

Ta-dam ! Sous les poutres noires, quatre pianos avaient été disposés côte à côte, sur deux rangées parallèles. Tous les ans, la mère d'Aurélie invitait des jeunes pianistes du monde entier, pour participer à sa célèbre masterclass.

Krim ne lui avait jamais dit qu'il avait appris à jouer du piano et qu'il y excellait, au point même d'avoir envisagé, un temps, d'en faire son métier. La jeune fille ouvrit une porte en bois sombre et courut s'ébattre dans le jardin suspendu. Krim la rejoignit en hochant la tête. Elle le tournait en bourrique. Il la vit faire la roue, marcher sur les mains d'un bout à l'autre de la pelouse jaunie par la sécheresse, y mettre tellement d'énergie qu'elle manquait se ramasser dans les taillis. Il y avait des bambous, des lauriers-roses, deux figuiers et un pin parasol, auquel Krim parut s'identifier : il avait le tronc fin et la chevelure ébouriffée. Il le caressa pour cacher son malaise.

Il pensait à sa mère, il se la représentait en train de se moquer de lui. La MJC de son quartier payait pour ses vacances, c'est-à-dire qu'il fallait remercier Nazir ; au lieu de le faire et de passer du temps avec ses « collègues », il s'était laissé embobiner par une bourgeoise. Pourquoi l'avait-elle repéré sur la plage ? Pourquoi lui ? Il n'était ni beau ni stylé ni tchatcheur ni rien du tout. Il n'avait qu'une particularité, un don, mais elle n'en savait rien. Et puis elle était décidément trop belle, ce n'était pas normal qu'une fille à qui tout le monde aurait donné 9/10 s'entichât d'un petit Arabe de dix-sept ans qui valait 4/10 en temps normal, et dont la note grimpait à peine à 6 quand il faisait son malin au piano.

Aurélie avait perçu son changement d'humeur. Elle le rejoignit au pied du pin parasol et lui proposa de faire un barbecue. Un barbecue ? répéta Krim. Il restait plein de saucisses de la veille, des chipolatas, des merguez, il mangeait du porc, au fait ? Krim haussa les épaules. Elle le conduisit à l'autre bout de la terrasse, où se trouvait le barbecue. Ils remplirent le bac en métal de brindilles et de deux bûches de gros bois. Elle lui demanda son briquet et alluma un morceau de papier journal, qu'elle glissa entre les bouts de bois. Le feu prit instantanément, de grosses flammes s'élevèrent en direction du ciel qui avait la couleur et la texture d'une pêche. Deux nuages plats comme des disques patinaient au loin, au-dessus d'une rangée de cyprès qui couronnaient le sommet d'une colline. Aurélie s'empara de la grille qu'elle déposa sur le bac, pour la nettoyer. Elle s'éloigna en direction de la maison ; avant d'y disparaître, elle dit à Krim de faire attention aux escarbilles. Il ne savait pas ce que c'était, les escarbilles.

Aurélie revint avec un sachet de saucisses, deux assiettes et une bouteille d'eau coincée sous le coude. Krim ne la vit pas arriver ; le feu semblait l'avoir hypnotisé. Aurélie approcha la bouteille des flammes et y versa de l'eau. Elle souffla sur les braises et se releva en frappant dans ses mains. Il n'y avait plus qu'à attendre maintenant. Ce fut alors seulement que Krim remarqua qu'elle avait les yeux de deux couleurs, l'un vert et l'autre marron ; ils étaient composés d'anneaux foncés autour de l'iris jaune, comme du feu. Elle avait des yeux de dragon ; il n'avait pas osé le remarquer plus tôt. Quand il s'était tourné vers elle, auparavant, son visage avait été un pur éblouissement ; ses lèvres charnues et sa peau lumineuse l'aveuglaient.

Elle se planta en face de lui. La natation lui avait taillé des épaules plus larges que la moyenne. Il regarda ailleurs. Le feu crépitait à ses pieds. Sur les façades des immeubles voisins, le vent faisait danser des ombres obliques entre les volets bleus.

Krim ? La vérité, Krim ?

Il baissa les yeux sur ses seins, affolants, qui paraissaient énormes vus de si près. Un pendentif indigo se soulevait en même temps que sa poitrine, tandis qu'elle reprenait son souffle.

Il allait se passer quelque chose, il suffisait de ne pas paniquer, de rester immobile, muet, et ses lèvres s'approcheraient des siennes. D'ailleurs, il n'y avait plus de sourire dans ses yeux incendiaires, elle aussi avait peur !

Et puis non, en fait.

Il se raconta, plus tard, que la seule et unique responsable de toutes les catastrophes qui s'ensuivirent était cette stupide sonnerie de téléphone, la première mesure de *La Marche turque* coupée au pire moment et répétée comme à des fins de torture psychologique. Deux jours plus tard, Aurélie lui proposa une virée en bateau dans les calanques et lui avoua qu'elle avait plus ou moins un copain. Dix mois plus tard, il la revit à Paris, fit la connaissance du copain en question et tira sur Chaouch.

La vérité, Krim, la vérité...

La vérité, c'est qu'elle avait déjà amorcé un mouvement de recul avant la première note. Elle ne voulait pas de lui. Elle n'avait jamais voulu de lui.

Ils pouvaient tous crever. Tous, sans exception.

12.

Quand il comprit qu'il ne lui arracherait pas une parole, à la mention de sa mère pas plus qu'à celle de sa petite sœur (« elle veut juste savoir le mot de passe de ton compte YouTube »), Fouad se rendit dans le bureau adjacent, les bras ballants, et darda son regard le plus impitoyable sur la fille du juge.

Aurélie était assise à la place du greffier, elle avait les mains jointes entre ses genoux qu'elle faisait applaudir, pour se donner une contenance. Debout au centre de la pièce, son père venait de la gourmander ; une veine saillait sur sa tempe gauche.

— Je crois qu'Aurélie a quelque chose à vous dire, quelque chose qu'elle a *oublié* de vous dire la dernière fois.

Fouad prit le juge à part et lui décrivit son échec en quelques mots. Pour toute réaction, Wagner fléchit un de ses sourcils et tonna, sans toutefois diriger son œil charbonneux vers sa fille :

— Aurélie !

La jeune fille fit le tour du bureau et demanda d'une voix récalcitrante qui contredisait son air et sa posture contrites :

— Et par où je commence ?

Wagner se redressa, on aurait dit qu'il allait lui filer une paire de baffes.

— Je vais tenter ma chance, si je reste ici je crois que je vais faire un malheur. Tu lui dis tout. Tu m'entends ? Tout !

Fouad lui proposa de s'asseoir sur un des deux sièges réservés, d'ordinaire, au prévenu et à son avocat. Ils étaient seuls dans la pièce. L'adolescente regardait l'abat-jour duveteux de la lampe de bureau. Hésitante, elle commença par expliquer avoir reconnu sa voix, la dernière fois, dans le cabinet de son père où se trouvait présentement Krim, entouré de gendarmes mobiles et d'ERIS.

— C'est la même que... Nathan... mon dealer. Il se faisait appeler comme ça, Nathan, mais en fait c'était... enfin, lui, quoi.

Elle ne voulait pas prononcer le nom de Nazir. Elle avait vu des photos de lui après l'attentat, mais il était méconnaissable. L'été dernier, il portait un bob, une barbe de quelques jours, des lunettes rondes, colorées, à la Elton John.

— Et c'est quoi le rapport avec Krim ?

Aurélie ferma les yeux, inspira douloureusement.

— Eh ben, il m'a filé plein de... MD, gratuitement, en échange de... Il fallait que je passe du temps avec Krim, que je le chauffe un peu, quoi. C'est tellement long, l'été dans ces petits patelins...

Fouad se leva d'un geste brusque. La jeune fille sursauta.

— Continue, ordonna-t-il en allant se poster devant le carreau noir de la fenêtre, où il ne voyait guère que son reflet.

Aurélie raconta leur après-midi, de la plage à leur maison dans l'arrière-pays. En décrivant son forfait, le volume de sa voix diminuait insensiblement. Elle fondit en larmes lorsqu'elle en arriva au coup de téléphone qui avait interrompu leur flirt.

— C'était lui ?

— Oui, il était en bas, il m'a demandé de descendre, il m'a refilé le matos et voilà... Après je l'ai revu, deux jours plus tard. On a loué un bateau à moteur...

— Et c'était quoi, le but, là, le pousser au suicide ?

Fouad regretta de se montrer si dur. Il se retourna, Aurélie avait la bouche entrouverte, comme si elle venait de se prendre un coup en pleine mâchoire.

— J'étais pas obligée, pour le bateau. Je voulais le revoir. C'était sincère, là. Comme... après, le jour de l'attentat, à Paris. Et puis la lettre que je vous avais fait passer pour lui, c'était... sincère.

Fouad revint s'installer à côté d'elle.

— Il s'est passé un truc, l'été dernier, quand je suis remontée dans la maison, après avoir vu Nazir. J'ai entendu des notes, au piano. C'était Krim qui jouait, en fait, au lieu de surveiller le barbecue. Et je sais pas comment dire... il jouait comme un dieu. Franchement, j'ai l'habitude des petits prodiges, toutes les années ma mère en ramène un nouveau et il faut se le taper à la maison, partout... Là, c'était différent. Il jouait du Beethov' je crois, c'était tout doux, et furieux en même temps... Enfin... peut-être que je dis ça parce que je venais de le rencontrer...

— Ou parce que tu t'attendais pas à ce qu'une caillera ait l'oreille musicale.

Fouad fut surpris par la violence de son ton. Bientôt, il s'en épouvanta. Il n'avait aucune envie de la tourmenter. Il s'amadoua. Cette fois-ci, ce fut Aurélie qui tourna vers lui ses beaux yeux effilés, plissés par l'incompréhension et l'étonnement :

— Mais c'est pas du tout une racaille, Krim...

Elle avait prononcé cette vérité avec la même intonation ascendante, le même accent d'évidence que si elle l'avait corrigé sur un fait objectif, la couleur de ses yeux ou sa date de naissance. Fouad croyait en sa franchise.

— Je viens d'avoir une idée.

Au moment où il allait l'énoncer à Aurélie, Wagner entra dans la pièce, en trombe. Il parlait au téléphone, en donnant des ordres parallèles aux uniformes qui le suivaient en file indienne.

— Qu'est-ce qui se passe, monsieur le juge ?

D'un clin d'œil féroce, Wagner fit signe à Fouad de patienter. Fouad crut comprendre qu'il parlait au commandant Mansourd. Il raccrocha, ignora le visage de sa fille levé vers lui, toutes prunelles dehors. Il demanda à un des gendarmes de la conduire à l'extérieur. Aurélie protesta, il fallut un deuxième costaud pour la faire quitter les lieux.

Wagner s'époumona pour qu'on mît la main sur son collègue Poussin sans plus tarder.

— C'est bon, j'ai réussi à le faire parler, dit-il en composant un nouveau numéro. Il y a un deuxième attentat, en préparation, pour le 5 juillet, l'anniversaire de Chaouch, qui tombe le jour de l'indépendance algérienne. Tout ça confirme ce qu'on imaginait, en gros. Mais au moins on a la date.

— Vous êtes sûr ? Comment vous pouvez être sûr qu'il n'a pas balancé ça comme ça ? Comment vous avez pu le faire parler ?

— C'est bon, Fouad, vous avez fait votre devoir, on s'en souviendra. (Personne ne décrochait au bout du fil.) Les informations qu'il m'a données recoupent une partie de celles qu'on avait déjà. En plus, il a reçu une visite de Montesquiou, il y a deux semaines, dans sa cellule de garde à vue à Levallois-Perret. Les bandes de surveillance ont disparu comme par hasard, mais on va faire témoigner les OPJ qui étaient à la SDAT ce jour-là. Je le savais ! Je savais qu'il fallait le faire parler !

Il y eut un bruit de bousculade dans le couloir. Fouad et Wagner coururent jusqu'au seuil de la porte. Aurélie avait échappé à son escorte, elle essayait d'ouvrir la porte du cabinet de son père, en criant :

— Krim ! Krim ! Je suis désolée, Krim ! Je t'aime, Krim !

Le sang de Wagner lui était monté aux tempes.

— Évacuez-la, bordel de merde !

La porte resta close, et Krim n'eut pas le temps de lui répondre. Quelques minutes plus tard, son grand cousin le vit sortir, menotté, encadré par les policiers d'élite de la pénitentiaire. Un sourire illuminait son visage doux et enfantin.

13.

L'hélicoptère se posa à l'extérieur de Saint-Étienne. Mansourd en sortit, à peine courbé pour éviter d'être décapité par la folle giration des pales. Il avait troqué son costume trop étroit contre un tee-shirt noir, sur lequel il revêtit un gilet pare-balles en quittant l'héliport. Les renforts du GIPN arrivèrent en même temps que lui dans la cour du commissariat central. C'était la première fois qu'ils voyaient un directeur du renseignement harnaché de la sorte. Au téléphone, le juge Wagner lui expliquait ce qu'il avait préféré ne pas révéler à Fouad : selon les dires de Krim, le deuxième attentat ne visait pas Chaouch, mais une autre cible, inconnue.

— L'opération a lieu dans combien de temps ?

Le commandant se frappa le torse, pour se donner du courage.

— Maintenant. D'ailleurs, je vous laisse.

Une vingtaine de policiers antiterroristes avaient été envoyés sur place. L'appui du GIPN et d'une section de la BAC locale avait élevé le dispositif à cinquante unités. Le divisionnaire stéphanois n'en finissait pas de pester contre ces superflics parisiens qui déboulaient en hélico avec leurs propres brigades d'intervention et refusaient la moindre participation de ses effectifs.

La cible était connue sous le nom du « local » ; c'était, à quelques encablures de l'autoroute, un hangar qui servait de repaire aux ultras de Saint-Étienne. Ces turbulents supporters se faisaient appeler les Green Devils, ils avaient leur cope, en bordure de la tribune nord du stade Geoffroy-Guichard. Ce soir-là n'était pas un soir de match, pourtant quelques éléments connus des services s'étaient donné rendez-vous au local. Nombre de hooligans stéphanois s'étaient « politisés », plus ou moins récemment. On avait photographié les plus énervés dans des rassemblements de groupuscules d'extrême droite, en rase campagne. Mais ce n'étaient pas les plus énervés qui intéressaient Mansourd. L'antenne régionale de la DCRI qui surveillait ce petit monde avait glané des renseignements suggérant que des contacts avaient été établis entre des Green Devils – parmi les plus discrets, naturellement – et les terribles frères Sanchez, seuls survivants de la vague d'interpellations qui avait décimé les rangs de la FRAASE. On devait à un lycéen timoré le tuyau de la rencontre qui mobilisait le considérable déploiement dont Mansourd avait pris la tête.

Des barrages furent dressés dès la sortie de l'autoroute. Il ne fallut que dix minutes pour boucler le quartier, une ancienne zone industrielle reconvertie en lots pavillonnaires. La majorité des propriétés n'étaient pas encore vendues. Un gamin à vélo fut prié de rebrousser chemin. Il se retourna à plusieurs reprises sur le spectacle irréel de ces colonnes de policiers lourdement armés, qui progressaient vers le hangar en dessinant des cônes de lumière pâle au moyen de leurs puissantes lampes torches.

Mansourd avait étudié, en personne, les plans détaillés du local et envoyé une partie de ses hommes couvrir les entrées latérales du bâtiment. Il craignait, toutefois, que des canalisations mal signalées sur ses papiers ne permissent aux plus intrépides de s'enfuir par les sous-sols. Avant de donner l'assaut, il suivit le gamin à vélo, lui fit signe de revenir. Sous les visières des casques, les regards exprimèrent une certaine perplexité. Après s'être entretenu avec le gosse, Mansourd lui tapota l'épaule et appela quelques hommes du GIPN en renfort, pour contourner la butte qui dominait le local à l'ouest, et un terrain vague sur son autre versant. Une bouche d'égout dégorgeait une eau crasseuse dans le pré laissé à l'abandon.

Dix minutes après le début de la descente, deux individus furent vomis par la canalisation que surveillaient les fusils du GIPN. Aucun coup de feu n'avait été tiré, et l'intuition de Mansourd avait été la bonne. Mais les deux crânes d'œuf sur lesquels il avait mis la main n'étaient pas les frères Sanchez.

Les interrogatoires révélèrent que l'indic ne mentait pas : les frères Sanchez avaient posé un lapin au leader de ce groupuscule stéphanois qui se faisait appeler la Phalange du Pilat, et dont le chef était un gros garçon au nez cassé et aux joues rouges qui semblait en vouloir davantage à ses homologues lyonnais qu'aux immigrés coupables de corrompre la pureté de la race blanche.

Aucune arme ne fut trouvée au cours de la perquisition. Dans un sac poubelle, un policier tomba sur une cinquantaine de demi-baguettes fourrées au jambon de premier prix. Les « phalangistes » reconnurent avoir eu l'intention de suivre l'appel de Putéoli, mais nièrent en bloc avoir jamais formé la moindre entreprise terroriste ou criminelle. Mansourd cuisina leur chef qui finit par avouer la raison pour laquelle il était prévu qu'il rencontrât les frères Sanchez. Il s'agissait d'une certaine « opération Jasmin », sur laquelle il jurait ses grands dieux ne rien savoir. Les frères Sanchez devaient justement le mettre au courant...

— Opération Jasmin comme Jasmine ? se demanda le juge Wagner, lorsque le chef de la DCRI l'avertit, autour de 22 heures.

Il était difficile de répondre à cette question, mais il était encore plus difficile de ne pas prendre de mesures préventives à l'égard de la fille du président. Le GSPR fut prévenu dans la demi-heure et commença à préparer le renforcement de sa protection rapprochée.

— Le 5 juillet, c'est l'anniversaire de Chaouch, se souvint Valérie Simonetti, son ancienne garde du corps. Mais c'est aussi la première des *Indes galantes* avec Jasmine... Un attentat à l'opéra, c'est à ça que vous pensez ?

Mansourd se montra circonspect au téléphone. Contre l'avis de son numéro deux, il resta à Saint-Étienne, où il installa son QG provisoire. Après avoir décidé de ne pas le dézinguer, le président avait donné tous pouvoirs à Mansourd pour capturer Nazir Nerrouche. Le jeune Algérien qui avait voyagé avec son faux passeport avait fini par parler du cercueil dans la soute de l'avion qui avait atterri à Saint-Exupéry. Nazir s'y était caché. Tout le monde était évidemment trop occupé à contrôler les passagers pour aller réveiller les morts tapis dans les amoncellements de bagages. Un véhicule de pompes funèbres savoyardes avait chargé le cercueil. Quelques heures plus tard, le chauffeur avait entendu un bruit bizarre. Il avait ouvert le coffre. Le cercueil était vide, et Mansourd au bord de la crise de nerfs en l'apprenant.

Des avis de recherche allaient être préparés, des alertes diffusées dans les médias, à grande échelle. Cette mise à contribution de la population ne fit pas l'unanimité.

D'aucuns supputèrent que le chef de la DCRI perdait son sang-froid, d'autres que cet appel à la délation risquait de produire le contraire de l'effet escompté, et souder la communauté musulmane locale autour de celui qui y était vu comme un bouc émissaire, victime d'une cabale orchestrée par *le pouvoir*. Mansourd était immunisé contre les opinions des uns et des autres, il ne se fiait qu'à son instinct, or son instinct lui disait que Nazir était là, dans cet ancien bassin minier, tout près.

— Et les frères Sanchez ? demanda le procureur de Saint-Étienne, qui avait suivi l'opération infructueuse depuis son bureau et ne comprenait pas que tous les efforts de Mansourd ne soient pas concentrés sur ces nazillons dont on lui rebattait les oreilles depuis des heures.

— On a largement assez d'hommes pour suivre les deux pistes, répondit le commandant, et puis si on braque tous les projecteurs sur Nazir, la vigilance de ces deux petits cons va se relâcher, on va les cueillir sans se forcer. Ils ont dix-sept et dix-neuf ans, et on sait qu'ils sont dans le département...

Au même moment, la fille du président dut interrompre sa répétition à Garnier.

Valérie Simonetti l'attendait dans son appartement de l'Élysée. Furieuse, la jeune femme ne voulait rien entendre. Elle en avait marre de vivre dans la peur. Quand tout cela allait-il cesser ? Quand allait-elle retrouver une vie normale ?

— Votre père m'a demandé de vous montrer quelque chose, dit Valérie qui avait toujours entretenu de bons rapports avec la jeune femme.

Elle avait emporté son ordinateur portable avec elle, qu'elle posa sur la table de la kitchenette ultramoderne, et ouvrit sur une vidéo qui remportait un grand succès dans la fachosphère. Sur fond de hard-rock, on y voyait une série de clichés de Jasmine, publics pour la plupart, parfois issus de magazines *people*, assortis d'injures antisémites et d'appels au meurtre en lettres gothiques ensanglantées. Valérie Simonetti voulut rabattre le clapet de son portable avant la dernière image, mais Jasmine insista pour regarder jusqu'au bout. Elle réduisit elle-même la taille de la vidéo et parcourut les commentaires. Soudain la voix se tut, la musique cessa, un bruitage de vent sifflant leur succéda. Jasmine remonta jusqu'au sommet de la page. Le diaporama s'était arrêté sur un photomontage qui montrait son visage au sommet d'un corps de femme enceinte subissant une césarienne – une francisque vichyssoise avait été ajoutée sur le crâne du bébé qu'on arrachait de son ventre de *youpine*.

14.

Rabia avait décidé que la télé resterait éteinte toute la soirée, ne serait-ce que par respect pour ceux qui étaient venus. Bouzid avait vu les choses en grand, mais sur les vingt personnes de la famille qu'il avait invitées, seules deux avaient fait le déplacement : les doyens ; la tante Zoulikha (alors qu'elle détestait les merguez) et le grand-oncle Ferhat, qui, lui, n'avait rien contre les merguez, et qui fut de loin le plus malheureux quand la brise légère fit tousser Dounia, la secouant de la tête aux pieds et obligeant tout le monde à rentrer. Ferhat comprit vite que Rabia était la personne à convaincre pour obtenir au moins de laisser la fenêtre de la cuisine ouverte. Sauf que Rabia avait peur des moustiques et des chauves-souris, et de celles-ci plus que de ceux-là, au mépris de la statistique et du bon sens le plus élémentaire. Le vieillard fit un commentaire sur le sujet, en kabyle, avec cet accent dodelinant et bonhomme qui caractérise les Algériens de l'Est. Son vocabulaire trop riche le rendait difficilement compréhensible à ses nièces nées ici, qui baragouinaient un kabyle mâtiné d'interjections stéphanoises, à l'instar de Rabia :

— Fouilla ! mais on comprend que dalle quand tu parles, *khale*...

Rabia avait revêtu sa gandoura vert émeraude, à l'encolure sertie de broderies géométriques et pourvue de manches amples et bouffantes, pour n'être pas entravée lors de ses envolées lyriques et de ses tirades à mains nues. Ce soir-là, elle n'avait pas ressorti son fer à lisser, comme elle l'avait fait au lendemain de l'attentat, espérant chasser ses idées noires en changeant la texture de ses cheveux. En frisant, ils s'étaient remis à luire ; et la lumière, bonne fille, était revenue dans ses grands yeux foncés, où ses pupilles furetaient sans cesse, à chaque parole, à chaque mouvement.

Ferhat passa dans la salle à manger. Pour une raison inconnue, il s'était mis sur son trente-et-un, cravate violette, gilet et veston époussetés.

Luna était barricadée dans sa chambre. Il avait suffi d'un mot de Dounia, la maîtresse de maison, pour transformer le « choix » de sa petite-nièce en sujet tabou. Rabia n'en était pas mécontente, elle préférait se dire que demain était un autre jour, et puis que sa Nanouche était coquette, et qu'il valait mieux, à tout prendre, qu'elle jouât à se déguiser en Belphégor plutôt qu'elle se teignît les cheveux en vert et bleu, comme les « petites beaufettes du centre-ville ».

— Et au fait, Slim, il est parti où ?

Dounia répondit à sa sœur qu'elle lui avait donné la permission de minuit. Il était chez un ami (elle ne précisa pas qu'il était musulman et qu'il l'avait rencontré à la mosquée). *Miskin* c'était pas facile, pour lui, la famille de sa femme qui refusait qu'il la revoie...

— Bah, si ça se trouve c'était le mieux qui pouvait se passer.

Cette observation jeta une ombre sur le front de Dounia. Elle se leva pour changer de pièce, une main prête à recouvrir sa bouche si elle devait vomir.

À la cuisine, la tante Zoulikha promenait ses mains chaudes et dodues dans l'entrelacs de merguez en rab, qu'elle regardait avec une tristesse mêlée d'indignation. Tout ce gaspillage, par la faute de Bouzid...

521

Après avoir vu les choses en grand, le tonton n'en menait pas large, rencogné dans sa chaise à bascule qui gémissait à chaque fois que la honte lui remuait un muscle. Cette chaise à bascule, il l'avait retapée lui-même. De tout ce qui polluait souterrainement la vie de la famille Nerrouche, la nullité de Bouzid dans son passe-temps favori, le bricolage, était certes le moindre ; pourtant, à ce moment-là, dans le silence gêné du salon composé autour de la télé éteinte, ce non-dit semblait résumer tous les autres et les représenter, les faire s'égosiller dans un ultrason insupportable que tout le monde tolérait sans broncher. Tout le monde sauf Rabia, qui n'aurait peut-être pas mis les pieds dans le plat si elle n'avait perçu de la soumission dans la face de lune de sa grande sœur malade :

— Bouz, tu veux pas changer de chaise, ça tape sur les nerfs à force !

Le tonton se figea. Qu'est-ce qui lui prenait de l'attaquer comme ça, gratuitement ? Le vieux garçon faillit répondre, se défendre, mais le tonton Ferhat était de retour.

Personne n'avait remarqué qu'il était parti, il portait sa grosse guitare orientale sous le bras, Dieu seul sait où il était allé la chercher, on ne l'avait pas vu venir avec son étui. Devant l'assemblée interloquée, il déplaça un tabouret au pied de l'écran noir et se mit en position, son mandole sur la cuisse, qui paraissait rachitique sous le ventre bombé de l'instrument. Ferhat récupéra un plectre blanc au fond de sa boîte de tabac à chiquer. Il fit quelques allers-retours sur la première double corde, la plus grave. Ses doigts voltigèrent ensuite sur le manche, avec une agilité surprenante. Ses épaules se mettaient à danser, comme celles d'un jeune homme, sur les arpèges exigeant une virtuosité particulière.

Tout à coup sa voix s'éleva, grave, suave et fredonnante. Il manquait de souffle et ne connaissait pas toutes les paroles de cette ballade d'Idir, qu'il jouait sur un rythme plus lent que l'original. Elle parlait de la Kabylie, de son soleil, de ses collines, de ses femmes aux yeux vifs et tragiques.

Dounia était une de ces femmes. Au début des années 80, son mari lui avait offert un voyage de noces en Algérie, à Bejaïa, d'où les Nerrouche étaient originaires. Nazir avait deux ans et demi, ils l'avaient emmené avec eux. Il parlait tout le temps, posait des questions à tort et à travers. Un soir, sur la place Gueydon, son père le fit monter sur ses épaules et marcher jusqu'à la balustrade. Dounia se rappelait avoir posé les mains sur la rambarde et avoir pensé que la Méditerranée était à ses pieds, enfin du bon côté. Une voix l'encourageait à se pencher davantage. Elle en frémissait encore, se reprochait d'avoir laissé son mari expliquer à voix haute que des jeunes Bougiotes enjambaient parfois la rambarde et sautaient. Nazir entendait tout, ne laissait rien passer. Il demanda pourquoi ils sautaient. Dounia refusa de répondre et le gronda lorsqu'il reformula sa question.

Presque trente ans s'étaient écoulés, la jeune mère inexpérimentée était devenue une petite dame mourante, percluse de secrets, rongée par le remords, qui pourrissait de l'intérieur et périssait du mal qu'elle avait laissé se développer au sein de sa famille. Elle se penchait à nouveau, dans le salon, au milieu de la fête. Elle voulait croire qu'elle rejoindrait bientôt son mari, que leurs corps s'allongeraient côte à côte, en Algérie. Mais elle n'y croyait pas. Elle aurait voulu que la moquette s'ouvrît à ses pieds, qu'elle donnât à nouveau sur ce bout de trottoir, dix mètres plus bas, qui l'appelait. Les yeux fermés, elle entendait à nouveau la clameur insensée des oiseaux, le bourdonnement de la circulation.

Elle se réveilla en sursaut. Des applaudissements nourris retentissaient dans la pièce, tout le monde était debout. Dounia se boucha les oreilles, son visage se déforma, si elle avait été seule, elle se serait arraché les cheveux, mèche par mèche.

Le vacarme se propagea jusqu'à l'entrée du lotissement. Quatre silhouettes étaient en train d'escalader le portail, le visage dissimulé par les cagoules de leurs *hoodies*.

À l'étage des chambres, Luna venait de liker et de partager tout un album de photos de Bejaïa et de ses corniches suspendues au front des falaises, et notamment une photo incroyable, où quatre nuages orphelins, alignés et parfaitement équidistants, semblaient épeler un nom dans le ciel rose, dans un alphabet indéchiffrable.

En une demi-heure, la jeune fille partagea une dizaine de citations du Coran qu'elle avait trouvées sur un site foisonnant de publicités de moteurs de recherche pour trouver l'amour avec un musulman de sa région´ :

> Les vrais amis sont ceux dont on se souvient au moment de la prosternation.
> Allah t'offre une femme, le diable t'en offre des milliers.
> Choisis bien ton mari, il peut te mener au paradis comme en enfer !

Loin de son mysticisme rose bonbon, Rabia regardait les marches de l'escalier où sa fille s'était cachée, tout à l'heure, pour profiter elle aussi du concert.

Le tour de chant de Ferhat n'était pas terminé, les suggestions fusaient. Le grand-oncle choisit cette fois-ci un titre de Lounis Aït Menguellet. Il avait bricolé sa guitare pour qu'elle rende le même son que celle de son chanteur kabyle préféré. Après deux couplets, une flûte reprenait le refrain, dont la mélodie n'aurait pas dépareillé dans une musique traditionnelle celtique. Ferhat entreprit de siffler le solo, mais les sons ne sortirent pas de sa bouche en cœur, malgré ses joues gonflées. Il battait la mesure avec ses mollets de coq, mais de vieux souvenirs étaient en train de le submerger, ses petits yeux s'étoilaient de larmes, il se rappelait sa jeunesse en Kabylie, dans les montagnes, quand il taillait sa flûte de roseau, *ajewwaq*, en promenant sur les moutons dont il avait la garde ce regard juvénile et bienveillant qui ne l'avait jamais vraiment quitté.

Il cessa de taper du pied, oublia le solo de flûte et retourna en arrière dans la chanson, mais des cris l'interrompirent. Ils ne venaient pas de la rue, mais de l'enceinte du lotissement. Dounia avait rouvert les yeux.

Une nouvelle salve retentit. Il n'y eut plus de doute alors, en tout cas plus pour Bouzid qui avait déjà les poings serrés, les épaules tendues, prêt à faire face. Lorsqu'il se dirigea vers la porte d'entrée, une exclamation générale l'empêcha de l'ouvrir. Rabia comprit que ça ne suffirait pas, Bouzid était sûr d'avoir entendu des insultes racistes, et avec « tout ce qui se passait en ce moment... »

Adossés au réverbère à boules blanches, à quelques mètres du seuil de la maison, quatre gamins fumaient. Bouzid se lança seul dans leur direction.

Restées sur le perron, Rabia et Kamelia ramassèrent le sandwich que les gamins avait abandonné sur le paillasson souhaitant la « bienvenue » en lettres fleuries. Kamelia se mit à crier, sans grand espoir de provoquer un demi-tour.

Au salon, les bajoues de la vieille tante Zoulikha étaient devenues rubicondes. Elle les secouait en poussant des soupirs calamiteux.

Luna avait dévalé les escaliers, prête à en découdre. En traversant le séjour rectangulaire, elle eut une vision déchirante : le tonton Ferhat qui s'acharnait à continuer de jouer, mais dont les doigts tremblaient trop et s'emmêlaient entre les doubles cordes de son instrument qui semblait désormais peser une tonne.

Luna enleva son voile en déboulant sur le parking. Kamelia était en panique, à moitié accroupie sur le sol, les mains sur la bouche. Rabia essayait de la rassurer mais sa voix disait le contraire : elle connaissait son frère, il allait les démolir, il s'était déjà battu dans sa jeunesse, la justice l'obligeait encore à verser une pension mensuelle à un type qu'il avait éborgné. Oui, Rabia était une pipelette tout terrain. Kamelia cessa de l'écouter et appela Police Secours. Luna vit que c'était trop tard : la confrontation avait dégénéré, les premiers coups venaient de pleuvoir.

La petite gymnaste courut dans sa direction. Sa mère lui hurla de revenir. Luna voulait aider son tonton. Elle battait tous les garçons de sa classe au bras de fer, elle n'avait peur de personne. Mais lorsqu'elle arriva, trois des quatre agresseurs avaient détalé. Bouzid s'acharnait sur celui qu'il avait eu le temps de mettre à terre, et qu'il aurait fini par tuer à mains nues si Luna ne s'était pas jetée à son cou, par-derrière, en menaçant de le mordre s'il n'arrêtait pas de cogner.

15.

Des milliers d'incidents du même genre furent recensés par les autorités. Place Beauvau, un ordre de grandeur effrayant circulait dans les couloirs. Le nombre exact ne serait pas connu avant plusieurs jours. En interne, les procureurs généraux furent encouragés à adopter la stratégie du passage d'éponge chaque fois que la chose était possible. Il s'agissait de ne pas commettre la même erreur que lors de la semaine d'émeutes consécutives à l'attentat – cette politique du châtiment exemplaire, de la « tolérance zéro », qui avait engorgé les chambres de comparution immédiate et les geôles de l'État sans effaroucher le moindre lanceur de cocktail Molotov. Le risque était de donner le sentiment que la justice utilisait deux poids pour deux mesures, perspective qui tourmentait particulièrement Serge Habib.

— Tu te rends compte du message qu'on envoie ? Les Arabes et les Noirs séditieux au cachot, tandis que les petits Blancs qui font la même chose bénéficient, eux, de la mansuétude de la République...

Le président effectuait ses exercices de rééducation matinaux, dans une salle souterraine aménagée pour l'occasion, au son d'un Trio pour piano et cordes de Chostakovitch. Les envolées de violoncelle couvraient opportunément la voix de son conseiller spécial. Quand il fut arrivé au bout des barres parallèles, son kiné le félicita et lui proposa le siège de son fauteuil roulant. Mais Chaouch le refusa. Il demanda à Serge d'ouvrir grand ses mirettes et fit quelques pas, en chaussettes, appuyé sur un tripode.

Quelques instants plus tard, son visage crispé se détendit. Il avala une demi-bouteille d'eau et reprit son souffle, adossé à la porte, jaugeant avec satisfaction les cinq ou six mètres dont il venait de triompher. Le kiné hochait la tête en haussant les sourcils, admiratif. S'il continuait à ce rythme, il n'aurait plus besoin de chaise roulante dans moins d'un mois.

— Bravo, consentit mollement Habib.

Le président ferma les yeux sur les dernières notes du trio. En guise d'applaudissement, à la fin du morceau, il répondit à la question déjà ancienne de son vieil ami :

— Quel message on envoie, je n'en sais rien. Mais la séparation des pouvoirs, ça te dit quelque chose ? Aux dernières nouvelles, je n'ai pas été élu premier procureur du royaume.

Dix minutes plus tard, après une douche et une très brève dispute avec sa femme, Chaouch était dans son bureau, en chemise blanche, deux cravates dépliées à côté de la pile de dossiers du matin, et un gros livre ouvert qu'il parcourait du bout du doigt. Serge Habib le rejoignit, referma la double porte derrière lui. Il espérait un entretien en tête à tête mais la secrétaire générale se glissa dans le bureau, presque sans bruit, par une entrée latérale. Elle était en tailleur-pantalon, le grand col blanc de son chemisier s'entrouvrait sur sa gorge fraîche et son visage aux traits intelligents était éclairé par son perpétuel demi-sourire.

— Apolline, bougonna le conseiller spécial.

— Monsieur Habib ! répondit-elle d'une voix joyeuse et haut perchée.

Pourtant, l'heure était grave. Les menaces contre Jasmine avaient déjà fait le tour des conseillers, mais c'étaient des nuées imprécises et lointaines par rapport à l'ouragan institutionnel qui se dirigeait lentement mais sûrement sur l'Élysée.

Apolline voulait se montrer optimiste :

— Cela étant, la saisine de la Haute Cour, si elle devait avoir lieu, ne préjuge en rien de la suite... Il y aurait des débats publics, et je ne vois pas du tout à quel titre une procédure de destitution aurait une chance d'aboutir...

— Oh ben, je cite pêle-mêle, s'emporta Habib en abattant successivement les cinq doigts de sa main normale : les absences pendant les discours, ce fameux rêve bizarroïde devenu l'objet de tous les fantasmes, que tu aies soi-disant parlé arabe à ton réveil du coma, ta proximité avec Fouad Nerrouche, ton refus de te soumettre à des examens psychiatriques...

Apolline osa le commentaire suivant :

— Pas grand-chose, en définitive...

Le conseiller termina son énumération en passant à l'appendice de son moignon, qu'il frotta d'un geste terrible :

— L'islam !

— L'islam ? répéta Apolline en écarquillant les yeux.

— Ne nous racontons pas d'histoires, Idder, c'est une catastrophe. Ils trouveront quelque chose, ce ne sont pas tes capacités qui te feront trébucher, c'est ta légitimité qui est en cause. Il faut que tu rencontres personnellement le maximum de parlementaires, individuellement, pour les rassurer et leur faire comprendre, au passage, où est leur putain d'intérêt.

Le président tourna vers Apolline un visage concentré mais dénué d'émotion, celui de l'arbitre de chaise d'un match de tennis.

La SG renvoya la balle d'un revers d'une main :

— Rencontrer quelques parlementaires influents, oui, pourquoi pas, mais il ne faudrait pas non plus que ce soit interprété comme un signal de panique. Et puis, que je sache, on parle encore d'une rumeur...

— Non, on ne parle pas d'une rumeur, et oui, il y a toutes les raisons de paniquer ! Élu par le peuple et menacé de destitution par les élites ! Voilà ce qui est en train de se passer...

Apolline sentit peser sur elle, à nouveau, le regard neutre de Chaouch :

— Et pourquoi ne pas demander à Vogel de les rencontrer à votre place ?

— Quoi, sous prétexte que c'est un haut fonctionnaire et qu'il parlerait leur saloperie de dialecte ? Cela dit, envoyer un mollusque pour convaincre des invertébrés, ça ne manque ni de bon sens ni de piquant, je veux bien le reconnaître...

L'attaque était moins gratuite qu'il y paraissait. Au moment le plus périlleux de la campagne, c'était sur l'agressivité habibienne qu'il avait fallu compter pour empêcher l'inversement de la courbe de sondages, et non sur les gazouillis consensuels de l'honorable M. Vogel. Chaouch ne l'avait jamais reconnu à voix haute, mais il devait son élection aux conseils de cet homme amputé d'une main, qui puait l'after-shave et que tout le Château méprisait. Chaouch n'avait pas encore eu le temps d'en prendre conscience. Jamais, bien sûr, les têtes guindées qui l'entouraient n'auraient osé dire du mal du meilleur ami du président en face de lui.

— Qu'est-ce que tu lis ? demanda le *meilleur ami* en forçant son accent pied-noir et en allant tâter la couverture du pavé sur lequel Chaouch baissait régulièrement les yeux.

Apolline vit le visage de Habib perdre toutes ses couleurs.

— Idder, nom d'un chien, pourquoi est-ce que tu lis le Coran ?

Chaouch roula les yeux au ciel.

— Le *saint* Coran ! rectifia-t-il d'une voix manifestement amusée.

— Mais tu crois pas qu'on a assez d'emmerdements comme ça, franchement ? Tu imagines, si quelqu'un balance au *Canard enchaîné* que le président jambonophobe s'est mis à lire le Coran... ?

Chaouch ne souriait plus lorsqu'il demanda à la secrétaire générale de les laisser. Apolline inclina la tête et se retira, d'un pas léger ; rien, décidément, ne semblait en mesure d'entamer sa bonne humeur.

16.

Quand elle eut refermé la porte, le président se tourna vers la verdure ensoleillée du jardin.

— Serge, qu'est-ce que tu comptes faire après les législatives ?

Habib fronça les sourcils, qu'il avait épais, à l'unisson des poils qui envahissaient ses narines.

— Déjà *avant les législatives,* je comptais aller à Grogny et passer un savon à ce connard de... de... de... de... enfin, le mec qui est incapable de se défendre contre Montesquiou, putain comme il s'appelle déjà ce zouave ? Bref, il faut colmater la brèche, c'est ça l'urgence, ce serait quand même une humiliation sans nom pour toi si cette ville que t'as littéralement tirée de la merde se choisissait pour député la réincarnation de Goebbels...

— Et tu as l'intention de faire ça pendant tout le quinquennat, passer des savons à droite et à gauche ?

— Tu ne m'as pas laissé finir, reprit Habib. Vu le torrent de merde qui nous arrive dessus, il va bien falloir que quelqu'un s'occupe de cette affaire de saisine de la Haute Cour. Parce que tu peux dire tout ce que tu veux devant la minette...

Chaouch eut un haut-le-cœur, il l'interrompit en élevant la voix :

— Serge, stop ! Tu ne peux pas continuer à dire ce genre de choses, à jurer à tort et à travers, à parler de minettes, de mollusques... C'est fini, la campagne, la conquête. Il faut gouverner, maintenant. Présider. Convaincre les gens, au lieu de les agonir de noms d'oiseaux. Ce n'est pas possible que tu ne comprennes pas quelque chose d'aussi simple, ce n'est pas possible...

— Alors quoi, tu vas faire confiance à ce... pardon, à Jean-Christophe Vogel ? Crois-en mon instinct, Idder, tu peux tout attendre de Vogel, mais sûrement pas le quart de la fidélité dont j'ai fait preuve à ton égard.

Son ton était redescendu sur la dernière partie de sa phrase. Chaouch se mordit l'intérieur des lèvres, visiblement mal à l'aise :

— C'est tout un écosystème, qui a ses délicatesses et ses susceptibilités, on ne peut pas le changer en un tournemain, il vaut mieux faire preuve de pragmatisme et... Écoute, tu es mon conseiller spécial, j'ai donc décidé de te confier une mission un peu particulière.

Habib tendit l'oreille.

— La mort de Bouteflika a changé la donne. Le fameux pouvoir qui tient le pays a vieilli, la rente gazière ne durera pas éternellement et on s'achemine vers un changement générationnel, qu'il faut absolument accompagner. Enfin, la situation est simple et tu la connais aussi bien que moi. On a perdu trop de marchés ces dernières années, les Chinois nous ont supplantés. Il faut tout reconstruire. Et puis il y a la question sécuritaire, le Sahel qui grouille de djihadistes. Je ne veux pas rentrer dans les détails ici, mais on va avoir besoin des services algériens bientôt, très bientôt. Une opération conjointe avec les Américains... Échange de renseignements, survol du territoire... Bref, j'en viens au fait : j'ai demandé au Quai d'Orsay de prendre contact avec les autorités algériennes, on va essayer de mettre en place un voyage officiel, le 5 juillet, pour y lancer mon grand tour de la Méditerranée.

— Non mais tu te fous de ma gueule ? Tu m'envoies organiser les préparatifs de ton anniversaire ?

— Je veux en profiter pour apaiser les mémoires, je veux faire un geste fort, aller à Sétif pour commémorer les massacres de mai 1945, et aussi offrir à l'Algérie l'intégralité des débats parlementaires de la IVe République qui ont précédé la guerre. Ce sont des documents qui dorment dans les coffres-forts de l'Assemblée depuis des décennies, j'ai pu les consulter un jour, on y voit comment la France avait décidé de s'engager dans ce qui était alors considéré comme une simple « opération de maintien de l'ordre »...

Les yeux fermés, Habib était avachi sur une bergère, les pieds en éventail, les mains croisées sur sa bedaine.

— Serge, c'est important. Le 5 juillet, ça fera exactement cinquante ans depuis l'indépendance de l'Algérie, cinquante ans de non-dits, qui nous ont coûté trop cher, de part et d'autre. C'est un morceau de l'histoire algérienne que je veux rendre à ses historiens, tout en allégeant la mémoire française, et sans tomber dans les notions à connotation religieuse et idéologique, la repentance, la pénitence, etc. Non, vraiment, je suis convaincu que si la chose est bien menée, tout le monde sera gagnant, et qu'on pourra enfin passer à autre chose. Et puis, mes parents viennent de là-bas, comme les tiens. Sauf que toi, contrairement à moi, tu y es né, tu y as grandi, c'est là que tes yeux se sont ouverts sur le monde, et que tu as poussé, j'imagine, tes tout premiers rugissements... Et c'est pourquoi je veux que tu t'en occupes. Qu'en dis-tu, Serge ?

Habib se redressa et lui fit cette réponse :

— J'en dis que tu auras ma lettre de démission sur ton bureau dans la matinée. Voilà ce que j'en dis.

17.

En quittant sa permanence de campagne à Grogny, Montesquiou exultait. Sa nouvelle recrue, Leïla, était parvenue à lui organiser une réunion avec des habitants de la cité HLM la plus hostile à sa candidature. Dans la voiture, les jambes croisées sur la banquette arrière, il se frottait les mains, se roulait les pouces, tapait sur ses genoux. Ce gymnase où avait lieu la « rencontre », c'était le saint des saints pour lui. Il imaginait une salle pourrie, éclairée à la truelle, des odeurs de transpiration ethnique, un troupeau de têtes voilées et de regards noirauds qui le haïssaient et qu'il avait l'intention de subjuguer, de subvertir, un par un s'il le fallait. Il se sentait des envies de locomotion, il avait besoin d'arpenter une estrade. À côté du chauffeur, le nez arrondi de Leïla était penché sur l'écran de son téléphone.

Elle multipliait les SMS de rappel, actualisait la page Facebook pour les trentenaires, envoyait des messages sur WhatsApp pour les jeunes, le tout avec une application studieuse, un sérieux d'étudiante boursière. Elle était fabuleusement premier degré. Par ailleurs, elle ne s'appelait pas Leïla mais Lucie, Lucie Aloulou. Montesquiou se mordait les lèvres chaque fois qu'il présentait cette jeune collaboratrice qu'il avait lui-même rebaptisée.

Ses parents, harkis, lui avaient inculqué l'amour de la patrie, le goût de l'effort, le respect de l'autorité, tout un tas de vertus du même tonneau qu'elle avait appris à couler dans une anaphore de douze secondes, parfaite pour le format radio. Elle n'avait pas encore tout à fait gommé son accent du 93 – « c'est une Sénaquo-dionysienne de souche ! » disait d'elle son mentor, avec une délectation répugnante. À condition de passer sur son problème de cellulite (sa silhouette rappelait le dessin d'une amphore), Leïla *cochait toutes les cases* et constituait la porte-parole idéale de sa campagne, à telle enseigne qu'il envisageait de la prendre comme attachée parlementaire quand il aurait fait basculer à droite cette imprenable 13e circonscription de Seine-Saint-Denis.

Mais les choses ne se passèrent pas comme prévu au gymnase. D'une part, il y avait une caméra de France Télévisions tapie au dernier rang, alors que Montesquiou avait dit et redit sur tous les tons qu'il souhaitait créer un climat de confiance et débattre dans une agora à l'ancienne, à l'écart des journalistes et des perches de leurs micros piégeurs.

Pour la première fois, Leïla eut à subir ses foudres silencieuses ; elle n'avait jamais vu autant de haine déborder d'un seul regard.

D'autre part, le public, clairsemé, était composé pour moitié d'étudiants en sociologie, qui monopolisèrent les micros et le harcelèrent avec des exposés ineptes, qu'il ne pouvait pas démolir pour ne pas avoir l'air de ce qu'il était, un énarque sorti dans la fameuse « botte » et convaincu, malheureusement à juste titre, de sa supériorité intellectuelle sur la plupart de ses interlocuteurs. Au bout de la sixième resucée post coloniale, Montesquiou comprit qu'il était tombé dans un guet-apens et explosa, en brandissant son sourire le plus éclatant comme bouclier :

— Dites donc, les jeunes, ça vous dirait pas de laisser un peu parler les anciens ?

Piqués au vif, les anciens envoyèrent leur champion, qui se présenta comme un prof de BTS à la retraite, « passionné d'actualité politique » et titulaire d'un « doctorat en histoire contemporaine » délivré par une université de province. Il allait entonner le même refrain jargonneux que ses prédécesseurs lorsque Leïla poussa un cri.

Il y avait de l'horreur dans ce cri. Montesquiou traversa le pupitre à grandes enjambées. Une dépêche AFP était tombée, qui avait fait vibrer les smartphones d'un bon quart de l'assemblée.

Al-Qaida au Maghreb Islamique révélait détenir deux otages occidentales, une journaliste belge et une jeune Française. On ignorait l'identité de la journaliste, mais pas celle de la jeune Française, qui s'appelait Florence de Montesquiou.

Moins d'une minute plus tard, une vidéo était en ligne. Florence y lisait un texte, en français, appelant le président Chaouch, entre autres, à se convertir à l'islam et à rendre l'enseignement coranique obligatoire dans les écoles françaises.

L'aîné de la fratrie Montesquiou reçut deux coups de téléphone consécutifs, de son père, de sa sœur. Leïla ne comprit pas pourquoi il ne décrocha pas. Tout le monde avait oublié la présence de la caméra au fond du gymnase, sauf Montesquiou, qui avait tout de suite vu qu'elle zoomait sur son visage. Il en modifia les traits en conséquence, et voulut faire une déclaration. Il était désolé de devoir couper court à cette rencontre « capitale », mais les circonstances…

Leïla n'avait pas fermé la bouche depuis plus d'une minute. Elle se disait qu'il n'y avait certainement rien de plus effroyable qu'un homme de génie dénué de principes. Elle le vit baisser la tête, se composer un air accablé et se laisser réconforter par un chœur de mammas musulmanes. Lorsque la caméra se rapprocha, Montesquiou la repoussa, non sans s'être d'abord arrangé pour la regarder de face et révéler à la France entière la moiteur de ses paupières et la sincérité de son affliction.

Il quitta la salle après cette embrassade, en levant le poing et en faisant semblant de parler à quelqu'un dans le combiné de son téléphone passé depuis longtemps en mode Avion. Le gymnase, debout comme un seul homme, acclama le candidat au bord des larmes. L'image, spectaculaire, allait faire le tour des JT et s'imposer comme le point culminant de sa campagne, son point d'orgue et de non-retour.

18.

Dans sa chambre de l'Élysée, Jasmine pleurait sur l'épaule de son père. Il avait refusé d'être dérangé, les coups répétitifs à la porte de la résidence n'y changeraient rien. Sa fille avait besoin de lui, le monde pouvait attendre. À ce moment-là, ni elle ni lui n'étaient au courant de l'événement de la soirée. Jasmine n'avait pas dormi de la nuit. Elle répétait qu'elle avait quitté Fouad, qu'elle ne s'était jamais sentie aussi seule, qu'elle n'aurait jamais dû regarder cette vidéo jusqu'au bout. Sur ce dernier point, son père en voulait à la commandante Simonetti de ne pas l'avoir interrompue à temps, comme il le lui avait ordonné. C'était trop tard, maintenant.

— Je sais pas quoi faire, constata-t-elle tandis que ses fines épaules se remettaient à frissonner.

C'était la troisième fois qu'elle disait qu'elle ne savait pas quoi faire. Son père la laissait vider son sac, il lui caressait les cheveux, les ramenait vers l'arrière du crâne, en attendant le moment propice pour prendre la parole.

— Je ne peux pas l'obliger à m'aimer, et je vois bien qu'il ne m'aime pas. Il a de la sympathie, de la tendresse, mais…

535

Elle avait adopté un ton de reproche, qui suggérait qu'elle accusait son président de père d'avoir laissé Fouad la quitter. Pourtant, elle n'en pensait rien : le reproche visait le monde tel qu'il était, un monde où les filtres d'amour n'existaient pas.

— De toute façon, c'est ma faute. J'ai refusé de voir les signes. Et quand tu es tombé dans le coma, j'ai eu cette espèce de crise mystique, il a dû me prendre pour une folle. Et Fouad, c'est pas le genre à aimer les folles. Il aime les filles saines, il aime la bonne santé, qu'est-ce que tu veux que j'y fasse ? Moi je suis malade. Moi je suis la nymphe de Monteverdi, celle qui se lamente, Miserella. *Dove dove la fe che 'l traditor' giuro...*

Son père ferma les yeux. Des plis de bienveillance se formèrent aux coins de ses tempes.

— Papa, dit-elle en approchant sa main, c'est comme si tu avais retrouvé ton visage...

De nouvelles larmes lui étreignirent soudain la poitrine. Cet assaut-là était d'une violence difficile à supporter. Une voix qu'elle ne connaissait pas formula sa plus sombre inquiétude :

— Je vais pas l'élever toute seule, quand même ?

— Tu ne seras jamais seule, ma chérie.

Il n'y avait plus de mouchoirs sur la table. Elle se frotta le visage avec la manche de son pull en laine.

— Tu m'en veux ?

— Moi non, mais il faudra glisser un petit mot aux dames de la buanderie...

Sa boutade ne lui valut aucune réaction de la part de Jasmine.

— Maman m'a raconté, l'autre jour, que pendant la guerre civile en Algérie, dans les années 90, les femmes n'arrivaient pas à tomber enceintes, il y avait quelque chose qui bloquait, c'était trop... dur de croire à l'avenir et de faire des enfants dans ce climat d'horreur et de fin du monde... J'ai l'impression que c'est la même chose pour nous maintenant...

Chaouch la ramena vers son épaule. Son geste voulait très exactement dire : « Mais non, les situations sont incomparables » ; il se contenta du geste.

Il commençait à y avoir de l'agitation dans le couloir. Chaouch eut une idée :

— Tu connais la naissance de Jésus dans le Coran ? J'ai relu ça, tout à l'heure. Je t'en ai déjà parlé ?

Jasmine remua son museau rougi, avec une brusquerie de petite fille.

Chaouch lui raconta alors comment Marie (Myriam) se retirait dans un lieu éloigné, au pied d'un palmier, où elle souffrait, se lamentait, jusqu'à ce que l'archange parût et la rassurât en désignant une source à ses pieds, et en lui demandant de secouer l'arbre qui ferait tomber sur elle des dattes fraîches et mûres. Marie se frottait contre le palmier, son tronc réchauffé faisait suer ses branches, des fruits juteux s'en détachaient, dans une coulée ambrée, qu'elle léchait, suçait, dévorait goulûment. Et c'étaient ces dattes, nées de la sueur du palmier et de la lascivité d'une vierge, qui libéraient l'enfant divin de ses entrailles, dans une extase gourmande et sensuelle...

— Sacré Coran, sourit Jasmine.

Ses larmes avaient arrêté de couler, mais son regard était encore voilé, filandreux et luisant. Chaouch embrassa sa fille sur le front, et ils éclatèrent de rire, à contretemps mais ensemble.

— Tu ne seras jamais seule, ma petite fille.

Sur ces mots, la porte s'entrouvrit, malgré les ordres précis que le président avait donnés :

— J'avais dit personne !

Ce n'était pas un conseiller ou un huissier qui se tenait sur le seuil de la porte, mais le général Fenouil, son chef d'état-major particulier. Chaouch en déduisit qu'il s'était produit un événement grave ; il demanda une minute à sa fille et pressentit, devant la veine qui palpitait au cou du général, que cette minute allait se prolonger toute la soirée et toute la nuit.

19.

Cette nuit-là, vers 2 heures du matin, une étrange panne électrique frappa une partie du quartier de Beaubrun, à Saint-Étienne. Le long de la rocade, les réverbères s'éteignirent, en même temps que les ordinateurs et les télévisions des couche-tard. Ce quartier était celui de la mine du puits Couriot, inactif depuis les années 70 et reconverti en musée, à l'ombre des crassiers. Le chevalement métallique était éclairé comme un mirador ; en s'éteignant, tout le site qu'il dominait fut plongé dans les ténèbres. Deux ombres s'en détachèrent et profitèrent de la défaillance du système d'alarme pour escalader l'enclos. Ils évoluèrent d'un pas hésitant, à la lueur de leurs portables, sur les graviers d'une cour délimitée par des baraquements d'un autre temps. Un monument aux morts se dressa sur leur chemin. De part et d'autre de la stèle, une sculpture figurait un soldat de la guerre de 14 et un mineur de la même époque, comme pour montrer que les civils qui descendaient dans les profondeurs de la terre n'étaient pas des planqués, mais qu'ils avaient participé, eux aussi, au sacrosaint effort de guerre. Ne sachant comment réagir devant ce curieux cénotaphe dont ils n'avaient ni le temps ni l'envie de deviner la signification, les frères Sanchez déboutonnèrent les braguettes de leurs kakis et l'arrosèrent de pisse.

Dylan, l'aîné, fut le premier à remarquer la fumée rouge qui s'échappait des crassiers. Son petit frère se demanda à voix haute et avec un gros accent du Sud-Est :

— Putain, mais c'est un volcan ou quoi ?

— Mais t'es con, t'as déjà vu un volcan avec des arbres dessus ? répondit Dylan qui n'avait apparemment jamais mis les pieds en Auvergne.

Leurs yeux s'habituaient à l'obscurité, ils pouvaient maintenant distinguer les crêtes mobiles et denses de la végétation qui tapissait les monticules de déchets miniers et de charbon jusqu'au sommet resté chauve, à l'exception de trois ou quatre arbustes.

Kevin prit la tête de l'expédition. C'était, des deux, le plus trapu et le plus fort. Dylan n'avait pas beaucoup moins de masse musculaire, mais il était plus grand, et les injections de stéroïdes ne l'avaient pas transformé aussi vite et parfaitement que son petit frère. Ils avaient tous les deux, cependant, la même ganache prognathe, et le même duvet noir sur leur boule à zéro. Un corridor entre deux bâtiments de briques brunes les mena dans une impasse, devant une imposante façade trouée de hautes vitres à charpente métallique.

À leurs pieds, le sol était rouge. Kevin se mit à sautiller en voyant passer un nuage de fumée dans les faisceaux de sa lampe d'iPhone :

— Je t'avais dit que c'était un volcan ! Ça va péter, je te dis ça va péter !

Dylan lui montra la cigarette qu'il venait d'allumer.

— Des fois je me demande...

Il n'alla pas au bout : il crut voir des éclats de lumière vive circuler sur les vitres du bâtiment.

— Je te dis tout de suite, fit Kevin en durcissant le ton : y a pas moyen si je découvre que c'est un boucaque... Je m'en bas les couilles, tu te démerdes mais y a pas moyen !

Kevin fallait allusion à une rumeur tenace dans les rangs de la FRAASE, qui voulait que Franck, leur leader embastillé, l'eût été parce qu'il avait acheté des armes à un Arabe. Dylan ne se faisait pas d'illusions : leur groupe était en lambeaux, la plupart de ses frères d'armes ne sortiraient pas de prison avant des mois ; il ne restait que Kevin et lui, et ils n'avaient pas les moyens de faire la fine bouche avec leurs fournisseurs, quoique la perspective de traiter avec l'ennemi ne l'enchantât pas non plus.

Il leva soudain la tête en direction des vitres. Il y avait quelqu'un à l'intérieur, qui essayait de leur faire signe au moyen d'une lampe torche.

Les frères se demandèrent par où entrer. Leurs faisceaux cumulés balayèrent enfin les marches d'un escalier. Au niveau du premier étage, ils trouvèrent une porte en métal entrebâillée. Ils la poussèrent et progressèrent lentement sur le sol carrelé. Les lueurs provenaient de la plus vaste pièce du bâtiment, indiquée sous le nom de « grand lavabo » sur les panneaux destinés à la visite. On l'appelait aussi la salle des pendus, ce que les frères Sanchez ignoraient. La lampe torche qu'ils avaient repérée depuis la cour se promenait sur le plafond très haut, où étaient suspendus ce qu'ils prirent pour des cadavres d'enfants. Il ne s'agissait, en fait, que des breloques des mineurs, qu'ils hissaient sur des cintres, après qu'elles eurent été nettoyées, au moyen de fines chaînes métalliques. Un millier de hardes s'égouttaient ainsi dans cette énorme pièce, avant que la mine ne fût désaffectée.

Les frères Sanchez encerclèrent l'inconnu, longiligne, immobile au centre de la salle, et ils lui demandèrent de braquer sa lampe sur sa propre tête, pour voir à qui ils avaient affaire.

Il s'exécuta avec un temps de retard. Il avait le visage long, tranchant, rasé de bout en bout : menton, crâne et sourcils.

Kevin avait un sixième sens : il se vantait de *sentir* l'Arabe. Son radar fonctionnait aussi et surtout avec les juifs qui usurpaient la peau blanche et même, parfois, les cheveux blonds.

— C'est quoi ton nom ?

L'usurpateur prit tout son temps pour répondre :

— Nestor. Pour vous servir.

— Il se fout de notre gueule en plus ? C'est quoi ton nom ?

Nestor tira un sandwich d'une des poches de sa veste noire. Il y préleva la tranche de jambon et l'avala en cassant la nuque à l'extrême, comme il s'y serait pris pour gober un petit animal vivant.

— Allez, on a assez perdu de temps.

Il quitta la salle des pendus et entraîna ses visiteurs à l'extérieur du bâtiment, par une fenêtre grillagée qui débouchait sur un pré d'herbes folles où surnageaient des marguerites. À la lisière des arbres qui se chevauchaient jusqu'en haut du crassier, Nestor retrouva l'emplacement d'une fendue. Il souleva une lourde trappe en acier et s'engouffra dans un puits à la circonférence étroite.

Les frères se concertèrent à voix basse et prirent le parti de le suivre. Les barreaux de l'échelle étaient glissants. Une dizaine de mètres plus bas, leurs Rangers s'enfoncèrent dans le sol noir et brillant. Une galerie descendait en pente douce, sur une trentaine de mètres. Le long des parois, un grillage empêchait de gros rochers de s'ébouler.

Ils ne remarquèrent aucun embranchement sur le passage. La lampe torche qui les précédait s'éteignit tout à coup, ce qui leur fit pousser la même exclamation :

— Oh oh !

Ils se précipitèrent, mais furent stoppés net, dans une nouvelle impasse, par un mur de grès au pied duquel avaient été disposés deux paquetages et un sac de sport rempli d'armes, de gilets pare-balles et d'insignes du RAID, comme promis.

Leur « serviteur » Nestor, quant à lui, s'était évaporé.

20.

Quand il eut obtenu confirmation de l'identité de l'« otage belge », Fouad se terra dans son appartement du quartier de la Bastille, où il tourna comme un lion en cage pendant des heures, devant le même bulletin d'information entrecoupé de pubs et de chroniques sportives. Il avait coupé le son, estimant que s'il y avait du nouveau sur Marieke, le bandeau rouge au bas de l'écran serait le premier à l'en informer. Un jingle de matinale radio traversa les murs du studio mitoyen. Fouad remonta alors ses volets électriques et découvrit, par lamelles successives, sa familière place d'Aligre engourdie dans la torpeur de l'aube.

Les éditions du matin ne parlaient presque que de Florence de Montesquiou. On avait appris, pendant la nuit, que la petite sœur du créateur de l'ADN avait été bannie par sa famille, qu'il s'agissait d'une fugueuse, d'une marginale. Elle avait disparu des radars depuis plusieurs mois et changé son prénom en Fleur. Certains se sentirent fondés à émettre l'hypothèse de sa conversion à l'islamisme radical.

À 8 heures du matin, ces conjectures passèrent au second plan : un nouveau message du cheikh Otman, le chef du groupuscule ayant revendiqué l'enlèvement, précisait le chantage adressé à Chaouch et lui donnait jusqu'à dimanche minuit pour accéder à ses invraisemblables requêtes. L'ultimatum échu, il serait procédé à un tirage au sort pour déterminer laquelle des deux otages serait décapitée en premier. En l'absence de réaction favorable, la seconde connaîtrait le même sort dans les quarante-huit heures.

Montesquiou et sa famille furent reçus à l'Élysée. Chaouch, en fauteuil, ne les attendait pas sur le célèbre perron, mais dans le salon des aides de camp, derrière les vitres transparentes flanquées de gardes républicains. La poignée de main fut filmée depuis la cour du palais. Devant ces images abondamment commentées, Fouad se sentit défaillir. Il voulut courir à Levallois-Perret pour proposer son aide à la DCRI. Mais il ne savait rien de la vie de Marieke : quelle était son adresse ? Où habitaient ses parents ? Étaient-ils vivants ? Qui étaient ses amis ? Ses amants ? Il avait cru comprendre qu'elle n'avait pas de compagnon régulier, a fortiori pas de mari ; mais elle avait trente-cinq ans, et peut-être un enfant dont elle ne lui avait pas parlé ?

Il ne s'était jamais mis dans de tels états pour une femme qu'il ne connaissait que depuis quelques jours. S'était-il, d'ailleurs, jamais autant tourmenté au sujet d'une femme ? Que la situation de Marieke fût exceptionnellement dramatique ne retranchait rien à l'intensité des émotions qu'elle lui inspirait, ni à la force du sentiment qu'il éprouvait pour elle, désormais délivré de toute ambiguïté. Son cœur battait à grands coups quand il revoyait sa silhouette sur la vidéo prise par les terroristes : sa belle tête aux mâchoires carrées inclinées vers le sol, l'éclat de sa peau blanche à la base du cou, qui seul échappait à l'informe vêtement fluo dont ces brutes l'avaient affublée.

Il conçut un écheveau de pensées féroces à l'endroit de Jasmine, qu'il se représentait en train de pleurnicher dans son château de princesse. Ces pensées ne lui ressemblaient pas, mais les démêler prit plus de temps qu'il ne lui en avait fallu pour les faire surgir.

Kamelia lui envoya un SMS. Il croyait sa cousine germaine de retour chez elle à Paris, selon ce qu'elle lui avait annoncé en début de semaine. Il redoutait qu'elle ne lui écrivît pour le voir et décida donc de ne pas la lire et de ne pas lui répondre. Elle s'entêta, finit par l'appeler sur son portable et sur son fixe. Fouad ne répondit pas. Une heure plus tard, elle lui envoya un nouveau SMS, incendiaire, en lettres majuscules, où elle affirmait ne pas avoir quitté Saint-Étienne, où sa mère venait d'être hospitalisée d'urgence, en pneumologie, après avoir commencé à cracher du sang. Kamelia ajoutait qu'elle allait « sûrement » perdre son job à cause de son congé trop long, et que le moins qu'il pouvait faire était de ne pas ignorer ses messages !

Fouad sortit sur son balcon, regretta de ne pas fumer pour avoir quelque chose à y faire. Son regard se perdit sur le banc où Marieke l'avait cuisiné, la semaine précédente. Une femme, une autre, y était assise, les coudes sur les genoux, la tête entre les mains. Elle avait des cheveux roux et frisés, qui tombaient en nattes le long de ses mollets. Fouad reconnut trop tard la jeune directrice de l'agence qui s'occupait de ses contrats : Yaël se redressa et leva les yeux vers le cinquième étage. L'apercevant, elle fit de grands gestes des bras et courut vers la porte d'entrée dont l'interphone était cassé.

— T'as de la chance, lui dit-elle quand il descendit lui ouvrir, j'allais repartir… C'est ouf, y a personne qui est entré ou sorti de ton immeuble en quoi ? Une demi-heure ? J'ai jamais vu ça. On est vraiment en train de devenir un gros village. Il faudrait arrêter de l'appeler Paris, d'ailleurs. C'est plus Paris, c'est Lutèce ! Non mais, sans déconner ?

Dans l'ascenseur, Fouad ne disait rien, les yeux rivés aux boutons ronds qui passaient en surbrillance à chaque nouvel étage. Yaël épiait son « poulain » en fouillant dans son sac, d'une main experte. Elle en retira un flacon de parfum dont elle aspergea l'air confiné de la cabine. Elle recommença sur le palier, et dans le studio dont le désordre et l'aspect désolé lui arrachèrent un miaulement de compassion :

— Je comprends pas, Fouad, t'as fait vœu de pauvreté ? Pourquoi est-ce que tu continues d'habiter dans ce trou ? Enfin bon, bonne nouvelle : tout ça est sur le point de changer, c'est la raison de ma visite...

Elle attrapa un tabouret et se planta en face de Fouad. Il n'avait rien à lui proposer, elle cligna des yeux à toute vitesse : peu importait, elle avait déjà bu quatre cafés en deux heures.

Après l'attentat, Fouad avait été viré de *L'Homme du match*, la série télé qui l'avait fait connaître. Il s'attendait à ce que Yaël vînt lui annoncer qu'il y était réintégré, avec les excuses de la production. Ils devaient s'imaginer que sa proximité avec le président faisait remonter sa cote ; ils ignoraient que Jasmine Chaouch venait de le quitter et que son père avait probablement résolu de ne plus jamais lui adresser la parole.

Mais Yaël ne parla pas de *L'Homme du match* :

— Quand tu étais à New York, tu es allé boire un verre sur le *rooftop* d'un grand hôtel et tu t'es pris une averse ?

— Comment tu sais ça ?

— Eh bien, figure-toi que tu étais en très bonne compagnie sur ce *rooftop*...

— On peut aller droit au but ? s'impatienta le jeune acteur.

— Il y avait une directrice de casting en goguette, qui travaille en étroite collaboration avec...

Elle cita un grand nom de Hollywood, en allumant une cigarette :

— Il cherche un acteur européen pour son prochain projet, un énorme truc. Sa prod m'avait déjà contactée il y a quelque temps, je t'avais rien dit pour ne pas te donner de faux espoirs, et puis faut dire que j'en avais pas beaucoup moi-même... Mais le mec avait l'air mordu, et quand la directrice de casting lui a raconté qu'elle t'avait vu à New York, il s'est dit que c'était un signe du destin. Il fait partie d'une espèce de secte de méditation transcendantale ou je sais pas trop quoi...

Fouad haussa les sourcils.

— C'est fini pour moi, faire l'acteur. Je suis désolé, Yaël, mais s'il y a bien une chose que ces dernières semaines m'ont apprise, c'est que j'étais pas fait pour ça, jouer la comédie.

— Arrête de dire des bêtises. Ils te payent un aller-retour pour Los Angeles, tu pars demain matin à 9 heures pour passer les essais. Ça ne se refuse pas.

— Si, répliqua Fouad, ça se refuse très facilement. La preuve ! ajouta-t-il en se levant pour l'accompagner vers la sortie.

Yaël resta sur place.

— Je dois aller à Saint-Étienne ce week-end, consentit à lui expliquer Fouad.

Mais il n'en dit pas davantage. Yaël repoussa le bas de sa jupe sur ses genoux. Ses lèvres remuaient en silence, à la recherche d'un argument choc. En se levant, elle résuma, sans conviction :

— Donc, entre Los Angeles et Saint-Étienne, tu choisis Saint-Étienne ?

— C'est exactement ça, confirma Fouad, sans la regarder, la main crispée sur le loquet de la porte ouverte.

21.

Les sages avaient vu le croissant de lune et, pour une fois, étaient tombés d'accord avec les partisans du « calcul astronomique » : le mois du ramadan commencerait ce samedi-là ; or son premier jour était aussi le dernier jour du championnat de ligue 1. La coïncidence n'avait pas beaucoup d'importance ailleurs qu'à Saint-Étienne. Cette année-là, les Verts avaient réalisé une saison exceptionnelle : un match nul lors de cette dernière soirée suffirait à les assurer de la troisième place, et leur permettre ainsi de disputer la prestigieuse Ligue des champions. À la veille de cette consécration, tandis que Fouad était bloqué sur l'autoroute au niveau de Mâcon, les salles de prière stéphanoises se remplirent d'écharpes vertes, des imams facétieux émaillèrent leurs prêches de sous-entendus footballistiques, tandis que d'autres, après, bien sûr, avoir rappelé la grandeur d'Allah, se lançaient dans un vibrant appel païen aux dieux du ballon rond.

Lorsque Fouad approcha de sa ville natale, une voiture sur deux était décorée de drapeaux verts et de banderoles : « Allez les Verts ! » Au siècle dernier, Saint-Étienne avait été une ville minière, ouvrière, au chômage. Le football lui avait offert, dans les années 70, un grand récit épique, avec les camarades de Rocheteau, dit « l'Ange vert », et puis Curkovic, Santini, Larqué, les frères Revelli, Janvion, Bathenay – des noms que Fouad avait entendus tout au long de son enfance, les noms de saints œcuméniques, fédérateurs, chevelus, moustachus, de vrais héros des seventies. Ses parents et ses oncles avaient vécu cet âge d'or aux premières loges, jusqu'en 1976, la finale perdue à Glasgow, contre le Bayern de Munich, à cause de ces « poteaux carrés » entrés, depuis, dans la légende. L'équipe entraînée par Herbin avait malgré tout défilé sur les Champs-Élysées, les hommes de la famille Nerrouche avaient fait le déplacement en stop, une autre épopée dont ils parlaient encore avec fierté et émotion quelques décennies plus tard.

La légende allait-elle être réactivée par le sacre du lendemain ? Fouad était d'humeur chagrine et ne le pensait pas. Il s'aperçut qu'il avait oublié à Paris le téléphone que lui avait offert Chaouch à New York ; il y vit un acte manqué et s'efforça de ne plus y songer. Il n'eut pas de mal à se garer dans le parking quasi désert de l'hôpital Nord. Des écussons ornaient les vitres arrière des grosses voitures des médecins, qui avaient leur place réservée. Le service de pneumologie lui fut indiqué à l'accueil. Il traversa un interminable couloir désert et se retrouva dans un autre bâtiment. Un quatuor de liseurs de journaux surveillaient l'entrée, disséminés, incognito, sur les sièges en plastique de la salle d'attente du pavillon. Fouad ne fut pas long à comprendre qu'il s'agissait d'agents de la DCRI. Croyaient-ils que Nazir allait s'aventurer ici pour rendre visite à sa mère ? N'avaient-ils pas encore compris qui était le misérable qu'ils pourchassaient ?

La dame de l'accueil avait conseillé à Fouad de prendre l'ascenseur, bien que la chambre de sa mère fût au premier étage. Lorsque les battants s'ouvrirent, il aperçut la chevelure frisée de sa tante Rabia qui parlementait avec une infirmière. Il la rejoignit, elle éclata en sanglots en le voyant.

— Elle crachait du sang, raconta-t-elle après s'être calmée. Alors on l'a vite amenée ici. Normalement, les visites sont finies, et elle dort, ils l'ont mise sous perfusion, avec un masque aussi... Le médecin va pas tarder à passer, enfin ça fait une heure que l'infirmière nous dit qu'il va pas tarder...

Elle saisit le coude de son neveu et lui dit, un ton plus bas :

— Ils lui donnent de la cortisone, je crois que ça la fait délirer un peu. Elle arrête pas de parler de Nazir.

Dans la salle d'attente de l'étage, Slim et Luna étaient assis aux deux extrémités de la rangée de sièges bleus, les mêmes que ceux du rez-de-chaussée. Fouad vit que sa petite cousine avait couvert sa tête d'un hijab. Il la salua en premier, en la prenant dans ses bras, en lui pinçant la joue. Slim était resté assis. Il se leva au dernier moment, quand ce fut son tour, tout en regardant par-delà l'épaule de son grand frère, pour ne pas être tenté de pleurer en le voyant de face. Rabia réintégra sa place au milieu du banc ; elle entoura du bras les épaules de sa fille. Dans les yeux de sa jeune tante, Fouad put percevoir le genre d'atmosphère qui régnait avant son arrivée. Il se sentit alors comme un capitaine qui revenait sur son bateau pour découvrir que son équipage avait été profondément démoralisé par son absence.

Le voile de Luna lui inspira un projet stupéfiant : retourner à sa voiture, rouler jusqu'à Paris, prendre l'avion le lendemain matin, pour Los Angeles, et ne jamais revenir.

L'infirmière réapparut, sans mot dire, penchée sur un classeur qu'elle compulsait d'une main leste, en bâillant. Le médecin qui suivait l'hospitalisation de Dounia la rejoignit. Fouad et Rabia se déplacèrent dans le couloir pour écouter le pneumologue, un homme à la taille haute et aux yeux doux. Originaire d'Afrique de l'Ouest, il avait la peau d'un noir très foncé et s'exprimait avec un accent où les r roulaient et où les intonations bondissaient, si bien que sa voix, basse, chantait même quand elle devait annoncer de très mauvaises nouvelles :

— Elle a fait ce qu'on appelle une lymphagite carcinomateuse, avec pleurésie bilatérale, de l'eau qui est entrée dans les deux poumons. L'autre problème, c'est qu'il commence à y avoir des métastases au cerveau. Et comme on ne peut rien faire pour l'arrêter...

— ... le cancer va où il veut, conclut Fouad en serrant la main de sa tante, qui tremblait.

— C'est ça. Alors on l'a mise sous cortisone et on lui fait des perfusions pour l'apaiser, la détendre, des soins de confort, comme on dit.

Fouad déplaça son autre main pour soutenir l'avant-bras de Rabia et l'empêcher de s'affaisser.

— Elle en a pour combien de temps ?

— C'est pas facile à dire. Quelques jours, au maximum. Vous pouvez rentrer chez vous ce soir et revenir demain matin. Là, elle a réussi à s'endormir. Et avec tout ce qu'on lui a donné, elle ne souffre pas.

— Et je suppose que c'est trop tard pour pratiquer... même contre son gré... les thérapies qu'elle refusait... ?

Les yeux doux du pneumologue lui servirent à ce moment-là. Il inclina la tête et caressa affectueusement le contour de l'épaule de Rabia.

Fouad se rendit, seul, au fond du couloir où se trouvait la chambre de sa mère. Il ne poussa pas la porte, mais put la voir à travers la lucarne rayée de rouge, le bas du visage recouvert d'un masque à oxygène, des perfusions plein les avant-bras.

Comme Rabia n'était pas en état de conduire, Fouad proposa de laisser la voiture de sa tante à l'hôpital et de prendre la sienne pour rentrer. Ils traversèrent la ville en passant par le centre ; parfois, ils firent la course avec le tramway qui ne s'arrêtait plus que quand on le lui demandait, à cette heure avancée de la soirée. Slim était à côté du conducteur, mais il détournait le regard. À l'arrière, Rabia avait la joue plaquée sur le tissu qui protégeait la tête de sa fille ; elle y déposait de longs baisers pensifs à chaque redémarrage.

Ils furent au lotissement en moins d'un quart d'heure. Personne n'avait dîné, mais ils n'avaient pas faim. Kamelia avait préparé des bricks, qu'elle enveloppa dans du papier aluminium et rangea dans les étages inférieurs du réfrigérateur. Elle présenta ses excuses à Fouad pour les choses méchantes qu'elle lui avait écrites. Fouad lui prit la tête et l'appuya contre son torse en murmurant :

— Je n'oublierai jamais, Kam, tout ce que tu as fait.

Les deux grands cousins avaient envie de se parler, et beaucoup de choses à se dire, mais Fouad sentit que son devoir l'appelait à l'étage des chambres, où avaient filé les jeunes, Luna et Slim.

Slim faisait semblant d'être déjà endormi, tandis que Luna s'était assise devant l'écran de l'ordinateur, dont la lueur bleue éclairait seule la chambre vidée de ses posters. Fouad en fit le tour et se posa sur le lit, en espérant que sa cousine allait éteindre l'ordinateur et l'y rejoindre. Elle mit l'écran en veille et se tourna vers Fouad, à qui elle commença par parler de son appartement de la rue de l'Éternité, que Bouzid retapait et où ils allaient bientôt pouvoir rentrer. La perspective de l'avenir, même proche, se heurtait à la probabilité de plus en plus élevée que Dounia n'y figurât pas.

La jeune fille se tut, fronça sa frimousse rétrécie par le hijab. Fouad lui transmit les encouragements de leur avocat : grâce à sa collaboration à l'enquête, Krim allait obtenir une sorte de traitement de faveur et être transféré dans une prison où il pourrait bénéficier de l'usage d'un piano.

— Je l'ai vu, pas longtemps, il était... plein d'espoir, pour la suite. Bientôt, tu pourras aller le voir, toi aussi.

Luna avait fini par trouver le mot de passe de sa chaîne YouTube, remplie de dizaines de vidéos où on ne voyait que ses mains courir sur le clavier. Ses ongles étaient cerclés de noir à cause du cannabis. Il faisait des reprises éblouissantes, des mash-up de tubes hip-hop hybridés avec de la musique classique. Luna aimait surtout ses *covers* les plus simples, où il jouait l'accompagnement d'une main et la voix d'une autre. Il avait l'air d'avoir quatre mains sur certains morceaux tant il jouait de notes en si peu de temps.

— Son compte est privé, tu crois que je pourrais le rendre public ou ça l'énerverait trop ?

Fouad se rapprocha d'elle.

— Je crois que tu es assez grande pour décider toute seule.

Luna se mordit les lèvres.

— Tu vas me parler du voile maintenant ? Tu vas essayer de me convaincre de l'enlever ? De pas faire le ramadan ?

— Non non, la rassura Fouad avec son fameux sourire aux yeux mi-clos.

Mais il brûlait du désir de tout lui dire, comment il s'en était sorti lorsqu'il s'était lui aussi, autrefois, senti étranger dans son propre pays : en rejetant le réconfort du troupeau, l'appel de sa communauté et de ses origines, en ne se fiant, obstinément, qu'à son étoile, à son propre sens de la vie. Conscient de son élitisme, et de l'héroïsme naïf qu'avait impliqué sa posture, il voulait pourtant raconter à sa cousine ce qui allait se passer si elle gardait le voile, se choisissait un mari musulman et se faisait engrosser à vingt ans, comme ses tantes y avaient été contraintes avant elle. Les mots se formaient dans sa bouche, trempés dans l'acier de sa révolte personnelle, mais il ne les prononça pas. Son exemple ne valait rien. Dans le monde où il avait évolué, la séduction remplaçait le mérite, des « miracles » pouvaient vous envoyer à l'autre bout du monde et changer radicalement, du jour au lendemain, le cours de votre existence. Fouad s'accrocha au sourire qu'il avait peint sur ses propres lèvres et lui tint le langage suivant :

— Tu es tellement jolie que je veux bien croire, en fait, que tes cheveux et tes sourcils puissent être interprétés comme une tentation pour les hommes...

— Bah, tu parles, dit Luna en pinçant la bouche.

Une lueur s'alluma dans ses yeux mélancoliques, rappelant brièvement à son grand cousin à quel point ils avaient été espiègles.

— T'es pas mal non plus, cousin...

Fouad s'engouffra dans la brèche :

— Sauf que moi je suis du bon côté de la barrière, personne ne me demandera jamais de me voiler et d'interdire à quiconque de profiter de la vue de ma belle gueule. Et heureusement, d'ailleurs, sinon je me retrouverais au chômage...

Luna se rembrunit. Elle prétendit avoir quelque chose à finir sur l'ordinateur et congédia son grand cousin en se contentant de pivoter d'un geste sec.

22.

Le lendemain, Fouad ouvrit les yeux sur le dos de son petit frère en pyjama, qui préparait une cafetière.

— Slim ? C'est quelle heure ?

— Chut, il fait pas encore jour dehors, murmura-t-il. Je t'ai réveillé ?

Fouad s'étira. Il s'était assoupi sur le canapé du salon, une ou deux heures plus tôt, tout habillé.

Les deux frères prirent le café ensemble, après avoir fermé la porte de la cuisine pour ne pas réveiller le reste de la maisonnée. Le tempérament de Slim, s'il ne le poussait pas à bavasser à tort et à travers, lui rendait néanmoins pénible tout silence excédant la demi-minute.

Si Fouad ne parlait pas, c'était à cause du rêve, tout à fait anodin, qui lui revenait en mémoire tandis qu'il trempait le bout de ses lèvres dans son bol fétiche : il se déroulait dans cette même cuisine, en compagnie de sa mère et d'autres figures floues ; il ne s'y passait rien de remarquable, de simples discussions au sujet de la plomberie défaillante, Fouad agacé à l'idée de devoir convaincre Bouzid de les aider... Il n'y était pas question de maladie, de mort, de rien qui rappelât, même subtilement, la tragédie qui se déroulait dans la réalité. Le décalage entre les deux mondes lui paraissait inadmissible et nimbait son champ de vision d'une aura de cauchemar.

— Je vais reprendre mes études, Fouad, je l'ai promis à maman hier. C'était une connerie d'arrêter, c'est toi qui avais raison.

Fouad regarda le fond de son bol. Le manque de sommeil lui piquait les yeux et lui donnait des envies de brutalité, de confrontation.

— C'est bien, Slim, ça va lui faire plaisir.

Slim eut l'air peiné quand il vit son grand frère avaler le reste de son café cul sec et retourner dans le salon où il alluma la télé.

— Viens, je veux juste regarder les infos vite fait.

Slim ne se fit pas prier.

Il n'y avait rien de nouveau sur Marieke. Fouad se tourna vers son frère, qui guettait la lumière bleue dans les interstices des volets.

— Il paraît que tu t'es mis à aller à la mosquée...

— Oui. Enfin, c'est pas ce que tu crois.

— Et ton œil au beurre noir, si tu veux m'en parler...

— C'est bon.

— Tu vas faire le ramadan aujourd'hui ?

— Ben oui, répondit Slim, d'une voix qui sonnait faux.

Il se leva pour ouvrir les volets, tandis que Fouad se servait un deuxième bol de café et le dévisageait, de loin, sans qu'il s'en rendît compte.

Une heure plus tard, le soleil pointait nettement au-dessus des toits du lotissement. Le chant des oiseaux se perdait dans le grondement de la circulation, tandis que Slim contemplait le réverbère à boules blanches qu'il voyait tous les jours, en se rongeant les ongles. Fouad était sorti faire un footing. Il piqua un sprint sur les cent derniers mètres et déposa un sachet de croissants et d'abricots sur la table basse du salon. Quand il sortit de la douche, un quart d'heure plus tard, la voiture de Bouzid tournait dans le virage du lotissement. Fouad vit que des larmes avaient séché sur les joues de son petit frère.

— Je vais sortir, on se capte tout à l'heure ?

— Slim, on va voir maman avec le tonton, viens avec nous...

Le jeune homme prit un air coupable :

— Je vous rejoins en tram, je veux aller à la mosquée d'abord, pour la prière du matin.

— Eh ben, on te dépose en chemin avec tonton, tu vas pas y aller à pied, à ta mosquée ?

— Non, non, s'emporta Slim, je pars maintenant, là, mais je vous rejoins, promis.

Il réussit à éviter Bouzid, à demi enfoncé dans le ventre de son coffre, et se mit à courir dès qu'il fut hors de portée des regards de la maison. La faim le tiraillait déjà ; il fit une halte dans une boulangerie, y acheta six chouquettes qu'il avala en deux bouchées. On le salua plusieurs fois dans la rue, il serra des mains et se toucha le cœur. C'était comme si sa fréquentation de la mosquée, quoiqu'elle fût très récente, lui avait acquis l'estime et l'affection de toute une communauté. Des visages autrefois patibulaires s'ouvraient comme les corolles des fleurs au printemps. On lui donnait du « *salaam* », on lui donnait du « *khoya* » ; et ces marques de sollicitude bordaient ses yeux de larmes ; il se sentait appartenir à un clan, à une tribu soudée, par le seul fait de sa naissance.

Au bout d'un quart d'heure de course, il eut un point de côté, mais la mosquée était enfin visible, au sommet de la rue du Jasmin. Slim souffla dans sa paume pour savoir si son haleine sentait le sucre et la nourriture qu'il venait d'avaler.

L'affluence était telle, ce matin, qu'une colonne de voitures mordaient le trottoir sur une vingtaine de mètres en amont du parking de la mosquée. Ses deux tours crénelées étaient surmontées de dômes rosâtres dont la forme rappelait celle d'un oignon écrasé. La façade, jaune soleil, était percée de trois voûtes symétriques ; on pouvait y admirer, de près, des ornements finement ouvragés. Sur les murs latéraux de l'édifice, de gigantesques vitraux coloraient la lumière et la striaient en bandes obliques qui s'allongeaient sur les tapis de prière.

À l'intérieur, les épaules et les mains de trois cents hommes regardaient dans la même direction, sous l'égide de l'imam qui leur tournait le dos. Après s'être déchaussé, Slim vit que trois journalistes de France Culture se tenaient à l'écart, armés de micros sophistiqués qui dépassaient de leurs sacoches.

Il prit place au bout de la dernière rangée, devant un jeune homme au crâne lisse qui le salua d'un discret plissement de paupières. Slim suivit le mouvement, se leva quand ses *frères* se levaient, s'agenouilla de même et ne put s'empêcher de lever les yeux sur le postérieur de son voisin de devant.

Il l'avait rencontré une semaine plus tôt, à la suite d'une erreur de baskets à l'entrée. Quand vint le moment du prêche, Slim rejoignit son coreligionnaire au fond de la salle. Il s'appelait Adnan. C'était un réfugié politique syrien, étudiant en médecine, qui avait une barbe impeccablement taillée, une calvitie précoce qui l'avait poussé à se raser complètement la tête et de grands yeux rieurs, pourvus de cils noirs recourbés et allongés comme ceux d'une fille. Il avait quatre ans de plus que Slim, mais des manières timides, liées, sans doute, à son français encore hésitant.

Les deux garçons s'éclipsèrent, l'un après l'autre, en laissant passer une minute entre leurs deux départs, tandis que les djellabas approuvaient les réflexions de l'imam sur la signification du jeûne.

À l'arrière de la mosquée, entre la grande salle et l'espace réservé aux femmes, les architectes avaient eu la romantique idée de construire un patio, délimité par une double rangée d'arcades, et qui accueillait en son centre une fontaine à trois étages dont le ruissellement couvrait le bruit des pas et des conversations. Adnan et Slim se retrouvèrent sous les arcades et se faufilèrent, à l'ombre de la galerie, jusqu'à l'entrée du bâtiment des femmes. Leur cachette, de la taille d'un cagibi, était constituée de moucharabiehs qui donnaient sur la cour.

Adnan désigna l'œil au beurre noir de son « ami » ; il commençait la plupart de ses phrases par « mon ami ».

— Oui, ça va mieux, le rassura Slim.

Adnan vit qu'il était préoccupé. Il leva la main et caressa les joues livides de Slim. Les doigts d'Adnan étaient couverts de touffes de poils très noirs. Avant lui, Slim n'avait jamais rencontré de Moyen-Oriental. Ils n'avaient rien à voir avec les Algériens. Ils avaient la peau sombre, les yeux et les cheveux d'un noir profond, et, surtout, l'arabe qu'ils parlaient semblait pur, vierge, en tout cas, d'expressions et de mots français. L'imam de la mosquée de la rue du Jasmin venait du Maroc, Adnan se pinçait pour ne pas sourire quand il lisait le Coran à voix haute.

— Mon ami, tu es triste, je vois, tu es triste. Dis-moi, Slimane...

C'était le seul à l'appeler par son prénom entier. Slim ne savait pas s'il fallait lui dire de quoi il s'agissait. Il bifurqua sur une discussion anodine :

— Comment tu fais, Adnan, pour être en même temps musulman et pour... tu vois, quoi... ?

Adnan se rapprocha ; quelques centimètres seulement les séparaient maintenant. Il lui expliqua que Dieu n'était pas censé tout savoir non plus, et qu'il venait surtout à la mosquée pour se rappeler la vie au pays, la vie d'avant. Slim passa sa main derrière sa nuque et posa ses lèvres sur les siennes. Au début, il entendit le fredonnement de la fontaine, et puis il ferma les yeux et n'entendit plus rien. Mais des pas résonnaient dans les alentours, qui mirent prématurément fin à leur étreinte. À travers les enluminures du moucharabieh, les amants virent passer deux colosses en cagoules et tenues de commando, un gros sac dans chacune de leurs mains gantées. Le cœur d'Adnan cognait si fort dans sa poitrine que Slim l'entendit ; il vit tout à coup, sur le dos et les manches des hommes en Rangers, les écussons du RAID :

— C'est rien, Adnan, c'est la police ! la police d'élite, tu comprends ?

Mais le jeune réfugié était impossible à rassurer. Ses mains suaient, son crâne était devenu rouge brique ; il se tassait pour être sûr de ne pas se faire repérer.

Quelques secondes plus tard, les premiers coups de feu retentirent dans la salle de prière.

23.

Une demi-heure après le dernier coup de feu, tous les chefs de la police étaient réunis dans les sous-sols de l'hôtel de Beauvau, en visioconférence avec le préfet de la Loire. Des représentants du parquet et de Matignon complétaient la table ronde, que le ministre de l'Intérieur n'eut pas le temps de présider : il devait bientôt se rendre, avec Chaouch, sur les lieux du carnage. Ses auteurs avaient pris la fuite. Le premier bilan faisait état de trente-trois morts et d'une quinzaine de blessés, dont six dans un état critique. Les trois CRS qui protégeaient la mosquée faisaient partie des victimes. Le président de Radio France avait confirmé que deux de ses trois journalistes présents sur place étaient décédés. Leurs photos circulaient déjà sur toutes les chaînes de télé.

L'exploitation des premières images de vidéosurveillance venait, par ailleurs, de rendre un verdict pour le moins déconcertant : le commando n'était composé que de deux hommes. Le même désarroi se lisait sur toutes les têtes du PC de crise : comment deux hommes, même lourdement armés, avaient-ils pu commettre un massacre d'une telle ampleur en moins de vingt minutes ?

Dieuleveult fit signe au patron du RAID de l'accompagner au rez-de-chaussée. Il lui demanda si les tueurs avaient pu bénéficier de complicités au sein de son unité. Le patron du RAID se vexa ; un vieil antagonisme existait entre les deux hommes, remontant à l'époque où Dieuleveult était préfet de police et préférait systématiquement s'appuyer sur des brigades d'intervention concurrentes. Le RAID avait été très copieusement sollicité par les précédents locataires de Beauvau, ce que le ministre ne pardonnait pas, et qu'il ne manqua pas de lui rappeler avant de conclure :

— Vous allez avoir tout le temps de mener une enquête en interne. En attendant, je ne veux aucun de vos uniformes en dehors des casernes jusqu'à nouvel ordre.

Un Falcon avait été affrété pour le déplacement du président et de sa femme, Esther, qui ne comprenait pas comment on avait pu laisser une mosquée sans surveillance renforcée le premier jour du ramadan ; *comment* voulait dire *qui* : Dieuleveult était dans son collimateur, il le savait et se débrouilla pour s'installer à côté d'elle dans le petit avion, pour faire face au président et ne jamais croiser son regard.

Pendant ce temps, le Premier ministre, Vogel, choisit de rester à Paris, où il se proposait de rencontrer les principaux responsables religieux ainsi qu'une délégation de parlementaires.

Chaouch n'attendit pas le décollage pour demander un briefing complet à son ministre de l'Intérieur. Les informations arrivaient au compte-gouttes, on savait néanmoins ceci : les deux tueurs avaient neutralisé les CRS au moyen de pistolets pourvus de silencieux, après quoi ils avaient fait le tour de la mosquée pour y pénétrer par l'arrière. La vidéosurveillance attestait qu'ils avaient traversé le patio et s'étaient alors séparés. Le premier était monté sur la galerie d'où il avait tiré à vue, tandis que le second bloquait l'entrée principale, muni d'un fusil-mitrailleur, d'après les douilles prélevées sur place. La confusion régnait encore sur le sort des journalistes de France Culture, qui avaient parlé avec le tireur du rez-de-chaussée avant qu'il ne décide d'en abattre deux. Les bandes audio qu'ils avaient enregistrées étaient en cours d'exploitation, on en saurait plus en arrivant à Saint-Étienne.

— Et sur l'identité des terroristes ? fit le président sans desserrer les dents.

Dieuleveult parut tiquer sur le choix du mot.

— On n'a aucun visuel, ils portaient des cagoules et des gants. La scène de crime est en cours d'analyse, le voisinage est passé au peigne fin. Ils étaient préparés, monsieur le président. Très préparés.

— Mansourd est sur place, qu'en pense-t-il ?

— Je l'ai eu au téléphone il y a cinq minutes. Je vous rappelle que pour le moment nous n'avons aucun élément objectif permettant...

— Qu'en pense Mansourd ? le coupa le président.

— Pour lui, aucun doute : ce sont les frères Sanchez. Il était question d'une opération Jasmin dans les milieux d'extrême droite, on croyait que c'était en rapport avec votre fille, mais la mosquée qui a été attaquée se trouve rue du Jasmin. La coïncidence est certes difficile à ignorer. Je crois simplement qu'il ne faut pas non plus négliger les autres pistes...

— Vous pensez au groupe du cheikh Otman ?

— Je sais que ça paraît invraisemblable, répondit le ministre, mais il faut se rappeler que, pour les djihadistes les plus fanatisés, les musulmans dits modérés représentent une cible peut-être encore plus détestée que les infidèles. En attendant, le plan Vigipirate a été élevé au niveau écarlate sur toute la région Rhône-Alpes.

Chaouch prit la main de sa femme et se tourna vers les nuages légers qui s'étageaient plaisamment dans son hublot. Il faisait un temps superbe sur cette moitié de la France qu'il survolait.

— Mais pourquoi se sont-ils travestis en hommes du RAID ?

Le ministre n'avait rien à lui répondre ; il affina sa cravate du bout des doigts. Esther Chaouch lorgna sur le bloc-notes où son mari avait tracé une phrase illisible, et déjà raturée.

— Vous n'avez pas peur, demanda-t-elle sans paraître s'adresser au ministre en particulier, que cette attaque, si elle s'avérait ne pas être une ruse ou un leurre d'AQMI, pourrait les pousser à exécuter les otages avant le délai ?

— Bien sûr, madame, c'est une des craintes que nous avons. Mais nous travaillons en étroite collaboration avec les services secrets algériens et américains, pour obtenir la libération des otages.

Chaouch fit signe à son aide de camp de le rejoindre. Deux conseillers se pressèrent à sa suite.

— On va décréter une journée de deuil national, avec minute de silence et drapeaux en berne.

Cette annonce ne surprit personne dans le petit avion. Contrairement à la question qu'il posa immédiatement après :

— Comment s'appelaient les deux journalistes de France Culture qui ont été abattus ?

Dieuleveult répondit à la place des conseillers qui vérifiaient l'information sur leurs téléphones :

— Arnaud Jacobi et Melissa Cohen. Respectivement vingt-huit et trente-deux ans.

— Et l'autre journaliste, qui a été épargné ?

Le ministre se tourna vers le conseiller qui donna la réponse :

— Un certain... Renaud Camille... Camille Renaud, pardon. C'est une dame.

Chaouch donna un coup de poing contre sa tablette et exigea de rester seul jusqu'à l'atterrissage.

Quand le jet se posa aux abords de Saint-Étienne, la ville était déjà en état de siège. Le service de sécurité du président n'avait pas eu le temps d'effectuer les repérages habituels sur le trajet que devait suivre le cortège. Tout le centre-ville fut ainsi paralysé, des quartiers entiers bloqués, interdits à la circulation. Les hélicoptères tournoyaient au-dessus des collines. Certains appartenaient aux grandes chaînes de télévision.

Dieuleveult reçut des mises à jour et les relaya auprès du président, tandis que leur voiture approchait de la mosquée :

Le véhicule au moyen duquel les tireurs avaient pris la fuite venait d'être retrouvé dans une bourgade du Pilat, à une trentaine de kilomètres au sud-est de Saint-Étienne. Un important déploiement de forces de gendarmerie était en cours, dans cette région de moyenne montagne, sur les contreforts du Massif central, couverte de forêts de sapins où il était facile de se cacher. Des renforts s'acheminaient vers la zone, aux confins de l'Ardèche, que cernaient déjà de nombreux barrages de police, sur un périmètre de plusieurs centaines d'hectares.

Les voitures officielles étaient à présent à l'arrêt, sur le parking de la mosquée. Chaouch lisait une feuille manuscrite. Esther se trouvait dans un autre véhicule. Dieuleveult en profita pour évoquer une *affaire délicate* : l'interpellation par les hommes de Mansourd, la veille au soir, d'un ancien membre de son service de protection, le jeune major de police Aurélien Coûteaux. Confronté aux preuves rassemblées au cours des semaines précédentes, il avait commencé à passer aux aveux, c'est-à-dire à accuser Montesquiou d'avoir commandité l'attentat du 6 mai.

— Je me souviens très bien d'Aurélien. Quand je pense qu'après l'attentat il a été affecté à la protection de Jasmine... Quel était son rôle dans le complot ?

— Permettre au tireur de se rapprocher des barrières de sécurité, au plus près de vous...

Chaouch passa le bout de sa langue sur sa lèvre inférieure. Le ministre poursuivit :

— Il y a plus grave, monsieur. Mansourd a reçu, par colis anonyme, les preuves de Nazir : les enregistrements de la NSA, qui confondent Montesquiou. Les éléments à charge sont désormais suffisants, monsieur le président. Vous me direz que le timing n'est pas idéal – ou vous me direz le contraire –, quoi qu'il en soit, je sais de source sûre que les juges d'instruction n'ont plus l'intention d'attendre...

Son téléphone vibra. Il vit qui l'appelait et leva le doigt pour indiquer au président qu'il ne pouvait pas ne pas répondre.

— C'est bon, murmura le ministre, on a une confirmation sur leur identité, ils se sont fait flasher il y a une heure, ce sont bien les frères Sanchez.

Au même moment, un de ses conseillers rejoignit Chaouch dans la voiture et lui fit écouter l'enregistrement pris par les journalistes de France Culture.

— La voix qu'on entend poser les questions, c'est donc celle de Kevin Sanchez, le frère cadet.

Chaouch entendit ce gamin de dix-sept ans demander aux journalistes comment ils s'appelaient, tandis que des hurlements formaient un insupportable bruit de fond. Les journalistes ne donnaient que leur prénom. Kevin voulait voir leurs cartes de presse, leurs papiers d'identité.

Camille Renaud... Fais voir... Vas-y, casse-toi.

Il passait au suivant : *Jacobi... Jacobi, Arnaud...*

D'une voix tremblante, le jeune preneur de son tentait de se défendre : *Je... Je... Je viens d'une famille catholique...*

L'enregistrement ne permettait pas de mesurer l'intensité du scanner ethnique auquel fut soumis le pauvre homme : soudure du lobe au reste de l'oreille, texture et implantation des cheveux, forme du nez.

Ses narines avaient le malheur d'être un peu trop arquées : après un silence d'une dizaine de secondes, Chaouch entendit une détonation.

Et puis ce fut le tour de :

Cohen...

Le regard du président se durcit. Il arracha son casque et tapota sur la vitre avec deux doigts. La portière s'ouvrit sur l'esplanade grouillant d'uniformes et de gyrophares au pied de la mosquée. Esther l'attendait, les yeux roses et embués. Avec ses doigts, elle composa le chiffre 36. Le bilan s'était alourdi. Chaouch souffla. On lui avait préparé un brouillon pour son allocution, qu'il avait corrigé en écoutant Dieuleveult. Il froissa la feuille de papier et se hissa, à la seule force des bras, sur la chaise roulante que ses gardes du corps avaient dépliée à la sortie de son carrosse blindé.

24.

Aucun de ces détails lugubres n'était, alors, connu des médias. En attendant la conférence de presse du procureur de Saint-Étienne, les rédactions s'en remettaient aux fuites orchestrées par les enquêteurs et répétaient sur tous les tons l'*effroyable bilan* en convoquant des spécialistes circonspects et des personnalités publiques effondrées. Le flou autour de l'identité des assassins n'interdisait pas à la plupart des commentateurs d'en parler comme de « forcenés », de « déséquilibrés », parfois simplement de « fous furieux ». Il s'en trouva pour leur opposer que personne n'aurait hésité à les qualifier de « terroristes » si leurs victimes n'avaient été, en grande majorité, de confession musulmane.

En l'absence de faits, une polémique enfla. Il fallut attendre l'intervention de Chaouch, à 13 h 30, pour vider cette querelle sémantique et décrire la tuerie comme un *attentat raciste et antisémite*, perpétré par des *terroristes appartenant à un groupuscule d'extrême droite*.

À l'hôpital Nord, Fouad avait passé la matinée à constituer un cordon sanitaire autour de la chambre de sa mère, aidé dans ce projet par la topographie des lieux : les urgences où furent envoyés les nombreux blessés se trouvaient à l'entrée Sud du CHU, loin des pavillons de pneumologie et de cancérologie qui étaient séparés des autres bâtiments par la plateforme arborée du terminus des tramways. La chambre où mourait Dounia Nerrouche occupait cette pointe septentrionale de l'hôpital et de la ville, si bien qu'elle ne vit à aucun moment passer et repasser les hélicoptères qui transportaient les cas les plus graves.

Slim avait immédiatement prévenu son grand frère qu'il n'était pas dans la salle de prière au moment de la fusillade. Il répondait aux questions de la police et le rejoignait au plus vite.

Tout au long de l'après-midi, les télévisions diffusèrent les images de la chasse à l'homme dans les monts du Pilat. Les médias étrangers commençaient à arriver en masse à Saint-Étienne, y aggravant le climat d'hystérie qui avait fait se barricader la majeure partie de la ville.

À la nouvelle de la dégradation de l'état de santé de Dounia, ses rares amis lui rendirent une dernière visite. Fouad supervisa le défilé, accepta les embrassades éplorées de ces gens qui lui avaient tourné le dos depuis l'attentat ; il se montra même assez magnanime pour fournir des explications à la sortie. Pourquoi ne disait-elle rien ? Elle souffrait trop pour parler ?

— C'est la cortisone, mentait-il avec aplomb, ça lui donne des hallucinations auditives...

On repartait, le mouchoir sur la bouche, en promettant de revenir demain et en espérant, au fond de soi, que demain n'existerait pas pour elle, afin de ne pas subir une nouvelle demi-heure en compagnie d'un sphinx agonisant, méconnaissable avec sa paire d'yeux fixes et cernés, méchamment tournés vers la vitre où s'élevait le flanc boisé de la colline d'en face.

Vers la fin de l'après-midi, Fouad baissa les stores et provoqua la première réaction vigoureuse de sa mère depuis son réveil.

— Tu veux que je les remonte ?

Elle hocha la tête et fit une moue désagréable, comme pour lui reprocher de l'avoir arrachée à son vœu de silence.

En remontant les stores, Fouad aperçut la façade grise d'un château, enserré dans une gangue d'arbres touffus qui laissaient deviner deux tours aux toits d'ardoise pointus.

— Tu crois que des gens y habitent, ou que c'est un manoir abandonné ?

Dounia souleva sa tête et la laissa retomber sur l'autre joue de son cousin, en paraissant souffrir infiniment de cet infime changement de position.

Rabia apparut dans l'encadrement de la porte ; elle déposa un baiser sur la main de sa sœur et demanda à Fouad de la suivre dans le couloir. À voix très basse elle indiqua un homme en costume-cravate, qui se tenait devant l'ascenseur, les mains croisées dans le dos :

— Y a quelqu'un qui veut te voir, mon chéri. Va, et après respire un peu, fais une promenade, je suis là, t'inquiète, je prends le relais. Fouad ?

Son regard restait rivé à la bouche de sa mère. Il la sentait sur le point de lui dire quelque chose.

— Monsieur Nerrouche ?

L'inconnu marcha dans sa direction dès qu'il l'eut repéré. C'était un officier de sécurité d'Esther Chaouch. La première dame attendait Fouad au rez-de-chaussée du pavillon.

Rabia passa dans son champ de vision. Fouad la contourna en posant la main sur son épaule :

— Tu m'appelles s'il y a quelque chose, hein ?

Il consentit à suivre le gorille. Une vingtaine de ses collègues avaient investi le hall flambant neuf, fait de murs anthracite et d'escaliers en verre. Dans un renfoncement de la cafétéria presque déserte, Esther Chaouch était assise, les jambes croisées, en face d'un petit gobelet de café fumant. Elle portait un imperméable beige serré par une ceinture de cuir verni. Les traits de son front étaient tirés. La lumière crue des néons trahissait un nombre inhabituel de ridules aux coins de ses lèvres. Elle ne le fusilla pas du regard ; mais évita néanmoins le sien et préféra faire confiance à ses mains pour l'inviter à s'asseoir.

— Madame.

Ils se turent. Esther posa une enveloppe en papier kraft devant lui et lui demanda :

— Vous voulez boire quelque chose ?

— Je crois que j'ai besoin de café, dit Fouad en se tournant vers le comptoir.

— Non, non, restez assis.

Elle leva le doigt et mima, du bout des lèvres, le prénom d'un de ses gardes du corps.

— On les a arrêtés ? demanda Fouad.

— Pas encore. Vu comme c'est parti, ça risque de prendre toute la nuit. Mais il y a près de quatre cents hommes mobilisés, et on connaît leur identité maintenant. Il faut espérer qu'ils ne prennent pas d'otages...

Fouad approuva en regardant les volutes de la fumée du breuvage qui ne semblait pas vouloir se refroidir.

— Il y a quoi dans cette enveloppe ?

— Une sorte de cadeau, répliqua Esther. Ce sont des photos qui ont été prises la veille de votre départ à New York. On me les a montrées hier soir, je n'en ai parlé à personne autour de moi, et je veux vous assurer qu'il n'en existe pas de double, et qu'elles ne seront jamais portées à la connaissance de qui que ce soit. Libre à vous de les détruire.

Fouad sentit que sa tête, trop lourde, venait de basculer sur son pivot. Il comprit qu'il s'agissait de ses ébats avec Marieke. Esther Chaouch avait dû le faire suivre. À moins que la DCRI n'eût jamais cessé de le surveiller, même après que le juge l'eut placé sous le statut de témoin assisté.

— Comment elle va ?

Esther lui répondit, d'une voix sans haine :

— Elle a beaucoup réfléchi, beaucoup hésité, et puis finalement elle a décidé de garder le bébé. Personne ne pourra vous empêcher de le voir, mais vous comprendrez, au vu des circonstances, qu'elle préférerait ne pas avoir à compter sur votre soutien.

— C'est tout ? demanda Fouad après quelques secondes.

— Non, je veux vous dire que c'est une situation difficile, mais... Regardez-moi, Fouad.

Il leva les yeux sur le visage de cette femme sévère, qui tout à coup ne l'était plus. À la surprise de Fouad, elle fit glisser son avant-bras sur la table et saisit sa main enroulée autour du gobelet qu'on venait de lui servir.

— Je vous ai jugé trop durement, Fouad. J'ai toujours eu peur, pour ma fille, vous comprenez. Mais vous ne méritiez pas le mépris dont je vous ai abreuvé. Je vous souhaite du courage. Nous traversons un moment tragique, collectivement, mais croyez-moi, je sais à quel point la tragédie que vous êtes en train de vivre, à titre personnel, est incommensurable...

Elle voulut ajouter quelque chose, mais les mots ne se formaient plus aussi aisément dans sa bouche. Elle lâcha la main de l'acteur, se leva et disparut derrière le rempart de ses gardes du corps.

Les photos confirmèrent les conjectures de Fouad. Il attendit, pour sortir, le départ du nuage de berlines aux vitres fumées. Au loin, il vit que des motards de la police leur ouvraient le passage en sifflant et en agitant les bras. Il suivit le cortège du regard, jusqu'à ce que la dernière voiture se fût engouffrée dans le virage d'une allée de platanes.

25.

Il fit le tour du pavillon de pneumologie, les mains dans les poches, l'enveloppe brune pliée sous le bras, à l'intérieur de sa veste. Au pied de la fenêtre de sa mère il eut un coup de chaud, et chancela. Il s'appuya sur le mur et regarda l'horizon, les tours du château serti dans la verdure de la colline. Un reflet y brillait à nouveau. Il n'y prêta pas plus d'attention et consulta son téléphone. La batterie était passée au-dessous de la barre des 10 %. Il parcourut les dernières dépêches sur le site mobile de l'AFP. Les matchs de la dernière journée du championnat de foot étaient reportés, sur décision du président de la FFF. Des offices allaient être célébrés dans des mosquées, des synagogues, des églises et des temples. Mais aucune nouvelle d'Algérie. Rien sur Marieke.

Après cette pérégrination en ligne, la jauge, dans le rouge, affichait 6 %. Fouad en conclut qu'il ne pouvait pas aller marcher dans les alentours ; il devait rester joignable par Rabia. Il quitta néanmoins le béton du parking et fit quelques pas sur le gazon. Une haie d'arbres s'élevait au-dessus de la départementale, à la lisière du quartier. De l'autre côté de cette route, de jolies maisonnettes s'étalaient au pied de la colline. Fouad monta sur un talus ; il entrevit, au nord, les rectangles bleus et ocre de piscines et de courts de tennis en terre battue. Derrière lui, vers le sud, la commune de Saint-Étienne à proprement parler avait été abandonnée aux pauvres, aux étudiants et récemment aux Roms, qui concentraient sur leurs figures crasseuses la haine et la fureur de toutes les autres minorités ethniques, Maghrébins, Camerounais, Congolais, damnés d'hier et d'avant-hier. Les classes moyennes blanches et aisées, quant à elles, achetaient des propriétés dans l'agglomération à la périphérie de la ville, sur les hauteurs ou dans la plaine. Ces Stéphanois invisibles allaient faire leurs courses dans des hypermarchés au bord de l'autoroute, et préféraient aux cinémas de la place Jean-Jaurès les Multiplex des banlieues résidentielles de Lyon, à trois quarts d'heure de chez eux, mais loin du bruit et des odeurs de l'hyper-centre.

Fouad essaya de deviner le visage de sa mère à travers la vitre du premier étage. Il fut ébloui par un nouvel éclat, provenant – il le constata en faisant volte-face – de la façade du château. Avant de disparaître derrière les collines, la boule du soleil couchant aveuglait totalement Fouad. Il mit ses mains en auvent au-dessus de ses yeux et repéra une lueur intermittente, trop intense et trop blanche pour être le fait d'un jeu de miroir. Lorsqu'il se tourna à nouveau vers la vitre du premier étage, Rabia l'avait ouverte et cherchait à l'appeler en faisant de grands moulinets avec les bras. Fouad courut jusqu'à la chambre en bousculant deux infirmières qui prenaient leur café dans la cage d'escalier. Rabia l'attendait dans le couloir, à bout de souffle, comme si c'était elle qui venait de piquer un sprint.

— Elle veut te parler, seul à seul.

Fouad entra dans la pièce. Sa mère regardait dans la direction opposée, vers le château.

— Maman ? Tu as quelque chose à me dire ?

Il s'approcha mais elle le stoppa d'un mouvement de la main. Ce qu'elle avait à lui dire, elle préférait qu'il ne la vît pas le prononcer. Fouad resta de l'autre côté du lit, assis sur le rebord.

— Il veut te voir, commença Dounia, il veut t'expliquer...

— Maman, tu sais où il est ?

— Je veux juste la paix, que mes fils fassent la paix. Jure-moi, mon fils, jure-moi que tu vas faire la paix avec lui.

— Il est où, maman ?

Dounia couvrit son visage avec ses mains. À travers lesquelles un mot finit par filtrer :

— La lumière...

Fouad se redressa et contourna le lit, jusqu'à la fenêtre. Quelques instants plus tard il était de retour sur le parking. Des oiseaux s'étaient mis à crier. Les arbres de tout le voisinage s'agitaient, sous l'effet du vent qui se levait et chassait une colonne de nuages sombres en direction du château. Fouad se rapprocha de la haie qui bordait la départementale. Il se faufila entre les arbres, traversa la double voie peu fréquentée et se trouva au pied d'un mur antibruit en béton. Tandis qu'il cherchait une entaille par où s'infiltrer, son téléphone sonna. Rabia voulait l'avertir que Slim était de retour, et que Dounia s'était, enfin, mise à sourire, qu'elle s'était même redressée et qu'elle regardait le coucher de soleil avec un air serein. La communication fut coupée, quoiqu'il restât 3 % dans la batterie. Fouad éteignit son téléphone pour réserver son dernier appel au commandant Mansourd, dont il se répéta le numéro de portable, à mi-voix, en escaladant le mur.

Il monta la côte en s'accrochant aux branches des arbres. Il lui fallut franchir des murets de vieilles pierres, se faufiler entre des clôtures de barbelés. Il y laissa un bout de sa chemise et se griffa la cuisse jusqu'au sang en perdant son calme au bord d'une barrière cernée de ronces.

Dix minutes après avoir quitté le parking du pavillon, il reconnut, à travers les mouchetures des feuillages, les deux tours qui flanquaient parallèlement la bâtisse rongée par le lierre et la vigne vierge. Une végétation luxuriante avait envahi les sentiers du parc et les dépendances du château, ainsi que la terrasse qui dominait le nord de la ville, plantée de statues de pierre qui avaient toutes été décapitées. La lumière blanche continuait de clignoter, depuis la croisée du premier étage, garnie de carreaux dont plus de la moitié étaient cassés. Le silence était si parfait, sur ces hauteurs, que Fouad pouvait entendre le bruit du projecteur, semblable au battement d'ailes d'un papillon emprisonné dans l'abat-jour d'un lampadaire.

Il ralluma son téléphone. La sagesse préconisait de prévenir Mansourd, mais il ne trouvait pas de réseau.

Le projecteur s'éteignit. L'ombre qui le manipulait s'éloigna de la fenêtre.

Au pied du château, Fouad poussa la porte d'entrée qu'on avait laissée entrebâillée. Dans un salon du rez-de-chaussée, il aperçut une cheminée et s'y précipita. Muni d'un tison, il retourna au pied de l'escalier central et monta les marches, deux par deux.

Nazir l'attendait dans une vaste salle de bal en ruine. Il était assis au bout de la pièce, en face de la cheminée, dans un fauteuil de velours rouge. Il portait un chapeau de paille, des lunettes de soleil. Fouad se rapprocha, à pas comptés. Il vit le chapeau de Nazir s'orienter légèrement dans sa direction, sans cesser de fixer les cendres du foyer éteint. Sa voix s'éleva sans que ses lèvres parussent remuer pour la propulser dans les airs ; Fouad eut l'impression qu'elle venait de la fenêtre sur sa gauche, de la porte dans son dos, de partout, de nulle part.

— Je suppose que tu vas me demander des explications, toi aussi. Pourquoi ? Pourquoi tant de haine ?

Fouad fit passer le manche du tison dans sa main droite.

— Non. Il n'y a pas de pourquoi.

— C'est vrai, admit Nazir. Il n'y a pas de pourquoi. Sache en tout cas que j'ai prévenu ton ami Mansourd. Il ne devrait plus tarder à débarquer, maintenant.

Deux mètres séparaient les deux frères.

— En m'installant ici, je me suis souvenu de la façon dont tu buvais ton café le matin. Dans un grand bol, au lieu de prendre une tasse comme tout le monde. Et je me suis dit que tout était parti de là. Tout. Absolument tout.

Fouad sentit la piqûre de sa jeune balafre en haut de la cuisse. Il lâcha le tison et sauta sur son frère. Il le prit par le col, le projeta sur le parquet. Il le chevaucha et lui laboura la face à coups de poing.

L'autre se laissait frapper sans réagir. Ses lunettes avaient volé en éclats, ses pommettes écarlates se tournaient vers la droite, vers la gauche, mais son corps longiligne demeurait immobile, comme s'il avait été sans vie. Fouad hurlait en le tabassant, et redoublait de violence en le voyant cracher du sang. À la faveur d'une pause, le bras de Nazir s'allongea pour récupérer l'enveloppe où se trouvaient les photos de Marieke. Il parvint à l'intercaler devant son visage tuméfié :

— Tu veux la revoir un jour ?

Fouad eut un haut-le-cœur. Ses coups semblaient ne pas l'atteindre, ne le blesser qu'en surface. Il se leva, attrapa le tison et arma son bras pour en finir et lui défoncer le crâne.

La voix du commandant Mansourd l'arrêta :

— Lâche ça, Fouad ! Lâche !

Une quinzaine de policiers en tenue de commando formaient un arc de cercle autour de la cheminée et des deux frères. Fouad fut plaqué au sol, tandis que Nazir se relevait, lentement, et tendait les poings pour qu'on lui passât des menottes. Il eut le temps d'offrir à Fouad un sourire sanguinolent, auquel manquaient deux dents, avant de se faire conduire à l'extérieur par les hommes du commandant.

26.

Les frères Sanchez furent abattus un peu avant le JT de 20 heures, dans une ferme isolée où ils avaient pris une vieille dame en otage. Celle-ci était très sourde, très myope et probablement très sénile : elle fut bien en peine de fournir la moindre précision aux policiers qui l'interrogèrent après le dénouement. Elle croyait en effet que les deux « marmots » qui avaient fait irruption chez elle étaient des amis de sa petite-fille, marchande de bijoux fantaisie à Vallon-Pont-d'Arc. Au mépris du danger – d'un danger dont elle ignorait tout –, elle téléphona à cette petite-fille pendant que les terroristes se chamaillaient dans son potager. La petite-fille donna l'alerte, la grand-mère retourna mitonner son ragoût pour ses visiteurs ; quand elle quitta sa cuisine avec sa marmite et claudiqua jusqu'à la salle à manger, elle vit avec stupéfaction que ses fenêtres étaient brisées, ses meubles défoncés, et qu'il y avait de la fumée et des gens armés partout.

La conférence de presse du procureur de Saint-Étienne révéla une partie de ces détails, en direct, à la fin des journaux télévisés du soir. C'était un petit homme râblé, au teint coloré, qui ressemblait à un charbonnier auvergnat, avec des sourcils broussailleux et des lèvres épaisses.

— Autour de 18 h 30, les fugitifs rejoignaient à pied la D29 et pénétraient quelques minutes plus tard dans la localité de Burdignes, rattachée au canton de Bourg-Argental, dans le département de la Loire. Ayant abandonné leur arsenal dans la voiture, sur le bord de la D22, ils n'étaient alors plus porteurs que d'armes automatiques, de type fusil d'assaut. Les individus étaient alors repérés par un garde forestier qui prévenait la gendarmerie. Les individus empruntaient ensuite un chemin non balisé et entraient par effraction dans une ferme...

Son récit à l'imparfait se poursuivit laborieusement jusqu'à l'exécution des deux « individus », liés, comme le rappela le présentateur du JT au retour plateau, à la

FRAASE de Franck Lamoureux, *le beau-frère de Pierre-Jean de Montesquiou, candidat aux élections législatives.*

Entouré de ses proches, dans son bureau du siège provisoire de l'ADN, rue du Faubourg-Montmartre, Montesquiou se massait la nuque, l'épaule droite, et faisait tournoyer son bras dans les airs, comme pour prévenir une angine de poitrine. Un de ses lieutenants lui apporta un carton qu'on venait de livrer au siège. Il contenait un échantillon de produits dérivés : des porte-clés ADN, des coques d'iPhone ADN, des stickers ADN, des lunettes de soleil ADN, des mugs ADN, des parapluies ADN, des sacs en toile ADN et même des ceintures ADN. Montesquiou se saisit d'une de ces ceintures bleu blanc rouge, qu'il fit claquer comme un fouet avant de la substituer à sa Ralph Lauren en cuir brodé.

— On fait quoi maintenant ? risqua le lieutenant Père Noël en rangeant ses babioles dans sa hotte.

Montesquiou observa les visages de sa garde rapprochée, juvéniles pour la plupart, des « têtes brûlées », selon ses adversaires – ce à quoi leur chef, qui n'en était plus à une mystification près, répondait qu'on avait dit la même chose de la jeunesse de 1940 qui avait eu le courage de rejoindre De Gaulle et la France libre.

Le téléphone de Montesquiou vibra. Il se rendit dans la pièce adjacente pour prendre l'appel.

— Françoise Brisseau à l'appareil.

— Madame la sénatrice, répondit Montesquiou en se pressant contre le vasistas qui donnait sur la verrière d'un atelier de poterie, de l'autre côté de la cour intérieure. Que puis-je faire pour vous ?

— Pour moi, pas grand-chose. J'ai voulu vous avertir, disons par courtoisie, que le Premier ministre a retourné sa veste.

— Comment, une deuxième fois en moins d'une semaine ?

— L'attentat change tout, il vient de passer toute la journée à convaincre un à un les parlementaires, de votre camp comme du mien. La Haute Cour ne sera pas saisie, ni maintenant ni jamais. Si vous évoquez un jour un pacte que nous aurions passé, vous ne serez pas surpris que je démente catégoriquement.

Elle raccrocha brusquement. Montesquiou donna un coup de pied dans la porte, qui s'entrouvrit en couinant, comme pour le narguer.

Ses fidèles avaient rallumé la télé. Ils étaient assis autour de la table basse juchée de cartons d'emballage et de boîtes de sushis qu'ils s'étaient fait livrer avant le JT. Montesquiou se baissa pour manger le dernier maki. Il entendit avant tout le monde la foule qui montait dans l'escalier. On frappa à la porte d'entrée. La secrétaire avait été renvoyée chez elle, un des sbires du leader de l'ADN se leva pour ouvrir. Des policiers en civil s'engouffrèrent alors dans les locaux quasiment vides, où seul le bureau du chef était encore éclairé. Ils portaient un brassard POLICE JUDICIAIRE et répondaient aux directives d'un juge d'instruction qui avait tenu à faire le déplacement en personne. Deux policiers se dirigèrent vers Montesquiou qui n'avait pas fini de mâcher son maki caoutchouteux. Le juge Wagner parla d'une voix claire, en fixant le regard céruléen de l'ancien homme fort du ministère de l'Intérieur :

— Pierre-Jean de Montesquiou, à partir de maintenant, 20 h 55, vous êtes placé en garde à vue, pour terrorisme, association de malfaiteurs en vue de préparer une entreprise terroriste, tentative d'assassinat sur personne dépositaire de l'autorité publique…

Il lui notifia ses droits au moyen des formules rituelles et s'interrompit lorsque son regard tomba sur sa ceinture grotesque.

Deux autres groupes de policiers antiterroristes s'étaient rendus, simultanément, aux domiciles respectifs de Charles Boulimier, l'ancien patron de la DCRI, et de Xavier Putéoli, l'éditorialiste réactionnaire qui avait tant fait parler de lui au cours de ces dernières semaines.

Au siège de la DCRI, à Levallois-Perret, une foule importante se pressa dans les sous-sols, où se trouvaient les cellules de garde à vue. Montesquiou était en route vers la sienne, Putéoli fit un malaise et dut être emmené à l'infirmerie ; quand Charles Boulimier arriva, une haie de déshonneur se forma le long de son passage. Les hommes et les femmes qui avaient travaillé sous ses ordres le regardèrent, les bras croisés, sans dire un mot. Les rumeurs les plus folles circulaient depuis quelques mois. Dès le lendemain de la nomination de Mansourd, le nouveau boss avait convoqué les sous-directeurs de la maison dans son bureau du dernier étage et leur avait tenu un discours qui avait ébranlé tout l'immeuble : depuis plusieurs années, un cabinet noir s'était développé comme une tumeur au sein de l'antiterrorisme, détournant à des fins privées ses ressources et ses moyens exceptionnels. On racontait qu'un des hommes présents à cette réunion l'avait interrompu pour lui demander s'il croyait sérieusement que Boulimier et Montesquiou avaient pu commanditer le complot contre Chaouch ; l'inflexible Mansourd lui avait alors répondu qu'il ne s'agissait pas d'un complot contre Chaouch, mais d'un complot contre la France.

27.

Le ministre de l'Intérieur, resté à Saint-Étienne auprès du président, fut informé de ces derniers développements en temps réel. Il en avertit le président, qui ne voulait rien savoir sur le sujet. Une salle avait été réquisitionnée dans le vaste bâtiment de la préfecture, afin d'y réunir les familles des victimes et la cellule de soutien psychologique. Chaouch avait décidé de s'y rendre, en compagnie de sa femme. Dieuleveult demanda une minute seul à seul avec lui.

— Monsieur, nous allons avoir besoin de vous, expliqua-t-il après avoir refermé la porte du bureau que le préfet avait mis à leur disposition. Nazir Nerrouche est en lieu sûr. Il prétend connaître le lieu exact où sont détenues les otages, en Algérie, mais il refuse de parler à Mansourd.

— Il ne croit quand même pas que j'ai l'intention de discuter avec lui ? s'emporta Chaouch.

— Non, monsieur. Il ne veut traiter qu'avec son frère, Fouad.

Le président se mordit les lèvres et posa les mains sur ses cuisses.

— Hors de question de mettre une telle pression sur un civil... Et surtout pas sur Fouad. Il est où, d'ailleurs ?

— Avec votre chef d'état-major particulier, dans une base militaire ultra secrète, quelque part dans l'Allier.

Dieuleveult fit tomber ses lunettes sur le bas de son nez et composa le numéro du ministre de la Défense. Il tendit son téléphone au président :

— Monsieur, je suis actuellement avec le commandant Mansourd et le général Fenouil, nous briefons votre... enfin, Fouad Nerrouche. L'ultimatum d'Otman arrive à terme dans vingt-six heures. Les forces spéciales se tiennent prêtes à intervenir, avec le soutien des Algériens et des Américains, comme convenu. Il manque toutefois une localisation précise, on ne peut pas se fier aux seuls renseignements américains qui parlent d'un village dans les montagnes du Djurdjura, mais sans précision supplémentaire. Si vous donnez votre feu vert pour l'opération, rien ne garantit la survie des otages dans la configuration actuelle.

— Et il veut quoi, en échange de ses prétendues informations ?

— Eh bien, justement, c'est tout le problème : il insiste pour n'en discuter qu'avec son frère.

Chaouch fit le tour de la pièce et donna un méchant coup contre la porte. Deux gardes du corps l'ouvrirent.

— Bon, je dois parler avec Fouad.

Le président se fit conduire dans l'aile de la préfecture qui abritait la cellule de soutien.

Esther n'était pas seule dans l'antichambre : la secrétaire générale de l'Élysée, Apolline, et le conseiller spécial démissionnaire, Habib, avaient fait le déplacement depuis Paris.

— Serge...

Les deux hommes se serrèrent longuement la main.

— Finalement, c'est Fouad qui avait raison, reconnut Habib en agitant une liasse de feuilles volantes. Les circonstances sont exceptionnelles, on ne peut pas faire l'économie d'une intervention... exceptionnelle. Nous y avons travaillé toute la journée avec... hum... Apolline. Sur le thème : c'est le nationalisme identitaire qui a tué, abaissons les sanglants étendards et laissons-les en berne, pour toujours.

Chaouch confia le discours manuscrit à son aide de camp.

— Merci à vous deux. Je lirai ça tout à l'heure.

Un garde du corps vint lui apporter son téléphone sécurisé. Fouad toussa. Le président ferma les yeux, pour trouver le courage de lui demander l'impossible.

— Fouad, j'ai peur que nous soyons au pied du mur. Quoi que Nazir ait fait dans la préparation de cet attentat, il a réussi à démontrer qu'il n'en était pas le commanditaire. On a dû te le répéter sur tous les tons depuis une demi-heure, mais il est possible que nous devions lui rendre sa liberté.

Fouad restait muet au bout du fil.

— Aussi fou que ça puisse paraître, nous n'avons rien contre lui. Aucun témoin, aucune preuve matérielle, pas de transactions... Il travaillait pour nos services, et tout a été effacé par ceux qui l'y employaient. La seule chose qui pourrait justifier des poursuites, c'est si Krim acceptait de témoigner contre lui. Ce qu'il ne fera pas, comme tu l'as compris en parlant avec lui...

— Mais il est dangereux. Il a... essayé de vous tuer, monsieur le président. Il a détruit sa propre famille. Et je ne peux pas être le seul à être sûr qu'il est... responsable du carnage de la mosquée...

— C'est ce que croit Mansourd, mais on ne peut pas le poursuivre sur des suspicions. Et il dispose d'informations vitales...

— Donc, j'ai raison, le coupa Fouad, vous avez choisi de lui offrir l'immunité pour faire tomber vos ennemis politiques, c'est ça que je dois comprendre ?

Cette fois-ci, ce fut Chaouch qui garda le silence.

— Il ne s'agit pas d'immunité, mais d'un abandon des poursuites contre lui, sous condition. Il ne remettra jamais les pieds en France, Fouad. Je comprends que tu aies envie qu'il paye, mais...

— Mais quoi ?

— Mais ce n'est pas possible.

— C'est tout ? C'est pas possible ? Je vais devoir vivre, on va devoir vivre avec son ombre à nos trousses, jusqu'à ce qu'un jour il se prenne une balle perdue ?

— Non, Fouad. Ce n'est pas ce que je veux dire.

— Mais alors, qu'est-ce que vous voulez dire ?

— Je veux dire...

— Pourquoi ne pas lui offrir un faux deal d'immunité et l'arrêter une fois qu'il aura dit où sont les otages ? Pourquoi ne pas... pourquoi ne pas lui mentir et le tuer juste après ?

Chaouch ne voyait pas le visage de Fouad, mais il pouvait le recomposer mentalement, à partir de son changement de ton et de la brutalité de sa nouvelle voix.

— Fouad, d'une part on ne peut pas faire ça : il y a d'autres parties en présence. Et surtout : ce n'est pas ce que tu veux.

— Monsieur le président, *monsieur* (Chaouch l'imaginait fermer les yeux, reprendre le contrôle de son souffle, adoucir artificiellement sa voix), c'est un fou furieux, on ne peut pas répondre par un contrat à... la sorte de haine qui l'habite.

— Je crois précisément le contraire. Un de mes prédécesseurs, Edgar Faure disait que la politique ne consiste pas à résoudre des problèmes, mais à vivre avec des problèmes insolubles. On ne peut pas éradiquer ce qu'incarne ton frère, Fouad. On ne peut pas venir à bout de la haine et du ressentiment.

— Donc, il faut les laisser triompher ?

Chaouch marqua une pause, mais elle était purement gymnastique : le temps de remettre ses pensées dans le bon sens.

— Il ne triomphe pas, crois-moi. La terreur ne gagne jamais, parce qu'elle ne crée rien. Elle reste la terreur, anonyme, implacable, tandis que la vie continue, Fouad, la vie singulière, maladroite. C'est la vie qui triomphe. C'est toi qui gagne et tu le sais.

— Merci, répondit Fouad, d'une voix qui ne donnait aucun indice sur son état d'esprit. Monsieur, je dois y aller, apparemment.

— Merci à toi, Fouad.

Après avoir raccroché, Chaouch eut besoin d'une minute pour prendre la mesure de ce qu'il venait d'exiger de Fouad, pour appliquer à sa propre gouverne le sermon qu'il lui avait fait, et pour se demander comment la libération de Nazir pourrait ne pas devenir le péché originel de son mandat.

Il entra dans la salle où l'attendaient les familles endeuillées : des dames qui ressemblaient toutes à sa mère, des messieurs qui ressemblaient tous à son père. Leurs regards brumeux cherchaient le sien. Il avait prévu d'y passer une heure ; il y resta toute la nuit.

28.

Ils étaient quatre, alignés, les bras croisés, derrière une vitre sans tain qui occupait toute la largeur du mur de la cellule. Ils fixaient l'ennemi public numéro un, qui s'était rendu, ou laissé arrêter, quelques heures plus tôt, et qui venait de passer plusieurs dizaines de minutes sans cligner une seule fois des yeux, au grand étonnement du général Fenouil. Fouad lui expliqua que son grand frère souffrait d'une maladie oculaire :

— Quand j'étais plus jeune, il voulait me faire croire que c'était une pathologie dégénérative, et qu'il allait lentement devenir aveugle. Si seulement il avait pu ne pas mentir sur ce coup-là…

Le ministre de la Défense vit que l'horloge indiquait 4 heures du matin. Il jeta un coup d'œil furtif au chef d'état-major du président.

— Monsieur Nerrouche, vous êtes prêt ?

Fouad se tourna vers la barbe de Mansourd, où sa bouche disparaissait tout à fait. Il inclina favorablement la tête. Fouad aspira une grande quantité d'air. Le regard de Nazir s'alluma. Sans faire tinter une seule des chaînes qui lui entravaient les chevilles et les poignets, il redressa la tête et parcourut la surface noire où il savait qu'on l'observait. Ses pommettes tuméfiées balayèrent la vitre de long en large et se posèrent soudain, résolument, sur le visage de son frère.

Il le vit entrer dans sa cellule, quelques instants plus tard, muni d'un dossier à couverture beige.

— Alors ça y est, nous y sommes, dit-il en fermant les yeux de moitié. Le bon Nerrouche et le mauvais Nerrouche, partis pour négocier jusqu'au bout de la nuit.

— Il ne va pas y avoir de négociation. On te fait une offre. C'est à prendre ou à laisser.

Son débit était précipité, son regard flottant ; les pupilles semblaient errer dans ses iris marron. Nazir perçut son hésitation, sa faiblesse, et il en profita :

— Il ne faut pas qu'ils me traitent comme ça. J'ai tout fait pour Chaouch. Le *premier président arabe* ! Je lui ai donné Krim. Je lui ai donné Montesquiou. Je lui ai donné… tu sais qui, quoi… et combien… Enfin, plus personne ne remettra en cause sa légitimité, maintenant.

Fouad sentit son poing se durcir et son estomac gargouiller :

— Qu'est-ce que tu veux, alors ?

Derrière la vitre, Mansourd s'étrangla :

— Il va pas y arriver ! C'est une mauvaise idée, laissez-moi y aller, bon sang, on a pas toute la nuit !

Le chef d'état-major s'interposa. Les ordres du président étaient clairs. Mansourd se lança dans un étrange tour de la pièce, en piétinant, en fulminant et en citant Nazir : « Qui, quoi, et combien. »

Nazir se râcla la gorge :

— J'aimerais, une seule fois dans ma vie, ne pas obtenir ce que je veux. C'est tout mon drame, en un sens.

— C'est bon ? On peut y aller ?

— Tu sais, je me souviens très bien de la première fois où j'ai menti. C'est mon plus vieux souvenir d'enfance. Je mens, et on me croit. Alors je méprise celui qui m'a cru. Je le déteste.

— C'est pour ça que tu as déterré ton propre père ? Parce que tu le méprisais ?

— Je ne méprisais personne en particulier, je méprisais notre insignifiance collective. J'ai voulu que nous comptions, tu comprends ? J'ai voulu que nous ayons du poids, nous les enfants d'Algérie. Et j'y suis parvenu. Mais ça ne m'a pas sauvé, à titre personnel. Non, je ne veux rien, cette fois-ci. Dis-moi ce que vous me proposez, qu'on en finisse.

— On te propose la liberté, répliqua Fouad en affrontant son horrible regard immobile.

— La liberté, répéta son frère aîné, surpris.

Fouad enchaîna, en modifiant sa voix, comme il l'eût fait sous les ordres d'un metteur en scène :

— Tu t'es bien débrouillé, il faut le reconnaître. Aucune charge ne peut être retenue contre toi. Tu as roulé tout le monde dans la farine. Tu as fait disparaître toutes les preuves. Dont acte : il n'y aura pas de poursuites contre toi. Tu as gagné, tu es libre. À une condition : que tu ne remettes jamais les pieds en France, que tu ne revoies jamais ton pays natal, jamais, tu m'entends ? Si tu reviens, tu auras à répondre des faits listés dans la confession détaillée que tu t'apprêtes à rédiger.

Nazir baissa les yeux.

— Mon Dieu, vous avez de drôles d'idées. Pourquoi est-ce que j'accepterais d'écrire une chose pareille ?

Fouad ouvrit le dossier, qui ne contenait aucun contrat, aucun deal d'immunité, simplement un paquet de feuilles vierges.

— Tu sais pourquoi, répondit Fouad en reculant sa chaise. Ce n'est pas un hasard si je t'ai trouvé si près de l'hôpital où notre mère est en train de mourir. Tu peux toujours prétendre que tu voulais te faire arrêter, c'est sans doute vrai, mais tu as choisi ce château, tu lui as fait signe. Voilà pourquoi tu vas rédiger tes aveux.

Un sourire se fendit dans la face de Nazir :

— Mais je pourrais très bien mentir, ça n'a pas de sens.

— On ne te demande pas de dire la vérité, tu serais bien incapable de la dire. On te demande simplement de raconter ta version des faits. Tu ne seras pas poursuivi pour les crimes que tu vas avouer, sauf si tu remets le pied sur le territoire national.

Une des narines de Nazir tressaillit.

— Mais qu'est-ce qui m'empêchera d'écrire la même confession une fois que je serai libre, à l'étranger, et de la proposer à un journal ?

— Rien ne t'en empêchera. À partir de lundi, tout le monde va penser que l'attentat contre Chaouch a été commandité par le cabinet noir de Montesquiou, et exécuté par toi. Montesquiou va se débattre, ses avocats vont t'accuser, et comme tu seras toujours introuvable le doute subsistera. Quant au massacre de la mosquée, l'enquête officielle fera sûrement apparaître qu'il s'agissait d'un coup de l'extrême droite. Si tu veux t'exprimer après ta remise en liberté, je suppose que des journaux te publieront et que tu auras des partisans, des fanatiques pour croire à ce que tu racontes. Oui, tu seras toujours le roi des complotistes, l'empereur des faibles d'esprit, rassure-toi. Et si des enquêtes sont lancées après tes allégations, ça mettra les autorités dans l'embarras, c'est sûr.

— Tu es en train de me dire qu'ils vont m'assassiner, c'est ça ?

La poitrine de Fouad se souleva.

— J'espère qu'ils vont t'assassiner, j'aimerais plus que tout au monde qu'ils t'assassinent, mais je suis malheureusement convaincu que Chaouch ne l'autorisera jamais.

Il déposa un stylo au milieu du dossier.

— Quand tu sortiras d'ici, ton pouvoir de nuisance sera intact. Sauf que si tu parles, si tu t'agites, tu seras le premier à en payer les conséquences. Et tu as beau te détester toi-même, tu as beau être un monstre, nous savons tous maintenant que tu es un tout petit monstre. Ton ombre n'effraie plus personne.

Sur ce mot, Fouad quitta la cellule d'un pas égal, sans se retourner, tandis que Nazir essayait de le retenir en répétant de plus en plus fort :

— Fouad, Fouad, *Fouad* !

Derrière la vitre sans tain, le ministre de la Défense lui fit part de son inquiétude : comment pouvait-il savoir qu'il allait rédiger ses aveux ? Et surtout : avait-il compris ce qu'on lui permettrait de faire s'il se mettait à table ? Fouad haussa les épaules, sûr de lui. Mansourd avait les poings crispés. Fouad crut voir passer précisément le train de ses pensées dans le regard, pourtant plus triste que furieux, qu'il lui adressa, et qui disait : « J'ai pas signé pour ça. Je sais qu'il a aidé les frères Sanchez à commettre cette boucherie, s'il le faut, je démissionnerai, j'irai au bout du monde, je le retrouverai et je l'étranglerai de mes propres mains. »

Le commandant ouvrit bien grand ses babines rouges, mais aucun son n'en sortit.

Nazir avait arrêté de crier. Il leva finalement sa main droite, autant que le lui permettaient ses chaînes. Sous ses paupières, les points de suture avaient craqué ; des larmes de sang se répandaient sur sa joue gauche.

Il tira la langue pour avaler les gouttelettes de sang qui s'étaient agglutinées au-dessus de sa lèvre supérieure ; et, d'un seul jet, il rédigea ces quelques pages :

29.

« J'ai rencontré Pierre-Jean de Montesquiou il y a trois ans et trois mois, en Suisse, par une belle et douce nuit d'hiver. Nous avons marché au bord d'un lac. La pleine lune s'émiettait à la surface de l'eau. Nous étions seuls, du moins le croyais-je. Montesquiou venait alors de rejoindre le cabinet de la ministre de l'Intérieur de l'époque, en tant que directeur adjoint.

« Il m'a fait, ce soir-là, de nombreuses confidences ; il voulait manifestement me séduire, il me parlait de son destin national, des grandes choses auxquelles il aspirait. Avec le recul, son discours paraît bien dérisoire, mais sur le coup je dois avouer que j'étais assez impressionné, par la perversité de son intelligence, mais pas seulement. Il y avait en lui une sorte de fièvre, une rage authentique, quelque chose que j'ai toujours respecté, chez tous les êtres possédés qu'il m'a été donné de rencontrer : ce besoin de compter, de soumettre les événements aux exigences de leur volonté, qui s'accompagne d'une indifférence absolue quant à la nature des moyens à mettre en œuvre pour y parvenir.

« Il souhaitait me recruter pour mener à bien un programme ultra secret, qu'il avait baptisé le Projet Loup Solitaire, et qui avait reçu l'aval de Charles Boulimier, le directeur du renseignement nommé par le président de l'époque. L'idée de ces grands serviteurs de l'État était que la menace terroriste avait changé de nature, qu'elle venait maintenant de l'intérieur, en particulier de la cinquième colonne constituée par la troisième génération de l'immigration maghrébine, humiliés et offensés, comme dirait l'autre, n'ayant rien à perdre en basculant dans la violence terroriste, et d'autant plus indétectables qu'ils s'intoxiquaient tout seuls, en se baladant sur Internet, loin des réseaux réels, loin des réseaux sociaux, loin de tout ce qui permet de repérer les psychopathes avant qu'il ne soit trop tard.

« Ces fameux "loups solitaires" donnaient des sueurs froides à tous les services de contre-terrorisme du monde occidental, si bien que leur décèlement précoce et les interpellations opportunes menées par nos services firent très forte impression, parmi les ministres de l'Intérieur des pays de l'Union européenne et jusqu'aux États-Unis, obsédés par cette menace imprévisible qu'ils avaient baptisée *homegrown*, préparée au sein même du territoire national et par des enfants du pays. Pour les combattre, il avait eu l'idée saugrenue de fabriquer nous-mêmes des loups solitaires, les former, les armer, les radicaliser et les arrêter juste avant qu'ils ne passent à l'acte.

« Bien entendu, ce plan défiait le bon sens le plus élémentaire. En créant des monstres, nous créerions surtout des vocations, nous montrerions la voie à d'autres monstres qui sommeillaient et ne présentaient pas encore de risques pour leurs concitoyens... Montesquiou balaya mes objections d'un revers de la main. Il ne me fallut pas longtemps pour comprendre qu'il se souciait du terrorisme comme de son premier pull marin. Menace mutante ou pas, les services étaient en place et fonctionnaient correctement ; en vérité, seuls comptaient, pour ce diable d'énarque, les dividendes médiatiques qu'il espérait tirer de ces arrestations spectaculaires. Il fut servi, sur ce terrain-là. Ses méthodes révolutionnaires lui valurent une ascension prodigieuse au sein de l'appareil d'État. Le budget de la DCRI atteignit des sommets. Les crédits votés par le Parlement restaient stables, mais les fonds spéciaux triplèrent ou quadruplèrent, de façon tout à fait hermétique.

« Quant à moi, j'œuvrais en amont. Je devais sélectionner les individus présentant un terreau favorable, la bonne disposition mentale. J'infiltrais des réseaux dormants, j'y réveillais les éléments les plus furieux. Le cahier des charges auquel je devais répondre privilégiait toutefois les cibles les plus atomisées. Mes meilleurs poissons, je ne les ai pas pêchés dans les banlieues chaudes, dans le sous-prolétariat maghrébin, mais à la périphérie des villes, dans ces zones tièdes où les jeunes hommes arabes n'évoluaient pas en meute, où ils n'évoluaient pas, d'ailleurs, où ils s'imaginaient être devenus blancs jusqu'au jour où ils comprenaient qu'ils ne le seraient jamais. J'ai parfois voulu créer des bébés tueurs de souche européenne, mais je me suis toujours heurté au même refus catégorique. Le cabinet noir dirigé par Montesquiou souhaitait créer une angoisse nette, précise. Les quotas, me fut-il répondu, c'est bon pour les films américains.

« Un des producteurs les plus indispensables de notre petite fiction française se trouvait être Xavier Putéoli, le polémiste devenu célèbre pendant la campagne présidentielle ; ses exagérations d'alors ont quelque peu oblitéré le rôle qui fut le sien tout au long du mandat précédent. C'est à lui, et à son écurie de jeunes réactionnaires à la mode, que l'on devait les articles les mieux renseignés sur le « nouveau terrorisme » que nos services parvenaient si bien à juguler.

« Je travaillais, pour ma part, dans l'opacité la plus totale. Personne, ou presque, ne connaissait mon existence à la DCRI. Je ne me suis jamais raconté que je rendais service à la mère patrie. Mais les raisons pour lesquelles j'ai accepté ces missions successives ne sont malheureusement pas très claires à ma propre intelligence. Il sera difficile de l'entendre à présent, mais je crois avoir été mû par le désir de comprendre, la vieille *libido sciendi* ; or je n'ai jamais cru que l'on pouvait comprendre quoi que ce soit d'humain en se tenant à l'extérieur des phénomènes. Les heures de bureau ne convenaient pas aux explorations qui me tenaient à cœur. Je suis donc descendu dans les gouffres obscurs, j'ai fait de la spéléologie, à ma façon, souvent sans avoir à quitter l'enceinte de la MJC qui me servait de couverture.

« Et puis un jour, peu après l'annonce de la candidature de Chaouch aux primaires de la gauche, Montesquiou m'a convoqué. Il avait perdu de sa superbe. Il avait compris avant tout le monde : dès la fin de son premier discours, il a su que Chaouch allait gagner. Dans la panique, et après concertation avec les autres membres de son officine, il m'a confié une nouvelle mission, que j'ai refusée. Il s'agissait bien sûr de préparer un attentat contre Chaouch. Il me promettait une somme d'argent considérable, m'assurait que je disposerais d'un soutien logistique sans précédent, de la possibilité de disparaître après coup, et même de la complicité d'un officier de sécurité qu'il prévoyait d'infiltrer dans le groupe chargé de la protection du candidat à abattre.

« C'était il y a presque exactement un an. Mon refus catégorique n'a pas plu à mes maîtres. Montesquiou s'est alors mis à brandir des menaces très précises. Contre ma famille : mes frères, ma mère. Pour m'en sortir, je n'ai pas eu d'autre choix que d'accepter. Il suffira, pour mesurer la force de frappe de mes employeurs, de se souvenir de la facilité avec laquelle ils m'ont transformé en ennemi public numéro un après l'attentat. D'une main, Montesquiou et Boulimier classifiaient et détruisaient les preuves de mon passé à la DCRI ; d'une autre, ils envoyaient des tueurs pour m'empêcher de parler. J'avais pourtant imaginé un subterfuge, dès l'été dernier : au lieu de fabriquer une bombe humaine à partir de mon réservoir habituel, j'allais choisir un candidat au meurtre qui ne pourrait pas le commettre, mais qui me permettrait, en le ratant *in extremis*, d'exposer la puissante mafia qui me l'avait commandité.

« Il me fallait un homme jeune, malléable, enragé et cependant rétif à la violence extrême. J'ai trouvé cette perle rare en la personne de mon propre cousin, Abdelkrim. Pour plus de sécurité, j'avais décidé que les balles du 9 mm qu'il utiliserait le jour J seraient à blanc. J'ignore qui les a remplacées par des munitions réelles, je ne peux que subodorer qu'il s'agit de Romain Gaillac, un de mes complices, qui nous a quittés depuis. Quand Krim a tiré, à balles réelles, je suis évidemment devenu le premier suspect. Il m'a fallu, pour échapper aux assassins que Montesquiou avait lancés à mes trousses, réactiver mes vieux réseaux et proposer mes services à mes premiers maîtres, les Américains. Parallèlement, je me rapprochais des sœurs de Montesquiou, jusqu'à me fiancer avec l'une d'entre elles. Je ne voulais pas qu'il soit le seul à disposer de moyens de pression. C'est une histoire désormais bien connue, je n'y reviendrai pas ici.

« Je me souviens que Montesquiou s'était montré surpris que je choisisse un membre de ma propre famille pour commettre l'attentat. S'est-il douté de quelque chose ? Probablement, mais il ne m'en a rien dit. Si je voulais envoyer mon propre cousin à l'abattoir, qu'à cela ne tienne. Dès l'été dernier, je me suis assuré de mon emprise sur Krim en le faisant tomber amoureux d'une jeune adolescente des beaux quartiers, la fille d'un juge antiterroriste sur qui j'avais accumulé les fiches au cours des années précédentes. Il m'était apparu très tôt que je ne pourrais pas jouer sur la corde politique ou religieuse avec Krim. Rien ne l'intéressait moins que ces questions. Il aimait la musique. Il aimait sa famille. Il y avait en lui une sorte de bonté indéracinable. Ses coups de colère étaient suivis de longues phases mélancoliques. Il n'appartenait à aucun groupe. Son seul ami, Mohammed, dit Gros Momo, l'encourageait à reprendre le piano, à tomber amoureux. L'islam, malgré tous mes efforts, restait sans prise sur son imagination.

« Heureusement, son père était mort jeune, des suites de fumées toxiques inhalées dans l'usine où il travaillait. Je m'acharnai pendant des mois à en rendre la France coupable à ses yeux. Je crus que la mèche avait pris, et détournai les projecteurs de son ressentiment sur la candidature Chaouch, en le faisant passer pour un traître. Je voulais certes qu'il ne réussisse pas à tirer sur lui, il fallait néanmoins qu'il essaie. Sauf que, la veille de l'attentat, mon petit frère s'est marié, toute la famille était réunie, et j'ai bien senti que le cœur de Krim se dilatait, qu'il redevenait sentimental. Pire : il était impressionné par Chaouch, par son fameux charisme et ses paroles d'espoir. J'ai finalement réussi à l'amener à Paris, en jouant sur les ressorts les plus grossiers. Et la suite est de notoriété publique.

« Ai-je commis des fautes ? Oui, j'ai corrompu un cœur pur, sans ignorer que la corruption des meilleurs est la pire.

« Avais-je le choix ? Non, je n'ai trouvé aucun autre candidat, sur mon terrain de chasse habituel, désireux de s'en prendre à Chaouch.

« Puis-je encore me regarder dans une glace ? Ni plus ni moins qu'avant de sauter à pieds joints dans la vie qui fut et restera la mienne, celle d'un conspirateur, tantôt pirate tantôt corsaire, et toujours seul, d'une solitude impeccable, aussi pure, lisse et impitoyable que la surface d'un miroir à main.

« Je ne regrette rien. »

30.

Deux hauts gradés de l'armée le rejoignirent, glissèrent sa confession dans un dossier et recueillirent ses informations sur l'endroit précis où se cachait le groupe du cheikh Otman, sur le nombre d'hommes qui le composaient et le type d'armement dont ils disposaient.

L'opération « Fleur du Djebel » fut déclenchée quelques heures plus tard, dimanche matin. Les regards du monde entier étaient alors tournés vers le pupitre où le président Chaouch prononçait son *discours de Saint-Étienne*, après avoir fait respecter un total ahurissant de trente-six minutes de silence – une pour chaque victime de l'attentat de la rue du Jasmin.

Jasmine s'envola pour Saint-Étienne en début de matinée, malgré l'avis contraire de son service de protection. Elle ne voulait rien manquer du discours de son père, et pourtant, dès les premières minutes, elle écrivit un message à Fouad et n'écouta que les battements de son propre cœur tandis que s'égrenaient les secondes précédant sa réponse.

Ils se donnèrent rendez-vous dans un café aux abords de la préfecture, qui disposait d'une arrière-salle facile à sécuriser. Jasmine arriva la première. Dix minutes plus tard, elle vit Fouad, en contre-jour, franchir le rempart de ses gardes du corps. Il portait un jean et un pull sombres, des tennis blanches et une casquette. Il l'enleva en entrant dans le café et passa la main dans ses cheveux ébouriffés. Jasmine se mordit la lèvre en comprenant qu'elle ne plongerait plus jamais sa tête dans ses cheveux dont elle connaissait l'odeur et les ondulations par cœur. Il ne les lavait qu'une fois par semaine, avec un shampoing dont le parfum s'estompait presque immédiatement.

Il n'évita pas son regard en s'asseyant en face d'elle. Elle garda les mains sur la banquette en cuir et ne les retira pas quand elles se mirent à suer.

— Jasmine...

Elle ferma les yeux, pour le faire taire. Il se leva et vint s'asseoir à côté d'elle. Il y avait un écran plat au-dessus du comptoir, sur leur gauche. Le discours de Chaouch touchait à sa fin, des bandeaux au bas de l'écran continuaient d'en extraire les phrases les plus fortes.

Fouad regardait le symbole « mute » pour ne pas avoir à lire ces phrases qui le replongeaient trop vivement dans l'horreur de ce week-end.

Jasmine avait décidé de ne plus verser une larme sur leur rupture. Mais elle n'avait pas imaginé que celle-ci serait si parfaitement silencieuse et si douce. Fouad lui prit le menton du bout des doigts et déposa un baiser sur son front. Au-delà de la fatigue qui lui assombrissait les yeux, Jasmine sentit qu'il avait changé. Elle se leva, prit sa tête entre ses mains et enfonça son nez dans sa chevelure, pour respirer une dernière fois cet homme qu'elle avait tellement aimé. Fouad restait assis, les bras ballants. Elle le regarda une dernière fois et s'en alla. Il la vit s'éloigner, sans se retourner, vers le rectangle de lumière de la place Jean-Jaurès.

Le président quitta la ville en début de soirée et arriva, un peu avant minuit, à l'aéroport de Villacoublay, en région parisienne, où venait de se poser l'avion militaire qui ramenait les otages, saines et sauves, emmitouflées dans de grandes couvertures d'aluminium.

Chose exceptionnelle : les journalistes n'avaient pas été conviés sur le tarmac. Florence de Montesquiou et Marieke Vandervroom reçurent pourtant du président une chaleureuse accolade, et l'assurance que leur débriefing auprès des services compétents ne durerait pas plus longtemps qu'il n'était nécessaire.

Lorsque minuit sonna, ce dimanche-là, dans les locaux de la police antiterroriste à Levallois-Perret, Montesquiou fit un rapide calcul : il venait de passer vingt-six heures éveillé, assis sur cette chaise inconfortable, chemise ouverte, les mains sur la boucle tricolore de sa ceinture. Il avait répété sur tous les tons qu'il était victime d'une machination, d'un complot politique, qu'il ne dirait rien tant qu'il n'aurait pas pu s'entretenir avec ses avocats. La législation d'exception qu'il avait toujours défendue avec acharnement permettait à ces avocats de ne pas montrer le bout de leur nez avant soixante-douze heures, étant donné que son cas relevait du terrorisme et de la sécurité de l'État.

On lui proposa enfin d'aller se reposer pendant quelques heures. Le soulagement lui fit fermer les yeux ; il sentit qu'il allait se mettre à pleurer s'il ne les rouvrait pas. L'OPJ qui l'accompagna en direction de sa cellule avait très bien connu le jeune tyran de la place Beauvau ; il procéda lui-même à la fouille au corps, lui fit enlever sa Rolex Daytona, ses mocassins, sa chevalière, et lui indiqua, satisfait, le chemin de sa cellule.

— Vous oubliez quelque chose, lui fit remarquer Montesquiou.

On ne saurait jamais si l'OPJ ne l'avait pas entendu ou s'il avait feint de ne pas l'entendre. Une fois seul sur la banquette de sa cage de verre et de béton, Montesquiou enleva lui-même sa ceinture ADN et contempla son motif tricolore en réfléchissant à la suite des événements, comme il l'avait toujours fait. Il dressa la liste mentale de ses soutiens les plus fanatisés ; il imagina des argumentaires, des formules, des menaces pour tordre le bras de ceux qui oseraient montrer quelque réticence. Grand lecteur de notes blanches et de rapports confidentiels, il détenait une masse considérable de secrets honteux, sur tout un tas de gens puissants. Aucun doute : il pouvait encore faire trembler la République. Il pouvait même la faire chuter. À quoi bon la République, après tout, s'il ne pouvait plus en devenir le maître ?

Il se leva et fit cinq fois le tour de sa cellule. Il s'affaissa, soudain, au pied de la vitre en Plexiglas. Sa ceinture de patriote était restée sur la banquette. Il étudia la texture du plafond et vit alors une aspérité qui pouvait servir de crochet.

On l'y trouva pendu, une heure plus tard.

ÉPILOGUE

Une réunion de famille

Fouad était désorienté, ce matin-là, en arpentant les rues de sa ville natale. Il ne marchait jamais si tôt en centre-ville, et tout l'étonnait : il ne comprenait pas d'où venait le soleil, les ombres allongées ressemblaient à celles du crépuscule, la lumière était jeune mais l'air semblait moelleux, riche et vieux comme à la fin du jour. Et pourtant tout commençait. C'était l'heure où les passants allaient tous quelque part. Leurs visages étaient frais, parfumés, leurs bouches cernées de paillette de dentifrice, leurs yeux gonflés par le sommeil dont ils sortaient à peine. Dans les boulangeries, les présentoirs étaient garnis de viennoiseries chaudes et craquantes. Dans les brasseries, les machines à café ronflaient sans discontinuer. Aux abords des commerces, des camions garés en double file effectuaient leurs livraisons du lundi. Les devantures étaient encore éteintes pour la plupart, les grilles à demi relevées ; Fouad passa devant des portes cochères grandes ouvertes, où des concierges versaient des seaux d'eau mousseuse qui sentaient la Javel. En montant vers le quartier de Beaubrun, il s'arrêta devant la vitrine poussiéreuse d'un magasin de meubles. Celui-ci avait ouvert, un client y était même déjà assis, au centre d'un canapé d'angle en similicuir beige qui regardait la rue de face.

Ce jeune homme immobile, c'était son cousin Raouf, qu'il n'avait pas revu depuis le samedi du mariage. Fouad lui adressa un signe auquel il ne répondit pas. Il poussa la porte du magasin, la clochette retentit ; la tête de Raouf suivit son mouvement sans réagir, jusqu'à ce qu'il fût à côté de lui, sur l'aile perpendiculaire du canapé. Raouf reconnut enfin son cousin, et lui présenta ses excuses : il cogitait, trop ces derniers temps.

Il lui fallut quelques secondes pour retrouver ses tics et son sourire commercial. Il expliqua que la mémé l'avait envoyé acheter de nouveaux meubles. Elle avait besoin de changement. On avait tous besoin de changement.

Pour ne pas affronter le regard de son cousin, Raouf se mit à tâtonner les coussins du canapé, à en faire le tour pour étudier les angles et les textures, avec un air déçu, insatisfait. Il allait partir dans une tirade sur le mauvais sens du business des gens d'ici par rapport à Londres où il vivait et gagnait si bien sa vie ; il lui revenait même une anecdote sur un couscous de la rue de la Ville, à deux pas, qui avait refusé de le servir parce qu'il n'ouvrait théoriquement qu'une demi-heure plus tard ; – mais il s'abstint, il y avait sur le visage de Fouad une expression qu'il n'avait jamais vue chez personne et qu'il était incapable de définir. Il préféra dire qu'il était désolé pour sa mère. Fouad ouvrit alors ses bras et y invita son cousin. L'accolade dura assez longtemps pour attirer l'attention du gérant du magasin. Raouf était rouge d'émotion. Il avait toujours souffert d'un complexe d'infériorité vis-à-vis de Fouad et de Nazir, les cousins les plus en vue de la famille. Avec son exil londonien et sa chaîne de restaurants halal, Raouf tirait son épingle du jeu, mais il continuait de devoir sans cesse faire ses preuves, il lui fallait hausser le ton pour être entendu dans le brouhaha des réunions de famille, et trouver des arguments provocateurs et excessifs pour initier des conversations dont il serait le centre, tandis qu'il suffisait à Fouad et à Nazir d'être là pour que la qualité de l'air en fût changée.

Le jeune entrepreneur put à nouveau le vérifier lorsqu'il poussa la porte de l'appartement de la mémé, un quart d'heure plus tard (un quart d'heure de conversation sereine et pacifique dans les rues de leur enfance, sans mention des sujets qui pouvaient les fâcher, sans même l'arrière-goût sulfureux de ces sujets). Les parents de Raouf avaient fait le déplacement, en entendant leur fils annoncer qu'il avait ramené une surprise, ils se pressaient déjà dans le couloir, derrière la mémé qui attrapa Fouad par la nuque et l'étreignit avant de le conduire, avec sa vigueur légendaire, dans le petit salon où s'entassaient tous les Nerrouche qui n'avaient plus voulu entendre parler de Rabia, de Dounia, de leurs enfants bizarres et compliqués qui tiraient sur des hommes politiques et faisaient les ouvertures des journaux télévisés.

Il y eut des pleurs, des embrassades et très peu de questions. Le nom des Nerrouche était blanchi, Nazir avait disparu, il était peut-être mort, on ne saurait sans doute jamais, on ne voulait plus savoir. Fouad accepta une tasse de thé à la menthe, qu'il regarda fumer en se souvenant de Krim, trois semaines plus tôt, assis sur ce même canapé, perdu dans ses pensées. Tout le monde se préparait pour aller voir Dounia à l'hôpital, Fouad en profita pour faire le tour de cet appartement où il avait passé un nombre incalculable de samedis après-midi. Il s'arrêta devant la chambre de la mémé, dans l'air saturé de l'eau de Cologne dont elle s'aspergeait depuis la moitié du siècle précédent. Il refit le trajet qu'avait fait Krim trois semaines plus tôt, avant d'aller au mariage : du vestibule obscur où était suspendue la photo de la Kaaba jusqu'à la cuisine avec sa vieille panière ornée de volants à carreaux rouges et blancs ; et puis il sortit sur le balcon, en face des crassiers de la mine du Clapier, les *deux montagnes de chez mémé*, comme les appelait Krim.

Fouad fit coulisser la vitre et se frotta le visage avec ses mains. Accoudé à cette même rambarde, il avait parlé à son petit cousin, il l'avait séduit, impressionné, lui avait taxé une cigarette, l'avait fumée avec de beaux gestes fleuris – il avait échoué, il n'avait pas pu le sauver.

Leur avocat avait appelé Fouad, la veille, après l'annonce du suicide de Montesquiou et celle, consécutive, de la dissolution de l'ADN. Il lui avait donné ce que les avocats apprennent dès leur première affaire à dispenser avec la plus extrême parcimonie : de l'espoir. Krim avait dix-huit ans. Je vais le faire sortir, avait-il dit de sa voix la plus profonde. Je vous en donne ma parole.

Le bruit de la circulation enfla soudain ; le vent soufflait plus fort et propageait le hululement des sirènes dans tout le quartier. Fouad crut que c'était reparti, qu'on venait à nouveau les arrêter pour les jeter en garde à vue, comme au lendemain de l'attentat. Des gyrophares muets flambaient au loin. La rue qui se jetait dans le boulevard périphérique était bloquée par des camions de CRS. Fouad se souvint des avertissements qu'il avait lus en centre-ville : tout le pourtour de la grand-rue était interdit à la circulation à partir de midi, en prévision d'une manifestation autorisée par la Préfecture. Il souffla. Une moto apparut alors au détour de la rue. Elle parut s'arrêter au pied de son balcon, mais Fouad la vit bientôt contourner la médiathèque et filer en direction de la rocade, des crassiers et de l'autoroute.

Une minute plus tard, il reçut un MMS de Marieke : un selfie où il ne vit que ses magnifiques yeux bleus, plus moqueurs que jamais. Son cou était pris dans une minerve. À l'arrière-plan, on pouvait distinguer l'océan, les palmiers et un panneau vert indiquant Venice Beach.

Un second message arriva pendant que Fouad essayait d'effacer le sourire enamouré qui avait envahi tout son visage :

« Je n'ai pensé qu'à toi pendant toute cette semaine. Je viens d'atterrir à Los Angeles. Appelle-moi quand tu veux, rejoins-moi quand tu peux. »

Des attroupements se formèrent, en fin de matinée, dans toutes les villes et dans tous les villages de France. À midi, plusieurs centaines de milliers de personnes se mirent en mouvement, depuis la place de la République à Paris, ou celle du Peuple à Saint-Étienne. Deux heures plus tard, c'étaient des millions de Français qui battaient le pavé, sans mot d'ordre unitaire, munis çà et là de pancartes, qui saluaient, sobrement, l'efficacité de la police républicaine et la mémoire des disparus, victimes d'une espèce de haine qu'on avait cru appartenir à des temps révolus : les trois CRS, les deux journalistes abattus froidement parce que juifs, ou supposés tels, et les trente et un citoyens français dont le seul tort avait été de croire au Dieu des musulmans.

Dans notre pays féru de manifestations, de slogans éloquents et de colère festive, cette marche détonna, par le silence et la gravité qui l'entouraient et par la bigarrure des femmes et des hommes qui y participèrent. À Paris, Chaouch avait refusé d'y prendre part, pour ne pas avoir l'air de récupérer un mouvement aussi surprenant qu'il était spontané. Esther et Jasmine furent découragées de s'y rendre, pour d'évidentes raisons de sécurité, mais elles n'en manquèrent pas une seconde, blotties l'une contre l'autre devant l'écran plat de la résidence privée de l'Élysée. Les survols d'hélicoptère révélaient une mobilisation digne de la Libération de Paris. Une formidable marée humaine se déversait le long des artères haussmanniennes, d'ouest en est, de la porte Saint-Denis à la place de Nation.

Vers trois heures de l'après-midi, un huissier s'introduisit dans l'appartement des Chaouch ; raide comme un peuplier, il avertit la première dame que le président souhaitait qu'elle regarde par la fenêtre. Mère et fille s'en approchèrent et virent alors Idder, debout, en bras de chemise, appuyé sur une canne : il venait de parcourir une cinquantaine de mètres à pied, il leur faisait coucou.

À Strasbourg-Saint-Denis, le juge Wagner défilait au coude-à-coude avec sa femme, avec qui il venait de se réconcilier. Aurélie avait préféré cheminer seule, promenant dans la foule compacte le flambeau de ses cheveux clairs qui semblaient monopoliser l'attention du soleil, tandis que ses parents piétinaient, centimètre par centimètre, de la porte Saint-Martin à la place de la République où était censée commencer officiellement la marche.

Ils ne dépassèrent jamais la partie montante du boulevard Saint-Martin, mais aperçurent, au loin, la barbe épaisse du commandant Mansourd, qui portait un pull à col roulé bleu marine et à qui Mme Wagner trouva des airs de capitaine Haddock.

À Saint-Étienne, le vieux Ferhat Nerrouche avait mis sa plus belle chapka, malgré la chaleur étouffante. De jeunes inconnus proposaient au souriant chibani le renfort de leurs avant-bras, sur quelques mètres, après quoi il les congédiait lui-même, pour ne pas les saouler avec son fredonnement perpétuel. La foule était d'une densité telle qu'il lui fallut une heure et demie pour traverser la place de la mairie, bordée de micocouliers, là où s'était retrouvée la famille au grand complet, quelques semaines plus tôt, pour célébrer le mariage de Slim. Slim avait divorcé, depuis ; il marchait main dans la main avec un jeune homme barbu. Ferhat se pencha à l'oreille d'une de ses nièces qui trouvait qu'il exagérait, quand même, de se montrer comme ça au vu et au su de tout Sainté ! Le vieil oncle était philosophe, et parieur : il prétendit avoir toujours su que Slim préférait les garçons, et parut franchement ravi qu'il ne s'en cachât plus.

Un peu plus loin sur la grand-rue, au niveau de la Préfecture, la tante Zoulikha s'éventait au moyen de sa vieille carte de séjour. Elle avait longuement hésité à sortir de chez elle, craignant qu'on ne remarquât que ses varices, au dos de ses mollets dodus de cuisinière, de cuisinière vaillante et généreuse qui pouvait rester debout toute une journée sans interruption et préparer le couscous pour des régiments entiers de panses ingrates et généralement toute seule, étant donné que ses petites sœurs s'étaient toujours montrées si paresseuses. Bouzid s'était dévoué pour l'accompagner, une paire de fausses Ray-Ban sur le nez, pour cacher les montées de larmes que lui inspirait ce rassemblement en hommage à des victimes qu'il connaissait presque toutes, au moins de vue.

Après avoir fait ses adieux à sa sœur préférée, plus tôt dans la journée, Rabia passait sous le pont de Carnot, en écoutant sa fille qui lui racontait que les vidéos de Krim, mises en ligne à son insu, étaient en train de créer le buzz, en particulier sa reprise de *Family Business* de Kanye West, qui comptait déjà plusieurs dizaines de milliers de vues sur YouTube. Rabia savait à peine ouvrir sa boîte mail, elle demanda une traduction. Luna flatta les bandeaux de son voile, avec deux doigts, et cria que Krim était en train de devenir une star sur Internet, même si personne ne connaissait son nom : on ne voyait que ses mains… Rabia rectifia : les mains de Krim étaient en train de devenir des stars ! Les yeux de Luna se remplirent de lumière. C'était la première plaisanterie à laquelle se livrait sa mère depuis que Dounia était sur le point de mourir.

Loin de la marche, dans sa chambre du pavillon de pneumologie de l'hôpital Nord, Dounia avait demandé à son fils d'ouvrir la fenêtre, malgré les instructions de l'aide-soignante. Elle voulait voir une dernière fois les arbres, et le vent dans les arbres, et le soleil qui faisait clignoter les feuilles d'un vert encore acidulé à cette époque de l'année. Fouad s'était fait expliquer comment augmenter la dose de morphine, au cas où. Mais la morphine ne faisait plus d'effet à sa mère. Sa peau était d'une blancheur effrayante, qui faisait paraître plus sombre, par contraste, ses paupières et les commissures de ses lèvres. Elle fermait parfois longuement les yeux, pour parler ; mais elle ne prononçait jamais plus de deux mots, d'une voix trop faible pour franchir la barrière de ses dents serrées. Elle avait peur et elle disait qu'elle n'avait pas peur, qu'elle allait rejoindre « papa ». Fouad songeait qu'elle n'avait vécu que pour ses enfants, si bien que le nom de son époux s'était, insensiblement, confondu avec sa qualité de père.

Quelqu'un frappa à la porte. Fouad se leva du siège où il venait de passer une heure entière, sans bouger ou presque. Ses jambes étaient lourdes. Un homme en costume bleu marine entra, la main sur le holster qui faisait une bosse sous le tissu de sa veste ; il ne vit que la fenêtre ouverte :

— Il faut fermer, hein.

Il brandit un talkie-walkie, y crachota des instructions. Fouad marcha jusqu'à la vitre et la ferma. Sur le béton du parking, en contrebas, une douzaine de policiers en civil scrutaient les alentours.

Sa mère l'appelait :

— Fouad ?

Il se retourna pour lui répondre. Mais Nazir venait d'apparaître dans l'encadrement de la porte. Dounia suivit son regard et vit son fils aîné qui se dirigeait vers elle. Un sourire se forma sur ses lèvres décolorées par la maladie. Nazir alla récupérer une chaise et la déplaça sur le flanc droit de sa mère, tandis que Fouad se rasseyait à sa place, sur le côté gauche. Alors ils prirent, chacun, une main de cette femme qui les avait mis au monde. Elle leva l'index de sa main droite, en direction du plafond, et murmura, en gardant les yeux ouverts cette fois-ci, et en les faisant passer de l'un à l'autre de ses fils, sans cesser de sourire :

— Mes petits sauvages...

Son sourire se figea, son souffle s'éteignit. Et puis elle ferma les yeux, pour toujours.

FIN.

Résumé des tomes 1 et 2

Les Sauvages s'ouvrent sur le dernier week-end d'une campagne présidentielle marquée par l'irrésistible ascension du candidat socialiste, un député d'origine algérienne, Idder CHAOUCH. Maire d'une ville de Seine-Saint-Denis, charismatique, moderne et surtout très populaire, Chaouch a suscité un espoir formidable un peu partout dans le pays, et notamment dans la famille Nerrouche, sur les hauteurs de Saint-Étienne.

Le mariage du jeune Slimane, dit SLIM, a lieu la veille du second tour de l'élection pour laquelle Chaouch est donné grand favori. Mais des ombres planent sur les festivités. Slim se marie pour faire taire les rumeurs sur son homosexualité. Il a deux grands frères qui se détestent : le lumineux FOUAD et le sombre NAZIR. Fouad est un acteur télé à succès ; il sort avec la fille de Chaouch, JASMINE, et rassemble les soutiens *people* derrière le candidat socialiste. Loin des amitiés haut placées de son frère, Nazir tisse sa toile à l'abri des regards : personne ne sait comment et où il vit, ni en quoi consiste réellement son activisme politique et communautaire.

Ces derniers mois, son comportement intrigue sa famille : il s'est rapproché de son cousin KRIM, dix-huit ans, dealer à la petite semaine, qui a gâché des talents de musicien que tout le monde lui reconnaissait. Sa mère, RABIA, et sa tante, DOUNIA, la mère de Nazir, Fouad et Slim, toutes les deux veuves depuis quelques années, forment le cœur de la famille. Dounia est sage, tragique, contemplative. Rabia est une pipelette à la bonne humeur communicative. Les deux sœurs sont inséparables. La probable élection de Chaouch les rend folles de joie.

Mais la vie des Nerrouche bascule dans le cauchemar : pendant la fête, le vieil oncle FERHAT s'effondre, sur son crâne ont été tatoués une croix gammée et des dessins obscènes. Et un travesti rom, ZORAN, débarque pour faire chanter Slim. Mais ce n'est rien à côté des événements du lendemain : tandis que Chaouch sort de son bureau de vote sous les vivats de la foule, une balle l'atteint en pleine joue. Le visage du tireur apparaît sur tous les écrans du monde : c'est Krim. Chaouch est entre la vie et la mort ; il est élu à 52,9 % des voix. Un président élu dans le coma : situation inédite dans la Ve République.

L'attentat pousse le gouvernement à élever le plan Vigipirate au niveau écarlate. L'espace aérien est fermé, l'armée appelée en renfort pour sécuriser les lieux publics. Des émeutes éclatent dans toutes les banlieues du pays.

Dans ce climat de guerre civile, le Conseil constitutionnel prononce l'empêchement de Chaouch. Les émeutiers entrent dans Paris intra-muros. Le torchon brûle entre le préfet de police de la capitale, Michel de DIEULEVEULT, et son ennemie jurée de Beauvau, Marie-France VERMOREL, ministre de l'Intérieur, secondée de son jeune et diabolique directeur de cabinet, Pierre-Jean de MONTESQUIOU.

Placé en garde à vue, Krim avoue tout de suite avoir été manipulé par son cousin Nazir. L'enquête de la police antiterroriste se porte sur les Nerrouche, que les médias présentent en vivier d'islamistes radicaux. La famille se déchire : les « innocents » reprochent à Dounia et Rabia d'avoir enfanté des monstres. Nazir, lui, laisse à Paris son bras droit, Romain GAILLAC, jeune Français converti à l'islam, et prend la fuite. Alors qu'il était surveillé par la DCRI depuis des semaines, il devient l'ennemi public numéro 1 : le contre-terrorisme français doit s'expliquer sur cet incroyable raté. La traque s'organise, mobilisant la police, le Renseignement intérieur, les juges, le parquet, l'avocat des Nerrouche (Me SZAFRAN), les médias.

À l'enquête officielle que se partagent la DCRI (autour du préfet BOULIMIER, un ami du président sortant) et la Sous-direction antiterroriste de la Police judiciaire (supervisée par le commandant MANSOURD, superflic bourru), s'ajoute l'investigation d'une journaliste intrépide qui se lie d'amitié avec Fouad : MARIEKE.

Tandis que toutes les polices d'Europe recherchent son frère, Fouad est soupçonné d'être sorti avec la fille de Chaouch pour préparer l'attentat. D'autres pistes se font jour, liant le complot à des commanditaires d'Al-Qaida au Maghreb islamique (AQMI), à des groupuscules d'extrême droite. Le couple infernal Vermorel-Montesquiou, qui incarne la frange la plus dure de la droite, un courant nommé « Droite nationale », suit de près – de trop près – le travail de la police et du juge d'instruction antiterroriste. Le juge WAGNER s'en désole : intègre, indépendant, il refuse d'instruire uniquement à charge et s'intéresse à l'hypothèse d'un cabinet noir au sein de la place Beauvau. Mais il apprend que sa fille, AURÉLIE, connaissait Krim, et doit se récuser au profit du terrible juge ROTROU, réputé pour sa proximité avec le pouvoir.

Alors qu'un CRS trouve la mort dans les affrontements, Chaouch se réveille dans sa chambre du Val-de-Grâce. Face à la volonté populaire qu'il ne peut déjuger, le Conseil constitutionnel revient sur sa décision : Chaouch est officiellement reconnu vainqueur de cette élection rocambolesque. Au même moment, Nazir échappe à l'attaque d'un commando décidée sur un coup de tête dans les sous-sols du ministère de l'Intérieur. Quant aux sœurs Nerrouche, elles n'auront pas le temps de se réjouir de l'élection de Chaouch : elles sont interpellées avant même le lever du jour par ordre du juge Rotrou, sur la foi d'éléments nouveaux liant leur frère Moussa, exilé en Algérie, aux réseaux islamistes qui ne cessent de se renforcer en Afrique du Nord.

Table des matières

TOME 3

Précédemment, dans *Les Sauvages*… 9

PREMIÈRE PARTIE.
Autour de Nazir 23
DEUXIÈME PARTIE. 123
TROISIÈME PARTIE.
Otages 225

TOME 4

Liste des personnages principaux 355

PREMIÈRE PARTIE.
« Banissons les tristes alarmes » 359
DEUXIÈME PARTIE.
Sanglants étendards 465
ÉPILOGUE.
Une réunion de famille 593

Résumé des tomes 1 et 2 601

Composition
NORD COMPO

Achevé d'imprimer en Italie
par GRAFICA VENETA
le 3 octobre 2019.

Dépôt légal mars 2017.
EAN 9782290094242
OTP L21EDDN000617A003

ÉDITIONS J'AI LU
87, quai Panhard-et-Levassor, 75013 Paris

Diffusion France et étranger : Flammarion